LOCUS

LOCUS

LOCUS

LOCUS

RECREATION

R98

鳴鳥與游蛇之歌（飢餓遊戲前傳）

THE BALLAD OF SONGBIRDS AND SNAKES

(A Hunger Games Novel)

作者：蘇珊・柯林斯（Suzanne Collins）

譯者：王心瑩

責任編輯：翁淑靜 美術編輯：林育鋒

校對：陳錦輝 排版：洪素貞

法律顧問：董安丹律師、顧慕堯律師

出版者：大塊文化出版股份有限公司

台北市105022南京東路四段25號11樓

www.locuspublishing.com

讀者服務專線：0800-006689

TEL：(02) 87123898　FAX：(02) 87123897

郵撥帳號：18955675　戶名：大塊文化出版股份有限公司

總經銷：大和書報圖書股份有限公司　地址：新北市新莊區五工五路2號

TEL：(02) 89902588　FAX：(02) 22901658

製版：瑞豐實業股份有限公司

初版一刷：2020年9月

初版六刷：2023年9月

定價：新台幣480元

ISBN 978-986-5549-00-8

Printed in Taiwan

飢餓遊戲前傳

THE BALLAD OF SONGBIRDS AND SNAKES

鳴鳥與游蛇之歌

SUZANNE COLLINS
蘇珊・柯林斯—著　王心瑩—譯

【導讀】獨裁者是怎樣煉成的

難攻博士（【中華科幻學會】理事長兼常務監事）

最後，科利奧蘭納斯・史諾（Coriolanus Snow）終於當上了「施惠國」總統。而最後的最後，科利奧蘭納斯・史諾在第七十四屆「飢餓遊戲」倖存者凱妮絲・艾佛丁（Katniss Everdeen）所鼓舞的叛軍革命中，被拉下了神壇。

在《飢餓遊戲三部曲》（The Hunger Games Trilogy）當中，史諾總統從一開始就以大魔頭之姿登場：至高至尊、鐵腕專制、權謀狡獪、冷血無情。但作者透過他僅有的幾次現身以及對話，隱約透露了這個被刻意形塑爲「施惠國」反烏托邦體制具象化身的絕對惡役，並不是一個只爲了故事發展需求而樹立的扁平看板——他的一言一行一舉一動，似乎樣樣事出有因；種種線索，應該足夠廓繪出一幅「獨裁者是怎樣煉成的」完整壁畫。

因此，我們有了這本《飢餓遊戲前傳：鳴鳥與游蛇之歌》（The Ballad of Songbirds and

Snakes）。

我要這樣說，在翻開這本（可以說是）「史諾傳」的第一頁時，腦中浮現的是另一號人物：《星際大戰》的黑武士（Darth Vader）——同樣是在經典三部曲頭一回登場時，就已是黑化徹底的大魔頭。除非這兩位反派是一如電影《天魔》（The Omen;1976）主角，天生即爲邪惡化身；否則從一個也該擁有過童稚歲月的孩子，是如何一步一步踏上權力遊戲頂峰、最終成爲雄踞鐵王座之霸主，那些彷如神祕鍊金術般的轉化過程，本身即是引人好奇之處。

科利奧蘭納斯是個出身於「施惠國」首府「都城」的布爾喬亞家族少主，從小養尊處優、倍受尊重。但這些屬於「天龍人」的尊貴與優渥，卻在十三行政區發動叛亂戰爭之後化爲烏有。家道中落的史諾姓氏，在戰後成了虛有其表實則一無所有的落魄貴族：雖在認知上維持著「天龍人」與「史諾家」的空殼，但實際上卻心知肚明自己不過是三餐不繼、勉強擺個架子的難民貧戶。由祖奶奶手中接過的帶刺玫瑰，因而成了最廉價的貴族情結象徵，從此如影隨形……

如此自尊與自卑之間不斷的扞格辯證，在科利奧蘭納斯日常生活中不斷上演；而同學賽嘉納斯．普林西（Sejanus Plinth）一家的出現，更天天刺眼地提醒他這些難堪的事實。

普林西一家根本不是「都城」出身的純正「天龍人」，他們是靠財力從第二區擠進「都城」上流社會的暴發戶。這些曾經奪走史諾家所有的不文賤民，如今竟得以在這兒與他平起平坐（甚至還過著比他豪奢的生活）。科利奧蘭納斯打從心底瞧不起賽嘉納斯，而偏偏賽嘉納斯是個善良無私甚至願意拋棄虛華「都城」身分的理想主義者。這個活生生對照組的一切一切，都讓科利奧蘭納斯時時陷入瘋狂的心魔爭鬥當中，不可自拔……

而後，他因緣際會被指派爲第十二區供品「柯維族」迷人歌姬露西・葛蕾・貝爾德（Lucy Gray Baird）的導師，繼之又引發了一連串的天雷地火陰錯陽差，成了點燃他生命中所有矛盾的重磅火藥。

科利奧蘭納斯在一次次被命運強迫做出選擇的當下，一步步眞實面對身心靈中近乎撕裂的衝突——他慢慢看清自己的所欲所求，他慢慢確認自己的所想所望；他知道自己不能放棄的是什麼，他知道自己爲了那些可以犧牲什麼；他學會如何合理化爲了得到所要而放手一搏的所作所爲，他學會如何讓自己的良心卸除所有不必要的重量……

於是，科利奧蘭納斯向來最畏懼忌憚的佛蘭妮亞・戈爾博士（Dr. Volumnia Gaul）最終成了他的梅菲斯特（Mephisto），而他則心悅誠服地跪倒在魔鬼傳授的「混亂／控制／契約」恐怖統治三段論之下，抵押了他的浮士德（Faust）靈魂。

在書中，戈爾博士同時是瘋狂與理性的化身，她的瘋狂實驗與冷血無情有其「理論根據」：她認爲暴力與混亂是人類的本性，她認爲定期的以暴制暴提醒可以達成有效的社會控制，而恐怖手段及階級統治則是維持人類社會存續的必要契約。

這位梅菲斯特並不隨便挑選契約靈魂，她非常清楚自己想要的，是一個擁有強烈動機且自願墮落的靈魂，而她在科利奧蘭納斯・史諾身上，窺見了成爲惡魔的潛力。因爲她深刻地瞭解——強人，基本上都是懦弱的產物。

她聽見科利奧蘭納斯心中反覆迴盪的「史諾至高至尊（Snow lands on Top, as always）」與「史諾飄落（Snow falling）」恐懼交響輪唱，她曉得科利奧蘭納斯願意爲了逃離雪花（snow）不可避免的墜落玷污，而自願交出靈魂。

她知道科利奧蘭納斯最終將會成爲獨裁者史諾的種子：因爲他絕對會爲了抓牢一切不擇手段——而，這正是維繫「施惠國」統治的必要契約。

其實，從《飢餓遊戲三部曲》到這本《飢餓遊戲前傳：鳴鳥與游蛇之歌》，作者蘇珊・柯林斯用了許多隱喻來呈現某種宿命感（她可沒一一說破，否則還叫隱喻嗎？）書名所提到的「鳴鳥」（songbirds）與「游蛇」（snakes），很可能象徵兩種不同的生命態度、兩種不同的性格類型，甚至是兩個特定的角色。

這裡所指的「鳴鳥」其實有三種：其一是「都城」爲了軍事目的而透過生物科技創造的

「八卦鳥」（jabberjays），基本上就是某種精準的「生物錄音機」，原本打算用來蒐集叛軍情報，後來因失敗而廢棄。爲了方便控制，「八卦鳥」只有雄性，因此無法產生後代；但生命自己找到的出路，就是「八卦鳥」與原生種雌性「仿聲鳥」（mockingbirds；第二種鳴鳥）交配，產生了全新的第三種鳴鳥「學舌鳥」（mockingjays）。「學舌鳥」錄音口齒不清，但特色是模仿人類唱歌維妙維肖。

「科利奧蘭納斯很確定這是他認出的第一隻學舌鳥，而且一看到就覺得不喜歡。」

「聽著那些鳥鳴，科利奧蘭納斯注意到沒有八卦鳥。他能想到的唯一解釋，就是學舌鳥已開始自行繁殖，可能彼此繁殖，或者找本地的仿聲鳥。都城的鳥類像這樣破壞平衡狀態，讓他深感不安。牠們在這裡像兔子一樣繁殖，完全未受控制。未經允許。借助都城的科技。他一點都不喜歡這樣。」

「科利奧蘭納斯漸漸喜歡八卦鳥。牠們眞是令人刮目相看的科技產物。」

科利奧蘭納斯．史諾的本性至此已顯露無疑。

至於，「游蛇」指的又是什麼？書中出現過的蛇有兩種：一種是女主角露西．葛蕾防身的無毒小蛇，單純用來惡作劇與自保；另一種，則是戈爾博士刻意培育的基因改造毒蛇——這些五彩斑斕的狡猾生物，會對氣味陌生的對象展開攻擊，引發恐怖的致命後果。

科利奧蘭納斯・史諾最終找到了自己熟悉的氣味，從此，他將對氣味陌生的對象展開攻擊，引發恐怖的致命後果。而後來的後來，直覺告訴他：第十三區反抗軍領袖奧瑪・柯茵（Alma Coin）也是另一條五彩斑斕的毒蛇……

在這本書中，你幾乎從頭到尾不會感受到科利奧蘭納斯與「邪惡」兩字有什麼直接的關聯；但在闔上書本的那一刻，心中那條想像的延伸線卻能完美地接上《飢餓遊戲三部曲》裡的那個史諾總統。這中間究竟發生了什麼事？

事實上，古往今來，許多故事（甚至媒體）爲了製造譁眾取寵的戲劇效果，習慣將所謂的「壞人」或「獨裁者」化約爲天生邪惡的異種，彷彿這種「反偉人」似乎千年一遇，並非你我。但若肯認眞面對一下現實，你將會醒悟根本不是這麼回事。

強人，基本上都是懦弱的產物。

他們爲了掩飾自卑而輕賤他人、他們爲了脫貧致富而燒殺擄掠、他們爲了逃避溝通而獨裁專制、他們爲了麻痺良心而巧嘴簧舌、他們爲了多疑善妒而監控占有、他們爲了恐懼失去而欺騙背叛、他們爲了害怕落單而聚眾結黨、他們爲了轉移注意而挑起爭戰……

科利奧蘭納斯・史諾正是這樣一步一步煉成的。

而，你還看到誰呢？

獻給
諾登和珍恩・賈斯特
Norton and Jeanne Juster

在此顯而易見，這段期間沒有遍及一切的權力可讓所有人感到敬畏，他們所處的狀況稱為「戰爭」；而這樣一場戰爭，與每一個人有關，與每一個人為敵。

——湯瑪斯・霍布斯（Thomas Hobbes）
《利維坦》（Leviathan），一六五一年

自然狀態受到自然法的管理，人人皆須遵循：而理性，即自然法，教導著有意遵從它的所有人類，人人皆平等且獨立，所有人都不該傷害另一個人的生命、健康、自由或財產……

——約翰・洛克（John Locke），《政府論第二篇》
（Second Treatises of Government），一六八九年

人生而自由；卻無所不在枷鎖之中。

——尚—雅克・盧梭（Jean-Jacques Rousseau）
《社會契約論》（The Social Contract），一七六二年

大自然帶來絕妙知識；我們理智卻橫加干預曲解萬物之美妙形式；——我們剖析無異謀殺。

——威廉・華茲華斯（William Wordsworth）

〈扭轉情勢〉（The Table Turned）

《抒情歌謠集》（Lyrical Ballard），一七九八年

我思及他存在之初所展現對美德的承諾，以及隨後所有善良情感的毀壞，那來自他的保護者對他表達的厭惡和蔑視。

——瑪麗・雪萊（Mary Shelley）

《科學怪人》（Frankenstein），一八一八年

第一篇

導師

1

科利奧蘭納斯[1]把拳頭大的包心菜放入一鍋滾水，心裡發誓總有一天再也不吃這種東西。但今天不是那樣的日子。這種乏味的東西他需要吃一大碗、喝光每一滴清湯，以免肚子在抽籤儀式途中咕嚕亂叫。這是他用來掩蓋事實的一長串預防措施之一，掩蓋他家雖然住在都城最富裕的公寓大樓頂樓，卻與此區的人渣一樣貧窮的事實。他十八歲，是史諾家這處曾經繁華的豪宅的繼承人，但他毫無謀生能力，唯一能仰賴的，只有他的機智。

要穿去參加抽籤儀式的襯衫令他發愁。他有一件還算能接受的深色西裝褲，是去年在黑市買的，但襯衫才是眾人矚目的焦點。幸好「中等學院」提供了每日需要用到的制服。然而

1 科利奧蘭納斯這個名字出自西元前五世紀的羅馬將軍科利奧蘭納斯（Gaius Marcius Coriolanus）。將軍得此名字，是因爲在科利奧利（Corioli）圍城戰役中表現英勇，但後來因脾氣暴戾遭到驅逐出城。莎士比亞曾把他的故事寫成悲劇作品《科利奧蘭納斯》。

爲了今天的抽籤儀式，所有學生奉命穿著時髦，不過必須符合這種場合所要求的莊重感。提格莉絲[2]曾說要信任她，他也乖乖聽話。到目前爲止，他堂姊的聰明靈巧，搭配一根縫衣針救了他。然而，他無法期待奇蹟出現。

他們從衣櫥最深處挖出一件襯衫，是他父親的，在生活比較優渥的時期買的；但是過了這麼多年，襯衫變色發黃，半數扣子不見了，一邊袖口還有香菸燒灼的痕跡。實在太破爛了，即使在最貧困的日子也賣不掉，而這就是他要穿去抽籤典禮的襯衫？今晨天剛破曉時，他曾跑去堂姊的房間，卻發現她和襯衫都不見了。這不是好兆頭。難道提格莉絲放棄了舊衣，鼓起勇氣跑去黑市做最後一番努力，去幫他尋找合適的服裝？可是，她到底能拿什麼值錢的東西去交換呢？到目前爲止，尚未敗壞的事物只有她自己，以及史諾家的房子。或者就在他幫包心菜加入鹽巴的此時，這間房子也敗壞了呢？

他想著那些人爲她訂出價格。提格莉絲有著細長的尖鼻和瘦削的身軀，不算絕頂美麗，但是甜美又楚楚可憐，足以勾起人的邪念。眞有心的話，她會找到要她的人。想到這點讓他感到反感又無助，最後覺得自己也很噁心。

他聽見國歌，〈施惠國之珍寶〉，從公寓深處播放出錄音。他的祖母以顫抖的女高音跟著唱，聲音在牆壁之間共鳴迴盪。

施惠國之珍寶，
偉大之城，
歷經無數歲月，您仍閃耀如新。

如同以往，她嚴重走音，而且有點跟不上拍子。戰爭的第一年，她會在國定假日爲五歲大的科利奧蘭納斯和八歲的提格莉絲播放國歌，以便建立他們的愛國心。而每天都播放國歌則要到黑暗的那一天才開始，當時行政區的叛軍包圍都城，切斷了戰爭最後兩年的補給。「孩子們，記住，」她說，「我們只是遭到圍城……我們沒有投降！」後來，在彈如雨下的時候，她會在頂樓公寓對著窗外顫聲唱著國歌。她發揮微小的抵抗力量。

我們謙遜跪下
向您的典範致敬，

2提格莉絲（Tigris）源自古希臘語，字意爲「虎」。

接著是她永遠唱不上去的幾個音符……

並宣示我們對您的摯愛！

科利奧蘭納斯微微瞇起眼睛。至今十年了，叛亂已然平息，但他祖母沒有。接下來還有兩段歌詞。

施惠國之珍寶，

正義之心，

智慧為您的堅毅面容戴上桂冠。

他好想知道如果有更多家具，能不能吸收一點聲音，但這是專業問題。眼前此刻，他們的頂樓公寓是都城本身的縮影，滿是叛軍持續攻擊造成的損傷。二十呎高的牆壁布滿裂痕，發霉的天花板掉落一塊塊灰泥而顯得坑坑疤疤，俯瞰城市的拱窗玻璃都破了，只能貼上一條條醜陋的黑色電氣膠帶固定住。整個戰爭期間和隨後的十年間，家裡被迫把很多財物賣掉或拿去交換，因此有些房間徹底被搬空並封閉，其他未封閉的房間也幾乎沒有家具。更慘的是，最後一年圍城遇上酷寒冬季，好幾件精緻的木雕物品和無數的書冊都被扔進壁爐犧牲掉，以免家人凍死。看著圖畫書的鮮豔書頁灰飛煙滅，他的淚水始終止不住，那是他曾和母親共讀的書本啊。然而，悲傷總比凍死好多了。

科利奧蘭納斯去過朋友家的公寓，得知大部分的家庭都已開始修繕自己的房屋，史諾家卻連做一件新襯衫的幾碼亞麻布都負擔不起。他想像自己的同學匆匆翻找衣櫃，或者急忙穿上向裁縫師訂做的簇新西裝，他卻只能擔心自己的虛有其表究竟能夠撐多久。

您給予我們光明。
您將我們團結合一。
我們向您鄭重立誓。

萬一提格莉絲拿去修改的襯衫不能穿，他該怎麼辦？假裝感冒，打電話請病假？**沒骨氣**。姑且穿他的制服襯衫？**太失禮**。硬是塞進兩年前穿過但早就穿不下的紅色扣領襯衫？**好

窮酸。有沒有可接受的選項？**以上皆非**。

也許提格莉絲跑去請她的雇主伸出援手，那名女子——法布莉西亞．華納特[3]——就像她的名字一樣可笑，不過對於引領流行風潮確實有一套。無論是羽毛或皮革、塑膠或絲絨，她都能用合理的價格找到方法納入那些素材。提格莉絲稱不上是好學生，她從中等學院畢業之後放棄升大學，轉而追求自己的夢想，成為設計師。她理應是學徒，但法布莉西亞根本把她當奴工，要求她腳底按摩，並把糾結在排水管中的洋紅色長髮清乾淨。不過提格莉絲從不抱怨，也沒把老闆的挑剔苛求放在心上，只覺得能在流行產業找到工作已經很高興又感激了。

施惠國之珍寶，
權力之所在，
和平生力量，衝突升防衛。

科利奧蘭納斯打開冰箱，希望有東西能幫包心菜湯提點味道。裡面放的唯一東西是金屬長柄鍋。他打開鍋蓋，一團軟糊結塊的切絲馬鈴薯回瞪他。難道他的祖母終於履行承諾要學習烹飪？這東西眞的能吃嗎？他蓋回鍋蓋，打算弄清楚再說。如果可以連想都不想就把它扔進垃圾桶，那該有多奢侈啊。好奢侈的垃圾。他回想起來，或者自以爲想起來，年紀很小的時候，他曾看著「去聲人」操作垃圾車。去聲人是沒有舌頭的工人；他們是最好的工人，至少他祖母是這麼說的。只聽見垃圾車沿著街道嗡嗡作響，把大袋廚餘、瓶瓶罐罐、損壞的家用品全部清除乾淨。如今這個時代，沒有一件東西可以任意拋棄，沒有半點卡路里是多餘的，沒有什麼物品不能交易、燃燒生熱，或者緊貼牆壁作爲絕緣隔熱之用。每個人都習慣鄙視亂丟東西的行爲。不過呢，時裝業看似悄悄恢復了。如同一件體面的襯衫，顯示繁榮的跡象。

保護我們國土

著手積極抵禦，

襯衫啊，襯衫。他的心思竟然執著於這種問題，就像執著於……其實什麼都行，而且不

3法布利西亞的姓氏「whatnot」意指許多叫不出名稱的東西或人。

肯放開，彷彿只要能控制周遭的某種東西，他整個人就不至於崩潰。這是壞習慣，讓他無法看清其他可能造成傷害的事物。有種執迷的傾向，在他的腦袋裡根深柢固，要是無法學著聰明一點，這有可能成為他的致命弱點。

他祖母的刺耳歌聲努力撐向曲子最激昂的部分。

我們的都城，我們的生命！

瘋癲老太太，依然緊抓著戰前歲月不肯放手。他很愛她，但她脫離現實已經有好幾年了。每次吃飯，她都絮絮叨叨說著史諾家的豐功偉業，即使他們的食物是稀稀的豆子湯和不新鮮的薄脆餅乾。而聽著她述說那些事，好像他的未來肯定會一片光明。「等到科利奧蘭納斯當上總統……」她經常劈頭就這樣說。「等到科利奧蘭納斯當上總統……」於是從組織搖搖欲墜的都城空軍，乃至於豬肉鋪的昂貴高價，一切都會改正回來，宛如奇蹟。幸虧電梯故障，她的膝蓋又有關節炎，讓她無法常常出門，而僅有的少數訪客也像她一樣動彈不得。

包心菜湯漸漸煮沸了，廚房瀰漫著貧窮的氣息。科利奧蘭納斯拿木湯匙戳戳包心菜。提格莉絲依然不見蹤影。很快就會來不及打電話捏造缺席抽籤典禮的藉口——所有人都會聚集在中等學院的黑文斯比會堂——屆時他要應付傳播學教授薩提莉亞．克里克的怒氣和失望之情；她曾為他積極爭取「飢餓遊戲」的導師之職，這可是眾人夢寐以求的二十四個職位之一。他除了是薩提莉亞的得意門生，也是她的助教，而今天，她無疑需要他的協助。她這人捉摸不定，特別是喝了酒以後，而在抽籤日，這是再肯定不過的事。他最好打電話警告她，說自己吐個不停之類的，不過會盡快好起來。他下定決心，拿起電話準備裝可憐，說他病得很慘，但就在這時，他萌生另一個念頭：如果他沒現身，她會不會讓別人取代他的導師位置？萬一如此，他畢業時獲頒獎項的機會是不是就降低了？如果沒有拿到那樣的獎項，他無法負擔去念大學的費用，那就表示找不到工作，表示沒有未來，不只是為了他，誰知道他的家人會發生什麼事，而且……

大門發出變形且抱怨的嘎吱聲，有人進來了。

「科利歐！」提格莉絲喊道，他連忙砰的一聲放下電話。那個綽號是她取的，早在他剛出生的襁褓時期就甩不掉。他飛也似地跑出廚房，差點把她撞倒，但她太興奮了，沒有責備他。「我辦到了！我辦到了！嗯，我成功了喔。」她拎著一個老舊西裝衣套，小跑步匆匆走過來。「你瞧，你瞧，你瞧瞧！」

科利奧蘭納斯拉開套子的拉鍊，從中拿出襯衫。

棒極了。不，甚至更好，很高級。厚厚的亞麻布既不是原本的白色，也不是陳舊的泛黃，而是美好的乳黃色。袖口和領口都已換成黑絲絨，鈕扣是金色和黑檀木組成的方塊。所謂的「馬賽克鑲嵌方塊」，每一個方塊都鑿穿兩個小洞，用來穿線。

「你超棒，」他衷心說道。「最棒的堂姊。」他小心拿著襯衫以免碰壞，伸出空著的那隻手臂擁抱她。「史諾至高至尊！」

「史諾至高至尊！」提格莉絲開心叫道。這句口號伴著他們撐過戰爭時期，當時每天都得努力存活下來。

「告訴我來龍去脈，」他說著，明知她會想說。她好愛談論服裝的事。

提格莉絲雙手一攤，笑得喘不過氣。「該從哪裡講起？」

提格莉絲從漂白開始講。她覺得法布莉西亞臥室的白色窗簾布看起來很髒，拿去浸泡漂白水時，順便把襯衫放進去。漂白效果很好，但是浸泡沒辦法完全消除髒污。於是她用乾枯的金盞花和襯衫一起煮沸，她是在法布莉西亞鄰居家外面的垃圾桶裡找到金盞花，而花朵的顏色染上亞麻布，剛好蓋掉髒污。袖口的絲絨來自一個很大的束口袋，原本裝著他們祖父的一些徽章——現在沒有意義了。小方塊是從女僕浴室的櫥櫃裡挖出來的，她請大樓的管理員幫忙鑽孔，交換的方法是幫他修補外套。

「這是今天早上的事嗎？」他問。

「喔，不，是昨天。星期天。今天早上呢，我……你有沒有看到我的馬鈴薯？」他跟著她走進廚房，看著她打開冰箱，拿出鍋子。「我花了好幾小時，用這個幫衣服上漿，然後跑去樓下的多利托家借熨斗把衣服燙好。這些留起來做成湯！」提格莉絲把那團黏糊糊的東西倒進煮滾的包心菜湯，攪來攪去。

他注意到她的淡棕色眼睛下面有黑眼圈，忍不住感到一陣很深的內疚。「你上一次睡覺是什麼時候？」他問。

「喔，我很好。我吃了馬鈴薯皮。大家說馬鈴薯皮富含維生素。而且今天是抽籤日，所以其實是假日！」她興高采烈地說。

「在法布莉西亞那裡可不算啊，」他說。其實呢，所有地方都不算。抽籤日在各個行政區是重要的大事，但在都城不太算是慶祝活動。大部分人像他一樣，覺得緬懷戰爭根本毫無樂趣。這一整天，提格莉絲會無微不至地伺候她的老闆和形形色色的顧客，聽他們交換各種灰暗的故事，提起圍城期間遭遇的損失，並把自己灌醉到不省人事。到了明天，照顧那些宿醉的人又更淒慘。

「別擔心啦。這個，你最好動作快，快吃！」提格莉絲舀了一些湯到碗裡，放在桌上。

科利奧蘭納斯瞥了時鐘一眼，不管湯很燙口就囫圇吞下，然後帶著襯衫跑去房間。他已經洗過澡、刮過鬍子，而且今天白皙的皮膚沒有傷疤，眞是謝天謝地。學校配發的內衣和黑襪都沒問題。他穿上西裝褲——衣況很好——然後套上一雙繫鞋帶的皮靴。靴子太小，但他可以忍受。接著他小心翼翼穿上襯衫，將衣襬塞進褲頭，再轉身面對鏡子。他的身材不如該有的身高。他這一代有很多人都是如此，食物不足可能抑制生長。不過他的身材健壯且勻稱，體態絕佳，而這件襯衫凸顯出他體格更細微的部分。小時候，祖母會讓他穿上紫色的絲絨西裝，帶他去逛大街，而從那之後，他還不曾看起來這麼有氣勢。他把金色鬈髮往後撥順，以嘲弄的語氣對鏡中的自己輕聲說：「科利奧蘭納斯．史諾，施惠國未來的總統，我向您行禮致敬。」

爲了給提格莉絲瞧瞧，他以誇張自負的動作進入客廳，伸展雙臂，然後轉了一圈，展示他的襯衫。

她開心地尖叫鼓掌。「你看起來好棒！帥氣又時髦！祖奶奶，過來瞧瞧！」這又是提格莉絲小時候創造的另一個綽號，她想到「祖母」，當然還有「奶奶」，其實不太適合這麼有威嚴的人。

他們的祖母現身了，顫巍巍的雙手小心翼翼捧著一朵剛剪下的紅玫瑰。她穿著一襲飄逸的黑色束腰長外袍，是戰前非常流行的款式，但現在過時了，讓人看了會想笑；她彎曲的腳趾套著一雙原本是要搭配某套服裝的刺繡拖鞋。她戴著赭色的絲絨頭巾，底下滑出幾絡細細的白髮。她的衣櫥原本應有盡有，這些是最後僅剩的、少數還算體面的幾件，留在客人來訪或偶爾進城的時候穿。

「來啊，來啊，孩子。戴上這個。剛從我的屋頂花園採的，」她命令道。

他伸手接過玫瑰花，不過搖搖晃晃換手時，有根尖刺戳進他的手掌。鮮血從傷口湧出，他連忙伸長了手，免得鮮血沾到他身上珍貴的襯衫。他的祖母一臉大惑不解的樣子。

「我只是希望你看起來很優雅，」她對他說。

「當然啦，祖奶奶，您說得對，」提格莉絲說。「他會的。」

她領著科利奧蘭納斯進廚房時，他提醒自己，自制力是很基本的能力，他該要感激祖母每天都提供機會讓他練習。

「刺傷絕對不會流血太久，」提格莉絲向他保證，同時很快清理傷口，把他的手包紮起來。她修剪那朵玫瑰，留下幾片綠葉，然後別到他的襯衫上。「看起來確實很優雅。你很清楚她的玫瑰對她有什麼樣的意義，向她道謝。」

他照辦。他謝過她們後，匆匆出門，從裝潢華麗的十二層樓梯飛奔而下，穿過大廳，步上都城的街道。

公寓的大門面對柯索大道，這條道路非常寬闊，以前可以輕鬆容納八輛雙輪馬車並肩駛過，當時都城曾舉辦這種軍事展演給民眾觀賞。科利奧蘭納斯還記得小時候從公寓窗邊探頭出去看，來家裡參加派對的客人會吹噓他們坐在前排座位觀賞遊行。接著，轟炸機來了，有很長一段時間，他家的街區無法通行。而現在，街道終於清空，但人行道上依然有許多瓦礫堆，整棟樓房也像攻擊當時一樣處處毀損。都城贏得勝利之後過了十年，他依然穿梭於路上一塊塊大理石和花崗岩之間，迂迴地前往中等學院。有時候科利奧蘭納斯不免心想，把那些殘骸留在原地，是否要提醒每位居民想起他們忍受過什麼樣的事。人們的記憶很短暫。他們需要穿梭於瓦礫堆之間、撕下骯髒的口糧配給券、親眼見證飢餓遊戲，才能讓戰爭的記憶永遠鮮明——遺忘會導致自滿，於是他們每年全都得重新開始。

他轉個彎走進學者路時，試著估計自己的步伐。他想要準時抵達，不過希望冷靜且沉著，不想搞得汗流浹背。這一次的抽籤日，如同大多數的這個日子一樣，在暑氣逼人的大熱天舉行。不過，你又能期待七月四日有什麼其他類型的天氣呢？他不禁感激祖母那朵玫瑰花的香氣，因為身上這件暖和的襯衫微微散發出馬鈴薯和乾枯金盞花的氣息。

「中等學院」是都城最好的中等學校，給傑出、富裕和權勢階級的子女就讀。每一年級有四百多名學生，提格莉絲和科利奧蘭納斯能夠就讀這裡，是因為他們家族就讀這所學校有長遠的歷史，要取得入學許可沒有太大困難。與大學不一樣，讀中等學院不必繳學費，並提供午餐和學校用品，包括制服在內。就讀中等學院的所有人都非等閒之輩，科利奧蘭納斯會需要這樣的人脈，作為未來發展的基礎。

爬上中等學院的階梯非常雄偉，可讓所有學生站在上面，因此輕輕鬆鬆便可容納川流不息的官員、教授和學生前往抽籤日的慶祝活動。科利奧蘭納斯慢慢往上爬，刻意表現出從容尊貴的態度，以備迎上任何人的目光。大家都認識他，或至少認識他的父母和祖父母，而眾人會以特定的標準去期待史諾家的人。這一年，就從今天開始，他也希望建立個人的辨識度。今年仲夏時節，他即將從中等學院畢業，而在飢餓遊戲擔任導師是畢業之前的最後一份作業。如果擔任導師的表現令人刮目相看，再搭配傑出的學業成績，科利奧蘭納斯應該會獲得一筆獎金，足以支付他的大學學費。

貢品有二十四名，戰敗的十二個行政區各選出一名男孩和一名女孩，透過抽籤選出，然後把他們扔進競技場，在飢餓遊戲裡奮戰至死。這全都明定於〈叛亂和約〉。那份和約讓各個行政區群起叛亂的「黑暗時期」劃下句點，而飢餓遊戲是叛軍所要承受的許多懲罰之一。如同以往，他們把貢品扔進都城的競技場，搭配使用一些武器彼此殺戮；競技場是如今快要倒塌的環形劇場，戰爭之前曾用來舉辦許多體育和娛樂活動。都城鼓勵大家收看飢餓遊戲，但很多人敬而遠之。如何讓活動增添吸引力是一大挑戰。

考慮到這一點，這是第一次指派導師給各個貢品。中等學院的二十四名最優秀、最耀眼的高年級學生獲得欽點，執行這項任務。究竟飢餓遊戲需要什麼樣的亮點依然討論中。大家談到要爲每一位貢品準備一次專訪，也許要爲上鏡頭而打扮一番。每個人都同意，假使要持續舉辦飢餓遊戲，就需要演變成更有意義的體驗，而都城年輕人和行政區貢品組成搭檔，應該會激起人們的好奇心。

科利奧蘭納斯穿過一道掛著黑色旗幟的門，走過一條拱形走道，進入巨大深邃的黑文斯比會堂，他們會在這裡觀看抽籤儀式的轉播。他沒有遲到，但是會堂已經滿是教職員和學生的嗡嗡交談聲，還有一些負責飢餓遊戲的官員也來了，他們不需要參與開幕日的轉播事宜。

許多去聲人穿梭於群眾之間，端著一盤盤「波斯卡酒」，這是一種摻水的紅酒，並添加蜂蜜和香草。有一種酸味飲料[4]支撐都城挺過戰爭，據說可以抵禦疾病，而眼前這種算是酸味飲料的改良版，喝了會醉。科利奧蘭納斯拿了一杯，很快用一點波斯卡酒漱漱口，希望能把殘餘的包心菜氣味沖洗掉。不過他只讓自己嚥下一口。大多數人都不覺得這種飲料很烈，過去幾年來，他見識過一些高年級學生喝了太多，讓自己變成徹頭徹尾的蠢蛋。

這個世界依然認爲科利奧蘭納斯是有錢人，但他唯一眞正能夠流通的是魅力，在穿越人群之時恣意散播。學生和教師的一張張臉龐都亮了起來，因爲他以友善的態度打招呼、問候他們的家人，而且隨處抛下一些讚美的話。

「你講解行政區群起報復的那堂課，讓我深思好久。」

「喜歡那樣的瀏海！」

「你母親的背部手術進行得怎麼樣？嗯，告訴她，她是我心目中的英雄。」

他穿越專爲這個場合設置、數百張附有坐墊的椅子，然後走上講台。薩提莉亞正在那裡，對一群中等學院的教授和負責飢餓遊戲的官員講述一些稀奇古怪的事。雖然他只聽到最後一句：「嗯，我就說啊：『我對你的假髮感到很抱歉，不過堅持要把猴子帶來的人是你！』」但他還是很盡責地跟著眾人一起大笑。

「喔，科利奧蘭納斯，」薩提莉亞拖長聲音說著，同時揮手要他過去因爲「這是我的明星學生。」他對她的臉頰給了期待中的一吻，感覺她多喝了好幾杯波斯卡酒。說實在的，她

4古羅馬時代有一種名爲posca的飲料，主要是摻水的醋，並添加鹽和草藥，是羅馬軍隊長途跋涉的補給飲料，可說是今日運動飲料的前身。

在飲酒方面需要節制些，不過同樣的這番話可以對他認識的半數成年人這樣說。因爲自我藥療是整個都城的流行風潮。不過呢，她很風趣，不會太過煩躁易怒，是少數讓學生直呼她名字的教授。她後退一點打量他。「襯衫很漂亮喔。你從哪裡得到這種衣服？」

他看著襯衫，彷彿對它的存在感到很驚訝，然後聳聳肩，表示年輕人的選擇多得是。

「史諾家的衣櫃很深啊，」他輕快地說。「我不僅想要對活動表示敬意，更想要表達祝賀之意。」

「有達到目的喔。這些精緻的鈕扣是什麼？」薩提莉亞問道，用手指撥弄他袖口的一顆小方塊。「馬賽克鑲嵌方塊？」

「是嗎？嗯，難怪讓我聯想到女僕的盥洗室，」科利奧蘭納斯回應，逗得他的朋友都笑了。他很討厭自己還會這樣聯想。這提醒了他，他是極少數家裡有女僕盥洗室的人——更別提裡面貼了馬賽克鑲嵌方塊——讓他對襯衫的自嘲笑話覺得沒那麼好笑。

他對薩提莉亞點點頭。「漂亮的長禮服。是新的，對吧？」他一眼就看出來，她永遠都穿同一件洋裝來參加抽籤儀式，只用幾簇黑羽毛重新裝飾一番。但她對他的襯衫讚譽有加，他需要回報這份恩情。

「我特別爲今天弄的，」她說著，欣然接受這問題。「畢竟是十週年啊。」

「很雅緻，」他說。從各方而來說，他們這樣一搭一唱還不賴。

但是，當看到高大健美的阿格麗匹娜・希克[5]教授，用她強壯的肩膀頂開眾人，橫衝直撞地走著，他的愉悅心情流失殆盡。她的背後跟著助手，賽嘉納斯[6]・普林西，他奮力搬著裝飾用的盾牌，希克教授很堅持每年拍團體照都要拿著。她在戰爭結束時獲頒那塊盾牌，表彰她在轟炸期間成功推動中等學院的安全演習。

科利奧蘭納斯的注意力並非受到盾牌的吸引，而是賽嘉納斯的服裝，那是舒適的炭灰色西裝，搭配雪白到刺眼的襯衫，並以佩斯利花呢領帶襯托，讓他高大削瘦的身形增添飄逸感。整體非常有型、新穎，而且充滿金錢的氣息。他們家從戰爭牟取暴利，絕對沒錯。賽嘉納斯的父親是第二行政區的製造商，很支持總統。他透過軍需品賺到那麼大筆的財富，因此能夠花錢把他的家人安頓在都城。如今，普林西家享受著特權——最古老、最有權勢的一些

5 阿格麗匹娜（Agrippina）這個名字出自古羅馬時代極有權勢的皇后。小阿格麗匹娜（Julia Vipsania Agrippina）外表美豔但內心狠毒，以各種殘酷手段對付政敵，將兒子尼祿推上王位，成爲史上著名暴君。韓德爾曾把她的故事寫成歌劇《阿格麗匹娜》。姓氏希克（Sickle）的字義是鐮刀。

6 賽嘉納斯（Sejanus）這個名字出自羅馬帝國軍官賽嘉納斯（Lucius Aelius Sejanus）。他曾與皇帝提比略十分親近，但極具野心，不斷累積權力企圖篡位，最後遭人告發，提比略將之處死。

家族努力了好幾世代才能爭取到。因此，賽嘉納斯，這個行政區出生的男孩，成爲中等學院的學生，是史無前例的事，但因爲有他父親大手筆的捐獻，學校大部分的戰後重建工作才能進行。在都城出生的市民很期待某棟大樓以他們的名字重新命名，而賽嘉納斯的父親只請求讓他的兒子接受教育。

對科利奧蘭納斯來說，像普林西家這種人，對他重視的所有人帶來威脅。這種新富階層在都城努力往上爬，光是他們的存在就能把老派階層逐漸鏟除掉。而史諾家的人又特別生氣，因爲他們也把大筆的財富拿去投資軍需品——不過，是投資第十三行政區。他們錯綜複雜的工廠和研究設施不斷擴張，延伸了好幾個街廓，但已經炸成一片廢墟。第十三區遭到核武攻擊，整個行政區的輻射強度依然不宜人居。都城的軍用品生產中心已經遷移到第二區，普林西家得來全不費工夫。第十三區毀滅的消息傳到都城時，科利奧蘭納斯的祖母曾經公開表示不予置評，她說幸好他們還有很多其他資產。但根本就沒有。

十年前，當賽嘉納斯來到中等學院操場時，是個害羞又敏感的男孩，小心翼翼地審視其他孩子，一雙熱切的褐色眼睛在他緊繃的臉上顯得太大。等到消息傳開，說他是來自行政區的孩子，科利奧蘭納斯的第一個念頭是加入同學的陣營，讓這個新來的孩子的生活成爲活生生的地獄；再多考慮一會之後，他對那孩子視而不見。他的這種反應，都城的其他孩子將之解讀成「欺負來自行政區的臭小子有損自己的身分地位」，雖然賽嘉納斯覺得自己被欺負也是合情合理的事。雙方的想法都不太對，不過同時加強了一種印象：大家以科利奧蘭納斯馬首是瞻。

身為令人畏懼的高大女性，當希克教授漫步到薩提莉亞這群人之間時，地位較低的其他人紛紛往四面八方退開。「克里克教授，早安。」

「喔，阿格麗匹娜，太好了。你記得帶你的盾牌，」薩提莉亞說著，接受對方堅定的握手。「我眞擔心年輕人會忘了這一天眞正的意義。噢，賽嘉納斯，你看起來好瀟灑。」

賽嘉納斯想要鞠躬，卻有一綹不聽話的頭髮垂落到眼睛裡。那塊笨重的盾牌也卡在他胸口。

「太瀟灑了，」希克教授說。「我告訴他，如果我需要一隻孔雀，我會打電話給寵物店。他們應該全都穿制服就好。」她注視著科利奧蘭納斯。「那看起來沒有太糟。你父親以前的軍官晚禮服襯衫嗎？」

是嗎？科利奧蘭納斯也不曉得。他突然浮現一段模糊的記憶，他父親穿著時髦的晚禮服，身上綴滿了勳章。他決定打出手上的牌。「教授，謝謝您的關注。我修改過尺寸，才不會好像跟我格格不入。不過呢，我希望今天他與我同在。」

「非常適合，」希克教授說。接著她把注意力轉向薩提莉亞，以及她對於最近把國家的士兵「維安人員」調派到第十二區的看法。那裡的礦工沒有達到預定的生產額度。聽著他們的老師忙於談話，科利奧蘭納斯對盾牌點點頭。「今天早上忙了一陣？」

賽嘉納斯做個鬼臉，笑了一下。「能夠派上用場總是很榮幸。」

「擦得很亮喔，」科利奧蘭納斯回答。賽嘉納斯對這番話的含意顯得很緊張，意思是，嗯，他很會巴結？他是馬屁精？科利奧蘭納斯讓這種氣氛醞釀一會兒，然後使之擴散開來。「我本來就了解啊。薩提莉亞所有的酒杯都是我負責處理。」

賽嘉納斯聽了鬆懈下來。「眞的？」

「不，其實不是。只是因爲她根本沒想到那種事，」科利奧蘭納斯說著，在鄙視和同儕情誼之間擺盪。

「希克教授每一件事情都考慮到。她打電話給我，完全不會遲疑，無論白天或晚上都一樣。」賽嘉納斯看起來好像要繼續講，接著只嘆口氣。「而且，當然啦，現在我快要畢業了，我們要搬到比較靠近學校的地方。時機還眞剛好，像往常一樣。」

科利奧蘭納斯突然有所警覺。「搬到哪裡？」

「柯索大道上的某個地方。那些富麗堂皇的住所，很多馬上就會放到房市上。屋主越來越無力負擔稅金，或者類似的一些費用。我父親說的。」盾牌刮到地板，於是賽嘉納斯把它舉起來。

「在都城，當局不對房地產課稅，只有行政區才有，」科利奧蘭納斯說。

「是新的法律，」賽嘉納斯告訴他。「要得到更多經費來重建城市。」

科利奧蘭納斯努力安撫自己內心生起的慌亂。新的法律將對他的公寓課稅，稅金會有多少呢？事實上，他們的生活過得很拮据，只靠提格莉絲的微薄薪水、他祖母領取祖父爲施惠國服役所得的一丁點軍人退休俸，以及他自己身爲陣亡將士子女所領取的眷屬撫卹金，這會在畢業後停發。如果他們付不起稅金，會不會失去公寓？那是他們僅有的一切。賣掉那個住所也不會有什麼幫助；他知道祖母能借的一分一毫都借過了。如果把房子賣掉，什麼東西都不會剩下。他們必須搬到某個偏僻的社區，與骯髒的平民爲伍，沒有地位，沒有影響力，沒有尊嚴。那樣的恥辱會逼死他的祖母，不如把她從頂樓窗戶扔出去還比較仁慈。至少那樣會快一點。

「你還好嗎？」賽嘉納斯盯著他看，滿臉困惑。「你的臉色變得像床單一樣慘白。」

科利奧蘭納斯恢復鎮定。「我想是波斯卡酒的關係。害我反胃。」

「是啊，」賽嘉納斯附和道。「在戰爭期間，老媽總是強迫我喝。」

老媽？竟然有人稱呼母親為「老媽」，而科利奧蘭納斯的住所即將遭到這種人侵占篡奪？包心菜和波斯卡酒一副要反芻出來的樣子。他深吸一口氣，強迫自己的胃撐著點，而自從這個營養充足、土包子口音的行政區男孩第一次晃到他面前、手裡緊抓一包軟糖至今，他從來不曾像現在這麼怨恨賽嘉納斯。

科利奧蘭納斯聽見鐘聲響起，也看見他的同班同學聚集在講台前方。

「我想，把貢品分配給我們的時候到了，」賽嘉納斯悶悶不樂地說。

科利奧蘭納斯跟著他走向一區特別設置的椅子，每排四張椅子，總共有六排，是設置給導師坐的。他努力把公寓危機拋到腦後，專注於手邊的重要任務。他的優秀比以前更不可或缺了，而要展現他的優秀，就必須分配到很有競爭力的貢品。

卡斯卡．海咖院長，創造出飢餓遊戲要歸功於他，他也親自監督導師計畫。他現身於學生面前，整個人像是出來夢遊，睡眼惺忪，而且一如往常吸食了麻精。他曾經體格很好，現在卻萎靡削瘦，皮膚鬆垮。削得極短的清爽髮型和俐落的西裝只讓他的劣化程度減輕一點點。由於擁有「飢餓遊戲發明人」的名號，他依然勉強留住自己的職位，但有傳言指出，中等學院的董事會快要對他失去耐心了。

「嗨各位，」他含糊說道，在自己頭上揮舞一張皺巴巴的紙。「好了，把這些東西唸出來。」學生安靜下來，因爲在會堂的喧鬧聲中很難聽見他的聲音。「對你們唸出一個名字，然後你們得到擁有那個名字的人。對吧？所以，好。第一行政區，男生，導師是……」海咖院長對那張紙瞇起眼睛，努力定睛看著。「眼鏡，」他咕噥著說。「忘了戴。」所有人盯著他的眼鏡，那早已經架在他的鼻梁上，然後大家等了一會兒，看著他的手指摸索到眼鏡。

「啊，找到了。莉維亞・卡迪歐。」

莉維亞尖尖的小臉綻放笑靨，以勝利的姿態振臂揮舞，用她微微發抖的聲音大喊：「好耶！」她總是很容易興奮過度。彷彿這麼棒的任務只與她有關，不會對她那位經營都城最大銀行的母親造成影響。

隨著海咖院長結結巴巴唸著那張名單，爲每個行政區的男生和女生貢品分別指配一位導師，科利奧蘭納斯感到越來越絕望。經過十年之後，有種模式浮現了。營養比較好、與都城比較友好的第一區和第二區，產生比較多的勝利者，而來自第四區漁業區和第十一區農業區的貢品也很有競爭力。科利奧蘭納斯希望不是第一區就是第二區，但這兩區都沒有指派給他，更羞辱人的是，賽嘉納斯分配到第二區的男生。第四區也點過名了，沒有提到他的名字，而他獲得勝利者最後的好機會，第十一區的男生，則是指派給克萊蒙西亞・多夫寇特，能源部長的女兒。克萊蒙西亞與莉維亞不一樣，她以得體的態度接受自己的好運，把烏黑的頭髮撥到肩膀後面去，並在她的活頁夾裡對自己的貢品仔細做筆記。

這似乎出了差錯。史諾家的人，也剛好是中等學院最優秀的學生之一，竟然遭到忽略。科利奧蘭納斯開始覺得他們忘了他……也許要給他某種特殊的職位？就在這時，令他驚恐的來了，他聽見海咖院長咕噥著說：「最後，而且最不重要的，第十二區的女生……她屬於科利奧蘭納斯．史諾所有。」

2

第十二區的女生？打臉聲還有可能更大嗎？第十二區，最小的行政區，眾人笑柄的行政區，那些發育不良、關節腫脹的孩子，總是開賽不到五分鐘就死了，更別提……又是女生？不是說女生就不會獲勝，但在他心目中，飢餓遊戲主要與蠻力有關，而女性天生就比男性嬌小，因此處於不利的地位。科利奧蘭納斯從來沒有特別喜歡海咖院長，總是對朋友開玩笑叫他「超茫嗨咖」[7]，但沒料到會得到這樣的公開羞辱。難道那個綽號傳到他耳裡？或者這只是一種確認，表示在新的世界秩序裡，史諾家的人漸漸淡出，變得無足輕重？

他努力保持鎮定，但可以感覺到雙頰火燙。大部分其他學生都已站起，開始彼此交談。他必須融入眾人之中，假裝這沒什麼大不了，但他似乎無法動彈，只能勉強把頭轉向右邊，

7 院長的姓氏「Highbottom」用來描述社經地位高但嚴重酗酒或有毒癮的人，這裡用「High-as-a-Kite-bottom」取笑他「喝茫喝到像風箏一樣又高又嗨」。

賽嘉納斯依然坐在他身旁。科利奧蘭納斯準備開口恭喜他，但隨即住口，因爲那傢伙的臉上顯現出悲慘的神情，幾乎隱藏不住。

「怎麼了?」他問。「你不高興嗎?第二區的男生，那是萬中選一啊。」

「你忘了。我也是那萬中的一份子，」賽嘉納斯以沙啞的聲音說。

科利奧蘭納斯讓這句話沉澱一下。所以，十年的都城時光，以及這裡所提供的特權生活，在賽嘉納斯身上都浪費掉了。他依然覺得自己是行政區的公民。愚蠢的多愁善感。

賽嘉納斯皺起額頭，驚愕莫名。「我很確定那是我爸去求來的。他老是拚命想要導正我的心態。」

果不其然，科利奧蘭納斯心想。老史特拉堡·普林西的口袋和影響力很深，即使他的兒子不這麼想，還是令人尊敬。而儘管導師制度理應根據優點來決定，背後顯然還是暗潮洶湧。

觀眾現在都已落座。講台後方的簾幕往兩旁拉開，顯露出一面螢幕，從地面延伸到天花板。抽籤過程從各個行政區即時播出，從東岸一直到西岸，並進行全國轉播。那就表示會從第十二行政區展開這一天。所有人起立，因爲看到施惠國的標誌塞滿了螢幕，同時響起國歌。

施惠國之珍寶，

偉大之城，

歷經無數歲月，您仍閃耀如新。

有些學生對歌詞很陌生，但科利奧蘭納斯呢，多年來每天聽著祖母糟蹋這首歌，於是用強而有力的歌聲唱了全部三段歌詞，獲得幾個認同的點頭。很可悲，不過他需要每一個他所能贏得的點頭認可。

施惠國的標誌淡出，畫面上出現拉文史提爾總統。他頭髮斑白，穿著他在戰前的軍服，藉此提醒眾人，早在發生叛亂的黑暗時期之前，他已對各個行政區控制了很長的時間。他引述〈叛亂和約〉的一小段話，表示飢餓遊戲是對戰爭的一種補償，把各個行政區的年輕生命視為都城曾經失去的年輕生命。這是叛軍的變節之舉所要付出的代價。

遊戲設計師把畫面切換到第十二區，氣氛蕭瑟的廣場上設有臨時舞台，搭建在司法大樓前面，舞台上站了一排維安人員。利普市長，身材矮胖、滿臉雀斑的男人，穿著無可救藥的舊式西裝，站在兩個粗麻布袋之間。他將手伸進左邊袋子深處，拿出一張紙條，幾乎連看都沒看一眼。

「第十二區的女生貢品是露西．葛蕾．貝爾德[8]，」他對著麥克風說。攝影機掃過群眾尋找貢品，只見到一張張灰白又飢餓的臉孔，穿著灰白又難看的服裝。鏡頭拉近，拍攝一團騷動，許多女孩紛紛躲開不幸被抽中的那個人。

觀眾一看到她，紛紛低聲嘀咕，滿是驚訝。

露西．葛蕾．貝爾德站直身子，身上的洋裝做成彩虹色澤的百褶裙，現在看似參差不齊，但原本很花俏。她的黑色鬈髮綁得高高的，插著軟趴趴的野花。她那身鮮豔的服裝很吸睛，彷彿一片蛾類之中的破爛蝴蝶。她沒有直接走向舞台，反倒開始迂迴穿越她右邊的那群女生。

事情發生得很快。她的手向下伸進百褶裙的口袋，拿出扭來扭去的亮綠色物體，放進一個嘻笑紅髮女孩的上衣領口。移動時，她的裙子沙沙作響。鏡頭對準受害者，只見她的嘻笑表情轉變成驚駭，一邊尖叫一邊倒在地上，不斷扒抓自己的衣服，外加市長的喊叫聲。而在背景裡，攻擊者繼續迂迴前進，繼續悄悄走向舞台，連回頭看一眼都沒有。

黑文斯比會堂彷彿活了起來，大家紛紛用手肘頂頂隔壁的人。

「你有沒有看見那個？」

「她拿什麼放進衣服裡面？」

「一隻蜥蜴嗎？」

「我看到一尾蛇！」

「她殺了那女孩嗎？」

科利奧蘭納斯環顧群眾的反應，感受到一絲希望。他那毫無機會的貢品，他那隨手可棄的廢物，他的羞辱，已經緊緊抓住都城的注意力。這樣很棒，對吧？有了他的協助，也許她可以維持這份注意力，於是他可以把恥辱轉變成不錯的表演。無論如何，他們的命運緊緊相繫，無法分開。

在螢幕上，利普市長沿著舞台階梯飛奔而下，一路推開聚集的女孩，衝向倒地的那個女孩。「梅菲爾？梅菲爾？」他大叫。「救救我女兒啊！」她的四周已經圍繞了一圈人，眼看她的四肢不斷揮打、抽搐，少數人好像有心想要幫忙，但最後還是退縮了。市長衝向女兒的

8 露西．葛蕾這個名字出自英國詩人華茲華斯（William Wordsworth）的詩作〈露西．葛蕾〉（Lucy Gray），收錄於一七九九年出版的《抒情歌謠集》（Lyrical Ballads），這部詩集咸認是英國浪漫主義文學的開端。

同時，一尾色彩斑斕的小綠蛇從她的衣服皺褶竄出來，衝進人群，引發尖叫連連和忙著躲避的混亂場面。小蛇離開讓梅菲爾冷靜下來，但她的痛苦立刻由難堪取而代之。她直視著攝影機，這才發現施惠國所有的公民都在觀看這一幕。她的一隻手努力把頭髮上歪斜的蝴蝶結拉直，另一隻手則忙著拉正衣服，剛才的胡亂扒抓把衣服扯破了，而且沾滿骯髒的煤灰。等到父親扶著她站起來，發現她剛才顯然尿溼了。父親脫下自己的外套把她裹住，再把她交給一名維安人員先行離開。他轉身回到舞台上，露出肅殺的眼神，死命盯著第十二區的最新貢品。

科利奧蘭納斯看著露西．葛蕾．貝爾德走上舞台，內心感覺到一陣不安的刺痛。她是不是心理方面不穩定？她有某方面隱約給人熟悉感，但也令人不安。那一道道裙褶，呈現覆盆子的粉紅色、略帶紅色的深藍色和水仙花的黃色……

「她很像馬戲團的表演者，」有個女生評論。其他導師紛紛發出同意的聲音。

難怪啊。科利奧蘭納斯追溯自己的記憶，回到童年早期的馬戲團。雜耍和特技演員，小丑和身穿蓬蓬衣裙的跳舞女孩不斷旋轉，棉花糖也讓他的腦袋轉得好暈。在這一年之中最黑暗的活動裡，他的貢品選擇這麼喜氣的服裝，顯示出一種奇特之處，而不只是單純的判斷失誤。

第十二區分配到的抽籤時間無疑已經到了，但他們還缺少一位男生貢品。即使如此，利普市長重新登上舞台時，他沒理會那兩個裝滿名字的袋子，而是筆直衝向女生貢品，以極大的力道猛揍她的臉，把她打得跪倒在地。他舉起手，準備再次揍她，這時有兩名維安人員插手干預，抓住市長的兩隻手臂，企圖引導他回到手邊該做的事。他掙扎抗拒，於是他們把他拖回司法大樓內，讓整個抽籤流程停頓下來。

眾人的注意力轉向舞台上的女孩。攝影機拉近鏡頭對準她時，科利奧蘭納斯對於露西．葛蕾．貝爾德的精神狀況並沒有消除疑慮。她不曉得從哪裡得到化妝品，因爲只有在都城才能取得，但她的雙眼畫了藍色眼影和黑色眼線，臉頰抹了腮紅，嘴唇塗上某種油亮的紅色唇膏。在都城這裡，那樣會顯得大膽無畏。而在第十二區，感覺則是太過放肆。不可能把目光從她身上移開，只見她坐在那裡，伸手整理裙子，拚命想把百褶裙撫平。等到差不多整理好了，她才舉起一隻手，碰觸臉頰的毆打痕跡。她的下唇微微顫抖，雙眼閃著淚光，幾乎要泉湧而出。

「不要哭，」科利奧蘭納斯輕聲說著。他突然提高警覺，緊張地看著周遭，發現其他學生全都怔怔看著，面露關切的神情。儘管她十分古怪，卻已經贏得眾人的同情。大家完全不知道她是誰，也不曉得她爲何要襲擊梅菲爾，但是任誰都看得出來，那個嘻笑的女孩充滿惡意，而且女孩的父親是個殘暴的傢伙，竟然把一個才剛被判死刑的女孩打趴在地。

「我敢打賭，他們暗中搞鬼，」賽嘉納斯輕聲說。「那張紙條不是她的名字。」

正當女孩似乎要含淚輸掉她的戰役，這時發生了一件奇怪的事。有個聲音開始唱歌，從群眾某處傳來。是個年輕的聲音，可能是小男孩或小女孩，但那樣的音高足以傳遍整個靜默的廣場。

你帶不走我的過去。
你帶不走我的來歷。

一陣風吹過舞台，女孩慢慢抬起頭。從群眾的另一個地方，有個低沉且清晰的男性聲音吟唱而出。

你大可帶走我爸，
但他名字是個謎。

露西・葛蕾・貝爾德的唇邊隱隱漾起一抹微笑。她突然奮力站起，大步走到舞台中央，抓住麥克風，放聲高唱。

你能從我身邊帶走的，全都不值得留下。

她空著的那隻手探入裙褶，抓著裙邊左右揮舞，於是一切都漸漸變得合理——包括服裝、妝容和髮型。無論她是誰，她的打扮一直都是爲了表演。她有一副好歌喉，高音十分清亮，低音則沙啞而渾厚，動作充滿白信。

你帶不走我的魅力。
你帶不走我的幽默。
你帶不走我的財富，
因為那只是謠傳。
你能從我身邊帶走的，全都不值得留下。

唱歌讓她整個人改頭換面，科利奧蘭納斯再也不覺得她令人難堪了。她有某種令人興奮的特質，甚至很吸引人。攝影機對準她，看著她走到舞台前方，傾身俯視著觀眾，甜美又傲慢。

想到你如此美好。
想到你可擁有我。
想到你受著控制。
想到你會改變我，也許改造我。
再三思量，如果那是你的目標，
因為……

然後她停止吟唱，繞著舞台輕快舞動，經過維安人員身邊，他們有人難以壓抑嘴角的微笑。沒有人上前阻止她。

你帶不走我的狂語。

你帶不走我的談話。
你可對我阿諛奉承
然後繼續走你的路。
你能從我身邊帶走的，全都不值得留下。

司法大樓的大門轟然打開，剛才帶走市長的那些維安人員衝回舞台上。女孩面向前方，不過你看得出來，她注意到那些人來了。她走到舞台的最前端，準備唱出盛大的結尾。

不，先生，
你能從我身邊帶走的，全都不值得弄髒手。
帶走吧，因為我會無償給予。毫不心疼。
你能從我身邊帶走的，全都不值得留下！

趁那些人抓住她之前，她奮力送出一個飛吻。「我的朋友叫我露西．葛蕾，希望你們也會這樣叫我！」她大喊。有一名維安人員從她手中搶走麥克風，另一人抓住她，把她帶回舞台中央。她揮手示意，彷彿要帶動喧鬧的掌聲，不要一片死寂。

有好一陣子，他們在黑文斯比會堂也同樣靜悄無聲。科利奧蘭納斯很好奇，大家是否像他一樣，希望她會繼續歌唱。然後，所有人突然開始說話，一開始談論那個女孩，接著談論得到她的人也太幸運了吧。其他學生伸長脖子環顧四周，有些人高舉雙手對他豎起大拇指，另一些人則射來怨恨的目光。他一臉茫然地搖搖頭，其實內心非常激動。史諾至高至尊。

維安人員帶著市長回到舞台，他的兩側各站一人，以免發生進一步的衝突。露西・葛蕾無視於他回來，似乎藉由剛才的表演恢復鎮定。市長怒目瞪著攝影機，奮力把手伸進第二個袋子，拿出好幾張紙條。有幾張飄落到舞台上，而他唸出留在手上的那張紙。「第十二區的男生貢品是傑賽普・狄格斯。」

廣場上的孩子一陣騷動，讓路給傑賽普，那男孩有一頭黑髮，厚厚的瀏海蓋住突出的額頭。以第十二區的貢品來說，他是很好的例子，比一般人高大，看起來很強壯。他的嚴峻神情顯示他已經受雇於礦場。他隨意梳洗過，臉龐中央顯露出相當乾淨的橢圓形，但周圍仍然黑黑的，指甲也堆積著煤灰。他以笨拙的動作爬上台階，站到定位。他靠近市長時，露西・葛蕾走向前，伸出她的手。男孩遲疑一下，接著握手回應。露西・葛蕾在他面前把右手換成左手，於是他們並肩而立，手拉著手，這時她行了深深的屈膝禮，拉著男孩跟著鞠躬。第十二區的群眾響起零星的掌聲和歡呼高喊，然後維安人員走近，抽籤轉播切換到第八區。

科利奧蘭納斯全神貫注看著這場秀，第八、六、十一區陸續宣布他們的貢品，但受到露西．葛蕾．貝爾德登場的影響，他的思緒轉個不停。她是奇才，他很清楚這一點，也必須以此對待她。但是，從她的精采登場來看，接下來能夠發展得多好呢？如何從一襲衣裙、一尾蛇和一首歌爭取到一點勝利呢？飢餓遊戲開始之前，貢品只有很短暫的寶貴時間能與觀眾互動。光憑一場專訪，他如何能讓觀眾投資她，而且效益延伸到他自己？他稍微注意一下其他貢品，多半是可憐的小傢伙，他也把比較強壯的幾個人記錄下來。賽嘉納斯得到第二區的高大傢伙，莉維亞的第一區男生看起來也有競爭力。科利奧蘭納斯的女孩看似相當健康，不過她的瘦小體格比較適合跳舞，而不是短兵相接的肉搏戰。不過他敢打賭，她能跑得夠快，這一點很重要。

隨著抽籤到了尾聲，從自助餐台傳來的食物氣味散於觀眾之間，有新鮮烘培的麵包、洋蔥、肉類。科利奧蘭納斯無法讓自己的肚子不要咕咕叫，於是冒險多喝了幾口波斯卡酒，將之壓下。感覺興奮，頭暈眼花，飢渴加倍。螢幕變暗之後，他得使盡全部的意志力，才不至於衝向自助餐台。

他的人生就是與飢餓的無止境周旋。戰爭之前、年紀很小的時候還沒有，但之後的每一天都是一場戰役、一次談判、一種競賽。有什麼方法最能擊退飢餓呢？一餐吃下所有的食物？分散到一整天斷斷續續少量進食？狼吞虎嚥還是每一口都嚼得軟爛？這完全是一場心智競賽，想辦法讓自己分心，不要去想「永遠吃不飽」的事實。從來沒有人讓他吃飽過。

戰爭期間，叛軍掌控了生產食物的幾個行政區。他們模仿都城的所作所為，企圖用食物短缺當作武器，讓都城陷入饑荒，最後只能投降。如今情勢再度翻轉，都城控制了食物的供應，而且更進一步，用飢餓遊戲當做一把刀，扭轉著刀子刺入各個行政區的心臟。飢餓遊戲的暴力包含一種無聲的巨大痛苦，這是施惠國的每一個人都曾體驗過的：得不到足夠的食糧，懷著絕望迎向下一次日出。

那樣的絕望，把正直的都城公民變成怪物。飢餓的人在街上暴斃，成為恐怖食物鏈的一部分。有個冬夜，科利奧蘭納斯和提格莉絲溜出公寓，跑去稍早在巷子裡看到的幾個板條箱翻找一番。一路上，他們經過三具屍體，認出其中一人是年輕女僕，她在克萊恩家的下午聚會負責端茶，工作得很勤奮。一陣又重又溼的雪花開始落下，他們覺得街道一片荒涼，但在回家路上，有個人影匆匆走過，他們急忙躲到籬笆後面。原來是他們的鄰居尼洛．普萊斯，鐵路工業大亨，只見他拿著一把駭人的刀子來回拉動，切割女僕的腿，最後把肢體砍斷。那人從她的腰際扯下裙子，包住斷腿，然後衝進小巷，那條小巷通往他的街屋後方。這對堂姊弟從沒談起那件事，連對彼此都沒提過，不過那件事烙印在科利奧蘭納斯的記憶裡。普萊斯的臉孔因爲殘暴而扭曲，遭砍斷的肢體末端穿著白短襪和磨損的黑鞋，而最徹底的驚駭是意識到他自己，也一樣，能夠以「可食用」的眼光來看待這件事。

科利奧蘭納斯能夠實實在在、品行端正地活下來，都要歸功於祖奶奶在戰爭初期的先見之明。他的雙親過世了，提格莉絲也是孤兒，兩個孩子都與他們的祖母一同生活。叛軍一直以緩慢但穩定的速度向都城挺進，不過由於都城人的傲慢，這個事實在城內並沒有廣爲人知。食物開始短缺，連最富有的階層都去黑市尋找特定的生活用品。正因如此，十月底的一天傍晚，科利奧蘭納斯發現自己身在以前曾經引領風潮的夜店後門，一隻手握著小型紅色推車的把手，另一隻手牽著祖母戴著手套的手。寒風刺骨，警告著這個冬天會很難熬，而頭頂上低垂著厚厚一層陰沉的灰雲。他們來找普魯利巴斯．貝爾，他是上了年紀的人，戴著檸檬色鏡片的眼鏡，頂著垂到腰際的白色假髮。他和他的搭檔，音樂家賽璐斯，擁有這間停業的夜店，如今透過它的後巷從事食物的非法交易。史諾家要來找一箱罐裝牛奶。好幾週前就再也找不到新鮮牛奶，但普魯利巴斯說他也賣完了。有好幾箱乾燥的皇帝豆剛到貨，高高堆在他背後裝滿鏡子的舞台上。

「可以保存好幾年，」普魯利巴斯向祖奶奶保證。「我打算留個二十幾罐自己用。」

科利奧蘭納斯的祖母笑起來。「好恐怖。」

「不，親愛的。恐怖的是沒有這些豆子該怎麼辦，」普魯利巴斯說。

他沒有詳細說明，但祖母不再笑了。她看了科利奧蘭納斯一眼，對他的手掐了一下。很像不由自主，幾乎是抽搐。接著她望向那些板條箱，腦袋裡似乎盤算著一些事。「你可以分多少給我？」她問夜店老闆。科利奧蘭納斯用他的推車運送一箱回家，其他的二十九箱則會在夜闌人靜時送到，因爲嚴格來說，囤積貨品是違法的。賽璐斯和一個朋友搬著那些板條箱爬上樓梯，堆在裝潢豪華的客廳中央。在整堆物品的頂上，那兩人放了單獨一罐牛奶，說是普魯利巴斯的謝禮，然後向他們道晚安。科利奧蘭納斯和提格莉絲幫祖奶奶把貨品藏進壁櫥、時髦衣櫃，甚至古老時鐘裡。

「誰要把這些全部吃掉？」他問。在當時，他的生活裡仍然有培根、雞肉，偶爾有烤肉。牛奶供應不穩定，不過乳酪很豐富，而且晚餐還可以期待某種甜點，即使只是塗上果醬的麵包。

「我們會吃一些。也許可以賣掉一些，」祖奶奶說。「這些是我們的祕密。」

「我不喜歡吃皇帝豆。」科利奧蘭納斯噘嘴說。「至少，我覺得自己不喜歡。」

「嗯，我們會請廚師庫克找到好的食譜，」祖奶奶說。

但是廚師奉召服役參戰，後來死於流感。結果呢，祖奶奶根本不知道要怎麼打開爐火，更別說按照食譜做菜了。這份工作落到八歲的提格莉絲身上，她把豆子煮滾成濃稠的燉菜，然後煮成湯，然後是稀稀的清湯，讓他們撐過戰爭時期。皇帝豆。包心菜。配給的麵包。他們靠這些維生，日復一日，度過了許多年。可以肯定的是，這阻礙了他的發育。可以肯定的是，如果有更多食物，他會長得更高，肩膀也會更寬。不過他的頭腦發展良好；至少他希望是如此。豆子，包心菜，黑麵包。科利奧蘭納斯長大之後恨透這些東西，但那讓他們活著，不需羞恥，不需吃街上的遺體。

科利奧蘭納斯走向餐檯，看到裝飾著中等學院校徽的鑲金邊盤子時，連忙把湧到嘴邊的唾液嚥下去。就算是最欠缺食物的日子，都城也不缺時髦的碗盤，他在家就用細緻的瓷器吃了很多包心菜葉。他拿了亞麻餐巾、叉子和餐刀。打開第一個純銀保暖鍋的鍋蓋時，蒸氣湧向他的嘴唇。奶油洋蔥。他舀了適量的一匙，努力不讓口水流出來。水煮馬鈴薯。櫛瓜。烤火腿。熱騰騰的麵包卷和一小塊奶油。再想一下，拿了兩小塊奶油。滿滿一整盤，但不算貪婪。對青少年來說還不算。

他把盤子放在克萊蒙西亞旁邊的桌上，再跑去餐車拿甜點，因爲去年拿光了，他完全沒吃到粉圓。他覺得心跳漏拍，因爲看到一排排蘋果派切片，每一塊都裝飾著小紙旗，上面有施惠國的標誌。派餅！他上一次吃到是什麼時候的事啊？他拿了中等大小的一塊，這時有某人拿了一個盤子湊到他的鼻尖底下，上面有好大一塊蘋果派。「喔，拿大塊的啦。像你這種發育中的男生可以吃得完。」

海咖院長的眼睛黏糊糊的，但不再像早上那樣呆滯。事實上，那雙眼睛用意想不到的銳利眼神盯著科利奧蘭納斯

他拿了裝派的盤子，笑了笑，希望是充滿稚氣的溫和笑容。「院長，謝謝你。我的肚子永遠有空間可以吃派餅。」

「對啊，找樂子絕對不會很困難，」院長說。「沒有人比我更了解。」

「院長，我想也是。」不過聽起來怪怪的。他的意思是要附和找樂子那部分，但聽起來好像對院長的個性做了惡意的評論。

「你想也是。」海咖院長瞇起雙眼，繼續盯著科利奧蘭納斯。「那麼，科利奧蘭納斯，飢餓遊戲結束後，你有什麼計畫？」

「我希望去上大學，」他回答。好奇怪的問題啊。當然，他的學業成績還滿明顯的。

「是的，我看到你在獎學金的候選名單裡，」海咖院長說。「可是，萬一不該給你獎學金呢？」

科利奧蘭納斯結巴到說不出話。「嗯，那麼我們……我們當然會付學費。」

「會嗎？」海咖院長笑起來。「看看你，穿著臨時做的襯衫和太緊的鞋子，努力拼湊在一起。在都城裡昂首闊步，可是我懷疑史諾家連尿壺都沒有。就算有獎學金，情況也會持續，而你還沒有拿到呢，對吧？我真好奇，到時候你會怎麼樣？到底會怎樣？」

科利奧蘭納斯忍不住環顧四周，看看有沒有其他人聽見這些可怕的話語，但大多數人只忙著吃飯和聊天。

「別擔心……沒有人知道。嗯，幾乎沒有啦。孩子，好好享受派餅吧。」海咖院長逕自走開，連幫自己拿一塊都沒有。

科利奧蘭納斯一心只想扔掉手上的派餅，衝向出口，但他反而把那塊特大號的蘋果派小心放回推車上。綽號。那是唯一的可能性，那個綽號終究傳回海咖院長的耳裡，這都要歸功於科利奧蘭納斯。他實在太蠢了。即使院長現在經常公開出糗，他也還是很有權勢的人。不過，那個綽號真的很糟糕嗎？每一位老師至少有一個綽號，很多都絕對不是要拍馬屁。而「超茫嗨咖」也不像是要努力掩飾他的習性。他似乎很歡迎大家嘲笑他。可能有其他因素讓他那麼痛恨科利奧蘭納斯嗎？

無論是什麼原因，科利奧蘭納斯都需要把它導正過來。他可不能冒險，讓那種事情害他失去獎學金。讀完大學後，他打算從事某種有利可圖的專業工作。如果沒能接受教育，哪些門會為他而開呢？他試著想像一下，未來從事城市裡某種低階的職位……要做什麼呢？管理各個行政區的煤炭配送？去變種動物實驗室，清理遺傳怪物的籠子？前往賽嘉納斯．普林西位於柯索大道的富麗堂皇公寓收取稅金，而他自己住在五十個街區以外的陋屋？這還是很幸運的狀況呢！都城的工作機會很難爭取，而他會是極度貧窮的中等學院畢業生，就這樣而已。他要怎麼謀生？借貸？在以前的都城，負債是成為維安人員的門票，隨之而來的是獻身服務二十年，而且完全不知道自己會被派去哪裡。他們會把他送去某個落後停滯的可怕行政區，那裡的人們根本比動物好不到哪裡去。

心裡想著那樣的前途，這一天在他周圍轟然崩垮。首先是失去公寓的威脅，接著分配到最差的貢品，進一步觀察顯示那女孩根本瘋了；而現在真相大白，海咖院長極度厭惡他，這足以扼殺他獲得獎學金的機會，宣告他要在行政區度過餘生！

每個人都知道，你去了行政區會有什麼下場。劃線把你槓掉。遭到遺忘。在都城的眼裡，你基本上是死了。

3

科利奧蘭納斯站在空無一人的火車站月台上，等待他的貢品抵達此地，一朵白玫瑰伸著長長的花莖，在他的拇指與食指之間微微顫動。帶個禮物給她是提格莉絲的點子。抽籤日那晚，她很晚才回到家，但他熬夜不睡，找她商量，把他所受的羞辱和內心的恐懼和盤托出。而她不願讓對話一直在絕望之中打轉。他會得到獎學金；他非得到不可！而且會有璀璨的大學生涯。至於公寓，他們必須先把詳情弄清楚。也許稅金對他們不會有影響，或者就算有影響，也許沒那麼快。也許他們可以想辦法勉強存夠稅金。不過他想的都不是那些事。他只想著飢餓遊戲，以及如何能夠成功得勝。

提格莉絲說，在法布莉西亞舉辦的抽籤派對上，每個人都瘋狂愛上露西．葛蕾．貝爾德。他的貢品擁有「明星特質」，她的朋友們醉醺醺喝著波斯卡酒時這樣說。這對堂姊弟都同意，他需要讓女孩對他有很棒的第一印象，她才會願意好好合作。他不該把女孩當成被判了死刑的囚犯，她是賓客才對。科利奧蘭納斯已經決定一大早去火車站迎接她。這是讓他投入任務，與贏得她的信任的機會。

「科利歐，想像一下，她一定害怕極了，」提格莉絲這麼說。「一定覺得好孤單。換成是我，不管你做什麼都好，只要能讓我覺得你很關心我，那就成功了。不對，不只是那樣。讓我覺得自己很有價值。帶點東西給她，即使是紀念品都好，讓她知道你很重視她。」

科利奧蘭納斯想到他祖母種的玫瑰，在都城依然珍貴。老太太在頂樓公寓附帶的屋頂花園裡種植玫瑰，除了戶外花圃，還有一個溫室。她包裝花朵的態度彷彿在對待鑽石，因此他花了一些力氣才說服祖母割愛。「我需要跟露西．葛蕾產生某種連結。您一直都這麼說，您的玫瑰能打開所有緊閉的大門。」這也顯示祖母有多麼擔心他們的處境，她必須同意。

抽籤之後過了兩天。城市緊抓著酷熱天氣不放，即使天剛破曉，火車站也漸漸變得熱氣蒸騰。在寬闊荒涼的月台上，科利奧蘭納斯覺得自己很醒目，但他不能冒險錯過她搭乘的火車。他能得到的唯一消息來自樓下的鄰居，正在受訓的遊戲設計師雷慕斯．多利托，他說應該是在星期三抵達。雷慕斯剛從大學畢業，他的家人動用了每一種關係，非幫他弄到那個職位不可，薪酬剛好夠用，也提供了通往未來的踏腳石。科利奧蘭納斯大可透過中等學院詢問，但不知道迎接貢品搭的火車是否會遭到禁止。這件事從來不曾訂出規則，不過他認為大多數的同學都會等到隔天，在中等學院監督的集會場合與他們的貢品見面。

一個小時過去了，兩小時，依然沒有出現任何種類的火車。陽光從車站天花板的玻璃窗格猛力灑落。汗水沿著背後涔涔滴下，至於玫瑰，早上還那麼挺拔，這時放棄堅持，開始彎曲。他不禁覺得整個構想是否思慮不周，而且用這種方式歡迎她是否得不到感激。換成另一個女孩，普通的女孩，可能會覺得印象深刻，但露西．葛蕾．貝爾德絕對不是普通人。事實上，緊接在市長的偷襲之後，一個女孩能夠完成那麼大膽的表演，實在令人敬畏。而且在那之前，她才剛把一尾毒蛇放進另一個女孩的洋裝裡。他當然不知道那有沒有毒，不過大家都會那樣認爲，對吧？她眞的很可怕。而他在這裡，穿著制服，手裡緊抓著一朵玫瑰花，很像陷入熱戀的癡情男學生，衷心期盼她會……會怎麼樣呢？喜歡他？信任他？不會一見面就殺了他？

她的合作非常重要。昨天，薩提利亞召開一場導師會議，詳細說明他們的第一項任務。在過去，貢品全部抵達都城的隔天早晨，他們就會直接進入競技場，但現在把時間表拉長，讓中等學院的學生參與其中。目前決定每位導師要與自己的貢品進行專訪，並舉辦現場電視轉播，每一組有五分鐘的時間對施惠國展現自己的特點。假如大家支持某位貢品，他們可能就眞的有興趣觀看飢餓遊戲。如果一切進行順利，可能會安排在黃金時段播出，甚至邀請導師在遊戲過程中對他們的貢品發表評論。科利奧蘭納斯向自己保證，他的五分鐘會是當晚的注目焦點。

又一個小時悄悄溜過，他都準備要放棄了，而就在這時，隧道深處響起一陣火車的汽笛聲。戰爭的最初幾個月，這樣的汽笛聲傳達出他的父親從戰場回來了。身爲軍需品業界的大亨，他父親認爲服兵役能夠提升家族企業的正當性。懷著絕佳的策略頭腦、過人的膽識和威風凜凜的神采，他的軍階很快就往上爬。爲了公開展示他們對都城的承諾，史諾家會全體前往車站，科利奧蘭納斯穿著他的絲絨西裝，等待大人物歸來。直到那一天，火車只帶來消息，叛軍的子彈找到了目標。在都城很難找到某個地點沒有連結到恐怖的記憶，而那段記憶又特別糟糕。對於那個冷淡又嚴格的男人，他很難說自己感受到很大的愛意，但確實覺得受到良好的保護。與父親之死有關的恐懼和傷害，科利奧蘭納斯終其一生都無法擺脫。

汽笛聲響起，火車快速駛進車站，在發出尖銳刺耳的聲音後停下來。這列火車很短，只有一個火車頭和兩節車廂。科利奧蘭納斯望進車窗，探尋貢品的身影，然後才發現車廂裡連一個人影也沒有。這不是用來載運乘客，而是貨車。沉重的金屬鍊條裝著老式的掛鎖，確保貨物的安全。

不是這列火車，他心想。**可能還不如回家去**。但在這時，有個清晰的喊叫聲從一節貨運車廂傳來，於是他留在原地。

他預期會衝來一批維安人員，但火車若無其事停了二十分鐘，然後才有幾個人走向鐵道。其中一人與某個他視線之外的技師交談幾句，接著有一串鑰匙從車窗扔出來。那名維安人員慢慢走向第一節車廂，並翻找那串鑰匙，最後選出一把，插進掛鎖，轉一圈。掛鎖和鐵鍊分離開來，他把沉重的車門向後推開。車廂看似是空的。維安人員抽出他的警棍，砰砰敲打門框。「好了，你們所有人，動起來！」

一名高高的男孩出現在門口，他有一身深褐色的皮膚，穿著粗麻布袋縫補而成的衣服。科利奧蘭納斯認得他，他來自第十一區，是克萊蒙西亞的貢品，高瘦但健壯。有個膚色相近的女孩走到他旁邊，但她骨瘦如柴且乾咳不停。他們兩人都打赤腳，雙手銬在身體前方。車廂到地面有五呎的落差，於是他們坐在車廂邊緣，以笨拙的姿勢跳到月台上。一名臉色蒼白的小女孩，穿著條紋洋裝佩戴紅圍巾，她爬向門口，但似乎無法想出該怎麼跨越那段距離到達地面。維安人員把她用力拉下來，於是她重重落地，因為雙手銬住而差點站不穩。接著維安人員走進車廂，拖出一個男孩，他看起來約莫十歲，但至少一定有十二歲了，而那人同樣硬把他拉到月台上。

這時，車廂裡的氣味，發霉和濃重的糞肥味，飄送到科利奧蘭納斯這裡。他們用載運牲畜的車廂運送貢品，而且是非常不乾淨的車廂。他真想知道有沒有供應食物、有沒有讓他們呼吸新鮮空氣，還是自從抽籤之後就把他們鎖在那裡面。他習慣在螢幕上看到貢品，對於親眼見到這番遭遇沒有做好心理準備，於是一陣同情和反感橫掃而來。他們眞的是來自另一個世界的人。那是毫無希望的殘酷世界。

維安人員前往第二節車廂，解開鐵鍊。門往旁邊滑開，出現的是傑賽普，第十二區的男生貢品，他對著陽光燦亮的車站瞇起眼睛。科利奧蘭納斯感覺到一陣驚慌竄過全身，連忙挺直身子，滿心期待。果不其然，她會和他一起。傑賽普以僵硬的姿勢跳到地上，然後轉身面對火車。

露西．葛蕾．貝爾德走進光線裡，用銬住的雙手半遮著眼睛，等待慢慢適應。傑賽普伸出兩隻手臂，兩個手腕張開到手銬的鍊子允許的寬度，於是她身體往前倒，讓男孩扶住她的腰，然後轉個圈，讓她以令人吃驚的優雅動作站到月台上。她拍拍男孩的手臂表達謝意，然後歪著頭，重新沐浴在車站的陽光裡。她開始用手指梳理一頭鬈髮，解開打結的部分，並挑出幾根稻草。

科利奧蘭納斯的注意力一度轉向維安人員，他們正對車廂裡面喊些威脅的話語。他再轉回頭時，發現露西．葛蕾直直盯著他。他呆望了一會兒，然後才想起除了維安人員之外，月台上只有他一個人。這時，那些士兵破口大罵，同時抬起他們其中一人爬進車廂，讓他拖出一些心不甘情不願的貢品。

機不可失。

他走向露西．葛蕾，遞出玫瑰花，微微點個頭。「歡迎來到都城，」他說。他的聲音略顯粗啞，因爲已經好幾個小時沒說話，但覺得這樣讓他顯得成熟也不錯。

女孩打量著他，他一度很怕她打算一走了之，或者更糟的是，嘲笑他。但她反倒伸出手，從他手中的花朵小心剝下一片花瓣。

「我小時候，他們經常把我浸在白脫牛奶和玫瑰花瓣裡，」看著她說這番話的模樣，儘管不太可能有這種事，但似乎完全可信。她用拇指撫摸花瓣光滑潔白的表面，然後塞進嘴巴，閉上雙眼欣賞香氣。「很像睡前的滋味。」

科利奧拉納趁機仔細檢視她。她看起來和抽籤日不太一樣。除了滿身雀斑，化妝品也卸掉了，素顏看起來更年輕。她嘴唇龜裂，頭髮散亂，彩虹色的洋裝沾滿塵土且皺巴巴。市長的拳頭留下的痕跡變成深紫色瘀傷。但不只如此。他再次覺得自己目睹了一場表演，不過這次是私下表演。

她睜開雙眼後，全神貫注看著他。「你看起來好像不應該在這裡。」

「可能是不應該，」他坦承說。「不過我是你的導師，我希望自己安排跟你碰面，而不是按照遊戲設計師的安排。」

「啊，叛亂份子，」她說。

在都城公民的嘴裡，這種詞彙敗壞道德，但在她口中頗有稱許之意，是恭維的話。難道是嘲笑他？猶記她的口袋裡帶著蛇，一般規矩無法適用在她身上。

「那麼，我的導師要爲我做什麼，除了帶來玫瑰花之外？」她問。

「我會盡力照顧你，」他說。

她回頭看了一眼，維安人員正把兩個非常飢餓的孩子扔到月台上。女孩在月台上撞斷一顆門牙，男孩落地後則承受了好幾次猛力踹踢。

露西．葛蕾對科利奧蘭納斯面露微笑。「嗯，花美男，祝好運。」她說著，走回傑賽普身旁，把他和他的玫瑰留在原地。

眼看維安人員把那些貢品趕出月台前往大門，科利奧蘭納斯覺得自己的機會漸漸流逝。他尚未得到她的信任。他一事無成，也許只逗樂她一會兒而已。她顯然覺得他沒什麼用，也許她是對的，但在這麼重要的成敗關頭，他必須姑且一試。他跑過車站，在那群貢品到達門口時追上他們。

「打擾一下，」他對負責的維安人員說。「我是從中等學院來的科利奧蘭納斯．史諾。」他朝著露西．葛蕾點點頭。「飢餓遊戲的這個貢品已經指派給我。我在想，不曉得能不能陪她去她的住處。」

「就是因爲這樣，你才會整個早上都在這裡晃來晃去？搭便車，露個臉？」維安人員問道。他散發出濃濃酒味，眼睛紅紅的。「嗯，史諾先生，當然可以，來參一咖吧。」

就在這時，科利奧蘭納斯才看到等待載運貢品的卡車。比較不像卡車，而是裝了輪子的牢籠。車斗圍著一圈金屬欄杆，頂上蓋著鐵皮車頂。他再次回想起小時候的馬戲團，他在那裡看到一些兇猛的動物——大貓和熊——也像這樣關起來運送。那些貢品遵從命令，舉起手銬等待移除，然後爬進籠子。

科利奧蘭納斯畏縮不前，但隨即看到露西．葛蕾望著他，心裡明白這是評分時刻。如果他現在打退堂鼓，一切就結束了。她會認爲他是懦夫，對他的一切全盤否定。他深吸一口氣，撐起自己的身子爬進籠子。

門在他背後轟的一聲關上。卡車搖搖晃晃向前開，撞得他失去平衡。有幾個貢品跌到他身上，他反身抓住右邊的欄杆，額頭卡在兩根欄杆之間。他用力往後推，扭轉身子，面對一同搭車的其他乘客。這時每個人至少抓住一根欄杆，唯有撞斷牙齒的女孩除外，她只抓住同區男孩的腿。隨著卡車轆轆駛過一條寬闊的大馬路，大家漸漸安頓下來。

科利奧蘭納斯知道自己錯了。即使身在開放的環境，臭味依然撲鼻而來。貢品吸收了運牛車廂的氣味，又混合了沒洗澡的人類氣味，讓他覺得有點想吐。現在距離這麼近，可以看出他們有多骯髒，眼睛充血得多厲害，四肢又有多少瘀傷。露西．葛蕾擠在前面的角落裡，用她的裙襬輕拍額頭，那裡有一塊新的擦傷。她似乎對他的存在不感興趣，但其他人全都盯著他，很像一群兇猛的動物緊盯著一隻胖嘟嘟的貴賓狗。

至少我的狀況比他們好，他心想，手中緊握著玫瑰花莖。**如果他們發動攻擊，我有機會贏**。不過對付這麼多人？他會贏嗎？

卡車慢下來，讓路給一輛色彩繽紛的路面電車，車廂裡擠滿了人，從卡車前面開過去。科利奧蘭納斯坐在車尾，但他仍彎低身子，不讓人發現。

電車開過去了，卡車開始行駛，他才敢挺直身子。其他人嘲笑他，那些貢品；或至少有些人看到他心慌意亂，露出嘻笑的表情。

「帥哥，怎麼回事？你待錯籠子啦？」第十一區的男孩說，他完全沒笑。

他那毫不掩飾的恨意，科利奧蘭納斯看了驚恐不安，但他努力表現得無動於衷。「不，這就是我等待的籠子。」

男孩突然伸出雙手，用傷痕累累的修長手指掐住科利奧蘭納斯的喉嚨，把他猛然往後推。男孩的前臂把他的身體壓在欄杆上。科利奧蘭納斯遭到壓制，但憑著在學校跟人扭打時無往不利的一個動作——將膝蓋用力頂向對手的褲襠——行政區男孩倒抽一口氣，彎下腰，放開了他。

「他現在大可殺了你。」第十一區的女孩對著科利奧蘭納斯的臉嗆聲。「他在十一區殺了一名維安人員。他們始終搞不清楚是誰殺的。」

「迪兒，閉嘴啦，」男孩咆哮說。

「這事現在有誰在意？」迪兒說。

「我們全部一起殺了他啦，」小不點男孩用兇狠的語氣說。「對我們來說又不會更糟。」

其他貢品也有好幾人喃喃表示同意，一副躍躍欲試的樣子。

科利奧蘭納斯害怕到全身僵硬。殺了他？他們的意思眞的是把他打死，就在這光天化日之下，在都城的市中心？突然間，他知道他們眞的是這個意思。畢竟，他們有什麼好損失的呢？他的心在胸口怦怦跳，身子略微彎起，伸出拳頭，爲了即將迎來的攻擊預作準備。

就在這時，露西．葛蕾優美的聲音從角落傳來，打破了緊繃的態勢。「對我們也許沒差。你在家鄉有家人嗎？他們能不能在那裡找到人抓去懲罰？」

這番話似乎讓其他貢品變得很洩氣。她扭動身子爬過來，停在他們和科利奧蘭納斯之間。

「況且，」她說：「他是我的導師。他應該要幫我。我可能需要他。」

「你怎麼會有道師？」迪兒問。

「是導師。你們每個人都有一個，」科利奧蘭納斯解釋，努力聽起來掌控住局面。

「那麼，那些人在哪裡？」迪兒質疑說。「他們為什麼沒來？」

「我想，只是沒人叫他們來吧，」露西・葛蕾說。她本來面對迪兒，這時轉過來對科利奧蘭納斯眨個眼。

卡車轉個彎，搖搖晃晃開進一條狹窄的小巷，看似是一條死巷。科利奧蘭納斯不太確定自己身在何處。他努力回想，前幾年把貢品集中在哪裡呢？不是維安人員的馬匹住的馬廄嗎？沒錯，他記得聽過一些相關討論。他們一抵達目的地，他會去找維安人員解釋一番，也許針對不友善的行為要求一點保護。看了露西・葛蕾眨眼之後，可能值得花時間再停留一下。

這時，他們倒車進入一棟昏暗的樓房，也許是倉庫。科利奧蘭納斯吸進一股強烈的氣味，混合了腐魚和老舊乾草的氣息。他感到很困惑，努力搞清楚自己的周遭環境，接著發現兩扇金屬門猛然打開，他不禁瞪大雙眼。一名維安人員打開車斗的門，而大家還來不及爬出去，籠子就向下傾斜，把他們全部拋到一大片冰冷潮溼的水泥板上。不是水泥板，其實比較像一條非常傾斜的溝槽，科利奧蘭納斯立刻開始往下滑，其他人也一樣。他拋開手上的玫瑰，雙手雙腳亂抓亂頂，但找不到東西可以抓緊。他們全都滑了足足二十呎遠，然後掉到一塊砂礫地面，全部亂七八糟堆成一團。熾烈的陽光照在科利奧蘭納斯的身上，他掙扎著從人堆底下爬出來。他搖搖晃晃走了幾步路，穩住自己身子，然後震驚得呆立不動。這不是馬廄。他有好多年沒來了，但現在記得一清二楚。延伸的沙子，人爲堆疊的岩石構造扭轉著伸向天際。有一排金屬柵欄用來保護觀眾，鋼條上面雕刻著紋路，看起來很像藤蔓沿著寬大的弧線彎曲盤繞。在一根根柵欄之間，都城孩子的一張張臉孔痴痴望著他。

他身在動物園的猴子籠舍裡。

4

他覺得，這樣比赤裸裸站在柯索大道的路中央暴露得更厲害。至少在柯索大道還有機會逃走。此時此刻，他受困於此，公開展示，頭一次體會到動物無法躲藏的感受。小孩子開始興奮地吱吱喳喳，對他的學校制服指指點點，結果引來成年人的注意。柵欄之間所有的空間都擠滿一張張臉孔。然而，真正恐怖的地方是什麼呢？有兩架攝影機，設立在遊客的兩端。都城新聞台。傳播得鋪天蓋地，搭配他們俏皮的廣告語：「**如果你沒有在這裡讀到報導，那件事就是沒發生**。」

喔，正在發生。對他來說。此時此刻。

他可以感覺到自己的影像即時傳送到整個都城。幸好震驚使他彷彿腳底生根般站在原地，因爲比站在一群來自行政區的烏合之眾之中更糟糕的事，就是像笨蛋一樣到處跑，試著逃脫。這裡是爲了野生動物而興建，而企圖躲藏又顯得更可悲。想像一下，都城新聞台的畫面會多麼獵奇。他們會反覆播放，令人看了就想吐。加上愚蠢的配樂和字幕——「史諾的潰敗！」成為天氣預報的背景影片——「對史諾來說太熱了[9]！」只要他活多久，他們就會反覆播放多久。他簡直丟臉丟光了。

他還有什麼選擇呢？只能站在原地，看著攝影機緊盯著他，直到他獲救為止。

他奮力挺直身子，肩膀稍微向後壓，裝出很厭煩的樣子。觀眾開始向他大聲叫喊。剛開始是音調高亢的小孩子聲音，接著成年人也加入，詢問他在做什麼？他為何待在籠子裡？他需不需要幫忙？有人認出他，於是他的名字宛如野火燎原般，在群眾之間傳遞開來，且隨著時間經過傳遞得更廣。

那是史諾家的男生！

再說一次他是誰？

你知道的啊，在屋頂種玫瑰的那家人！

這些人到底是什麼人，週間在動物園晃來晃去？他們沒有工作嗎？小孩子不是該去上學嗎？難怪整個國家一團混亂。

幾個行政區的貢品開始圍繞成一圈，對他出言嘲諷。包括第十一區的那一對——兇惡的

9史諾（Snow）的字意是「雪」。「對雪來說太熱了」語氣很酸。

小男生曾叫他去死——還有新加入的幾個人。他回想起卡車上的恨意，不禁心想，如果他們群起攻擊，結果不知會如何。也許觀眾只會幫他們歡呼加油吧。

科利奧蘭納斯努力不要驚慌失措，但可以感覺到汗水沿著身體側邊涔涔流下。所有人的臉孔，包括身旁的貢品，以及柵欄那邊的群眾，都開始變得模糊不清。他們的特徵變得難以辨認，只剩下皮膚的明暗斑塊，張開嘴巴咧開粉紅色的破口。他覺得四肢麻木，肺部渴望得到空氣。他正開始考慮要逃向溝槽，嘗試爬上去，而就在這時，他背後有個聲音輕輕說道：

「掌控情勢。」

不必轉頭，他就知道是那個女孩，他的女孩，於是他立刻覺得鬆口氣，覺得自己不是完全孤單一人。他想起女孩遭受市長的攻擊後，用了多麼機靈的方法對付觀眾，又是如何用自己的歌聲徹底征服他們。當然，她說得對。他必須讓眼前的場面看起來像是刻意營造的，否則一切就完了。

他深吸一口氣，轉身面對她坐的地方，氣定神閒，將白玫瑰固定在她耳後。她似乎總是想改善自己的外表。她在第十二區撫平百褶裙，在火車站整理頭髮，而現在用玫瑰裝飾在自己身上。他向她伸出手，彷彿她是整個都城最尊貴的女子。

露西．葛蕾的嘴角微微揚起。兩人握手時，她的碰觸送出微小的電流，沿著他的手臂往上傳，感覺好像把一點點舞台魅力傳送給他。他微微鞠躬，看著她以貌似誇張的優雅動作站起來。

她在舞台上，你在舞台上，這是一場表演，他這樣心想。他抬起頭，問道：「你介意見見我的幾位都城朋友嗎？」

「我很樂意，」她說著，彷彿兩人正在共進下午茶。「我的左邊比較好看，」她嘀咕著說，伸手輕輕撫過臉頰。聽到這個訊息，他不太確定該怎麼辦才好，最後開始帶著她走向左邊。露西．葛蕾對觀眾露出一抹大大的微笑，似乎覺得待在這裡很開心，但他帶頭走向柵欄時，可以感覺到她的手指像鉗子一樣，緊緊抓住他的手。

一道淺淺的溝渠隔開岩石構造和猴子籠舍的柵欄，以前曾經有水，在動物和遊客之間形成障礙，但現在乾巴巴的。他們往下走了三階，越過溝渠，再爬上去，到達柵欄邊的一處平台，專心凝視他們的觀眾。科利奧蘭納斯選了一個地點，距離其中一部攝影機大約幾碼處，讓攝影機拍得到他，而且有一小群孩子站在那裡擠成一團，興奮得吱吱喳喳。每根柵欄之間寬約四吋——沒有足夠的空間讓整個身子擠過去，不過伸手穿過去綽綽有餘。他們靠近時，孩子們突然安靜下來，回頭緊緊抓住父母親的腿。

科利奧蘭納斯覺得下午茶的畫面實在太美好，於是讓整個情況繼續帶著輕鬆愉快的氣氛。「你們好嗎？」他說著，傾身靠向那群孩子。「我今天帶了朋友一起來。你們願意見見她嗎？」

孩子們扭來扭去，也傳來幾陣格格笑聲。接著有個小男孩喊道：「好啊！」他伸手對著柵欄拍打幾下，然後把雙手插進口袋，有點猶豫的樣子。「我們在電視上看過她。」

科利奧蘭納斯帶著露西・葛蕾走向柵欄。「請容我介紹露西・葛蕾・貝爾德小姐。」觀眾這時陷入一片靜默，看到她靠近孩子覺得很緊張，卻也渴望聆聽這位奇怪的貢品會說什麼話。露西・葛蕾在距離柵欄大約一呎的地方單膝跪下。「嗨，你好，我是露西・葛蕾。你叫什麼名字？」

「龐提耶斯，」男孩說著，並朝母親瞥了一眼，尋求肯定。母親以憂慮的眼神看著露西・葛蕾，但女孩沒理會她。

「龐提耶斯，你好嗎？」她說。

就像所有教養良好的都城小孩一樣，男孩猛然伸出手，作勢要握手。露西・葛蕾舉起手，想要穿過柵欄伸向前去，但努力忍住，因爲那樣可能顯露出威脅。結果是男孩將手伸進籠舍裡，兩人握住手。她親切地捏捏那隻小手。

「眞高興認識你。這位是你的妹妹嗎？」露西・葛蕾對著他身旁的小女孩點點頭。小女孩站著，眼睛睜得圓滾滾的，同時吸吮自己的手指頭。

「那是維納斯，」他說。「她只有四歲。」

「嗯，我想四歲是很聰明的年紀喔，」露西．葛蕾說。「維納斯，很高興認識你。」

「我喜歡你唱的歌，」維納斯輕聲說道。

「眞的嗎？」露西．葛蕾說。「好高興啊。嗯，小寶貝，注意看喔，我要試試看唱另一首歌給你聽。好嗎？」

維納斯點點頭，接著把臉埋進她母親的裙子裡，不讓群眾聽見她的笑聲和幾聲「哇哇哇」。

露西．葛蕾開始沿著圍欄往側邊跨步，孩子們見狀深受吸引。科利奧蘭納斯後退一點，給她多一點空間。

「你帶了你的蛇嗎？」有個小女孩緊抓著滴滴答答的草莓雪糕，滿懷希望問道。

「我也好希望帶著。那尾蛇是我很特別的朋友喔，」露西．葛蕾對她說。「你有寵物嗎？」

「我有一條魚，」小女孩說。她傾身移向柵欄。「他名叫巴布。」她把雪糕移到另一隻手上，然後把手伸過柵欄，伸向露西．葛蕾。「我可以摸摸你的裙子嗎？」一道道紅寶石色的糖漿從她的拳頭流到手肘，但露西．葛蕾只是笑了笑，稍微拎起裙子。小女孩怯怯地伸出一根手指，摸摸裙褶。「好漂亮。」

「我也喜歡你的裙子。」小女孩穿著有點褪色的印花布洋裝，沒什麼值得一提之處。不過露西．葛蕾說：「圓點總是讓我覺得好開心，」這番話惹得小女孩眉開眼笑。

科利奧蘭納斯可以感覺到觀眾對他的貢品越來越感興趣，不再費心保持距離了。事關孩子的時候，人們還眞容易操控啊。看到孩子開心自己就很開心。

露西．葛蕾似乎天生很懂這一套，走動時不理會在場的大人。她幾乎走到其中一部攝影機和一旁的記者那邊。她一定察覺到了，但是等她起身，發現攝影機直直對著她的臉時，顯然微微吃了一驚，接著笑起來。「喔，嗨大家好。我們上電視了嗎？」

電視台的記者是一個急著做出報導的年輕人，他滿臉渴望，傾身向前。「當然是啊。」

「而你又是誰？」她問。

「我是都城新聞台的雷比達．瑪姆西，」他說著，閃過一絲笑容。「那麼，露西，你是來自第十二行政區的貢品？」

「我是露西．葛蕾，而我其實不是來自第十二區，」她說。「我是柯維族人，職業是音樂家。我們只是有一天轉錯彎，然後就被迫留下來。」

「喔。所以……那麼，你到底來自哪個行政區？」雷比達問道。

「沒有特別哪個行政區。我們到處移動，心血來潮要去哪裡就去。」露西．葛蕾突然住嘴。

「嗯，我們以前是那樣，在幾年前維安人員把我們集中起來之前是那樣。」

「不過，你現在是第十二行政區的公民，」他堅持說道。

「如果你一定要這樣說的話，」露西．葛蕾的目光飄回群眾身上，彷彿很怕自己開始覺得無聊。

記者可以感覺到她的注意力飄走了。「你的洋裝在都城造成大轟動！」

「眞的嗎？嗯，柯維族熱愛色彩，而我又比大多數人更加狂熱。不過這是我母親的，所以對我有額外的特殊意義，」她說。

「她在第十二區嗎？」雷比達問。

「親愛的，只有她的骨頭在那裡。只有她那珍珠色澤的白骨在那裡。」露西．葛蕾直視著記者，害他似乎很難問出下一個問題。她看他掙扎了一會兒，然後指著科利奧蘭納斯。

「那麼，你認識我的導師嗎？他說他的名字是科利奧蘭納斯．史諾。他是都城男孩，而我顯然得到加上鮮奶油的蛋糕，因爲別人的導師都沒有特別費心跑去歡迎他們。」

「嗯，他讓我們大大驚喜。科利奧蘭納斯，你的老師們叫你來這裡嗎？」雷比達問。

科利奧蘭納斯走向攝影機，試著表現得可愛又有點淘氣。「他們沒有叫我不要來。」群眾傳出一陣笑聲。「不過我確實記得，他們叫我向都城介紹露西．葛蕾，而我很認真看待這項任務。」

「所以，要掉進貢品的籠子裡，你連多考慮一下也沒有嗎？」記者逼問。

「考慮兩下，三下，而我想，我很快就會再考慮四下和五下，」科利奧蘭納斯坦白說。

「不過，如果她那麼勇敢來到這裡，我不該這樣做嗎？」

「喔，鄭重聲明，我可沒有選擇的餘地喔，」露西．葛蕾說。

「鄭重聲明，我也沒有，」科利奧蘭納斯說。「聽你唱完歌之後，我忘不掉。我要告白，我是你的粉絲。」露西．葛蕾聽了，拎起裙子揮了揮，這時群眾響起零星的掌聲。

「嗯，科利奧蘭納斯，我希望看在你的份上，中等學院同意你的做法，」雷比達說。

「我想，你很快就會知道了。」

科利奧蘭納斯轉過身，看到猴子籠舍後方的金屬門打開了——門上的窗戶還加裝鐵柵。四人一組的維安人員大步走進來，直直走向他。他轉身對著攝影機，想要來個完美的退場。

「謝謝大家來看我們，」他說。「請記住，這位是露西．葛蕾．貝爾德，代表第十二區。如果你有時間打個招呼，請順道造訪動物園，我敢保證，她很值得你這樣做。」

露西・葛蕾向他伸出手，手腕很微妙地往下垂，邀請他一吻。他回應了，而嘴唇拂過她的肌膚時，他感受到一陣開心的顫抖。對觀眾最後一次揮手後，他以冷靜的步伐走過去與維安人員會合。簡短點頭一下，沒有說半句話，他跟著那些人走出圍欄，準備迎接致敬的掌聲。

門在背後關上時，他吐出長長一口氣，這才發現自己剛剛有多麼害怕。他默默恭喜自己，面臨壓力還能保持風度翩翩，但是維安人員面露怒容，顯示他們無法苟同他的意見。

「你到底在玩什麼把戲？」一名維安人員質問道。「沒人准許你待在那裡面。」

「所以我認爲是你們的同夥冒冒失失把我扔進那道溝槽，」科利奧蘭納斯回答。他心想，結合了「同夥」和「冒冒失失」這樣的字眼，剛好表現出恰如其分的優越性。「我只不過報名要搭車前往動物園。我很樂意向你的主管長官說明整個過程，並把參與這件事的維安人員指認出來。不過對你呢，我致上我的謝意。」

「嗯哼，」他語氣平板地說。「我們接獲命令，要護送你前往中等學院。」

「那樣更好，」科利奧蘭納斯說著，表面上聽起來很有自信，但實際上他自己並不覺得。學校的反應這麼快，讓他感到很不安。

維安人員廂型車後座的電視壞掉了，但一路上還是能從都城各處的巨大公共螢幕瞥見過程點滴。他先看到露西·葛蕾的畫面，然後看到自己的畫面也投射到整個城市，緊張的能量漸漸高漲。他絕不可能策劃出這麼大膽魯莽的事，但自從事情發生以來，他恐怕也深陷其中。而且說實在的，他心想，他做了很棒的表演呢。臨危不亂，堅守立場，凸顯女孩；而她自然不做作，帶著高尚的態度和一點嘲諷的幽默感處理這一切。

到達中等學院時，他已經恢復鎮定，以自信的態度爬上階梯。所有人都轉頭看他也助長他的自信，要不是有維安人員不讓大家靠近，他很確定同學們會簇擁到他身邊。他以爲那些人會帶他到辦公室，但警衛把他扔在門外的長椅上，而且不是別的地方，這裡是高等生物學實驗室，只有在科學方面最有天分的高年級學生才能來這裡。這不是他最喜歡的學科，因爲甲醛的氣味會讓他下意識想吐，而且他不喜歡跟搭檔一起做實驗。不過他在基因操作方面做得夠好了，在班上成績不俗。但完全不如伊娥·賈斯伯那個高手，她的眼睛似乎天生就附加了顯微鏡。不過他一直對伊娥很體貼，結果她很崇拜他。像她這樣不是很受歡迎的人，稍微一點努力就能產生很大的效果。

可是，他有什麼資格覺得自己很優越呢？長椅對面有一塊告示板，用來公告學生注意須知，上面貼了一張備忘錄，寫著：

第十屆飢餓遊戲
導師分配表

第一行政區

男生　導師：莉維亞．卡迪歐
女生　導師：帕米拉．蒙提

第二行政區

男生　導師：賽嘉納斯．普林西
女生　導師：佛羅瑞斯．弗蘭德

第三行政區

男生　導師：伊娥．賈斯伯
女生　導師：厄本．坎維爾

第四行政區

男生　導師：泊瑟芬．普萊斯
女生　導師：飛斯都．克里德

第五行政區

男生　導師：丹尼絲．弗林

女生　導師：伊菲格涅亞．摩斯

第六行政區

男生　導師：阿波羅．林恩

女生　導師：黛安娜．林恩

第七行政區

男生　導師：維普薩妮亞．希克

女生　導師：普林尼．哈靈頓

第八行政區

男生　導師：茱諾．菲浦斯

女生　導師：希拉瑞斯．黑文斯比

第九行政區

男生　導師：蓋俄斯．布林恩

女生　導師：安卓科斯．安德森

第十行政區

男生　導師：多米希亞・惠姆希維克

女生　導師：亞拉契妮・克萊恩

第十一行政區

男生　導師：克萊蒙西亞・多夫寇特

女生　導師：菲力克斯・拉文史提爾

第十二行政區

男生　導師：麗西斯特拉塔・維克斯

女生　導師：科利奧蘭納斯・史諾

他的名字吊車尾，簡直像是事後才添加上去；像這樣公開提醒他的地位岌岌可危，還有比這樣更尖酸刻薄的方法嗎？

科利奧蘭納斯困惑了好一會兒，不懂為何帶他來實驗室，這時警衛告訴他可以進去了。他猶豫著敲了門，接著聽到他認識的聲音吩咐他進去，是海咖院長。他預料薩提莉亞會在場，卻發現實驗室裡只有另外一個人——一位嬌小的駝背老太太，頂著灰白鬈髮，正用一根金屬棒逗弄籠子裡的兔子。她把金屬棒伸進籠子的網眼，只見那隻基因改造動物的齧咬力像鬥牛犬一樣強大，把金屬棒從她手中扯走，啪的一聲咬成兩半。接著，老太太盡可能站直身子，把注意力轉向科利奧蘭納斯，嚷嚷著說：「蹦蹦又跳跳！」

佛蘭妮亞[10]·戈爾博士，首席遊戲設計師，也是都城的「實驗武器部門」背後的策劃者，科利奧蘭納斯自從小時候就很怕她。九歲時，有一次校外教學，他的班級觀看她使用某種雷射，把一隻實驗鼠的血肉燒熔掉，然後詢問有沒有人玩膩自己的寵物。科利奧蘭納斯沒有養寵物——他家怎麼可能負擔得起？不過普魯利巴斯·貝爾有一隻毛茸茸的白貓，名叫波亞·貝爾，會躺在主人的腿上，並在他的白色假髮髮梢旁邊晃來晃去。科利奧蘭納斯曾經想像自己拍拍那隻貓的頭，聽她發出帶點怒氣的呆板嗚嗚聲。那段日子很枯燥，他經常得踏著艱難的步伐，穿越冰冷的融雪，拿一袋皇帝豆去交換更多的包心菜，而那隻傻呼呼、柔軟光滑又溫暖的白貓總能撫慰他的心。一想到波亞·貝爾命喪於實驗室，他整個人就好焦躁。

科利奧蘭納斯知道戈爾博士在大學教書，但很少在中等學院看到她。然而身爲首席遊戲設計師，與飢餓遊戲有關的每一件事都受到她的掌控。他去動物園的事把她帶來這裡嗎？他是不是要失去導師資格了？

「蹦蹦又跳跳。」戈爾博士面帶微笑。「動物園怎樣？」接著她笑起來。「那很像小孩子的童謠。蹦蹦又跳跳，動物園怎樣？你掉進一間籠舍，而你的貢品也一樣！」

科利奧蘭納斯咧開嘴唇，露出虛弱的微笑，目光則射向海咖院長尋找一些線索，看看要怎麼反應。那個男人駝著背，坐在一張實驗桌旁，揉著自己的太陽穴，一副頭痛欲裂的樣子，完全派不上用場。

「是啊，」科利奧蘭納斯說。「我們是那樣沒錯。我們跌進籠舍裡。」

戈爾博士對他挑挑眉毛，彷彿期待更多回答。「所以呢？」

「呃……我們……掉到舞台上？」他補上一句。

「哈！完全正確！你們眞的就是那樣！」戈爾博士對他露出讚賞的目光。「你很擅長這種遊戲，或許有一天你會成爲遊戲設計師。」

他的內心從來不曾萌生這種想法。不是對鄰居雷慕斯不敬，只是那似乎不太像一份工

10佛蘭妮亞（Volumnia）這個名字出自莎士比亞的悲劇《科利奧蘭納斯》，是羅馬將軍科利奧蘭納斯的母親，性格強烈鮮明，對兒子不假辭色，強力控制兒子的生涯，鼓勵他取得軍事與政治的影響力。但科利奧蘭納斯被逐出羅馬後，與敵方結盟意圖攻打羅馬，佛蘭妮亞說服他締結合約，但科利奧蘭納斯最後仍遭殺害。

作。或者好像需要某種特殊能力，把許多孩子和一堆武器扔進一座競技場，任憑他們拚個你死我活。他心想，那些人必須安排抽籤並拍攝遊戲過程，但他希望從事更有挑戰性的工作。

「我還有很多方面要學習，然後才能考慮這種事，」他謹慎地說。

「很強的直覺，那是關鍵，」戈爾博士說。「那麼，告訴我，什麼因素讓你進去那個籠舍？」

完全是意外。他正準備這樣說，但隨即想起露西・葛蕾輕聲說的那句話：「掌控情勢。」

「嗯……我的貢品，她很嬌小。那種孩子大概在飢餓遊戲開賽的五分鐘內就沒了。不過她衣衫襤褸的模樣有種魅力，包括唱歌和其他一切。」科利奧蘭納斯停了一下，彷彿盤算著自己的計畫。「我不認爲她有機會獲勝，但那不是重點，對吧？我所知道的是，要努力吸引觀眾，那是我的任務，吸引大家願意觀賞。所以我問自己，我要怎麼拉到觀眾？我就去攝影機所在的地方。」

戈爾博士點點頭。「對啊，對啊，沒有觀眾，飢餓遊戲就不成立。」她轉身看著院長。「卡斯卡，看見沒，這個人主動出擊。維持遊戲的熱度很重要，他很了解。」

海咖院長以懷疑的眼神瞇眼看著他。「眞的嗎？說不定他只是賣弄一番，想要得到比較好的成績？科利奧蘭納斯，你覺得飢餓遊戲的目的是什麼？」

「懲罰各個行政區的叛亂行爲，」科利奧蘭納斯毫不遲疑地說道。

「正確，但懲罰可以採用各式各樣的形式，」院長說。「爲什麼是飢餓遊戲？」

科利奧蘭納斯張開嘴，但是遲疑了。爲什麼是飢餓遊戲？爲什麼不乾脆扔一堆炸彈，或者取消食物運送，或者在各個行政區司法大樓的台階上執行死刑？

他的思緒跳到露西．葛蕾跪在籠舍柵欄前的情景，那吸引了小孩子，也融化群眾的心。他們以某種方式聯繫在一起，他其實不太能清楚表達。「因爲……因爲小孩子，他們對人們很重要。」

「他們有多重要？」海咖院長繼續逼問。

「大家很愛孩子，」科利奧蘭納斯說。但這些話就算由他口中說出，他也有所質疑。戰爭期間，他歷經了轟炸、挨餓，在很多方面遭受傷害，而且不只來自叛軍。有人把他手中的高麗菜搶走；有名維安人員打傷他的下巴，因爲他不小心遊蕩到太靠近總統官邸的地方。他想著，以前他曾因罹患流感而癱倒在街上，沒有人停下來幫忙，連一個人都沒有。畏寒極度痛苦，發燒像是著火，四肢刺痛難耐。提格莉絲自己也病懨懨，但仍在那天晚上找到他，不知用什麼方法把他弄回家。

他結結巴巴地說：「大家有時候很愛孩子。」他補上這一句，但是欠缺說服力。他思考這點，人們對孩子的愛似乎變幻無常。「我不知道爲什麼，」他坦白說。

海咖院長對戈爾博士射出凌厲的一眼。「看見沒？這實驗失敗了。」

「沒人看見才是失敗！」她氣沖沖地回答。她對科利奧蘭納斯露出寬容的微笑。「他自己也是孩子，給他一點時間，我對此早就有很好的預感。嗯，我要離開了，去看看我的變種生物。」她拍拍科利奧蘭納斯的手臂，然後拖著腳步走向門口。「非常機密喔，不過與爬行動物相處，眞的是非常美好的事。」

科利奧蘭納斯作勢要跟去，但海咖院長的聲音阻止他。「所以，你整個表演是策劃好的。那還眞奇怪。因爲你在籠舍裡面站起來那時，我以爲你心裡很想逃走。」

「我沒想到是那麼粗暴的入口。我花了點時間才搞清楚東南西北。況且，我還有很多重要的事情得學習，」科利奧蘭納斯說。

「學習拿捏那些事情之間的界線。你被記過一次，因爲從事了不顧後果的魯莽行爲，有可能傷害到學生——其實就是你。那會讓你留下永久的紀錄，」院長說。

記過一次？那到底是什麼意思？如果要對這項懲罰提出申訴，科利奧蘭納斯必須去瀏覽中等學院的學生手冊。這時，海咖院長的動作讓他分心，只見院長兀自從口袋拿出一個小瓶子，把瓶蓋轉開，然後在舌頭上滴了三滴清澈的液體。

瓶子裡裝的東西不知是什麼，最有可能是麻精，總之很快就發揮作用，因爲海咖院長全身放鬆下來，出現夢幻般的眼神。他的笑容令人厭惡。「像那樣記過三次，你就會被退學。」

5

科利奧蘭納斯從沒收過任何正式的懲戒，沒有一件事會沾染他毫無瑕疵的紀錄。「可是……」他準備開口抗議。

「離開吧，趁你因爲不願意服從而第二次記過之前，」海咖院長說。這番話毫無彈性，完全不給予談判的空間，科利奧蘭納斯只好乖乖從命。

海咖院長眞的用了「退學」這種字眼？

科利奧蘭納斯心情焦慮地離開中等學院，但同樣又有太多事情需要注意，暫時壓下他的憂愁。包括走廊上對他行注目禮的學校同學，包括提格莉絲和祖奶奶吃著炒蛋和包心菜湯的速簡晚餐，也包括他在傍晚回到動物園，急切著熟悉飢餓遊戲時，所遇見的、全然陌生的人。

夕陽的柔和橘色光輝浸潤著整個城市，涼爽的微風將白天令人窒息的熱氣一掃而空。官方把動物園的開放時間延長到九點，讓市民能來看看貢品，但自從他稍早來此之後，就沒有現場直播了。科利奧蘭納斯已經打算再好好現身一次，查看露西・葛蕾的狀況，並建議她唱另一首歌。觀眾會很愛看，也許會吸引攝影機回來。

他迂迴穿越動物園的步道，心中充滿懷舊之情，回憶起小時候待在這裡的快樂時光，但是看到籠舍變得空蕩蕩覺得很悲傷。這裡曾經滿是各種迷人的動物，來自都城的基因方舟。而如今，在一個籠舍裡，一隻孤零零的陸龜躺在泥巴裡，氣喘吁吁。一隻滿身泥污的巨嘴鳥在枝枒高處呱叫，拍著翅膀從一個圍欄飛到另一個圍欄。牠們是戰後極少數的倖存者，大部分的動物不是餓死就是被吃掉。一對骨瘦如柴的浣熊可能是從鄰近的城市公園晃到這裡來，在傾倒的垃圾桶裡翻找東西。唯一繁衍興盛的動物是老鼠，牠們彼此追逐，繞過噴泉的邊緣，從走道的不遠處匆匆跑過。

科利奧蘭納斯靠近猴子籠舍時，步道的人潮變得比較多，群眾上看百人，圍成弧形，從柵欄的一側延伸到另一側。有人匆匆走過時推擠他的手臂，他認出那個人是雷比達・瑪姆西，帶著攝影師從遊客之間推擠而過。前方發生了某種騷動，於是他爬上一塊大石頭，讓視野好一點。

科利奧蘭納斯懊惱極了，因為看到賽嘉納斯站在籠舍邊緣，身旁有個大型背包。他拿起一個看似三明治的東西，伸進柵欄，提供給裡面的貢品。那些貢品一度全部往後退。科利奧蘭納斯聽不清楚他說的話，似乎努力哄著來自第十一行政區的女孩迪兒，要她拿著。賽嘉納斯在忙什麼？想要超越他，搶走這一天的聲勢？採納他的點子跑來動物園，然後改造成科利奧蘭納斯永遠無法企及的模式，因爲他永遠負擔不起？整個背包是不是裝滿三明治？那個女孩甚至不是賽嘉納斯的貢品啊。

賽嘉納斯一看到科利奧蘭納斯，神情一亮，招手要他過去。科利奧蘭納斯以若無其事的態度穿越人群，陶醉在眾人的注意力裡。「有麻煩嗎？」他說著，同時檢視背包。裡面不只裝滿三明治，還有新鮮的李子。

「沒有人信任我。也是啦，他們爲什麼該相信呢？」賽嘉納斯問道。

有個高傲的小女孩大步走到他們旁邊，指著圍籬邊緣柱子上的一塊告示牌。「上面寫：『請不要餵食動物。』」

「不過，他們不是動物啊，」賽嘉納斯說。「他們是孩子，像你我一樣。」

「他們才不像我！」小女孩反駁說。「他們來自行政區。所以才會把他們放在籠子裡！」

「再說一次，像我一樣，」賽嘉納斯冷冷地說。「科利奧蘭納斯，你覺得有辦法請你的貢品過來這裡嗎？如果她肯來，其他人就會來。他們一定餓壞了。」

科利奧蘭納斯的思緒轉得飛快。他今天已經被記過一次，不希望再向海咖院長提出挑戰。另一方面，「記過」是針對身陷險境的學生，而他在柵欄的這一側肯定安全無虞。戈爾博士絕對比海咖院長更有影響力，而她曾讚美他積極主動的精神。況且，說實在的，他沒有興趣把舞台讓給賽嘉納斯。動物園是他的主場，他和露西．葛蕾才是明星。甚至到現在，他都能聽見記者雷比達對攝影師輕聲說著他的名字，也能感受到都城的觀眾緊盯著他。

他看到露西．葛蕾位於籠舍後側，就著水龍頭洗手洗臉，那個水龍頭從牆壁凸出來，位於膝蓋高度。她用百褶裙擦乾手臉，整理一頭鬈髮，並調整耳後的玫瑰。

「我對待她的方式，不能像是動物園的餵食時間，」科利奧蘭納斯對賽嘉納斯說。他把露西．葛蕾視爲淑女，可不能將食物推過柵欄硬塞給她。「我的貢品不行。不過我可以提供晚餐給她。」

賽嘉納斯立刻點頭。「要什麼都拿去。老媽額外做了很多。拜託了。」

科利奧蘭納斯從背包裡選了兩塊三明治和兩顆李子，走向猴子籠舍邊緣，那裡有塊平坦的石頭，提供了很像座位的地方。他這輩子出門時，口袋裡永遠帶著乾淨的手帕，即使最艱困的那幾年也一樣。祖奶奶很堅持一些特定的禮儀，讓生活不致亂了套。放手帕的抽屜非常大，已有好幾代的歷史；手帕是素色的，綴有花邊，繡著花朵圖案。他攤開那塊有點皺的老舊白色亞麻手帕，把食物擺在上面。他就坐時，露西．葛蕾自動跑到柵欄前面來。

「這些三明治是要給誰的嗎？」她問。

「就是要給你的，」他回答。

她盤腿坐下，拿了一塊三明治。仔細查看夾餡之後，她從角落咬了一小口。「你不吃嗎？」

他不確定。目前能見度都很好，再一次讓她凸顯出來，顯現她是有價值的人。但是和她一起吃東西？那樣可能越了界。

「我寧願你多吃一點，」他說。「增強你的體力。」

「為什麼？這樣我才能在競技場上扭斷傑賽普的脖子？我們都知道，那不是我的專長，」她說。

聞到三明治的氣味，他的肚子咕嚕叫。一片厚厚的肉餅放在白麵包上。他錯過今天中等學院的午餐，早餐和晚餐在家又吃不飽。一團番茄醬從露西．葛蕾的三明治邊緣擠出來，產生決定性的作用。他拿起第二塊三明治，牙齒用力咬下。一陣微微的欣喜之情傳遍他全身，他努力抗拒著兩、三口就把三明治吃光光的衝動。

「現在這樣好像野餐喔，」露西．葛蕾回頭望著其他貢品，他們移動得靠近一點，但好像還是猶豫不決。「你們全都該吃一塊。真的很好吃喔！」她叫道。「傑賽普，來呀！」

她那位同區的大塊頭夥伴鼓起勇氣，慢慢走向賽嘉納斯，從他手中拿起三明治。他頓了一下，又拿起李子，然後沒說一句話就走開。突然間，其他貢品都衝向圍籬，雙手匆匆探出柵欄外。賽嘉納斯盡快滿足他們，不到一分鐘，背包就幾乎掏空了。那些貢品在籠舍周圍四散開來，蹲伏著身子保護自己的食物，狼吞虎嚥。

唯一沒有靠近賽嘉納斯的人是他自己的貢品，來自第二行政區的男孩。他站在籠舍後側，雙臂交叉在壯碩的胸前，低頭盯著他的導師。

賽嘉納斯從背包裡拿出最後一塊三明治，作勢要遞給他。「馬可士，這是給你的。拿去吧。拜託。」但馬可士依然面無表情，一動也不動。「拜託，馬可士，」賽嘉納斯懇求道。「你一定很餓。」馬可士上下打量賽嘉納斯，接著刻意轉身背對他。

露西．葛蕾看著這番僵持局面，很感興趣的樣子。「那是什麼情況？」

「你指什麼？」科利奧蘭納斯問。

「其實我也不知道，」她說。「不過感覺與私事有關。」

在卡車上想要殺死科利奧蘭納斯的小不點男孩忽然彈起來，抓走那個無人領取的三明治。賽嘉納斯沒有作勢要阻止他。新聞小組試圖要採訪賽嘉納斯，但他揮手叫他們走開，自己則消失於人群之中，肩膀垮下彷彿有千斤重。他們又對那些貢品拍攝了一下，接著鏡頭對準露西．葛蕾和科利奧蘭納斯，他坐得更加挺直，用舌頭把齒縫間的肉塊舔舐乾淨。

「我們在動物園現場，這裡有科利奧蘭納斯．史諾和他的貢品，露西．葛蕾．貝爾德。另一位學生剛才把三明治發送完畢。他是導師嗎？」雷比達把麥克風推向他們索取答案。

科利奧蘭納斯不想搶占鎂光燈，但賽嘉納斯的出現可以保護他。賽嘉納斯是中等學院重建功臣的兒子，海咖院長會不會對他記一大過呢？幾天前，科利奧蘭納斯覺得「史諾」這個姓氏比「普林西」更有分量，但抽籤分配的結果證明他是錯的。如果海咖院長想要嚴厲斥責他，他寧可有賽嘉納斯站在旁邊。

「他是我的同學，賽嘉納斯．普林西，」他告訴雷比達。

「他是怎樣？帶一些高級三明治來給貢品吃？都城一定會餵飽他們啊，」記者說。

「喔，鄭重聲明，我上一次吃東西是抽籤日的前一晚，」露西．葛蕾朗聲說道。「所以，我想已經過了三天。」

「喔。好吧，嗯，好好享用三明治！」雷比達說。他示意要攝影機往後轉，拍攝其他貢品。

露西．葛蕾突然站起來，傾身到柵欄之間，讓焦點又回到她身上。「你知道吧，記者先生，什麼做法是好的呢？如果有人有多出來的食物，他們可能會帶到動物園來。如果我們全都虛弱到沒辦法打鬥，看飢餓遊戲就沒看頭了，你不覺得是這樣嗎？」

「有點道理喔，」記者說著，不太有把握。

「我呢，我喜歡甜食，但我不挑食啦。」她面露微笑，咬起她的李子。

「好。那好吧，」記者說著，悄悄移開。

科利奧蘭納斯看得出來，那位記者如履薄冰。他到底該不該幫助她，向所有公民求取食物？那樣似乎是對都城提出譴責？

看著新聞小組移向其他貢品，露西·葛蕾又坐回他的對面。「太過頭了？」

「我是覺得不會啦。很抱歉，我沒想到帶食物來給你，」他說。

「嗯，沒人看見的時候，我一直靠這些玫瑰花瓣撐過去。」她聳聳肩。「你又不知道。」

他們默默吃完自己的食物，看著記者嘗試請其他貢品開口說話，但都失敗了。這時太陽已經下山，光源由逐漸升起的月亮取而代之。動物園很快就要關閉了。

「我正在想，你再唱一首歌可能是不錯的主意，」科利奧蘭納斯說。

露西·葛蕾把李子果核僅剩的一點果肉吸乾淨。「嗯哼，那樣喔，可能吧。」她用裙子的一條褶邊輕擦嘴角，然後把裙子拉直。她平常說話的嘻笑語氣變得嚴肅。「那麼，身爲我的導師，你從這件事得到什麼？你還在學校念書，對吧？所以你得到什麼？我越是出色，你就得到更好的成績？」

「也許吧。」他覺得好尷尬。在這裡，在相對私密的角落裡，他頭一次意識到，再過幾天她就要死去。嗯，當然啦，他一直都知道這件事。但在他的心目中，她比較像是他的夥伴。他參與賽馬的小母馬，他參與格鬥的鬥犬。他越以特殊眼光看待她，她就越被當人對待。如同賽嘉納斯對那個小女孩說的，即使露西．葛蕾不是都城人，她也絕不是動物。而他在這裡做什麼呢？難道是賣弄炫耀，就像海咖院長說的一樣？

「老實說，我根本不知道自己會得到什麼，」他對她說。「他們以前從來沒有導師。你其實不必要這麼做。我是說，唱歌。」

「我知道，」她說。

可是，他仍然希望她唱歌。「不過呢，如果大家喜歡你，他們會爲你帶來更多食物。我家沒什麼多餘的食物。」

他的臉頰在黑暗中燒得火燙。他幹嘛要坦白對她說出這點啊？

「沒有食物？我一直以爲你們在都城，食物多到吃不完。」

白痴，他對自己這樣說。但在這時，他迎上她的目光，這才第一次發現，她似乎眞的對他很感興趣。「喔，不是。戰爭期間又特別嚴重。有一次，我吃了半罐漿糊，只爲了止住胃痛。」

「是喔？那是什麼感覺？」她問。

他突然呆住，然後很驚訝自己居然笑起來。「眞的很黏。」露西・葛蕾笑開懷。「我想也是。不過呢，聽起來比我做過的一些事好多了。這樣說不是要比賽啦。」

「當然不是。」他笑著回答。「嗯，我很抱歉。我會幫你找來一點食物，你不應該有表演才有食物。」

「嗯，這不會是我第一次爲了晚餐而唱歌。絕對不是，」她說。「而且我眞的很愛唱歌。」

擴音器傳來聲音，宣布動物園將在十五分鐘後閉園。

「我該走了。不過我明天會見到你吧？」他問。

「你知道可以在哪裡找到我，」她說。

科利奧蘭納斯站起來，拍拍褲子。他抖一抖手帕，摺疊起來，伸進柵欄遞給她。「這是乾淨的，」他向她保證。「至少你有東西可以把臉擦乾。」

「謝啦。我把自己的留在家裡，」她回答。

露西・葛蕾提到家的這番話，懸盪在他們兩人之間的空氣中。讓她想起再也不會打開的一扇門，再也不會見到的所愛之人。他無法忍受這種想法，與自己的家園活生生拆散開來。那間公寓毫無疑問是他的歸屬之地，他的安全港，他家人的堡壘。既然他想不出其他的話來回應，於是只點頭表示晚安。

科利奧蘭納斯走了還不到二十步，就因爲聽到他的貢品的聲音而停下來，甜美清亮的歌聲穿透夜空。

山谷低處，那麼深邃的山谷，
向晚時分，聽見火車鳴響。
火車，吾愛，聽見火車鳴響。
向晚時分，聽見火車鳴響。

觀眾原本已經漫步離開，這時全都轉過來聆聽。

為我建造一棟宅邸，如此高聳，
於是能看見我的真愛從旁路過。
看見他路過，吾愛，看見他路過。
於是能看見我的真愛從旁路過。

這時所有人，觀眾以及貢品，都安靜下來。只剩露西・葛蕾的歌聲，以及攝影機把鏡頭拉近的呼呼聲。她依然坐在他們那個角落，頭倚著柵欄。

為我寫封信，透過郵遞寄出。
烘乾，貼郵，寄往都城監獄。
都城監獄，吾愛，寄往都城監獄。
烘乾，貼郵，寄往都城監獄。

她的聲音好悲傷，好失落……

玫瑰豔紅，吾愛；紫羅蘭沁藍。
天際的鳥兒知道我愛你。
知道我愛你，噢，知道我愛你，
天際的鳥兒知道我愛你。

科利奧蘭納斯呆立不動，因爲樂聲，也因爲隨之湧現的一些記憶。他的母親經常在床邊唱一首歌給他聽。沒錯，不是這一首，然而用了同樣的一些字眼，「玫瑰豔紅，紫羅蘭沁藍」。也提到愛他。他想起銀色相框裡的照片，放在他床邊的床頭櫃上。他的美麗母親，抱著他，那時候他兩歲。他們凝視彼此，笑得開懷。他盡力了，卻怎麼也想不起拍攝照片的那一刻，然而這首歌輕撫他的腦袋，從腦海深處呼喚著她。他可以感受到母親的存在，幾乎能嗅聞到她撲上玫瑰香粉的優雅氣息，也能感受到她每晚爲他裹上溫暖毛毯的安全感。她過世之前，戰爭剛開打幾個月的那段恐怖日子之前，叛軍第一次發動大規模空襲，讓城市陷入癱瘓。等到她開始分娩，大家無法把她送去醫院，然後出了問題。也許是大出血？大量的鮮血浸溼床單，庫克和祖奶奶拚命想要止血，提格莉絲則把他從房間裡拉出去。然後她走了，而小嬰兒，本來是他的妹妹，她也走了。他母親過世後，父親的死訊接踵而來，但那份失落感掏空這世界的方式完全不一樣。科利奧蘭納斯依然把母親的粉餅盒保存在床頭櫃的抽屜裡。日子難熬，很難入眠的時候，他會把粉餅盒打開，嗅聞裡面高雅粉餅的玫瑰香氣。透過像那樣的記憶，覺得自己備受寵愛的記憶，每一次都能讓他平靜下來。

炸彈和鮮血。叛軍以那種方式殺了他的母親。他不禁心想，他們是否也殺了露西・葛蕾的母親。**只有她那珍珠色澤的白骨**。她對第十二區似乎沒有愛，總是把自己與那裡切割開來，說她是，是什麼呢……柯維族？

「感謝你站出來。」賽嘉納斯的聲音嚇到他。他坐在後方幾步之外，躲在一塊大石頭後方，聆聽著那首歌。

科利奧蘭納斯清清喉嚨。「沒什麼啦。」

「我覺得，我們其他同學根本不會幫我，」賽嘉納斯指出。

「我們其他同學甚至連出現一下都不會，」科利奧蘭納斯回答。「所以我們顯得與眾不同。你怎麼會想要提供食物給貢品？」

賽嘉納斯低頭看著腳邊的背包，裡面空無一物。「自從抽籤之後，我就一直想像自己是他們的一份子。」

科利奧蘭納斯差點笑出來，然後才發現賽嘉納斯說得很認眞。「那似乎是很奇怪的消遣啊。」

「就是忍不住要想。」賽嘉納斯的聲音壓得好低，科利奧蘭納斯必須伸長耳朵才聽得見。「他們唸出我的名字。我走向舞台。然後他們銬住我。然後他們沒有理由就毆打我。然後我搭上火車，四周暗矇矇的，肚子很餓，孤孤單單，周圍只有我準備要殺掉的其他孩子。然後我成爲展示品，有那麼多陌生人帶著他們的孩子，透過一根根的柵欄緊盯著我……」

這時傳來生鏽輪子的轉動聲，讓他們的注意力轉向猴子籠舍。有十多捆乾草從溝槽衝出來，在籠舍地板上滾成一堆。

「你看看，那一定是我的床，」賽嘉納斯說。

「賽嘉納斯，那種事不會發生在你身上啦，」科利奧蘭納斯對他說。

「不過有可能啊。很容易。如果我們家不像現在這麼有錢的話，」他說。「我會回到第二區，也許還在學校念書，或者說不定去礦坑，但絕對要參加抽籤。你有沒有看到我的貢品？」

「很難忽略他，」科利奧蘭納斯坦白說。「我想，他很有機會獲得勝利。」

「他是我的同學。你知道吧，就是我來這裡之前，以前在家鄉的時候。他名叫馬可士，」賽嘉納斯繼續說。「不算是朋友，但絕對不是敵人。有一天，我的手指被門板夾到，夾得超用力，他從窗台上舀了一杯雪，幫忙消腫。連問老師一下都沒有，直接就動手。」

「你覺得他還記得你嗎？」科利奧蘭納斯說。「那時候你還小。自從那之後發生很多事。」

「喔，他記得我。普林西家在那邊惡名昭彰。」賽嘉納斯看起來很痛苦。「惡名昭彰，而且深受鄙視。」

「而現在你是他的導師，」科利奧蘭納斯說。

「而現在我是他的導師，」賽嘉納斯附和說。

猴子籠舍的燈光變暗了。有幾名貢品動來動去，堆疊乾草以便過夜。科利奧蘭納斯看到馬可士就著水龍頭喝水，並在頭上灑水。等到他站起來，走向乾草堆時，其他人顯得好嬌小。

賽嘉納斯對背包輕輕踢了一腳。「他不肯拿我的三明治。他寧可餓肚子進入飢餓遊戲，也不願意從我手中拿食物。」

「那不是你的錯，」科利奧蘭納斯說。

「我知道。我知道啦，我清純無瑕到無法辯駁，」賽嘉納斯說。

科利奧蘭納斯正想把那個想法解釋清楚，這時籠舍爆發一場衝突。兩個男孩搶奪同一捆乾草，爲此大打出手。馬可士介入其中，分別抓住兩人的領口，把他們扔開，活像是扔開一對布娃娃。那兩人被拋開好一段距離，然後掉下來攤成一團。他們偷偷摸摸爬進陰暗處時，馬可士拿了乾草鋪好自己的床，對剛才的大亂鬥無動於衷。

「他還是會獲勝，」科利奧蘭納斯說。就算有什麼疑慮，馬可士在力量方面展現的優勢也會讓大家閉嘴。面對普林西家的人分配到最強的貢品，他再次感到痛苦。而賽嘉納斯哭訴說父親幫他買到勝利，他也聽膩了。「我們總有一個人會很樂意得到他。」

賽嘉納斯眼神一亮。「眞的嗎？那就把他帶走。他是你的了。」

「你不是認眞的吧，」科利奧蘭納斯說。

「百分之百認眞。」賽嘉納斯彈跳起來站好。「我要你擁有他！而我會帶露西．葛蕾。結果還是會很糟糕，但至少我不認識她。我知道群眾很喜歡她，但那在競技場上對她有什麼好處呢？她絕對不可能打敗他。跟我交換貢品吧。贏得遊戲。帶走榮耀。拜託，科利奧蘭納斯，我絕對不會忘了這份恩情。」

科利奧蘭納斯一度感受到勝利的甜美滋味，群眾的歡呼吶喊。如果他能讓露西．葛蕾成爲風雲人物，那麼想像看看，有了像馬可士這樣精力充沛的人，他能夠達到什麼樣的成果！

而說實在的，她能有什麼機會呢？他的目光飄向露西．葛蕾，她倚著柵欄，宛如受困的動物。在幽暗的光線中，她的繽紛色彩，她的特殊才能，全部黯然失色，只像另一個了無生氣、渾身傷痕的人。對其他女孩來說，這稱不上什麼比賽，對男孩來說更是如此。要說她能打敗馬可士，這想法實在很可笑。就像叫一隻鳴禽去對抗棕熊。

他的嘴巴正準備說出「成交」，但突然住嘴。

利用馬可士贏得勝利，其實什麼都沒贏到。不花腦力，不用技巧，甚至連特殊的運氣都不需要。而要利用露西．葛蕾獲勝，那會是不可思議的孤注一擲，然而一旦成功就會名留青史。況且，獲勝真的是重點嗎？或者吸引觀眾才是重點？多虧有他，露西．葛蕾目前是遊戲的明星，無論誰獲勝，她都是最令人難忘的貢品。他想起他們在動物園緊扣雙手，準備接受這世界的挑戰。他們是一個團隊。她信任他。他無法想像自己告訴她，他準備拋棄她而選取馬可仕。甚至更糟的是，把這件事告訴廣大觀眾。

除此之外，誰能保證馬可士與他的互動會比賽嘉納斯更好？馬可士似乎就是會讓很多人碰壁。於是，科利奧蘭納斯看起來會像笨蛋，苦苦哀求馬可士稍微注意他一下，同時看著露西．葛蕾在賽嘉納斯的周圍掂著腳尖旋轉跳舞。

還有另一個考量。他擁有賽嘉納斯．普林西非常想要、極度渴望的東西。賽嘉納斯已經篡奪他的地位、他所繼承的傳統、他的服裝、他的糖果、他的三明治，以及他身為史諾家的人所擁有的特權。如今又逐漸逼近他的公寓、他的大學資格、他的整個未來，而且居然膽敢怨恨他的好運。拒絕吧。甚至把它視為一種懲罰。如果「貢品是馬可士」會讓賽嘉納斯極度不安，那樣很好啊，就讓他極度不安吧。露西・葛蕾屬於科利奧蘭納斯所有，他永遠且絕對得不到。

「抱歉，我的朋友，」他以溫和的語氣說。「不過我想，我會留著她。」

6

科利奧蘭納斯欣賞著賽嘉納斯的失望表情，但沒有持續太久，因爲那樣心胸太狹窄了。「賽嘉納斯，你看喔，你可能不這樣想，不過我可是幫了你一個忙。想想看。如果你父親發現，你把他拚命爭取來的貢品交換掉，他會怎麼說？」

「我才不在乎，」賽嘉納斯說著，但是聽起來沒有說服力。

「好吧，忘了你父親的事。那麼學校當局呢？」他問。「我認爲他們不會准許交換貢品。我只不過提早跟露西．葛蕾見面，就已經遭到打臉，記了一大過。如果我試著把她交換掉呢？更何況，那個可憐的女生已經跟我建立關係了，拋棄她會像是踢走一隻小貓咪。我覺得自己不忍心做那種事。」

「我不該問的。我從來沒考慮到這樣可能會爲難你。很抱歉。只是……」賽嘉納斯開始滔滔不絕。「只是，這整個飢餓遊戲的事情快把我逼瘋了！我是說，我們到底在幹嘛？把小孩子放進競技場，彼此殺來殺去？從很多層面來看，感覺都不對勁啊。動物會保護牠們的小孩，對吧？而我們也會。我們努力保護孩子！這是我們身爲人類的根本。有誰眞的想做這種事？這樣不自然啊！」

「很糟糕，」科利奧蘭納斯附和說，同時窺伺著周遭。

「很邪惡。與我在這個世界上所有認爲是對的事情相違背。我不能在其中參一腳。特別是不能跟馬可士一起參與。我得想辦法脫離這局面，」賽嘉納斯說著，兩眼滿是淚水。

賽嘉納斯的苦惱讓科利奧蘭納斯很不安，特別是他如此珍視自己的參與機會。「你一定可以問到另一位導師。我覺得要找到接手的人不會有問題。」

「不行，我不會把馬可士交給別人。你是我唯一信任的人。」賽嘉納斯轉身看著籠舍，貢品在那裡安頓下來準備過夜。「唉，反正有什麼關係？如果我的貢品不是馬可士，也會是別人。這樣可能比較簡單，但還是不對啊。」他收拾自己的背包。「我最好回家去。那裡絕對很舒服。」

「我不覺得你打破什麼規則，」科利奧蘭納斯說。

「我曾經公開與行政區站在同一陣線。在我父親眼中，我打破了唯一重要的規則。」賽嘉納斯對他微微一笑。「不過，還是謝謝你想要幫我解決難題。」

「謝謝你的三明治，」科利奧蘭納斯說。「很好吃。」

「我會轉告老媽，」賽嘉納斯說。「她會很開心。」

科利奧蘭納斯回到家之後則很慘，祖奶奶對於他與露西・葛蕾一起野餐非常不以爲然。

「給她食物是一回事，」她說。「跟她一起用餐，表示你認爲她和你是平等的。但她不是啊。各個行政區永遠都帶些野蠻氣息。你父親以前經常說，那些人只喝水，因爲雨水不含鮮血。科利奧蘭納斯，你沒發現自己身陷險境。」

「祖奶奶，她只是小女孩啊，」提格莉絲說。

「她來自行政區。而且相信我，那一個早就不是小女孩了，」祖奶奶回答。

科利奧蘭納斯想起那些貢品曾在卡車上爭執要不要殺了他，心裡有點不安。他們確實表現出非常渴望他的鮮血。只有露西・葛蕾出言反對。

「露西・葛蕾不一樣，」他提出辯駁。「在卡車上，其他人想要攻擊我的時候，她站在我這邊。而且在猴子籠舍裡，她也支持我。」

祖奶奶堅持不讓步。「如果你不是她的導師，她會擔心嗎？當然不會。她是狡猾的小傢伙，從遇到你的那一刻就開始操控你。我的小伙子，小心應對啊。我言盡於此。」

科利奧蘭納斯懶得辯駁，因爲只要談到行政區，祖奶奶永遠都採取最悲觀的看法。他直奔床鋪，累得癱在床上，但是思緒停不下來。他從床頭櫃拿出母親的粉餅盒，沉重的銀色小盒雕刻著玫瑰圖案，他以手指輕輕撫過。

玫瑰豔紅，吾愛；紫羅蘭沁藍。

天際的鳥兒知道我愛你……

他按下彈簧鎖，蓋子打開了，花香氣息飄散出來。就著柯索大道照進來的昏暗光線，略微扭曲的小圓鏡映照著他的淺藍色眼睛。「就像你父親的眼睛，」祖奶奶經常提醒他。他反而希望擁有母親的眼睛，但從沒這樣開口說。也許像父親是最好的。就這個世界而言，他母親其實不夠堅強。他終於睡著了，想著她，但那是露西．葛蕾，穿著她的彩虹裙裝轉圈圈，在他的夢中唱著歌。

到了早上，科利奧蘭納斯在香噴噴的氣味中醒來。他跑到廚房，發現提格莉絲天還沒亮就開始烘焙。

他在她的肩膀上捏一下。「提格莉絲，你需要多睡一點。」

「想到動物園的事，我睡不著，」她說。「今年有些孩子看起來好年輕。也說不定只是我老了。」

「看到他們被鎖在那個籠子裡，眞的很不安，」科利奧蘭納斯坦白說。

「看到你在那裡面也很不安啊！」她說著，戴上隔熱手套，把一鍋麵包布丁從烤箱裡拿出來。「法布莉西亞叫我把派對上吃剩的麵包都丟掉，可是我心想，爲何要浪費呢？」

從烤箱裡拿出來熱騰騰的，淋上玉米糖漿，麵包布丁是他很愛的一種食物。「看起來好棒，」他對提格莉絲說。

「而且分量很多，所以你可以帶一塊去給露西・葛蕾。她說喜歡甜點，而我覺得她未來沒有太多機會可以吃了！」提格莉絲把鍋子放到烤箱上，發出砰的一聲。「抱歉。不是故意要這樣。我不知道自己怎麼了。我像彈簧一樣轉得好緊。」

科利奧蘭納斯碰碰她的手臂。「是遊戲的關係。你知道我得當導師，對吧？我可能有機會得獎。爲了我們所有人，我需要獲勝。」

「當然，科利歐。當然啦。而且我們都好以你爲榮，你表現得好極了。」她切了一大塊麵包布丁，放到盤子上。「好，吃吧。你不會想遲到。」

到了中等學院，科利奧蘭納斯覺得內心的憂慮煙消雲散，沉浸於別人對他前一天那種魯莽行爲的回應。同學們紛紛恭喜他，只有莉維亞・卡迪歐除外，她顯然覺得他作弊，應該立刻免除導師的職務。他的教授沒有這麼公開支持，但他依然獲得好幾個微笑和在背上幾下輕拍。

下課後，薩提莉亞把他帶到旁邊。「做得好。你讓戈爾博士很高興，這樣你就在教職員之間贏得一些分數。她會向拉文史提爾總統提出一份很好的報告，而那會對我們全都帶來好的影響。只不過呢，你需要小心一點。從結果來看，你很幸運。萬一那些小搗蛋在籠子裡攻擊你呢？維安人員一定會救你，而雙方可能有傷亡。假如你沒有得到彩虹小女孩，情況可能會很不一樣。」

「就是因爲那樣，我才會拒絕賽嘉納斯提議要交換貢品，」他說。

薩提莉亞的嘴巴張得好大。「不行！那種事如果曝光，想想看史特拉堡．普林西會怎麼說。」

「想想看，這事沒有曝光，他欠我的可多了！」想到可以勒索史特拉堡．普林西那個老頭，感覺好吸引人。

她笑起來。「說起話來很像史諾家的人喔。好啦，去上課。如果打算把你的記過抵銷掉，我們得讓你其他方面的紀錄無可挑剔。」

整個早上，二十四名導師都參加一場討論會，負責授課的是克里西普斯．狄米葛洛斯，衝動易怒的歷史科老教授。他要全班集思廣益，今年除了增設導師之外，還要想出其他方法吸引大家來看飢餓遊戲。「表現給我看，讓我覺得這四年沒有浪費時間在你們身上，」他吃吃笑說。「如果歷史讓你們學到一點東西，那就是如何讓不情願的人聽從指令。」賽嘉納斯立刻舉手。「啊，賽嘉納斯？」

「我們討論怎麼讓大家收看之前，難道不該先問一個問題：看或不看都是正確的事情嗎？」他說。

「拜託，不要離題。」狄米葛洛斯教授環顧整個教室，尋求比較有成效的答案。「我們要怎麼讓大家樂意收看？」

飛斯都．克里德舉起手。他比同年齡的人更加魁梧壯碩，自從出生之後就是科利奧蘭納斯的好兄弟。他的家庭是都城的富裕世家。他們的財富主要來自第七區的木材，戰爭期間曾備受衝擊，但是重建期間恢復良好。他得到第四區的女生，精準反映出他的地位——地位很高，但不是第一流的。

「飛斯都，教教我們吧，」狄米葛洛斯教授說。

「很簡單。我們直接訂定罰則，」飛斯都回答。「不要只是建議大家觀賞，乾脆制定法律。」

「如果你不看會怎樣？」克萊蒙西亞問道，她連舉手都懶，甚至沒有從筆記本上抬起頭來。她在學生和老師之間都很受歡迎，這種好人緣讓她藉口很多。

「在各個行政區，我們把你處死。至於都城，我們讓你搬去各個行政區，而如果你下一年又搞砸，我們就把你處死，」飛斯都興高采烈地說。

整個班級笑起來，接著開始認眞思考。你要怎麼強制觀賞呢？又不能派維安人員挨家挨戶去監視。也許用某種隨機抽樣的方式，你得準備好回答問題，證明你看過飢餓遊戲。而如果你沒看，什麼樣的懲罰比較恰當？不能處死或放逐啦，那樣太極端了。也許在都城失去一些特權，而在行政區進行公開鞭刑？這樣能讓懲罰從私下轉爲公開。

「眞正的問題是，觀看遊戲很噁心，」克萊蒙西亞說。「所以大家避之唯恐不及。」

賽嘉納斯跟著插話。「當然啊！誰想要看一群小孩子彼此殺來殺去？只有邪惡又變態的人吧。人類也許不完美，但沒有那麼差。」

「你怎麼知道？」莉維亞氣呼呼地說。「而且，來自行政區的人怎麼知道我們在都城想要看什麼？戰爭期間你根本不在這裡。」

賽嘉納斯因無法否認而陷入沉默。

「因爲我們大多數人基本上都是正派的人，」麗西斯特拉塔・維克斯說著，兩隻手在她的筆記本上交握得端端正正。她的一舉一動都很端正，包括仔細編結的髮辮、磨銼平滑的指甲，乃至於制服襯衫硬挺潔白的袖口，襯托出她那光滑的褐色肌膚。「我們大多數人並不想看其他人受苦。」

「我們在戰爭期間看過更糟的狀況。戰爭後也有，」科利奧蘭納斯提醒她。「黑暗時期」那段期間，有些血腥的題材透過電波四處播送，而且簽署〈叛亂和約〉之後，也以殘忍的方法處決很多人。

「可是，科利歐，那些事眞的跟我們息息相關啊！」亞拉契妮・克萊恩說著，同時從右邊的座位猛搥他手臂一拳。老愛大聲嚷嚷。老愛搥打別人。克萊恩家的公寓位於史諾家的對面，有時候甚至隔著柯索大道，他就能聽見亞拉契妮在晚上大吼大叫。「我們要看著敵人死掉！我是說，叛軍人渣等等之類的。不管怎樣，有誰在乎這些孩子？」

「他們的家人可能會吧，」賽嘉納斯說。

「你是指各個行政區一些不重要的人？那又怎樣？」亞拉契妮以低沉有力的聲音說。

「我們其他人爲何要在乎他們誰獲勝？」

莉維亞以銳利的眼神看著賽嘉納斯。「我知道我不在乎。」

「我看到大亂鬥還比較興奮，」飛斯都坦白說。「特別是我打了賭的話。」

「所以，如果我們對那些貢品打賭，你會喜歡？」科利奧蘭納斯開玩笑說。「那樣會讓你乖乖收看？」

「嗯，那絕對會讓整件事活起來！」飛斯都嚷嚷著說。

有幾個人笑起來，但整個班級隨即安靜下來，大家仔細思索這個想法。

「那樣讓人覺得毛毛的，」克萊蒙西亞說著，以手指扭轉頭髮，一副若有所思的模樣。「你是認眞的嗎？你覺得我們應該要打賭誰會獲勝？」

「沒有啦，」科利奧蘭納斯說著，然後歪著頭。「換個角度看，如果成功了，那麼當然啦，克萊咪，我想在歷史上留名，成爲把賭博帶進飢餓遊戲的功臣！」

克萊蒙西亞氣呼呼搖頭。不過後來走去吃午餐時，科利奧蘭納斯忍不住想著，這個點子的確有價値。

餐廳廚師仍然運用抽籤日自助餐的剩菜，奶油火腿吐司絕對是一整年最棒的學校午餐。科利奧蘭納斯細細品嚐每一口的滋味，與原本自助餐的味道不一樣，當時海咖院長語帶威脅的態度讓他心煩意亂，幾乎吃不出食物的滋味。

吃完午餐後，這群導師奉命到黑文斯比會堂的樓上陽台集合，準備與他們的貢品進行第一次的正式會面。每位導師都收到一份簡短的問卷，要與他們分配到的貢品一起塡完，算是用來活絡氣氛，也留下一份紀錄。過去幾屆的貢品留下的資料非常少，這份問卷便是試圖修正這種狀況。他有很多同學前往陽台時難掩緊張，聊天講笑話都有點太大聲，不過科利奧蘭納斯占了一點優勢，他已經與露西・葛蕾見過兩次了。他整個人覺得很輕鬆，甚至很渴望再次見到她。想要謝謝她唱的歌。想要把提格莉絲做的麵包布丁交給她。想要針對專訪擬定策略。

這群導師魚貫穿越陽台的旋轉門，看見在下方等待他們的景象時，談話聲戛然而止。抽籤慶祝活動的所有招牌和旗幟皆已移除，留下寒冷且莊嚴的廣大會堂。二十四張小桌子的兩側各有一張摺疊椅，全部排成整齊的行列。每張桌子都放了一塊牌子，寫了行政區的編號，數字後面附有「男」或「女」字樣，而且旁邊放了頂端有金屬環的水泥塊。

這群學生還來不及討論為何這樣安排，就有兩名維安人員走進來，看守主要入口，貢品也排成一列魚貫進入。維安人員為數眾多，每兩人護送一名貢品，不過貢品根本不可能逃脫，因為手腕和腳踝都固定著沉重的鐐銬。貢品被帶到符合他們行政區和性別的桌子，奉命坐下，然後將鐵鍊固定在水泥塊上。

有些貢品在他們的座位上顯得很消沉，下巴幾乎要垂到胸口，但有更多大膽的貢品將頭往後仰，打量著會堂。這裡是都城最令人敬畏的會場之一，很多人張大了嘴，驚嘆於大理石柱、拱窗和圓頂天花板的宏偉與壯觀。科利奧蘭納斯心想，與行政區常見的很多單調又醜陋的建築物比起來，這裡一定讓他們大感驚奇。那些貢品的目光環顧著整個空間，最後發現導師所在的陽台，於是兩群人發現彼此緊盯著對方不放，凝視良久。

就在這時，希克教授在他們背後砰的一聲猛拍門，導師們全都嚇得跳起來。「別再光是盯著你們的貢品，下去那裡吧，」她命令道。「你們只有十五分鐘的時間，所以要聰明運用。而且要記住，盡可能完成文書工作，讓我們留下紀錄。」

科利奧蘭納斯帶頭，沿著通往會堂的螺旋梯往下走。他的目光迎上露西．葛蕾時，看得出來她一直尋找他的身影。看到她的鎖鍊，他心裡很不安，但仍露出安撫的微笑，只見她臉上仍留著些許憂慮。

他滑進她對面的椅子，對著她上銬的雙手皺起眉頭，於是向最靠近的維安人員揮手示意。「抱歉，有沒有可能把那些東西移除？」

維安人員很幫忙，向門口的長官詢問一番，但隨即對他搖頭。

「還是一樣，謝謝你試過了，」露西．葛蕾說。她在腦後綁了辮子，看起來頗爲時髦，不過她的神情看起來既悲傷又疲累，臉頰也仍留著難看的瘀傷。她注意到他盯著看，於是伸手摸了摸。「很醜嗎？」

「慢慢痊癒了，」他說。

「我們沒有鏡子，所以我只能想像。」她沒有特別端出鏡頭前那種耀眼的性格來面對他，他還滿高興的。也許她漸漸能信任他了。

「你好嗎？」他問。

「想睡覺，很害怕，肚子餓，」露西．葛蕾說。「今天早上只有兩個人拿東西來動物園給我們吃。我拿到一顆蘋果，比大部分人好多了，不過完全沒有飽足感。」

「嗯，這方面我可以幫點忙。」他從書包裡拿出提格莉絲給的那小包東西。

露西．葛蕾高興了一點，小心打開蠟紙，顯露出麵包布丁的巨大方塊。突然間，她的雙眼滿是淚水。

「喔，糟了。你不喜歡吃？」他驚呼說。「我可以試著帶其他東西來。我可以……」

露西．葛蕾搖頭。「這是我的最愛。」她用力呑嚥口水，挖下一塊，送入雙唇之間。

「我也是。我的堂姊提格莉絲今天早上做的，所以應該很新鮮，」他說。

「太棒了。吃起來就像我媽媽做的。請告訴提格莉絲，我很謝謝她。」她又吃了一口，但依然拚命忍住眼淚。

科利奧蘭納斯覺得好揪心。他很想伸出手，摸摸她的臉，告訴她一切都不會有事。然而，事實當然不是如此。對她來說不是。他在褲子背後的口袋裡摸索手帕，拿出來遞給她。

「我還有昨天晚上那條手帕。」她伸手探向自己的口袋。

「我家的抽屜裡滿滿都是，」他說。「拿去吧。」

露西．葛蕾拿了，輕擦眼睛並抹抹鼻子。接著她深呼吸一口氣，挺直身子。「那麼，我們今天有何計畫？」

「我應該要填好這張問卷，關於你的背景。你介不介意？」他拿出那張紙。

「一點都不介意。我很喜歡談我自己的事，」她說。

問卷從基本事項開始。名字，行政區地址，出生日期，頭髮和眼睛顏色，身高和體重，以及任何殘疾。到了家庭成員變得比較困難一點。露西．葛蕾的雙親和兩名兄姊都過世了。

「你所有的家人都不在了？」科利奧蘭納斯問道。

「我有幾位表親。還有柯維族的其他族人。」她靠過來查看紙張。「有空間可以寫嗎？」

沒有。不過應該要寫，他心想，呈現出戰爭讓許多家庭變得何等破碎。應該要有個欄位，把照顧你的所有人都填上去。事實上，也許問題應該要這樣開始問：**誰照顧你？**或者這樣更好：**你可以依靠誰？**

「結婚了嗎？」他笑起來，接著才想到，有些行政區的居民很年輕就結婚。他怎麼知道？也許她在第十二區有丈夫。

「爲什麼笑？你眞的要問嗎？」露西．葛蕾一臉嚴肅說道。他驚訝地抬起頭。「因爲我覺得很有可能啊。」

面對她的逗弄，科利奧蘭納斯覺得自己有點臉紅。「我還滿確定你可以過得更好。」

「還沒有。」她的臉上閃過一絲痛苦的神情，但是用微笑隱藏起來。「我敢打賭，你有一大堆情人排隊，人數多到得繞過街角。」

她的調情讓科利奧蘭納斯的舌頭爲之打結。剛才問到哪裡？他查看紙張。喔，對了，她的家庭。「誰撫養你長大？我是說，你失去父母以後。」

「有位老先生提供住處給我們這六個落單的柯維族孩子，並收取費用。他不算是撫養我們，但也沒有糟蹋我們。本來我們的處境有可能更糟，」她說。「眞的，我很感激了。一般人對於照顧我們六個人沒有太大興趣。他去年因爲黑肺症過世了，不過現在我們有些人長大了，可以處理很多事。」

他們繼續到工作項目。露西．葛蕾十六歲，這年紀還不能去礦場工作，但她也沒有上學。「我的謀生方法是娛樂大家。」

「大家付錢給你……看你唱歌跳舞？」科利奧蘭納斯問道。「我以爲行政區的居民付不起這種錢。」

「大多數付不起，」她說。「有時候他們集資，兩、三對情侶在同一天結婚，然後雇用我們。我是說，我和其他族人。柯維族剩下的人。維安人員圍捕我們的時候，讓我們保留樂器。他們有些人是我們最好的顧客。」

科利奧蘭納斯還記得，那些維安人員在抽籤日拚命忍住不笑出來，而且看到她唱歌跳舞也沒有出手干預。他在她的工作項目做了註記，填完表格，但他自己還有很多問題想問。

「告訴我柯維族的事。你們在戰爭期間站在哪一邊？」

「兩邊都沒有。我們族人沒有選邊站。我們站在自己這邊。」他背後有件事吸引她的注意力。「再說一次，你的朋友叫什麼名字？帶三明治來的那一個。我覺得他碰到麻煩。」

「賽嘉納斯嗎？」他轉身看去，越過一排排桌子，看到賽嘉納斯坐在馬可士的對面。他們之間放著沒動過的烤牛肉三明治和蛋糕，那些食物顯得了無生氣。賽嘉納斯以懇求的模樣說話，但馬可士只是定睛凝視前方，交叉著手臂，整個人毫無反應。

在大廳周遭，其他貢品各自呈現不同的狀態。有幾個人摀住自己的臉，拒絕溝通。少數人正在哭。有些人謹慎回答問題，但是連他們也懷抱敵意。

「五分鐘，」希克教授朗聲說道。

這讓科利奧蘭納斯想起他們還要交談五分鐘。「所以，展開飢餓遊戲的前一天晚上，我們要在電視上進行五分鐘的專訪，想要採取任何形式都可以。我想，也許你可以再唱一次歌。」

露西．葛蕾考慮了一會兒。「我不確定那樣有沒有意義。我是說，我在抽籤日唱那首歌，那和你們這裡所有的人都無關。我不是事先就想好。那只是一個很長又很悲傷的故事，沒有人在乎，只跟我有關。」

「那觸動了大家的傷心事，」科利奧蘭納斯指出。

「還有山谷那首歌。就像你對我說的，也許是索取食物的好方法，」她說。

「那首歌很美，」他說。「讓我覺得好像以前我母親還……她過世的時候我五歲。讓我回想起她以前唱給我聽的一首歌。」

「你爸爸呢？」她問。

「其實呢，他也走了。同一年，」科利奧蘭納斯對她說。

她點點頭，顯得滿心同情。「所以，你是孤兒，跟我一樣。」

科利奧蘭納斯不喜歡別人這樣叫他。小時候，莉維亞曾經嘲笑他沒爹沒娘，讓他覺得很孤單而且沒人要，其實並非如此。然而，大多數孩子沒辦法真正理解那種空虛的感受。不過露西・葛蕾能夠理解，她自己是孤兒。「還好沒有更糟。我有祖奶奶。那是我的祖母。還有提格莉絲。」

「你想念你的父母嗎？」露西・葛蕾問道。

「喔，我和父親沒有那麼親。我母親呢……當然想念。」要談起她還是很困難。「你呢？」

「非常想念他們。穿上我媽媽的洋裝，現在只有這種方法能讓我振作起來。」她的手指撫過百褶裙。「感覺像是她伸出手臂抱住我。」

科利奧蘭納斯想著他母親的粉餅盒。粉餅的香氣。「我母親永遠帶著玫瑰香氣，」他說著，然後覺得很難爲情。他鮮少提起自己的母親，連在家裡也一樣。對話怎麼會談到這個？「總之，我覺得你的歌曲感動很多人。」

「聽到你這樣說眞好。謝謝你。不過呢，那眞的不是在專訪中唱歌的好理由，」她說。「如果是前一天晚上，我們可以把食物這個因素排除在外。在那個關頭，我沒有理由要贏過任何人。」

科利奧蘭納斯努力想出一個好理由，但這一次，她唱歌只對他有利。「不過，那樣好可惜啊。你有那麼好的歌喉。」

「我會在後台唱幾個小節給你聽，」她保證說。

他必須想辦法說服她，但眼下此刻，他不再提起。他反倒讓她發問幾分鐘，回答更多關於他家人的問題，以及他們如何挺過戰爭。不知為何，他發現自己很容易對她述說事情。難道是因為他心裡很清楚，此時講述的所有事情，幾天之內就會在競技場內消失殆盡？

露西．葛蕾似乎變得精神比較好；她不再掉眼淚了。他們分享彼此的經歷時，兩人之間開始萌生一種熟悉感。等到哨聲響起，示意會面時間結束時，她把手帕整整齊齊塞回他的書包口袋，然後捏捏他的前臂表示感謝。

導師們奉命走向主要出口，希克教授在那裡吩咐他們：「你們要前往高等生物實驗室，聽取任務簡報。」

沒有人當場對她提出質疑，但是一到走廊上，他們大聲嚷嚷，想要知道原因。科利奧蘭納斯希望這表示戈爾博士會在那裡。他的問卷填得整齊又完備，與其他同學的零零落落形成鮮明的對比，可能再一次讓他顯得很突出。

「我的貢品不肯說話。連一個字都不說！」克萊蒙西亞說。「我所知道的，就只有抽籤日之後得知的資料，就是他的名字。利波．艾許。你能想像嗎？竟然有人讓自己孩子名字的意思是『收割者』[11]，而最後出現在抽籤儀式裡？」

「他出生的時候還沒有抽籤這回事啦，」麗西斯特拉塔指出。「『收割者』只是農業區常用的名字。」

「我猜也是，」克萊蒙西亞說。

「我的有說話。我都快要希望她不說話！」亞拉契妮根本是大吼。

「為什麼？她說了什麼？」克萊蒙西亞問。

「喔，看來她在第十區大部分的時間都在殺豬。」亞拉契妮做了個嘔吐的動作。「好噁。我到底該怎麼辦呢？眞希望我能掰出比較好的情節。」突然間，她停下腳步，害得科利奧蘭納斯和飛斯都撞上她。「等一下！就是這樣！」

「小心點！」飛斯都說著，推著她往前走。

她沒理會他，繼續喋喋不休，要求每個人注意聽她講。「我可以掰出很棒的情節！你們也知道，我去過第十行政區。那實際上是我的第二個家！」戰爭之前，她的家人曾在許多度假景點開發豪華旅館，因此亞拉契妮造訪過施惠國的廣大地區。雖然自從戰爭爆發後，她也和所有人一樣只能待在都城，不過還是很愛吹噓那件事。「總之，我可以想出比較好的情節，而不是屠宰場的興衰浮沉！」

「你很幸運了啦，」普林尼・哈靈頓說。大家都叫他「普普」，才能與他的海軍司令父親有所區分，他父親負責看守第四區的海域。司令曾經嘗試把普普塑造成他自己的樣子，堅持要普普剪成海軍軍人的平頭、穿著閃亮的皮鞋，但他兒子天生就是不修邊幅的邋遢傢伙。他用拇指指甲摳出牙齒矯正器上的一塊火腿，把它彈到地上。「至少她不怕血啊。」

「爲什麼？你的會怕嗎？」亞拉契妮問道。

「不知道。她哭了足足十五分鐘。」普普做了個鬼臉。「我覺得第七區沒有教她處理手指頭的肉刺，更別提飢餓遊戲了。」

「上課之前，你最好把外套扣子扣起來，」麗西斯特拉塔提醒他。

「喔，好啦，」普普嘆口氣。他伸手到領口頂端的扣子，結果扣子掉進他手裡。「蠢制服。」

他們列隊進入實驗室時，科利奧蘭納斯再次看到戈爾博士的喜悅之情立刻熄滅，因爲發現海咖院長坐鎮在教授的桌前，把問卷收集整齊。他沒理會科利奧蘭納斯，不過也沒有對其他人特別友善。他把發表談話的機會留給首席遊戲設計師。

戈爾博士逗弄著變種兔子，等待全班同學都坐下來，接著歡迎大家：「蹦蹦又跳跳，你

11利波（Reaper）字意是「收割者」，而「抽籤」（reaping）即帶有「收割」的意思。

們進行得如何？他們像朋友一樣打招呼，還是坐在那裡大眼瞪小眼？」看著她收回問卷，學生們彼此投以困惑的眼神。「也許你們有人不認識我，我是戈爾博士，首席遊戲設計師，我會指導你們的導師任務。咱們來看看我得處理什麼事，好嗎？」她匆匆翻閱那些紙張，皺著眉頭，接著抽出一張，在全班面前舉起那張紙。「這就是希望你們達到的成果。史諾先生，謝謝你。好了，你們其他人碰到什麼樣的狀況？」

他的內心很激動，不過表情仍維持平靜。現在最好的舉動是幫助其他同學。經過一陣漫長的停頓後，他開口說話。「我和我的貢品之間很幸運。她很健談。不過大部分的孩子不擅長溝通。而且連我的女孩也無法理解為何要努力準備專訪。」

賽嘉納斯轉頭看著科利奧蘭納斯。「他們為何該要準備呢？那對他們有什麼好處？無論他們做了什麼事，都會被扔進競技場，留在那裡自己努力。」

房間裡響起一陣喃喃低語表示贊同。

戈爾博士盯著賽嘉納斯。「你就是帶三明治的男孩。你為什麼那樣做？」

賽嘉納斯渾身僵硬，避開她的目光。「他們很餓。我們要殺了他們，難道還得提前折磨他們嗎？」

「嗯。同情叛軍的人，」戈爾博士說。

賽嘉納斯盯著自己的筆記本，態度依然堅持。「不算是叛軍吧。戰爭結束的時候，他們有些人只有兩歲。年紀最大的是八歲。而現在，戰爭結束了，他們只是施惠國的公民，對吧？跟我們一樣吧？國歌不是這樣描述都城嗎？『您給予我們光明。您將我們團結合一。』它應該是所有人的政府，對吧？」

「大體上是這樣。繼續說，」戈爾博士鼓勵他。

「嗯，那麼它應該要保護每一個人，」賽嘉納斯說。「那是它的頭號任務！我實在不懂，『讓他們奮戰至死』怎麼能夠達成那個目標。」

「你顯然不贊同飢餓遊戲，」戈爾博士說。「這樣對導師來說一定很難受。一定會妨礙你的工作。」

賽嘉納斯停頓了一會兒。接著他坐直身子，似乎下定決心，直視她的眼睛。「也許您應該把我換掉，指派其他更適合的人。」

教室響起一陣清晰可聞的驚訝喘氣聲。

「小子，絕對不行，」戈爾博士輕笑著說。「同情心是飢餓遊戲的關鍵。同理心，這是我們所缺乏的。卡斯卡，對吧？」她瞥了海咖院長一眼，但他兀自撥弄一支筆。

賽嘉納斯垮著臉，但沒有反駁。科利奧蘭納斯覺得他停止爭執，但不相信他放棄戰鬥。

賽嘉納斯．普林西，他比表面上看來更強悍。想像他把導師身分扔回戈爾博士的臉上。

然而，這番意見交換似乎讓戈爾博士精神一振。「好啊，如果每一位觀眾都像這位年輕人，對貢品這麼有同理心，那豈不是很棒？那應該是我們的目標。」

「不對，」海咖院長說。

「對！對觀眾來說能眞正參與其中！」戈爾博士繼續說。她猛拍自己的額頭。「你們給了我一個絕佳的點子。有個方法可以讓大家用一己之力影響遊戲的結果。假設我們讓觀眾送食物給競技場裡的貢品呢？餵飽他們，就像你們這位朋友在動物園的做法。大家會不會比較有參與感？」

飛斯都精神一振。「我會喔，如果可以押寶在我餵食的那個貢品身上！就像今天早上科利奧蘭納斯說的，也許我們應該打賭，看哪一個貢品會獲勝。」

戈爾博士對科利奧蘭納斯眉開眼笑。「當然，他說的有道理。那好吧，你們集思廣益想出方法，把可能的做法寫成提案交給我，我的團隊會考慮看看。」

「考慮看看？」莉維亞問道。「您是說，可能眞的會採用我們的點子？」

「爲什麼不會？如果有價值的話。」戈爾博士把那疊問卷扔到桌上。「年輕人的腦袋缺乏經驗的部分，有時候可以用理想主義彌補起來。對他們來說，沒有什麼事情是不可能的。

那邊的老頭子卡斯卡對飢餓遊戲所抱持的概念，是他以前在大學當我學生的時候建構起來的，當時的他沒有比你們現在大幾歲。」

所有人的目光都轉而看著海咖院長，只見他對著戈爾博士說：「那只是理論。」

「確實是，除非能證明眞的有用，」戈爾博士說。「我很期待提案明天早上放在我的辦公桌上。」

科利奧蘭納斯在內心暗自嘆氣。又是全班報告。又是以合作的名義逼他妥協的機會。不管哪一種方法都挫盡他們的銳氣，或者更糟的是，對他們潑冷水，直到變得軟弱無力爲止。班上選出三位導師組成委員會，負責推動這項報告。當然，他獲選了，也幾乎無法婉拒。戈爾博士必須告退去開會，於是指示班上同學自己討論提案。他、克萊蒙西亞和亞拉契妮要在晚上召開會議，但由於所有人都想去探望自己的貢品，於是同意晚上八點在動物園開會。在那之後，他們會去圖書館撰寫提案。

由於午餐吃太飽，他沒有覺得晚餐吃昨天的包心菜湯和一盤紅豆很空虛。至少不是吃皇帝豆。等到提格莉絲把最後一勺舀進精緻的瓷碗裡，並用屋頂花園採收的新鮮香草做裝飾，這樣要拿給露西・葛蕾就不會顯得太寒酸。呈現方式對她很重要。至於豆子呢，嗯，她餓壞了。

走向動物園時，他滿懷樂觀的心情。早晨的參觀人數也許很少，但現在遊客快速湧入，他不確定是否能在猴子籠舍搶到最前排的位置。他新近獲得的地位還滿有用的。大家一認出他，便讓他通過，甚至叫其他人讓出一條路。他不是普通的公民——他是導師！

他直接走向先前的角落位置，卻發現那對雙胞胎，波羅和黛黛．林恩，蹲踞在他先前鋪手帕放食物的石頭上。那兩人全心擁抱他們的孿生關係，穿戴相同的裝束、綁著相同的髮髻，個性也同樣樂觀開朗。科利奧蘭納斯不需要開口問，他們就趕緊讓開。

「科利歐，你可以拿去用，」黛黛說著，把她的兄弟從石頭上拉下來。

「當然，我們已經把貢品餵飽了，」波羅補上一句。「嘿，抱歉你被提案困住了。」

「對啊，我們投普普一票，可是沒有人支持我們！」他們笑起來，匆匆跑進人群。

露西．葛蕾立刻跑過來找他。即使他沒有跟著吃晚餐，她仍狼吞虎嚥吃光豆子，但沒忘記先對漂亮的裝飾讚嘆一番。

「你有沒有從群眾得到更多食物？」他問她。

「有位女士給我一塊放了很久的乳酪皮，還有個男人丟了一些麵包進來，幾個孩子搶成一團。我看到各式各樣的人拿著食物，不過我想，就算現在這裡有維安人員看守我們，他們還是很怕靠得太近。」她指著籠舍的後側牆壁，那裡有一組四名維安人員看守。「如今你在這裡，他們也許覺得比較安全吧。」

科利奧蘭納斯注意到人群中有個年約十歲的男孩晃來晃去，手裡拿著水煮馬鈴薯。他對男孩眨眨眼，揮手示意。男孩抬頭看著他的父親，父親點頭表示同意。他走到科利奧蘭納斯背後，依然保持一段距離。「你拿那顆馬鈴薯要給露西．葛蕾嗎？」科利奧蘭納斯問道。

「對。我從晚餐留下來的。我很想吃，可是我想給她吃更多，」他說。

「那就拿過去吧，」科利奧蘭納斯鼓勵他。「她不會咬人。提醒你喔，要有禮貌。」

男孩朝著她的方向，羞怯地踏出一步。「嗯，嗨你好，」露西．葛蕾說。「你叫什麼名字？」

「赫雷斯，」男孩說。「我把我的馬鈴薯留給你。」

「你是不是好貼心？我應該現在吃還是留起來？」她問。

「現在。」男孩的動作非常謹慎，拿著馬鈴薯遞出去給她。

露西．葛蕾接過馬鈴薯，彷彿那是一顆鑽石。「哇。這大概是我所看過最棒的馬鈴薯。」男孩臉紅了，顯得很得意。「好，我要吃了喔。」她咬一口，閉上雙眼，簡直差點昏過去，「也是最好吃的。赫雷斯，謝謝你。」

當露西．葛蕾從小女孩手上接過一條乾癟的紅蘿蔔，並收下女孩的祖母給的燉湯骨頭時，攝影師將鏡頭拉近拍攝過程。有人拍拍科利奧蘭納斯的肩膀，他轉過身，看見普魯利巴斯．貝爾站在那裡，手上拿著一小罐牛奶。「緬懷舊日時光，」他面帶微笑說著，在蓋子上刺了幾個洞，再遞給露西．葛蕾。「我很喜歡你在抽籤日的舉動。那首歌是你自己寫的嗎？」

有些比較能適應環境的（也可能是最飢餓的）貢品，漸漸移動到柵欄邊。他們坐在地上，伸出雙手，壓低著頭，靜靜等待。各處都有人跑上前去——通常是小孩子——在貢品的手裡放下某種東西，接著往後跳開。貢品開始爭相吸引遊客的注意，於是攝影機轉而拍攝籠舍中央。來自第九區的小女孩身手矯健，拿了一個麵包卷之後做了個後手翻。第七區的男孩拿了三顆胡桃，表演精采的拋接把戲。觀眾以掌聲和更多的食物回報這些願意表演的人。

露西．葛蕾和科利奧蘭納斯回到他們的野餐座位，欣賞這些表演。「我們是巡迴馬戲團，眞的喔，」她說著，同時咬著手上那根骨頭的一點肉。

「他們沒人比得上你，」科利奧蘭納斯說。

之前有些貢品不願理會導師，這時如果導師提供食物，他們也願意靠近了。等到賽嘉納斯帶著一袋袋水煮蛋和大塊麵包抵達時，所有的貢品都向他跑去，只有馬可士除外，他無論如何都完全不想理會賽嘉納斯。

科利奧蘭納斯對他們點點頭。「關於賽嘉納斯和馬可士，你說對了。他們以前在第二區是同學。」

「嗯，那就複雜了。至少我們不必處理那種問題，」她說。

「對啊，這已經夠複雜了。」他本來是當笑話講，但一點都不好笑。確實夠複雜，而且每分每秒都變得更複雜。

她對他露出感傷的微笑。「如果是在不同的狀況遇到你，一定好多了。」

「像什麼樣的狀況？」這樣問實在很危險，不過他忍不住要問。

「喔，就像你來看我的某一場表演，聽我唱歌啊，」她說。「而聽完之後，你走到台前來聊天，也許我們去喝杯飲料，跳一、兩支舞之類的。」

他可以想像，她在某個地方唱歌，像是普魯利巴斯的夜店，他迎上她的目光，兩人甚至還不認識就有了連結。「而且我隔天晚上會再回去聽。」

「就像我們擁有全世界的時間，」她說。

有個響亮的「喔—吼！」聲音打斷他們的沉思。第六區的貢品開始跳起滑稽的舞蹈，有些觀眾跟著林恩雙胞胎一起鼓掌打拍子。接下來，氣氛簡直變得像節慶一樣歡樂。人群鼓起勇氣靠近一點，少數人開始與遭到囚禁的貢品交談起來。

整體來說，科利奧蘭納斯覺得這是好的發展。那就表示，不是只有露西・葛蕾值得讓專訪放在黃金時段。他決定讓其他貢品各有專訪時段，並請露西・葛蕾在結束的時候唱歌。同時，他把那天導師的討論結果告訴她，特別強調她的受歡迎程度會在競技場內代表什麼樣的意義，現在有可能讓大家送禮物給貢品。

暗地裡，他再度爲自己的資源感到擔憂。他需要更多富裕的觀眾，能夠負擔費用買東西給她。如果史諾的貢品在競技場上沒有收到半點東西，看起來會很慘。也許他應該要在提案裡制定這樣的條款，規定導師不能送禮物給自己的貢品。否則他要怎麼跟別人競爭呢？肯定無法跟賽嘉納斯競爭。而在柵欄邊，亞拉契妮爲她的貢品擺出小型野餐的陣仗。一整條新鮮麵包，一大塊乳酪，還有，那些是葡萄嗎？她怎麼買得起那些東西？也許旅遊業越來越興旺了吧。

他看著亞拉契妮拿刀子切乳酪，刀把是用精緻的珍珠母做的。她的貢品，來自第十區的健談女孩，蹲坐在她的正前方，熱切地倚著柵欄。亞拉契妮做了厚厚的三明治，但沒有立刻遞過去。她似乎對女孩訓誡著一些事。還滿長篇大論的。講到一個地步，女孩伸手到柵欄外，而亞拉契妮把三明治抽回去，引發觀眾的一陣笑聲。她轉過身，對觀眾閃過一絲微笑，朝著她的貢品搖搖手指，然後再遞出三明治，接著第二次拿開，多半是要引發群眾的笑聲。

「她那樣是玩火，」露西．葛雷評論說。

亞拉契妮向群眾揮手，接著自己咬了一口三明治。

科利奧蘭納斯看出貢品的臉色變得黯淡，頸部肌肉繃得好緊。他還看出其他端倪。她的手指沿著柵欄往下滑，猛然伸出，握住刀把。他連忙站起來，張開嘴想要大喊示警，但一切都太遲了。

說時遲那時快，那個貢品把亞拉契妮猛力往前拉，切開她的喉嚨。

7

最靠近攻擊現場的觀眾放聲尖叫。亞拉契妮的臉龐頓失血色，她拋開三明治，緊緊抓住自己的頸部。鮮血從她的指縫汩汩流下。第十區女孩則放開她，稍微推她一下。亞拉契妮向後退，轉過身，伸出一隻鮮血淋漓的手，懇求觀眾救她。大家要不是太驚嚇就是太害怕，根本無法回應。眼見她跪倒在地，開始大量失血，很多人連忙向後退開。

科利奧蘭納斯最初的反應也像其他人一樣畏縮，抓著猴子籠舍的柵欄穩住身子，但露西．葛蕾輕聲說：「救她！」他想起攝影機正向都城的觀眾進行實況轉播。他不知道該怎麼救亞拉契妮，但不希望別人看到他嚇得緊抓柵欄不放。他的恐懼是很私人的事，沒必要展現在眾人面前。

他強迫自己的雙腿動起來，率先到達亞拉契妮身邊。她緊抓他的上衣，眼見生命從她身上漸漸流逝。「醫生！」他一邊大叫，一邊把她輕輕放到地上。「有沒有醫生？拜託，誰來幫忙一下啊！」他伸手壓住傷口試圖止血，但聽到她發出嗆到的聲音連忙移開。「快點！」

他對人群尖聲大叫。兩名維安人員並肩跑向他，不過速度實在太慢太慢了。

科利奧蘭納斯抬頭瞥了一眼，剛好看到第十區的女孩拿起乳酪三明治，猛力咬一口，然後子彈穿過她的身體，讓她猛力撞上柵欄。她往下滑，癱倒在地，她的血與亞拉契妮的鮮血混合在一起。嚼食到一半的食物從她口中掉出來，漂浮在紅色血泊中。

人群蜂擁向後、驚慌失措，急著逃離這個區域。光線逐漸變暗，更增添一份絕望感。科利奧蘭納斯看到一個小男孩跌倒，眼睜睜看著有人踩到他的腿，然後有個女子把他從地上拉起來。其他人則沒有這麼幸運。

亞拉契妮的嘴唇發出無聲的話語，他無法看懂。等到她的呼吸突然停止，他心想，這時嘗試讓她甦醒也是枉然。如果勉強把空氣吹進她嘴裡，空氣會不會從她頸部的傷口噴出去？飛斯都這時來到他身旁，兩個朋友彼此交換無助的眼神。

科利奧蘭納斯從亞拉契妮身旁退開，看到自己雙手沾滿了紅色閃亮的東西，不禁畏縮身子。他轉過身，發現露西．葛蕾靠著籠舍的柵欄縮成一團，整張臉埋在百褶裙裡，渾身顫抖，這才意識到他自己也在發抖。此刻他處於這樣的情境：血流成河，子彈嗖嗖飛過，群眾尖聲叫喊，這一切讓他回想起童年時代最糟糕的時刻。叛軍的靴子重重踩踏街道，他和祖奶奶聽到槍炮聲連忙壓低身子，垂死的身軀在他們四周掙扎扭動……他的母親躺在染血的床上……人群爭搶食物的蜂擁亂竄，遭到殘酷痛毆的臉龐，呻吟悲鳴的人們……

爲了掩飾自己的驚駭，他立刻採取行動。他的雙手握緊拳頭，垂放在身體兩側。嘗試慢慢深吸幾口氣。露西．葛蕾開始嘔吐，他連忙轉過身，努力壓抑自己反胃的感覺。

醫護人員出現了，把亞拉契妮抬到擔架上。其他人員評估傷者的狀況，包括遭到流彈所傷的，或者遭到群眾踩踏的。有名女子來到他面前，詢問他有沒有受傷，這是不是他的血？等他們確定不是，隨即給他一條毛巾把自己擦乾淨，然後離開。

他擦拭血跡時，看見賽嘉納斯跪在死去的貢品附近。他把手伸進柵欄，似乎在她身上噴灑某種白色的東西，同時嘴裡喃喃唸著一些話。科利奧蘭納斯只瞥了一眼，然後有一名維安人員走過去，把賽嘉納斯往後拉開。這時有一群士兵聚集過來，把剩餘的觀眾驅趕出去，並叫貢品沿著籠舍後側排成一列，雙手放在頭頂上。冷靜下來後，科利奧蘭納斯試圖吸引露西．葛蕾的注意，但她的視線緊盯著地面。

有個維安人員扶著他的肩膀，給了他表示尊重但堅定的一推，要他前往出口。他發現自己跟著飛斯都走上動物園的主要步道。他們走到一座噴水池停下來，稍微清洗身上的血跡。兩人都不知道該說什麼才好。亞拉契妮不是他最喜歡的人，但他的生活裡一直有她。他們從小就玩在一起，也一起參加生日派對、排隊領取配給口糧和上學。在他母親的葬禮上，她從頭到腳裹著黑色蕾絲，而去年他才恭喜她哥哥畢業了。同樣是都城富裕的守舊派，她等於是家人——那種關係是天生的，而你不一定要喜歡自己的家人。

「我沒辦法救她，」他說。「我沒辦法止血。」

「我覺得大家都沒辦法，至少你試過了。那很了不起，」飛斯都安慰他。

克萊蒙西亞找到他們，她因為悲痛而全身顫抖。三個人彼此扶持，一起離開動物園。

「來我家吧，」飛斯都說，但是等他們到達他家公寓，他突然爆哭起來。他們看著他搭上電梯，向他說晚安。

直到科利奧蘭納斯陪克萊蒙西亞走回家，他們才想起戈爾博士交付的任務，就是擬定提案，把食物送到競技場給貢品，以及如何下注。「她不會還在等我們提案吧，」克萊蒙西亞說。「我今天晚上沒辦法弄。我根本不可能想那件事。你知道吧，沒有亞拉契妮。」

科利奧蘭納斯表示同意，但在回家路上，他想著戈爾博士。她就是那種人，會因為他們沒有遵守截止期限而加以處罰，無論處於什麼情況都一樣。也許他應該寫點東西，以策安全。

等他爬了十二層樓梯到達公寓，發現祖奶奶情緒激動，咒罵著那些行政區，而且把她最好的黑色洋裝拿出來晾著，準備參加亞拉契妮的葬禮。祖奶奶撲向他，輕拍他的胸口和兩隻手臂，要確定他沒有受傷。提格莉絲一直哭。「我不敢相信亞拉契妮死了。我今天下午才在市場看到她買那些葡萄。」

他安慰她們，盡力向她們保證自己很安全。「不會再發生那種事。那有點像是反常的意外事件。而現在，安全措施的範圍只會守護得更嚴格。」

等到氣氛冷靜下來，科利奧蘭納斯走去他的臥室，脫下沾滿血跡的制服，前往浴室。他把淋浴的熱水調到近乎滾燙，將身上剩餘的亞拉契妮鮮血刷洗乾淨。有好一會兒，一陣痛苦的嗚咽聲令他心痛，但是隨即消逝，他不確定那究竟是對她的死感到悲傷，還是對自己的困境感到痛苦。可能兩者皆有吧。他穿上陳舊的絲質睡袍，原本是他父親的，然後決定稍微寫一下提案。只要亞拉契妮喉嚨的咯咯聲在耳裡依舊鮮明，他就覺得自己沒辦法睡著。無論用上多少玫瑰氣味的香粉都無法平撫心情。讓自己沉緬於提案有助於冷靜下來，而他寧可獨自工作，不必用圓滑的手段排解其他同學的想法。在沒有干擾的情況下，他製作出簡單卻紮實的一份提案。

考慮到課堂上與戈爾博士的討論結果，以及在動物園給那些飢餓貢品吃東西時旁觀群眾的興奮之情，他把焦點放在食物上面。這是有史以來第一次，贊助人能夠購買物品，像是一片麵包、一塊乳酪等等，透過遙控無人機遞送給特定的貢品。未來將會設立一個專門小組，每一種物品的性質和價值。贊助人必須是合格的都城公民，而且與飢餓遊戲沒有直接相關。這樣就排除掉所有的遊戲設計師、導師、奉派看守貢品的維安人員，以及上述那些人最親近的家人。再考慮到賭盤，他建議由第二個專門小組設置一個正式的地點，讓都城公民能押注、設立投注賠率，並監督是否支付款項給贏家。這兩個計畫的成果都可挹注到飢餓遊戲的花費，因此施惠國政府實際上不必出資。

科利奧蘭納斯不斷工作，直到破曉之際。最初幾道陽光射入他的窗戶時，他穿上乾淨的制服，將提案夾到腋下，然後盡可能安靜地離開公寓。

戈爾博士在她的研究、軍事和學術職務之間身兼多職，因此必須大膽猜測她的辦公桌可能在哪裡。既然屬於飢餓遊戲的事務，他走向稱爲「堡壘」的宏偉建築，「戰爭部」就位於那裡。執勤的維安人員不同意讓他進入戒備森嚴的區域，但他們向他保證，那幾頁提案會放到她的辦公桌上。這是他能盡的最大努力了。

他走回柯索大道時，原本早上只顯示施惠國國徽的螢幕，這時活躍起來，播放前一晚的事件。他們一次又一次播送那個貢品割斷亞拉契妮的喉嚨、他跑去救她，以及兇手遭到槍殺的畫面。他有一種事不關己的奇怪感受，彷彿所有隱藏的情緒都因爲淋浴時的短暫爆發而宣洩掉了。不知道爲什麼，攝影機沒有把他面對亞拉契妮死去的最初反應拍下來，只拍到他企圖救她，拍到他展現出勇敢和責任的時刻，不禁鬆了口氣。你要看得很仔細，才會注意到他正在發抖。

有件事他特別高興，就是槍聲響起時，鏡頭匆匆捕捉到莉維亞．卡迪歐在人群中拚命逃竄。在修辭學課堂上，由於他無法解釋一首詩的深層意涵，莉維亞曾把原因歸咎於他太自私。這種話出自莉維亞之口而非別人，也太諷刺了吧！不過事實勝於雄辯。科利奧蘭納斯衝去救援，莉維亞則衝向最近的出口。

等他到達家裡，提格莉絲和祖奶奶對於亞拉契妮之死的震驚心情稍微平復，嚷嚷著說他是全國的英雄，他聽了揮揮手，但內心暗自竊喜。他應該筋疲力竭才對，這時卻覺得有一股強大的精力流竄全身，而且中等學院宣布正常上課讓他備受激勵。在家裡當英雄有其限制；他需要更大批的觀眾。

吃過煎馬鈴薯和冰白脫牛奶當早餐後，他前往中等學院，臉上帶著那個場合所需要的灰暗神情。既然大家都知道他是亞拉契妮的朋友，他也透過企圖救她而證明這點，因此眾人似乎認定他是最悲傷的人。在走廊上，四面八方湧來慰問之意，以及對他那番行動的讚美話語。有些人說，他把亞拉契妮當自己的姊妹一樣關心照顧，雖然他一點都沒有那樣想，但還是隨便大家去說。不需要對死者不敬。

卡斯卡．海咖身爲中等學院的院長，應該由他來領導全校的集會，但他沒有現身，而是薩提莉亞用一些鮮明熱切的詞語談起亞拉契妮：她的大膽無畏，她的直言無諱，她的幽默風趣。科利奧蘭納斯一邊輕擦眼睛一邊心想，所有這些特質，全讓她那麼討人厭，最終也招致她的死亡。希克教授拿起麥克風盛讚他，也稍微稱讚飛斯都，稱讚他們面對患難之交倒地死去的反應。希波克拉塔．隆特是學校的輔導老師，她邀請悲傷過度的人去她的辦公室，特別是如果有傷害自己或其他人的衝動時。薩提莉亞又回頭宣布，亞拉契妮的正式喪禮在隔天舉行，全體學生都要參加，對她留下的事蹟表達敬意。喪禮會對整個施惠國實況轉播，因此希望大家的外表和舉止都能成爲都城年輕人的表率。接著允許他們解散，一方面讓學生懷念自己的朋友，也爲了失去她而彼此安慰。各個班級會在午餐過後恢復上課。

吃過難吃的魚肉沙拉叶司後，導師們按照原定計畫再去找狄米葛洛斯教授，但其實沒人想去。更受不了的是，他做的第一件事是發給每位導師一張紙，更新貢品的名字，並說：「這應該有助於了解你們在遊戲中的進度。」

第十屆飢餓遊戲
導師分配表

第一行政區
男生：法賽特　導師：莉維亞・卡迪歐
女生：瓦維莉恩　導師：帕米拉・蒙提
第二行政區
男生：馬可士　導師：賽嘉納斯・普林西
女生：莎賓恩　導師：佛羅瑞斯・弗蘭德
第三行政區
男生：希爾克　導師：伊娥・賈斯伯
女生：泰絲麗　導師：厄本・坎維爾
第四行政區
男生：米森　導師：泊瑟芬・普萊斯
女生：柯蘿　導師：飛斯都・克里德
第五行政區
男生：海伊　導師：丹尼絲・弗林

女生：索兒　導師：伊菲格涅亞．摩斯

第六行政區

男生：歐圖　導師：阿波羅．林恩

女生：吉妮　導師：黛安娜．林恩

第七行政區

男生：崔奇　導師：維普薩妮亞．希克

女生：拉米娜　導師：普林尼．哈靈頓

第八行政區

男生：波賓　導師：茱諾．菲浦斯

女生：伍薇　導師：希拉瑞斯．黑文斯比

第九行政區

男生：潘洛　導師：蓋俄斯．布林恩

女生：雪芙　導師：安卓科斯．安德森

第十行政區

男生：塔納　導師：多米希亞．惠姆希維克

女生：布蘭迪　導師：亞拉契妮・克萊恩
第十一行政區
男生：利波　導師：克萊蒙西亞・多夫寇特
女生：迪兒　導師：菲力克斯・拉文史提爾
第十二行政區
男生：傑賽普　導師：麗西斯特拉塔・維克斯
女生：露西・葛蕾　導師：科利奧蘭納斯・史諾

科利奧蘭納斯，外加他周圍的好幾個人，自動把第十區的女生名字劃掉。但是然後呢？劃掉亞拉契妮的名字也很合理，然而感覺很不一樣。他的筆懸在她的名字上方，停在那裡一陣子。像那樣把她的名字劃掉，感覺相當冷酷。

上課開始大約十分鐘後，辦公室送來一張紙條，指示他和克萊蒙西亞離開班上，立刻向堡壘報到。只有可能是要回應他的提案，科利奧蘭納斯心裡混雜著興奮和緊張。戈爾博士喜歡嗎？還是討厭？到底是怎樣呢？

他沒有特地告訴克萊蒙西亞寫了提案的事，因此她氣炸了。「亞拉契妮屍骨未寒，我不敢相信你居然可以寫什麼提案！我哭了一整夜耶。」她浮腫的雙眼提供佐證。

「嗯，又不是說我睡得著，」科利奧蘭納斯反駁說。「她死的時候我抱住她耶。工作讓我不至於瘋掉。」

「我知道，我知道啦。每個人處理傷心的方式不一樣。我其實不是那個意思。」她嘆口氣。「那麼，我應該要一起寫的東西，到底寫了什麼？」

科利奧蘭納斯很快對她簡單描述一下，但她似乎還是很生氣。「抱歉，我應該要先告訴你。那還是很初步的內容，有些部分我們已經在班上討論過了。嗯，我這個星期已經被記過一次……我的成績禁不起再受一次打擊。」

「你至少把我的名字放在上面吧？我不想讓別人覺得我太沒用，沒有盡我的本分，」她說。

「我在上面沒有寫半個人的名字。那比較像是全班提出的計畫。」科利奧蘭納斯雙手一攤，非常生氣。「坦白說，克萊咪，我以爲我是幫你一個忙耶！」

「好啦，好啦，」她說著，態度軟化了。「我想，我欠你一次。不過呢，我希望至少有機會讀一讀。萬一她開始盤問細節，拜託罩我一下。」

「你知道我會啊。不過呢，她可能很討厭那樣，」他說。「我是說，我覺得那計畫相當周到了，不過她遵循的可能是完全不同的規則。」

「那倒是眞的，」克萊蒙西亞表示同意。「你覺得現在這樣還會辦飢餓遊戲嗎？」

他沒想過這點。「我不知道。有亞拉契妮的事，然後是葬禮……我想，發生了那種事，就會延期吧。我知道，反正你不喜歡那種遊戲。」

「你喜歡嗎？眞的有人喜歡嗎？」克萊蒙西亞問道。

「也許他們會乾脆把貢品送回家吧。」這個念頭並沒有眞的很吸引人，因爲他想到露西．葛蕾。他不禁心想，亞拉契妮之死的蕩漾餘波，會對她造成什麼影響呢？所有的貢品都會遭到懲罰嗎？他們會讓他去見她嗎？

「對啊，或者把他們變成去聲人之類的，」克萊蒙西亞說。「那樣很糟糕，但是不像競技場那麼糟。我的意思是說，我還寧可活著而沒有舌頭，也不想死掉，對吧？」

「我是這樣想，但不確定我的貢品是不是這樣想，」科利奧蘭納斯說。「如果沒有舌頭，你還能唱歌嗎？」

「我不知道。唔，也許可以吧。」他們已經到達堡壘的大門口。「我小時候覺得這地方好恐怖。」

「我現在還是覺得好恐怖，」科利奧蘭納斯說著，這番話令她笑起來。

到了維安人員的崗亭，他們接受視網膜掃描，並查核都城的檔案。他們的書包必須留下，有一名警衛護送他們走進一條漫長的灰色走廊，然後搭乘電梯，至少向下直墜二十五層樓。科利奧蘭納斯從來不曾進入這麼深層的地底下，意外發現自己很喜歡這樣。他再怎麼喜歡史諾家的頂樓公寓，一到戰爭期間炸彈落下時，他覺得自己好脆弱。而在這裡，似乎沒有東西傷得了他。

電梯門打開，他們走進一間巨大又開闊的實驗室。一排排實驗桌，不熟悉的機器，還有很多玻璃櫃一直延伸到遠處。科利奧蘭納斯轉身要找警衛，但她關上門，把他們留下來，沒有給予進一步指示。「走吧？」他問克萊蒙西亞。

他們開始小心翼翼走進實驗室。「感覺好恐怖，我一定會打破什麼東西，」她輕聲說。

他們沿著一整個牆面的玻璃櫃往前走，櫃子大概有十五呎高。裡面有各式各樣的生物，有些很熟悉，有些則變了樣，無法簡單歸類；牠們在裡面遊蕩、喘氣、飛跳，顯然不太高興。兩人經過時，巨大的獠牙、利爪和腳蹼猛力擊打玻璃。

有個穿著實驗衣的年輕男子攔住他們，帶頭前往一個全是爬行類櫃子的區域。在這裡他們找到戈爾博士，她凝視著大型的玻璃飼養箱，裡面裝滿數百條蛇。牠們呈現不自然的鮮亮色彩，蛇皮幾乎閃耀著粉紅色、黃色和藍色的霓虹色澤。那些蛇沒有比直尺長多少，粗細也只像鉛筆差不多，只見牠們扭動身子，鑽進飼養箱底部一塊花花的覆蓋物底下。

「啊，你們來了，」戈爾博士面帶微笑說。「來向我的新寶貝打個招呼吧。」

「哈囉，」科利奧蘭納斯說著，把臉湊近玻璃，看著那些不斷蠕動的東西。那讓他聯想到某種東西，但想不起來是什麼。

「顏色有什麼意義嗎？」克萊蒙西亞問。

「每一件事都有意義，也可能什麼都沒有，主要看你的世界觀而定，」戈爾博士說。「這就說到你們的提案。我喜歡。誰寫的？只有你們兩個嗎？或者你們那位花枝招展的朋友在喉嚨被割斷之前也有參與？」

克萊蒙西亞緊抿著雙唇，顯得很苦惱，但科利奧蘭納斯隨即看到她的神情變得緊繃。她不打算接受恐嚇。「全班一起討論出來的。」

「而亞拉契妮本來打算昨天晚上幫忙寫出來，但是……就像你說的，」他補充說。

「不過你們兩個還是勇往直前，對吧？」戈爾博士問道。

「沒錯，」克萊蒙西亞說。「我們在圖書館寫出來，而我昨天晚上在我的公寓把它印出來，然後拿給科利奧蘭納斯，所以他可以在今天早上交出來。按照吩咐。」

戈爾博士對著科利奧蘭納斯說話。「過程是這樣嗎？」

科利奧蘭納斯覺得自己陷入窘境。「我確實是今天早上拿來，是的。嗯，只拿給看守的維安人員；他們不讓我進來，」他含糊其辭說道。這番問話有某些地方怪怪的。「這樣有問題嗎？」

「我只是想確定你們兩人都有參與，」戈爾博士說。

「我可以指出全班討論的部分，以及在提案之中怎麼發展，」他提議說。

「好啊，指出來。你有沒有帶另一份？」她問。

克萊蒙西亞以期待的眼神看著科利奧蘭納斯。「沒有，我沒帶，」他說。克萊蒙西亞把責任丟到他身上，他並沒有嚇到；當時她發抖得太厲害，根本不可能幫忙寫。更何況，她同樣要爭取中等學院的獎學金，是最優秀的競爭者之一。「你有沒有？」

「他們把書包拿走了，」克萊蒙西亞轉身對戈爾博士說。「也許可以用我們給你的那一份？」

「嗯，可以啊。不過我吃午餐的時候，我的助理把它鋪在這個飼養箱裡面，」她說著笑出聲。

科利奧蘭納斯低頭盯著那些扭來扭去的蛇，以及不斷吐信的舌頭。果然沒錯，他可以在扭動的身軀之間看到提案的一些句子。

「你們也許把它拿出來？」戈爾博士提議說。

感覺像是一種測試。戈爾博士的古怪測試，但仍是一種測試。而且似乎是早就計畫好了，但他無法猜測結果會如何。他瞥了克萊蒙西亞一眼，努力回想她是否怕蛇，但他連自己怕不怕都不曉得。他們學校的實驗室沒有蛇。

她對戈爾博士露出緊繃的微笑。「當然好。我們就從頂上的活動門伸手進去嗎？」

戈爾博士把整個頂蓋都移開。「喔，不用，給你們多一點空間吧。史諾先生？何不由你開始？」

科利奧蘭納斯慢慢伸手進去，感覺到熱氣的暖意。

「就是這樣。慢慢移動。不要打擾牠們，」戈爾博士吩咐說。

他的手指探進一張提案紙的邊緣下方，然後從蛇身底下慢慢拉出來。牠們掉下去疊成一堆，但似乎不是很在意。「我覺得牠們根本沒注意到我，」他對克萊蒙西亞說。她的臉色有點鐵青。

「那我也來試試。」她伸手到玻璃缸裡。

「牠們的視力不大好，聽力更差，」戈爾博士說。「不過牠們知道你在那裡。蛇類可以用舌頭聞到你的氣味，這些變種又比其他的蛇更厲害。」

克萊蒙西亞用指尖捏住一張紙，然後拿起來。那些蛇起了一陣騷動。

「如果牠們對你很熟悉，對你的氣味產生愉快的連結，例如溫暖的箱子，牠們就不會理你。假如是新的氣味，某種陌生的氣味，那會是一種威脅，」戈爾博士說。「小女孩，就靠你自己了。」

科利奧蘭納斯才剛開始推敲其中的含意，這時看到克萊蒙西亞的臉上出現驚慌的神色。她的手突然從玻璃缸裡抽出來，但是已經有六條霓虹蛇的尖牙咬進她的肉裡。

8

克萊蒙西亞發出令人毛骨悚然的尖叫聲，瘋狂甩動自己的手，把那些蛇甩掉。牠們的尖牙在克萊咪的皮膚上留下小小的穿刺傷口，並冒出如牠們身上霓虹顏色的膿汁。膿汁染上了鮮亮的粉紅色、黃色和藍色，從她的指尖汩汩滴落。

幾名身穿白色外套的實驗室助理突然出現。兩個人把克萊蒙西亞壓制在地上，第三個人使用看起來很可怕的皮下注射器幫她注射，裡面裝滿黑色的液體。她的嘴唇變成紫色，然後失去血色，接著昏了過去。那些助理把她放到擔架上，飛快抬走。

科利奧蘭納斯準備跟著他們走，但戈爾博士出聲阻止。「史諾先生，你不必去。留在這裡。」

「可是我……她……」他結結巴巴地說。「她會死掉嗎？」

「很難說，」戈爾博士說。她把一隻手伸進玻璃缸，用粗糙的手指輕輕撫摸她的寵物。

「她的氣味顯然沒有沾在紙張上。所以，你獨自寫出那份提案？」

「是的。」沒有理由說謊了。說謊可能會害死克萊蒙西亞。情況很明顯，他交手的對象是瘋子，應付起來應該要極度小心。

「很好，終於說了實話。我討厭騙子。謊話是要企圖掩蓋某種弱點嗎？如果再讓我看到你的這一面，我會捨棄你。假如海咖院長爲了這件事處罰你，我不會阻止他。講得夠清楚了嗎？」她讓一尾粉紅蛇纏繞在手腕上，宛如手環，而且一副很陶醉的樣子。

「非常清楚，」科利奧蘭納斯說。

「那個很好，你的提案，」她說。「考慮得很周到，執行起來也簡單。我要推薦我的團隊仔細研讀，並擬定最初階段的實行方法。」

「好啊，」科利奧蘭納斯說著，只敢做出最溫和的回應，很怕周遭有致命生物會呼應她的召喚。

戈爾博士笑起來。「噢，回家吧。或者去看看你的朋友，如果她還在那裡的話。我該來吃蘇打餅乾和牛奶了。」

科利奧蘭納斯急忙離開，還撞上一個蜥蜴飼養箱，害裡面的居民一陣騷動。他在錯誤的地方轉了彎，然後又錯一次，發現自己置身於實驗室某個恐怖的地方，玻璃櫃裡住了一些人類，有些動物器官移植到他們身上。脖子周圍冒出細小的翎羽；爪子，或甚至觸手，出現在手指的地方；還有某種東西……也許是鰓？嵌在他們的胸膛裡。他的出現嚇到他們，於是有幾個人張開嘴巴懇求他，他才明白這些人是去聲人。他們的呼喊聲反覆迴盪，這時他瞥見一隻黑色小鳥停棲在那些人的上方。「八卦鳥」這個名稱突然浮現他的腦海。他的遺傳學課堂上的簡短章節。失敗的實驗，那種鳥能夠複述人類說過的話，原本要作爲間諜活動的工具，然而叛軍弄懂八卦鳥的功能，於是派牠帶著錯誤的情報飛回來。如今，這些沒用的生物創造了一種回聲室，裡面充滿了去聲人的可憐哀鳴。

最後，有個身穿實驗衣、戴著粉紅色超大型雙焦眼鏡的女子攔住他，責罵他打擾那些鳥，接著護送他回到電梯。他等待時，有個監視攝影機向下對準他，而他努力撫平手中那張孤零零且皺巴巴的提案紙張。維安人員在上面與他碰面，把他和克萊蒙西亞的書包都歸還給他，然後陪他大步走出堡壘。

科利奧蘭納斯沿著街道走，繞過轉角，然後他的雙腿一軟，癱倒在路邊。陽光刺痛眼睛，他幾乎喘不過氣來。他筋疲力竭，前一晚幾乎沒睡，卻因爲腎上腺素而過度亢奮。剛才到底是怎樣？克萊蒙西亞死了嗎？他還沒開始好好消化亞拉契妮的慘死，現在又來這齣。這很像飢餓遊戲，只不過他們並非行政區的孩子。都城理應保護他們啊。他想起賽嘉納斯對戈爾博士說，政府的職責是保護每一個人，甚至包括各行政區的人民，但他還不確定要如何面對一項事實，即不久之前行政區的人民仍是敵人。然而可以肯定的是，史諾家的孩子應該是最優先保護的對象。如果提案是克萊蒙西亞寫的而不是他，他有可能死掉。他把頭埋進雙手之中，滿心困惑、憤怒，而最多的是害怕。害怕戈爾博士。害怕都城。害怕一切事物。如果理應保護你的人，竟然這樣玩弄你的人生……那麼你要如何存活下去呢？不能信任他們，這是肯定的。而如果你不能信任他們，你又能信任誰？一切都是未知數。

科利奧蘭納斯無法擺脫毒蛇的尖牙刺入血肉的那段記憶。可憐的克萊咪，她有沒有可能眞的死了？而且是那種惡夢般的死法。如果她死了，那是他的錯嗎？因爲沒有叫她不要說謊？那似乎是很輕微的違法行爲啊，然而戈爾博士會不會怪他掩護克萊蒙西亞呢？如果她死了，他有可能惹上各式各樣的麻煩。

他猜想在緊急情況下，會把人送到附近的「都城醫院」，因此他發現自己往那個方向跑去。一進入涼爽的入口大廳，他沿著標示前往急診室。自動門才剛滑開，他就聽見克萊蒙西亞的尖叫聲，如同那些蛇剛咬她時那樣。至少她還活著。他對櫃檯的護士含糊說了些話，她立刻察覺不對勁，要他找椅子坐下，而就在這時，一波暈眩襲擊他。他的模樣一定很可怕，因爲護士拿了兩包營養脆餅和一杯甜滋滋的檸檬氣泡飲料給他，他本來試著喝一小口，結果是咕嚕灌下，還渴望再來一杯。糖分讓他感覺好一點，但還吃不下餅乾，於是他把餅乾塞進口袋。等到主治醫師從後面冒出來時，他幾乎能夠控制自己了。醫師向他再三保證。他們以前曾把實驗室意外事件的傷者治好。既然立刻給予解毒劑，那麼完全有理由相信克萊蒙西亞會活下來，雖然可能有某種神經方面的傷害。她會住院治療，直到他們確定狀況穩定爲止。如果他過幾天再回來探病，她也許就可以會客了。

科利奧蘭納斯謝過醫師，把她的書包交出去，也同意醫師的建議，最好的做法是回家去。他沿著來時路走向大門時，看到克萊蒙西亞的父母親往這邊衝來，他連忙找了一道門躲進去。他不知道別人對多夫寇特夫婦說了什麼，但這時他沒有興趣與他們談談，特別是連他都搞不清楚到底發生什麼事。

缺乏可信的事發經過，講出來又像是撇清責任，說他不是克萊蒙西亞那種狀況的幫兇——恐怕會讓他無法回到學校，甚至家裡。

提格莉絲不會在家，最早也要等到晚飯時間，而祖奶奶看到他的狀況一定會嚇壞。說來奇怪，他發現自己想要談話的唯一對象是露西．葛蕾，她很聰明，也不會把他講的話說出去。

他還沒細想會碰到什麼樣的難處，雙腳就帶著他前往動物園。有兩名很醒目的武裝維安人員守在大門口，還有好幾名在他們背後忙得團團轉。剛開始，他們揮手要他離開；上面的指令不准遊客進入動物園。不過科利奧蘭納斯表明自己的導師身分，而在這時，有些維安人員認出他是企圖救亞拉契妮的男孩。他的名聲足以說服他們向上級請求破例。維安人員直接與戈爾博士通話，科利奧蘭納斯可以聽見她那獨特的格格笑聲從電話大聲傳出，即使站在幾碼之外也聽得見。他獲准與維安人員一同進入，但只能短暫停留。

通往猴子籠舍的路上，群眾奔逃留下的垃圾依然散落各處。老鼠衝來衝去，齧咬著剩餘的東西，包括腐爛的食物碎片和驚慌留下的鞋子。雖然太陽高掛空中，但有好幾隻浣熊出來覓食，運用靈巧的小手撈起零碎食物。有一隻咬著死老鼠，還警告其他浣熊離牠遠一點。

「不是我印象中的動物園，」維安人員說。「只有小孩子關在籠子裡，還有一堆有害動物跑來跑去。」

在步道上走到某處，科利奧蘭納斯看到一些小型容器裝了白色粉末，塞在石頭底下或牆邊。他想起都城在圍城期間使用的毒藥，當時食物很少但老鼠很多。人類，特別是死人，已成爲牠們的日常食物。在狀況最惡劣的一段期間，人類當然也吃人。根本沒有理由覺得自己比老鼠更高尚。

「那是老鼠藥嗎？」他問維安人員。

「對呀，他們今天試驗的某種新藥。不過老鼠精明得很，根本不會靠近。」他聳聳肩。

「給我們試用這種東西。」

在籠舍裡面，那些貢品，再度戴上鐐銬，緊貼著後側牆壁或置身於岩石構造後方，彷彿嘗試讓自己盡可能不要引人注意。

「你必須保持距離，」維安人員說。「你的女孩看似沒有危險，但是誰知道會怎樣呢？可能會有另一個攻擊你。你必須待得後面一點，待在他們碰不到你的地方。」

科利奧蘭納斯點點頭，前往他平常待的石頭那邊，但是站在石頭後方。他沒有感受到貢品的威脅。在他面對的問題之中，他們是最不重要的問題；但他不想讓海咖院長有任何藉口可以處罰他。

剛開始，他找不到露西．葛蕾在哪裡。接著，他與傑賽普四目相對，他倚靠後側牆壁坐著，拿著看似史諾家的手帕伸向脖子。傑賽普對他旁邊的某種東西搖晃一下，於是露西．葛蕾嚇了一跳，坐直身子。

她一度顯得搞不清狀況。等她看到科利奧蘭納斯，連忙揉揉惺忪睡眼，用手指把散亂的頭髮往後梳理。她站起來時失去平衡，趕緊伸手扶著傑賽普的手臂。她依然步履不穩，開始穿越籠舍走向他，後面拖著鎖鍊。因爲很熱嗎？殺戮事件的精神創傷？還是飢餓？畢竟都城沒有給貢品吃東西，她自從亞拉契妮遇害之後就沒有吃東西，當時她把先前來自群眾的食物都吐出來，可能包括他的麵包布丁，以及早上吃的蘋果。所以，她光靠肉餅三明治和一顆李子已經撐了將近五天。他一定要找到方法讓她多吃一點，即使包心菜湯也好。

她越過乾涸的壕溝後，他舉起一隻手示意警告。「很抱歉，我們不能靠太近。」

露西．葛蕾停在距離柵欄幾呎的地方。「很驚訝你居然能進來。」她的喉嚨，她的皮膚，她的頭髮——炎熱的午後太陽似乎把這一切都烤乾了。她的手臂有個嚴重的瘀傷，前一晚似乎沒有。誰打了她？另一個貢品，還是警衛？

「我不是有意要吵醒你，」他說。

她聳聳肩。「沒關係。我和傑賽普輪流睡覺。都城的老鼠喜歡吃人。」

「那些老鼠嘗試要吃你？」科利奧蘭納斯問道，光是想到就覺得想吐。

「嗯，我們在這裡的第一天晚上，有某種東西咬了傑賽普的脖子。太暗了，看不清楚是什麼，不過他提到那東西身上有毛皮。而昨天晚上，有某種東西爬到我腿上。」她指著柵欄邊有個容器裝著白粉。「那東西連一點用也沒有。」

科利奧蘭納斯浮現一種可怕的畫面，她躺在一群老鼠底下，死了。這幅畫面把他僅存的些許壓抑一掃而空，絕望吞噬了他。爲了她。爲了他自己。爲了他們兩人。「噢，露西．葛蕾，眞是對不起。這一切眞是對不起。」

「不是你的錯啊，」她說。

「你一定很恨我。你應該要恨。我都恨我自己了，」他說。

「我不恨你。飢餓遊戲不是你的主意，」她回答。

「可是我參與其中。我幫忙執行！」他因爲羞愧而低下頭。「我應該要像賽嘉納斯一樣，至少嘗試退出。」

「不，不要！拜託不要。不要讓我孤零零經歷這件事！」她朝向他踏出一步，差點昏過去。她的雙手抓住柵欄，向下滑落到地面上。

他無視於警衛的警告，匆忙跨過石頭，隔著柵欄蹲在她前方。「你還好嗎？」她點頭，但看起來並不好。他想要對她訴說那些蛇引發的恐懼，以及克萊蒙西亞與死亡擦身而過。他希望尋求她的忠告，但與她的情況相比，所有的事情都顯得完全不重要。他想起護士送的餅乾，於是摸索著口袋裡壓扁的包裝。「我帶了這些給你。沒有很多，但是很有營養。」

聽起來好蠢啊。他們所謂的營養價值，她怎麼會覺得很重要？他意識到自己只是按照戰爭時期老師的說法照本宣科，當時去上學的其中一個誘因，就是政府提供的免費點心。對一些孩子來說，那些咬起來沙沙作響、食之無味的東西配著開水吞下去，就是一整天吃下的所有食物了。他還記得，他們的小手像爪子一樣撕開包裝紙，以及隨後拚命猛嚼的嘎吱聲。

露西．葛蕾立刻撕開一包，把兩片餅乾的其中一片塞進嘴裡，嚼了幾下，然後把乾乾的東西很艱難地吞下去。她伸手壓著自己的胃，嘆口氣，然後用比較慢的速度吃第二片。食物似乎讓她集中心神，她的聲音聽起來比較冷靜了。

「謝啦，」她說。「好多了。」

「其他也吃掉吧，」他催促著說，對著第二包點點頭。

她搖頭。「不行。我會留給傑賽普吃。他現在是我的盟友。」

「你的盟友？」科利奧蘭納斯很困惑。參與飢餓遊戲怎麼可能有盟友？

「嗯哼。來自第十二區的貢品將會一起倒下，」露西．葛蕾說。「他不是北斗七星最亮的星星，但他像公牛一樣強壯。」

要取得傑賽普的保護，兩片餅乾似乎是很小的代價。「我會盡可能給你更多東西吃。而且看來大家會獲准送食物去競技場。現在是正式的遊戲規則了。」

「那樣會很好。更多食物會很好。」她把頭向前靠，倚著柵欄。「那麼，像你說的，唱歌可能就有意義了。讓大家想要助我一臂之力。」

「在專訪的時候，」他提出建議。「你可以再唱一次山谷的歌。」

「也許吧。」她若有所思，眉頭皺成一團。「他們轉播給整個施惠國看，還是只有都城看得到？」

「整個施惠國，我想是吧，」他回答。「但是你不會從各個行政區得到任何東西。」

「我也不期待。但問題不在這裡，」她說。「不過呢，也許我會唱歌吧。有把吉他之類的會更好。」

「我可以試試看幫你找一把。」並不是說史諾家有樂器。除了祖奶奶每天唱國歌，以及他母親很久以前唱的搖籃曲，他的生活一直很少有音樂，直到現在出現了露西·葛蕾。他很少聽都城的無線電廣播，因爲大多播放進行曲和政府的宣傳歌曲。對他來說，那些歌曲聽起來全都一模一樣。

「喂！」維安人員在步道上對他揮手。「那樣太近了！反正時間也到了。」

科利奧蘭納斯站起來。「如果希望他們讓我再進來，我最好先走了。」

「當然。當然。而且謝啦。餅乾和所有的一切，」露西·葛蕾說著，只見她抓緊柵欄，奮力站起。

他伸手到柵欄裡，扶著她站起來。「沒什麼啦。」

「對你來說也許沒什麼，」她說。「不過那表示，這世界有某個人好像覺得我很重要。」

「你眞的很重要啊，」他說。

「嗯，有很多證據顯示結果相反。」她讓鎖鍊發出喀啦聲，猛拉一下。接著，彷彿想起某件事，她抬頭看著天空。

「你對我很重要啊，」他堅持這樣說。都城也許不重視她，但他很重視。他不是才剛把自己的心事傾訴給她聽？

「史諾先生，該走了！」維安人員叫道。

「露西・葛蕾，你對我很重要，」他又說一次。這番話讓她把視線移回他身上，但感覺好像還是很遙遠。

「喂，小子，別讓我舉報你喔，」維安人員說。

「我得走了。」科利奧蘭納斯準備離開。

「嘿！」她以急切的聲音說。他回過身。「嘿，我要你知道，我不太相信你來這裡是爲了成績或榮譽。科利奧蘭納斯，你是孤鳥。」

「你也是，」他說。

她點頭表示同意，然後轉身向傑賽普走去，鎖鍊在骯髒的稻草和老鼠糞便之間留下一道痕跡。走到夥伴身邊後，她躺下，蜷縮成球狀，彷彿剛才的短暫會面讓她筋疲力竭。

他再度踏著蹣跚的步伐走出動物園，意識到自己同樣太累了，沒辦法針對任何事情想出好的解決方法。這個時間夠晚了，他回到家不會引發質疑，於是直接回公寓。他運氣不好，遇到同學泊瑟芬．普萊斯，就是惡名昭彰的尼洛．普萊斯的女兒，那人曾經吃女僕的肉。最後他們一起走，畢竟兩人是鄰居。她分配的任務是擔任米森的導師，那是健壯結實的十三歲男孩，來自第四區，而他和克萊蒙西亞奉命離開教室時，她也在場。他很怕她會討論起那份提案，不過她仍對亞拉契妮之死感到非常心痛，也就沒有聊起其他事。他通常避免與泊瑟芬在一起，因爲永遠忍不住感到好奇，她知不知道戰爭期間家裡的燉菜到底加了什麼材料。有一段時間，他覺得很怕她，但現在，她只引發了討厭的感受，無論他多少次提醒自己，她其實是無辜的。她有酒窩和榛綠色的眼睛，比同年級的所有女孩更漂亮，可能只有克萊蒙西亞除外……嗯，遭到蛇咬之前的克萊蒙西亞。不過一想到親吻泊瑟芬，他就倒彈三尺。即使是現在，她含淚與他擁抱道別，他滿心想的仍是女僕那條被砍斷的腿。

科利奧蘭納斯拖著自己身子走上樓梯，回想起那名可憐的女僕因爲飢餓而倒在街上，他的思緒變得更加灰暗。他預期露西．葛蕾能夠撐多久？她正在快速衰弱。虛弱且慌亂。受傷且心碎。但最重要的是，慢慢飢餓致死。到了明天，她可能連站都站不起來。如果他沒有找到方法給她吃東西，她可能連飢餓遊戲都還沒開始就死了。

9

他到達公寓時，祖奶奶看了他一眼，建議他吃晚餐前小睡一下。他倒在床上，覺得壓力太大，根本不可能再睡著。他意識到的下一件事，是提格莉絲輕輕搖晃他的肩膀。有個托盤放在床頭桌上，散發出撫慰人的麵湯香氣。有時候肉販會免費給她雞骨架，於是她用來煮成很棒的食物。

「科利歐，」她說。「薩提莉亞打了三次電話，我想不出其他藉口了。來吧，吃點晚餐，然後回她電話。」

「她有沒有問起克萊蒙西亞？每個人都知道了嗎？」他衝口說出。

「克萊蒙西亞．多夫寇特？沒有。爲什麼會問起她？」提格莉絲問道。

「那眞的好可怕。」他描述事發經過，包含令人毛骨悚然的所有細節。

他述說時，她的臉上逐漸失去血色。「戈爾博士讓那些蛇咬她？就爲了像那樣小小的善意謊言？」

「對呀。而且她一點都不在乎克萊蒙西亞的死活，」他說。「只是把我趕出去，這樣她才能享用下午茶。」

「那太殘酷了吧。或者徹底發瘋，」提格莉絲說。「你該舉報她嗎？」

「向誰舉報？她是首席遊戲設計師耶，」他說。「她直接聽命於總統。她會說，那是我們說謊的錯。」

提格莉絲思考一下。「好吧。不要舉報她。也不要對抗她。只要盡可能避開她就好。」

「身爲導師很難啊。她一直出現在中等學院，逗弄那隻變種兔子，問一大堆瘋狂的問題。只要她說一個字，就能讓我拿到獎金或願望破滅。」他用雙手搓搓自己的臉。「加上亞拉契妮的死，克萊蒙西亞全身都是毒液，還有露西．葛蕾……嗯，那是另一件超恐怖的事。我覺得她可能撐不到遊戲開始，也許那是最好的結果。」

提格莉絲拿一把湯匙塞進他手裡。「喝你的湯。我們經歷過比那更糟的事。史諾至高至尊？」

「史諾至高至尊，」他的語氣很沒說服力，害兩人笑起來。這讓他覺得稍微正常一點。他順著她的意，喝了幾口湯，隨即意識到自己餓壞了，於是迅速吃光。

等到薩提莉亞再次打電話來，他差點就把一切和盤托出，但原來她只是想要請他明天早上在亞拉契妮的葬禮上演唱國歌。「你在動物園的英勇行爲，再加上你是唯一了解整個來龍去脈的人，因此你是老師們的首選。」

「我很榮幸，當然好，」他回答。

「很好。」薩提莉亞發出吃吃喝喝的聲音，有冰塊掉進她的玻璃杯，然後她喘口氣。「你的貢品怎麼樣？」

科利奧蘭納斯遲疑一下。抱怨可能顯得很孩子氣，活像是他無法解決自己的問題。他幾乎從來不曾向薩提莉亞請求幫忙。然而，他想到露西．葛蕾蜷縮在鎖鍊的重量之下，於是豁出去了。「不好。我今天去看露西．葛蕾。只有一下子。她非常虛弱，都城完全沒有給她吃東西。」

「自從她離開第十二區以後？嗯，那樣有幾天了？四天？」薩提莉亞問道，語氣很驚訝。

「五天。我覺得她撐不到飢餓遊戲。我會沒有貢品可以當導師，」他說。「我們很多人都不會有。」

「嗯，那樣不公平。感覺好像叫你用壞掉的儀器做實驗，」她回應。「而現在，飢餓遊戲可能會延後至少一到兩天。」她停下來，接著補充說，「我來看看可以幫什麼忙。」

他掛上電話，轉身看著提格莉絲。「他們要我在葬禮上演唱。她沒有提起克萊蒙西亞。他們一定是對那件事保密。」

「那麼你也該保密，」提格莉絲說。「也許他們會假裝根本沒有那件事。」

「也許他們甚至不會告訴海咖院長，」他說著高興起來。接著他猛然想起另一件事。「提格莉絲？我突然想到，我根本不會唱歌。」而不知爲何，這是他們兩人這輩子聽過最好笑的事。

然而，祖奶奶覺得這不是好笑的事，到了隔天，她叫他清晨即起，好好指導一番。每一句歌詞的最後，祖奶奶都用一把直尺戳戳他的肋骨，大喊：「吸氣！」直到他無法想像身體還有其他反應爲止。這一週的第三次，祖奶奶爲了他的未來犧牲自己心愛的花朵，她拿一朵淺藍色的玫瑰花苞，別在他仔細熨燙好的制服外套上，並說：「好了。很搭配你的眼睛。」於是打扮鮮亮，挺著滿肚子的燕麥，加上胸口的瘀傷提醒他要吸氣，他出發去中等學院。

雖然是星期六，但所有學生都先去教室報到，然後在中等學院入口前的大台階上集合，各班按照字母順序整齊列隊。由於獲派任務的關係，科利奧蘭納斯發現自己與教職員和貴賓一起坐在前排，以總統拉文史提爾爲首。薩提莉亞對他匆匆解說典禮流程，但他滿腦子只有一個念頭：他的國歌演唱要揭開整個葬禮的序幕。他不介意公開演說，但是從未公開唱歌——其實在施惠國很少有這樣的場合。也因此，露西．葛蕾的歌聲才會那麼吸引眾人的目光。他冷靜下來，提醒自己，就算他唱得像狗叫，也沒有太多例子能比較。

馬路對面為葬禮設置了臨時看台，很快就擠滿了身穿黑衣的送葬人群，這種顏色的衣服是每個人一定有的，因為戰爭期間失去許多摯愛的人。他在人群中尋找克萊恩家的人，但是沒看到。中等學院和周圍的樓房裝飾了葬禮的橫幅旗幟，每一扇窗戶也飛揚著都城的旗幟。許多攝影機架設在適當的位置，準備記錄這場儀式，不少都城的電視台記者進行實況報導。科利奧蘭納斯覺得，對亞拉契妮來說，這場面還真是太過盛大，與她的生和死兩方面都不相稱，後者甚至大可避免，如果她能克制自己不要那麼愛出鋒頭的話。有那麼多人在戰爭期間英勇死去，卻沒什麼人知道，這點讓他既生氣又難受。讓他鬆口氣的是，他只要唱歌就好，不必歌頌她的才華；如果沒記錯的話，她的才華很有限，只有嗓門很大，不必用麥克風就能讓整個禮堂充斥她的聲音，外加能用鼻頭頂著湯匙。而海咖院長居然還指責他太愛炫耀？然而，他提醒自己，她基本上算是家人。

中等學院的時鐘敲了九下，群眾安靜下來。這時，科利奧蘭納斯站起來，走向講台。薩提莉亞答應要幫忙伴奏，但靜默延續了好久，他都已經深吸一口氣準備要唱國歌，這時有個聲音尖細的曲調開始透過音響系統播放出來，給了他十六個拍子的前奏。

施惠國之珍寶，
偉大之城，
歷經無數歲月，您仍閃耀如新。

他的歌聲比較像是說話的延續，不是音調優美且唱作俱佳，但這首歌並沒有特別難唱。祖奶奶永遠唱不上去的高音不一定要唱到，大多數人也是用低八度的音唱出來的。懷著祖奶奶用直尺戳他胸口的記憶，他就這樣順利唱完，完全沒有少唱一個音或喘不過氣。他在眾人熱烈的掌聲中坐下，總統也點個頭表示嘉許，這時換總統走向講台。

「兩天前，亞拉契妮．克萊恩年輕的寶貴生命結束了，於是我們再度哀悼一位受害者，犯罪的叛亂勢力依然圍攻我們，」總統以緩慢而莊重的語氣說。「她的死與戰場上所有的人一樣英勇，而在我們聲稱和平的時期，她的逝去又更加深刻。然而，只要這種禍害把我們國家的良善和高尚吞噬殆盡，和平就不會存在。今天我們對她的犧牲表達敬意，這也提醒大家，即便邪惡存在，它仍舊無法占上風。而我們再一次見證，偉大的都城為施惠國帶來正義。」

緩慢且低沉的隆隆鼓聲開始響起，群眾跟著轉身，看著送葬行列繞過轉角，走上街道。學者路雖然沒有像柯索大道那麼寬闊，但要容納維安人員的儀仗隊也是綽綽有餘，他們肩並肩站著，寬邊二十人，長邊四十人，跟隨鼓聲的節奏，踏著完美且齊一的步伐。

有個貢品殺害了一名都城女孩，科利奧蘭納斯本來對於把這種訊息告訴各個行政區的策略感到很疑惑，但現在他看出重點了。維安人員的後面跟著一輛很長的平板拖車，承載了一部吊車。第十區女孩，布蘭迪，她那具滿是彈孔的屍體，此刻高掛在空中，懸盪在吊車的鉤子上。而以鐐銬固定在拖車的平板上，看起來徹底骯髒和受挫的，則是剩下的二十三名貢品。由於鎖鍊長度的關係，他們不可能站起來，因此要不是蹲著，就是坐在光禿禿的金屬平板上。這又是一次機會，藉此提醒各個行政區，他們的地位比較低等，而且抵抗會帶來這樣的後果。

他看到露西．葛蕾試著維護一點尊嚴，以鎖鍊允許的程度坐挺身子，直視前方，不理會那具屍體在頭頂上輕輕搖擺。但是沒有用。泥土、鐐銬、公開展示——想要壓制這些外在影響實在太難了。他試著想像，把自己引導到那種情境，最後他意識到，賽嘉納斯無疑就是這樣設身處地爲貢品著想，於是立刻甩掉這種念頭。

貢品的後面跟著另一支維安人員大隊，幫四匹一組的駿馬在前開道。那四匹馬裝飾著花環，拉著一輛華麗的馬車，上面有一具純白棺木，懸掛著許多花朵。棺木後面跟著克萊恩家的人，搭乘馬匹拉動的禮車。至少她家人的舉止很得體，沒有忐忑不安。送葬隊伍停下來，把棺木抬到講台前方。

戈爾博士一直坐在總統旁邊，這時走向麥克風。科利奧蘭納斯覺得，讓她在這種時刻發表談話眞是大錯特錯，但她一定把那位瘋狂女士和粉紅蛇手環留在家裡，因爲她的語氣既堅定、理性又清晰。「亞拉契妮．克萊恩，我們所有人，你的施惠國公民同胞，在此鄭重發誓，你絕對不會死得毫無意義。我們其中一人若受打擊，我們會以雙倍的力氣加以還擊。飢餓遊戲會向前邁進，會比以前更有活力、懷抱更多承諾，並將你的名字加入那些純眞無辜人士的漫長名單，他們都是爲了捍衛這塊公平正義土地而死。你的朋友、家人和同胞公民向你致敬，第十屆飢餓遊戲也獻給你，以茲紀念。」

所以，現在大嗓門亞拉契妮變成公平正義土地的捍衛者。**對啦，她犧牲自己的生命，是因為拿著三明治逗弄嘲笑她的貢品**，科利奧蘭納斯心想。**也許她的墓誌銘可以這樣寫：「輕浮笑聲的受害者。」**

有一排佩戴紅色飾帶的維安人員舉起手上的槍，朝向送葬行列的上方整齊射出數輪子彈，接著隊伍繼續走了幾個街廓，最後繞過轉角，再也看不見。

群眾漸漸散去時，好幾個人以為科利奧蘭納斯臉上的痛苦神色是哀悼亞拉契妮之死，他覺得非常諷刺，好像又重新再殺她一次。不過他認為自己控制得很好，直到轉過身，發現海咖院長低頭看著他。

「我對你失去朋友表示哀悼之意，」院長說。

「她也是你的學生。今天對我們所有人來說都很難熬。不過送葬的行列很感人，」科利奧蘭納斯回答。

「你這樣覺得嗎？我倒覺得太過頭了，感覺很差，」海咖院長說。由於出乎意料，科利奧蘭納斯噗嗤一聲，隨即恢復神色，裝出很震驚的樣子。院長的目光落在科利奧蘭納斯的藍色玫瑰花苞上。「好神奇啊，小小的東西有那樣的變化。歷經所有的殺戮之後。歷經所有的痛苦承諾而記住代價之後。歷經那所有的一切之後，我無法分辨花苞和花朵。」他用食指對玫瑰輕輕碰了一下，調整角度，然後露出微笑。「午餐別遲到。我聽說有派餅可以吃。」

這場碰面唯一的好事，就是真的有派餅可以吃，這次是桃子派，學校餐廳端出特別的自助餐。科利奧蘭納斯沒有像抽籤日那麼節制，今天他在盤子裡堆滿炸雞，並挑了最大塊的派餅。他在比斯吉上面塗了厚厚的奶油，葡萄潘趣酒也續杯三次，最後一杯甚至滿到噴濺出來，讓他的亞麻餐巾吸了酒液染了色。大家要講閒話就去講吧。主祭者需要食物。但就算吃著食物，他也意識到一個跡象，他平常自我控制的天賦漸漸消退。他把原因歸咎於海咖院長和院長的持續騷擾。他今天到底胡說些什麼啊？花苞？花朵？應該要把他關在某處，或者放逐到某個遙遠的前哨基地更好，讓正派的都城居民得到平靜。光是想到他，科利奧蘭納斯就忍不住跑去拿更多派餅。

然而，賽嘉納斯戳弄自己的炸雞和比斯吉，連一口都沒咬。如果科利奧蘭納斯不喜歡送葬行列，那麼賽嘉納斯一定覺得痛苦不堪。

「如果你把那所有食物都扔掉，他們會舉報你喔，」科利奧蘭納斯提醒他。他並沒有熱愛這傢伙，但也沒有特別想要看到他受罰。

「對喔，」賽嘉納斯說。但他似乎還是沒辦法靜下心來，好好喝一口潘趣酒。

午餐即將結束，薩提莉亞集合目前二十二位導師，通知他們，不只飢餓遊戲如期進行，他們也要成爲能見度最高的人。將這點謹記在心，他們要在今天下午護送貢品遊覽競技場。過程會對全國進行實況轉播，基本上會貫徹戈爾博士在葬禮上表現的決心。那位首席遊戲設計師認爲，把都城的孩子與行政區的孩子區分開來有點示弱的意味，彷彿太害怕敵人，不敢與他們待在同一個場合。貢品會戴上鐐銬，但沒有完全用鎖鍊固定住。維安人員最優秀的神槍手會居中守護，但大家會看到導師與他們照顧的對象並肩相處。

科利奧蘭納斯可以感覺到他的同學們有點不情願。亞拉契妮死後，好幾位同學的父母抱怨安全措施太差勁；但是沒有人說話，沒有人想要顯得懦弱。他覺得整件事似乎很危險又輕率——有什麼措施能防止其他貢品攻擊他們的導師呢？但他絕不會提出這點。他很想知道，戈爾博士不希望發生另一次暴力事件嗎？這樣她才能處罰另一個貢品，也許這一次是現場執行，在攝影機的面前。

戈爾博士像這樣進一步展現她的冷酷無情，讓他覺得憤怒難平。他朝賽嘉納斯的盤子瞥了一眼。「吃飽了？」

「我今天吃不下，」賽嘉納斯說。「我不知道該怎麼看待這件事。」

他們這區已經空無一人。在桌子下方，染了色的亞麻餐巾放在科利奧蘭納斯的大腿上。等他意識到餐巾上面繡著都城的標誌，更覺得自己行爲不檢。「放到這裡，」他說著，帶著鬼祟的眼神。

賽嘉納斯朝四周看了一眼，很快把炸雞和比斯吉放到餐巾上。科利奧蘭納斯把它包起來，將整包東西塞進書包。他們不准把食物帶出餐廳，當然更不能拿給貢品，但在遊行之前，他還能從哪裡取得一點食物呢？露西．葛蕾不能在攝影機前面吃東西，但她的洋裝有很深的口袋。想到現在拿的東西有一半要給傑賽普，他覺得很憤慨，但是等到飢餓遊戲正式展開，也許這樣的投資會得到回報。

「謝啦。你還滿叛逆的，」賽嘉納斯說著，他們端著托盤，走向通往廚房的輸送帶。

「好啦，我是討厭的傢伙，」科利奧蘭納斯說。

導師們魚貫進入中等學院的幾輛廂型車，出發前往都城的競技場——建造在河流的對岸，以免群眾擠爆市中心。在鼎盛時期，那座最先進的巨大環形競技場，曾經舉辦許多令人興奮的體育、娛樂或軍事活動。到了戰爭期間，以高姿態處決敵人也在那裡進行，於是那裡成為叛軍轟炸機的目標。雖然最初的結構屹立不搖，但現在既破敗又不穩固，只用來舉行飢餓遊戲。原本細心維護的如茵草地，早已因為疏於照顧而枯死，而且布滿了砲彈坑洞，廣闊的泥土地面只剩下野草提供綠意。到處都散落著爆炸造成的瓦礫堆，包含大型的金屬和石頭，而環繞場地的十五呎圍牆也都裂開，留下許多砲彈碎片。每一年，貢品會被鎖在這裡面，身上一無所有，只帶了軍刀、劍、釘錘之類的物品來輔助浴血奮戰，觀眾則在家裡欣賞。到了遊戲結束時，奮力存活的那個人會被送回他的行政區，屍體全數移除，武器收集起來，再將大門上鎖，直到來年再見。沒有維護。沒有清理。風雨可能洗刷了血跡，但沒有洗刷都城當局的雙手。

他們抵達時，希克教授——導師出門在外的監護人——命令大家將各自的物品放在廂型車上。科利奧蘭納斯將包著食物的餐巾塞進褲子前面的口袋，並用外套下襬遮好。他們從空調環境走進熾烈的陽光下，他看見貢品戴著鐐銬站成一排，受到維安人員的嚴密看守。依據指示，導師們在各自的貢品旁邊就定位；貢品按照數字排列，因此他與露西・葛蕾靠近隊伍的末端。排在他後面只有傑賽普和他的導師，麗西斯特拉塔，她的體重可能連一百磅都不到。在他前面，克萊蒙西亞的貢品，利波，就是在卡車上掐住他脖子的人，站著怒視地面。如果上演導師和貢品的攤牌對決，勝算可能不如科利奧蘭納斯所願。

麗西斯特拉塔的外表看似嬌弱，但還滿有勇氣的。她是拉文史提爾總統的家庭醫師之女，很幸運獲得導師資格，而且顯然很努力與傑賽普建立關係。「我帶了一點軟膏給你塗在脖子上，」科利奧蘭納斯聽到她輕聲說道。「不過你一定要藏好。」傑賽普哼了一聲表示同意。「有機會的時候，我會放進你的口袋。」

維安人員移開門口的沉重門閂。厚重的門板打開後，顯露出巨型的大廳，排列著用木板封住的攤位，還有一些滿是髒污的海報——廣告的是戰前的活動。孩子們維持隊形，跟著士兵深入大廳的遠端。有許多一個人高的旋轉閘門，每道閘門都有三條彎曲的金屬臂，覆蓋著厚厚的灰塵。他們需要拿一枚都城的代幣才能進入。這裡代幣依然用於支付軌道電車的車資。

這個入口是給窮人通行，科利奧蘭納斯心想。也或許沒那麼窮。「庶民」這個字眼突然浮現心頭。史諾家曾經從另一個入口進入競技場，那裡用絲絨繩區隔開來。當然，他們的包廂無法用電車代幣進入。那裡與競技場的大部分地方都不一樣，那裡有屋頂，有可開可關的玻璃窗，還有空調，連最炎熱的天氣也很舒適。會有個去聲人指派給他們，帶來食物和飲料，還有玩具給他和提格莉絲。如果覺得無聊，他會在鋪設厚絨布和靠墊的座位上小睡一下。

維安人員守在兩道旋轉閘門處，將代幣放進投幣孔，於是每一組貢品和導師能夠同時通過。每旋轉一次，就會有個愉悅的聲音尖聲嚷嚷：「好好欣賞演出！」

「你們不能把檢票閘門打開嗎？」希克教授說。

「如果有鑰匙就可以，但似乎沒人知道鑰匙在哪裡，」一名維安人員說。

「好好欣賞演出！」科利奧蘭納斯通過旋轉閘門時這樣對他說。他伸手把與腰部同高的金屬臂往後推，於是明白不可能從這裡出去。他的目光飄向旋轉閘門頂端，鐵柵欄塞滿整個空間，延伸到拱形的門頂。他猜想，便宜座位的觀眾是從其他地方的通道離開這棟建築物。那樣對於疏散群眾可能有加分效果，但是對於踏上一段問題重重的實地考察的緊張導師來說，這讓他完全無法鎮定下來。

在旋轉閘門另一邊的遠處，四名維安人員大步走進通道，只透過地板上紅色的緊急燈號指引方向。通道的兩側都有一些較小的拱門，上面各有標示，通往不同的座位區。一整排貢品和導師齊步走著，兩旁有排列緊密的維安人員小隊負責護送。他們走進陰暗的地方時，科利奧蘭納斯效法麗西斯特拉塔，趁機將包住食物的餐巾塞進露西・葛蕾戴著鐐銬的手中。那包東西很快就消失在裙褶之間的口袋裡。好了，她不會在他眼前活活餓死。她的手找到他的手，兩人十指交扣，這樣的親密接觸讓一陣暈陶陶的感覺傳遍他全身。黑暗中短暫的親密感。他輕捏她的手，然後放開，繼續前往通道末端陽光照耀的地方，到那裡就無法表露這樣的情感了。

小時候他來過競技場好幾次，多半是來看馬戲團，但也來看過熱鬧的軍事操演，由他父親負責指揮。過去九年來，他在電視上至少看過一部分的飢餓遊戲，但是對於步行穿越大門、通過巨型計分板下方再踏上場地的感受，他毫無心理準備。有些導師和貢品嚇得倒抽一口氣，看著這地方驚人的面積和睥睨一切的宏偉壯觀，即使已然腐朽衰敗。抬頭盯著高聳的一排排座位，讓他覺得自己好渺小，達到無足輕重的地步。像是洪水裡的一滴雨，雪崩裡的一顆卵石。

看到攝影小組讓他回過神來，於是調整自己的表情，顯示出史諾家的人看到這一切，覺得沒什麼大不了的。露西・葛蕾，她似乎比較靈活且動作順暢，因爲少了鎖鍊的重量；她向雷比達・瑪姆西揮揮手，但他就像所有的記者一樣，維持冷漠的臉孔，沒有回應。他們的指令很明確：嚴肅和懲罰是這天的主題。

薩提莉亞用「遊覽」這樣的措辭，意味著這是一趟觀光行程，雖然他沒有期待氣氛會很愉快，卻也沒料到這地方有著顯而易見的悲傷氛圍。他們兩側的維安人員往旁邊散開，孩子們則乖乖跟著前方引導的小組，環繞橢圓形場地的周邊內側，形成一列風塵僕僕、沉悶無趣的遊行行列。科利奧蘭納斯還記得馬戲團演員也採取同樣的路徑，騎著大象和馬匹，裝飾得渾身閃亮且充滿歡笑。除了賽嘉納斯之外，他的所有同學可能也都當過觀眾。說來諷刺，亞拉契妮會在他旁邊的包廂裡，穿著裝飾亮片的服裝，聲嘶力竭高聲歡呼。

科利奧蘭納斯仔細查看競技場，尋找可能對露西・葛蕾有利的任何事項。場地的周圍環繞著高牆，與位在上方的觀眾隔開，這樣有點希望。受損的牆面提供了手抓點和踏腳點，手腳靈活的人可以從這裡爬上觀眾席。沿著牆壁有好幾道門，以對稱方式排列，彼此間隔一段距離，看起來也是備案，但不確定後面的通道是什麼狀況，他覺得靠近那裡應該要小心。太簡單了，很容易上當。如果爬得上去的話，看台絕對是她的最佳選擇。他默默在心裡記下來。

等到隊伍漸漸拉長，他開始與露西．葛蕾輕聲對話。「今天早上好糟糕。看到你在拖車上。」

「嗯，至少有先給我們吃東西，」她說。

「真的？」難道是他對薩提莉亞說的話產生效果？

「他們昨天晚上嘗試要我們集合，結果有幾個孩子昏過去。我想他們終於認清事實，如果希望有人留下來參加他們的大秀，就得讓我們吃東西。主要是麵包和乳酪。我們吃了晚餐，還有早餐。不過別擔心，我的肚子還有很多空間可以吃口袋裡的東西。」她的語氣比較像原本的她了。「我聽到有人唱歌，那是你嗎？」

「喔。對啊，」他坦承。「他們要我唱歌，因為他們以為我和亞拉契妮是那種超級好朋友。根本不是。而且你聽到我唱歌，好糗啊。」

「我喜歡你的聲音，我爸會說真的很有威嚴。不過，歌曲本身就沒什麼好說的了，」露西．葛蕾回答。

「謝啦。出自你口中，對我意義重大，」他說。

她用手肘頂了他一下。「我不會到處宣揚啦。這裡大多數的人覺得我的水準很低。」

科利奧蘭納斯搖搖頭，笑起來。

「怎麼了？」她說。

「你剛才的表情很好笑。不是好笑，就表情本身來說，是很生動，」他告訴她。

「嗯，我不太常說『就本身來說』這種話，如果你眞是這個意思的話，」她調侃說。

「不會啊，我很喜歡。那讓我講話的方式好像很拘謹。那天在動物園，你說我是什麼？好像和蛋糕有關？」他回想著說。

「喔，蛋糕加上鮮奶油嗎？你們沒有這種說法？」她問道。「嗯，那是讚美的話。在我的家鄉，蛋糕有可能乾巴巴的，而鮮奶油就像母雞的牙齒一樣稀有。」

他笑了好一會兒，渾然忘卻他們身在何處，處境又有多麼令人沮喪。有好一會兒，整個世界只有她的笑容，她美妙聲音的抑揚頓挫，以及隱隱的愛意。

接著，整個世界爆炸了。

10

科利奧蘭納斯知道是炸彈，他嚇壞了。即使衝擊力道把他震飛出去，拋向競技場的更深處，他還是舉起兩隻手臂抱住頭。撞到地面時，他自動翻身趴地，下巴緊貼地面，一隻手臂向上彎曲，保護暴露在外的眼睛和耳朵。

第一次爆炸似乎來自大門口，然後引發競技場四周的一連串爆發。根本不可能跑開。他只能緊貼著隆隆作響的地面，希望爆炸之勢能夠停止，並努力壓抑自己的恐慌。他進入自己和提格莉絲戲稱的「炸彈時間」。那種感覺很超現實，時間延伸又縮短，似乎與科學原理相抵觸。

戰爭期間，都城爲每一個公民在住家附近分配一個避難所。史諾家的宏偉建築有地下室，既堅固又寬敞，不只能容納大樓的居民，甚至可容納半個街廓的人。可惜都城的監測系統完全仰賴電力。一旦叛軍在第五區造成干擾，供電不穩，電網像螢火蟲一樣閃爍明滅，警報器就靠不住了。他們經常措手不及，來不及撤退到地下室。在那種情況下，他和提格莉絲，還有祖奶奶沒有唱國歌的時候，他們會躲到餐桌底下，那張很大的桌子是用一整塊大理石雕刻而成，設置在內側的房間。就算房間沒有窗戶，也沒有結實的石頭從他頭頂飛過，但只要聽著炸彈呼嘯而過，科利奧蘭納斯永遠都嚇得肌肉僵硬，要過好幾個小時才覺得能夠好好走路。街道也不安全，更別提中等學院了。你在任何地方都有可能遭到炸彈轟炸，但他通常都有地方可以避難，比這裡好多了。此時此刻，暴露在攻擊之下，趴在開闊的地方，等著沒完沒了的「炸彈時間」結束，他不禁心想，自己的內臟不曉得會遭受多大的傷害。

沒有氣墊船。這份領悟突然從他腦中跳出來。一直都沒有出現氣墊船投放炸彈。那麼，這些炸彈早就設置好了？他聞得到煙霧的氣味，所以其中有些可能是燃燒彈。他拿隨身攜帶的手帕掩住口鼻，瞇起眼睛，努力看著混合了競技場塵土的黑色濃密霧靄。他隱約看見露西．葛蕾大約在十五呎外，全身蜷縮成一團，額頭頂著地面，所有的手指塞進耳朵，戴著手銬能夠那樣已經很好了。她無助地咳嗽。

「蓋住你的臉！用那條餐巾！」他大叫。她沒有抬頭，但一定聽見了，因爲她滾向側邊，從口袋拿出餐巾。她拿那塊布摀住臉時，比司吉和雞肉掉到地上。他隱約想到，這對她唱歌一定沒有好處。

這時一陣平靜，害他以爲事件結束了，但才剛抬起頭，他上方的觀眾看台發生最後一次爆炸，把原本是小吃攤的地方整個炸毀——那裡曾經販賣粉紅色的棉花糖，還有用蘋果做的糖葫蘆；燃燒的碎片宛如雨點般落在他身上。有個東西猛力撞擊他的頭部，還有一根沉重的梁柱斜斜壓在他背上，把他釘在地上動彈不得。

科利奧蘭納斯趴在地上頭暈目眩，幾乎快要失去知覺。燃燒的刺激氣味灼痛他的鼻子，他才明白那根梁柱著了火。他努力振作，扭動身子試圖掙脫，但整個世界旋轉搖晃，桃子派又在他的胃裡泛起胃酸。

「救命！」他大叫。他的周圍也傳來類似的懇求聲，但煙霧太濃了，他看不見傷者。火焰燒焦頭髮，他重新振作，試圖從梁柱底下掙脫出來，但是沒用。一陣燒灼的痛楚開始吞噬他的脖子和肩膀，於是他意識到自己快要被燒死了，這份驚駭把他壓垮了。他放聲尖叫，一次又一次，但似乎只有他一個人身處於滾滾黑煙和燃燒的瓦礫堆。接著，他辨認出一個人形，從煉獄之中冒出來。露西．葛蕾叫喚他的名字，接著猛然轉頭，他的視線之外有某種東西吸引她的注意。她走了幾步遠離他身邊，接著遲疑一下，顯然很掙扎。

「露西．葛蕾！」他以粗嘎的聲音懇求說。「拜託！」

她對那個吸引她的東西看了最後一眼，接著跑到他身邊。他背上的梁柱移開了，接著再次猛撞落下。它第二次抬起，產生的空間只夠他把自己從底下拖拉著移出去。她扶著他站起來，再把他的手臂甩到她的肩膀上，兩人很費力地慢慢離開火焰，最後一起倒在競技場中央某處。

剛開始，咳嗽和喘氣占據了他所有的注意力，但也慢慢察覺到自己頭痛欲裂，以及沿著頭部、背部和肩膀的燒傷。他的手指莫名緊勾著露西·葛蕾的燒焦裙子，彷彿那是他的救生索。她的雙手戴著鐐銬，明顯燒傷，蜷縮在旁。

煙霧漸漸沉落，他看出炸彈的布置方式，在競技場的周圍每隔一段距離設置一枚，爆裂物的引爆點則設置在入口。損害程度很嚴重，他都可以從場內看見外面的街道，還有兩個人影逃出競技場。露西·葛蕾來救他之前，就是因爲看到那個狀況而停步嗎？有逃走的機會？其他貢品肯定會好好利用這個機會。是的，現在他聽見警笛聲了，街上也傳來喊叫聲。

醫護人員謹慎穿越破碎瓦礫，跑向傷者。「沒事了，」他對露西·葛蕾說。「救兵到了。」好幾雙手伸向他，把他安置在擔架上。他放開她的褶裙，心想會有另一具擔架運送她，但那些人把他抬走時，他看到有個維安人員強迫她彎下腰，並用槍管抵住她的頭部，對她大喊粗俗的髒話。「露西·葛蕾！」科利奧蘭納斯放聲大喊。完全沒有人注意他。

頭部遭到重擊讓他很難集中注意力，但他察覺到自己搭乘救護車到醫院，然後擔架床轟的一聲撞開門板，進入前一天他喝下檸檬氣泡飲料的同一個候診區，接著有人把他移到一張桌子上，位於燦亮的燈光下，有一群醫師試圖評估傷勢。他好想睡覺，但他們一直把臉湊到他面前，不停盤問各種問題，他們吃過午餐的腐臭口氣害他又想嘔吐。進入機器，離開機器，針頭戳刺，而最後，真是謝天謝地，終於獲准入睡。整個晚上定時有人喚醒他，對著他的眼睛照射光線。等到他能夠回答幾個基本的問題，那些人終於讓他陷入昏迷。

等他終於醒來，真正醒來，是在星期日，透過窗戶照進來的光線顯示是下午，而祖奶奶和提格莉絲低頭看著他，表情顯得憂心忡忡。他感覺到溫暖的安心感。**我不是孤零零的一個人**，他心想。**我不是在競技場。我很安全**。

「嗨，科利歐，」提格莉絲說。「是我們喔。」

「哈囉。」他努力擠出微笑。「你錯過炸彈時間。」

「結果比在現場更糟，」提格莉絲說，「讓你自己一個人經歷那種事。」

「我不是自己一個人，」他說。受到麻精和腦震盪的影響，很難清楚回憶之前發生的事。「露西．葛蕾在那裡。我想，她救了我一命。」他不太能清楚回想那件事。甜蜜，但也令人不安。

提格莉絲捏捏他的手，「我一點都不驚訝。她顯然是好人。從一開始，她就努力要保護你，不受其他貢品的傷害。」

祖奶奶需要更多事實來佐證。等他拼湊出炸彈攻擊過程給她聽之後，她做出這樣的結論：「嗯，她可能認定如果逃跑，維安人員會拿槍壓制她，不過呢，那還是表現出一點品格。也許就像她宣稱的，她其實不是行政區的人。」

這眞是很高的讚美了，或者該說是祖奶奶所能給予的最高讚美。

隨後，提格莉絲幫忙補充他漏掉的一些細節，他才發現這個事件讓都城有多麼緊張。事發經過，至少是都城新聞台所宣稱的事發經過，讓市民全都嚇壞了，不只是立即的後果，也加上對未來的影響。他們不知道誰設置了炸彈。沒錯，是叛軍，但是從哪裡來的呢？可能來自十二個行政區的任何一區，或者從第十三區逃出來的烏合之眾，或甚至，可能是都城本身一些長期潛伏的組織。這項罪行的詳細過程令人費解。由於競技場不舉辦飢餓遊戲的時候都是空無一人、全部上鎖且沒有維護，因此炸彈放置的時間可能是六天前，也可能是六個月前。監視攝影機涵蓋了橢圓形場地周圍的各個入口，但外側毀損嚴重，因此有可能從那些地方爬上建築物。他們甚至不知道炸彈究竟是從遠處遙控引爆，還是不小心誤觸，但這場意外的損失使都城大爲震驚。沒什麼人關心第六區的兩個貢品遭到砲彈碎片擊中而死，但同樣的爆炸奪走了林恩雙胞胎的性命。三位導師住院治療，包括科利奧蘭納斯，以及安卓科斯．安德森和蓋俄斯．布林恩，他們分配到的是第九區的貢品。他的兩位同學狀況危急，蓋俄斯失去了兩條腿，而其他每一個人，無論導師、貢品或維安人員，差不多都需要某種程度的醫療照顧。

科利奧蘭納斯覺得很迷惘。他眞的很喜歡波羅和黛黛，喜歡他們寵愛彼此的模樣，喜歡他們的樂觀。安卓科斯，他很嚮往成爲都城新聞台的記者，像他母親一樣；還有蓋俄斯，他是出身於堡壘的小孩，總有源源不絕的冷笑話；他們兩人在附近某處，都快要撐不住了。

「麗西斯特拉塔呢？她還好嗎？」她一直走在他後面。

祖奶奶看起來很不安。「喔，她啊。她很好。她到處嚷嚷說，來自第十二區的大塊頭醜男孩保護她，整個人撲到她身上，但是誰知道呢？維克斯家的人很愛站在鎂光燈下。」

「眞的嗎？」科利奧蘭納斯疑惑問道。他沒有印象，連一次都沒看過維克斯家的人站在鎂光燈下，除了每年有一場簡短的記者會，他們遞出一份健康良好的報告書給拉文史提爾總統。麗西斯特拉塔是個獨立又有效率的人，從來不曾刻意引人注意。這表示她可以是很好的同班同學，至於亞拉契妮就只會惹惱他。

「炸彈事件之後，她只對一名記者匆匆說明一下。祖奶奶，我認爲那是事實，」提格莉絲說。「也許第十二區的人不像您所描述的那麼壞。傑賽普和露西．葛蕾都表現得很勇敢。」

「你們有沒有看到露西．葛蕾？我是說，在電視上。她看起來還好嗎？」他問。

「科利歐，我不知道。他們沒有播出動物園那邊的畫面。不過她沒有列在死亡貢品的名單上，」提格莉絲說。

「還有其他的嗎？除了第六區以外？」科利奧蘭納斯不希望聽起來很討人厭，但他們是露西．葛蕾的競爭對手。

「有，有些人在炸彈事件之後死了，」提格莉絲對他說。

第一區和第二區的兩對貢品都跑向入口附近炸開的開口。第一區的兩個孩子已經遭到擊斃，第二區的女孩則是跳過圍牆、跑向河流，只不過摔死了；馬可士則完全失去蹤影，表示城市裡有個絕望、危險又強壯的男孩到處亂跑。有個人孔蓋移動位置，顯示他可能從地底下爬到「轉運通道」。那是鐵道和車道縱橫交錯構成的網絡，建築在都城的地底下，但沒人知道確切狀況。

「我想，行政區的人把競技場視爲一種象徵，」祖奶奶說。「他們在戰爭期間也是這樣。最糟糕的是什麼呢？轉播單位拖了將近二十秒，才把傳送到各個行政區的節目訊號切斷，所以毫無疑問，他們有理由大肆慶祝一番。他們眞是野獸啊。」

「可是呢，祖奶奶，據說行政區根本很少有人看到，」提格莉絲反駁說。「那裡的人不喜歡看飢餓遊戲的報導。」

「只要花點力氣，就能把消息傳播出去，」祖奶奶說。「就能夠煽風點火啊。」

這時有位醫師走進來，他在毒蛇攻擊事件之後曾經跟科利奧蘭納斯講話，自我介紹說是韋恩醫師。他請提格莉絲和祖奶奶回家，然後對科利奧蘭納斯很快檢查一番，解釋腦震盪（相當輕微）和燒傷的性質，目前治療效果都很好。完全治好要花點時間，但如果表現良好，且持續有進步，幾天內就可出院。

「你知不知道我的貢品怎麼樣？她的雙手燒傷得很嚴重，」科利奧蘭納斯說。每次想起她，他就感到一陣不安的心痛，但接著麻精對他產生嚴密的保護。

「我不會知道，」醫師說。「不過動物園那邊有位一流的獸醫。我想，等到他們讓飢餓遊戲開始進行的時候，她會很好。不過呢，年輕人，那不是你關心的重點。你要關心的是趕快好起來，而為了好起來，你需要睡一下。」

科利奧蘭納斯很樂意答應這樣的請求。他又墜回夢鄉，直到星期一早上才完全清醒。由於頭痛且身體虛弱，他覺得不必急著離開醫院。冷氣讓他皮膚的灼痛得到舒緩，而且固定時間就會送來豐盛的清淡食物。當他正在喝滿滿一杯檸檬氣泡飲料時，在大螢幕電視機上看到新聞。隔天要為林恩雙胞胎舉行一場雙人葬禮。追捕馬可士的行動持續進行。都城和各個行政區都加強安全措施。

三名導師死了，三名住院治療——事實上是四名，如果你把克萊蒙西亞算進去的話。六個貢品死了，一個逃亡，好幾個受傷。如果戈爾博士想讓飢餓遊戲改頭換面，她成功了。

到了下午，絡繹不絕的訪客從飛斯都開始，他展示自己手臂的懸吊帶，以及縫了幾針的傷口，有一塊金屬碎片劃過他的臉頰。他說中等學院已經停課，但學生應該會出席隔天早上林恩雙胞胎的葬禮。提起雙胞胎時，飛斯都哽咽了，於是科利奧蘭納斯心想，他被施打的麻精點滴同時降低痛楚和愉悅，一旦移除點滴，他自己會不會有比較大的情緒反應？薩提莉亞帶著烤餅乾突然來訪，傳達教職員的慰問之意，並告訴他，發生這種不幸事件，只會增加他得到獎學金的機會。一會兒之後，毫髮無傷的賽嘉納斯出現了，他從廂型車上拿來科利奧蘭納斯的書包，並帶了一堆他母親做的美味肉餅三明治。關於他那個逃走的貢品，他沒有說什麼。最後，提格莉絲來了，沒帶祖奶奶一起，她留在家裡休息，不過爲他送來一套乾淨的制服，讓他出院的時候穿。如果屆時有攝影機，祖奶奶希望他呈現最棒的樣子。他們分享三明治，接著提格莉絲幫他按摩頭痛的地方，直到他變得昏昏欲睡；小時候只要頭痛，提格莉絲都會這樣幫他按摩。

當有人在星期二的清晨叫醒他時，他還以爲是護士來查看他的生命徵象，但接著嚇一大跳，因爲看到他的上方出現克萊蒙西亞遭到摧殘的臉龐。蛇毒，或者也許是解毒劑，害她的淺褐色皮膚層層剝落，也讓她的眼白部分變成蛋黃的顏色。但更糟的是抽搐，影響她的全身，造成臉部扭曲，舌頭每隔一陣子就從嘴裡吐出，雙手也猛力抽搐拉扯，連要向他伸出手也抽搐個不停。

「噓！」她輕聲說道。「我不該在這裡。別告訴他們我來過。不過他們是怎麼說的？爲什麼沒人來看我？我父母知不知道發生什麼事？他們以爲我死了嗎？」

科利奧蘭納斯由於沉睡和藥物治療而昏沉無力，不太能思考她剛才說的話。「你父母？可是他們來過這裡啊。我看到他們。」

「沒有。沒有半個人來看過我！」她大叫。「科利歐，我得離開這裡。我很怕她會殺了我。很不安全。我們很不安全！」

「什麼？誰要殺你？你講的話沒道理啊，」他說。

「當然是戈爾博士啊！」她緊抓住他的手臂，引發他的燒傷痛楚。「你也知道，你當時在那裡啊！」

科利奧蘭納斯努力想扳開她的手指。「你得回去你的病房。克萊咪，你身體不舒服，是蛇咬的關係，那害你胡思亂想。」

「這是我想像出來的？」她撕開病人服的開口，顯露出一片皮膚，延伸越過胸口，直到一邊肩膀下方。斑斑駁駁的，有亮藍色、粉紅色和黃色的鱗片，質感很像水族缸裡的那些蛇。看到他嚇得倒抽一口氣，她尖聲叫道：「而且一直擴散！一直擴散啊！」

接著有兩名醫護人員抓住她，把她抬起，帶著她離開病房。那一晚，他後來清醒地躺著，想著那些蛇，以及她的皮膚，還有戈爾博士實驗室裡的去聲人玻璃櫃，加上可怕的變種動物。那裡就是克萊蒙西亞要去的地方嗎？如果不是，那麼她父母爲何還沒見到她？除了他以外，爲何好像沒人知道發生什麼事？如果克萊蒙西亞死了，他這唯一的目擊者，也一樣會消失嗎？他把那件事告訴提格莉絲，豈不是置她於險境？

醫院的舒適小窩很像一個僞裝的陷阱，這時逐漸收縮，令他窒息。時間流逝，沒有人來查看他的狀況，這又加深他的心理恐慌。最後，天將破曉之時，韋恩醫師出現在他的床邊。

「我聽說克萊蒙西亞昨天晚上來找你，」他興高采烈地說。「她有沒有嚇到你？」

「有一點。」科利奧蘭納斯努力裝出無動於衷的樣子。

「她不會有事。蛇毒在蛇的體外產生作用時，造成一大堆不尋常的副作用。就是因爲這樣，我們還沒讓她父母去看她。他們以爲她因爲得了傳染力很高的流感而被隔離。她在一、兩天之內就可以見人了，」醫師對他說。「如果你能起來，就可以去看她。也許會讓她高興一點。」

「好啊，」科利奧蘭納斯說著，稍微放心一點。但他無法忘卻之前看到的情景，忘不了醫院，忘不了實驗室。麻精點滴移除了，於是所有模糊的邊緣都變成銳利的浮雕。他的疑心讓所有撫慰人心的東西都失去作用，包括厚鬆餅和培根的大份早餐、中等學院送來的新鮮水果籃和甜點，以及他的國歌演出即將在林恩雙胞胎的葬禮上重播，這是品質的標記，也是對他自我犧牲的點頭稱許。

葬禮前的新聞報導從七點開始，而到了九點，學生再度擠滿了中等學院入口前方的大台階。才不過一星期之前，他由於分配到第十二區的女孩，覺得自己陷入無足輕重的感覺；而現在，他因爲充滿勇氣，在全國人民的面前獲得尊敬。他預期會播出他唱歌的錄影，但反而是他的全像投影出現在講台後方，一開始顏色有點淡，慢慢變成清楚犀利的影像。大家總是說，他一天比一天更像英俊的父親，但這是他第一次眞正看出這一點。不只是眼睛，更是下巴的線條，髮型，自豪的舉止。而露西・葛蕾說得對，他的聲音確實很有威嚴。整體來說，這場表演令人印象相當深刻。

都城耗費的力氣是亞拉契妮葬禮的兩倍，科利奧蘭納斯覺得這對於雙胞胎是很恰當的。更多的致詞，更多的維安人員，更多橫幅旗幟。他不介意多看到雙胞胎獲得讚美，即使是溢美之詞也沒關係，也希望他們能知道，他唱國歌的全像投影揭開葬禮的序幕。死亡的貢品人數增加了，第九區的兩位貢品已經傷重而死。那位獸醫顯然盡了全力，但她再三請求准許他們進入醫院治療，卻遭到拒絕。他們傷痕累累的身軀，加上第六區貢品的遺骸，全都垂掛在馬背上，沿著學者路遊行示眾。至於第一區的兩位貢品和第二區的女孩，基於他們企圖逃跑的卑劣行爲，拖行於前三人的後面。接著是兩輛裝設籠子的卡車，科利奧蘭納斯曾經搭乘那種車前往動物園；一輛載男孩，另一輛載女孩。他睜大眼睛想看到露西．葛蕾，但是找不到她，這更增添他的憂慮。她是否一動也不動躺在地板上，傷勢和飢餓把她壓垮了？

等到雙胞胎彼此一致的銀色棺木映入眼簾，他滿腦子都想著戰爭期間的往事。他們曾在遊戲場上發明一種愚蠢的遊戲，叫作「包圍林恩大作戰」。其他孩子會追著黛黛和波羅跑，然後彼此手拉著手，圍繞他們形成一個圓圈，把他們困住。最後總是所有人，包括林恩雙胞胎，倒在地上堆成一團，狂笑不止。喔，好想再回到七歲，與朋友們開心地擠成一團，桌上還有營養餅乾等著他。

午餐過後，韋恩醫師說，如果他答應乖乖待在床上靜養，就可以出院了，而由於醫院的魔力已然消失，他立刻換上自己的乾淨制服。提格莉絲來接她，陪他一起搭電車回家，不過她得回去工作。他和祖奶奶整個下午都在午睡，醒來就有一鍋很棒的燉菜，是賽嘉納斯的媽媽送來的。

在提格莉絲的敦促下，天一黑他就爬上床，但他失眠了。每一次閉上眼睛，他就看到周遭全是火焰，感受到地面震動，嗅聞到嗆人的黑煙。露西·葛蕾一點一滴進占他的思緒邊緣，但這個時候他沒辦法想到別人。她怎麼樣了？已經獲得治療和食物嗎？還是在那間猴子籠舍裡忍受痛苦和飢餓？他躺在有冷氣的醫院裡吊著麻精點滴時，那位獸醫有沒有治療她的雙手？煙霧有沒有傷到那副美妙的歌喉？她為了救他，是不是把自己在競技場內獲得贊助的機會毀掉了？他想到自己壓在梁柱底下的恐懼感，覺得好難為情，但是思及隨後發生的事又更難為情。看著都城電視台針對炸彈事件的報導，畫面因為煙霧瀰漫而模糊。不過那些事到底存不存在？她救他的畫面，還有更糟的是，他們等待救援時，他緊抓她的百褶裙不放的畫面？

他伸手到床頭櫃的抽屜裡摸索一陣，找到母親的粉餅盒。他吸著玫瑰香氣的粉餅，思緒平靜了一點，但心神不寧的感覺驅使他下了床。接下來的幾個小時，他在公寓裡遊蕩，向外眺望夜空，低頭看著柯索大道，遙望對街鄰居的窗戶。不知何時，他發現自己登上屋頂，置身於祖奶奶的玫瑰之間，他不記得曾經爬上樓梯到花園來。瀰漫著花香的新鮮夜晚空氣很有幫助，但過沒多久又激起一陣顫抖，一切又變得痛苦不堪。

天亮前，提格莉絲發現他坐在廚房裡。她沖了茶，他們直接就著鍋子吃剩下的燉菜。一層層美味的肉類、馬鈴薯和乳酪撫慰他的心，加上提格莉絲以溫和的語氣提醒他，露西．葛蕾的狀況不是他造成的。畢竟他們還是孩子，他們的生活聽命於權力更高的人。

得到一點安慰後，他想辦法小睡幾個小時，後來薩提莉亞打來的一通電話喚醒他。她鼓勵他那天早上去學校，如果應付得過來的話。另一場導師和貢品的會面按照原定計畫舉辦，針對專訪進行討論，專訪現在完全以自願受訪為基礎。

稍晚到了中等學院，他從黑文斯比會堂的樓上陽台往下看，空蕩蕩的椅子讓他驚惶失措。他心裡明知道有八位貢品死了，一人下落不明，但不曾想像這樣會對二十四張小桌子的排列方式產生多大的改變，留下參差不齊、令人難堪的一團混亂。第一、二、六和九區完全沒有貢品，第十區也只有一個。留下來的多數孩子都受了傷，而且全都看起來很不舒服。導師走過去找他們的貢品時，損失的狀況又變得更明顯。有六名導師死了或住院，而與第一和第二區逃犯搭檔的導師失去貢品，因此沒理由出席。莉維亞．卡迪歐已經以口頭表達事件的這項轉變，要求從各個行政區帶來新的貢品，或至少把利波交給她，那男孩原本分配給克萊蒙西亞，而大家都以為她因為流感而住院。她的願望沒有獲得採納，於是利波獨自坐在他那一桌，頭上纏繞著繃帶，沾染著鏽色的乾涸血跡。

科利奧蘭納斯坐到露西・葛蕾對面的位置時，她連勉強擠出微笑都沒有。一陣粗嘎的咳嗽聲讓她的胸口疼痛不堪，火勢產生的煤煙依然沾染在她的衣服上。不過呢，獸醫的表現遠超過科利奧蘭納斯的預期，她雙手的皮膚復原良好。

「嗨，」他說著，急忙把一份榛果奶油三明治和兩塊薩提莉亞的烤餅乾推到桌子對面。

「嗨，」她以沙啞的聲音說。任何展現調情或甚至同志情誼的嘗試都已放棄。她輕拍三明治，但似乎累到吃不下。「謝啦。」

「不，要謝的是你救我一命。」他說話的語氣很輕快，但凝視她的雙眼，輕鬆的態度流失了。

「你對別人那樣說嗎？」她問。「我救了你一命？」

他曾對提格莉絲和祖奶奶那樣說，然後呢，也許不確定該怎麼辦吧，他讓這個訊息在思緒裡飄盪，像是一場夢。而現在，看著那些死者在他們周圍留下的空位，喚醒了她在競技場裡救他的記憶，而他無法忽視那件事的重要性。如果露西・葛蕾沒有救他，他會徹底死去，無可挽回。又一具閃亮的棺木落下花朵。又一張無人的椅子。他再次開口時，字字句句卡在喉嚨裡，他必須強迫自己說出口。「我對家人那樣說。眞的。露西・葛蕾，謝謝你。」

「嗯，反正我沒別的事做，」她說著，用發抖的食指撫摸餅乾上的糖霜花朵線條。「餅乾很漂亮。」

接著一陣慌亂襲來。如果她眞的救他一命，他欠她……什麼呢？一份三明治和兩塊餅乾？這就是他的回報。爲了他的性命。他的性命顯然相當廉價。事實上，他每一件事都虧欠她。他覺得臉頰火燙。「你大可逃走。而如果你逃走，我會活活燒死，他們來不及救我。」

「啊？逃走？感覺好像努力想要中槍，」她說。

科利奧蘭納斯搖搖頭。「你大可開玩笑，但那不會改變你對我做的事。眞希望我能找到方法報答你。」

「我也希望，」她說。

從這短短幾個字，他感覺到兩人之間的互動有了變化。身爲她的導師，他一直殷勤給予禮物，永遠都獲得感激。而現在，她給了他一份無可比擬的禮物，讓情況翻轉過來。表面看來一切如常。纏著鎖鍊的女孩，男孩提供食物，維安人員看守著現場。但在內心深處，兩人之間的狀況再也不一樣了。他會永遠虧欠她。她有權利提出要求。

「我不知道該怎麼報答你，」他坦白說。

露西．葛蕾環顧整個空間，檢視她那些受傷的競爭者。接著她凝視他的雙眼，說話的語氣帶著急切的期盼。「你可以開始這樣想，我其實可以贏得勝利。」

第二篇

獎賞

11

露西．葛蕾的話很刺人，然而仔細一想，其實值得一試。科利奧蘭納斯從未認眞考慮她會是飢餓遊戲的獲勝者。他的策略從未包括讓她獲勝。只希望她的魅力和感染力能夠對他產生影響，讓他獲得成功。就算科利奧蘭納斯鼓勵她爲贊助者唱歌，也是企圖延長她爲他帶來的注目眼光。不久之前，她那雙康復的手帶來好消息，因爲她可以用那雙手在專訪之夜彈奏吉他，而不是在競技場面對攻擊的時候保護自己。其實她對他很重要，如同他在動物園所聲稱的，但這個事實只讓情況更糟。他應該要想辦法保住她的性命，協助她成爲勝利者，不管勝算有多大。

「我是說，我說過你是蛋糕加上鮮奶油，」露西．葛蕾說。「你是唯一特別費心現身的人。你和你的朋友賽嘉納斯。你們把我們當做人類看待。不過現在呢，如果眞要報答我，唯一的方法是你幫助我挺過飢餓遊戲，活下來。」

「我同意。」踏出這一步讓他覺得好過一點。「從現在開始，我們要一起獲勝。」

露西・葛蕾伸出手。「為這件事握個手？」

科利奧蘭納斯很慎重握了一下。「我向你保證。」這項挑戰讓他精力充沛。「第一步：我想個策略。」

「**我們**一起想個策略，」她更正說。但她面露微笑，然後咬起三明治。

「**我們**一起想個策略。」他再次做出結論。「你只剩下十四名競爭者，除非他們找到馬可士。」

「如果你可以讓我多活幾天，我或許可以靠著別人出局而獲勝，」她說。

科利奧蘭納斯環顧大廳周圍，看著她那些衰弱又病懨、身上拖著鎖鍊的競爭者，這番景象鼓舞著他，直到他得承認露西・葛蕾的狀況沒有好到哪裡去。然而，由於第一、二區已經出局，傑賽普又會罩著她，加上新的贊助計畫，她的機會比起剛到都城的時候大幅增加。如果他讓她有東西吃，說不定她就能跑到競技場內某個地方躲起來，等著其他人打鬥出結果，或者飢餓而死。「我得問一件事，」他說。「如果事到臨頭，你會殺人嗎？」

露西・葛蕾嚼著食物，考慮著這個問題。「為了自衛，也許會吧。」

「這是飢餓遊戲。絕對是自衛，」他說。「不過呢，如果你能遠離其他貢品，而我們幫你找到贊助者提供食物，也許是最好的方法。有點像是撐到結束為止。」

「是啊，這對我來說是比較好的策略，」她表示同意。「忍耐可怕的事情，算是我的一項才能吧。」一片乾澀的麵包屑害她咳嗽。

科利奧蘭納斯從書包拿出一瓶水遞給她。「他們還是要進行專訪，不過是自願性質。你有沒有考慮參加？」

「你是開玩笑的吧？我幫這副菸酒嗓做了一首歌耶，」她說。「你有沒有幫我找到吉他？」

「沒有。不過我今天會去找，」他保證說。「我一定可以找某個人借到。如果我們能幫你找到一些贊助者，對於你獲勝一定大有幫助。」

她稍微有元氣一點，開始談起她要唱的那首歌。然而，他們只分配到十分鐘的談話時間，簡短的會面結束了，希克教授命令導師們回到高等生物實驗室。

按照規定必須加強安全措施，因此有維安人員護送他們，海咖院長也查核每一個人的名字，才讓他們列隊進入。有些導師身體健康但貢品死去或失蹤，包括莉維亞和賽嘉納斯，他們已經坐在實驗桌旁，看著戈爾博士把紅蘿蔔扔進兔子籠。科利奧蘭納斯一看到她，這麼近，這麼瘋狂，忍不住狂冒汗。

「蹦蹦又跳跳，紅蘿蔔還是棍子？大家都要死了，而你們……」她轉過身，以期盼的眼神看著他們，而除了賽嘉納斯以外，大家都把視線移開。

「覺得不舒服，」賽嘉納斯說。

戈爾博士笑起來。「是同情小子啊。男孩，你的貢品在哪裡？有線索嗎？」

都城新聞台持續報導追捕馬可士的進度，但現在報導頻率降低了。官方的說法是，他受困於轉運通道的遙遠底層，很快就會遭到逮捕。全市鬆了口氣，一般輿論認爲他要不是死了，就是隨時會落網。無論如何，他比較像是下定決心逃跑，不會從轉運通道冒出來，殺害無辜的都城市民。

「可能踏上投奔自由之路吧，」賽嘉納斯以緊繃的聲音說。「可能遭到祕密逮捕，可能受傷或躲起來，可能死了。我毫無所悉。你呢？」

科利奧蘭納斯忍不住羨慕他的勇氣。賽嘉納斯當然不明白戈爾博士有多危險。一不小心，他最後可能身在籠子裡，身上長出長尾鸚鵡的一對翅膀和大象的鼻子。

「不，不要回答，」賽嘉納斯衝口說出。「他要不是死了，就是快死了，等你們抓到他，綑上鎖鍊拖著沿街示眾。」

「那是我們的權利，」戈爾博士反駁說。

「不，才不是！我才不管你說什麼。你沒有權力害別人挨餓，或者沒有原因就懲罰他們。你沒有權力奪走別人的性命和白由。那些都是每個人生來就擁有，你不能隨便就奪走。贏得戰爭的勝利，並沒有賦予你們那樣的權力。擁有較多的武器，並沒有賦予你們那樣的權力。生在都城，並沒有賦予你們那樣的權力。全都不行。喔，我甚至不知道今天爲什麼來這裡。」說完這話，賽嘉納斯跳起來，衝向門口。他試著扳動門把時，發現轉不動。他猛轉一下，然後面對戈爾博士。「現在把我們鎖在裡面？這就好像我們自己的小小猴子籠舍。」

「還沒有叫你們解散，」戈爾博士說。「小子，坐下。」

「不要。」賽嘉納斯輕聲說著，但還是有好幾個人嚇得跳起來。

停頓了一會兒，海咖院長出手干預。「門是從外面鎖上。維安人員奉命讓我們不要受到打擾，直到獲得通知爲止。請坐下。」

「或者，該不該請他們護送你去其他地方？」戈爾博士提出建議。「我想，你父親的辦公室就在附近。」情況很明顯，雖然戈爾博士堅持叫他「小子」，但她從頭到尾很清楚賽嘉納斯的身分。

由於憤怒和蒙羞，賽嘉納斯大爲光火，不願意也無法移動。他就站在那裡，狠狠盯著戈爾博士，到最後彼此的緊繃狀態令人難以忍受。

「我旁邊有個空位。」這番話從科利奧蘭納斯的嘴裡脫口而出。

這番提議讓賽嘉納斯分心，於是他好像洩了氣的皮球。他深吸一口氣，沿著走道往回走，滑到凳子上。他的一隻手緊緊抓住書包的揹帶，另一隻手則在桌上握緊拳頭。

科利奧蘭納斯希望賽嘉納斯保持緘默。他注意到海咖院長對他露出疑惑的神色，於是讓自己忙著打開筆記本，取下筆蓋。

「你們的情緒很激動，」戈爾博士對全班說。「我了解。眞的。不過你們必須學習駕馭和控制這樣的情緒。戰爭要獲勝，用的是腦袋，而不是心。」

「我以爲戰爭結束了，」莉維亞說。她似乎也很生氣，但生氣的方式與賽嘉納斯不一樣。科利奧蘭納斯猜想，她之所以生氣，只是因爲失去那位高大魁梧的貢品。

「眞的嗎？就算經歷過競技場的事件也一樣？」戈爾博士問。

「對啊，」麗西斯特拉塔插嘴說。「而如果戰爭結束了，那麼嚴格來說，應該要停止彼此殺戮，不是應該這樣嗎？」

「我漸漸覺得那永遠不會終止，」飛斯都坦白說。「那些行政區永遠恨透我們，我們也永遠都恨他們。」

「我想，你們可能掌握了要點，」戈爾博士說。「我們不妨來思考一下，戰爭處於持續的狀態是怎麼回事。戰鬥有起伏，有消長，但永遠不會眞正終止。那麼，我們該要設定什麼樣的目標呢？」

「你是說，戰爭無法獲勝？」麗西斯特拉塔問道。

「就算無法好了，」戈爾博士說。「那麼，我們的策略是什麼？」

科利奧蘭納斯緊抿雙唇，免得衝口說出答案。那麼明顯，實在太明顯了。但他知道提格莉絲說得對，她說要避開戈爾博士，即使可能得到讚美也一樣。正當全班思索這個問題時，戈爾博士在走道上來回踱步，最後走到他的桌子旁邊停下來。「史諾先生？面對永無止境的戰爭，我們該怎麼辦呢？有沒有什麼想法？」

他萌生一個想法安慰自己：她老了，而且沒有人永垂不朽。

「史諾先生？」她再次說道。他覺得自己好像戈爾博士拿著金屬棒猛戳的那隻兔子。

「想不想大膽猜猜看？」

「我們要掌控局面，」他輕聲說。「如果戰爭不可能終止，那麼我們就必須無限期掌控局面，就像我們現在的做法。透過維安人員駐紮在各個行政區，透過嚴格的法律，也透過一些方法，例如飢餓遊戲，讓所有人知道掌控局面的人是誰。無論如何，最好能占據優勢；成為勝利者要比失敗者好多了。」

「可是呢，以我們為例，肯定比較不講求道義，」賽嘉納斯嘀咕著說。

「保護自己並非就不道德，」莉維亞反駁說。「況且誰不會比較想當勝利者呢？難道要當失敗者？」

「我覺得自己對兩方面都不太有興趣，」麗西斯特拉塔說。

「但是沒有那種選項，」科利奧蘭納斯提醒她，「就這個問題來說。你仔細一想就知道沒有。」

「嗯，卡斯卡，你仔細一想就知道沒有嗎？」戈爾博士說著，並沿著走道往回走。「稍微想一下可以挽救很多性命喔。」

海咖院長在表單上隨便亂塗寫。**也許海咖跟我一樣都像兔子**，科利奧蘭納斯這樣想，但也不免想到，擔心海咖眞是浪費自己的時間。

「不過振作起來吧，」戈爾博士繼續興高采烈地說。「就像生命大部分的情況一樣，戰爭的情勢起起落落。而那是你們的下一個任務。寫一篇報告交給我，探討關於戰爭，每一件吸引人的事，每一件你熱愛的事。」

他的很多同學都抬起頭，滿臉驚訝，但不包括科利奧蘭納斯。那個女人曾經爲了好玩而放蛇咬克萊蒙西亞。她顯然很喜歡目睹別人的痛苦，而且可能猜想所有人都像她一樣。

麗西斯特拉塔皺起眉頭。「熱愛？」

「應該寫不了太長，」飛斯都說。

「這是全班報告嗎？」莉維亞問。

「不，是個人報告。全班報告有個問題，通常是一個人把所有作業做完，」戈爾博士說著，並對科利奧蘭納斯眨眨眼，害他渾身起了雞皮疙瘩。「不過呢，請盡量向家人問出有用的答案。你可能會很驚訝喔。盡可能誠實報告，把報告帶來星期日的導師會議。」她從口袋裡拿出更多紅蘿蔔，轉身回去看兔子，似乎忘了他們的存在。

等他們獲准解散，賽嘉納斯跟著科利奧蘭納斯穿過走廊。「拜託你，不要再救我了。」

科利奧蘭納斯搖搖頭。「我好像不能控制，那很像某種抽搐。」

「如果沒有你在這裡，我不曉得自己會做出什麼事。」賽嘉納斯壓低聲音說。「那個女人好邪惡。應該要有人阻止她。」

科利奧蘭納斯覺得，趕走戈爾博士的所有企圖都會是徒勞無功，但他表現出同理心。

「你試過了。」

「我失敗了。眞希望我的家人能夠回家鄉，回到第二區，那裡是我們歸屬的地方。不是他們要我們回去，」賽嘉納斯說。「而是待在都城會要了我的命。」

「賽嘉納斯，現在時機不對。有飢餓遊戲，還有炸彈事件。所有人的狀況都不好。不要急著做什麼事，例如跑掉。」科利奧蘭納斯拍拍他的肩膀，同時心裡想著：**我可能也需要有人幫幫我**。

「能跑去哪裡？怎麼跑？能帶什麼？」賽嘉納斯說。「不過我真的很感激你的鼓勵。希望我能想出某種方法感謝你。」

科利奧蘭納斯還真的有需要。「你該不會剛好有一把吉他可以借給我吧？」

普林西家沒有，於是星期三下午接下來的時間，他全部用來實現他對露西．葛蕾的承諾。他在學校裡到處詢問，不過最接近的大概是維普薩妮亞．希克所能提供的東西，她是第七區男生崔奇的導師，崔奇曾在動物園用核果玩起拋接的雜耍把戲。

「喔，我想，我家在戰爭期間本來有一把，」她對他說。「我去問問看，再跟你說。我很樂意聽到你的女孩再唱歌！」他不曉得能不能相信她說的話；在他的印象中，希克家並不是喜歡音樂的家庭。維普薩妮亞遺傳到她姑姑阿格麗匹娜對競爭的狂熱，而就他所知，她努力想毀掉露西．葛蕾的表演。不過這套伎倆他也會，於是他對她說，她是他的救星，然後繼續去尋找。

在中等學院一無所獲之後，他想到普魯利巴斯．貝爾。有可能喔，他身邊還有一些樂器，是以前開夜店那些日子留下來的。

後巷的小門開著，波亞．貝爾在科利奧蘭納斯的兩腿之間穿梭來去，像引擎一樣嗚嗚叫。她十七歲，年紀很大了，他小心翼翼抱起她，攬進懷裡。

「啊，她看到老朋友總是很高興，」普魯利巴斯說著，邀請科利奧蘭納斯進入屋內。

行政區戰敗後，普魯利巴斯的生意沒什麼差別，即使大家現在的生活變得豪華多了，他的謀生方式依然是黑市貨品交易。還不錯的烈酒、化妝品和菸草仍然很難取得。第一區慢慢轉而製造享樂用品供應給都城，但不是每個人都能取得，而且價格高昂。史諾家再也不是常客了，但提格莉絲偶爾造訪，拿一些配給券賣給他，於是他們能買到肉或咖啡，平常根本負擔不起。如果有特權可以多買到一條羊腿，大家都很樂意付錢。

知道普魯利巴斯做事謹慎又周到，科利奧蘭納斯不需要在他面前假裝生活很富裕，這樣的人很少了。他明知史諾家的狀況，但從未洩露祕密，或者讓他的家人自覺低人一等。今天，他倒了一杯冰茶給科利奧蘭納斯，把蛋糕堆滿一整盤，並給他一張椅子坐下。他們閒聊炸彈事件，以及那如何引發戰爭的糟糕回憶，但過沒多久，他們就轉而談論露西．葛蕾，她讓普魯利巴斯留下非常美好的印象。

「如果我有一點點像她那樣的天分，我可能會考慮讓夜店重新開張，」普魯利巴斯若有所思地說。「噢，我還是會賣這些漂亮的東西，但週末可以登台表演。其實，我們全都忙著彼此殺戮，忘了怎麼玩得開心。不過，你的女孩，她很懂。」

科利奧蘭納斯對他說明專訪的規劃，詢問有沒有可能借到一把吉他。「我們會妥善保管，我保證。她彈奏的時間以外，我都會好好收在家裡，表演一結束就馬上歸還。」

普魯利巴斯不需要勸誘。「你也知道，炸彈炸死賽璐斯之後，我把所有東西都打包起來。很蠢，眞的。就好像是說，我可以那麼容易就忘掉自己人生熱愛的事。」他站起來，移動一堆裝香水的箱子，露出一道老舊的櫥櫃門。裡面有各式各樣的樂器，以很有感情的珍惜方式放置在架上。普魯利巴斯取下一個皮製盒子，很意外的是纖塵不染，然後他打開蓋子。光澤耀眼的古老木頭散發宜人的香氣，衝擊著科利奧蘭納斯的鼻子，他看著裡面那個閃亮的金色物品。琴身的形狀很像女子的身軀，六條弦沿著長長的琴頸延伸到一個個弦鈕。他用手指輕輕撥弄。即使音準很糟，豐富的聲音仍然湧過他全身。

科利奧蘭納斯搖搖頭。「這一把好得太超過。我不想冒著弄壞它的風險。」

「我信任你，而且我信任你的女孩。還滿想聽到她用這把吉他彈奏。」普魯利巴斯把盒子蓋上，伸手遞出。「你拿去，告訴她，我會爲她祈求勝利。讓他知道觀眾席上有朋友，感覺會很好。」

科利奧蘭納斯接過吉他，滿心感激。「普魯利巴斯，謝謝你。我眞心希望你的夜店重新開幕。我會是常客。」

「就像你父親一樣，」普魯利巴斯輕聲笑說。「他差不多你這個年紀的時候，經常每天晚上都在這裡待到打烊，跟那個調皮搗蛋的卡斯卡．海咖一起混。」

這番話的每一部分聽起來都很荒謬。他那位嚴厲的父親，那麼沒有幽默感又嚴謹，竟然在夜店縱情享樂？而且，世界上有那麼多人，偏偏跟他一起混的是海咖院長？他從沒聽過他們提起對方，雖然他們大約是同年紀。「你是開玩笑的，對吧？」

「噢，沒有啊。他們是一對無法無天的傢伙，」普魯利巴斯說。但還來不及詳細說明，有個顧客打斷他的談話。

科利奧蘭納斯小心翼翼帶著他的寶物回家，放在他的衣櫃上。提格莉絲和祖奶奶大呼小叫驚嘆不已，但他等不及想看到露西．葛蕾的反應。無論她以前在第十二區擁有什麼樣的樂器，永遠都比不上普魯利巴斯的樂器。

日落時分，科利奧蘭納斯頭好痛而爬上床，但花了一段時間才入睡，因為一心一意想著他父親和「那個調皮搗蛋的卡斯卡．海咖」之間的關係。假如他們以前是朋友——如同普魯利巴斯所說——那樣的友好關係如今也不復存在。他忍不住心想，無論他們混夜店的那段日子曾有多親近，也早就徹底結束。他希望能盡快去找普魯利巴斯，探聽更多內情。

然而接下來的幾天，他都沒有那樣的機會，因爲必須專心讓露西．葛蕾準備專訪內容，目前已決定是星期六晚上。每一對導師與貢品都分配到一間教室。兩名維安人員負責站崗，但露西．葛蕾已經擺脫鎖鍊和鐐銬了。提格莉絲提供一件舊洋裝給她穿，還說如果露西．葛蕾願意信任她，她可以幫忙把彩虹百褶裙洗淨並燙好，穿去上直播節目。露西．葛蕾顯得有點遲疑，但是等他把提格莉絲的另一件禮物交給她，是一小塊花朵形狀的肥皀，帶有薰衣草的香氣，露西．葛蕾終於請他轉過身，等她把百褶裙換下來。

露西．葛蕾碰觸吉他時深情的模樣，彷彿吉他本身就有感情，透露出她過往的經歷與科利奧蘭納斯完全不同，那是他很難想像的。她花時間爲樂器調音，然後彈了一首又一首曲子，似乎對音樂的飢渴程度與他帶來的餐點不相上下。他把所有能夠節省下來的食物都帶來爲她打氣，外加許多瓶加了玉米糖漿的甜茶讓她潤喉。等到重要夜晚來臨時，她的聲帶會改善很多。

「飢餓遊戲：專訪之夜」在中等學院禮堂的現場觀眾面前開播，並播送到整個施惠國。主持人是很會搞笑的「都城電視台」氣象播報員，盧克萊修．「盧基」．富萊克曼12，人選很明顯並不恰當，卻也意外受到歡迎，可能因爲先前發生太多殺戮事件吧。盧基穿著高領藍色西裝，以水鑽做重點裝飾，抹上髮膠的頭髮撒上銅色粉末，而他的情緒只能以歡樂來形容。舞台背後掛著簾幕，是戰前製作的，拿來重複利用，營造出夜空中星光閃耀的氣氛。

以輕快的方式演奏國歌之後，盧基歡迎觀眾參與未來十年全新模式的飢餓遊戲，每一位都城市民都能依照自己的選擇贊助貢品。過去幾天的狀況有點混亂，但戈爾博士最優秀的團隊已能提供六種基本的食物，贊助者可以把它們送給貢品。

「各位一定很想知道，這對你們有什麼好處呢？」盧基尖聲說道。接著他解釋賭博遊戲，這個規則很簡單，包括獨贏、前兩名和前三名等選項，與戰爭之前玩的賽馬賭博很類似。如果想贊助金錢給貢品買東西吃，或者下注賭某一個貢品獲勝，只需要去當地的郵局，那裡的工作人員會很樂意協助。明天早上開始，郵局從早上八點開門，營業到晚上八點，讓大家在星期一飢餓遊戲展開之前有時間下注。介紹遊戲的新點子之後，盧基就沒什麼事要做了，只讀出小抄上的內容，提到與專訪有關的事，不過他努力要了幾招魔術戲法，像是從同一個瓶子倒出不同色澤的葡萄酒，以之敬都城一杯；另外，有隻鴿子從他的喇叭袖外套裡飛

12 盧克萊修．「盧基」．富萊克曼（Lucretius "Lucky" Flickerman），與未來主持飢餓遊戲超過三十五年的凱薩．富萊克曼（Caesar Flickerman）有同樣的姓氏，盧克萊修和凱薩兩個名字也都出自羅馬時代的人名。

出來。

能夠參加專訪的一對對導師與貢品之中，只有半數準備登場。科利奧蘭納斯要求最後出場，他知道沒有任何人比得上露西．葛蕾，因此希望壓軸登場，讓大家刮目相看。其他導師爲他們的貢品準備了背景資料，試圖增添一些顯而易見的特點，慫恿大眾贊助他們。爲了讓傑賽普展示他的力氣，麗西斯特拉塔一本正經坐在椅子上，傑賽普輕而易舉就把她抬起來，高舉過頭。伊娥．賈斯伯的第三區男孩，希爾克，他說可以用眼鏡生起一堆火，於是伊娥運用自己的科學知識，顯示一天的不同角度和時間都可達成這項任務。傲慢自大的茱諾．菲浦斯坦白說，她對於得到小不點波賓感到很失望。不要說是菲浦斯家，只要是參與創建都城的家庭，分配到的人選都應該比第八區更好吧？但波賓令她大感折服，因爲他教她用一根縫衣針殺人的十五種不同方法。柯蘿，飛斯都的第四區女孩，展示她使用三叉戟的能力，這種武器在競技場內特別有效。她用一把舊掃帚進行示範，動作婀娜多姿，讓你絕不懷疑她的精湛技術。酪農場的女繼承人，多米希亞．惠姆希維克，她對牛隻的熟悉程度果然是一項寶貴資產。她天性活潑，又得到身材壯碩的第十區貢品，塔納，因此他們熱烈討論屠宰技巧，講到時間都超過了，盧基不得不出面打斷他們。關於屠宰技巧的吸引力，先前亞拉契妮覺得殺豬令人作嘔的意見是錯的，因爲塔納贏得這一晚目前爲止最多的掌聲。

科利奧蘭納斯一邊聽著現場動靜，一邊準備與露西．葛蕾一起登上舞台。菲力克斯．拉文史提爾，總統的姪孫，正與第十一區的女孩，迪兒，努力製造一點舞台效果，但科利奧蘭納斯看不懂他的切入角度，因為迪兒變得好虛弱，連咳嗽聲都快聽不見了。

提格莉絲又對露西．葛蕾的洋裝施展另一次奇蹟。髒污和煤灰都消失了，留下嶄新又漿洗過的彩虹百褶裙。她還送了一罐胭紅，是法布莉西亞不要的，只有底部留下一點點。擦洗乾淨，臉頰和嘴唇塗上胭脂，頭髮盤在頭上，宛如抽籤那天一樣；露西．葛蕾看起來，如同普魯利巴斯說的，仍然知道怎麼樣才能玩得開心。

「我想，你越來越有機會了，」科利奧蘭納斯說著，同時調整她頭髮上的桃紅色玫瑰花苞。他的翻領上也別了一朵，互相搭配，以免有人需要提醒露西．葛蕾是誰的貢品。

「嗯，你知道他們是怎麼說的。學舌鳥還沒唱歌，表演就不算結束[13]。」

「學舌鳥？」他笑起來。「真的嗎？我覺得是你自己掰出來的。」

「這個不是。真的有『學舌鳥』這種鳥，」她向他保證。

13 應是由「It isn't over until the fat lady sings.」（胖女士還沒唱歌就不算結束）這句英文俗諺衍生而來，意思是不到最後不見真章，不能輕言放棄。

「而牠會在你的表演上唱歌?」他問。

「親愛的，不是我的表演啦。是你們的。反正是都城的，」露西．葛蕾說。「我想我們要上台了。」

她穿著乾淨的洋裝，他穿著熨燙整齊的制服，兩人的出色外表立刻引發觀眾的如雷掌聲。他沒有浪費時間問她很多沒人在乎的問題，反倒先自我介紹，接著向後退，讓她獨自站在聚光燈之下。

「晚安，」她說。「我是露西．葛蕾．貝爾德，來自柯維族的貝爾德家。我以前在第十二區就開始寫這首歌，那時候還不知道結尾會寫成什麼樣子。這是用我的歌詞來唱一首古老的曲調。在我出生的地方，我們稱之爲歌謠。這首歌述說一個故事，而我想這是我的故事。〈露西．葛蕾．貝爾德的歌謠〉，希望你們喜歡。」

過去幾天來，科利奧蘭納斯曾聽她唱了很多首歌，內容應有盡有，包括美麗的春天，以及她失去媽媽那種揪心的絕望。有搖籃曲和節奏輕快的歌，有輓歌也有歌謠。她請求他提供意見，考量著他對每一首歌的反應。他以爲他們決定要唱一首迷人的歌，是關於墜入愛河的奇妙感受，但現在聽露西．葛蕾彈了幾小節之後，他知道這完全不是她排練過的那首歌謠。令人難忘的旋律定下曲調，再搭配她寫的歌詞，她開始用煙燻和悲傷所造成的嘶啞聲音吟唱起來。

襁褓時期，我墜下深邃山谷。
少女時期，我墜入你的懷抱。
我們墜落艱難時期，失去我們繽紛色彩。
你不復往日神采，我仰賴魅力謀生。

我為晚餐而舞，飛吻宛如蜜糖。
你又偷又賭，我說你理應如此。
我們為晚餐而唱，我們將存款飲盡。
終有一天你離開，說我一無是處。

嗯，好吧，我不好，然而，你也非珍寶。
好吧，我不好，然而，那非新鮮事。
你說你不會愛我，我也不會愛你。

就讓我提醒你，我對你的意義。
因為你跳躍時，謹慎留意的人是我。
知道你有多勇敢的人是我。
而聽見你說夢話的人是我。
等我踏入墳墓，我會帶走這所有一切。

遲早我會長眠入土。
遲早你會孤單一人。
於是我滿心好奇，明日你會求助誰？
因為等到鐘聲響起，愛人，你會無靠無依。

而能看你淚眼汪汪的人是我。
你奮力挽救的靈魂我了解。
可惜我是你在抽籤日輸掉的賭注，

等我踏入墳墓，如今你將如何自處？

她唱完時，你在禮堂裡可以聽到一根針掉在地上的聲音。接著有幾陣吸鼻涕的聲音，些許咳嗽聲，最後是普魯利巴斯大喊「好啊」的聲音從禮堂後方傳來，緊接著是如雷般的掌聲。

科利奧蘭納斯知道這首歌正中要害，對她的人生做了黑暗、動人且太過私密的描述。他很清楚，要送她的禮物會大量湧進競技場。而她的成功，就像過去一樣，回頭反映到他身上，變成他的成功。史諾至高至尊，睥睨一切。在事件的這個轉折點，他知道自己的內心應該會得意洋洋、雀躍不已，同時外表呈現出謙虛與滿意。

然而，他真正感受到的，是嫉妒。

12

「而最後，但同樣重要的是，第十二區的女生……她屬於科利奧蘭納斯．史諾所有。」

「假如你沒有得到彩虹小女孩，情況可能會很不一樣。」

「其實，我們全都忙著彼此殺戮，忘了怎麼玩得開心。不過，你的女孩，她很懂。」

他的女孩。他的。在都城這裡，露西．葛蕾屬於他所有，這是已知的事實，彷彿抽籤日唸出她的名字之前，她沒有自己的人生。就連一副高尚模樣的賽嘉納斯也認為她是可以交換的。如果這不叫所有權，什麼才是？然而，露西．葛蕾透過剛才那首歌，描述了與科利奧蘭納斯完全無關，反而與另一個人息息相關的人生。那另一個人，她依然稱之為「愛人」。儘管他沒有資格得到她的心——他幾乎不了解這個女孩！——然而他也不喜歡獲知別人得到她的心。這首歌顯然很成功，他卻覺得遭到背叛，甚至覺得屈辱。

露西．葛蕾站起來，鞠個躬，接著向他伸出手。他猶豫了一會兒，才與她一起站在舞台前方，此時，掌聲已經變成站立喝采。普魯利巴斯帶頭大喊安可，但他們的時間已經用完，盧基·富萊克曼提醒他們，於是他們最後鞠個躬，手牽著手離開舞台。

他們到達舞台側邊時，她準備放開他的手，但他握得更緊。「嗯，你大大成功。恭喜喔。是新歌？」

「我寫了好一段時間，不過幾個小時前才想出最後一段歌詞，」她說。「爲什麼這樣問？你不喜歡嗎？」

「覺得很驚訝。你有那麼多首別的歌，」他說。

「是啊。」露西·葛蕾放開手，手指在吉他琴弦上移動，彈出最後一段旋律，然後把吉他輕輕放回樂器盒裡。「科利奧蘭納斯，是這樣的。我即將要奮力一搏，贏得那個遊戲，不過未來要待的地方有利波、塔納那樣的人，還有其他幾個人要殺，他們都不是陌生人。什麼事都不能保證。」

「而那首歌呢？」他刺探問道。

「那首歌？」她複述一次，然後花一點時間考慮答案。「以前在第十二區的時候，我留下一些問題沒有解決。我變成貢品……嗯，運氣很差，也很不幸。那是不幸的事。而有個虧欠我很多的人，要爲這件事負起一點責任。那首歌，算是一種回顧吧？大部分人不會知道，但是柯維族人會得到訊息，響亮又清楚，而他們是我眞正在乎的人。」

「只要聽一次就行了？」科利奧蘭納斯問道。「你唱得相當快啊。」

「我表妹莫黛·艾佛瑞只要聽一次就夠了。那個孩子聽到曲調絕不會忘記，」露西·葛蕾說。「看來我要再次遭到圍捕了。」

兩名男性維安人員出現在她旁邊，這時以相當親切的態度對待她，詢問她是否準備要走了，而且一直努力保持微笑。就像以前在第十二區的那些維安人員。科利奧蘭納斯實在忍不住心想，她到底對人有多友善呢？他對那兩人露出不滿的神情，但是完全沒用，只聽到他們讚美她的表演，然後把她帶走。

他嚥下自己的怒氣，接受四面八方湧來的恭賀。大家幫忙提醒他，他是當晚眞正的明星。即使露西·葛蕾對這個結果感到困惑，但在都城居民的眼裡，她屬於他所有。認定某個行政區的貢品屬於誰所有，這到底有什麼意義呢？他一直這樣想，直到被普魯利巴斯打斷，他滔滔不絕說著：「好有才華，她眞是天賦異稟！如果她想辦法活下來，我絕對要讓她在我的夜店當頭號明星！」

「聽起來有點困難。他們不會送她回家嗎？」科利奧蘭納斯說。

「我有一、兩個人情可以動用，」他說。「噢，科利奧蘭納斯，她很有明星架勢吧？小子，眞高興你得到她。來點好運是史諾家應得的。」

這個傻乎乎的老頭子，頂著可笑的白色假髮，還養了一隻老貓。他對於世事又有多少了解呢？科利奧蘭納斯正準備澄清事實時，薩提莉亞出現了，附耳對他輕聲說「我想，那個獎學金是囊中物了」，而他沒有多加理會。

賽嘉納斯也現身，他換穿另一套嶄新的西裝，旁邊有一名滿臉皺紋的矮小女士挽著他的手臂，她身穿花卉圖案的昂貴洋裝。但那不重要，你大可放一顆蕪菁在禮服紗裙上，它還是希望能被搗成泥吧。科利奧蘭納斯很確定，這位女士的身分只有可能是「老媽」。

賽嘉納斯介紹他們認識時，他伸出手，對她露出溫暖的微笑。「普林西夫人，真是榮幸。請原諒我的疏忽。這幾天來，我一直想寫一封短信給您，但每次坐下來要寫信，腦震盪就讓我的頭陣陣刺痛，沒辦法好好思考。謝謝您的美味燉菜。」

普林西夫人開心瞇眼，笑得羞赧。「科利奧蘭納斯，那是表達我們對你的感謝。賽嘉納斯有這麼好的朋友，我們好高興。如果你還有任何需求，我希望你知道，你可以來找我們。」

「嗯，伯母，那樣有利也有弊啊。我隨時聽候您的吩咐，」他說著，講得有點誇大，她肯定會起疑。但是「老媽」不會。她雙眼噙淚，發出嗚嗚聲，由於他的高尚和大器而說不出話來。她在手提包裡翻找東西，那個手提包很怪，有小型旅行箱那麼大；她拿出一塊蕾絲花邊的手帕，開始擤鼻涕。幸好呢，提格莉絲，她眞的對每個人都很親切，這時跑到後台來找他，接手與普林西家閒聊。

等到各種事情終於告一段落，這對堂姊弟一起走路回家，分析著當晚的情況，包括露西・葛蕾的腮紅塗得很克制，到「老媽」穿的洋裝不太適合她。「不過啊，科利歐，說眞的，我沒辦法想像這些事對你會有什麼好處，」提格莉絲說。

「我眞的很開心啊，」他說。「我想，我們能幫她找到一些贊助者。只希望那首歌沒有讓一些人打退堂鼓。」

「我聽了很感動耶。我覺得大多數人也一樣。你不喜歡嗎？」她問。

「我當然喜歡，但我的接受度比大多數人嚴格一點，」他說。「我是說，你覺得她暗示發生了什麼事？」

「在我聽來，她好像有一段很慘的時光。她愛的某個人讓她心碎，」提格莉絲回答。

「那只能說明一半而已，」他接口說，因爲他不能讓提格莉絲認爲行政區某個微不足道的傢伙讓他吃醋。「還有一些部分，關於她靠自己的魅力辛苦謀生。」

「嗯，什麼事都有可能，畢竟她是表演者，」她說。

他仔細想了一會兒。「我想是吧。」

「你說過她失去雙親。她可能有很多年都要養活自己。我想，只要是撐過戰爭和隨後幾年而活下來的人，都不會因爲那樣而責怪她。」提格莉絲低下頭。「我們全都做過不太光彩的事。」

「你沒有，」他說。

「我沒有嗎？」提格莉絲的語氣很痛苦，這點很不尋常。「我們全都做過。也許你年紀太小，不記得了。也許你不知道那其實有多糟糕。」

「你怎麼可以那樣說？我全都記得啊，」他大吼回應。

「科利歐，那就有同情心一點，」她厲聲說道。「還有，別人必須在死亡和丟臉之間做選擇時，儘量不要瞧不起人家。」

提格莉絲的訓斥讓他很震驚，但更震驚的是她的暗示，她做過別人可能覺得很丟臉的事。她做過什麼事呢？因爲如果做了那樣的事，一定是爲了保護他。他想起抽籤日那天早上，當時他漫不經心想著，她得用什麼東西去黑市進行交易，但他從來不曾認眞當一回事。或者他根本就知道？她有可能爲了他而做出一些犧牲，而他只是寧可當作不知道？他的評語很含糊，而有很多事不適合史諾家的人去做，所以如同提格莉絲對露西．葛蕾那首歌的評語，他大可這樣說：「嗯，什麼事都有可能。」他眞的想知道細節嗎？不，他不想知道實情。

等他拉開公寓大樓的玻璃門，提格莉絲不可置信地大叫一聲。「噢，不，不可能吧！電梯會動了！」

他滿心疑惑，畢竟電梯自從戰爭初期至今從來沒動過。不過電梯門大開，鏡面牆壁映照著燈光。他很高興有事情轉移注意力，於是微微一鞠躬，恭請她進入電梯。「你先請。」

提格莉絲笑得很樂，大步走進電梯，彷彿生來就是尊貴的女士。「你眞好心。」

科利奧蘭納斯跟著她衝進去，兩人一時之間呆呆望著標示各層樓的按鈕。「上一次會動時，我記得是去參加我父親的葬禮。結束後我們回家，從那時起一直爬樓梯。」

「祖奶奶會很激動，」提格莉絲說。「她的膝蓋再也沒辦法爬樓梯了。」

「**我**才激動咧。也許她會每隔一陣子離開公寓出門一下耶，」科利奧蘭納斯說。提格莉絲用力搥他的手臂，但是邊搥邊笑。「眞的。有五分鐘的時間能夠獨享這個地方眞是太好了。也許哪天早上可以不用聽國歌，或者吃晚餐的時候不必繫領帶。但另一方面，想到她會跟別人交談就覺得滿危險的。『等到科利奧蘭納斯當上總統，每個星期二都會下香檳雨！』」

「也許大家只會歸咎於年紀大的關係，」提格莉絲說。

「最好是啦。你要不要盡盡地主之誼？」他問。

提格莉絲伸出手，對著頂樓的按鈕好好地按久一點。停頓一下之後，電梯門關上了，連一點嘎吱聲都沒有，於是他們開始上升。「我好驚訝喔，公寓的管委會居然決定現在把它修好。一定花了很多錢。」

科利奧蘭納斯皺起眉頭。「你不覺得他們是把大樓打點好，希望把自己的公寓賣掉？你也知道啊，會有新的稅金。」

提格莉絲的嬉鬧表情消失了。「很有可能喔。我知道多利托家會考慮賣個好價錢。他們說，這間公寓對他們來說太大了，不過你也知道原因不是那樣。」

「我們會那樣說嗎？就是我們的老家實在太大了？」科利奧蘭納斯說著，這時電梯門打開，他們家大門展現在眼前。「快點，我還得做功課。」

祖奶奶熬夜等門，大大稱讚他，還說電視台反覆重播專訪的精采片段，一直沒停過。「你的女孩，她眞是可憐又沒用的小不點，不過說也奇怪，她那副模樣還挺動人的。也許是她的歌聲吧，就是有辦法傳達到人的心坎裡。」

如果露西．葛蕾贏得了祖奶奶的心，科利奧蘭納斯覺得整個國家的人民必定也是如此。如果沒有其他人覺得她的過去很可疑，他又爲何該質疑呢？

他倒了一杯白脫牛奶，換上他父親的絲質睡袍，然後坐下來，把他對戰爭所熱愛的每一件事寫下來。他在開頭寫下**如同大家說的，戰爭很悲慘，但並非完全沒有迷人之處**。他覺得這似乎是很巧妙的開頭，但是無以爲繼，而過了半小時後，他毫無進展。飛斯都就曾說，這註定會是篇幅非常短的作業。不過他知道戈爾博士不會滿意，而且如果沒有認眞寫，只會讓他惹來不必要的注意力。

提格莉絲進來道晚安時，他試探地問她對這主題的看法。「你記不記得我們到底喜歡過什麼事？」

她坐在他的床尾，想了一會兒。「我喜歡一些制服，但不是他們現在穿的那些。你記不記得有金色滾邊的紅色外套？」

「閱兵的隊伍嗎？」他感到一陣激動，回想起他從窗戶探身出去，看著士兵和樂隊大踏步經過。「我喜歡閱兵嗎？」

「你很愛。你好興奮，我們沒辦法叫你好好吃完早餐，」提格莉絲說。「閱兵的那些日子，我們總是全家團聚。」

「前排座位，」科利奧蘭納斯拿出一張紙，匆匆寫下**制服**和**遊行**，然後加上**煙火**。「我想在我小時候，只要是壯觀的場面都很吸引我。」

「記得火雞嗎?」提格莉絲突然這樣說。

那已是戰爭最後一年的事了。由於圍城的關係，都城淪落爲同類相食和悲慘絕望的地方。連皇帝豆都快吃完，而上一次有類似肉類的東西端上餐桌已是好幾個月前的事了。爲了提振士氣，都城把十二月十五日訂定爲「國家英雄日」。他們剪接出電視特輯，表揚十幾位市民，都是爲了保衛都城而犧牲生命，包括科利奧蘭納斯的父親，克拉瑟斯・史諾將軍。爲了播放節目，電力及時接通，但之前停電了整整一天，包括暖氣。他們原本就擠在祖奶奶那張大床上，也維持在那裡看著他們的英雄接受表揚。其實早在那時，科利奧蘭納斯對父親的記憶已然淡去，由於他是透過照片認識父親的臉孔，因此聽到父親低沉的聲音，以及對於各個行政區永不妥協的言論，他眞是嚇了一大跳。國歌播放完畢之後，門外傳來敲門聲，把他們嚇得從床上跳起來，結果是三位身穿軍隊禮服的年輕士兵，送來一塊紀念匾牌，以及一籃二十磅重的冷凍火雞，代表國家的問候。這籃東西顯然企圖傳達都城過去的奢華作風，裡面附有一罐略帶灰塵的薄荷醬、一個鮭魚罐頭、三根稍微裂開的鳳梨糖果棒、一塊絲瓜海綿，以及花香蠟燭。士兵把籃子放在門廳的桌上，讀出感謝聲明，並祝他們晚安。提格莉絲見狀噴淚，祖奶奶也非坐下來不可，但科利奧蘭納斯的第一個反應是跑向大門，確定門鎖上了，以便保護他們剛剛獲得的貴重財富。

他們把鮭魚放在吐司上面吃，而且提格莉絲決定隔天待在家裡不去上學，想搞清楚如何烹煮那隻鳥。科利奧蘭納斯用史諾家的壓紋信紙寫了晚餐邀請函，送去給普魯利巴斯——他帶了波斯卡酒和凹陷的杏桃罐頭來赴宴。幸虧有廚師庫克以前留下的一本食譜，提格莉絲也盡了最大的努力，於是他們有薄荷醬火雞可以大快朵頤，配上麵包和裡面塡塞的包心菜。在那之前或以後，沒有一種東西吃起來那麼美味。

「那天依然是我這輩子最棒的一天。」他不曉得該怎麼用言語表達，最後在表單裡加上**脫離匱乏**。「你眞是奇才耶，煮出那隻火雞。那個時候，感覺你比我大了好多歲，其實你只是小女孩啊，」科利奧蘭納斯說。

提格莉絲笑了笑。「還有你，你在屋頂上的戰時菜園呢？」

「如果你喜歡歐芹，儘管來找我！」他笑起來。不過他眞的對自己的歐芹引以爲傲。它提升菜湯的風味，有時候還可以用來交換其他東西。**足智多謀**，他寫到表單上。

於是他寫了作業，回憶這些小時候的開心事，但到最後，他並沒有覺得很滿意。他想起過去兩週的事，包括競技場的炸彈事件、失去幾位同學、馬可士的脫逃，以及這一切如何喚醒了他在都城的圍城期間感受到的恐懼。當時最重要的事，現在也仍然重要的，就是生活中不要有那樣的恐懼。於是，他加了一段話，講述戰爭獲勝讓他深深鬆口氣；都城的敵人曾經那麼無情對待他，讓他的家庭付出那麼大的代價，看到他們跪在地上有種無情的滿足感。看到他們蹣跚跛行。虛弱無力。再也無法傷害他。他們戰敗所帶來的那種不熟悉的滿足感，他很喜歡。擁有權力，安全才會伴隨而來。掌控事物的能力。是的，那是他最熱愛的事。

隔天早上，看著剩餘的導師三三兩兩進來參加星期天的會議，科利奧蘭納斯試著想像一下，如果不曾發生戰爭，他們會成爲什麼樣的人。戰爭開打時，他們差不多只是剛學步的小童，而戰爭結束時，他們全都大約八歲了。艱苦的日子已然紓解，但他和同學依然無法回到出生時的富裕生活，世界的重建腳步也很緩慢，令人沮喪。如果他能夠忘卻食物配給和砲彈轟炸、飢餓和恐懼，取而代之的是他們出生時所保證的美好生活，那麼他還會認識這些朋友嗎？

科利奧蘭納斯想到克萊蒙西亞時，萌生一陣痛苦的罪惡感。他歷經了出院復原、家庭作業，以及幫忙露西．葛蕾準備飢餓遊戲，這段期間都還沒有見過她。然而，這不只是沒時間的問題。他一點都不想回到醫院，看看她處於什麼樣的狀態。萬一醫師根本說謊，那些鱗片漸漸爬滿她的全身呢？萬一她已經徹底變形成一條蛇呢？這樣想很蠢，不過戈爾博士的實驗室都已經那麼邪惡了，他不免想到很極端的情況。有個偏執的想法隱隱觸動他。戈爾博士那些人會不會就是要等他跑去，於是可以把他囚禁起來？那樣說不通啊。如果他們想要困住他，他住院治療就是好機會。整件事實在太荒謬了，他最後這樣想。他決定一有機會就要去看她。

戈爾博士顯然是晨型人——海咖院長則顯然不是——與大家一起觀看前一晚演出的重播。科利奧蘭納斯和露西·葛蕾的氣勢橫掃全場，不過只要讓貢品登上專訪的舞台，至少就能得到分數。在都城電視台，盧基·富萊克曼正在提供郵政總局賭盤現場的最新結果，雖然大家傾向認為塔納和傑賽普能夠獲勝，但露西·葛蕾獲得最多的禮物，比最接近的競爭者多了三倍。

「瞧瞧那麼多人，」戈爾博士說。「聽了心碎女孩的不幸故事，就送麵包給她，即使他們不認為她能獲勝。這帶來什麼樣的啓發？」

「在鬥狗的時候，我看過有人押注在變種狗身上，那些變種狗連站都站不穩，」飛斯都對她說。「大家喜歡姑妄一試，賭大一點。」

「大家喜歡好聽的情歌，可能是這樣吧，」泊瑟芬說著，露出酒窩。

「大家是笨蛋，」莉維亞冷笑著說。「她連一點機會也沒有。」

「不過有很多浪漫的人啊。」普普對她眨眨眼，發出懶洋洋的親吻聲。

「對，浪漫的想法，理想主義的想法，可以是很吸引人的。感覺像是一段很棒的過場，銜接到你們的作業。」戈爾博士端坐在她的實驗凳上。「來看看你們有什麼樣的想法。」

戈爾博士沒有把他們的作業收走，而是請每個人大聲唸出來。科利奧蘭納斯的同學們提到好多方面，他連想都沒想過。有些人很嚮往士兵的勇氣，希望哪一天自己有機會成爲英雄。其他人提到士兵們並肩作戰所建立的默契，或者捍衛都城的高尚行爲。

「感覺我們全都是某種更偉大事物的一部分，」多米希亞說。她以莊重的態度點點頭，於是頭頂的馬尾快速擺動。「某種重要的事物。我們全都作出犧牲，但那是爲了拯救我們的國家。」

科利奧蘭納斯覺得與大家的「浪漫想法」沒有共鳴，就像他對戰爭沒有浪漫的看法。身在戰鬥之中，經常需要很有勇氣，因爲有其他人缺乏計畫。他不知道自己會不會幫飛斯都擋子彈，也沒興趣知道。至於都城的崇高想法，他們眞的相信嗎？他所渴望的事物與「高尚」沒什麼關係，而是與「控制」很有關係。這並不是說他沒有強烈的道德準則，他當然有。不過在戰爭期間，幾乎每一件事都很浪費資源，包括戰爭宣言和勝利遊行。他假裝認眞參與對話，卻一直偷瞄時鐘，心裡期盼時間趕快過去，那麼他就不必唸出自己的作業了。遊行似乎很膚淺，權力的吸引力仍是眞的，但與他同學的閒聊比起來顯得很無情。而且他好希望自己根本沒寫什麼種植歐芹；這時聽起來好孩子氣。

輪到他時，最好的做法就是唸出火雞的故事。多米希亞對他說那很感人，莉維亞翻了翻白眼，戈爾博士則是挑挑眉毛，問他還有沒有更多可以分享？他說沒有。

「普林西先生？」戈爾博士說。

賽嘉納斯一直很安靜，整堂課都很壓抑。他把一張紙翻過來，唸著：「『對於戰爭，我只喜歡一件事，就是我還住在第二區。』如果你問我，除此之外還有沒有其他重要的事，我會說，有機會導正一些錯誤。」

「那麼有導正嗎？」戈爾博士問道。

「完全沒有。行政區的狀況比以前更糟，」賽嘉納斯說。

不滿的聲浪從教室四面八方傳來。

「哇！」

「他不只是那個意思吧。」

「那就回去第二區啊！誰會想念你啊？」

賽嘉納斯現在真的在施壓了，科利奧蘭納斯心想。不過他也很生氣。要有兩方面才能引發戰爭。附帶一提，那場戰爭是由叛軍引發的。那場戰爭讓他變成孤兒。

不過賽嘉納斯沒理會其他同學，繼續緊盯著首席遊戲設計師。「戈爾博士，我可不可以問，您喜歡戰爭的哪方面？」

她看著他好一段時間，然後微笑起來。「我喜歡它證明我是對的。」

到底要怎麼證明，還沒有人來得及大膽提問，海咖院長就宣布午餐時間到了，於是大家列隊走出，把作業留下。

他們有半小時可以吃東西，但科利奧蘭納斯忘了帶任何食物，學校也沒提供，因爲今天是星期日。他在正門台階的陰涼處伸展身子，讓腦袋休息一下，而飛斯都和希拉瑞斯・黑文斯比正在討論女生貢品的策略，希拉瑞斯是第八區女生的導師。他隱約記得在火車站看過希拉瑞斯的貢品，她穿條紋洋裝配戴紅色圍巾，但主要是因爲她和波賓在一起。

「女生還滿麻煩的，她們的打鬥方式向來與男生不一樣，」希拉瑞斯說。黑文斯比家超級富裕，史諾家在戰爭之前也是那樣。但無論有什麼樣的優勢，希拉瑞斯好像總是憂心忡忡。

「喔，不知道耶，」飛斯都說。「我想，我的柯蘿可以讓那些傢伙付出滿大的代價。」

「我的很弱小啊。」希拉瑞斯用修剪漂亮的指甲拿起他的牛排三明治。「伍薇，她這樣稱呼自己。嗯，爲了專訪，我努力訓練親愛的伍薇，但她完全沒有個性。沒有人支持她，所以就算她能躲開其他人，我也沒東西給她吃。」

「如果她一直活著，就會得到贊助人，」飛斯都說。

「你到底有沒有在聽我說啊？她不能打鬥，而我沒有錢可以運用，畢竟我家的人不賭博，」希拉瑞斯嘀咕著說。「我只希望她能撐到最後十二個人，我就對我父母就有交代了。如果黑文斯比家的人表現很差，他們會覺得難為情。」

午餐之後，薩提莉亞帶所有導師去都城新聞台的辦公室，讓他們了解飢餓遊戲幕後的運作機制。遊戲設計師工作的地方是幾間破舊的辦公室，雖然分配給他們的控制室已經足夠了，但就年度活動來說，這裡似乎有點小。科利奧蘭納斯覺得整件事令人有點失望，他以為會比較體面一點；不過呢，遊戲設計師對於今年的遊戲要添加一些新元素感到很興奮，吱吱喳喳談論著導師們的建議，以及贊助人的參與。他們檢查遙控攝影機時，小房間內好熱鬧；這些攝影機早在競技場以前舉辦體育活動時就已裝設。有六位遊戲設計師忙著測試輕便的無人遙控機，那要用來遞送贊助人送的禮物。無人機是依靠臉部辨識找到收件人，一次只能攜帶一件物品。

由於專訪很成功，盧基．富萊克曼顯得精神奕奕，他已經登上主持人的位置，背後有一群都城新聞台的記者負責支援。科利奧蘭納斯嚇了一大跳，因為看到自己的名字列在隔天早上八點十五分的地方，直到盧基說：「我們要確定你會早一點來。你也知道，要在你的女孩掛點之前。」

他覺得好像有人朝他的肚子猛捶一拳。莉維亞尖酸刻薄，戈爾博士超級瘋狂，因此他們斬釘截鐵認爲露西・葛蕾根本不是競爭對手時，他能忽視他們的看法。然而，盧基・富萊克曼看似呆傻，他說的話卻正中要害，具有其他人達不到的效果。走回家的路上，他準備著賽前最後一次與露西・葛蕾會面討論，同時思索一種可能性：明天同樣這個時間，她就要死了。前一晚，他對於她失去男友、她擁有的明星特質使他相形失色而興起的嫉妒之心，這時則消失殆盡。他覺得自己與她異常親近，這個女孩竟以如此意外、如此特別的方式闖入他的生活。而且，不只因爲她爲他帶來了榮譽與稱讚。他是眞心喜歡她，遠超過他在都城所認識的大部分女孩。如果她能活下來——噢，眞能這樣就好了——他們又要如何建立終生的關聯呢？不過經歷了那麼多次積極的會談之後，他知道成功的可能性並沒有站在她那邊，於是一股沉重的憂愁重重壓在他身上。

在家裡，他躺在自己床上，很怕必須說再見。他希望有某種很美的事物能送給露西・葛蕾，對於她所給予的一切表達衷心的感謝。她讓他重新評估自己的價值。讓他有機會表現傑出。讓獎學金成爲囊中之物。而且，當然還有他的人生。一定要非常特別的事物。非常寶貴。是他自己的東西，而不是像那些玫瑰，那其實是祖奶奶的。假使競技場內的狀況變得很糟，那種東西能讓她纏繞在手指上，一看到就想起他與她同在，於是從中得到慰藉，知道她不是孤單死去。有一條絲巾染成賞心悅目的深橘色，她也許可以用來綁頭髮。還有個金色別針，是成績優良的獎品，上面刻著他的名字。也許是他的一綹頭髮用絲帶綁住？還有什麼東西更能代表他本人呢？

突然間，他覺得內心湧起一陣憤怒。除非能讓她用來保護自己，否則那些東西有什麼用呢？他做的這些事，只是把她打扮成一具漂亮的屍體吧？也許她能用那條絲巾勒死某個人，或者用別針刺殺他們？但是眞要說的話，競技場裡一點都不缺武器啊。

他仍然想著該送什麼禮物時，提格莉絲叫他去餐桌。她買了一磅的碎牛肉，煎成四個牛肉餅。她的那塊顯然比較小，要不是知道她在烹煮過程中老是小口咬著生肉，他一定會抗議。提格莉絲很愛吃生肉，如果祖奶奶沒有禁止，她會把自己那一整塊生吞下肚。有一塊肉餅要留給露西．葛蕾，加上層層配料，夾在很大的圓麵包裡面。提格莉絲也做了炸馬鈴薯和奶油包心菜沙拉，科利奧蘭納斯則是從醫院的禮物籃裡挑了最好的水果和甜點。提格莉絲在一個小紙盒裡鋪了亞麻餐巾，餐巾上有色彩絢麗、羽翼豐滿的鳥類圖案，雪白布料上面還放了祖奶奶的最後一朵玫瑰花蕾。科利奧蘭納斯選了一顆色澤飽滿的深紅色桃子，因爲柯維族人熱愛色彩，露西．葛蕾更是其中佼佼者。

「告訴她，」提格莉絲說，「我支持她。」

「告訴她，」祖奶奶補充說，「她非死不可，我們全都覺得好遺憾。」

太陽把傍晚的空氣曬得溫暖又和煦，因此進入涼颼颼的黑文斯比會堂後，科利奧蘭納斯不禁想起史諾家的陵墓，他的父母親長眠於那裡。此刻缺少學生和他們的喧鬧聲，每一個步伐都大聲迴盪，於是產生一種超現實的感受，彷彿來參加一場陰沉幽暗的會議。所有的燈光都沒有點亮，向晚的光線透過窗戶流瀉進來已然足夠，但這與他們早先會議的明亮光線形成鮮明對比。其餘導師聚集在樓上陽台，俯望著下方與他們配對的人，一陣靜默籠罩著所有人。

「問題是，」麗西斯特拉塔對科利奧蘭納斯輕聲說道，「我變得還滿喜歡傑賽普。」她停頓一會兒，著手調整一大份焗烤麵的包裝紙。「他確實救我一命。」科利奧蘭納斯不禁心想，當時在競技場裡，沒有其他人比麗西斯特拉塔距離他更近；炸彈爆炸時，不曉得她看到什麼樣的景象。她有沒有看見露西．葛蕾救了他？她是不是暗示那件事？

大家分別走向自己的桌子時，科利奧蘭納斯強迫自己正面思考。在這最後十分鐘的相聚時刻，花時間哭哭啼啼實在沒什麼好處，還不如專心思考致勝策略。而更有幫助的是，露西．葛蕾看起來比前一次在會堂見面時好多了。乾淨又整潔，洋裝在幽暗的光線下依然色彩鮮明，你會以爲她準備要去參加派對，而不是大屠殺。她的視線落在盒子上。

科利奧蘭納斯端上盒子，微微頷首。「我帶了禮物來。」

露西．葛蕾以優雅的動作拿起玫瑰花，嗅聞香氣。她摘下一片花瓣，放進雙唇之間。「嚐起來像睡前時光，」她說著，露出悲傷的微笑。「好漂亮的盒子。」

「這是提格莉絲留給特殊場合用的，」他說。「如果餓了，儘管吃吧。還溫溫的。」

「我想我會吃。像文明人一樣吃最後一餐。」她打開餐巾，對盒子裡的東西讚賞不已。「喔，這看起來超棒。」

「分量很多，所以你可以和傑賽普一起吃，」科利奧蘭納斯對她說。「不過呢，我想麗西斯特拉塔帶了東西給他。」

「我會分給他，但是他不吃東西了。」露西．葛蕾以憂慮的眼神看著傑賽普。「可能只是緊張吧。他的舉止也有點古怪。當然啦，現在我們滿嘴都是各種古怪又瘋癲的話。」

「像什麼？」科利奧蘭納斯問道。

「就像昨天晚上，利波親自向我們每個人道歉，因爲得殺了我們，」她解釋說。「他說，等他贏了，他會補償我們。他會向都城報仇，只不過那部分並沒有像殺掉我們那麼明確。」

科利奧蘭納斯的目光飄向利波，他顯然不只身強力壯，也很擅長心理戰術。「大家怎麼回應？」

「大多數人只是直直看著他。傑賽普的眼神充滿憤恨。我告訴他，要等到學舌鳥唱歌才算結束，沒到最後一刻不知道結果，但他聽了只是更加困惑。我想，他對這一切的理解就是那樣，充滿困惑。我們全都頭暈腦脹，畢竟，向你的人生說再見……那並不容易。」她的下唇開始顫抖，然後將三明治推到旁邊，連好好咬一口都沒有。

科利奧蘭納斯覺得對話轉向聽天由命，於是引導到另一個方向。「你很幸運不必那樣。你的禮物比別人多了三倍。」

露西．葛蕾的眉毛突然挑高。「三倍？」

「三倍。露西．葛蕾，你會獲勝，」他說。「我已經想過了。他們敲響銅鑼的那一刻，你趕快跑。盡可能以最快的速度跑。爬上那些看台，讓你和其他人之間保持最遠的距離。找到適合的地方躲起來。我會給你食物。然後，你移動到另一個地點。只要持續移動，保持活著，直到其他人把彼此殺光，或者餓死。你辦得到。」

「我辦得到嗎？我知道，讓你相信我的人，就是我自己，可是昨天晚上，我開始好好思考身在那個競技場的事。困在裡面。那麼多武器。利波追殺我。我在白天覺得比較有希望，可是到了天黑，我好怕我會……」突然間，眼淚開始在她臉上汩汩流下。這是第一次，她沒辦法忍住眼淚。市長毆打她之後站在舞台上，或者科利奧蘭納斯給她麵包布丁那時，她都快要哭出來，但她努力克制，不讓淚水流下。而現在，彷彿水庫潰堤一般，眼淚泉湧而出。

看著她的無助，也感受到自己的無助，科利奧蘭納斯覺得內心有某種東西鬆解開來。他向她伸出手。「噢，露西．葛蕾……」

「我不想死，」她輕聲說。

他的手指拂過她臉頰的淚水。「你當然不想。我也不會讓你那樣。」她哭個不停。「露西．葛蕾，我不會讓你那樣！」

「你該讓我那樣。我永遠只會讓你惹上麻煩，」她哭到快說不出話。「害你身陷險境，還吃你的食物。而且我看得出來，你討厭我的歌謠。你明天就可以好好擺脫我了。」

「我明天會變成行屍走肉啊！之前我告訴你，你對我很重要，我指的不是你身爲我的貢品。我指的是你。你，露西．葛蕾．貝爾德，身爲一個人，身爲我的朋友，身爲我的……」要用什麼詞語來表達呢？心上人？女朋友？其實只能說是迷戀，而且可能是單戀。不過，承認她擄獲他的心，他有可能失去什麼嗎？「聽了你的歌謠，我覺得很嫉妒，因爲我希望你想著我，而不是過去的某個人。很蠢，我知道。不過，你是我所遇過最不可思議的女孩。眞的。每一方面都好特別。而我……」眼淚盈滿他自己的雙眼，但他眨眨眼，忍住了。為了他們兩人，他必須堅強挺住。「而我不想失去你。我拒絕失去你。拜託，不要哭。」

「我很抱歉。我很抱歉。我不哭。只是……我覺得好孤單，」她說。

「你不孤單。」他握住她的手。「而且你在競技場裡不會孤單；我們會在一起。我無時無刻都會在那裡。我不會把目光從你身上移開。露西・葛蕾，我們會一起贏得這場遊戲。我保證。」

她緊緊握住他的手。「聽起來幾乎像是有可能，用你說的那種方法。」

「不只是有可能，」他堅持說道。「是很有可能。是必然如此，如果你真的按照計畫執行的話。」

「你真的相信會那樣嗎？」她這樣說，望著他的臉。「因為如果我覺得你相信，我也很有可能會相信。」

這個時刻需要很重大的宣示。幸好他有。他一直保持中立的態度，衡量著風險，但他無法像這樣拋下她，什麼都沒有緊緊抓住。這是榮譽的問題。她是他的女孩，她救過他的命，他必須盡一切的努力拯救她。

「聽好。你有沒有在聽？」她還在哭，但啜泣聲已經變小，夾雜著吸氣聲。「我母親過世的時候留下東西給我。這是我最寶貴的物品。我希望你帶著它去競技場，當作幸運符。提醒你喔，這是借給你的。我全心全意等待你歸還給我。否則呢，我絕對不會跟它分開。」科利奧蘭納斯把手探到口袋裡，然後伸出手，張開五隻手指。在他的掌心裡，在夕陽餘暉裡閃閃發亮的，是他母親的銀色粉餅盒。

看著粉餅盒，露西．葛蕾張大了嘴，而她並不是容易感動的人。她伸出手，輕輕撫摸精緻的玫瑰浮雕和古色古香的銀質，然後充滿歉意地抽回手。「噢，我不能拿。它太細緻了。科利奧蘭納斯，你拿這個來已經夠了。」

「你確定？」他問道，逗她一下。喀答一聲，他順順打開盒門，然後把它拿高，讓她能看見自己在鏡中的映像。

露西．葛蕾匆匆吸口氣，笑了起來。「嗯，現在你玩弄我的弱點喔。」而這是真的。她總是很在意自己的外表。不是炫耀，真的。只是有這種意識。她注意到裡面是空的，一小時之前那裡原本有粉餅。「這裡原本有粉餅嗎？」

「有，不過……」科利奧蘭納斯才剛開口說，但隨即停下。如果他說出口，就沒有回頭的餘地了。另一方面，如果他沒說，他可能會永遠失去她。他的聲音變得很低沉，近乎耳語。「我想，你可能會想用自己的。」

13

露西・葛蕾立刻就懂了。她的日光射向維安人員，那些人完全沒注意，於是她靠近些，聞一聞粉餅盒。「嗯，不過你還是可以聞到氣味。很好聞。」

「很像玫瑰，」他說。

「很像你，」她說。「真的會很像你跟我在一起，對吧？」

「快點，」他催促她，「把我帶在你身上。拿去。」

露西・葛蕾用手背抹掉眼淚。「好吧，不過這是借的喔。」她拿了粉餅盒，放進口袋，拍了拍。「這能幫助我清楚思考。唉，贏得飢餓遊戲實在是天大地大的事，很難想像啊。不過如果我說，『我需要把這個還給科利奧蘭納斯』，就能讓心思專注起來。」

他們又聊了一會兒，主要是關於競技場的布局，以及哪裡可能是最好的藏身地點，而到了希克教授吹響哨子時，他讓她吃了半個三明治和整顆桃子。科利奧蘭納斯不確定發生什麼事，不過他們一定是同時站起，同時向前移動，因爲他發現她在他懷裡，她的雙手抓住他的襯衫前襟，他則用力擁抱她。

「在那個競技場裡，我只會全心全意想著你，」她輕聲說著。

「不是第十二區以前那個傢伙？」他只是半開玩笑說道。

「不是，他很確定把我對他的感覺全部摧毀掉了，」她說。「現在呢，唯一能擄獲我這顆心的男孩，就是你。」

接著，她吻他一下。不是輕輕淺啄。是唇上的真正一吻，帶有桃子和蜜粉的氣息。她雙唇的觸感，柔軟又溫暖貼著他的唇，傳送過來的感受一陣陣湧過他全身。他非但沒有移開，反倒將她擁得更緊，她的親吻與觸感讓他覺得天旋地轉。所以這就是大家所說的！這就是讓大家那麼瘋狂的原因。他們終於分開時，他深吸一口氣，彷彿從水底浮上水面。露西・葛蕾的睫毛倏然睜開，眼裡的神情與他一模一樣。他們同時傾身向前再吻一次，這時維安人員伸手抓住她，把她帶走。

走出會堂的路上，飛斯都以手肘頂頂他。「那是某種道別法吧。」

科利奧蘭納斯只是聳聳肩。「我該怎麼說呢？我抗拒不了。」

「我想也是，」飛斯都回答。「我想幫柯蘿打氣，拍拍她的肩膀，結果她差點扭斷我的手腕。」

那些吻讓他頭暈目眩。毫無疑問，他跨越了界線，但他並不後悔……那實在太神奇了。他獨自走路回家，回味著苦樂參半的離別情境，因爲自己的大膽而震驚。也許他會因爲交給她粉餅盒、建議她裝入老鼠藥而打破一、兩條規定，誰知道呢？飢餓遊戲並沒有眞正的規則手冊。好吧，他有可能破壞規定。但即使如此，那也值得。爲了她。然而，他沒有告訴任何人，連提格莉絲都沒說。

這樣並不需要改變遊戲規則。要毒死其他貢品，需要的是機靈和運氣。不過露西．葛蕾很機靈，運氣也沒有比其他人差。得讓他們把毒藥吃下肚，因此他的任務會是給她食物，用來當作誘餌。他覺得更有掌控力了，除了眼睜睜看著以外，還有其他事可做。

祖奶奶上床睡覺後，他向提格莉絲吐露祕密。「我想，她愛上我了。」

「她當然會啊。你對她的感覺怎麼樣？」她問。

「我不知道，」他回答。「我跟她吻別。」

提格莉絲挑了挑眉毛。「親吻臉頰？」

「不是，親吻嘴唇。」他想著該怎麼解釋，但鼓起勇氣說出口的只有「她很與眾不同」。這點無可否認，從很多方面來說都是如此。事實上，他面對女孩子實在沒有很多經驗，更不要說牽涉愛情了。守住史諾家現狀的祕密，永遠是最優先的事項。這對堂姊弟很少找任何人來公寓，就連提格莉絲在中等學院的最後那個學年陷入熱戀時也一樣。她不願意帶男友回家，被視爲不願作出承諾，最後成爲分手的決定性因素。科利奧蘭納斯把那個事件視爲一種警告，告誡自己不要與任何人產生太深的羈絆。有很多位同學曾經對他有興趣，不過他很有技巧，與他們保持一定的距離。電梯壞掉的藉口還滿方便的，祖奶奶也一直有好多種虛構的病痛，需要徹底靜養。去年還發生了一件事，在火車站後面的巷子裡，但那其實不是什麼浪漫的舉動，頂多算是調皮的飛斯都慫恿他去做那種事。受到波斯卡酒和一片漆黑的影響，那段記憶實在不大完整。經過再三思索，他根本連她的名字都想不起來，不過那已經幫他贏得「玩咖」的名聲。

然而露西·葛蕾是他的貢品，身陷於競技場裡。即使換成不一樣的環境，她依然是來自行政區的女孩，反正就不是都城的女孩。是次等公民；是人類，不過有如野獸。很機靈，也許吧，但沒有進化。有點像奇形怪狀、倒楣不幸的野蠻傢伙，徘徊在他的認知邊緣。沒錯，假如規則可以有例外，露西·葛蕾·貝爾德就是一例。這個人對簡單的定義提出挑戰。一隻孤鳥，就像他一樣。還有誰的嘴唇緊貼著他的唇，能讓他膝蓋一軟，連站都站不直？

那天晚上，科利奧蘭納斯入睡之際，腦中反覆重演那個吻……

飢餓遊戲的早晨，曙光明亮又清澈。他把自己打理好，吃了提格莉絲幫他準備的雞蛋，然後走著漫長又炎熱的路途，前往都城新聞台。眼看盧基在臉上塗了厚厚的妝彩，他則婉拒濃妝，但同意撲上薄薄一層蜜粉，因爲不想在攝影機面前出太多汗。冷靜和鎮定，這是史諾家的人應該要表現的特質。蜜粉聞起來有甜膩的香氣，但不像他母親的粉餅那麼高雅，那塊粉餅塞在他家放襪子的抽屜裡。

「史諾先生，早安。」戈爾博士的聲音讓他立正站好。她來電視攝影棚，這是當然的了。這是飢餓遊戲的開幕日，難道她會出現在其他地方？

至於海咖院長爲何覺得必須現身，他就搞不懂了，不過院長那雙惺忪睡眼，此刻低頭看著科利奧蘭納斯。「昨天晚上你和貢品道別的時候，我們聽說有相當感人的場景。」

呃。有可能讓兩個人看起來沒那麼相愛嗎？他們怎麼會知道那個吻的事？希克教授似乎不是很八卦的人，那麼是誰散播出去的呢？可能大部分的導師都看見了吧……

無所謂。這兩個人才不會激怒他呢。「就像戈爾博士說的，大家的情緒都很高昂。」

「是的，只可惜她不太可能撐過這一天啊，」戈爾博士說。

他好痛恨這兩個人。幸災樂禍。逗弄折磨他。然而，他只允許自己聳聳肩膀，表現出無關緊要的樣子。「嗯，就像大家說的，還沒等到學舌鳥唱歌，都不算結束喔。」看著他們臉上的困惑表情，他覺得好滿足。但他們沒有機會質問他，因爲雷慕斯．多利托出現了，他是來通知他們，第五區的男生貢品已經在晚上過世了，因爲氣喘之類的併發症，總之那位獸醫救不了他。而海咖院長與戈爾博士得離開，去宣布這個消息。

科利奧蘭納斯費了一番努力，還是想不起那個男生，也想不起哪一位同學奉派當他的導師。爲了準備飢餓遊戲的開幕式，他拿出狄米葛洛斯教授提供的最新導師名單。爲了簡化起見，他決定把不會參加的一對對小組成員劃掉，不管他們到底發生什麼狀況。他無意顯得殘酷無情，但只能用這種方法整理名單了。這時他從書包拿出名單，把最新的這名死者登記上去。

第十屆飢餓遊戲

導師分配表

第一行政區

男生——法賽特——導師——莉維亞·卡迪歐

女生——瓦維莉恩——導師——帕米拉·蒙提

第二行政區

男生：馬可士 導師：賽嘉納斯．普林西

女生：莎賓恩 導師：佛羅瑞斯．弗蘭德

第三行政區

男生：希爾克 導師：伊娥．賈斯伯

女生：泰絲麗 導師：厄本．坎維爾

第四行政區

男生：米森 導師：泊瑟芬．普萊斯

女生：柯蘿 導師：飛斯都．克里德

第五行政區

男生：海伊 導師：丹尼絲．弗林

女生：索兒 導師：伊菲格涅亞．摩斯

第六行政區

男生：歐圖 導師：阿波羅．林恩

女生：吉妮 導師：黛安娜．林恩

第七行政區

男生：崔奇　導師：維普薩妮亞・希克

女生：拉米娜　導師：普林尼・哈靈頓

第八行政區

男生：波賓　導師：茱諾・菲浦斯

女生：伍薇　導師：希拉瑞斯・黑文斯比

第九行政區

~~男生：潘洛　導師：蓋俄斯・布林恩~~

~~女生：雪芙　導師：安卓科斯・安德森~~

第十行政區

男生：塔納　導師：多米希亞・惠姆希維克

~~女生：布蘭迪　導師：亞拉契妮・克萊恩~~

第十一行政區

男生：利波　導師：克萊蒙西亞・多夫寇特

女生：迪兒　導師：菲力克斯・拉文史提爾

第十二行政區

男生：傑賽普　導師：麗西斯特拉塔・維克斯
女生：露西・葛蕾　導師：科利奧蘭納斯・史諾

現在，露西・葛蕾的競爭者人數已經降到十三人。又有一人走了，而且是男生。這對她來說只會是好消息。

他的導師名單開始變得有點皺，於是把它摺成俐落的四分之一大小，並決定放在書包的外側口袋，方便拿取。打開口袋時，發現裡面有一條手帕。他困惑了一會兒，畢竟他永遠隨身攜帶手帕，接著才想起這一條是露西・葛蕾還給他的，拿麵包布丁給她的那天，她用這條手帕擦乾眼淚。有這麼私人的東西，感覺很好，像是某種護身符，於是他把名單小心放在手帕旁邊。

在遊戲之前的這段節目，受邀現身的人只有先前參加專訪之夜的七位導師。由於其他人缺席，他們便成爲飢餓遊戲的都城代表人物，即使他們有好幾名貢品似乎沒有獲勝的機會。攝影棚有個角落設置了幾張柔軟的客廳沙發椅、一張咖啡桌，還有稍微歪斜的樹枝狀吊燈。大多數的導師改寫他們貢品的背景資料，盡可能凸顯其所有的危險特質。

既然科利奧蘭納斯先前把整段專訪都讓露西・葛蕾展現歌藝，他今天是唯一有新鮮素材的人。盧基‧富萊克曼很高興有新鮮事可講，就讓他把分配到的時間講完。補充了一般的細節資料後，科利奧蘭納斯花了大把時間介紹柯維族，並強調露西‧葛蕾‧不算眞正的行政區民，不對，根本就不是。柯維族從事音樂演出有很長的歷史，是很少見的藝術家，與行政區的居民和都城的人民都不太像。事實上，如果仔細想，他們根本是都城人民，只因爲一連串的厄運，或者可能是錯誤的拘留，才會莫名落腳在第十二區。大家肯定都看得出來，露西‧葛蕾身在都城，就像置身家鄉吧？而盧基不得不同意，對，是的，那個女孩確實很特別。

麗西斯特拉塔氣呼呼瞪他一眼，並在他的椅子坐下，他這才明白，她努力在專訪中把傑賽普和露西‧葛蕾綁在一起，讓這對搭檔贏得同情心。既然傑賽普的家族確實世世代代都是第十二區的煤礦工人，他們倆豈不是從一開始就有天生一對的感覺？誰不會注意到他們之間有種不尋常的親近感？這是同一個行政區的貢品經常缺乏的特質吧？事實上，麗西斯特拉塔深信他們全心全意對待彼此。運用傑賽普的體力，以及露西‧葛蕾吸引觀眾的能力，她很確定這一年的優勝者會來自第十二區。

看到海咖院長緊跟在麗西斯特拉塔的背後，他出現在這裡的理由就很清楚了。院長想要討論導師貢品計畫，以顯示他不是所有時間都處於渾渾噩噩的狀態。其實呢，聽到院長對一些觀察表達得那麼清楚，科利奧蘭納斯覺得有點不安。院長指出，都城的學生一開始有點歧視他們的行政區搭檔，但是自從抽籤日至今的兩週內，很多人對自己的搭檔產生全新的感謝之情和敬意。「正如大家所說，了解你的敵人是必須的。那麼在飢餓遊戲裡，除了互相合作以外，還有什麼方法更能了解彼此呢？都城歷經了漫長且艱辛的戰鬥才贏得戰爭的勝利，而我們的競技場最近又遭受炸彈攻擊。想想看，雙方如果缺乏智慧、力量或勇氣，那樣是錯的。」

「不過當然啦，你不是拿我們的孩子與他們相比吧？」盧基問道。「只要看一眼，你就知道我們的孩子是比較優秀的類型。」

「只要看一眼，你就知道我們的孩子有比較多的食物、比較好的衣服，還有比較好的牙齒照護，」海咖院長說。「但如果假設我們的孩子有更多其他優勢，身體方面，心理方面，或者特別是道德方面的優勢，那樣是錯的。那樣的傲慢自大，差點害我們輸掉戰爭。」

「很棒喔，」盧基說，似乎不曉得有什麼更好的回應。「你的觀點眞的很棒。」

「富萊克曼先生，謝謝你。我想不出還有誰的意見更值得我重視，」院長面無表情說道。

科利奧蘭納斯覺得院長是暗示他想要翻白眼，但盧基居然臉紅了。「海咖先生，您眞是太好心了。大家都知道，我只是個小小的氣象播報員啊。」

「也是剛竄起的魔術師，」海咖院長提醒他。

「嗯，說到那個，也許我會當仁不讓！」盧基說著，同時哈哈大笑起來。「等一下，這是什麼？」他伸手到海咖院長的耳後，拿出一小顆扁扁的糖果，上面帶有鮮豔條紋。「我相信這是你的。」他將糖果遞給海咖院長，汗溼的手掌染上繽紛色彩。

海咖院長沒有伸手接下。「我的天啊。盧基，那是從哪裡來的？」

「商業機密，」盧基說著，露出心照不宣的微笑。「商業機密囉。」

幾輛車正在等他們，要把他們載回中等學院，而科利奧蘭納斯與菲力克斯和海咖院長同車。那兩人似乎只是泛泛之交，他們忙著更新八卦傳聞時，幾乎忽略科利奧蘭納斯的存在。這讓他有時間思考海咖院長剛才針對行政區人民的談話。他說，他們和都城人民其實是平等的，只是物質方面比較差。院長提出的這種想法有點激進吧。祖奶奶和很多其他人一定會反駁，而且那也削弱了科利奧蘭納斯自己的努力，他努力讓露西・葛蕾呈現的形象，一直與行政區的居民完全不同。他不禁心想，自己的努力到底有多少真的與獲勝策略有關，又有多少反映出他對她的情感與困惑。

等他們進入會堂，有個攝影小組吸引菲力克斯的注意力，這時科利奧蘭納斯感覺到一隻手放在他的手臂上。「你知道你那個來自第二區的朋友？很情緒化的那個？」海咖院長問他。

「賽嘉納斯・普林西，」科利奧蘭納斯說。他們不算是眞正的朋友，但那完全不關海咖院長的事。

「你可能會想要在門口附近幫他找張椅子。」院長從口袋偷偷拿出瓶子，躲到附近一根柱子後面，喝下幾滴麻精。

科利奧蘭納斯還來不及反應，麗西斯特拉塔就氣沖沖出現。「老實說，科利奧蘭納斯，你可以跟我稍微合作一下吧！傑賽普一直說露西・葛蕾是他的盟友啊！」

「我根本不知道你有這種想法。眞的啦，我不是故意要害你。如果我們有其他機會，我會從團隊的角度來思考，」他保證說。

「這個『如果』還眞籠統，」麗西斯特拉塔氣呼呼地說。

薩提莉亞穿越人群而來，開心地大聲嚷嚷，對眼前情況一點幫助也沒有。「親愛的，好厲害的訪談！我自己都快相信你的女孩出生在都城了！好了來吧。麗西斯特拉塔，你也是！你們需要自己的名牌和通訊鐲！」

她帶他們穿越會堂，會堂這時與前幾年很不一樣，充滿興奮的嗡嗡聲響。大家高聲叫喊祝他好運，恭喜他訪談成功。科利奧蘭納斯享受著眾人的注目，但同時也覺得有點不安，這點無可否認。以前這種場合的氣氛一直很壓抑，大家都避免眼神接觸，也只有需要的時候才講話。而現在，會堂裡充滿熱切之情，彷彿有一場廣受熱愛的娛樂活動等著他們。

在一張桌上，有位遊戲設計師監督著導師用品的分發狀況。所有人都獲得一枚亮黃色的名牌，以醒目的字樣寫著**導師**，掛在他們的脖子上，而通訊鐲只發給貢品還能參加遊戲的導師，讓他們成爲眾人欣羨的對象。在戰爭期間和之後，很多個人科技用品都消失了，因爲製造業專心生產其他優先項目。這些日子以來，就連簡單的裝置都是大事一件。通訊鐲扣在手腕上，重點是有個小螢幕，贊助者的禮物清單在螢幕上閃爍著紅字。導師只需要把食物清單往下捲動，從目錄上選出一項，然後按兩下，遊戲設計師就會進行設定，用無人機遞送出去。有些貢品完全沒有收到禮物。利波雖然沒有現身參加專訪，但他在動物園的表現已經吸引了幾位贊助人，不過到處都沒看到克萊蒙西亞，她的通訊鐲放在桌上無人認領，引來莉維亞的垂涎目光。

科利奧蘭納斯把麗西斯特拉塔拉到旁邊，給她看他的通訊鐲螢幕。「你看，我得到一小筆財富可以運用。如果他們在一起，我會送食物給兩個人。」

「謝謝你。我也會這樣做。像那樣氣呼呼亂喊，我不是有意的。那不是你的錯。我應該要早一點提起。」她的聲音壓低到幾乎聽不見。「只是……我昨天晚上睡不著，想說要耐著性子撐完。我知道這是要懲罰各個行政區，但我們懲罰他們還不夠多嗎？這種戰爭狀態還得拖延多久啊？」

「我想，戈爾博士認爲永遠都是如此，」他說。「就像她在課堂上對我們說的。」

「不是只有她，看看每一個人。」她指的是整個會堂裡宛如開派對的熱鬧氣氛。「噁心死了。」

科利奧蘭納斯努力安撫她。「我堂姊說，要記住，這不是我們造成的。我們也還是孩子啊。」

「可是那樣想也沒有幫助啊。像這樣遭到利用，」麗西斯特拉塔悲嘆說道。「特別是我們有三個人死了。」

利用？科利奧蘭納斯不會以這個角度思考導師的身分，只覺得是一項榮譽。是服務都城的一種方法，也許能得到一點小小的榮耀。但她說得有道理。假如目標並不是會感到光榮的事，參與其中怎麼會有榮譽感呢？他覺得好困惑，覺得遭到操控，覺得毫無防備。感覺他比較像是貢品，而非導師。

「告訴我，一切很快就會結束，」麗西斯特拉塔說。

「一切很快就會結束，」科利奧蘭納斯向她保證。「想要坐在一起嗎？我們可以協調禮物的分配。」

「拜託了，」她說。

到了這時，全校學生都集合了。他們穿越人群，前往二十四位導師的座位區，與抽籤日那天設置於同一個地方。能夠出席的每一位導師都要到場，無論有沒有可參加的貢品都要來。「我們不要坐在前排，」麗西斯特拉塔說。「他遇害的時候，我不希望攝影機直直拍攝我的臉。」當然，她說得很對。攝影機會拍攝導師，而如果露西．葛蕾死了，**特別是**如果露西．葛蕾死了，他們肯定會對他好好拍攝很長一段時間的特寫鏡頭。

科利奧蘭納斯答應她的請求，帶頭走向後排座位。他們就坐時，他的注意力轉向巨型螢幕，盧基．富萊克曼表現得像是導遊，介紹各個行政區，對各區的產業提供背景資料，同時穿插氣象報告，偶爾表演幾招魔術。飢餓遊戲對盧基來說是重大的機會，他用小技巧讓自己頭髮直豎，以這種誇張的方式介紹第五區的能源產業。「好興奮啊！」他喘著氣。

「你是白痴啦，」麗西斯特拉塔嘀咕著說，然後有某件事吸引她注意。「那一定是很嚴重的流感。」

科利奧蘭納斯順著她的目光，望向桌子那邊，克萊蒙西亞正在拿她的通訊鐲。她環顧整個空間尋找某人的身影……噢，是找他！他們目光相遇的那刻，她直奔後排座位，而她看起來並不高興。事實上，她看起來糟透了。原本亮黃色的眼眸消褪成蒼白的花粉色調，長袖的高領襯衫遮住鱗片的區域，但就算有這些改善措施，她仍散發出病懨懨的感覺。她心不在焉地抓著臉上乾燥的斑塊，還有她的舌頭——是沒有從嘴巴裡伸出來啦，但似乎在臉頰裡面扭來扭去。她一路直衝到他的座位前方，站在那裡，緊盯著他，同時把一些皮屑隨意輕拍到空中。

「科利歐，謝謝你來探病啊，」克萊蒙西亞說。

「我是想要說，克萊咪，我自己也遭到猛烈撞擊……」他開口解釋。

她打斷他的話。「謝謝你聯絡我父母。謝謝你讓他們知道我在哪裡。」

麗西斯特拉塔顯得一臉困惑。「克萊咪，我們都知道你在哪裡啊。他們說你不能會客，因爲你會傳染給別人。我試過打了一次電話，但他們說你在睡覺。」

科利奧蘭納斯順勢接話。「克萊咪，我也試過。試過好幾次。他們老是用各種理由打發我。至於你父母，醫生保證說他們在路上了。」這些話全都不是眞的，但他能說什麼呢？很顯然的，蛇毒害她精神錯亂，甚至無法在這種公開場合把整個事件拼湊起來。「如果我錯了，我道歉。就像我說的，我自己也一直努力療傷啊。」

「眞的嗎？」她說。「你和你的貢品在專訪的時候看起來超棒的。」

「克萊咪，放輕鬆。你生病不是他的錯，」飛斯都說，他剛好及時抵達，聽到這番對話。

「噢，飛斯都，閉嘴啦。你根本不知道自己在說什麼！」克萊蒙西亞惡狠狠地說，然後大踏步離開，坐到靠近前排的位子。

飛斯都坐在麗西斯特拉塔旁邊。「她有什麼毛病啊？除了看起來好像整個人正在脫皮。」

「喔，誰曉得呢？我們全都一團糟啊，」麗西斯特拉塔說。

「可是，那實在不像她。我懷疑……」飛斯都正要開口說。

「賽嘉納斯！」科利奧蘭納斯大喊一聲，很高興能打斷對話。「來這邊！」他旁邊有個空位，而他需要改變這番對話的話題。

「謝啦，」賽嘉納斯說著，落坐到最旁邊的座位。他看起來不太好，累壞了，皮膚顯現出發熱的光澤。

麗西斯特拉塔把手伸向科利奧蘭納斯，按住他的一隻手。「這個活動越快開始，就能越快結束。」

「直到明年的活動開始爲止，」他提醒她。不過他很感激地拍拍她的手。

學生幾乎都還沒按照指示落坐，都城的徽章就已浮現在螢幕上，國歌也讓每個人都立正站好。科利奧蘭納斯的歌聲蓋過其他的導師，他們只能含糊唱著。坦白說，都到了這個時候，他們難道不能稍微努力一點嗎？

等到盧基．富萊克曼回到螢幕上，伸展雙手做出歡迎動作時，科利奧蘭納斯看到他的手掌有變魔術留下的鮮豔糖果痕跡。「各位女士各位先生，」他說，「第十屆飢餓遊戲揭開序幕！」

競技場內部的廣角畫面取代了盧基。仍在名單上的十四名貢品圍繞成一個大圓圈，等待開幕鑼聲響起。沒有人注意他們，也沒人注意轟炸後散落一地的新殘骸、散置於塵土地面的各種武器、懸掛在看台上的施惠國國旗，外加競技場上史無前例的裝飾風格。

所有人的目光都跟著攝影機移動，隨著鏡頭慢慢拉近，緊盯著競技場入口處那一對鋼鐵長桿。它們有二十呎高，上面跨接著長度相近的橫桿。在那個構造的正中央，馬可士的手腕銬住，以手銬懸掛在上面，曾經遭到毒打，滿身是血，一開始科利奧蘭納斯還以為那展示的是他的屍體。接著，馬可士腫脹的嘴唇開始移動，顯露出斷掉的牙齒，讓人毫不懷疑，他還活著。

14

科利奧蘭納斯覺得好想吐，但是無法移開目光。看見任何一種生命用這種方式展示出來，無論是是狗、猴子、老鼠，都會令人覺得很恐怖——但，這是男孩？而且這男孩唯一的罪過是奮力逃命？如果馬可士是跑遍整個都城大開殺戒，那就是一回事；但他逃跑之後，完全沒有類似的報導隨之而來。科利奧蘭納斯突然回想起葬禮的遊行隊伍。就像布蘭迪懸掛在鉤子上，而其他貢品被拖在後面遊街示眾……那是最可怕的展示方式，已經保留給死者。飢餓遊戲本身採取一種很扭曲的厲害手法，就是讓行政區的孩子彼此互鬥，因此都城不必動用真正的暴力手段。而像這樣凌虐馬可士並沒有前例。在戈爾博士的帶領下，都城的報復手段已經達到新的境界。

這番影像讓黑文斯比會堂的派對氣氛流失殆盡。競技場的內部沒有麥克風，只有橢圓形圍牆上設有少數幾個，因此沒有一個麥克風夠近，也就聽不到馬可士是否試著說話。科利奧蘭納斯急著希望聽到鑼聲響起，於是那些貢品能夠展開行動，分散大家的注意力，但開幕式持續暫停狀態。

他可以感覺到賽嘉納斯氣得發抖，才剛轉過身準備伸手安撫，那男孩就從椅子上跳起來，衝向前去。導師區的前排有五張空椅子，保留給他們缺席的同學。賽嘉納斯抓起角落的那張椅子，用力甩向螢幕，砸中馬可士那張慘遭蹂躪的臉龐。「一群怪物！」他尖聲叫道。「你們這些人全是怪物！」然後他沿著走道往回跑，衝出會堂大門。沒有人移動分毫去阻止他。

銅鑼聲在此刻響起，貢品四散奔逃。多數人跑向通往各個通道的閘門，最近的爆炸事件已把幾個閘門炸開。科利奧蘭納斯看到露西．葛蕾的鮮亮衣裙奔向競技場的最遠端，手指不由得抓緊椅子邊緣，期盼她繼續向前。**跑啊**，他心想。**快跑啊！遠離那裡！**幾位最強壯的貢品衝去拿武器，但是抓了幾件之後，塔納、柯蘿和傑賽普紛紛跑開。只有利波，他配備了乾草叉和長刀，似乎準備展開打鬥。但是等到他準備發動攻擊，卻沒有人留下來戰鬥。他轉身看著那些對手跑遠的背影，仰起頭顯得很挫折，然後爬上附近的看台，展開他的獵殺行動。

遊戲設計師利用這個機會，把鏡頭切回盧基。「你想要下注，卻無法去郵局嗎？終於決定要支持哪一個貢品了嗎？」有個電話號碼在螢幕底部閃爍。「現在你只要打電話即可！只要打下面這支電話，報上你的公民編號、貢品名字，以及你想要下注或送禮的金額，就能參與這個活動！或者，如果你寧願親自進行交易，郵局的開放時間是早上八點到晚上八點。來吧，別錯失這個歷史性的時刻。這也是你支持都城並得到小小獲利的機會。參與飢餓遊戲，成為獲勝贏家！現在將鏡頭交還給競技場。」

短短幾分鐘內，除了利波以外，競技場內看不到半個貢品，而利波在看台上遊蕩了一陣子之後，同樣低下身子不見蹤影。馬可士和他的痛苦神情再次成為遊戲的焦點。

「你該不該跑去找賽嘉納斯？」麗西斯特拉塔對科利奧蘭納斯輕聲說道。

「我想，他寧可獨處，」他輕聲回應。那可能是真的，但敵不過真正的事實，就是他不想錯過場上的任何一件事，不想激發戈爾博士的反應，也不想與賽嘉納斯公開扯上關係。越來越多人認為他們是好朋友，認為他是那個行政區自走砲的知己，這件事漸漸讓他覺得很困擾。幫忙發送三明治是一回事，扔擲椅子就完全是另一回事了。肯定會有後續的影響，而不必加上賽嘉納斯這一項，他的麻煩已經夠多了。

經過了非常漫長的半小時，終於有件事情令人分心，吸引觀眾的注意力。炸彈早已把靠近入口處的主閘門炸開，但是計分板下方堆置了路障，包含很多層的水泥板、木板和帶刺鐵絲網，不僅難看，也提醒大家回想起叛軍的攻擊，這可能是遊戲設計師沒有給它太多鏡頭的原因。然而，由於沒什麼其他進展，他們不得不讓觀眾看到一名身材瘦削、長手長腳的女孩，躡手躡腳從那道防禦工事爬出來。

「那是拉米娜！」普普對莉維亞說，他們兩人坐在一起，位於科利奧蘭納斯前方兩排處。

科利奧蘭納斯忘記普普的貢品是哪一個，只記得她在第一次導師與貢品會面時哭個不停。普普沒能讓她準備好參加專訪，因此失去推銷她的好機會。他想不起那個貢品來自哪一區……也許是第五區？

一陣相當刺耳的旁白聲讓他坐直身子。「現在，我們看到的是十五歲的拉米娜，來自第七區，」盧基說。「由我們的普林尼．哈靈頓擔任導師。第七區很榮幸提供木材給都城，用來修建我們鍾愛的競技場。」

拉米娜審視馬可士的狀況，查看他的困境。夏天的微風吹亂了她的金髮，燦亮的陽光照得她瞇起眼睛。她穿的衣裳看起來像是由麵粉袋裁製而成，用一條繩子當作腰帶，赤腳和雙腿布滿了蟲咬的痕跡。她的雙眼浮腫又疲憊，紅通通的但沒有流淚。事實上，她似乎對自己的處境顯得異常冷靜。不慌不忙，不見緊張，她跨步走向武器堆，花時間先挑選一把刀，然後是一把小斧頭，並用拇指指尖測試兩把刀刃的銳利程度。她將刀子塞進腰帶，然後以輕鬆的動作前後甩動斧頭，感受它的重量。接著，她前往其中一根鋼桿。她伸手摸過桿子，那呈現鐵鏽色，有先前潑灑過油漆的痕跡。科利奧蘭納斯心想，她可能要嘗試把它砍斷，畢竟來自伐木區之類的地方，但她卻是用牙齒咬住斧柄，開始往上爬，用膝蓋和長繭的雙腳攀住鋼桿。看起來合情合理，很像一隻毛毛蟲沿著植莖往上爬，但就像有人在體育課後要多花好幾個小時學習攀爬繩子，他知道那有多花力氣。

等她爬到桿頂，拉米娜重新站起，並把斧頭塞進腰帶裡。雖然橫桿的寬度不會超過六吋，她卻輕鬆走過，直到站在馬可士的上方。她跨坐在橫桿上，扣緊兩腳的腳踝作爲支撐，然後傾身趴向他那遭到毒打的頭部。她說了些話，麥克風收不到聲音，但他一定聽見了，因爲他的嘴唇動了動，有所回應。拉米娜坐直身子，考慮著眼前情況。接著她再次支撐好自己身子，手向下甩動，讓斧刃砍進馬可士的頸部彎曲處。一下。兩下。到了第三下，鮮血噴灑出來，她成功殺了他。她重新坐穩，雙手在裙子上擦抹乾淨，然後凝視著競技場。

「那是我的女孩！」普普大叫。突然間，他出現在螢幕上，黑文斯比會堂的攝影機播送他的反應。科利奧蘭納斯瞥見自己坐在普普後面兩排的地方，連忙坐直身子。普普咧嘴笑著，可以看到牙齒矯正器卡了一點早上吃的蛋屑，然後他握拳振臂。「今天第一次殺戮！那是我的貢品，拉米娜，來自第七行政區，」他對著攝影機說。他舉起自己的手腕。「而我的通訊鐲開始營業。展現你的支持和贈送禮物，永遠不會太遲！」

電話號碼又在螢幕上閃爍，科利奧蘭納斯聽到普普的通訊鐲發出幾陣細微的叮叮聲，拉米娜收到一些贊助禮物了。感覺起來，飢餓遊戲比他的預期更流暢、更有變化。**振作**！他對自己說。**你不是旁觀的群衆。你是導師啊**！

「謝謝大家！」普普對著攝影機揮手。「嗯，我想，一點點禮物是她應得的，對吧？」他撥弄著通訊鐲，以期待的眼神看著螢幕，這時鏡頭跳回到拉米娜身上。觀眾以期待的目光凝神觀看，因爲這是第一次投遞禮物給貢品。一分鐘過去了，然後五分鐘。科利奧蘭納斯都開始好奇，遊戲設計師的技術是不是失敗了，而就在這時，一架小小的遙控無人機以鉤爪抓著大約一品脫的水瓶，出現在競技場入口的上方，搖搖晃晃飛向拉米娜。它繞了一圈，向下飛降，甚至往後倒退，然後在距離她足足有十呎的地方撞上橫桿，然後像遭到擊落的昆蟲一樣直墜地面。水瓶摔碎了，水流到泥土裡，消失不見。

拉米娜低頭盯著她的禮物，面無表情，彷彿無所期待，但普普氣得大罵：「等一下！那不公平。有人付了很多錢耶！」群眾喃喃表示同意。補償方法沒有隨即出現，但十分鐘後飛來一瓶賠償的水瓶，而這一次，拉米娜奮力從無人機上抓取水瓶，而無人機也跟隨前輩的命運，摔得粉身碎骨。

拉米娜偶爾喝口水，但除此之外沒什麼動靜，只有蒼蠅群聚在馬可士身軀周圍。科利奧蘭納斯聽到普普的通訊鐲偶爾傳來叮叮聲，表示又有禮物送給拉米娜，而她對於留在橫桿上似乎很滿意。那種策略眞的不錯。肯定比在地面上安全多了。她有計畫。她可以殺人。還不到一個小時，拉米娜就重新定義自己的價值，成爲飢餓遊戲的奪冠熱門人物。她似乎在各方面都比不曉得目前人在哪裡的露西・葛蕾強悍多了。

時間流逝。偶爾可以看到利波潛行於看台上，除了他以外，其他貢品全都沒有以獵人的姿態現身，連那些配備武器的貢品都沒出現。要不是有馬可士的登場，以及拉米娜解決掉他，這絕對會是異常緩慢的開場。一般來說，大家預期飢餓遊戲的開場會有浴血屠殺的場面，但由於很多具備競爭力的貢品已經死了，場上的成員多半是獵物。

競技場的畫面縮減成螢幕角落的小視窗，這時盧基出現了，他提供更多的行政區背景資料，並額外插入氣象預報。飢餓遊戲像這樣有專任主持人是全新的嘗試，他也賣力扮演這樣的角色。等到塔納往上攀爬，沿著競技場最上面的一排座位緩步前行時，盧基很快就恢復場內的轉播畫面，不過塔納只在陽光下坐了一會兒，然後就跑進看台下方的通道，失去蹤影。

黑文斯比會堂的後方傳來一陣沙沙聲，眾人紛紛回頭，科利奧蘭納斯看到雷比達・瑪姆西帶著他的攝影小組，一路沿著走道而來。他邀請普普接受訪問，而且現場實況轉播。普普呢，很像在發表新開發的資源，喋喋不休地說著他能想到的、關於拉米娜的所有點滴，然後又增添更多資料，科利奧蘭納斯覺得那是捏造出來的，不過就連那些內容也講了好幾分鐘。對導師進行簡短訪談，提供貢品的背景資料，是早上節目的主要內容。競技場內沒有動靜，持續很久。每個人都很歡迎午餐休息時間來到。

「你騙人，還說很快就結束，」麗西斯特拉塔嘀咕著說，他們排隊拿取堆放在會堂桌上的培根三明治。

「情況會好轉，」科利奧蘭納斯說。「非那樣不可。」

但情況似乎沒有好轉。漫長又炎熱的下午，只多了少數幾名貢品出現在眼前，還有四隻專吃腐肉的鳥在馬可士的周圍慢吞吞繞圈子。拉米娜想辦法砍斷他的手銬，讓他掉到地上去。看她這麼努力，普普送給她一片麵包，只見她把麵包撕開，揉成一些小球，然後一次吃一顆。接著，她伸展身子趴下，把腰帶繩子綁在橫桿上，藉此固定她單薄的身子，然後打起盹來。

都城新聞台找到短暫的調劑，拍攝競技場前方廣場的動靜，那裡設置一些營業攤位，販賣飲料和甜食給市民購買。入口兩側架設的大型螢幕，播映著飢餓遊戲的實況，大家來此觀看。由於競技場內沒什麼動靜，大部分的焦點都放在一對小狗身上，主人把牠們打扮成露西·葛蕾和傑賽普的模樣。科利奧蘭納斯的心情很矛盾，他其實不喜歡看到那隻笨笨的貴賓狗穿著她的彩虹百褶裙……直到他的通訊鐲響起幾陣叮叮聲，他才覺得這樣的宣傳方式也不差。不過兩隻狗累了，主人帶牠們回家，而場上還是沒什麼動靜。

快要五點時，盧基向觀眾介紹戈爾博士。由於要持續進行現場報導，在這樣的壓力下，看得出來盧基變得很疲憊。他滿臉困惑，雙手一攤，說道：「首席遊戲設計師，這是怎麼回事？」

基本上，戈爾博士沒理會他，逕自對著攝影機說話：「有些人可能對遊戲的開場這麼緩慢感到很困惑，不過請容我提醒大家，進行到這裡的過程實在既瘋狂又離奇。超過三分之一的貢品永遠無法進入競技場，至於進來的貢品，大部分其實不是身強體壯的人。以致命程度來說，我們與去年不相上下。」

「是的，這是眞的，」盧基說。「不過我想，我要代替很多人發問，今年的貢品到底在哪裡？通常很容易看到他們啊。」

「也許你忘了最近的炸彈攻擊事件，」戈爾博士說。「前幾年，開放給貢品的區域主要限制在場上和看台，不過上週的攻擊事件炸出很多裂縫和破口，於是很容易進入競技場圍牆內的通道迷宮。這是全新的飢餓遊戲，首先要找到另一名貢品，然後把他們從一些非常黑暗的角落逼出來。」

「喔。」盧基看起來很失望。「所以，我們可能再也見不到一些貢品了？」

「別擔心。等到他們餓了，就會開始探出頭來，」戈爾博士回答。「那是遊戲的另一種變革。有觀眾提供食物，遊戲就可以無限期持續下去。」

「無限期？」盧基說。

「我希望你的袖子能變出更多的魔術把戲！」戈爾博士格格笑著。「你也知道，我有一隻變種兔子，我很樂意看你從帽子裡把牠拉出來。牠有比特犬的血統喔。」

盧基的臉色有點蒼白，勉強笑了一聲。「不用，謝啦，戈爾博士，我有自己的寵物。」

「我快要開始同情他了，」科利奧蘭納斯輕聲對麗西斯特拉塔說。

「我不會，」她回答。「他們彼此活該。」

到了五點，海咖院長叫全體學生解散，但有貢品的十四位導師們繼續留下，主要因爲他們的通訊鐲只能透過學院或都城新聞台本身的傳送器才能運作。

七點左右，一頓眞正的晚餐端出來給各位「高手」，這讓科利奧蘭納斯覺得自己很重要，處於事件的核心位置。豬排和馬鈴薯絕對比家裡吃的食物好多了——這是希望露西・葛蕾繼續活著的另一個理由。拿麵包沾著盤子裡的肉汁，他不禁想著她餓不餓。他們拿取藍莓塔和奶油時，他把麗西斯特拉塔拉到旁邊，討論眼前的情勢。在競賽開始前與貢品道別的會面時，他們的貢品應該藏了好一些食物，特別是傑賽普沒胃口。但是飲水呢？競技場裡面有水源嗎？而就算想送補給品進去，又怎麼可能不暴露出他們貢品的躲藏地點呢？如果貢品想要某種東西而探出頭來，豈不是正中戈爾博士的下懷？在那之前，他們推測，最好的策略是按兵不動。

他們吃完甜點時，競技場內有些動靜，吸引導師們回到座位上。伊娥・賈斯伯的第三區男孩，希爾克，從入口附近的路障爬出來，觀察四周，然後揮手要某人過去。一名嬌小邋遢、頂著黑色鬈髮的女孩，跟在他後面爬出來。拉米娜依然在橫桿上打盹，這時睜開一隻眼，評估著他們的威脅程度。

「別擔心啊，我親愛的拉米娜，」普普對著螢幕說。「那兩人連四腳梯都爬不上去。」拉米娜顯然也同意這點，因爲她只調整自己身子，躺到更舒服的位置。

盧基・富萊克曼出現在螢幕角落，領子塞了一條餐巾，下巴還沾了一坨藍莓醬；他提醒觀眾，那兩個孩子是來自第三區的貢品，那裡是科技區。男孩希爾克宣稱可以用眼鏡點燃東西。「而女孩的名字是……」盧基朝螢幕外的提示卡瞥了一眼。「泰絲麗！來自第三區的泰絲麗！而她的導師是我們自己的……」盧基又往旁邊看，但這一次似乎很迷惘。「是我們自己的……」

「喔，加油好嗎？」厄本．坎維爾坐在第一排咕噥說道。他與伊娥一樣，父母是某種領域的科學家，也許是物理學家？厄木的脾氣很暴躁，加上微積分的考試分數超級高分，每個人都覺得怨恨他只是剛好而已。拋開專訪之後，科利奧蘭納斯覺得很難責怪盧基太懶散。泰絲麗看似嬌小，但並非毫無希望。

「我們自己的特本．坎維爾！」盧基說。

「厄本，不是特本啦！」厄本說。「說實在的，他們能不能找專業一點的啊？」

「說來可惜，我們沒有在專訪的時候見到特本和泰絲麗，」盧基說。

「因爲她拒絕跟我說話啊！」厄本氣呼呼地說。

「她不知道爲什麼，對他的魅力無感耶，」飛斯都說，引發後排座位一陣哄笑。

「我馬上要送點東西給希爾克，卜一次不知幾時才能再看到他，」伊娥大聲嚷嚷，並操作她的通訊鐲。科利奧蘭納斯看到厄本有樣學樣。

希爾克和泰絲麗匆匆繞著馬可士的遺體，並蹲下身子檢視那具壞掉的無人機。他們的雙手以細緻的動作撥弄那個裝置，評估著損壞程度，仔細檢查各種可能沒注意到的零件。希爾克移動一個長方形的物體，科利奧蘭納斯覺得那是電池；接著希爾克對泰絲麗豎起大拇指。泰絲麗自己重新接起一些線路，無人機的燈號閃爍發亮。他們對彼此咧嘴一笑。

「喔，天啊！」盧基驚叫一聲。「這裡出現令人興奮的事！」

「如果他們有控制器，那就更令人興奮了，」厄本說著，似乎比較不生氣了。

那兩人依然檢視著無人機，這時又有兩架飛過去，在附近投下一些麵包和飲水。他們收集禮物時，有個人影從競技場深處冒出來。兩人商討一番，接著各拿起一架無人機，匆忙沿著原路跑向路障。那個人影原來是利波，他鑽進一條通道，現身時懷裡抱著某個人。攝影機對準他們，科利奧蘭納斯看出那是迪兒，她整個人似乎小了一號，身體蜷曲成胎兒的姿勢。她以呆滯的眼神看著落日，夕陽照在她蒼白的皮膚上。她一陣咳嗽，嘴角吐出串串血滴。

「我很驚訝她撐得過這一天，」菲力克斯沒有特別對誰發表這番意見。

利波繞過炸彈造成的廢墟，最後走到一處陽光照耀的地點，把迪兒放在一塊燒焦的木頭上。儘管很熱，迪兒還是渾身發抖。利波向上指著太陽，說了些話，但她沒有反應。

「他是不是誇下海口要殺了所有人？」普普問道。

「不要用那麼兇的眼神看我啦，」厄本說。

「她是他同一區的夥伴，」麗西斯特拉塔說。「而她現在差不多要死了。可能是結核病吧。」

這番話讓大家安靜下來，像是有種負面的沉重壓力依然籠罩著都城，宛如慢性病一般難以處理，更別說要治癒。在行政區，那當然是判了死刑。

利波繼續踱步一分鐘，可能急著回去獵殺，或者無法處理迪兒的苦痛。接著，他最後一次輕拍她一下，然後大步跑向路障。

「你不該送點東西給他嗎？」多米希亞對克萊蒙西亞說。

「爲什麼要送？他又沒有殺她；他只是抱她過來。我不打算因爲那樣而給他獎賞，」克萊蒙西亞反駁說。

科利奧蘭納斯一整天始終避開她，他覺得這眞是正確的決定。克萊蒙西亞變了一個人。也許蛇毒改變她的大腦。

「嗯，我最好運用一下手中僅有的東西。那是她應得的，」菲力克斯說著，在他的通訊鐲上按了某種東西。

無人機飛進去遞送兩瓶水。迪兒似乎沒注意到。幾分鐘後，有個男孩從一條通道衝出來，一頭黑髮在背後飛揚；利奧拉納斯記得他會玩些雜耍技巧。他連一步都沒多踏，向下伸出手，抓起水瓶，接著穿越圍牆的一道大型裂口，消失不見。盧基的旁白提醒觀眾，那個男孩是崔奇，來自第七區，導師是維普薩妮亞．希克。

「嗯，情勢眞是嚴苛啊，」菲力克斯說。「本來想讓她喝最後一口水。」

「那樣想很好，」維普薩妮亞說。「幫我省錢，我沒多少錢可以運用。」

太陽往地平線落下，食腐鳥在競技場上方緩慢盤旋。最後，迪兒的身體劇烈抽搐，猛力咳嗽一陣，湧出的鮮血浸溼了她的骯髒衣裙。科利奧蘭納斯覺得很不舒服。從她口中湧出的鮮血不只駭人，也讓他覺得好想吐。

盧基．富萊克曼現身宣布，迪兒，來自第十一區的貢品，死於自然因素。眞可惜，這表示他們沒什麼機會再看到菲力克斯．拉文史提爾了。「雷比達，在黑文斯比會堂現場，我們能聽菲力克斯再說最後幾句話嗎？」

雷比達把菲力克斯拉出來，問他對於必須離開飢餓遊戲有什麼感想。

「嗯，沒有很驚訝，眞的。女孩到達這裡的時候就快不行了，」菲力克斯說。

「我想，你讓她參與專訪，眞的非常了不起，」雷比達滿心同情地說。「很多導師連那樣都無法應付。」

科利奧蘭納斯忍不住心想，雷比達如此盛讚，是否與菲力克斯身為總統的姪孫脫不了關係，但他並不羨慕。這對成功的標準設定了先例，而他已經超越了，所以就算露西．葛蕾沒能撐過今晚，大家依然會認為他很優秀。然而，她**必須**撐過今晚，然後再一晚，接著再一晚，直到獲勝為止。他已經答應要幫助她，但到目前為止，除了在觀眾面前推銷她，他根本什麼都還沒做。

鏡頭回到攝影棚，盧基又對菲力克斯多講了幾句讚美的話，然後結束轉播。「隨著夜幕降臨競技場，我們大多數的貢品已經安頓好要過夜了，各位應該也是。我們會繼續緊盯這裡的狀況，但是到早上之前，我們認爲其實不會有太多行動。祝各位今晚有好夢。」

遊戲設計師將畫面切換成競技場的遠景，科利奧蘭納斯能夠辨認的就只有拉米娜待在橫桿上的剪影。天色變暗之後，除了月光以外，競技場沒有光源，通常視線並不好。海咖院長說，也許大家乾脆回家去，不過帶把牙刷和換洗衣物來這裡，爲了未來做準備，可能是個好主意。大家都與菲力克斯握手，恭喜他順利完成任務，而且多數人是眞心這麼想，畢竟今天導師們以全新的方式建立彼此的關係。他們是特殊俱樂部的成員，最後會減少到僅剩一人，不過他們所有人永遠都會被包括在內。

走路回家時，科利奧蘭納斯計算了一下。又有兩名貢品死了，但他已經有好一陣子沒有把馬可士視爲競爭者。所以呢，只剩十三人，而露西．葛蕾只需要比另外十二名競爭者活得更久。而且，如同迪兒和第五區的氣喘男孩所顯示的，可能有很多人倒下，所以勝利就取決於她活得比別人久。他回想起昨天的事：抹掉她的眼淚，答應讓她活著，以及親吻。她現在有沒有想著他？她會不會以他想念她的方式想念他？希望明天她會現身一下，這樣才能給她一點食物和飲水。也提醒觀眾，她還存在。今天下午只得到少數幾件新禮物，可能因爲她與傑賽普結盟的關係。隨著飢餓遊戲出現一次次的殘酷時刻，露西．葛蕾那種迷人的歌手形象會變得越來越淡薄。除了他以外，沒有人知道老鼠藥的事，所以無法幫助她取得優勢。

緊張的一天既炎熱又疲憊，他最想要的莫過於沖個澡並癱在床上，但踏進公寓的那一刻，留著用來請客的茉莉花茶香氣飄向他。這種時間誰會來拜訪呢？而且在開幕日？對祖奶奶的朋友來說太晚了，鄰居順便拜訪也太晚，況且他們根本不會順便拜訪。一定有什麼問題。

史諾家很少用正式客廳裡的電視機，不過，他們當然有電視。螢幕顯示著昏暗的競技場，他離開黑文斯比會堂的時候就是那樣。祖奶奶，她的睡衣外面披著體面的睡袍，渾身僵硬坐在茶几旁的直靠背椅子上，提格莉絲則幫他們的客人倒一杯熱氣蒸騰的淺色液體。坐在那裡的是普林西夫人，衣著比平常邋遢，頭髮凌亂，衣裙歪斜，拿著手帕掩面哭泣。「你們眞是好人，」她抽抽噎噎說道。「我很抱歉，像這樣臨時跑來找你們。」

「只要是科利奧蘭納斯的朋友，就是我們的朋友，」祖奶奶說。「你說你是，普林區？」

科利奧蘭納斯很清楚，祖奶奶明知道「老媽」是誰，但是被迫在這種時間招待客人，等於是挑戰她的生活習慣，逼她破例，更別說來者是普林西家的人了。

「普林西，」女子說。「是普林西。」

「祖奶奶，你也知道，科利奧蘭納斯受傷的時候，她送來美味的燉菜，」提格莉絲提醒她。

「我很抱歉，這個時間太晚了，」普林西夫人說。

「請別道歉。您做的事完全正確，」提格莉絲說著，拍拍她的肩膀。她看見科利奧蘭納斯，一副如釋重負的樣子。「喔，我堂弟回來了！也許他知道一些事。」

「普林西夫人，真是意外，好榮幸啊。一切都還好嗎？」科利奧蘭納斯問道，彷彿她沒有透露出壞消息。

「噢，科利奧蘭納斯，不好。一點都不好。賽嘉納斯沒有回家。我們聽說他早上離開中等學院，而從那之後都沒有看到他。我好擔心啊，」她說。「他可以去哪裡呢？我知道馬可士變成那樣，對他打擊很大。你知道嗎？你知道他有可能在哪裡嗎？他離開的時候有沒有很苦惱？」

科利奧蘭納斯回想一下，賽嘉納斯的暴怒、摔椅子、大聲怒罵，只限於黑文斯比會堂裡的觀眾才看得到。「夫人，他很苦惱。但我不知道那該不該擔心。他可能只是需要宣洩一些怒氣。走一段很長的路之類的。我自己也會這樣。」

「不過這麼晚了。他不像是會突然消聲匿跡，不讓他媽媽知道，」她愁容滿面地說。

「您有沒有想到他可能去哪裡？或者可能去找誰？」提格莉絲問道。

普林西夫人搖搖頭。「沒有。不知道。你堂弟是他唯一的朋友。」

好悲慘，科利奧蘭納斯心想。**沒有朋友**。不過他只說：「您也知道，如果他希望有人陪，我想他會先來找我。您也了解，他可能需要一些時間獨處……把這所有的事情理出頭緒。我很確定他沒事。否則您早就收到消息了。」

「您有沒有與維安人員聯絡？」提格莉絲問。

普林西夫人點頭。「沒有他的下落。」

「您看吧？」科利奧蘭納斯說。「沒什麼好擔心的。也許他現在根本回到家了。」

「也許你該回去看看，」祖奶奶建議說，意思有點太明顯。

提格莉絲瞪了她一眼。「或者您可以打電話。」

不過普林西夫人已經冷靜下來，聽懂了那樣的暗示。「不用了。你們祖母說得對，我該回家去。而且我該讓你們趕快就寢。」

「科利奧蘭納斯會陪您走回去，」提格莉絲語氣堅定地說。

由於她沒讓他有選擇的餘地，他點點頭。「當然。」

「我的車子等在街口。」普林西夫人站起來，把頭髮撫平。「謝謝你們，你們全都好親切。謝謝你們。」她拿起自己的大手提袋，正準備轉身時，螢幕上的某件事吸引她的目光。她呆住了。

科利奧蘭納斯順著她的目光，看到一個昏暗的形體溜出路障，跨步朝向拉米娜走去。那個人形很高大，是男性，而且雙手捧著東西。**利波或塔納**，他心想。那個男生走到馬可士的屍體停下來，抬頭看看睡覺的女孩。**看來有個貢品終於決定要對她採取行動了**。他身為導師，知道自己應該要好好觀察一番，但他眞的很希望先擺脫普林西夫人。

「我可以陪您走去車子嗎？」他問。「我敢打賭，您會發現賽嘉納斯在床上。」

「不，科利奧蘭納斯，」普林西夫人壓低聲音說話。「不。」她對著螢幕點點頭。「我兒子就在那裡。」

15

「老媽」說出這話的那一刻，科利奧蘭納斯就知道她說的是對的。也許只有身爲母親的人，才會在那麼昏暗的環境看出關聯，不過在她的提示下，他認出賽嘉納斯了。某種姿態，輕微駝背，額頭線條。白色的中等學院制服襯衫在黑暗中微微發亮，他幾乎可以認出亮黃色的導師名牌，仍以掛繩懸垂在他的胸口。賽嘉納斯究竟怎麼進入競技場，他一點頭緒也沒有。一個都城男孩，即使是導師，在入口處有可能不會吸引太多注意，你可以在那裡買到炸甜甜圈和粉紅檸檬水，也可以加入群眾的行列，在那裡的螢幕上觀看飢餓遊戲。他只是混進去，還是根本利用他的小有名氣，讓人不疑有他？**我的貢品完蛋了，所以我大可自得其樂一番？**擺姿勢拍照？與維安人員閒聊，趁他們轉過身時偷溜進去？誰會想到他想要進去競技場？他又爲何要進去呢？

在螢幕上，幽靈般的賽嘉納斯跪下，放下一個包裹，然後把馬可士翻過來仰躺。他盡力把死者的雙腿扳直，讓兩隻手臂在胸口交疊，但是馬可士的四肢已經僵硬，抵抗著他的擺弄。科利奧蘭納斯看不清楚接下來發生什麼事，似乎有用到包裹裡的東西。接著賽嘉納斯站起來，伸出一隻手到遺體上方。

他在動物園也這樣做，科利奧蘭納斯心想。他回想當時，亞拉契妮死後，他曾見賽嘉納斯在貢品的屍體上面灑了某種東西。

「是你的兒子在那裡？他在做什麼？」祖奶奶問道，她嚇呆了。

「他把麵包屑放到遺體上，」老媽說。「馬可士才有食物，才能一路好走。」

「他要走去哪裡？」祖奶奶問。「他死了！」

「回到他原來的地方，」老媽說。「以前在家鄉，有人過世時，我們都這樣做。」

科利奧蘭納斯忍不住為她感到難為情。如果你需要證明行政區比較落後，那麼你現在就有證據了。原始的人們具備原始的習俗。為了這種無意義的舉動，他們浪費掉多少麵包呢？**喔，不，他飢餓致死！誰去拿麵包來啊！**他有預感會出事，他這份弄假成真的友誼，以後會回過頭來糾纏他。簡直像是回應他的召喚一樣，電話響了。

「整個城市都沒睡覺嗎？」祖奶奶狐疑說道。

「抱歉。」科利奧蘭納斯向普林西夫人致意後，走向門廳的電話。「喂？」他對話筒說，希望是撥錯號碼。

「史諾先生，我是戈爾博士。」科利奧蘭納斯覺得整個胃揪成一團。「你附近有電視嗎？」

「其實呢，我才剛回到家，」他回答，企圖爭取時間。「喔，有，看到了。我家人正在看。」

「你的朋友到底是怎麼了？」她問。

科利奧蘭納斯轉頭避開其他人，壓低聲音。「他其實不是……那個。」

「胡說。你們一直很要好啊，」她說。「『科利奧蘭納斯，幫我發送三明治！』『賽嘉納斯，我旁邊有空位！』我問卡斯卡，他與哪些同學比較親近，他唯一想得出來的名字是你。」

他對賽嘉納斯的客氣態度顯然遭到誤解。說眞的，他們的交情差不多只有互相認識而已。「戈爾博士，如果你能讓我解釋……」

「我沒時間聽你解釋。此時此刻，在競技場裡，普林西那個小搗蛋像脫韁野馬一樣，跟一群野狼在競技場裡。如果他們看到他，絕對會當場殺了他。」她轉身對某個人說話。「不，不要突然切掉，那樣只會吸引大家注意。你只要盡可能保持黑暗就好。讓場面看起來很自然。慢慢變暗，就好像一朵雲飄過去遮住月光。」她喘口氣，然後回來講電話。「你是聰明的男孩。那是要傳達什麼訊息給觀眾？有可能造成傷害啊。我們必須立刻對眼前的情況進行補救。」

「你可以派一些維安人員進去，」科利奧蘭納斯說。

「而讓他像兔子一樣逃走？」她嘲笑說。「想像一下，維安人員在黑暗中嘗試追捕他。不行，我們得引誘他出來，盡可能像沒事一樣，所以我們需要他在乎的人。他受不了他父親，沒有兄弟姊妹，沒有其他朋友。只剩下你和他母親。我們目前正在找她。」

科利奧蘭納斯覺得心一沉。「她就在這裡，」他坦白說。他對於所謂「認識」的辯解只有這樣而已。

「嗯，那就這樣吧。二十分鐘之內，我要你們兩人到達競技場。還有，會幫你記過的人是我，不是海咖，而得到獎學金的機會隨時都會跟你擦身而過。」

在他家的電視機上，科利奧蘭納斯看到畫面變暗了。現在幾乎無法辨認賽嘉納斯的身形。「普林西夫人，打電話來的是首席遊戲設計師。她希望您去競技場跟她會合，去接賽嘉納斯，而我陪您去。」他很難透露更多訊息，免得害祖奶奶心臟病發。

「他有麻煩嗎？」她這樣問，瞪人雙眼。「在都城當局那方面？」

科利奧蘭納斯覺得她好奇怪，在這個節骨眼，她竟然比較擔心都城，而不是擠滿了武裝貢品的競技場；但是發生馬可士那樣的事之後，也許她有理由這樣想吧。

「喔，沒有。他們只是關心他好不好。應該不會很久，但是不要熬夜等我，」他對提格莉絲和祖奶奶說。

他以最快的速度，只差沒有把普林西夫人扛起來，催促她走出門口，搭電梯下樓，穿越門廳。她的汽車靜悄悄開過來，而司機，很可能是去聲人，聽了他的請求只是點點頭，隨即開往競技場。

「我們很趕時間，」科利奧蘭納斯對司機說，汽車立刻加速行駛，滑過空蕩無人的街道。如果有可能在二十分鐘內開過這段距離，他們辦得到。

普林西夫人緊抓著手提袋，凝視窗外，望向寂寥無人的城市。「我第一次看到都城的那個時候是晚上，就像現在這樣。」

「喔，是嗎？」科利奧蘭納斯說著，只是禮貌回應。坦白說，誰理你啊？由於她那個不受控制的兒子，他自己的整個未來陷入危機。而你得問這男孩是怎麼教的，竟然以爲闖進競技場會解決所有的問題。

「賽嘉納斯就坐在你的位置，說著：『老媽，一切都會很好。不會有事啦。』努力讓我冷靜下來。當時我們都知道這是一場大災難，」普林西夫人說。「不過他好勇敢，好優秀，只考慮到他的老媽。」

「唔。那一定是很大的改變。」到底對普林西家造成什麼影響呢？不斷把優勢轉變成災難嗎？你只需要對這輛車的內裝稍微瞥一眼，像是壓花皮革、軟墊座椅、酒櫃的水晶瓶裝了寶石色澤的液體，你就知道他們躋身施惠國最富有的階層。

「家人和朋友都與我們撇清關係，」普林西夫人繼續說。「在這裡沒有交到新的朋友。史特拉堡，那是他老爸，依然認為這樣做是對的。在第二區沒有未來。他用這種方式保護我們。他用這種方式讓賽嘉納斯不必參加飢餓遊戲。」

「對照眼前的狀況。很諷刺，真的。」科利奧蘭納斯努力轉移話題。「現在呢，我不知道戈爾博士在想什麼，不過我想，她希望你幫忙把他從那裡帶出來。」

「我不知道自己行不行，」她說。「他整個人那麼苦惱。我可以試試看，不過必須讓他認為自己做了正確的事。」

做了正確的事。科利奧蘭納斯體認到，這一直是賽嘉納斯所有行動的特點，他下定決心要做正確的事。那樣的堅持，那種方式，舉例來說，他們其他人只想混過去的時候，他會向戈爾博士提出挑戰，而這正是他與大家疏遠的另一個原因。坦白說，他有那麼多高傲的小意見，實在令人難以忍受，不過好好利用的話，那可能是操控他的好方法。

車子開到競技場入口停下來時，科利奧蘭納斯看到為了掩蓋危機所做的一番努力。現場只有十多名維安人員，還有不少遊戲設計師。點心攤位關閉了，白天的人潮也在稍早就已散去，因此沒有什麼事會吸引好奇觀眾的注意。走出車外，他注意到自從走路回家到現在，氣溫掉得好快。

在一輛廂型車的後座，都城新聞台的監視螢幕播放著分割畫面，一邊是競技場的真實場面，旁邊則是播送給大眾的黑暗版本。戈爾博士、海咖院長和幾名維安人員聚集在螢幕旁邊。科利奧蘭納斯和普林西夫人走過去時，他看出賽嘉納斯跪在馬可士的遺體旁邊，依然像雕像一樣。

「至少你們準時抵達，」戈爾博士說。「我想，這位是普林西夫人？」

「是，是的，」普林西夫人說，聲音有點顫抖。「如果賽嘉納斯造成任何不便，我很抱歉。他是個好孩子，眞的。只是他面對事情都太認眞了。」

「沒有人可以指控他漠不關心，」戈爾博士附和說。她轉身看著科利奧蘭納斯。「史諾先生，我們要怎麼救出你最好的朋友，你有沒有什麼想法？」

科利奧蘭納斯沒理會這句帶刺的話，檢視著螢幕。「他在做什麼？」

「就跪在那裡，看起來像是那樣，」海咖院長說。「可能有點震驚吧。」

「他好像很冷靜。也許現在可以派維安人員進去而不會嚇到他？」科利奧蘭納斯建議說。

「太冒險了，」戈爾博士說。

「還是請他母親透過場地的播音系統講話，或者用擴音器？」科利奧蘭納斯繼續說。

「如果你們能讓螢幕變暗，一定也可以控制聲音的播放吧。」

「播出的時候可以。可是在競技場裡，我們會驚動所有的貢品，讓他們知道附近有個手無寸鐵的都城男孩，」海咖院長說。

科利奧蘭納斯開始有種不祥的預感。「你們建議怎麼做？」

「我們這樣想，需要有他認識的某個人溜進去，盡可能不引起別人注意，勸他出來，」戈爾博士說。「那就是，你。」

「喔，不行！」普林西夫人衝口說出，帶著驚訝的尖銳語氣。「不可以叫科利奧蘭納斯去。我們最不需要做的事，就是讓另一個孩子陷入險境。我會進去。」

科利奧蘭納斯很感激她的提議，但也知道機會很渺茫。看著她紅腫的雙眼和搖搖晃晃踩著高跟鞋的模樣，她沒辦法鼓起勇氣，偷偷摸摸進去。

「我們需要某個可以很快逃走的人，如果屆時有必要的話。史諾先生是這項任務的人選。」戈爾博士向幾名維安人員示意，而科利奧蘭納斯發現那人幫他套上防彈衣，準備去競技場。「這件背心應該可以保護你的重要器官。這是給你的胡椒噴霧劑和閃光燈，可以讓你的敵人暫時看不見，如果該要面對的話。」

他看著那小瓶胡椒噴霧劑和閃光燈。「來一把槍怎麼樣？或者至少一把刀？」

「既然你沒受過訓練，這樣似乎比較安全。記住，你去那裡面不是要造成傷害；你是去裡面把你的朋友帶出來，儘可能快速又安靜，」戈爾博士下達指令。

換成另一位同學，或甚至是兩週前的科利奧蘭納斯，可能會出言抗議，並堅持帶一位家長或守衛一起進去。但是經歷過克萊蒙西亞的蛇咬攻擊、炸彈事件的餘波蕩漾，以及馬可士受到痛苦折磨後，他知道怎麼說都沒用。如果戈爾博士決定叫他進入都城的競技場，那裡就是他要去的地方，即使不需要爭取獎學金也得去。他就像博士其他的實驗對象，無論是學生或貢品，下場都與籠子裡那些去聲人差不多。沒有能力表示反對。

「你們不能這樣，他只是小孩子。讓我打電話給我丈夫，」普林西夫人懇求道。

海咖院長對科利奧蘭納斯微微一笑。「他不會有事的，史諾家的人沒那麼容易被殺掉。」

難道這整個主意是院長提出的？他是不是看出一條通往最終目標的美妙捷徑，目標是毀掉科利奧蘭納斯的未來？無論如何，他似乎對「老媽」的懇求充耳不聞。

他的兩側各有一名維安人員。是爲了安全起見，還是要防止他逃走？就這樣，他跨步前往競技場。他對於炸彈事件之後如何離開此地沒什麼印象；也許是從另一個出口離開？但現在，他親眼見到大門入口遭受嚴重破壞。兩扇巨大門板的其中一扇已經炸飛，留下寬闊的大洞，與扭曲的金屬門框。警衛的旁邊沒有什麼設施用來保護這個區域，只放了幾排及腰高度的水泥路障擋住。只要適當引開注意，賽嘉納斯要越過這些路障不會碰到太多困難，而今天大半天都像嘉年華會一樣鬧哄哄的。如果維安人員一直很注意有沒有叛亂活動，他們會盯著有沒有人以群眾爲目標。然而，感覺好像有點太鬆懈。萬一貢品再次嘗試逃跑呢？

科利奧蘭納斯和他的護衛迂迴穿越路障，進入大廳，這裡曾遭多次襲擊。在售票處和出租攤位周圍，少數沒壞的燈泡照亮四周，顯示有一層灰泥塵埃覆蓋著大片的天花板和地板、倒塌的柱子、掉落的橫梁。要到達十字旋轉門需要穿越這片廢墟，他也再次看出賽嘉納斯如何在沒人發現的情況下穿越這裡，需要一點耐心和一點運氣。位於右邊遠處的十字旋轉門曾是攻擊目標，留下粗糙又熔爛的金屬碎片，門戶洞開。在這裡，維安人員設置了第一道眞正的防禦工事，架設起暫時的柵欄，並纏上帶刺鐵絲，還有六名武裝守衛。其他沒有受損的十字旋轉門依然構成有效的阻隔，不允許他們再次進入。

「所以，他有代幣？」科利奧蘭納斯問道。

「他有代幣，」一名年長的維安人員證實說，他似乎是發號施令的人。「趁我們沒注意。在飢餓遊戲期間，我們其實沒有特別注意想要闖入競技場的人，只注意企圖逃離的人。」他從口袋拿出一枚代幣。「這個給你。」

科利奧蘭納斯在手指上轉動代幣，但沒有走向旋轉門。「他認爲要怎麼出去？」

「我不認爲他想出去，」維安人員說。

「那我要怎麼出去？」科利奧蘭納斯詢問。這個計畫似乎超級冒險。

「那裡。」維安人員指著那些柵欄。「我們可以把鐵絲網向後拉，讓柵欄向前傾斜，弄出夠大的開口，讓你從下面爬出來。」

「你們可以那麼快就辦到？」他滿心狐疑地說。

「我們用攝影機拍攝你。等你成功帶他出來，我們就開始移動柵欄，」維安人員向他保證。

「而萬一我沒辦法說服他出來呢？」科利奧蘭納斯問。

「我們沒有接獲那樣的指示。」維安人員聳聳肩。「我想，你會待到任務完成爲止。」

這些話傳達出來，科利奧蘭納斯的身子不禁冷汗直流 。如果沒有帶著賽嘉納斯，這些人不會允許他出來。他的目光越過旋轉門，望著通道末端，那裡有路障設置在記分板下方。稍早在飢餓遊戲裡，他看過拉米娜、希爾克和泰絲麗從那裡爬進爬出。「那個怎麼樣？」

「其實呢，那只是做做樣子。它擋住視線，從那裡看不到大廳，也看不見街道。不能用攝影機拍那裡，」維安人員解釋說。「不過你要通過那裡不會有困難。」

那麼，貢品也不會有困難，科利奧蘭納斯心想。他用拇指撫摸著代幣的光滑表面。

「我們會在路障那裡掩護你，」維安人員說。

「所以，如果有貢品攻擊我，你們會殺了他們，」科利奧蘭納斯想要確認清楚。

「反正就是把他們嚇跑，」維安人員說。「別擔心，我們會掩護你。」

「太好了，」科利奧蘭納斯說著，沒有全然信服。他下定決心，把代幣塞進投幣口，然後推動金屬臂。「好好享受演出！」旋轉門提醒他，在寂靜的黑夜裡聽起來響亮十倍。有一名維安人員笑起來。

科利奧蘭納斯沿著右側牆壁向前走去，盡可能快步且安靜。紅色的緊急出口燈是他唯一的照明來源，讓走道充滿了柔和的血紅光線。他緊抿著雙唇，透過鼻子控制自己的呼吸。右，左，右，左。沒事，沒有半點動靜。也許如同盧基所說，那些貢品全都在夜裡安頓入睡？

他走到路障停了一會兒。就像維安人員說的，這是裝模作樣。一層層輕薄的尖刺鐵絲網裝設在底座上，很不牢固的木頭構造和混凝土板架設起來擋住視線，而不是用來困住貢品。可能沒有足夠的時間設置真正的路障吧，或者說不定根本不需要，因爲後方還有柵欄和維安人員。既然如此，他只需要迂迴穿越那些背板，然後就發現自己站在場地邊緣。他在尖刺鐵絲網的末端猶豫了一會兒，審視著眼前的景象。

月亮高升到空中，在暗淡的銀色光線下，他能認出賽嘉納斯的身影——背對著他，依然跪在馬可士的遺體旁邊。拉米娜沒有動靜。其他人也沒有，眼前的區域看似一片荒涼。然而，眞是如此嗎？炸彈事件造成的廢墟提供了充裕的躲藏地點。其他貢品大有可能躲藏在區區幾碼之外，他永遠無從得知。在冷冽的空氣中，被汗水浸溼的襯衫貼著他的皮膚又黏又冷，他眞希望帶了外套。他想到露西．葛蕾穿著無袖洋裝。她是否蜷縮在傑賽普身邊取暖？這番畫面讓他坐立不安，連忙將之拋開。他現在不能想到她，只能想著眼前的險境，還有賽嘉納斯，以及如何把他弄到旋轉門的另一邊去。

科利奧蘭納斯深吸一口氣，踏步進入競技場。他放輕腳步走過泥土地，模仿他小時候在這裡看過的馬戲團表演裡的山貓。大膽無畏，強而有力，而且安靜無聲。他知道自己必須不要驚嚇到賽嘉納斯，但他需要靠得夠近才能交談。

走到賽嘉納斯背後約十呎處，他停下腳步，壓低聲音說：「賽嘉納斯嗎？是我。」

賽嘉納斯全身僵硬，接著肩膀開始顫抖。剛開始，科利奧蘭納斯以爲是啜泣，但結果完全相反。「你還眞的不停來救我，對吧？」

科利奧蘭納斯跟著壓低聲音笑起來。「停不了啊。」

「他們派你來把我拖出去？瘋了。」賽嘉納斯的笑聲漸漸平息，然後站起來。「你有沒有看過屍體？」

「在戰爭期間看過很多。」他把這番話當作是賽嘉納斯的邀請，於是靠近一點。好了。現在他可以抓到賽嘉納斯的手臂，但是然後呢？他不可能拖著賽嘉納斯離開競技場。他反倒把雙手插進口袋裡。

「我沒有看過很多，沒有這麼靠近。我想，在葬禮上看過吧，還有那天晚上在動物園，只不過那些女生死得不夠久，還沒僵硬，」賽嘉納斯說。「我不知道自己比較想火化還是埋葬。其實也不重要啦。」

「嗯，你現在不必決定啊。」科利奧蘭納斯的目光掃過競技場。毀壞的圍牆後方是不是有人躲在陰影裡？

「喔，這可由不得我，」賽嘉納斯說。「我不知道那些貢品爲何過了這麼久還沒有找到我。我肯定在這裡待了好一會兒。」他第一次正眼看著科利奧蘭納斯，關心地皺起眉頭。「你應該離開，你也知道。」

「我很想啊，」科利奧蘭納斯小心翼翼說道。「我眞的會喔。只是牽涉到你媽。她在外面等，還滿苦惱的。我答應會帶你去找她。」

賽嘉納斯的神情轉變成難以形容的悲傷。「可憐的老媽，可憐的老媽啊。她從來不想要這所有的東西，你知道吧。不要錢，不要遷居，不要花俏的衣裳或司機。她只想待在第二區。可是我父親……打賭他不在這裡，對吧？對呀，他會保持距離，等到一切塵埃落定。接著，再開始大買特買吧！」

「買什麼？」微風吹亂了科利奧蘭納斯的頭髮，並在競技場內製造出空洞的回音。目前已經花了太久的時間，而賽嘉納斯一點都不想輕聲說話。

「買所有的東西啊！他買了我們來這裡的管道，買我的教育機會，買我的導師資格，結果他快瘋了，因爲他買不了我，」賽嘉納斯說。「如果你讓他收買，他會收買你。或至少補償你，因爲你嘗試要幫我。」

收買，科利奧蘭納斯心想，想到下一年的學費。他只說：「你是我的朋友。他不需要付錢叫我幫你。」

賽嘉納斯把一隻手放在他的肩膀上。「科利奧蘭納斯，我撐了這麼久，你是唯一的原因。我不能再讓你惹麻煩了。」

「我不明白這對你來說有多糟糕。你開口要求的時候，我應該跟你交換貢品，」他回答。

賽嘉納斯嘆口氣。「再也不重要了。所有事都不重要了，眞的。」

「當然重要啊，」科利奧蘭納斯堅持。他們快來了，他感覺得到。感覺到一群野獸逼近他。「跟我一起出去。」

「不行，那沒有意義，」賽嘉納斯說。「除了死以外，沒什麼事可做了。」

科利奧蘭納斯極力勸說。「就這樣？那是你唯一的選擇？」

「如果我有可能發表聲明，那是唯一的方法。讓這個世界看到我以死明志，」賽嘉納斯作結。「就算我不是眞正的都城人，但我也不是行政區的人，像露西．葛蕾一樣。不過我沒有才華。」

「你眞的覺得他們會播出這段？他們會悄悄把你的屍體移走，說你得了流感死掉。」科利奧蘭納斯連忙住嘴，擔心自己是否說得太多，是否太直接指出克萊蒙西亞的命運。不過，戈爾博士和海咖院長不太可能聽見他說的話。「他們現在幾乎讓畫面整個暗掉。」

賽嘉納斯的神情更加晦暗。「他們不會播出？」

「過一百萬年都不會。你會死得不明不白，你會把導正事情的機會浪費掉。」有個咳嗽聲，小聲且隱約，但絕對是咳嗽聲，從他右邊的看台傳來。這是科利奧蘭納斯沒預想過的情況。

「什麼機會？」賽嘉納斯問。

「你有錢啊。也許現在沒有，但總有一天，你會有一筆財富。金錢有很多用途。瞧瞧金錢怎麼改變你的世界。或許你也可以促成一些改變。好的改變。說不定如果你沒有那樣做，會有更多人受苦。」科利奧蘭納斯的右手緊緊抓住胡椒噴霧器，然後又移向閃光燈。如果遭到攻擊，哪一種真的有用呢？

「什麼原因讓你覺得我辦得到？」賽嘉納斯說。

「你是唯一有勇氣挺身對抗戈爾博士的人，」科利奧蘭納斯說。他討厭對他說這種話，但這是真的。他是班上唯一公開反抗她的同學。

「謝謝你喔。」賽嘉納斯聽起來很疲累，但比較理智一點了。「謝謝你那樣說。」

科利奧蘭納斯把空著的那隻手放在賽嘉納斯的手臂上，彷彿要安慰他，但其實是抓住他的襯衫，免得他決定跑掉。「我們遭到包圍。我要走了，跟我來。」他看得出賽嘉納斯漸漸屈服。「拜託。你想怎麼做？跟貢品奮戰一場，還是『爲他們』奮戰？別讓戈爾博士稱心如意，別讓她打擊你。別放棄。」

賽嘉納斯低頭看著馬可士好長一段時間，衡量著自己的各種選項。「你說得對，」他終於說。「如果我相信自己說的話，我就有責任擊敗她。以某種方式終結這整個暴行。」他抬起頭，彷彿突然明白他們的處境。他的視線轉向看台，就是科利奧蘭納斯聽見咳嗽聲的地方。「但是我不會拋棄馬可士。」

科利奧蘭納斯很快評估一下。「我來搬他的腳。」一雙腿僵硬且沉重，散發出鮮血和穢物的臭氣，但他盡可能把膝蓋勾在手臂上，抬起死者的下半身。賽嘉納斯以兩隻手臂圈住死者的胸膛，他們開始移動，將遺體半抱半拖前往路障。十碼，五碼，現在不遠了。等他們通過路障，維安人員應該會提供一點掩護。

他絆到一塊石頭而跌倒，膝蓋撞到某種鋒利尖銳的東西，但隨即跳起來，並抬起馬可士的身體。快要到了。就快要……

他的背後傳來腳步聲。急促又輕巧，加速衝過路障。有個貢品一直躲在那裡等待。出於本能，科利奧蘭納斯放下馬可士，迅速轉身，及時看見波賓揮舞他的刀子。

16

刀刃擦過防彈衣，再劃過他的左上臂。科利奧蘭納斯向後跳，對著波賓猛力揮打，但只擊中空氣。他跌落在一堆瓦礫、舊木板和灰泥上面，同時伸手尋找某種可以防身的東西。波賓再度跳向他，拿刀子對準他的臉。科利奧蘭納斯的手指握住一塊長四吋、寬二吋的木板，往上猛揮，用力打中波賓的太陽穴，使之跪下。然後他站起來，把木板當作棍棒，一次又一次向下揮打，不確定究竟打中哪裡。

「我們得走了！」賽嘉納斯大喊。

這時科利奧蘭納斯聽見喝倒采的噓聲，以及看台上的跺腳聲。他滿心困惑，走向馬可士的遺體，但賽嘉納斯把他拉開。「不！丟下他！快跑！」

不需要被說服，科利奧蘭納斯拔腿就跑，衝向路障。痛楚從他的手肘射向肩膀，但他不予理會，而是如同希克教授教過他們的，盡可能用力夾緊手臂。等他抵達路障，帶刺鐵絲網刺入他的襯衫，而要轉身掙脫時，他看見他們了。來自第四區的兩名貢品，柯蘿和米森，還有塔納，那個屠宰場小子，他們全副武裝，直直朝他衝來。米森把手拉向背後，扔出一支三叉戟。科利奧蘭納斯將袖子從帶刺鐵絲網用力扯開，布料裂開一個大洞，然後趴下躲開攻勢，而賽嘉納斯緊跟在後。

只有幾道微弱的月光穿透層層路障，科利奧蘭納斯發現自己撞進木頭和圍籬，彷彿籠子裡的野鳥；原本不曉得他在場的貢品，此時肯定也警覺起來。他臉朝下撞上一塊水泥板，賽嘉納斯也從後方猛力撞他，害他的額頭再度撞上堅硬的表面。等他向後退開，感覺衝擊力道好像不曾消失。他的頭陣陣刺痛，內心萌生一團疑惑。

跟蹤導師們穿越迷宮的貢品們這時開始鼓譟，拿武器砰砰敲打路障。要往哪個方向走呢？他們周圍似乎到處都是貢品。賽嘉納斯抓住他的手臂，開始拉扯，而他踏著蹣跚的步伐，盲目地跟在他後面，既受傷又害怕。那麼，就這樣了嗎？這就是他的死法嗎？對於這一切不公不義所產生的憤怒，以及所有來自於他的譏笑嘲弄，在在讓他全身湧起一股能量，往賽嘉納斯身旁衝撞摔倒在地，這才發現自己的雙手和雙膝沐浴於一團柔和的紅光之中。是通道！抬起頭，他可以分辨出十字旋轉門，維安人員聚集在那裡的暫時柵欄後面。他飛奔逃命。

通道並不長，但似乎永無止境。他的腰部以下彷彿浸在膠水中，使他雙腿抬起又放下，他的視線也出現點點黑斑。賽嘉納斯穩穩扶著他的手肘，但他聽得到那些貢品加快腳步。有某種沉重又堅硬的東西擊中他的脖子側邊……是磚塊嗎？另一個物品刺穿他的防彈背心並卡住，在他背後上下擺動，最後發出哐噹一聲掉落在地。掩護的人在哪裡？維安人員要提供的保護武力在哪裡？什麼都沒有，完全沒有，柵欄依然整齊豎立在地上。他好想尖叫，要他們殺了那些貢品，把貢品當場射死，但他實在喘不過氣。

有某個動作遲緩的人將他的領先距離縮短到只剩幾碼，不過他再次想起希克教授的訓練，不敢浪費一分一秒回頭查看那人是誰。在他前方，維安人員終於把柵欄往內拉，地面約有十二吋的開口。科利奧蘭納斯向下撲倒，粗糙的地面害他的下巴磨掉好幾層皮，而他雙手才剛伸到柵欄下方，維安人員就抓住他，猛力把他拉出去。他根本沒時間轉頭，臉部的其餘部分繼續被摩擦，直到抵達安全的地方。

守衛立刻扔下他，轉而去接賽嘉納斯，只聽到他慘叫一聲，因爲他還沒滑出通道，塔納的刀子就把他的小腿砍得皮開肉綻。柵欄砰一聲推回原位，門閂也鎖上，但那些貢品不受影響。隔著柵欄，塔納、米森和柯蘿拿武器刺向科利奧蘭納斯和賽嘉納斯，喊著充滿恨意的辱罵嘲笑，維安人員則忙著用他們的警棍砰砰敲打旋轉門。連一槍都沒有開。甚至沒有噴灑胡椒噴霧。科利奧蘭納斯這才明白，他們一定是接獲指令，不讓貢品受到傷害。

維安人員協助他站起來時，他氣得衝口說出：「多謝在後面掩護我們啊！」

「我們只是聽從命令。小子，如果戈爾博士認爲你是可以犧牲的，那就別怪我們，」原本保證會掩護他的那位年長維安人員說。

有人嘗試要扶他，但他把那些人推開。「我可以走路！我可以走路，沒有要謝你們！」接著他往側邊倒下，差點撞到地板，大家連忙再次把他拉起來，一路撤退回到大廳。科利奧蘭納斯罵了一長串口齒不清的粗話，沒產生什麼效果，他只像重物一樣掛在他們手上，來到競技場外面後，眾人才隨便把他扔下。一會兒後，他們把賽嘉納斯丟在他旁邊。競技場的正前方貼著漂亮的地磚，兩人都氣喘吁吁躺在地磚上。

「科利歐，我眞抱歉，」賽嘉納斯說。「我眞是抱歉。」

科利歐是老朋友叫的綽號。是家人叫的。是科利奧蘭納斯摯愛的人叫的。而在這種時刻，賽嘉納斯決定試著叫叫看嗎？如果科利奧蘭納斯有力氣，一定會爬過去，掐住他的脖子。

沒有人多看他們兩眼。老媽不見人影。戈爾博士和海咖院長在廂型車裡看著即時畫面，爭論著音量問題。一群維安人員隨意站著，等待指令。五分鐘過去了，終於有一輛救護車開過來，砰一聲打開後車門，把兩個男孩送上車時，那些有權有勢的人連看他們一眼都沒有。

醫護人員拿一塊護墊交給科利奧蘭納斯，叫他壓住手臂的傷口，她則忙著處理賽嘉納斯的小腿，那更棘手，因爲流了不少血。科利奧蘭納斯很怕回到醫院，還有那個靠不住的韋恩醫師，直到從小片車窗看到他們抵達堡壘，這下子恐怖程度更是加三級。醫護人員下了車將他們移到擔架上，很快把他們運送到地底下的實驗室，就是克萊蒙西亞遭到攻擊的地方。科利奧蘭納斯好擔心那些人不知準備什麼變形手段要對付他。

意外事件在實驗室一定司空見慣，因爲有一小群醫療人員等著他們。他們不像把克萊蒙西亞救活的人那麼老練，不過似乎足以把兩個男生身上的傷口暫時縫補起來。有一塊白色簾幕把他們的兩張病床分隔開來，但科利奧蘭納斯可以聽到賽嘉納斯對醫師的詢問提供一個字的回答。他們幫他的手臂縫傷口、清潔紅腫破皮的臉部時，他回答的話語稍微多一點。他的頭很痛，但不敢把先前曾有腦震盪的情況告訴他們，因爲很怕最後得無限期住院。他只希望趕快離開這些人。儘管他百般抗議，那些人還是在他的手臂打點滴以補充水分，並輸送多種藥物，於是他全身僵硬躺在床上，希望自己不會人間蒸發。雖然他完成戈爾博士的命令，雖然他成功了，但覺得自己比以前更加脆弱。如今他躺在這裡，受傷又受困，隱身在她的巢穴裡。

手臂的疼痛減輕了，但沒有感覺到麻精在他周圍拉起天鵝絨般的簾幕。他們一定是對他施打一些替代藥物，因爲他覺得腦袋的敏銳度提高了，能注意到每一個細節，包括床單的織法、膠布在他紅腫皮膚上的包紮方式，乃至於金屬水杯在他舌頭留下的苦澀滋味。幾雙維安人員的軍靴走來又離去，帶著瘸腿的賽嘉納斯跟著他們一起走。在實驗室深處，一輪尖銳聲響宣告某種生物的餵食時間，接著聞到淡淡的魚味。在那之後，這地方變得相對安靜，持續了很長時間。他考慮要嘗試溜走，但知道自己打從內心期待要等一下。期待某種輕柔的拖鞋聲，朝向他這個小隔間走來。

戈爾博士拉開簾幕時，實驗室夜間的昏暗光線讓科利奧蘭納斯有種奇怪的感受，覺得她好像站在峭壁邊緣，只要他伸出手，以最輕的力道推一下，她就會向後倒下，跌進某種巨大的深淵，再也聽不到任何音訊。**要是那樣該有多好**，他心想。**要是那樣該有多好啊**。然而她向前走，伸出兩根手指放在他的手腕上，檢查他的脈搏。感受到她那冰冷又乾燥的手指，他不由得畏縮身子。

「你知道嗎？我最早的工作是醫師，」她說。「婦產科。」

好可怕啊，科利奧蘭納斯心想。**新生兒在這世上看到的第一個人竟然是你**。

「不是很適合我，」戈爾博士說。「父母老是要求一些保證，都是你不能給的。像是他們寶寶所面對的未來。我怎麼可能知道他們會遭遇什麼情況？就像你，今天晚上。誰會想到克拉瑟斯．史諾心愛的兒子竟然在都城的競技場爲了性命而奮戰？他連想都想不到。」

科利奧蘭納斯不知道該如何回應。他幾乎想不起自己的父親，更別說要揣測他的想像力。

「在競技場裡感覺怎麼樣？」戈爾博士問道。

「超可怕，」科利奧蘭納斯冷冷地說。

「就是設計成那樣。」她查看他的瞳孔，拿瞳孔筆輪流照射他的雙眼。

「貢品呢？」光線讓他頭好痛。「他們現在怎麼樣了？」

戈爾博士繼續查看他傷口的縫線。「現在他們身上的鎖鍊都移除了，你認爲他們現在怎麼樣？他們還嘗試要殺你嗎？你的死對他們沒好處，因爲你不是競爭者。」

說得對。他們距離夠近，能夠認出他。賽嘉納斯對貢品那麼好，給他們東西吃，替他們說話，還幫他們進行臨終儀式！即使能利用這個機會彼此砍殺，但他們仍奮力追殺他和賽嘉納斯。

「我想，我低估了他們恨我們的程度，」科利奧蘭納斯說。

「而認清這點的時候，你的反應是什麼？」她問。

他回想起波賓，回想起逃跑，回想起貢品的嗜血，即使他已逃到柵欄外也不放過。「我要他們死掉。我要他們每一個人都死掉。」

戈爾博士點點頭。「嗯，第八區那個小不點。任務達成了，你把他打成肉醬。得要編個故事，讓富萊克曼那個小丑能在早上告訴大家。不過呢，對你來說是很棒的機會。轉變的機會。」

「是嗎？」科利奧蘭納斯回想起他手中的木板打中波賓，發出噁心的咚咚聲。所以他做了什麼事？殺了那個男孩？不，不是那樣。那是自衛，一看就知道。不過，然後呢？他殺了他，這點千眞萬確，永遠無法抹滅。他無法回到清白與純眞，他曾經奪走別人的性命。

「不是嗎？比我期待的更好。我需要你把賽嘉納斯從競技場帶出來，這是當然的，不過我也希望你好好體驗一下，」她說。

「即使我會沒命？」科利奧蘭納斯問道。

「如果沒有死亡的威脅，就不會得到那麼多的教訓，」戈爾博士說。「競技場內發生什麼事？那是未經修飾的人性。那些貢品，還有你也是。文明消失得多快啊。你所有的良好禮貌、教育、家庭背景，你所自傲的 切，眨眼間就全部遭到剝奪，顯露出你眞正擁有的一切。一個男孩，拿一根木棍，把另一個男孩活活打死，那是人類最自然的狀態。」

這種想法，像這樣赤裸裸攤開，把他嚇壞了，但他努力笑了一下。「我們眞的那麼壞嗎？」

「我會說是的，絕對是。不過這是個人意見。」戈爾博士從她實驗衣的口袋拿出一卷紗布。「你覺得呢？」

「我想，如果你沒有把我塞進那個競技場，我根本不會把另一個人活活打死！」他回嘴說。

「你大可怪罪給當時的狀況和環境，不過你做的決定是你做的，不是別人。突然間有很多事要一起考量，不過你必須努力回答那個問題。人類其實是什麼樣的人？因爲我們是什麼樣的人，就決定了我們所需要的管理方式。往後呢，我希望你能好好反省，誠實面對自己在今晚學到的事。」戈爾博士開始用紗布包紮他的傷口。「而你的手臂多了幾條縫線，付出這樣的代價很便宜了。」

聽了她的話，科利奧蘭納斯感到很噁心，甚至更憤怒，因爲她強迫他去殺人，是爲了得到她所說的教訓。那麼重要的事，應該由他來決定，而不是她。除了他以外，沒有人能決定。「你是派自己的學生把另一個男孩活活打死的老師。所以，如果我是一頭兇猛的野獸，那你又是什麼樣的人？」

「喔，對啊，那樣的角色落在我身上。」她動作俐落完成包紮。「你也知道，我和海咖院長讀完你寫的作業。就是你喜歡戰爭的哪些部分。寫得一場糊塗，胡說八道，眞的。只有最後一點針對控制的那部分除外。關於你的下一份作業，我希望你就控制的價值好好發揮。失去控制會怎麼樣？花點時間研究一下，那對你申請獎學金可能有很好的加分效果。」

科利奧蘭納斯知道失去控制會怎麼樣。他最近才剛見識過：在動物園，亞拉契妮死掉的時候；在競技場，炸彈爆炸的時候；然後今晚又來一次。「會引發混亂。還有其他什麼可以說的呢？」

「喔，我想，很多啊。就從那開始吧。混亂。失去控制，沒有法律，完全沒有政府。就像競技場裡面那樣。從那種狀態，我們可以走向何方？如果我們想要過和平的日子，需要什麼樣的協議？爲了存活下去，需要什麼樣的社會契約？」戈爾博士移除他手臂的點滴。「我們需要你兩天後回來，檢查那些縫線。在那之前，晚上的事件我會幫你保密。最好回家去，睡幾個小時。顯然，你的貢品還是需要你。」

她離開後，科利奧蘭納斯慢慢套上自己那件被劃破、扯爛、血跡斑斑的襯衫，扣上鈕扣。他到處亂晃，終於找到電梯，搭到地面層，冷漠的守衛揮手要他出去。電車只開到午夜，而都城的時鐘顯示兩點，於是他踩著骯髒的鞋子，往回家方向走去。

普林西家的豪華轎車滑到他旁邊，車窗搖下，映入眼簾的是去聲人。去聲人下車幫他打開後車門。科利奧蘭納斯猜想，他已經載賽嘉納斯回家，而「老媽」派他回來。既然車上沒有普林西家的人，他就坐進去。上一次搭車時，當時他希望再也不要與那家人扯上關係。司機讓他在他家公寓下車時，塞了一個大紙袋給他。科利奧蘭納斯還來不及拒絕，車子就開走了。

到了樓上，他窺探屋內，發現提格莉絲坐在茶几旁邊等待，裹著一件破爛的毛皮外套——他母親的舊衣——那是她的「安心毯」。而他把粉餅盒改造成武器之前，玫瑰粉餅對他的意義也是如此。他從衣帽架抓起一件學校制服的外套，套在破爛襯衫外面，然後才走進去見她。

科利奧蘭納斯努力用輕描淡寫的語氣描述可怕的夜晚。「眞的，沒有糟到你需要外套吧？」

她的手指伸進毛皮裡。「你說呢。」

「我會說的。鉅細靡遺。不過早上再說，好嗎？」他說。

「好吧。」等她走上前擁抱他說晚安時，她的手碰觸到他手臂上突起的繃帶。他還來不及阻止，她便拉開外套，看到血跡。她咬著嘴唇。「喔，科利歐。他們叫你進入競技場，對吧？」

他抱抱她。「沒那麼糟，真的啦。我人在這裡。也把賽嘉納斯弄出來了。」

「沒那麼糟？光是想到你，或隨便任何一個人在那裡面就很可怕啊！」她大叫。「可憐的露西・葛蕾。」

露西・葛蕾。如今他自己待過競技場，感覺她的處境比原先更加悲慘。想到她瑟縮在某個地方，身在競技場寒冷的黑暗中，太過驚嚇而無法闔眼，讓他覺得好心痛。這是頭一次，他覺得殺掉波賓是值得高興的事。至少從那頭野獸的手中救出她。「提格莉絲，一切都會很好。不過你得讓我休息一下。你自己也需要睡覺。」

她點頭，但是他知道，她如果能睡個一、兩小時都是萬幸。他把袋子遞給她。「感謝普林西老媽。從氣味聞起來應該是早餐。到時候見啦？」

他懶得洗澡，陷入昏睡狀態，直到祖奶奶唱國歌的聲響吵醒他。反正也該起床了。他從頭痛到腳，搖搖晃晃走去淋浴，移除手臂的紗布，任憑熱水沖過全身擦傷的肌膚。上次住院時，他拿到一條軟膏，雖然不確定用途，但還是把軟膏輕輕塗在紅腫的臉部和下巴。手臂的縫線會卡到他的乾淨襯衫，但沒見到新的滲血跡象。他今天會穿著外套，以防萬一。他拿了一把牙刷和乾淨的制服扔到書包裡，對鏡子看了最後一眼，嘆口氣。**騎腳踏車出了意外**，他心想。**就編這個故事吧。我已經好幾年沒騎腳踏車**。嗯，現在他有藉口解釋這種受傷狀況了。

一旦可以見人了，他做的第一件事是查看電視上的競技場實況，確定露西．葛蕾沒有受到傷害。然而攝影機一直沒有移動，在晨光之中，唯一看得見的貢品是拉米娜待在她的橫桿上。為了躲開祖奶奶，他走進廚房，提格莉絲正在加熱昨夜剩下的茉莉花茶。

「遲到了，」他說。「我最好趕快出門。」

「拿這個當早餐。」她拿了一包東西放在他手上，並在他的口袋裡放進兩枚代幣。「還有，今天搭電車。」

需要保存力氣，他乖乖聽話，搭乘電車，並吃了兩個塞滿雞蛋和香腸的麵包卷，是普林西夫人送來的。如果切割普林西家，他唯一的遺憾是吃不到她的菜餚。

全體學生奉命在七點四十五分報到，所以早到的學生、積極的導師和幾名去聲人正在打掃會堂。科利奧蘭納斯忍不住看了茱諾．菲浦斯一眼，滿心歉疚；她正與多米希亞討論策略，其實她大可睡到很晚才起床。他不是很喜歡她，因為她老是拿自己家族的族譜來壓他，彷彿他的家族沒有那麼好；然而昨天晚上對她來說也不公平。他眞想知道那些人會怎麼呈現波賓之死；除了噁心之外，屆時自己又有何種感受。

黑文斯比會堂唯一提供的東西是茶水，這惹得飛斯都抱怨連連。「如果我們得要早點來這裡，你會覺得他們至少要把我們餵飽。你的臉怎麼了？」

「騎腳踏車出意外，」科利奧蘭納斯說，音量夠大，讓每個人都能聽見。他把裝了最後一個麵包卷的袋子扔給飛斯都，很高興有機會能提供食物。他欠克里德家更多餐，次數多到他都懶得記住。

「謝啦，看起來很棒，」飛斯都說著，立刻津津有味吃起來。

麗西斯特拉塔推薦一種乳霜可避免感染，同時他們向前走，找到自己的座位，同學們也紛紛抵達。

太陽已經升起好幾個小時，但除了馬可士的遺體不見了，螢幕上沒出現什麼變化。「我猜他們把它移走了，」普普說。不過科利奧蘭納斯認爲，它可能還在路障旁邊，就在他和賽嘉納斯昨天棄置的位置，只是剛好位於拍攝範圍之外。

八點整打鐘時，他們全部起立唱國歌，他的同學們似乎終於有點理解國歌的意思；接著盧基．富萊克曼現身，歡迎大家來到飢餓遊戲的第二天。「你們睡覺的時候，發生了相當重要的事。讓我們來看一下，好嗎？」畫面切回競技場的廣角鏡頭，然後讓攝影機慢慢轉向路障，再把鏡頭拉近。如同科利奧蘭納斯的猜測，馬可士的遺體躺在他和賽嘉納斯拋下的地方。幾呎外，波賓遭到痛毆的身形倒在一塊混凝土板旁邊。看起來比他想像得糟糕太多太多。四肢流血，一隻眼睛暴凸，臉部腫脹得好厲害，根本就認不出來。他眞的對另一個男生做了那種事？而且是同樣那麼年輕的男生，死去的波賓看起來比以前更嬌小，宛如迷失於恐懼的黑暗之網。汗水在科利奧蘭納斯的額頭凝結成串，他好想離開會堂，離開這棟建築，把整個事件拋諸腦後。然而，這當然沒有選擇的餘地。賽嘉納斯……他到底是什麼樣的人啊？

對屍體好好看過很長一段時間後，節目畫面切回盧基，他考慮著誰有可能做出這種行爲。接著，他的心情突然改變。「有一件事我們知道得很清楚，就是我們要慶祝一下！」五彩碎紙從天花板撒落，盧基瘋狂吹著一支塑膠喇叭。「因爲我們到達中間點！沒錯，十二個貢品陣亡，只剩下十二個繼續挺進！」他的手中射出一長串顏色亮麗的手帕。他繞著自己的頭部旋轉那串手帕，邊跳舞邊歡呼：「喔耶！」等他終於停下來，又換成一副苦惱的表情。「不過那也表示，我們得向茱諾・菲浦斯小姐好好道別了。雷比達？」

雷比達已經就定位，位於走道末端、正措手不及的茱諾旁邊，她沒有選擇的餘地，只能接受，在鏡頭前面消化自己的失望心情。科利奧蘭納斯稍微注意一下，猜想她會努力讓自己的舉止比較親切一點，但即使如此，她仍散發出失望和疑心，質疑著這項最新發展，同時揮舞一個皮革資料夾，上面鑲嵌著菲浦斯家族的紋飾。「我覺得有些事很可疑，」她對雷比達說。「我的意思是，波賓在馬可士的遺體那裡做什麼？誰移動那具遺體？而且他最後又是怎麼死的？我甚至無法想像可能的情節。我覺得可能有不正當的欺騙行爲！」記者的語氣聽起來眞的很困惑。「到底什麼樣的行爲算是欺騙？我是說，在競技場裡面？」

「嗯，我**實在**不知道，」茱諾氣呼呼地說。「可是對我而言，就說一件事好了，眞的很想看昨天晚上事發經過的重播畫面！」

茱諾，祝你好運啦，科利奧蘭納斯心想。接著他才意識到，那樣的畫面確實存在。在廂型車的後座，戈爾博士和海咖院長已經看過兩種版本，包括眞實的畫面，以及遮掩他任務的變暗畫面。就連忠實觀眾也很難分得出來。然而，想到某個地方有他殺死波賓的一份紀錄，就算朦朧模糊，他也不喜歡這樣。萬一什麼時候流出去……嗯，他不知道該怎麼辦。不過這讓他很不安。

雷比達訪問茱諾的過程並不草率，但她輸了很生氣，不像菲力克斯即使失敗也保持風度，只見她直接走回自己的座位，有人在她背後拍一下表示安慰。

盧基依然全身都是閃亮的五彩碎紙，似乎對她的痛苦不以爲意。他傾身湊向攝影機，帶著從容的開心笑容。「而現在呢，你猜怎樣？我們有額外的大驚喜喔……尤其你是剩下的十二位導師的其中之一！」

科利奧蘭納斯才剛與朋友們交換探詢的目光，盧基就跑到攝影棚的另一端。畫面顯示賽嘉納斯和一個人並肩坐著，那是他的父親，史特拉堡・普林西，他的神情很嚴厲，似乎是用他家鄉行政區生產的花崗岩雕刻而成。盧基坐上主持人的椅子，拍拍賽嘉納斯的腿。「賽嘉納斯，我很抱歉，昨天我們沒有給你一點時間，請你談談你的貢品馬可士之死。」賽嘉納斯用很不諒解的眼神看著盧基。盧基似乎這時才第一次注意到他臉上的擦傷。「這裡是怎麼了？你看起來好像跟自己打架。」

「我從腳踏車跌下來，」賽嘉納斯以粗啞的聲音說，科利奧蘭納斯稍微畏縮一下。在同樣的十二小時內，發生兩次腳踏車車禍，似乎不太像巧合。

「哎喲。嗯，我想，你有些相當重大的消息要跟我們分享！」盧基說著點點頭，鼓勵他說話。

賽嘉納斯垂下雙眼一會兒，那對父子彼此沒打招呼，好像有打鬥一觸即發。

「是的，」賽嘉納斯終於開口說。「我們，普林西家，想要宣布，我們會提供一份大學的全額獎學金，頒給飢餓遊戲裡獲勝貢品的導師。」

普普驚呼一聲，其他導師也彼此微笑。科利奧蘭納斯知道他們多數人都不像他那麼需要錢——如果有錢可拿的話——但那是可以誇耀的成就。

「太棒了！」盧基說。「此時此刻，剩下的十二位導師肯定感受到一陣興奮。史特拉堡，你的構想是什麼？創立這樣的『普林西獎學金』？」

「其實呢，是我兒子的構想，」史特拉堡說著，嘴角向上揚起，科利奧蘭納斯覺得那可能是嘗試要微笑。

「嗯，真是慷慨又恰當的舉動，尤其考慮到賽嘉納斯失敗了。賽嘉納斯，你也許無法贏得飢餓遊戲，但肯定已經把運動精神獎抱回家了。我想，我代表都城，向你表達深深的謝意！」盧基對兩人眉開眼笑，不過接下來似乎沒有別的事了，他做出振臂一揮的動作。「好了，那麼，鏡頭回到競技場！」

科利奧蘭納斯的心思不斷想著這最新的發展。賽嘉納斯果然說得對，他父親忙著撒錢，企圖掩蓋兒子的無法無天之舉。這並非不值得做損害控制。在黑文斯比會堂亂甩椅子的事，他還沒有聽到其他人表達太大的反應，但可以料到的是，事情漸漸傳開。說真的，頒發獎學金給優勝者的導師，似乎只是付出小小的代價。那麼，若要阻止賽嘉納斯闖進競技場的消息公諸於世，普林西會提供什麼呢？他是否打算買下科利奧蘭納斯的沉默？

無所謂，那無所謂，科利奧蘭納斯對自己說。更重大的消息是贏得普林西獎的可能性。那獨立於中等學院之外，所以海咖院長沒有置喙的餘地。就連戈爾博士也沒有。拿到一份全額獎學金，就能讓他脫離那些人的掌控，他的未來壓在肩上的可怕焦慮重擔也能減輕！飢餓遊戲的賭注變得很高，已經衝上雲霄。**專心**，他對自己說，慢慢深呼吸一下。**專心幫助露西．葛蕾**。

然而，直到她露面之前，他到底該做什麼呢？隨著早上過去，似乎很少有貢品想要露面。柯蘿和米森結伴遊蕩了一下，領取他們的導師，飛斯都和泊瑟芬，送去的食物和飲水。他們都待在一起，嘗試幫兩人的貢品想出合作策略，而科利奧蘭納斯看出飛斯都漸漸愛上她。你有沒有告訴你最要好的朋友，他愛上的對象會吃人肉？——你需要書本提供解答的時候，永遠找不到。

等到午餐過後回到講台，他們發現導師的座位縮減成十二個，只留了足夠的空間給所屬貢品仍然參與遊戲的導師。

「這是遊戲設計師要求的，」薩提莉亞對最後的十二人說。「這樣讓觀眾比較容易記住誰還有參賽者。隨著你們的貢品一個個死去，我們會一直移走座位。」

「就像搶椅子遊戲，」多米希亞說著，神情顯得很開心。

「不過有人死掉耶，」麗西斯特拉塔說。

要把輸家從講台上踢走的這個決定，可能讓莉維亞更加痛苦了，科利奧蘭納斯很高興看到她被降級到普通觀眾區，這樣就不必再聽到她那些尖酸刻薄的評論。另一方面，這樣就比較難與克萊蒙西亞保持一點距離，她似乎只要有空就狠狠瞪他。他把自己擺在最後一排的位置，並有飛斯都和麗西斯特拉塔在旁助陣，然後努力顯得很忙的樣子。

隨著下午時間過去，他的頭變得越來越沉重，最後麗西斯特拉塔得輕推他幾下，讓他保持清醒。也許這天幸好沒什麼事情需要他，畢竟前一晚他差點丟了性命。只有少數幾次目擊到貢品，而露西．葛蕾躲得完全不見人影。

一直到了傍晚，飢餓遊戲終於呈現出大家期待的那種行動。來自第五區的女生貢品——一個搖搖晃晃的小不點，對科利奧蘭納斯來說，她是骯髒的底層公民——這時鑽出來，一路爬上競技場遠端的看台。盧基一時找不到她的名字，只努力找出她那位同樣沒人記得的導師，伊菲格涅亞．摩斯，她的父親管理農業部，等於管理整個施惠國的食物運送。然而與預期正相反，伊菲格涅亞好像永遠處於營養不良的邊緣，經常把她的學校午餐給同學吃，甚至偶爾昏倒。克萊蒙西亞曾對科利奧蘭納斯說，她只能用這種方法對父親報仇，但言盡於此，拒絕提供更多內情。

一如往常，伊菲格涅亞開始把她能得到的所有食物送去給她的貢品，但即使無人機飛越漫長的路程越過競技場，米森、柯蘿和塔納還是從通道冒出來，展開他們的追獵行動；歷經前一晚的冒險行動後，他們三人似乎組成某種群體。沿著看台短暫追逐一陣，三人組包圍那個女孩，而柯蘿用一把三叉戟刺入她的喉嚨，殺了她。

「嗯，就這樣了，」盧基說著，依然無法說出貢品的名字。「雷比達，她的導師能不能對我們說幾句話？」

伊菲格涅亞自己找上雷比達。「她的名字叫索兒，或者也許叫莎兒。她說話的口音很好玩。沒有太多事情可以說。」

雷比達似乎樂於同意。「讓她進入下半場比賽，表現得很好啊，艾比娜！」

「伊菲格涅亞啦，」伊菲格涅亞一邊走下講台，一邊回頭說道。

「沒錯！」雷比達說。「而這表示只剩下十一名貢品！」

表示我和那份獎學金之間有十個人，科利奧蘭納斯心想，同時望著一個去聲人搬走伊菲格涅亞的椅子。他希望能讓露西・葛蕾得到食物和飲水。如果他送東西進去，但不知道她的位置，結果會怎樣呢？在螢幕上，三人組拿走索兒或莎兒的食物，走回通道，可能要在夜幕降臨前休息一下。他現在該冒險嘗試看看嗎？

他與麗西斯特拉塔低聲討論一番，她覺得如果兩人一起派出無人機，有可能值得一試。

「我們不希望他們變得太虛弱且脫水。我覺得傑賽普在幾天內不會倒下。等等看他們會不會嘗試跟我們聯絡。給他們一點時間，等到晚餐休息爲止。」

可是露西．葛蕾登場了，就像學生準備放學回家一樣。她從一條通道衝出來，全速衝刺，髮辮鬆開，頭髮飛揚在腦後。

「傑賽普在哪裡？」麗西斯特拉塔皺眉問道。「他們爲什麼沒有在一起？」

科利奧蘭納斯還來不及大膽猜測答案，傑賽普就從露西．葛蕾跑出的那條通道跌跌撞撞走出來。剛開始，科利奧蘭納斯以爲他受傷了，可能是爲了保護露西．葛蕾。但接著想到，她爲何飛奔而出？還有其他貢品在後面追逐嗎？鏡頭移動到傑賽普身上時，很明顯他生病了，不是受傷。這是他第一次獲得特寫鏡頭，顯得四肢僵硬，興奮發熱，對太陽揮手好幾次，然後彎身蹲下，又幾乎立刻跳起來站好。

科利奧蘭納斯感到很納悶，難道露西．葛蕾找到方法對他下毒？但那樣沒道理啊。傑賽普太有價值了，他可以當保護者，特別像昨天晚上形成的三人組橫衝直撞的時候。那麼，什麼因素讓他變得這麼衰弱？

有很多事情可能讓他生病，有很多類的疾病值得懷疑，直到他的唇邊開始冒出白沫，透露了內情。

17

「他得了狂犬病，」麗西斯特拉塔輕聲說道。

戰爭期間，狂犬病在都城捲土重來。由於戰場需要醫師，設備和補給線又受到轟炸波及，人類的醫療處置變得很不足，例如科利奧蘭納斯因難產而亡的母親；至於嬌生慣養的都城寵物，相關醫療管道更是幾乎不存在。你都搜刮不出足夠的錢買麵包了，幫你家的貓打預防針根本不會列於優先事項。狂犬病的開端一直眾說紛紜——染病的郊狼從山區跑來？夜間遇到蝙蝠？不過最後是由狗傳播開來。大多數的狗都很飢餓，牠們也是遭到拋棄的戰爭受難者。先是狗傳狗，然後傳給人。致命的緊繃情勢發展得空前快速，害死了十幾位都城市民，然後才有疫苗接種計畫，情況獲得控制。

科利奧蘭納斯還記得，當時有海報提醒大家注意，動物和人類都標示了警告標誌，對他的世界再增添一種潛在的威脅。他想起傑賽普用他的手帕壓住脖子。「老鼠咬過的關係？」

「不是老鼠，」麗西斯特拉塔說，她的神情顯得震驚又悲傷。「老鼠幾乎從來不會傳播狂犬病，可能是那些骯髒的浣熊之類。」

「露西．葛蕾說他提到毛皮，所以我猜是……」他的聲音變小。什麼東西咬了傑賽普其實不重要，反正碰到就等於判了死刑，他必定是在兩星期之前感染的。「那種病發展得很快，對吧？」

「非常快。因爲他被咬到的地方是脖子。越快到達腦部，你就死得越快，」麗西斯特拉塔解釋說。「而且，他當然餓得半死又虛弱。」

如果她這樣說，可能就是眞的。在他的想像中，維克斯家的人在晚餐桌上就是討論這種事，態度冷靜又客觀。

「可憐的傑賽普，」麗西斯特拉塔說。「就連他的死也這麼可怕。」

一旦發現傑賽普生病，觀眾群起激動，掀起一波帶有恐懼和反感的七嘴八舌：

「狂犬病！他怎麼得到的？」

「從行政區帶來的，我敢打賭。」

「很好，現在他會讓整個都城遭到感染！」

所有學生都回到自己座位，不想錯過任何事，並回想這種疾病的童年印象。

科利奧蘭納斯與麗西斯特拉塔兩人一致保持沉默，但他看著傑賽普曲曲折折越過競技場，朝著露西．葛蕾走去，心裡越來越憂慮。傑賽普不知道自己到底怎麼想。在正常狀況下，科利奧蘭納斯很確定傑賽普會保護她，但如果露西．葛蕾一直逃命，顯然傑賽普已喪失理智。

鏡頭跟著露西．葛蕾，看著她衝過競技場，開始跌跌撞撞爬上破損的圍牆，登上設有記者包廂的看台。記者包廂設置在競技場的中段，占據了好幾排座位，似乎逃過先前的炸彈攻擊。她停步一會兒，喘個氣，評估著傑賽普飄忽不定的跟隨步伐，然後跑向附近一處販賣攤位的廢墟。攤位的骨架還在，但中間炸成碎片，頂蓋已經拋到三十呎之外。整個區域散落著磚塊和木板，活像是障礙賽的跑道，她迂迴穿越其間，直到佇立於整個混亂區域的頂部。

遊戲設計師善用她的靜止不動，拉近鏡頭來個特寫。科利奧蘭納斯看著她龜裂的雙唇，不禁將手伸向自己的通訊鐲。自從進入競技場之後，她似乎沒有取得飲水，而那已經是一天半前的事了。他用力按下，命令送出一瓶水。隨著一次次申請，無人機遞送服務的速度逐漸加快。就算必須不斷奔跑，她只要待在空地上，他們就能把水送過去。如果她能逃離傑賽普，科利奧蘭納斯會送去滿滿的食物和飲水，供她自己使用，以及與老鼠藥混合在一起。不過由此刻看來，那似乎要從長計議。

傑賽普一路穿越競技場，似乎對露西．葛蕾的排斥感到很困惑。他開始跟在後面爬上看台，但很難保持平衡。等到他進入那片廢墟，協調性變得更差了，以重重的力道兩次摔倒在地，膝蓋和太陽穴都裂開很大的傷口。第二次摔傷後流了相當多血，他似乎暈頭轉向，坐在一道台階上，向她伸出手。他蠕動嘴唇，這時白沫開始滴到他的下巴。

露西．葛蕾仍然一動也不動，看著傑賽普的痛苦神情。他們創造一個奇特的戲劇化場面：狂犬病男孩，受困的女孩，炸彈夷平的建築。它所述說的故事只可能以悲劇收場。一對不幸的戀人迎向他們的命運。復仇故事展開新頁。這將是沒有俘虜的戰爭傳奇。

拜託快死吧，科利奧蘭納斯心想。萬一得了狂犬病，最後是怎麼死的呢？無法呼吸，或者也許心跳停止？無論是哪一種死法，傑賽普死得越快，對於牽涉其中的所有人就是越好的結局。

一架無人機帶著水瓶飛進競技場，露西．葛蕾抬起頭，盯著它搖搖擺擺的飛行路徑。她的舌頭舔舐著嘴唇，似乎充滿期待。然而無人機飛越傑賽普的頭頂時，事情發生了，一陣顫抖搖撼他的身體。他用一塊板子揮打無人機，使之墜毀於攤位區。水從破掉的水瓶流出來，讓他陷入更加激動不安的狀態。他向後退，絆到座椅而摔倒，然後直直朝向露西．葛蕾奔去。她的回應呢，則是開始爬上更高的地方。

科利奧蘭納斯驚慌失措。讓廢墟阻隔在她和傑賽普之間的策略還算有用，但若是隔絕於競技場之外，她則是陷入險境。病毒或許危及傑賽普的行動能力，但也對他強有力的身體賦予了狂烈與急躁，而且沒有一件事能讓他的注意力從露西・葛蕾身上移開。**只有送水的那一刻除外**，他心想。水。有個名詞浮現他的腦海。那個名詞來自都城以前貼出的海報。**恐水症**14。對水的恐懼。狂犬病患者無法吞嚥，因此一看到水就大抓狂。

他的手指開始按自己的通訊鐲，命令送出水瓶。也許足夠把傑賽普嚇跑。如果有必要，他會把戶頭的資金全部用光。

麗西斯特拉塔伸手放在他的手上，阻止他。「不要，讓我來。畢竟，他是我的貢品。」她開始下令送出一瓶又一瓶的水。送進飲水，把傑賽普逼到走投無路。她的神情沒有顯露太多情緒，但一滴眼淚從她臉頰滑落，才剛碰觸到嘴角，她就伸手抹掉。

「麗西……」自從他們長大以後，他就沒有這樣叫過她。「你不必這樣做。」

「如果傑賽普不能獲勝，我希望露西・葛蕾可以。那也是他的願望。而如果他殺了她，她就不能獲勝了，」她說。「那很有可能發生。」

在螢幕上，科利奧蘭納斯看出露西・葛蕾確實一步步走向危險的境地。她的左方聳立著競技場的後側高牆，右邊則是記者包廂側邊的厚玻璃。眼看著傑賽普繼續追去，她好幾次嘗試躲開，但他持續修正自己的路徑，以便阻擋她的去路。等他移動到二十呎內，她開始對他說話，伸出手做出安撫的動作。那讓他停下來，但只是暫時停下，接著再度向她走去。

在競技場的另一端，麗西斯特拉塔的第一瓶水，也說不定是彌補剛才摔破的那瓶水，總之開始飛向兩名貢品。這部機器的航道似乎比較穩定和準確，後面跟隨的小型機隊亦然。露西・葛蕾查看無人機時，不再繼續往後撤退。科利奧蘭納斯看到她伸手輕拍百褶裙，那底下的口袋裝有銀色的粉餅盒，他視之爲一種暗號，表示她了解那些水的意義。她指著那些無人機，開始大聲喊叫，成功讓傑賽普轉過頭。

傑賽普愣住了，害怕得眼睛都快凸出來。隨著無人機隊逐漸靠近，他伸手亂抓，但是都沒有碰到。等到機隊開始放下水瓶，他完全失控。爆裂物可能還無法引發這麼強烈的反應，水瓶砸向座位的聲響促使他陷入極度瘋狂的狀態。有個瓶子裝的水噴到他的手，只見他整個人往後跳，活像那是強酸液體。他沿著走道往下跑，蹦蹦跳跳前往競技場，但又有十幾架無人機抵達，開始轟炸他。由於那些水是直接遞送給貢品，他也就無處可逃。他往下飛奔衝向前排座位時，一隻腳絆到東西，結果向前撲倒，飛越看台的矮牆，摔到競技場上。

14 Hydrophobia的字意是恐水症，罹患狂犬病會造成舌咽神經麻痺而吞嚥困難，口渴看到水卻無法喝水，而且無法發聲而嘶啞叫喊，因此也用Hydrophobia指稱狂犬病。

他落地時，伴隨著骨頭劈啪折斷的聲音，讓觀眾大吃一驚，因爲傑賽普剛好落在競技場內收音效果特別好的少數區域之一。他仰躺在地，一動也不動，只有胸口起起伏伏。剩下的水瓶宛如雨點一般落在他身上，只見他的嘴唇向下彎，眼睛連眨都沒眨一下，凝視著水面反射的燦亮陽光。

露西．葛蕾衝下階梯，整個人掛在欄杆上。「傑賽普！」他唯一能做的，就只有把視線從她臉上移開。

科利奧蘭納斯幾乎聽不見麗西斯特拉塔的耳語。「喔，別讓他孤零零死去啊。」

露西．葛蕾衡量著危險程度，花了一點時間評估空蕩蕩的競技場，然後沿著損壞的圍牆一路往下爬，跑到他身旁。科利奧蘭納斯好想放聲哀號——她得離開那裡啊；然而有麗西斯特拉塔在身旁，他不能那樣做。「她不會，」他向麗西斯特拉塔保證，同時想到露西．葛蕾如何把燃燒的橫梁從他身上拖走。「那不是她的作風。」

「我還剩下一點錢，」麗西斯特拉塔說著，抹抹眼睛。「我會送出一些食物。」

傑賽普的目光跟隨著露西．葛蕾，看著她跳過最後一段距離到達競技場，但似乎無法移動。他因爲墜落而癱瘓嗎？她謹愼地跑到他身邊，跪在他的長手臂剛好碰不到的地方。她努力擠出微笑，說道：「傑賽普，你現在要睡覺了，聽見沒？換你睡，輪到我站崗。」似乎有什麼因素奏效了，也許是她的聲音，或者過去兩週來她反覆對他訴說的話語。他臉上的僵硬線條放鬆了，眼皮眨了幾下。「這樣就對了，讓自己沉沉睡去。如果你不睡覺，怎麼會作夢呢？」露西．葛蕾匆匆向前，伸出一隻手放在他頭上。「沒關係，我會照顧你。我就在這裡，我就待在這裡喔。」傑賽普定睛看著她，生命從他的身體漸漸消逝，胸膛變得靜止不動。

露西．葛蕾撫平他的瀏海，向後坐在自己的腳踝上。她深深嘆了一口氣，科利奧蘭納斯感覺到她筋疲力盡。她搖搖頭，彷彿要讓自己清醒一點，接著抓起最近的一瓶水，扭開瓶蓋，喝沒幾口就一飲而盡。接著喝第二瓶，再喝第三瓶，然後用手背抹抹嘴。她站起來，檢視傑賽普，接著打開另一瓶水，淋在他臉上，沖掉白沫和唾液。她從口袋裡拿出白色的亞麻餐巾，原本鋪在科利奧蘭納斯賽前最後一晚拿給她的餐盒裡。她傾身向下，用餐巾邊緣輕輕蓋上他的眼皮，然後展開整塊布，蓋住他的臉，不讓觀眾看見。

麗西斯特拉塔送去的食物包裹重重掉落在她周圍，似乎讓露西．葛蕾回過神來，她趕快撿起那些麵包和乳酪，塞進口袋。她用裙子兜起水瓶，但很快便停下來，因爲利波出現在競技場的遠處那端。露西．葛蕾沒有浪費時間，帶著禮物進入最近的通道，消失不見。利波讓她離開，但在逐漸變暗的光線中走過去，收集剩下的幾瓶水，並看傑賽普一眼，但沒碰觸他的身體。

科利奧蘭納斯心想，對以後來說，這也許是不錯的兆頭。如果貢品養成搜刮死者禮物的習慣，剛好就會陷入下毒的計畫。然而，他沒有太多時間仔細思索這點，因為雷比達跑來請麗西斯特拉塔發表談話。

「哇！」雷比達說。「真是沒想到！你知道狂犬病的事嗎？」

「當然不知道。我會警告當局，這樣他們可以去檢測動物園裡的浣熊，」她說。

「什麼？你是說，他不是從行政區帶來病症？」雷比達說。

麗西斯特拉塔很堅定。「不是，他是在都城這裡被咬的。」

「在動物園？」雷比達看起來很憂慮。「我們很多人都曾在動物園待一陣子耶。有隻浣熊跑來我的裝備旁邊，你知道的啊，用那雙不可思議的小手亂抓亂摸……」

「你沒有得到狂犬病，」麗西斯特拉塔冷冷地說。

雷比達伸出手指做出抓扒的動作。「牠在摸我的東西。」

「你有沒有要談傑賽普？」她問。

「傑賽普？沒有，我從來沒機會接近他。喔，嗯，你是說……那麼你有沒有什麼想法？」他問。

「我有。」她深吸一口氣。「我希望大家了解，傑賽普眞的是好人。炸彈剛開始在競技場裡爆炸時，他整個人撲到我身上保護我。那其實不是有意識的行爲。他那樣做是反射動作。他的本質就是那樣的人。保護者。我不認爲他有機會贏得飢餓遊戲，因爲他拚死都要努力保護露西・葛蕾。」

「喔，像是忠狗之類的。」雷比達點點頭。「眞的是好人。」

「不，不像狗。像人類，」麗西斯特拉塔說。

雷比達看著她，嘗試判斷她是不是開玩笑。「嗯。盧基，總部有沒有什麼想法？」攝影機捕捉到盧基正在咬手指上一塊冥頑的肉刺。「喔，什麼？嗨！目前腦袋一片空白。讓我們回去瞧瞧競技場的狀況，好嗎？」

隨著鏡頭移開，麗西斯特拉塔開始收拾東西。

「還不要走啦。留下來跟我們一起吃晚餐，」科利奧蘭納斯說。

「喔，不了，我只想回家。不過呢，科利歐，感謝陪伴。你是好夥伴，」她說。

他抱抱她。「你也是喔。我知道那並不容易。」

她嘆口氣。「嗯，至少我脫身了。」

其他導師聚集在她周圍，對她說著表現很好之類的，然後她就離開會堂，沒有等其他同學就先走出去。事發突然，不一會兒，留下來的人就只有剩餘的十位導師了。這時，他們以全新的眼光審視彼此，因爲加入了普林西獎，每個人不只希望**擁有**優勝的貢品，更希望自己**就是**飢餓遊戲的優勝者。

遊戲設計師一定萌生同樣的想法，因爲盧基重新出現在螢幕上，盤點剩下的貢品和他們的導師。分割畫面並排顯示一對對搭檔的照片，搭配他唸出旁白。有些導師哀號不已，因爲發現螢幕上的照片是有損形象的學生證照片，但科利奧蘭納斯反而覺得鬆口氣，因爲主辦單位沒有特別強調他現在傷痕累累的臉。至於貢品，他們沒有正式照片，於是秀出來的是自從抽籤日以後隨機拍攝的畫面。

表單根據行政區依序列出，從第三區的厄本／泰絲麗和伊娥／希爾克這兩對開始。「我們的科技區貢品讓所有人大感驚奇，他們要用那些無人機做什麼呢？」盧基說。接下來出現的是飛斯都和柯蘿，再來是泊瑟芬和米森。「我們進入最後十強，第四區的貢品爬得好高！」拉米娜在她的橫桿上，而普普的照片出現時讓他自己大聲歡呼，直到替換成崔奇在動物園耍雜技的照片，還有維普薩妮亞。「以及大眾最愛的拉米娜和普林尼．哈靈頓，加上第七區的男孩，崔奇，以及他的導師，維普薩妮亞．希克！那麼，第三、四和七區都還有完整的兩組人馬！再來是獨挑大梁的貢品。」一張伍薇蹲在動物園的模糊照片，搭配的是希拉瑞斯臉上爆出一顆可怕青春痘的照片。「第八區的伍薇，由希拉瑞斯．黑文斯比負責指導！」由於他們用塔納的專訪畫面，他與多米希亞並列時看起來好多了。「來自第十區的男孩，等不及要好好利用他的屠宰場技術！」接著是利波，挺立於競技場的模樣非常強壯，與面貌完美無瑕的克萊蒙西亞很相配。「這位貢品呢，你可能會想重新考慮一下喔！來自第十一區的利波！」最後，科利奧蘭納斯看到自己的照片，認為不太好，也不太壞；搭配露西．葛蕾在專訪上高歌的耀眼照片。「而最受歡迎獎要頒給科利奧蘭納斯．史諾，以及來自第十二區的露西．葛蕾！」

最受歡迎？好高興啊，科利奧蘭納斯想著，但沒有特別驚嚇。反正呢，別放在心上。廣受歡迎已經讓露西．葛蕾得到大把鈔票。她活著，有水喝，有食物吃，而且好好地儲存起來。希望趁其他人讓排名人數減少時，她能好好躲起來。失去傑賽普當她的保護者是一大打擊，但她自己躲起來會比較簡單。科利奧蘭納斯曾答應她，她在競技場裡絕對不會孤軍奮戰，他從頭到尾都會與她同在。她現在還緊緊握著那個粉餅盒嗎？有沒有想著他，就像他想著她一樣？

科利奧蘭納斯更新手上的導師名單，把傑賽普和麗西斯特拉塔劃掉實在很不開心。

第十屆飢餓遊戲

導師分配表

第一行政區

男生：法賽特　導師：莉維亞・卡迪歐

女生：瓦維莉恩　導師：帕米拉・蒙提

第二行政區

男生：馬可士　導師：賽嘉納斯・普林西

女生：莎賓恩　導師：佛羅瑞斯・弗蘭德

第三行政區

男生：希爾克　導師：伊娥・賈斯伯

女生：泰絲麗　導師：厄本・坎維爾

第四行政區

男生：米森　導師：泊瑟芬・普萊斯

女生：柯蘿　導師：飛斯都・克里德

第五行政區

男生：海伊　導師：丹尼絲·弗林

女生：索兒　導師：伊菲格涅亞·摩斯

第六行政區

男生：歐圖　導師：阿波羅·林恩

女生：吉妮　導師：黛安娜·林恩

第七行政區

男生：崔奇　導師：維普薩妮亞·希克

女生：拉米娜　導師：普林尼·哈靈頓

第八行政區

男生：波賓　導師：茱諾·菲浦斯

女生：伍薇　導師：希拉瑞斯·黑文斯比

第九行政區

男生：潘洛　導師：蓋俄斯·布林恩

女生：雪芙　導師：安卓科斯·安德森

第十行政區
男生：塔納　導師：多米希亞・惠姆希維克
女生：布蘭迪　導師：亞拉契妮・克萊恩
第十一行政區
男生：利波　導師：克萊蒙西亞・多夫寇特
女生：迪兒　導師：菲力克斯・拉文史提爾
第十二行政區
男生：傑賽普　導師：麗西斯特拉塔・維克斯
女生：露西・葛蕾　導師：科利奧蘭納斯・史諾

範圍大幅縮減，但存活的貢品有好幾人很難擊敗。利波、塔納、第四區的兩名貢品……而誰知道第三區那對聰明的小搭檔在忙什麼呢？

十位導師聚在一起，吃著美味的燉羊肉配李子乾時，科利奧蘭納斯好想念麗西斯特拉塔。她一直是他唯一真正的盟友，就像傑賽普和露西・葛蕾一樣。

用完餐之後，他坐在飛斯都和希拉瑞斯之間，盡力不要打瞌睡。到了九點左右，自從傑賽普死後沒有發生什麼重大的事件，他們可以回家了，且奉命隔天早上要更早來這裡集合。他迷迷糊糊走路回家，但想起提格莉絲給的第二枚代幣，於是滿心感激地搭乘電車，電車在他家公寓的一個街口外放他下車。

祖奶奶已經上床睡了，但提格莉絲在他的房間等他，同樣裹著他母親的毛皮外套。提格莉絲坐在躺椅上，他癱倒在她腳邊，知道還沒向她說明先前競技場的經歷。讓他遲疑的原因，不是只有疲累而已。

「我知道，你想聽昨天晚上發生的事，」他對她說，「但是我很怕把那些事告訴你。我很怕你知道以後會惹上麻煩。」

「科利歐，沒關係。大部分的事，你的襯衫都告訴我了。」她從地上拿起他在競技場穿壞的襯衫。「你也知道，衣服會對我述說很多事。」她在腿上撫平那件襯衫，開始重新建構他昨晚的恐懼，首先抬起袖子上沾染血跡的裂口。「就在這裡。這是刀子砍你的地方。」她的手指沿著布料撫摸裂口。「所有這些小小的撕裂，還有卡到泥土的方式，在在告訴我，你滑行一段距離，或甚至可能遭到拖行……這符合你下巴的擦傷，還有領子的血跡。」提格莉絲摸摸領口，然後繼續說。「另一隻袖子，看它扯破的方式，我會說你曾經勾到帶刺的鐵絲網。可能是在路障那裡吧。不過這裡的血跡，噴灑在袖口……我覺得不是你的血跡。我覺得，你在那裡必須做的事，眞的很恐怖。」

科利奧蘭納斯低頭凝視血跡，感受到木板敲打在波賓頭上的衝擊力道。「提格莉絲……」

她揉揉自己的太陽穴。「而且我一直在想，怎麼會變成這樣啊。我的小嬰兒堂弟，他連一隻蒼蠅都不會打，居然得在競技場裡，爲了自己的性命奮力搏鬥。」

此時此刻，全世界他最不想進行的對話就是這個。「我不知道。我沒有選擇的餘地。」

「我知道。我當然知道。」提格莉絲展臂攬住他。「我實在很痛恨他們對你做的事。」

「我很好，」他說。「不會持續很久。而就算我沒有獲勝，也會拿到某種獎學金，十拿九穩。眞的喔，我覺得情況會有轉機，會變好。」

「對啊。眞的。我很確定會變好。史諾至高至尊，」她表示同意。然而，她臉上的表情述說著相反的意思。

「怎麼了？」他問。她搖頭。「拜託，怎樣啦？」

「我不打算告訴你，想要等到飢餓遊戲結束以後……」她陷入沉默。

「可是你現在一定要說，」他說。「否則我會想像最糟的狀況。拜託，快點告訴我。」

「我們會想辦法解決。」她開始站起來。

「提格莉絲。」他拉著她坐下。「到底發生什麼事？」

提格莉絲心不甘情不願，伸手到外套口袋裡，拿出一封信，上面蓋著都城的郵戳。她把信遞給他。「稅單今天送來了。」

她不需要詳細說明。她的神情述說了一切。沒有錢繳納稅金，沒有辦法借到更多錢，史諾家即將失去他們的家。

18

科利奧蘭納斯一直拒絕面對稅金，但現在，他們必須搬家的現實像卡車一樣撞擊他。這是他所知道唯一的家，他怎麼可能對它說再見？對他的母親，對他的童年，對戰爭之前他生活中那些甜美的回憶說再見？這四面牆不只保護他家人的安全，不受世界的傷害，也保護史諾家的財富傳奇。他將會失去自己的居所，自己的過往，自己的身分。

他們有六週的時間把錢準備好。要湊足的金額相當於提格莉絲一整年的收入。這對堂姊弟列出他們可能還得賣掉的東西，試著估價，但即使把每一件家具、每一件紀念品都賣掉，最多也只相當於幾個月的薪水。而且稅單會不斷冒出來，每個月都有，像鐘錶一樣精準。他們會需要賣掉家裡的物品，無論多麼沒有價值都得嘗試，以便租一間新的住處。必須不惜一切代價，避免因爲稅金的問題遭到驅趕；萬一外界得知這件事，帶來的羞辱會太巨大、太持久。所以他們必須採取行動。

「我們要怎麼辦？」科利奧蘭納斯問。

「不能怎麼辦，要等到飢餓遊戲結束。你得專心在那上面，這樣才能得到普林西獎，或至少得到另一個獎。我會處理這部分，」她堅定說道。她幫他倒了一杯熱牛奶，淋上玉米糖漿，並撫摸他陣陣抽痛的頭，直到睡去。他夢見一些令人不安的殘暴情景，重演競技場的那些事件，醒來之時也一如往常。

施惠國之珍寶，

偉大之城，

歷經無數歲月，您仍閃耀如新。

一、兩個月後，搬到他們的租屋處，祖奶奶仍會唱國歌嗎？還是覺得太丟臉，不敢再大聲唱？這番早晨的唱歌活動雖然讓他備受嘲笑，但想到這點還是覺得很感傷。

他更衣時拉扯到手臂的縫線，這才想起他應該要跑一趟堡壘，讓那裡的醫生檢查一下。臉部的擦傷結出暗紅色的痂，不過已經消腫了。他用一點母親的粉餅輕拍臉部，雖然沒有眞正蓋住結痂，但香氣對他有點撫慰作用。

他們的財務狀況令人絕望，因此提格莉絲拿代幣給他時，他毫不猶豫就接受了。既然大筆金錢很久以前就溜走，何必費心節省小錢呢？在電車上，他吃著塗上堅果醬的蘇打餅乾，但是差點噎到，只好努力不拿普林西老媽的早餐麵包卷來比較。他閃過一個念頭，由於他救了賽嘉納斯，普林西家可能會提供借款，或甚至支付一筆錢要他保持沉默，但祖奶奶絕對不會允許，而且要史諾家在普林西家的面前卑躬屈膝，根本連想都不用想。然而，普林西獎是公平的競賽，提格莉絲說得對，接下來的幾天會決定他的未來。

到了中等學院，十位導師喝著自己的茶，準備上鏡頭。每一天，他們都受到更嚴格的檢視。遊戲設計師已經派來一位化妝師，想辦法讓科利奧蘭納斯臉上的結痂顯得柔和一點，並順便幫他修整眉形。大家似乎都沒心情直接聊飢餓遊戲，只有希拉瑞斯．黑文斯比除外，他沒有其他話題可聊。

「對我來說不一樣，」希拉瑞斯說。「我昨天晚上查看表單。每一位離開的貢品都曾經得到食物，或至少得到飲水，畢竟他們一直在競技場裡。只有一直沒出現的伍薇除外。她到底在哪裡？我是說，如果她根本縮成一團，在那些通道裡面死掉了，我怎麼會知道呢？也許她已經死了，而我只能像笨蛋一樣坐在這裡，把玩我的通訊鐲！」

科利奧蘭納斯很想叫希拉瑞斯閉嘴，因為其他人都有實際的問題要解決，但最後他只移動位置，坐進位於邊緣、飛斯都旁邊的座位。飛斯都正與泊瑟芬深入討論問題。

盧基·富萊克曼的開場是對剩下的貢品再做重點介紹，並邀請雷比達挑選導師進行講評。科利奧蘭納斯首先被點名，回應傑賽普的駭人狀況。他特別稱讚麗西斯特拉塔對突發的狂犬病狀況處理得非常好，也感謝她在傑賽普生命最後一刻的慷慨大度。他轉身面對落敗導師的座位區，請她站起來，並邀請觀眾給她熱烈的掌聲。大家不僅答應請求，更有至少一半的人起立致敬，而麗西斯特拉塔看似很不好意思，但他覺得她其實不在乎。接著他補充說，他希望能好好感謝她，實現她的預測，即獲勝者會是來自第十二區的貢品，也就是，露西·葛蕾。觀眾自己都看得出來，他的貢品有多聰明。而大家也不該忘記她如何守護著傑賽普，直到他痛苦死去。同樣的，你會預期都城女孩會做出那種舉動，但是來自行政區的女孩？這是值得深思的事情：大家越是推崇飢餓遊戲獲勝者的人品，她就越能反映出眾人的價值觀。這番話一定有某個因素對觀眾產生顯著的效果，因為他的通訊鐲立刻傳出至少十幾個叮叮聲。他對著攝影機舉起通訊鐲，感謝那些慷慨的贊助人。

大概是無法忍受太多人的注意力投注在科利奧蘭納斯身上，普普往前坐，大聲嚷嚷說，他呢，「最好讓拉米娜吃早餐！」然後下令送出一大批食物和飲料。沒有人能跟他比，因為競技場裡唯一看得到的貢品是拉米娜，所以只有另一種方法能夠激怒普普，就是他的通訊鐲沒有傳出新的叮叮聲，這讓科利奧蘭納斯覺得很得意。

科利奧蘭納斯知道接下來會請其他人接受訪問，不會再點到他，於是他裝出興味盎然的模樣，但其實幾乎沒有聽到別人講了什麼。爲了錢而接近老頭子史特拉堡．普林西，這個想法一直糾纏著他；當然不是勒索他，只是讓他有機會用財務方面的禮物表達感謝。如果科利奧蘭納斯順路拜訪普林西家，查看賽嘉納斯的健康狀況呢？他的腿有一道可怕的砍傷。對耶，如果他只是順路經過，然後看看會怎樣？

此時，盧基打斷伊娥的想法，她正談到希爾克可能會利用無人機。「嗯，如果無人機上的發光二極體沒有壞掉，他也許能夠做出某種手電筒，到了晚上會有很大的優勢……」這時盧基將觀眾的注意力轉向利波，他出現在路障那邊。

拉米娜已經從六架無人機收集到飲水、麵包和乳酪，把那些糧食整齊排列在橫桿上。她幾乎沒發現利波進來，不過他打定主意走向她。他向上指著太陽，然後指著她的臉。科利奧蘭納斯頭一次注意到，拉米娜在戶外待了那麼多天，皮膚付出了代價。她遭到嚴重曬傷，鼻子因而脫皮。鏡頭拉近檢視，她光裸的腳背也曬得紅通通。利波指指她的食物。拉米娜搓搓自己的腳，似乎考慮著他提出的不曉得什麼提議。他們來來回回一陣子，接著雙雙點頭表示同意。利波小跑步穿越競技場，往上爬向施惠國的國旗。他拿出自己的長刀，刺破那塊沉重的織品。

會堂裡的觀眾掀起一陣抗議聲浪。如此不尊重神聖國旗的舉動把他們嚇壞了。眼看利波開始來回切割國旗，割下約莫小毯子那樣的一塊布，眾人的不安更加高漲。沒錯，這種行爲應該要受到管束。沒錯，他應該要受到某種方式的懲罰。不過既然參與飢餓遊戲就是最終的懲罰，沒有人知道該怎麼辦才好。

雷比達匆匆走向克萊蒙西亞，詢問她對自己貢品的行爲有何看法。「嗯，這是愚蠢的舉動，對吧？這下子誰會贊助他呢？」

「那不重要吧，畢竟你從來沒有給他食物，」普普發表意見。

「等他做了某件事值得給食物，我就會給他，」克萊蒙西亞說。「不管怎麼說，我想，你已經付了今天的份。」

普普皺起眉頭。「眞的嗎？」

克萊蒙西亞對著螢幕點點頭，只見利波小跑步回到橫桿那邊。他和拉米娜又有進一步的協商。接著，大約數到三的短暫功夫，利波把那塊捲成一團的旗幟往上拋，而拉米娜向下丟一塊麵包。旗幟丟得不夠高，她沒能接住。緊接著進行更多協商。等到利波歷經多次嘗試終於丟上去之後，她用一塊乳酪回報他。

這不是正式的結盟，但交換物資似乎讓這兩人建立了一點關係。拉米娜攤開旗幟蓋在頭上時，利波背靠著其中一根桿子坐下來，吃他的麵包和乳酪。他們沒有再彼此交談，不過兩人之間有種相對平靜的氣氛，等到三人組出現在競技場的遠端時，拉米娜指出他們。利波對她點個頭表示感謝，然後撤退回到路障後面。

柯蘿、米森和塔納坐在看台上，做出吃東西的動作。飛斯都、泊瑟芬和多米希亞都幫助他們，於是三個貢品分享無人機拋下的麵包、乳酪和蘋果。

回到攝影棚，盧基帶著他的寵物鸚鵡「朱比里」來到鏡頭前，花了好幾分鐘試著哄牠，要牠對海咖院長說：「嗨，帥哥！」那隻鳥呢，最近因爲對抗疥癬的毛病而有點沮喪，牠不說話，蹲踞在盧基的手腕上，只見院長交叉雙臂等著。「喔，說啊！快點！『嗨，帥哥！嗨，帥哥！』」

「盧基，我覺得牠不想說，」海咖院長最後終於說。「也許牠覺得我一點都不帥。」

「什麼？哈！不不不。牠只是在陌生人面前很害羞。」他伸手遞出那隻鳥。「你想不想拿著牠？」

院長直往後退。「不想。」

盧基把朱比里放回胸口，用指尖摸摸牠的羽毛。「那麼，海咖院長，你對這所有的事有什麼看法？」

「所有……什麼？」海咖院長問道。

「所有這些事，飢餓遊戲所發生的各式各樣的事。」盧基在空中揮揮手。「所有的事啊！」

「嗯，我注意到遊戲有新的互動方式，」海咖院長說。

盧基點點頭。「互動。請繼續。」

「從一開始。其實呢，甚至更早之前。競技場發生炸彈事件時，不只奪走了參與者的性命，也改變了地貌，」海咖院長繼續說。

「改變地貌，」盧基複述一次。

「是的。現在我們有路障、橫桿、通道。這是全新的競技場，也讓貢品採取全新的行爲模式，」院長解釋說。

「而且我們有無人機！」盧基說。

「完全正確。如今在飢餓遊戲裡，觀眾是積極的玩家。」海咖院長把頭靠向盧基。「而你知道，那代表什麼樣的意思。」

「什麼意思？」盧基說。

院長以緩慢的速度說出接下來的話，彷彿對小孩子說話。「盧基，那表示，我們全部一起在競技場裡。」

盧基皺起眉頭。「唔。我不是很懂。」

海咖院長以食指輕敲太陽穴。「想想看啊。」

「嗨，帥哥！」朱比里沮喪地呱呱叫。

「喔，來了！我就說嘛，對吧？」盧基得意洋洋說道。

「對啊，」院長坦承說。「不過還是出乎意料。」

午餐之前沒有發生其他太多事。盧基針對各個行政區做了氣象預報，加上小不點朱比里的陪伴，但那隻鸚鵡拒絕再說話，於是盧基開始用高亢的聲音幫牠講話。「朱比里，第十二區的天氣看起來如何啊？」**「盧基，他們有雪。」**「朱比里，七月有雪？」**「科利奧蘭納斯・史諾就是雪**[15]**！」**

鏡頭切到科利奧蘭納斯看他的反應，他對攝影機豎起大拇指。他不敢相信這是他的生活。

午餐令人失望，菜單是堅果醬三明治，而他早餐吃過堅果醬了。他還是吃，因爲免費的他都吃，維持體力很重要。一波騷動傳遍整個會堂，大家指著螢幕上發生的某件事，於是他匆匆回到座位。也許露西・葛蕾現身了？

她沒有。不過，早晨發懶的三人組決定要有點作爲。三個人邁開大步穿越競技場，走到拉米娜那根橫桿的正下方。拉米娜一開始沒注意到，但是塔納用劍刃敲打一根桿子，引起她的注意。拉米娜坐起來，查看三人組，而她一定是察覺到氣氛有異，因爲她拿出自己的斧頭和刀子，用旗幟擦亮利刃。

一陣短暫商量後，第四區的兩名貢品把他們的三叉戟交給塔納，然後三人組散開。柯蘿和米森各自走向支撐橫桿的兩根金屬桿，而塔納站在拉米娜的正下方，兩隻手握著那對三叉戟。柯蘿和米森將刀子咬在口中，彼此點個頭，開始爬上各自的桿子。

飛斯都在椅子裡扭動身子。「開始了。」

「他們絕對辦不到，」普普煩躁地說。

「他們受訓在船上工作，爬繩是其中一部分的訓練，」泊瑟芬指出。

「索具，」飛斯都說。

「好啦，我懂。畢竟呢，我父親是指揮官，」普普說。「爬繩是另一回事。桿子比較像樹木。」

15史諾（Snow）的字意是雪，玩諧音遊戲。

但普普早就把大家惹得很怒，有些導師即使已經沒有貢品參加遊戲，此時似乎都急著發表意見。

「桅杆呢？」維普薩妮亞問。

「或者旗竿？」厄本也插嘴說。

「他們辦不到啦，」普普說。

這對第四區的搭檔缺乏拉米娜的流暢動作，但還是辦到了，慢慢爬得越來越高。塔納指揮兩人，叫柯蘿等一下，因為米森稍微落後。

「你看，他們調整速度，讓兩人同時到達桿頂，」伊娥說。「他們讓她選擇要對付誰，然後另一人會爬上橫桿。」

「所以她會殺了其中一人，然後爬下去，」普普說。

「塔納會在下面等，」科利奧蘭納斯提醒他。

「嗯，我知道啦！」普普說。「不然你覺得我要怎麼辦？又不是說他們得了狂犬病，有很簡單的對策，像是送水過去！」

「你絕對想不到要怎麼辦，」飛斯都說。

「當然想得到，」普普氣呼呼地說。「閉嘴啦！你們所有人！」

眾人陷入一陣沉默，但主要因爲柯蘿和米森快到頂端了。拉米娜的頭一下往前看一下往後，要決定迎戰哪一個人。接著她向柯蘿走去。

「不，不要女生，要男生啦！」普普大聲叫嚷，整個人跳起來站著。「這樣她就得在橫桿上迎戰男生啊。」

「我也會做同樣的選擇。我不會想在那上面迎戰那個女生，」多米希亞說，還有幾位導師也喃喃表示同意。

「眞的？」普普再考慮一下。「也許你說得對。」

拉米娜到達橫桿末端，毫不遲疑就對著柯蘿揮舞斧頭，剛好錯過頭皮，但是削掉一撮頭髮。柯蘿向下撤退，讓自己往下降大約一碼，但拉米娜又對她發動幾次攻擊，彷彿要逼迫得徹底一點。如同預期，這讓米森有時間爬上橫桿，但是塔納把三叉戟拋上去給他時，三叉戟只往上飛了三分之二的高度就掉回地面。拉米娜對柯蘿最後一次揮動斧頭，然後快速衝向米森。米森在橫桿上的步伐不像拉米娜那麼穩健，只能努力踏出略顯猶豫的幾步，任憑拉米娜逼近他。塔納第二次拋擲的狀況比較好，但三叉戟撞上橫桿底部，又掉入泥土裡。米森本來蹲下去嘗試抓住三叉戟，這時連忙挺直身子，而拉米娜在這一刻趕到，用斧頭的平坦那側敲打他向外彎曲的膝蓋。揮擊的力道讓兩人都失去平衡。但拉米娜跨坐在橫桿上恢復平衡時，米森卻掉下去，他只能放開刀子，光用一隻手臂吊住自己。

這時，柯蘿爬到桿頂，狂喊一聲，連競技場內的音響系統都收到聲音。塔納連忙跑到她那邊，奮力將三叉戟扔到接得住的範圍內。看著柯蘿在空中輕鬆抓住武器，都城的觀眾發出幾陣驚嘆的叫喊聲。拉米娜看了米森一眼，他那種無助的狀態不會造成立即的威脅，於是她轉過身，振作精神，迎向柯蘿的攻擊。拉米娜的平衡感比較好，但柯蘿手中武器的攻擊範圍比較大。拉米娜用斧頭擋住最初幾次猛刺，柯蘿則拿三叉戟抖來抖去分散注意力，最後刺入對手的腹部。柯蘿放開武器向後退，拿出刀子備用，但是完全不需要了。拉米娜從橫桿掉下去，撞擊地面而死。

「不！」普普大叫，那個字在整個黑文斯比會堂裡迴盪。他文風不動站著好長一段時間，接著收拾座位，離開導師區，不理會雷比達伸長的麥克風。他的座位在莉維亞旁邊，只見他把椅子猛力靠攏，然後大步走出會堂。科利奧蘭納斯覺得他努力忍住不哭出來。

柯蘿走過去找米森，站在他上方，給他措手不及的一拳，科利奧蘭納斯還以為她打算把米森的手臂踹開，送他步上拉米娜的後塵。不過呢，她反倒坐在橫桿上，兩條腿扣緊作為支撐，然後幫助他平安脫險。斧頭讓他膝蓋受創，但是很難評估傷害程度有多大。他緊跟在柯蘿後面，用半滑半放手的方式沿著桿子下降，然後柯蘿從地上撿起沒用到的那支三叉戟，塔納任憑它棄置在那裡。米森倚著桿子，測試自己膝蓋的狀況。

塔納在拉米娜的遺體上方表演某種舞蹈，接著突然向他們衝過去。米森笑起來，舉起雙手要來個勝利的擊掌。塔納才剛碰到他的手，這時柯蘿將第二支三叉戟刺進他的背。他往前倒向米森，而米森呢，以桿子作爲支撐，把他往旁邊推。塔納轉了一圈，一隻手向背後猛揮卻徒勞無功，似乎設法拔掉三叉戟，但是帶有倒鉤的尖叉刺得很深。他跪倒在地，表情比較是傷心而非震驚，然後面朝下倒在泥土裡。米森拿刀刺入脖子，結束塔納的生命。接著他走回去，倚著桿子坐下，柯蘿則從拉米娜的旗幟撕下一條布，開始包紮米森的膝蓋。

在攝影棚裡，盧基拉長了臉，很像戴了搞笑的驚嚇面具。「我剛剛看了什麼？你們有沒有看見？」

多米希亞靜靜收拾自己的物品，緊抿著雙唇，一臉失望的樣子。但是等到雷比達把麥克風伸到她面前時，她以平靜又超然的語氣說話。「很意外，我以爲塔納有可能獲勝。而且他很可能獲勝，如果他的盟友沒有背叛他的話。我想那是重點，面對信任的人，你要小心一點。」

「在競技場裡外都一樣，」雷比達說著，心領神會地點頭。

「到處都一樣，」多米希亞附和說。「你也知道，塔納是個性非常敦厚的人。而第四區利用這一點。」她以悲傷的眼神看著飛斯都和泊瑟芬，顯示這對他們帶來很不好的影響，而雷比達彈彈舌頭，表示不贊同。「身爲飢餓遊戲的導師，我學到很多事，這是其中之一。我會永遠珍惜自己在這裡學到的經驗，也要向剩下的所有導師祝他們好運。」

「多米希亞，說得好。我想，你剛剛示範給你的同輩導師們看，怎麼樣成爲有風度的輸家，」雷比達說。「盧基？」

鏡頭切到盧基拿著一塊薄脆餅乾，想要引誘朱比里離開吊燈。「什麼？你不要跟另一個人聊聊？他叫什麼名字？指揮官的孩子？」

「他婉拒發表意見，」雷比達說。

「嗯，讓我們回到節目現場！」盧基大叫。

然而，節目暫時結束了。柯蘿幫米森的膝蓋包紮完畢後，從受害者的遺體上拔出三叉戟，收回他們的武器。米森跛著腳，兩人不慌不忙步行穿越競技場，前往他們偏好躲藏的通道。

薩提莉亞走過來，請導師們重新安排座位，排列成簡單兩排，每排各四個座位。伊娥、厄本、克萊蒙西亞和維普薩妮亞坐前排，科利奧蘭納斯、飛斯都、泊瑟芬和希拉瑞斯坐後排。搶椅子遊戲繼續進行。

也許身為盧基的傀儡有損尊嚴，因為朱比里待在吊燈上拒絕下來。盧基非常仰賴黑文斯比會堂和競技場前方的特約記者，那裡的群眾已經為各個貢品分別設置加油區。「露西．葛蕾隊」的成員包括男女老少，甚至有不少去聲人，但他們其實不能算在內，只是有人帶他們來高舉標語牌。

科利奧蘭納斯眞希望露西．葛蕾看得到有多少人愛她。眞希望她知道他有多麼支持她。他變得比較積極，在平靜無事的漫長等候期間，他將雷比達拉到一旁聊天，把露西．葛蕾捧上天。結果，她的贊助人禮物數量達到新高，他有自信可以餵飽她一整個星期。其他方面就眞的無事可做了，只能觀看加上等待。

崔奇跑出來很長一段時間，撿走拉米娜的斧頭，並讓維普薩妮亞送食物給他。泰絲麗取得另一架墜落的無人機，也收到厄本給她的一些食物。沒發生什麼其他狀況，直到傍晚，利波從路障那邊晃出來，揉著惺忪睡眼。他似乎無法理解眼前的情景，有塔納遭刺的遺體，特別是拉米娜。他繞著他們走了一會兒，然後抬起拉米娜，把她搬到波賓和馬可士躺著的地方，讓他們三人在地上排成一列。他繞著橫桿踱步了好一會兒，接著將塔納拖到拉米娜身旁。接下來的一小時，他先搬來迪兒，然後是索兒，讓她們加入他的臨時停屍間。

傑賽普是唯一繼續留在外面的人。利波可能很怕得到狂犬病。等到把其他人全部排列好，他著手揮趕聚集的蒼蠅。停下來想了一會兒之後，他走回去，從國旗割下第二塊布，蓋在那些遺體上面，這番舉動又在會堂內激起一波憤慨。利波抖開拉米娜那塊旗幟的剩餘部分，像斗篷一樣綁在自己的肩膀上。斗篷似乎鼓舞他的精神，只見他開始慢慢旋轉，然後回過頭，看著斗篷在背後飄揚起來。接著他奔跑，伸展雙臂，旗幟在陽光下飄動。最後，這天的行動似乎讓他筋疲力竭，他爬進看台，靜靜等待。

「喔，克萊咪，看在老天的分上，給他一點東西吃吧！」飛斯都說。

「管好你自己的事就好，」克萊蒙西亞說。

「你這個沒心沒肺的人，」飛斯都對她說。

「我是優秀的負責人。這有可能是漫長的飢餓遊戲。」她對科利奧蘭納斯露出微笑，看了就討厭。「而我又沒說要拋棄他。」

科利奧蘭納斯等一下在堡壘有約，他考慮邀她一起去。有人陪伴會有好處，她也可以去探望那些蛇。

五點到了，全體學生放學，而剩下的八位導師聚在一起吃燉牛肉和蛋糕。科利奧蘭納斯不能算是很想念多米希亞，當然絕不想念普普，不過他很想念那兩人在他和克萊蒙西亞、維普薩妮亞、厄本等人之間提供的緩衝功能。甚至包括希拉瑞斯，他老愛講自己身為黑文斯比家的人有多悲慘，讓人覺得很有壓力。等到薩提莉亞大約在八點放他們回家，他直衝門口，希望這時去檢查手臂還沒有太晚。

堡壘的守衛認出他，他們搜查過他的書包後，准許他帶著，而且沒有派護衛，請他自己下去實驗室。他迷路了一下子才找到目的地，接著在診間坐了半小時，醫師終於出現。她檢查他的生命跡象，查看縫線狀況，全都正常，然後叫他等一下。

實驗室裡充滿一種不尋常的活力。匆匆的腳步聲，提高的說話音量，各種不耐煩的指令。科利奧蘭納斯努力聆聽，但無法聽出這番活躍行動的原因。他確實不只一次聽到「競技場」和「飢餓遊戲」之類的字眼，不禁好奇有什麼關聯。等到戈爾博士終於現身，她只對縫線隨便看了一眼。

「過幾天再看，」她確認說。『史諾先生，告訴我，你認識蓋俄斯·布林恩嗎？」

「以前嗎？」科利奧蘭納斯問道，脫口說了「以前」。「認識啊。我是說，我們是同學。我知道他在競技場失去雙腿。他現在……」

「他死了。炸彈攻擊的併發症，」戈爾博士說。

「喔，不會吧。」科利奧蘭納斯無法接受這件事。蓋俄斯，死了？蓋俄斯·布林恩？他還記得蓋俄斯最近對他講的一個笑話，問說要用幾個叛軍才能綁一隻鞋的鞋帶。「我甚至沒有去醫院探病。葬禮是什麼時候？」

「正在規劃。你一定要保密，等我們正式公布消息，」她警告他。「我現在告訴你，只因爲到時候至少有人能有條理地對雷比達說些話。我相信你能應付。」

「是的，當然。那樣會很怪，在飢餓遊戲過程中宣布消息。很像叛軍的一項勝利，」科利奧蘭納斯說。

「完全正確。不過放心，會有後續發展。事實上呢，是你的女孩給我這種構想。如果她贏了，我們應該要交換意見。而我也沒有忘記你欠我一篇報告。」她離開了，並順手把簾幕拉上。

可以自由離開了，於是他扣上襯衫，收拾自己的書包。這次他又該寫什麼呢？關於混亂？控制？契約？他相當確定跟這些脫不了關係。到達電梯時，他發現前方有兩名實驗室助理，正努力把一輛手推車推進電梯。有個大型的水族缸放在手推車上，裡面滿滿的都是蛇，就是之前攻擊克萊蒙西亞的那種。

「她有沒有說要帶冷藏箱？」一名助理問。

「我記得是沒有，」另一位說。「我以爲牠們吃飽了。最好確認一下。如果搞錯，她會大發雷霆。」她注意到科利奧蘭納斯。「抱歉，需要倒退出來。」

「沒關係，」他說著，並走到旁邊，讓他們把水族缸推出來。電梯門關起來，他聽見電梯呼呼上升的聲音。

「喔，抱歉，它馬上就會回來，」第二位助理說。

「沒關係，」科利奧蘭納斯又說一次。不過他漸漸開始懷疑一個非常重大的問題。他想起實驗室裡的騷動，而且提到飢餓遊戲，還有戈爾博士保證會有後續發展。「你們要把那些蛇帶去哪裡？」他盡可能用天眞的語氣詢問。

「喔，只是送去另一個實驗室，」一名助理說，不過兩人互看一眼。「來吧，冷藏箱要兩個人才搬得動。」那兩人回到實驗室，獨留他一個人和那個水族缸。**「事實上呢，是你的女孩給我這種構想。」**他的女孩。露西．葛蕾。她登上飢餓遊戲的方法，是把一條蛇放進市長女兒的背後。**「如果她贏了，我們應該要交換意見。」**哪方面的意見？如何用蛇當作武器？他凝視著那些波浪狀扭動的爬行類，想像那些人把牠們釋放到競技場內。牠們會怎樣呢？躲藏？獵食？攻擊？就算他知道那些蛇的行爲模式（其實是不知道），他也認爲那些蛇不會遵循任何規範，畢竟牠們的基因是戈爾博士設計出來的。

科利奧蘭納斯一陣心痛，回想起最後一次與露西．葛蕾碰面的情景，當時他向她保證一定會獲勝，而她緊抓他的手不放。然而，如果有這個水族缸內的生物，他根本沒辦法保護她，就像他無法保護她不受三叉戟和利劍所傷。至少她可以躲開那些武器。他不是很確定，不過猜想那些蛇會直奔各條通道。黑暗不會削弱牠們的嗅覺。牠們不會認得露西．葛蕾的氣息，正如同牠們不會認得克萊蒙西亞的氣味。露西．葛蕾會放聲尖叫、倒在地上，雙唇變成紫色，然後面無血色，只見鮮亮的粉紅、藍色和黃色的膿汁流到她的百褶裙上……就是這個！第一次見到這些蛇時，他就是聯想到這件事。牠們與露西．葛蕾的衣裙好速配。彷彿牠們註定了她的命運……

不太知道自己怎會這麼做，總之科利奧蘭納斯發現自己的手上有塊手帕，捏成一團，很像盧基變魔術用的道具。他走向裝蛇的水族缸，背對著監視攝影機，探身過去，兩隻手放在蓋子上，彷彿那些蛇讓他深深著迷。從這個占據優勢的位置，他看著手帕從活板門掉下去，消失在那些彩虹身軀底下。

19

他做了什麼事？他到底在幹嘛？他的心臟怦怦狂跳，盲目地由一條街道轉進另一條，努力想弄懂自己舉動的意義。他無法清楚思考，但有種非常糟糕的感覺，他可能越過了某種不可逾越的界線。

走在科索大道上，感覺有很多雙眼睛盯著他。路上的行人或駕駛都很少，但連他們的注視都顯得目光灼灼。科利奧蘭納斯低頭鑽進公園，躲入陰影，坐到一張長椅上，四周包圍著灌木叢。他強迫自己的呼吸平穩下來，數著吸氣四次、呼氣四次，直到耳朵裡的血流不再砰砰作響。接著，他嘗試理性思考。

好，所以他把放在書包外側口袋，帶有露西．葛蕾氣味的那條手帕扔進蛇箱。他這樣做，是希望那些蛇不會咬她，不會像攻擊克萊蒙西亞那樣。於是，牠們不會害死她。因為他關心她。因為他關心她？還是因為他希望她在飢餓遊戲中獲勝，那麼他就可以穩穩拿到普林西獎？如果是後者，他就是靠著作弊而獲勝。

等一下。你又不知道那些蛇是否要去競技場，他心想。事實上，那些助理告訴他的是其他答案。歷史上根本沒發生過那種事。也許那只是一時的瘋狂亂想。而且就算最後眞的把那些蛇放進競技場，露西．葛蕾可能也絕對遇不到牠們。那個地方很大，他覺得那些蛇不會到處亂跑、胡亂攻擊。你得踩到牠們之類的。而且就算她眞的碰上一條蛇，而蛇沒有咬她，又有誰能夠追究到他呢？知道要那樣做，所需的知識和門路都屬於極高的機密等級，沒有人會認爲他知道。而且一條手帕有她的氣味，他怎麼會有那種東西呢？沒事的，他會沒事的。

除非他沒有跨越那條界線。無論有沒有人會拼湊出他的行爲，他知道自己跨越了那條界線。事實上，他知道自己已在那條線上徘徊了好一段時間。例如，他從學校餐廳拿了賽嘉納斯的食物交給露西．葛蕾。那是小小的違規，動機是極度渴望她活著，而且他很氣那些遊戲設計師的粗心大意。可以對相關的基本準則進行一番討論吧。但那並不是單一事件。他現在把一切都看得很清楚。過去幾週每況愈下，好像沿著斜坡往下滑，從賽嘉納斯的剩菜開始，最後他來到這裡，坐在荒涼公園的長椅上，在黑暗中瑟瑟發抖。如果無法阻止自己往下滑，斜坡的更下方會有什麼狀況等著他呢？他還能怎麼應對呢？嗯，就是這樣。現在停止了。如果沒有榮譽，他就一無所有。不能再有更多的欺騙了，不能再有更多見不得人的策略了。不能再有更多辯解了。從現在開始，他要活得實實在在，如果最後淪爲乞丐，至少會是正派的乞丐。

他的腳步帶著他走到離家很遠的地方，但他很清楚，普林西家的公寓只要再走幾分鐘就到了，何不順路拜訪一下？

有個身穿女僕服裝的去聲人打開門，作勢詢問該不該幫他拿書包。他婉拒了，並問賽嘉納斯有沒有空。女僕帶他前往會客室，指出他該坐的地方。等待的時候，他以心領神會的眼光看著室內的陳設。精緻家具，厚實地毯，刺繡掛毯，某人的青銅胸像。公寓外面沒什麼特別吸引人的地方，但室內裝潢的花費完全不手軟。普林西家所需要的，就是位於柯索大道的一個住址，鞏固他們的身分地位。

普林西夫人匆忙進來，渾身充滿歉意和麵粉。看來賽嘉納斯很早就去睡了，而他剛好碰上她在廚房裡。他要不要去樓下待一會兒，喝杯茶？或者也許她該把茶端來這裡，就像史諾家那樣。不，不，他向她保證，去廚房很好。意思好像是除了普林西家以外，所有人都在廚房招待客人。但他不是跑來提出批評的，他是來接受感謝的，而如果包含烘焙的東西，當然是更好。

「你喜歡派餅嗎？我有藍莓派，或者桃子派，如果你可以等一下的話。」她對著剛準備好的兩個派餅點頭示意，它們被放在流理台上等待烤箱預熱。「或者也許吃蛋糕？我今天下午做了卡士達蛋糕。去聲人最喜歡那種蛋糕，因爲呢，你也知道，很容易呑嚥。咖啡或茶或牛奶？」因爲焦慮，老媽兩道眉毛之間的紋路皺得很深，彷彿她能提供的東西都不夠好。

雖然他吃過晚餐，但堡壘事件和剛才走路都讓他耗盡體力。「喔，牛奶，拜託了。藍莓派會很棒，沒有人比得上您的廚藝。」

老媽倒了一大杯，都快滿出來了。她切出足足四分之一塊派餅，砰的一聲重重落到盤子上。「你喜歡冰淇淋嗎？」她問。接著是好幾球香草冰淇淋。她拉來一張椅子，放在意外簡單的木頭桌子旁。桌子上方有一張裝框的山景織錦圖，上面只有一個字：家。「那是我姊姊送我的。她是我現在唯一保持聯絡的人；或者是跟我保持聯絡的人，我猜。與房子的其他部分不是眞的很搭配，不過這裡是我的小天地。請坐。吃吧。」

她的小天地包含桌子、三張不搭配的椅子、織錦圖，還有一個塞滿古怪小玩意的架子。一對公雞造型的鹽和胡椒罐，一顆蛋形的大理石，還有一隻絨毛娃娃穿著補丁衣服。所有那些小東西，科利奧蘭納斯猜想，都是她從家鄉帶來的，是她對第二區設置的聖壇。令人同情啊，她那樣緊抓著後山地區不放。離鄉背井的可憐小人物，完全沒有融入此地的希望，只能日日做著卡士達蛋糕，送給永遠嚐不出滋味的去聲人，以此緬懷往日時光。他看著她把派餅送入烤箱，拿起自己那塊咬一口。好滿足啊，他的味蕾激動顫抖。

「怎麼樣？」她焦急問道。

「超棒，」他說。「普林西夫人，您烹煮的每一種東西都像這樣。」這不是誇大之詞。老媽或許很可悲，但她在廚房算是藝術家。

她允許自己微微一笑，與他一起坐在桌旁。「嗯，如果你還想吃別的，我們家的門永遠敞開。科利奧蘭納斯，我甚至不知道該怎麼開口感謝你，感謝你為我們做的事。賽嘉納斯是我的命根子。很抱歉他不能一起見你，他吃了很多那種鎮定劑，否則好像睡不著。他好憤怒，好失落。嗯，我不必告訴你他有多麼不開心。」

「都城實在不是最適合他的地方，」科利奧蘭納斯說。

「對我們普林西家的所有人都是，真的。我丈夫說，現在對我們來說很辛苦，到了賽嘉納斯和他的孩子就會好多了，但我不知道。」她抬頭看著架子。「科利奧蘭納斯，你的家人和朋友，那是你真正的生活，而我們把自己所有的一切都留在第二區。不過你早就知道了，我看得出來。很高興你有你的祖母，還有那位親愛的堂姊。」

科利奧蘭納斯發現自己努力想讓她高興起來，說著等到賽嘉納斯從中等學院畢業，情況會比較好。大學的人數較多，有來自整個都城各式各樣的人，他肯定會交到新朋友。

普林西夫人點點頭，但這番話似乎沒有說服她。去聲人女僕吸引她的注意，用某種手語進行溝通。「好的，他吃完派餅就會上樓，」普林西夫人對她說。「我丈夫想要見你，如果你不介意的話。我想，他想要感謝你。」

科利奧蘭納斯吞下最後一口派餅，向老媽道晚安，然後跟著女僕上樓到主樓層。厚實的地毯讓他們的腳步安靜無聲，於是一聲不響就抵達書房門口，門是打開的，他能窺見史特拉堡．普林西卸下防備的模樣。那位男士站在時髦的石砌壁爐前，一隻手肘放在壁爐架上，支撐著高大的身形，同時低頭凝視冬季會燃燒火焰的地方。這時爐床冰冷且空蕩，科利奧蘭納斯不禁好奇，他看著那裡，臉上是否浮現極度悲傷的神情。他的一隻手抓住身上便服外套的天鵝絨翻領，整個人感覺很不對勁；普林西夫人身上的設計師時裝或賽嘉納斯的西裝也是如此。從普林西家的衣櫥永遠可看出，他們太努力想要變成都城人。服裝品質無懈可擊，但與他們行政區的出身背景格格不入，反倒無法掩飾；那就像祖奶奶穿上麵粉袋做的衣裝，但仍透露出濃濃的柯索大道氣息。

普林西先生迎上他的目光，科利奧蘭納斯感受到一陣激動，想起以前與父親互動時的感受，混合了焦慮和笨拙，彷彿在那一刻，他因爲做了蠢事而遭活逮。然而，這位男士，是普林西家的人，不是史諾家的人。

科利奧蘭納斯露出他最社會化的微笑。「普林西先生，晚安。我沒有打擾您吧？」

「完全沒有。進來。請坐。」普林西先生示意的皮椅位於壁爐前方，而不是他那張大器的橡木書桌。那麼，這是私人會面，不是公務會面。「你吃過了？當然，你離開廚房前，我的妻子不可能沒有像塞火雞一樣把你餵飽。你想喝飲料嗎？也許來杯威士忌？」

成年人提供給他的飲料，從來不曾比波斯卡酒更烈，而波斯卡酒很快就讓他頭昏。進行這種交流時，他不能冒那種險。「我不知道要把酒裝進哪裡，」他說著笑了一聲，一邊拍拍自己肚子，一邊坐進椅子裡。「不過請便，您儘管喝。」

「喔，我不喝酒。」普林西先生坐進對面的椅子，凝視著科利奧蘭納斯。「你長得很像你父親。」

「我聽很多人這樣說過，」科利奧蘭納斯說。「您認識他？」

「我們的生意偶爾有重疊。」他的修長手指在椅子扶手上砰砰敲打。「很明顯，外貌很像。不過其實呢，你完全不像他。」

對，科利奧蘭納斯心想。**我很窮，又沒有權勢**。不過呢，也許感受上的差異很適合今晚的目的。他那位痛恨行政區的父親，應該很不情願看到史特拉堡．普林西獲准進入都城，變成軍火工業的大亨。他不是為了這樣的事情而在戰爭中犧牲生命。

「完全不像。否則你絕對不會跟著我兒子跑進那座競技場，」普林西先生繼續說。「不可能想像克拉瑟斯．史諾爲了我而冒生命危險。我一直問自己，你爲何那樣做。」

其實呢，沒有太多選擇的餘地，科利奧蘭納斯心想。「他是我的朋友，」他說。

「那句話，無論我聽了多少次都很難相信。不過甚至從一開始，賽嘉納斯就特別挑出你。也許你很像你母親，嗯？戰爭前我來這裡談生意的時候，儘管我有那樣的背景，她總是對我很親切，完全符合淑女的定義。我永遠忘不了。」他以嚴厲的眼神盯著科利奧蘭納斯。「你像你母親嗎？」

這番對話與科利奧蘭納斯先前的想像完全不同。關於用金錢報答的談話在哪裡？如果永遠不會提供，他不可能乖乖接受。「我想要覺得我像她，在某些方面。」

「哪些方面？」普林西先生問。

這種詢問方式感覺好奇怪。那位忠誠又深情、每一晚都唱歌哄他入睡的人，他有什麼方面跟她很像呢？「嗯，我們都很喜歡音樂。」有嗎？她喜歡音樂，而他不討厭，他覺得是這樣。

「音樂，嗯？」普林西先生說著，彷彿科利奧蘭納斯講的話就像蓬鬆的雲朵一樣輕飄。

「而我眞的認爲，我們都相信所謂的好運是會得到報答的，日行一善之類的。但不是理所當然，」他補上一句。他根本不知道自己在說什麼，但普林西先生似乎聽懂了。

他想了一會兒。「我同意。」

「喔，那好。是的，嗯，所以……賽嘉納斯，」科利奧蘭納斯提醒他。

普林西先生的神情變得疲倦。「賽嘉納斯。順便謝謝你啊，救了他一命。」

「不需要道謝，就像我說的，他是我的朋友。」現在正是時候，索取金錢的時候。拒絕，說服，接受。

「很好。嗯，我想你該回家了。你的貢品還在遊戲裡，對吧？」普林西先生問道。

被打發掉了。科利奧蘭納斯從椅子上站起來。「喔，對。您說得對。只是想看看賽嘉納斯。他很快就會回學校嗎？」

「很難說，」普林西先生說。「不過謝謝你順道來拜訪。」

「沒什麼。請告訴他，大家很想念他，」科利奧蘭納斯說。「晚安。」

「晚安。」普林西先生對他點個頭。沒有金錢，連握個手都沒有。

科利奧蘭納斯匆匆離開，滿心失望。沉重的食物袋，以及奉派載他回家的司機，就是很體面的安慰獎，但結果他的拜訪完全是浪費時間，特別是戈爾博士的報告依然等著他。「**對於你申請獎學金有很好的加分效果**。」為何每一件事對他來說都是一場艱難的戰鬥呢？

科利奧蘭納斯告訴提格莉絲，他去看看賽嘉納斯的狀況，但她沒有要求他對於晚歸提出進一步的解釋。她泡了一杯特別的茉莉花茶給他喝。這是縱容，就像揮霍代幣搭電車一樣，但現在誰在乎呢？他坐下來寫作業，把那三個名詞寫在紙片上。混亂，控制，還有第三個是什麼？喔，對了。契約。如果沒有人好好控制人性會怎麼樣呢？這是他應該要闡述的主題。他曾說會陷入混亂。戈爾博士說從那裡開始發揮。

混亂。極度失序與騷亂。**「就像在競技場裡面那樣，」**戈爾博士曾這麼說。她稱之為**「很棒的機會」**、**「轉變的機會」**。科利奧蘭納斯想著在競技場裡面是什麼樣的感覺，那裡沒有規則，沒有律法，一個人的行動也沒有必然的結果。他的道德指南針瘋狂搖擺，失去方向。由於害怕成爲獵物，那逼他很快就變成掠食者，毫無保留把波賓活活打死。他轉變了，好吧，但不是變成他引以爲傲的模樣，而身爲史諾家的人，他的自我控制遠比大多數人更好。他試著想像，如果整個世界應用同樣那些遊戲規則，不曉得會是何種光景。沒有必然的結果。大家拿走各自想要的東西、想要的時候就拿，而且必要的時候痛下殺手。爲了存活可以驅使人做任何事。在戰爭期間，大家有很多日子都怕得不敢離開公寓。很多日子沒有律法，連都城都淪爲競技場的狀態。

是的，缺乏律法，那正是最核心的問題。因此，大家需要對律法取得一致的意見，並且好好遵守。戈爾博士所謂的**「社會契約」**就是指這個嗎？大家意見一致，不能搶劫、施暴或殺害別人？非如此不可。而且律法需要強制執行，控制就是在這裡派上用場。如果沒有針對契約執行控制的手段，就會陷入混亂。控制所需的力量層級要比一般人更高，否則大家會質疑、挑戰。這一點，唯有都城能夠做到。

他一直到凌晨兩點才釐清這個概念，但篇幅只有快寫滿一頁紙張。戈爾博士會想要更多內容，但他今晚只能擠出這些篇幅了。他爬上床，夢見露西．葛蕾遭到彩虹蛇追殺。他嚇一大跳醒過來，渾身發抖，聽著國歌的旋律。**你一定要讓自己集中心神**，他對自己說。**飢餓遊戲不可以持續更久**。

普林西夫人提供的早餐令人開心，對他是很大的激勵，挺進飢餓遊戲的第四天。在電車上，他狼吞虎嚥吃下一片藍莓派、一個香腸麵包卷，以及一個乳酪塔。穿梭於飢餓遊戲和普林西家之間，他的腰帶漸漸變得合身。他會努力走路回家。

天鵝絨欄索圍住講台那一區，剩下八位導師，現在每張椅子的背後都掛了一塊牌子，寫著座位主人的名字。事先指定座位是新招，可能企圖緩和過去幾天暴增的尖銳批評。科利奧蘭納斯維持坐在後排，位於伊娥和厄本之間。可憐的飛斯都夾在維普薩妮亞和克萊蒙西亞之間。

盧基與朱比里一起歡迎觀眾，早就受夠的朱比里此刻關在籠子裡，那籠子比較適合兔子而非鳥兒。競技場內沒什麼動靜，貢品似乎都還在睡覺。唯一的新發展是某個人，可能是利波，曾經把傑賽普的遺體拖向路障附近的那排死者。

科利奧蘭納斯很緊張，等著聆聽蓋俄斯．布林恩的死訊，但是沒有傳來。遊戲設計師待在競技場前方，那裡群眾的聚集範圍持續擴大。如今不同的支持者穿著印有貢品和導師肖像的T恤，科利奧蘭納斯看到自己的圖像從大螢幕回眸瞪著他，感到既高興又尷尬。

一直到早上過了一半，才有第一個貢品現身，觀眾過了一會兒才認出她。

「是伍薇！」希拉瑞斯大喊，顯得鬆口氣。「她還活著！」

科利奧蘭納斯記得那孩子很瘦，但現在看起來更是骨瘦如柴，四肢像柴枝，臉頰凹陷。她蹲在一個通道口，穿著骯髒的條紋洋裝，在陽光下瞇著眼，手裡抓著一個空水瓶。

「伍薇，撐住！食物在路上了！」希拉瑞斯說著，拚命按他的手鐲。她不可能有很多贊助人，但永遠有人願意把賭注放在不太有希望的選項上。

雷比達衝過來，而希拉瑞斯詳盡解說伍薇的優點。他指出，她鬼鬼祟祟沒現身，宣稱這是他們一路以來的策略，躲起來讓戰場清空。「而看看她！她現在躋身最後八強！」六架無人機加速飛越競技場朝她而去時，希拉瑞斯越來越興奮。「現在送去的是她的食物和飲水！她只需要好好抓住補給品，跑回去躲起來！」

補給品對著伍薇拋下時，她舉起雙手，但似乎處於茫然狀態。她摸索著地面，找到一瓶水，掙扎著轉開瓶蓋。喝了幾口後，她癱回去靠在牆邊，微微打個嗝。一道細細的銀色液體從嘴角緩緩滴下，接著她定住不動。

觀眾看不明白，等了一會兒。

「她死了，」厄本朗聲說道。

「不！不，她沒死。她只是休息！」希拉瑞斯說。

然而，伍薇的眼睛眨也不眨，對著燦亮的陽光盯了越久，就越難相信她還活著。科利奧蘭納斯仔細端詳她的唾沫，既不清澈也沒血絲，但有點異狀；他不禁心想，露西．葛蕾是否終於想辦法讓老鼠藥派上用場。那應該很容易，讓瓶子裡的水留下最後幾口，摻入毒藥，隨意放置在某條通道裡。絕望的伍薇不會多想就喝下。但似乎沒有其他人發現出了什麼差錯，就連希拉瑞斯也沒發現。

「不知道耶，」雷比達對希拉瑞斯說。「我覺得你的朋友說的可能是對的。」

他們又等了漫長的十分鐘，伍薇沒有表現出半點生命跡象，希拉瑞斯才終於放棄，從他的椅子上站起來。雷比達說了一堆讚美的話，希拉瑞斯雖然失望，但也認為情況有可能比現在糟多了。「考慮到她的條件，她努力撐了很長一段時間。我希望她能早一點出來，我才能給她東西吃，不過我覺得自己大可抬頭挺胸。不能小看最後八強啊！」

科利奧蘭納斯在心裡暗自核對表單。第三區的兩名貢品，第四區的兩名，還有崔奇和利波。這些就是擋在露西．葛蕾和勝利之間的所有一切。六名貢品，以及相當多的運氣。

在競技場裡，伍薇之死有好一陣子沒有引起注意。幾乎到了午餐時間，利波才從路障那裡跑出來，依然披著他的旗幟斗篷。他小心翼翼接近伍薇，但她擺的姿勢如果活著時並沒有威脅，死了肯定也沒有。利波蹲在她旁邊，拿起一顆蘋果，更仔細檢視她的臉，接著皺起眉頭。

他知道，科利奧蘭納斯心想。**他至少懷疑那不是自然死亡**。

利波放下蘋果，用兩隻手臂抬起伍薇，走向那些死去的貢品，將食物和飲水棄置原地。

「看見沒？」克萊蒙西亞說著，沒有特別問誰。「有沒有看見我碰到的問題？我的貢品精神錯亂。」

「我猜你說得對，」飛斯都說。「之前眞抱歉。」

結果就這樣。伍薇之死並沒有在競技場之外引起懷疑，競技場之內也只有利波質疑死因。露西．葛蕾不像是粗心大意的人。她選擇瘦弱的伍薇作爲目標，也許根本是因爲那孩子已經快死了，能夠掩飾中毒的狀況。他覺得很挫折，因爲不能與她聯繫，一起調整最新策略。剩下這麼少人，躲藏仍然是最好的方法嗎？表現得比較積極對她會不會比較好？他當然不知道答案是什麼。此時此刻，她有可能正在放置有毒的食物和飲水。無論如何，她都需要更多物資，而如果她不現身，他就無法提供。雖然他並不相信心電感應，但仍嘗試用這種方法傳遞訊息給她。**露西·葛蕾，讓我幫忙。或至少讓我看看你好不好**，他心裡這樣想。接著又加一句：**我想你**。

到了第四區要來搜刮伍薇的食物時，利波已經回到通道裡。他們完全不在乎食物的來源，這讓科利奧蘭納斯放下心來，沒有人發現有可能下毒。他們就在伍薇死去的地方坐下來，每一口都狼吞虎嚥，接著漫步走回他們的通道。米森走路跛著腳，但如果要打鬥，他依然會勝過剩下的大多數貢品。科利奧蘭納斯不禁想著，到最後會不會全部只剩下柯蘿和米森，由他們決定第四區的哪一個貢品把桂冠帶回家。

科利奧蘭納斯沒吃完學校午餐，這輩子從來不曾這樣，但是用紙碗裝的皇帝豆配麵條讓他好想吐。肚子依然裝滿普林西家的早餐，連一湯匙都沒辦法叫自己吞下那種食物，於是得要趕快把沒碰的一整碗交換飛斯都的空碗，免得挨罵。「給你。吃皇帝豆讓我想起戰爭。」

「我的罩門是燕麥。只要吸到那種氣味，我就想躲到防空洞裡，」飛斯都說，他很快把東西吃光。「謝啦。我睡過頭，沒吃早餐。」

科利奧蘭納斯希望皇帝豆不是壞兆頭。接著他告誡自己：沒時間去相信那些迷信。他需要讓自己的頭腦保持敏銳，面對攝影機的時候維持風度，就這樣度過一天。露西．葛蕾現在一定越來越餓。他一邊喝水，一邊盤算著下一次傳遞食物。

由於希拉瑞斯離開了，後排剩下的三張導師座椅往中間移動，科利奧蘭納斯坐進中間他的座位。如同多米希亞所說，這很像「大風吹」搶椅子遊戲，而這群人眞的是他童年的玩伴。如果他以後有小孩，他期盼有一天能實現，那他們會不會仍是「都城菁英聯誼會」的一份子？還是會被貶低到一些次等的圈子？如果他們有比較廣泛的家族關係可以動用，那會很有幫助，但史諾家到了這一代，只剩他和提格莉絲了。如果沒有提格莉絲，他會自己一個人孤孤單單走向未來。

那天下午，競技場內沒發生什麼事。科利奧蘭納斯等待著露西．葛蕾，希望有機會給她東西吃，但她依然神隱。大多數令人興奮的事件是競技場外的觀眾提供的。柯蘿的支持者混入崔奇的支持者——一般認爲崔奇最有機會加冕成爲勝利者——揮了幾拳之後，維安人員把兩群人分開，把他們分別送往群眾的最遠兩端。科利奧蘭納斯覺得很高興，他自己的支持者比較有風度。

到了傍晚，盧基重回轉播崗位時，戈爾博士坐在他對面，手上捧著籠子，朱比里待在那裡面。那隻鳥前後搖晃，很像小孩子努力讓自己舒舒服服。盧基以憂慮的眼神瞄著自己的寵物，也許已經料到牠會消失於實驗室。「我們今天有一位特別來賓：首席遊戲設計師戈爾博士，她已經和朱比里變成朋友了。戈爾博士，我聽說您有一點壞消息要告訴我們。」

戈爾博士把朱比里的籠子放到桌上。「是的。由於在競技場的叛軍炸彈攻擊中受了傷，一直沒有好轉，我們又有一位中等學院的學生，蓋俄斯・布林恩，過世了。」

聽著他的同學們大叫起來，科利奧蘭納斯努力集中精神。隨時可能有人叫他去回應蓋俄斯之死，但那並非他焦慮的來源。要稱讚蓋俄斯是很容易的事；他在這個世界上沒有敵人。

「我代表所有人，向我們都城的家人表達同情之意，」盧基說。

戈爾博士的神情變得嚴峻。「確實是。不過行動所傳達的音量比說話聲音更大，而我們叛軍敵人的聽力似乎很差。爲了回應，我們打算爲他們在競技場內的孩子準備一點特別的。」

「可以收看了嗎？」盧基說。

在競技場的正中央，泰絲麗和希爾克蹲坐在一堆瓦礫上面，到處戳戳弄弄，不曉得在做什麼。他們顯然對利波不感興趣，利波坐在高高的看台上，背倚著競技場的牆壁，裹著他的斗篷。突然間，崔奇從一條通道冒出來，逼近第三區的兩名貢品，他們連忙逃向路障。

觀眾傳出困惑的喃喃說話聲。戈爾博士保證有「**一點特別的**」，到底在哪裡？大家得到答案了，因爲看到一架特大號的無人機飛進競技場，載運那個彩虹蛇水族缸。

科利奧蘭納斯本來一直說服自己，覺得那些蛇會發動攻擊只是想太多，但是看到水族缸運進來，他打消了那念頭。他的腦袋已經把一些疑惑拼組成正確的順序。他所不知道的，只有那些蛇放出去之後會有什麼反應，但是他去過實驗室。戈爾博士不養寵物；她只設計武器。

那個不尋常的包裝箱引起崔奇的注意。也許他以爲有某種超級特殊的禮物指名要給他，因爲那架無人機到達競技場中央時，他停下腳步。泰絲麗和希爾克也停下來，就連利波也站起來觀察那件貨物。約在距離地面十碼的地方，無人機放開那個沒有蓋子的水族缸。容器撞到地面沒有碎裂，而是彈跳起來。接著，就像花朵打開花瓣一樣，它的四面側壁倒向地面。

那些蛇朝向四面八方逃竄出去，彷彿塵土透射出七彩繽紛的陽光。

坐在前排的克萊蒙西亞整個人跳起來，喊出令人毛骨悚然的尖叫聲，差點害飛斯都從椅子掉下來。大多數人才剛開始了解螢幕上的最新發展，她的反應似乎極端激烈。由於怕克萊蒙西亞驚慌之餘把整件事抖出來，科利奧蘭納斯跳起來，伸出兩隻手臂從背後攬住她，不確定這種舉動的意思是安撫或壓制。克萊蒙西亞變得全身僵硬，但也安靜下來。

「牠們沒有在這裡。牠們在競技場，」科利奧蘭納斯對她附耳說道。「你很安全。」不過隨著情勢發展，他繼續抱著她。

崔奇有伐木行政區的背景，也許讓他對蛇有一定的熟悉。牠們從水族缸衝出來的那一瞬間，他立刻轉過身，衝向看台。他像山羊一樣跳上瓦礫堆，然後繼續移動，一邊往上跑，一邊跳過一排排的座椅。

泰絲麗和希爾克略顯困惑，而這短暫片刻就讓他們付出很大的代價。泰絲麗跑向一根桿子，努力往上爬個幾碼，希望能安全躲過；希爾克則踩到一支生鏽的舊長矛而絆倒，於是那些蛇追上他。十幾對尖牙刺入他的身體，接著那些蛇彷彿覺得心滿意足，繼續前進。希爾克的身體閃現粉紅、黃色和藍色，傷口也噴出鮮亮的膿汁。他的體型比克萊蒙西亞稍小，體內卻注入兩倍的毒液，只見他艱苦喘氣了大約十秒，然後就死了。

泰絲麗緊抓住桿子，盯著希爾克癱軟的屍體，嚇得哭起來。在她下方，那些纖細的彩蛇聚集成群，在桿子底部周圍奮力彈跳扭動。

在這番情景之外，盧基的旁白隆隆作響。「這是怎麼了？」

「這些是變種動物，我們在都城的實驗室研發出來，」戈爾博士向觀眾說明。「牠們只是幼蛇，但長大之後很容易就會超越人類，毫不困難就能爬上那根桿子。牠們是設計用來追捕人類，而且繁殖速度很快，任何傷亡都可以快速替換掉。」

到了這時，崔奇已經抵達計分板上方的狹窄架子，利波則在記者包廂的屋頂上找到避難所。有少數的彩蛇想辦法爬過瓦礫堆，進入看台，聚集在他們下方。

麥克風捕捉到微弱的聲音，是女生的尖叫聲。

她們逮到露西．葛蕾了，科利奧蘭納斯想著，滿心絕望。**手帕沒有用**。

但就在這時，米森從最靠近路障的通道衝出來，後面跟著尖叫的柯蘿。有一條蛇懸垂在她的手臂上。她把那條蛇扯掉，但牠掉在地上的那一刻，又有十多條蛇朝她衝過去，目標是她的小腿。米森拋開他的三叉戟，往上飛跳起來，越過泰絲麗，抓住她上方的桿子。儘管膝蓋受傷，他還是只花上次的一半時間就爬到桿頂。從那裡，他眼睜睜看著柯蘿狂躁的模樣，但幸虧時間很短，就結束了。

由於地面的目標都解決掉了，大部分的蛇重新集結在泰絲麗的下方。她漸漸無力抓緊桿子，遂向米森大叫要他幫忙，但他只搖了搖頭，比較是震驚過度，而不是惡意不幫。

觀眾開始此起彼落發出噓聲，但科利奧蘭納斯不明白爲何會這樣。等到會堂安靜下來，他豎起耳朵聽見聲音，那要很注意才聽得到。不知在何處，實在非常細微，有人在競技場裡唱著歌。

他的女孩。

露西・葛蕾從她藏身的通道出現了，以慢動作移動，倒退著走。她每次抬起腳都小心翼翼，一步一步往後踏，身子跟著她唱的節奏輕輕搖晃。

啦，啦，啦，啦，

啦，啦，啦，啦，啦，啦，

啦，啦，啦，啦，啦，啦……

那是當時歌詞的延伸，但無論如何都引人注意。跟隨著她，彷彿受到旋律催眠的，總共有六條蛇。

科利奧蘭納斯放開克萊蒙西亞，她冷靜下來了，他輕輕把她推向飛斯都。他往前走向螢幕，屏住呼吸，看著露西・葛蕾繼續後退，接著繞路前往傑賽普的遺體停放處。她的音量稍微放大一點，不知是否刻意，只見她漸漸倒退靠近麥克風。也許爲了最後一首歌，爲了最後一次表演。

然而，沒有一條蛇意圖攻擊她。事實上，她似乎正吸引牠們從競技場四面八方而來。泰絲麗的桿子下方那群蛇變少了，有幾條蛇從看台滑下來，還有十幾條蛇從一些通道溜出來，加入眾蛇的遷徙行列，去找露西．葛蕾。牠們環繞在她周圍，從四面八方聚集而來，讓她無法繼續往後退。鮮豔的蛇身扭動著爬過她的赤腳，纏繞著她的腳踝，只見她慢慢低下身子，輕輕坐在一塊大理石上。

她用指尖將百褶裙攤開在塵土上，彷彿是一種邀請。隨著那些蛇向她湧去，褪色的布料消失了，讓她有了用爬行類編織而成的鮮豔裙子。

20

科利奧蘭納斯的雙手緊握成拳頭，不確定那些毒蛇有什麼意圖。之前在水族缸裡，那些蛇曾經接觸到他那張提案紙的氣味，結果完全無視於他的存在。然而，這些蛇似乎像磁鐵一樣，吸附到他的貢品身上。難道是環境造成這樣的差異？從那個溫暖狹窄的水族缸，突然間釋放到廣闊且沒有遮蔽的競技場內，牠們真能找出她是唯一熟悉的氣味嗎？牠們真的受到她的吸引，窩在她的裙子上覺得很安全？

露西．葛蕾對這些一無所知，因為那天在動物園，他本來要把克萊蒙西亞和彩蛇的事情告訴她，但她身處的狀況比他自己糟糕太多，他也就沒有提起彩蛇的事。就算當時告訴她，他的信心也不可能來個一百八十度大轉變，覺得自己有能力找到方法，干預遊戲中的那些蛇。她認為是什麼因素抑制牠們呢？一定是她唱的歌。她曾在家唱歌給蛇聽嗎？「**那條蛇是我很特別的一位朋友，**」她曾在動物園對那個小女孩這樣說。也許以前在第十二區，她與幾條蛇變成朋友。也許她覺得如果停止歌唱，牠們絕對會當場殺了她。也許這是她的臨終之歌。她絕對不希望在臨終之際沒有唱出最後的歌曲。她會希望臨終之際穿上鞋子，置身於她所能找到最燦爛的聚光燈之下。

等到露西．葛蕾開始唱出歌詞，她的聲音很輕柔，但是宛如鐘聲一樣清晰。

你要步向天國，
那美好的來世，
而我已一腳踏入。
然而能高飛之前，
仍有未完之事需完成，
就在此處，就在
熟悉的來世之前。

一首古老的歌，科利奧蘭納斯心想。談到來世，這讓他想起賽嘉納斯和他撒的麵包屑，但最後一句的「來世之前」很好笑。那一定是指現在。此處。此時。她還活著的此刻。

我會同行
等我唱完我的歌，
等我結束樂隊，
等我彈奏完畢，
等我償還借貸，
等我再無遺憾，
就在此處，就在
熟悉的來世之前，
等到再也
無事留下。

遊戲設計師切換成較長的鏡頭，科利奧蘭納斯本來好想大聲抗議，但隨即明白為何這樣做。競技場裡的每一條蛇似乎都沉醉於她的迷人歌曲，朝向她群聚而去。就連窩在泰絲麗下方的那群蛇，本來都準備要攻擊了，這時也放棄原本的目標，奔向露西．葛蕾。泰絲麗仍然因為精神創傷而瑟瑟發抖，這時搖搖晃晃滑落到地面，踏著蹣跚的步伐，走向一道鐵絲網圍籬，那是路障的一部分。她一路爬到安全的高度，這時歌曲繼續唱著。

我會跟上你
等我飲盡手中杯，
等我耗光友誼，
等我兩頭燒盡，
等我哭乾淚水，
等我戰勝恐懼，
就在此處，就在
熟悉的來世之前，
等到再也
無事留下。

攝影機又切回露西·葛蕾的特寫鏡頭。科利奧蘭納斯有種感覺，她經常得迎合那些猛灌烈酒而醉醺醺的觀眾。她的專訪之前那幾天，他聽了很多類似故事，在某間小酒吧裡，一群醉漢搖搖晃晃，揮舞著手上斟滿琴酒的馬口鐵杯。其實烈酒似乎不是必需，因爲他匆匆回頭看了一眼，發現黑文斯比會堂內有不少人開始跟隨她的節奏搖擺身子。她漸漸提高音量，歌聲在競技場內悠悠迴盪……

我會帶來消息
等我舞到忘我，
等我身體力竭，
等我船隻擱淺，
等我釐清真相，
而我平躺在地，
就在此處，就在
熟悉的來世之前，
等到再也
無事留下。

……然後漸次加強，她讓歌曲來到尾聲。

等我宛如白鴿純潔，
等我學會如何去愛，
就在此處，就在
熟悉的來世之前，
等到再也
無事留下。

最後一個音符迴盪在空中，所有觀眾屏息以待。那些蛇等待聲音漸漸消逝，然後——難道那只是他的想像？——牠們開始騷動起來。露西．葛蕾的回應是輕柔的哼唱，彷彿對象是靜不下來的小嬰兒。隨著她周圍的蛇鬆懈下來，觀眾也默默跟著放鬆。

鏡頭切回盧基身上，他看起來像那些蛇一樣深深入迷，眼神有點呆滯，嘴巴張開。等他看到自己在監視螢幕上的模樣，猛然回過神，然後將注意力轉向面無表情的戈爾博士。

「嗯，首席遊戲設計師，向……大家……致意吧！」

黑文斯比會堂爆出起立鼓掌，但科利奧蘭納斯的目光無法從戈爾博士身上移開。那種難以理解的神情，背後究竟是怎麼回事？她是否把那些蛇的行爲模式歸因於露西．葛蕾唱的歌？或者懷疑那根本是犯規？就算戈爾博士得知手帕的事，也許她會原諒他，因爲結果變得這麼戲劇化。

戈爾博士微微點個頭表示致意。「謝謝你。不過今天的焦點應該不是我，而是蓋俄斯．布林恩。也許他的同學想要跟我們分享一些回憶。」

雷比達在黑文斯比會堂立刻展開行動，向蓋俄斯的同學收集一些往事。幸虧戈爾博士事先給他一點提醒，因爲每個人都分享笑話或有趣的往事，只有科利奧蘭納斯努力將話題緊扣著英雄的殞落、那些彩蛇，以及他們在競技場內目擊到的報應。「這麼一位耀眼的都城年輕人死了，我們絕對不能讓他死得無聲無息。有人打我們，我們要用兩倍的力道打回去，就像戈爾博士以前提過的。」

雷比達試圖改變話題，談論露西．葛蕾和那些蛇的驚人演出，但科利奧蘭納斯只說：「她非常優秀。不過戈爾博士說得對。這個時刻屬於蓋俄斯。讓我們把露西．葛蕾留到明天再討論。」

花了整整半小時緬懷過去之後，雷比達代表節目，向飛斯都和伊娥表達道別之意，畢竟柯蘿和希爾克已死於蛇毒。科利奧蘭納斯給飛斯都一個大大的擁抱，沒想到看著他最信賴的朋友離開講台會這麼感傷。他對於失去伊娥也有同樣的感受，畢竟她讓氣氛比較偏向理性，而不只是好鬥——他對剩下的其他人就只有這種感覺。也許只有泊瑟芬除外，他決定晚餐跟她一起吃。食人族還比殺手好。

全體學生都回家了，留下幾位有資格的導師吃他們的牛排晚餐。科利奧蘭納斯環顧他周圍的競爭者。身爲最後五強，他應該要高興得飛上天。但如果是其他人獲勝，海咖院長可能還是會頒給他一份獎學金，也許不夠支付大學學費，甚至得獎理由還會提及他的缺點。只有普林西獎頁的能夠保護他。

他的注意力轉向螢幕，露西．葛蕾繼續對她的寵物哼哼唱唱，泰絲麗消失在路障後面，而米森、崔奇和利波占據於高高在上的位置。雲層滾滾而來，意味著暴雨將至，也產生耀眼的日落景象。由於天氣變差，夜幕很快就降臨，而他都還沒吃完布丁，露西．葛蕾就從視線中消失，一陣低沉的隆隆雷聲搖撼整個競技場。他希望閃電能提供一點照明，但隨之而來的大雨讓夜幕難以看透。

科利奧蘭納斯決定睡在黑文斯比會堂，其他四名剩下的導師也一樣。只有維普薩妮亞想到要帶寢具，因此其他人把自己安頓在有襯墊的椅子上，翹起雙腳，用書包當作臨時枕頭。

下雨的夜晚讓會堂十分涼爽，科利奧蘭納斯坐在椅子上打盹，一隻眼睛微微張開，盯著螢幕上的任何動靜。暴風雨讓一切顯得模糊，最後他睡著了。接近黎明之時，他突然驚醒，連忙看看四周。維普薩妮亞、厄本和泊瑟芬睡得正酣。在幾碼之外，在昏暗的光線中，克萊蒙西亞大大的黑眼睛閃閃發亮。

他並不想與克萊蒙西亞爲敵。假如史諾家的堡壘即將崩垮，他會需要朋友。在毒蛇事件之前，他對克萊蒙西亞盡了最大的努力。她也一直和提格莉絲相處融洽。但要怎麼樣更進一步呢？

克萊蒙西亞有一隻手伸進上衣裡，用手指觸摸著鎖骨，她曾在醫院展示那裡給他看。那裡覆蓋著鱗片。

「那些消失了嗎？」他輕聲說。

克萊蒙西亞很緊張。「慢慢變淡了。終於。他們說，可能要花一年那麼久。」

「那些會痛嗎？」這是他第一次想到這點。

「不會痛。是拉扯。拉扯我的皮膚。」她搓搓那些鱗片。「很難解釋。」

受到信心的鼓舞，他更進一步。「克萊咪，我很抱歉。眞的。那整件事。」

「你又不知道她有什麼盤算，」克萊蒙西亞說。

「對，我是不知道。不過在那之後，在醫院裡面，我應該去找你。我應該要破門而入，確定你沒事，」他堅持這樣說。

「對呀！」她以斷然的語氣說道，但似乎變得放鬆一點。「不過我知道你也受傷了。在競技場裡面。」

「噢，不用幫我找藉口啦。」他雙手一攤。「我不值得，我們兩人都知道！」

一抹微笑。「幾乎啦。我想，我應該要謝謝你，你今天讓我沒有變成徹徹底底的大笨蛋。」

「有嗎？」他瞇起眼睛，一副努力回想的樣子。「我只記得緊緊抓住你不放。我不需要躲在你背後啦，不過當時眞的是緊抓不放。」

她微微笑起來，但隨即變得嚴肅。「我不該那麼責怪你。很抱歉。我好害怕。」

「有很充分的理由啊。眞希望你今天不用看見那種景象，」他說。

「也許那有宣洩作用啦。反正我覺得比較好了，」她坦白說。「我很可怕嗎？」

「沒有，」他說。「你只是很勇敢。」

好了，他們的友誼搖搖晃晃重新開始。他們讓其他人繼續睡，兩人則分享科利奧蘭納斯偷藏的最後一塊乳酪塔，東扯西聊，甚至亂出主意，嘗試讓露西・葛蕾和利波在競技場內結爲盟友。但意識到那大概不是他們所能控制的，也就放棄了。那兩人有可能組成搭檔，也可能不會。

「至少我們又變成盟友了，」他說。

「嗯，反正不是敵人，」克萊蒙西亞同意說。不過等他們跑去洗臉，準備面對鏡頭時，她拿自己的肥皂借他用，他就不必用廁所那種帶有顆粒的黏稠液體。這是小小的舉動，但是很窩心，讓他知道自己得到原諒。

沒有供應早餐，但飛斯都很早就來了，拿出充滿同志情誼的雞蛋三明治和蘋果。他從茶杯抬起頭，發現泊瑟芬對他眉開眼笑。現在克萊蒙西亞開心起來，科利奧蘭納斯沒有覺得導師們聚在一起危機四伏了。他們全都想贏，但那主要掌握在他們貢品的手裡。他評估著露西．葛蕾的競爭者。泰絲麗，嬌小且聰明。米森，厲害但受傷。崔奇，健壯敏捷，但對他所知不多。利波，太怪了，無法用言語描述。

太陽升起，最後一點雲層隨之消散。競技場上散落著死掉的蛇，垂掛在瓦礫上，漂浮在水坑裡。淹死的，也許吧，或者無法挺過寒冷潮溼的夜晚存活下來。有些遺傳工程生物到了實驗室外面不太能存活。到處都沒看到露西．葛蕾和泰絲麗，不過三個男生穿著溼答答的衣服，還不敢從高處爬下來。米森正在睡覺，身體用皮帶固定在橫桿上。其他學生開始魚貫進入黑文斯比會堂，維普薩妮亞和克萊蒙西亞則送食物給她們的貢品；克萊蒙西亞看起來幾乎完全正常。

無人機抵達時，崔奇正飢腸轆轆吃著東西，但利波又把他自己的食物撥開，往下攀爬進入競技場，從一個水坑舀水喝。米森終於醒來了，但利波沒理會崔奇和米森，跑去抬起柯蘿和希爾克，放進他的停屍行列。另外兩個男生小心翼翼看著他，但是都按兵不動，也許是因爲他的古怪舉動，或者可能很怕有蛇到處遊蕩。他們可能希望有人把利波解決掉，不過一直沒有人打斷他的工作。於是把停屍間整理妥當後，利波就回到記者包廂去了。崔奇坐在記分板邊緣，兩隻腳搖來晃去，米森則比劃著吃東西的動作。泊瑟芬立刻回應，幫他訂了大份的早餐。

一分鐘後，泰絲麗現身了。她的臉因爲專注而皺成一團，只見她拖出一架無人機，很像最初的運送機型，看似稍有改變。她讓自己位於米森的正下方。

「她認爲那會飛嗎？」維普薩妮亞疑惑問道。「就算能飛，她要怎麼控制呢？」

厄本原先氣呼呼看著螢幕，這時突然在他的椅子裡往前坐。「她不必控制啊，她根本不需要。但如果……可是她要怎麼……」他突然住嘴，努力想解開某種疑惑。

泰絲麗打開某個開關，高舉雙臂，把無人機拋向空中。它往上飛升時，可看到有一條纜繩連接在無人機的底部，並繞過她的手腕。於是透過拴繩，無人機開始繞圈飛行，大約在她和米森之間的一半高度。米森低頭看，顯然很困惑，但這時他分了心，因爲泊瑟芬派去給他的第一架無人機抵達了。它扔下一塊麵包，然後一如往常準備打道回府。接著，飛了幾碼之後，它突然轉向，又向他飛回去。米森往後仰，十分驚訝。他出於本能伸手揮打，但無人機只飛掠過他旁邊，張開爪鉤，遞送一件不存在的禮物，然後再飛來一次。

「那架無人機是怎麼搞的？」泊瑟芬問道。

沒人知道原因。但在這時，第二架無人機帶著飲水飛過去，還有第三架帶著乳酪。它們也一樣，放下運送的包裹，卻在附近晃一下，然後企圖再次遞送貨物。那些無人機的時程原本都安排好，空投起來才會順暢，但這下子開始彼此碰撞，有時候還撞到米森。有一架無人機的尾翼撞到他的眼睛，他大叫一聲，對著它猛力揮打。

「有沒有什麼方法可以讓我聯絡遊戲設計師？我是說，我還派了另外三架耶！」泊瑟芬說。

「他們什麼也做不了啦，」厄本以打趣的語氣說。「她找到方法惡搞他們。她阻礙無人機的返航導引系統，所以他的臉是唯一的目的地。」

果不其然，等到其他三架無人機陸續抵達，全都發生類似的故障模式。米森是它們唯一的目標，一開始顯得很好笑，但漸漸變得很要命。他站起來，企圖從橫桿往下逃，但那些無人機群聚在他周圍，像蜜蜂衝向裝蜂蜜的陶罐。他先前把自己的三叉戟留在地面，於是只能拔出刀子企圖對抗，但最多只能把它們打得暫時脫離原本的路線。那些無人機並沒有事先設定要接觸他，然而一旦彼此碰撞和撞到他的刀子而彈飛出去，也就越來越常撞到他，結果看似無人機發動攻擊。米森開始摸索著往側桿爬去，也就是他任憑泰絲麗面對自己命運的那根桿子；但他的膝蓋不肯配合。這時他大抓狂，對那些無人機猛力一揮，結果整個人的重心移到受傷的那條腿上，只見那條腿搖搖晃晃，然後癱軟。他失去平衡，筆直朝地面落下，撞擊時發出啪的一聲，脖子往側邊折斷。

「噢！」泊瑟芬大聲驚叫，眼看他撞擊地面。「噢，她殺了他！」

維普薩妮亞對著螢幕皺眉頭。「她比外表看起來聰明多了。」

泰絲麗露出滿意的笑容，收回她的無人機，將開關關掉，給它一個愛的擁抱。

「不要從外表判斷一個人的價值。」厄本笑了笑，同時對著他的通訊鐲輕敲一些禮物。

「尤其如果那個人屬於我所有。」

他的開心很短暫。上演無人機事件時，遊戲設計師忘了呈現廣角的畫面，其實崔奇已經從計分板爬下來，穿越看台，溜進競技場內。他簡直像是憑空出現，大步跳進鏡頭，突然間拿著斧頭往下揮，砍向泰絲麗。她幾乎連一步都來不及踏出，斧刃就砍進她的頭骨，把她的頭劈開，立刻殺了她。崔奇的雙手撐著膝蓋，費力喘氣，然後一屁股坐在她旁邊的地上，看著鮮血汩汩流入沙地。一群無人機飛抵現場，要給泰絲麗的食物宛如雨點般落下，於是崔奇再度展開行動。他搜刮了十幾個包裹，撤退到路障後面。

厄本露出厭惡作嘔的神情，掩飾他的不可置信，然後起身走人。然而，他躲不過雷比達那支陰魂不散的麥克風，只見他失控咆哮，說道：「我到這裡爲止。盡量笑我啊，好嗎？」接著他離開現場，留下泊瑟芬詳細述說內心的遺憾，也深深感激有機會成爲導師。

「你挺到最後五強！」雷比達對她眉開眼笑。「沒有人能從你身上奪走。」

「不，」她有點沒把握地說。「不，那只算是黏住而已吧。」

科利奧蘭納斯先看看克萊蒙西亞，再看著維普薩妮亞。「我想，只剩我們了。」三個人把椅子排成一排，科利奧蘭納斯坐中間；其他人則把戰敗者的椅子收走。

露西．葛蕾。崔奇。利波。最後三強。最後的女生。最後一天？或許也是吧。

盧基登場時拿著一頂帽子，裡面插了五支仙女棒。「哈囉，施惠國！這頂帽子本來特別爲了最後五強而準備，但有人已經把自己的火花噴完了！」他從帽子裡拔出兩支仙女棒，隨便扔到背後。「最後三強，有人要嗎？」

有一支仙女棒在地上斷斷熄滅，但第二支冒出濃煙，害盧基發出高亢的尖叫聲，驚慌踩踏。有個工作人員衝進螢幕裡，拿著滅火器處理危機，這讓盧基恢復鎮定。隨著帽子裡剩下的三支仙女棒都熄滅了，螢幕底部開始閃爍著贊助人和賭客的數目。「哇賽！賭盤的熱度越來越高了！千萬別錯失這項樂趣！」

科利奧蘭納斯的通訊鐲精神奕奕地叮叮作響，不過維普薩妮亞和克萊蒙西亞的手鐲也一樣。「這對我大有幫助，」克萊蒙西亞對科利奧蘭納斯嘀咕著說。「他不夠信任我，我送去的所有東西他都不肯吃。」

露西．葛蕾一定很餓，但他猜想，她在通道裡休息。他想要送食物和飲水給她，兩者都是維生之所需，也是下毒的管道。既然最後兩名對手都很容易制伏她，他必須想點辦法，為她創造有利的機會。眼下此刻，他想不出別的辦法，只能讓群眾站在她這邊。這時雷比達走過來，他認為露西．葛蕾的表現前景看好，並且大大讚揚一番。到了現在，如果她還沒有說服大家相信她不是來自行政區，他不知道還要怎樣才能證明。「我覺得可能有很不公平的事情發生在她身上，不只抽籤的時候，而是在第十二區就是如此。這需要大家自己判斷。如果你同意我的看法，或只是猜想我可能說對了，你知道該怎麼做。」聽著新一波的密集贊助襲擊他的通訊鐲，他不知道那有什麼用。原本的贊助可能就夠讓她吃好幾個星期了。

然而，唯一在競技場內四處移動的貢品是利波，他已經從記者包廂爬下來，途中又割下一大塊旗幟。他看起來很憔悴，走路搖搖晃晃，踏著踉蹌的步伐，把泰絲麗和米森加入他的停屍行列，再用剛才割下來的旗幟覆蓋在他們身上。他又費盡千辛萬苦，往上爬到競技場的後排座位，在那裡的陽光下打盹，輕輕前後搖晃身子，展開斗篷曬乾。科利奧蘭納斯不禁心想，他會不會很快就因自然因素而死——如果餓死是自然因素的話，他無法完全確定。用飢餓當作武器，那樣算是自然發生的嗎？

接近中午時，露西．葛蕾出現在一條通道的陰影裡，這讓他鬆了一口氣。她檢視著競技場，判斷安全，於是步入陽光下。百褶裙上的泥巴已經結塊，但潮溼的洋裝依然黏在身上。科利奧蘭納斯用通訊鐲幫她訂一份大餐時，露西．葛蕾走向利波剛才喝水的水坑，跪下來。她用手舀起水，先解渴，再洗臉。以手指梳理頭髮後，她將頭髮纏繞成鬆鬆的髮髻，完成時剛好有十幾架無人機進入競技場。

她似乎沒有注意到它們，而是從口袋拿出一個瓶子，將瓶頸壓入水坑，裝入兩、三公分高的水。搖晃一下之後，露西．葛蕾將水倒回水坑，再把水瓶裝滿，這時飛進來的無人機引起她的注意。眼看著食物和飲水開始掉落在她四周，她拋開舊瓶子，將自己的禮物用裙子撈起來。

露西．葛蕾前往最近的通道，但接著瞥見利波閒閒坐在看台上。她改變路線，匆匆前往他的「停屍間」，抬起旗幟布料。她的嘴唇蠕動著，計算著死去的人數。

「她試著搞清楚誰還留在遊戲裡，」科利奧蘭納斯對著麥克風說，因爲雷比達把麥克風湊近他的臉。

「也許我們應該把結果秀在記分板上，」雷比達開玩笑說。

「我很確定，貢品會覺得那樣很有幫助，」科利奧蘭納斯說。「說眞的，那是好主意。」

突然間，露西．葛蕾猛然抬頭，捧在裙子裡的糧食掉到泥土地上，她轉過身，拔腿就跑。她已經聽見觀眾聽不見的聲音。崔奇從路障後面一閃而出，手持斧頭；她跑過橫桿下方時，崔奇抓住她的手腕。露西．葛蕾扭動身子，雙膝跪下，看到他舉起斧頭連忙瘋狂掙扎。

「不！」科利奧蘭納斯整個人跳起來，把雷比達推到旁邊去。「露西．葛蕾！」

接著有兩件事同時發生。斧頭開始揮下時，她撲進崔奇的懷中，緊緊抓住他，不讓利刃砍下。好詭異啊，他們看似彼此擁抱了好一陣子，直到崔奇因爲驚恐而雙眼圓睜。他把露西．葛蕾推開，扔掉斧頭，撕扯著頸背的某個東西。他的手揮向空中，手指緊緊捏著一條鮮豔的粉紅蛇。接著他跪倒在地，將那條蛇往地上猛摔，摔打了一次又一次，最後自己倒在泥土地上死了，而他的拳頭依然抓著那條沒有生命跡象的蛇。

露西．葛蕾的胸口激烈起伏，旋即轉身確定利波的位置，但他依然坐在看台上搖晃身子。暫時安全的情況下，她伸出一隻手按著心頭，向觀眾揮手。

會堂裡的群眾鼓掌叫好，科利奧蘭納斯終於呼出一口氣，轉身致意。他辦到了。她辦到了。她的口袋裡裝滿毒物，挺進最後兩強。她一定把粉紅蛇藏在口袋裡，就像抽籤日那天的綠蛇。還有更多條蛇嗎？難道崔奇把最後存活的一條蛇活活打死？很難說。不過光是想到可能還有其他的爬行類武器，露西．葛蕾就顯得非常厲害。

雷比達送走維普薩妮亞，她咬著牙感謝遊戲設計師；這時科利奧蘭納斯重重坐進自己的椅子裡，看著露西．葛蕾取回她的大餐。他靠向克萊蒙西亞，輕聲說：「很高興是我們兩人。」她回以心領神會的微笑。

露西．葛蕾把包裝紙攤開，以賞心悅目的方式擺好所有食物，科利奧蘭納斯想起他們在動物園的野餐。她現在是爲了他而重現那個場景嗎？他的心揪了一下，親吻的記憶襲擊他。他的未來還會有更多吻嗎？他一度作起白日夢，幻想著露西．葛蕾獲得勝利、離開競技場，與他一起住在史諾家的頂樓公寓，那裡以某種方式躲過徵稅的問題而保留下來。他靠著普林西獎去上大學，她則在普魯利巴斯重新開張的夜店擔綱主秀，因爲都城同意讓她留下來，並且，嗯，他還沒有想出所有的細節，但重點是，他會留下她。而且他想要留下她。留在身邊，安全又親近。欽佩且仰慕。摯愛。而且屬於他，全然又明確。她親吻他之前說的那番話，**「唯一能擄獲我這顆心的男孩就是你」**，如果是眞的，那麼她會不會也有同樣的盼望？**別想了**！他告訴自己。**根本還沒有人獲勝啊**！她已經迅速吃光大多數食物，所以他又訂了一輪，好大一份啊，她可以儲存起來，留著未來幾天慢慢吃，假如她決定要躲起來，等待利波死掉的話。那是很好的計畫，如果利波待在目前的地方、拒絕所有的食物，那樣的計畫對她來說風險很低。但萬一利波不是那樣呢？萬一他恢復理智，決定吃掉大量的贊助人禮物，只要克萊蒙西亞能夠提供他就吃？那麼在體力方面又變成旗鼓相當，露西．葛蕾會處於眞正的劣勢，除非她偷藏了更多條蛇。

無人機遞送補給品給露西．葛蕾時，她把東西分門別類，塞進自己的口袋。似乎沒有足夠的空間能容納所有的食物和飲水外加另一條蛇，不過她非常聰明。他甚至沒看到她從哪裡取出蛇而殺死崔奇。

午餐時，飛斯都帶了三明治給科利奧蘭納斯和克萊蒙西亞，但兩人都太緊張而沒吃。其餘學生在各自的座位上吃東西，連一刻都不想錯過。科利奧蘭納斯聽到大家討論今天誰會贏，很小聲但非常熱烈。他從來不記得以前大家這麼關切。

毒辣的陽光讓競技場變得乾燥，淺水坑漸漸乾涸，只剩少數幾個坑的水深還能飲用。露西・葛蕾在一些碎石堆上休息，把裙子攤開曬太陽。這段暫時的平靜時期就交給盧基，他做了詳盡的天氣預報，包括對炎熱的提醒，以及有些訣竅可以避免抽筋、虛脫和中風。在競技場外面，檸檬水攤位的排隊人龍延伸得好長，而大家都躲在傘下，或者擠在很寶貴的一點陰影底下。就連向來蔭涼的黑文斯比會堂也不行了，因此學生脫掉外套，拿著筆記本對自己搧風。下午過了一半時，學校提供水果潘趣酒，爲這場比賽帶來一點歡樂的氣氛。

露西・葛蕾讓利波保持在視線之內，但他根本沒有半點動靜能吸引她注意。突然間，她站了起來，彷彿沒有耐心繼續靜候發展，只見她舉步走向崔奇的遺體。她抓起一邊腳踝，開始把他拖向利波的停屍間。她碰到遺體的那一刻，利波似乎醒過來，向外探身，喊著一些聽不懂的話，接著從看台匆匆跑下來。露西・葛蕾放開崔奇，跑向附近的一條通道。利波接手進行搬運崔奇的工作，把他整整齊齊放進那排死去貢品之列，再用旗幟蓋住他。他看來心滿意足，兀自走回看台，但是才剛到達圍牆邊，露西・葛蕾就從另一條通道跑出來，把覆蓋在遺體上的一塊旗幟布料拉起來，然後大聲喊叫。利波猛然轉身衝向她。露西・葛蕾沒有浪費時間，消失在路障後方。利波把旗幟覆蓋回去，將布料塞進遺體下方，固定得牢靠一點，然後走去靠在一根桿子上休息。幾分鐘後，他似乎睡著了，迎著陽光閉上眼睛。露西・葛蕾再次衝出來，又掀開一塊旗幟布料，而且這一次把那塊布拖在她背後跑。等到利波發現她又來搗蛋，她已經跑到五十碼外的地方去了。他的猶豫不決讓露西．葛蕾拉大領先幅度，於是她拖著旗幟布料跑到競技場的正中央，把那塊布扔到泥土裡，然後跑向看台。這時利波很生氣，連忙跑過去收回他的旗幟。他追了她幾步，但是耗費力氣讓他付出代價。他的雙手按住兩側太陽穴，呼吸急促，不過似乎沒流什麼汗。盧基剛才提供資料提醒大家，那可能是心絞痛的徵兆。

她試著逼他跑到死為止，科利奧蘭納斯心想。**可能真的有用喔**。

利波的腳步有點蹣跚，很像喝醉酒。他拖著旗幟，一路走向他的水坑；在下午這段時間，只有少數的水坑還沒曬乾，這是其一。他跪倒在地猛喝水，喝得唏哩呼嚕，直到底部只剩下泥濘的爛泥。他向後靠坐在腳上，臉上閃過一抹古怪的神色，手指開始搓揉肋骨和胸口。他吐出一些水，然後雙手雙膝趴地嘔吐了一會兒，最後搖搖晃晃站起來。他的一隻手依然緊抓著旗幟，開始走路，踏著緩慢且不規則的步伐，回到他的停屍間。一走到那裡，利波就倒在地上，拖拉自己的身子爬到崔奇旁邊。他用一隻手企圖把旗幟蓋在眾人身上，但只勉強蓋住自己身體的一部分，接著就四肢一軟，變得靜止不動。

科利奧蘭納斯坐著一動也不動，滿心期待。就是這樣了嗎？他真的贏了？贏了飢餓遊戲？普林西獎？那個女孩？他仔細端詳露西．葛蕾的神情，她從看台望著利波，但是神情顯得冷漠，彷彿與競技場內的一動一靜毫無關聯。

會堂裡的觀眾開始低聲嘀咕。利波死了嗎？他們該不該宣布獲勝者？靜待結果期間，科利奧蘭納斯和克萊蒙西亞揮手要雷比達和他的麥克風走開。過了半小時，露西．葛蕾從看台爬下來，靠近利波。她伸出手指按在他的脖子上，查看脈搏。她看似滿意，伸手闔上利波的眼皮，然後輕輕把旗幟覆蓋在所有貢品身上，彷彿哄小孩子上床睡覺。接著，她走向一根桿子，背靠著靜靜等待。

這似乎說服了遊戲設計師，因爲盧基出現了，興奮地跳來跳去，宣布露西．葛蕾．貝爾德，第十二區的貢品，以及她的導師，科利奧蘭納斯．史諾，成爲第十屆飢餓遊戲的獲勝者。

在科利奧蘭納斯的周圍，黑文斯比會堂爆出歡呼聲，飛斯都號召幾位同學抬起他的椅子，繞著講台遊行慶祝。他們終於把他放下來之後，雷比達用很多問題轟炸他，而他只能回答，這段經驗同時令人感到振奮和謙遜。接著，全體學生按照指示前往餐廳，那裡提供了蛋糕和波斯卡酒作爲慶祝。科利奧蘭納斯坐在主位，接受各方的祝賀，而且灌下的波斯卡酒超過他能喝的量。那又如何？此時此刻，他覺得自己天下無敵。

就在他覺得頭昏眼花之時，薩提莉亞前來解救他，陪他離開餐廳，並指示他前往高等生物學實驗室。「我想，他們會帶你的女孩過去。如果他們把你們一起放在攝影機前面，不要太驚訝喔。表現得很棒。」

科利奧蘭納斯主動擁抱她一下，然後匆匆趕去實驗室，很感激有這段安靜的時刻。他覺得自己的嘴唇延伸成愚蠢的大大笑容。他贏了。他贏得榮耀，以及未來，也許還有愛情。此時此刻，他隨時可以把露西．葛蕾擁入懷裡。**噢，史諾至高至尊；毫無疑問真是如此**。到達門口時，他強迫自己放鬆臉頰，把外套拉直，努力掩飾自己其實喝醉的狼狽狀態。讓戈爾博士看到這副模樣不會有好處。

等他打開門，進入高等生物學實驗室，發現只有海咖院長，在他平常坐的桌邊位置。「關上你背後的門。」科利奧蘭納斯聽從命令。也許院長想要親自恭喜他，或甚至爲了之前欺負他而道歉。墜落的流星總有一天會需要明日之星。不過走近院長時，科利奧蘭納斯全身湧過一陣令人膽寒的恐懼感。在那裡，宛如實驗室標本排列在桌子上的，有三件物品：沾染著葡萄口味潘趣酒的中等學院餐巾，他母親的銀色粉餅盒，以及骯髒的白色手帕。

這場會面持續的時間沒有超過五分鐘。在那之後，按照約定，科利奧蘭納斯直接前往「募兵中心」，到了那裡，他如果不是最閃亮的，也是最新的，施惠國維安人員。

第三篇

維安人員

21

科利奧蘭納斯讓太陽穴貼著玻璃窗，試著吸取玻璃可能保有的一點涼意。悶熱的火車車廂才剛清空，這裡是第九區，與他同梯的新兵有六個人列隊下車。終於獨自一人。他已經在火車上待了二十四小時，片刻都沒有自己的隱私。火車經常出現漫長且莫名的等待，由於這樣斷續行進，加上其他新兵喋喋不休的交談，他一直沒有闔眼。他反倒是假裝睡覺，以免有人找他講話。也許現在可以打個盹，然後從這場惡夢醒來，這個惡夢很頑固，幾乎變成他的眞實人生。他用粗糙僵硬的上衣袖口擦擦骯髒的臉頰，簇新的維安人員上衣只是更加強他的絕望感。

好醜陋的地方啊，他無精打采地想著，這時火車轆轆開動，一路穿越第九區。混凝土建築物，油漆剝落且淒慘，受到午後陽光的持續烘烤。而第十二區很可能更加醜陋，因爲還覆蓋一層煤灰。他從未眞正看過那種景象，只看過抽籤日那天的廣場轉播畫面，但畫質很粗看不清楚。看起來不宜人居。

他要求派駐到那裡時，長官驚訝得挑起眉毛。「不常聽到這樣的選擇喔，」他說，但沒有進一步討論就蓋章。顯然不是每個人都追看飢餓遊戲，看來他似乎不知道科利奧蘭納斯是誰，也沒有提起露西．葛蕾。這樣更好。此時此刻，身爲「無名小子」眞是求之不得。以他的狀況來說，大多數的羞辱都來自他所背負的姓氏。只要一想起之前與海咖院長的會面，他就全身發熱……

「科利奧蘭納斯，你有沒有聽到那聲音？那是史諾飄落的聲音[16]**。」**

他好痛恨海咖院長。他那張腫脹的臉孔飄浮在證據的上方，拿筆尖戳戳實驗桌上的物品。「這條餐巾，確認有你的DNA，用來把餐廳的食物非法偷運到競技場。炸彈事件之後，我們從犯罪現場起出這項證物，做過例行的查核，得到這樣的結果。」

「你們要讓她餓死耶，」科利奧蘭納斯這麼說，聲音嘶啞。

「這是飢餓遊戲相當標準的程序。但重點不是提供食物，這方面我們對所有導師都很寬容；重點是從學院偷取食物。嚴格禁止，」海咖院長說。「當時我雖然揭發你，用其他的罪過舉報你，準備取消你參加飢餓遊戲的資格，但戈爾博士覺得你有更大的用處，可以在那場嚴重打擊都城的事件中變成烈士。所以，你在醫院裡復原的時候，我們反倒播放你嘶吼國歌的錄音。」

「那麼，爲什麼現在才提起？」科利奧蘭納斯問道。

「只是要建立一種行爲模式。」那支筆輕敲旁邊的銀色玫瑰。「好，這個粉餅盒。我有多少次看到你母親從她的手提袋拿出這個粉餅盒，查看她的臉？你那位漂亮而乏味的母親，她努力說服自己，你父親會給她自由和愛情。就像大家說的，結果是跳出油鍋又入了火坑，越來越糟。」

「她才沒有」是科利奧蘭納斯唯一能說的。乏味，他是指這個。

「她只有年輕這個藉口，而且，說眞的，她似乎註定永遠長不大。剛好跟你的女孩，露西．葛蕾，完全相反。十六歲的人像是三十五歲，而三十五歲的人則一點都不像，」海咖院長提出觀察。

「她把粉餅盒交給你？」科利奧蘭納斯想到這點，一顆心往下沉。

「喔，不要怪她。維安人員必須把她壓制在地上才拿得到。當然啦，獲勝者要離開競技場時，我們都會進行徹底的搜查。」院長抬起頭，露出微笑。「她毒死伍薇和利波的手法好聰明啊。不是眞正公平的比賽，但要怎麼辦呢？把她送回第十二區似乎是夠大的懲罰。她說

16字面意思是「雪花飄落（Snow falling）的聲音」，也等同於「史諾飄落」。

老鼠藥完全是她的主意，粉餅盒只是紀念品。」

「是眞的，」科利奧蘭納斯說。「眞的。代表我的情感的紀念品。我完全不知道毒藥的事。」

「就算我相信你——其實我不信。不過就算我相信吧。那麼，我該拿這個怎麼辦呢？」海咖院長用筆尖挑起手帕。「昨天早上，有一位實驗室助理在彩蛇的水族缸裡發現這個。剛開始每個人都很困惑，檢查自己的口袋，看看誰的手帕不見了，因爲還會有什麼人曾經靠近變種蛇呢？有個年輕人還眞的認領那條手帕，說他曾經過敏特別嚴重，幾天前不小心放錯地方。不過他正要提出辭呈的時候，有人注意到手帕上的名字縮寫。不是你的，是你父親的，在角落，繡得好細緻。」

CXS。與花邊用了同樣的白色繡線。其實呢，是花邊圖案的一部分，非常不明顯，你得仔細看才看得出來，但是無可否認。科利奧蘭納斯從來不會費心檢查自己每天用的手帕，隨手拿一條塞進口袋就出門。其實有些微的機會能夠否認這項指控，如果中間名沒有很特殊的話。Xanthos（桑索斯）。以「X」開頭的名字，科利奧蘭納斯只知道這一個，而唯一用這個名字的人是他的父親。克拉瑟斯．桑索斯．史諾。

沒有必要詢問DNA的測試結果，海咖院長肯定測過，找到他和露西．葛蕾的DNA標籤。「那麼，你為什麼沒有公諸於世？」

「喔，相信我，我很想啊。可是呢，學院開除學生的時候有個傳統，要提供救命方案給他們，」院長解釋說。「如果不想在大眾面前丟臉，你可以在今天結束之前加入維安人員的行列。」

「可是……我為什麼會那樣做？我的意思是，我為什麼會說我要那樣做？就在我才剛……贏得普林西獎，要去上大學的時候？」他結結巴巴地說。

「誰曉得呢？因為你是那種愛國份子？因為你相信比起一大堆書本知識，學習捍衛國家是更好的教育？」海咖院長笑了起來。「因為飢餓遊戲改變了你，讓你想要去最能服務施惠國的地方？科利奧蘭納斯，你是聰明的年輕人。我很確定你會想出好理由。」

「可是……可是我……？」他的腦袋因為波斯卡酒和腎上腺素而暈頭轉向。「為什麼？為什麼你這麼恨我？」他衝口說出。「我以為你是我父親的朋友！」

這番話讓院長清醒過來。「我也以為我是，曾經是。不過呢，結果我只是一個他喜歡、且可以利用的人，就連現在也是。」

「不過他現在死了啊！他已經死了好幾年！」科利奧蘭納斯大叫。

「他活該，不過他簡直像是在你身上活了過來。」院長做出驅趕的動作。「最好快一點。募兵中心的辦公室在二十分鐘內就要關了。如果跑快一點，剛好可以趕上。」

於是他快跑，不知道還有什麼其他的辦法。入伍之後，他直接前往堡壘，希望能夠拜託戈爾博士行行好。但那裡拒絕他進入，即使懇求說傷口的縫線遭到感染也不行。維安人員打電話到地下層的實驗室，獲得的指示是請他轉往醫院。有一名警衛很同情他，同意想辦法把他最後一份作業拿給戈爾博士。不保證成功。他本想在紙頁邊緣草草寫下留言，懇求她幫忙說情，但覺得那樣做根本沒意義。他只寫了「謝謝您」。要謝什麼呢？他不知道，但拒絕讓自己的絕望為她帶來滿足感。

走回家的路上，鄰居的聲聲恭喜宛如匕首一般刺入他的心頭，但真正的痛苦要等到他進入公寓，聽到小喇叭和歡呼聲才開始。提格莉絲和祖奶奶已經搬出原本用來慶祝新年的小玩意，還為這個重大時刻買了蛋糕。他努力擠出虛弱的微笑，接著開始爆哭。然後，他一五一十對她們訴說。等他說完，她們都變得非常冷靜和沉默，很像一對大理石雕像。

「你什麼時候離開？」提格莉絲問。

「明天早上，」他說。

「你什麼時候會回來？」祖奶奶問道。

二十年他實在說不出口。祖奶奶絕對無法撐那麼久，下一次再見到她，會是在墳墓裡面。「我不知道。」

她點頭表示理解，接著奮力從椅子上站起來。「科利奧蘭納斯，記住，無論你去哪裡，你永遠都是史諾家的人。沒有人能從你身上奪走這個身分。」

他不禁心想，那眞的不是問題嗎？在這個戰後世界裡，要身爲史諾家的人是不可能的事。看看那個身分驅使他做出什麼樣的舉動。但他只說：「我會努力，總有一天配得上這個身分。」

提格莉絲站起來。「來吧，科利歐，我會幫你打包行李。」他跟著她走向自己的房間。她還沒有哭。他知道，她會努力忍住眼淚，直到他離開爲止。

「沒有什麼要打包的。他們說穿舊衣就好，反正要丟掉。他們提供全部的制服、衛生用品……所有東西。我帶的個人用品只能放在這裡面。」科利奧蘭納斯從書包裡拿出一個盒子，八吋乘十二吋，大約三吋深。這對堂姊弟盯著它看了很長一段時間。

「你會帶什麼？」提格莉絲問道。「你一定想過了。」

一些照片，包括他母親抱著還不太會走路的他，身穿制服的父親，提格莉絲和祖奶奶，還有他的幾位朋友。黃銅製的古董指南針，原本是他父親的。玫瑰香氣的粉餅，原本裝在他母親的銀色粉餅盒裡，現在用他的橘色絲巾小心包住。三條手帕。有史諾家家徽的信紙。他的中等學院學生證。小時候看馬戲團的票根，上面的戳章是競技場的圖像。來自炸彈事件瓦礫堆的大理石碎片。他對全世界的感受就像普林西家的老媽一樣，把少數第二區的回憶保存在她的廚房裡。

兩人都沒睡。他們登上屋頂，凝視著都城，直到太陽開始升起。「你是被陷害而失格，」提格莉絲說。「飢餓遊戲是不自然又充滿惡意的懲罰。像你這樣的好人，怎麼可能跟他們有同樣的想法？」

「除了我以外，你絕對不能向其他人說這種話。那樣不安全，」科利奧蘭納斯警告她。

「我知道，」她說。「而那樣也是錯的。」

科利奧蘭納斯淋浴梳洗，穿上磨損的制服長褲、破舊的T恤、壞掉的拖鞋，然後在廚房喝了一杯茶。他向祖奶奶吻別，對自己的家看了最後一眼，然後出門。

在玄關裡，提格莉絲給他一頂舊的遮陽帽，以及一副太陽眼鏡，原本是她父親的。「路上可以用。」

科利奧蘭納斯一看到就認出那是要用來僞裝，滿心感激地佩戴好，將鬈髮塞進帽子底下。他們默默步行穿越大半條荒涼的街道，前往募兵中心。接著他轉身看她，因爲情緒激動而聲音嘶啞。「我把所有事情都丟給你處理。公寓，稅金，祖奶奶。我很抱歉。如果你永遠不原諒我，我能理解。」

「沒有什麼事要原諒，」她說。「可以的話盡快寫信，好嗎？」

他們緊緊擁抱，他都覺得手臂有好幾道縫線要綳開了。接著，他大步走進募兵中心，那裡大概有三百名都城市民走來走去，等待展開全新的人生。他突然閃過一絲希望，他的體檢可能不合格，接著對這個想法萌生一股恐慌感。如果不合格，他要面對什麼樣的命運呢？遭到公開斥責？關進監獄？海咖院長不曾這樣說，但他想像著最壞的狀況。結果他輕而易舉通過體檢，他們甚至沒說什麼話就拆掉他的縫線。剃短的平頭讓他與自己的招牌鬈髮分道揚鑣，感覺好像赤裸裸，但看起來判若兩人，原本接收到的少數好奇目光也完全停止了。他換上嶄新的工作服，並收到一個圓筒行李袋，裡面裝滿額外的服裝、一組衛生用品、一個水瓶，還有一份肉類抹醬三明治，給他們搭火車的時候吃。接著他簽了一疊表格，其中一張指示募兵中心把他微薄的薪水寄出一半給提格莉絲和祖奶奶。這給了他一絲絲的安慰。

剃頭，著裝，施打疫苗，科利奧蘭納斯加入一整輛巴士的新兵行列，前往火車站。混合了來自都城的男生和女生，大多數最近剛從都城各處的中等學校畢業，他們的畢業典禮比中等學院早一點。他躲在車站一角，看著電視上的都城新聞，很怕看到有報導講述他的尷尬處境，但只看到尋常的週末瑣事、天氣、交通因為修路而改道、夏日蔬菜沙拉的食譜。彷彿飢餓遊戲從來不曾發生過。

我遭到抹除了，他心想。**而為了要抹除我，他們必須抹除飢餓遊戲**。

有誰知道他的恥辱呢？學校的教職員？他的朋友？沒有人與他聯繫。也許消息還沒有傳開。不過終究會的。大家會胡亂猜測，謠言滿天飛。事實的某種說法，扭曲且刺激的說法，將會開始流傳。噢，莉維亞．卡迪歐會有多麼幸災樂禍啊。克萊蒙西亞會在畢業典禮上獲得普林西獎。暑假時，大家會對他感到疑惑。少數人甚至會想念他，飛斯都、麗西斯特拉塔，也許吧。到了九月，他的同學會開始上大學，而他慢慢遭人遺忘。

抹除飢餓遊戲，同樣會把露西．葛蕾抹除掉。她在哪裡？那些人眞的把她送回家？此時此刻，她是否正要返回第十二區，置身於上鎖又惡臭的運牛車廂，就像把她送到都城的那種車廂？那是海咖院長會做的指示，但最終會採用戈爾博士的決定，而她可能不會那麼容易就原諒他們的騙局。在她的指示之下，露西．葛蕾可能會遭到監禁，或者殺害，或者變成去聲人。甚至，更糟的是，在戈爾博士的恐怖實驗室裡，終生作爲實驗對象。

科利奧蘭納斯想起自己在火車上，於是閉上雙眼，很怕眼淚泉湧而出。絕對不能讓人看見他像小嬰兒一樣放聲號哭，於是他努力克制情緒，恢復自制。他讓自己冷靜下來，想著無論如何，讓露西．葛蕾回到第十二區，對都城來說可能是最佳的策略。也許隨著時間過去，戈爾博士會再叫她登場——尤其是如果他遠在天邊的話——要她回來，爲飢餓遊戲做開場的演唱表演。如果她眞的有罪，與他比起來輕微多了。而觀眾已經愛上她，對吧？也許她的魅力會再次救她一命。

火車每隔一陣子會停下來，吐出更多的新兵，也許是抵達他們被分配的行政區，或者還要轉乘交通工具前往北方或南方，總之是他們被分配到的任何地方。有時候，他凝視著窗外飛逝而過的一座座死城。他忍不住心想，它們以前在全盛時期到底是什麼模樣呢？回溯到這裡曾是「北美洲」的時期，而不是施惠國。那塊土地充滿了像「都城」這樣的城市，一定很棒。如今棄置在大自然環境裡，實在太浪費了……

約莫午夜時分，車廂門滑開，要前往第八區的兩個女生摔進車廂裡，帶著半加侖的波斯卡酒，她們不知用什麼方法偷運到火車上。時間流逝，他整個晚上都在幫她們喝光那些酒，然後過了一整天才清醒，發現火車停靠在第十二區，悶熱的星期二即將天亮破曉。

科利奧蘭納斯踏著蹣跚的步伐走上月台，頭痛欲裂，口乾舌燥。他和另外三名新兵聽從命令排成一列，等了一小時後來了一名維安人員，他的年紀看起來沒有比他們大多少，那人帶他們離開車站，穿越滿布沙礫的街道。炎熱和潮溼把空氣轉變成介於液體和氣體之間的狀態，而他無法確定自己究竟是吸氣還是呼氣。他浸潤在揮之不去的汗水裡，身體呈現一種陌生的光澤。汗水不會乾，只是變得濃稠。他流了好多鼻水，鼻涕沾染了空氣中的煤灰變成黑色。他的襪子在硬邦邦的鞋子裡擠成一團。鋪設煤渣且柏油裂開的街道兩旁排列著醜陋建築物，他們跋涉了一小時之後抵達基地，這裡會是他的新家。

基地的周圍有安全圍籬，大門口也有武裝的維安人員，讓他覺得環境比較沒有暴露感。新兵跟著他們的嚮導，穿越各式各樣沒有特色的灰色樓房。到了營房，兩個女生離開，而他和另外一名男性新兵，名叫朱尼厄斯的高瘦男孩，按照指示前往一個房間，裡面排列了四組雙層床鋪和八個置物櫃。有兩組床鋪非常整齊，其餘兩組靠近一扇髒污的窗戶，往窗外望去可以看到垃圾箱，而床上放了成堆的寢具。兩個笨拙的男生依照指示把寢具鋪好，考慮到朱尼厄斯有懼高症，科利奧蘭納斯選了上層。接下來，早上剩餘的時間讓他們淋浴、打開行李，並翻閱維安人員訓練手冊，等待十一點去食堂報到吃午餐。

科利奧蘭納斯站在淋浴間裡，頭向後仰，咕嚕喝下蓮蓬頭流出的溫水。他用毛巾擦了三次，最後接受溼溼的皮膚是永久的狀態，這才穿上乾淨的工作服。他將行李袋裡的東西拿出來，把珍貴的盒子放進置物櫃頂部的層架，然後爬上床，瀏覽維安人員手冊。或者假裝瀏覽，爲的是避免和朱尼厄斯交談，那傢伙很神經質，科利奧蘭納斯需要向他再三表明沒有立場對任何事表達意見。他想說的其實是：**小伙子朱尼厄斯，你的人生完蛋了，接受吧**。但那樣似乎會讓人更加相信，他其實是沒有力氣好好回答。他人生該要負起的責任，包括他的學業，他的家庭，他眞正的未來，突然間全都消失了……這點讓他元氣大傷。就連最微不足道的任務似乎都令人卻步。

快要十一點時，他們的室友，一個健談的圓臉男孩，名叫史邁利，還有他的矮小夥伴，巴格，前來接他們。四人組前往食堂，那裡設置了一些長桌，排列著龜裂的塑膠椅。

「星期二預定的菜色是大雜燴！」史邁利朗聲說道。他成爲維安人員其實還不到一星期，不僅十分了解日常慣例，似乎還很著迷。科利奧蘭納斯拿了一個有凹槽的托盤，上頭的主菜有點像狗吃的食物，點綴了一些馬鈴薯。飢餓感和同伴的態度讓他振作起來，於是試著吃一口，發現味道還滿不錯的，只是太鹹了。他也吃了兩片的罐頭梨子，還有一大杯牛奶。不講究，只塞飽肚子。他很清楚，身爲維安人員，他不可能挨餓。事實上，他保證能吃到源源不絕的食物，比在家裡能吃到的更多。

史邁利宣稱他們全都是忠誠的朋友，而到了吃完午餐時，科利奧蘭納斯和朱尼厄斯已經分別得到「紳士」和「竹竿」的綽號，前者是從餐桌禮儀看出來，後者則是因爲體型的關係。科利奧蘭納斯欣然接受這個綽號，因爲他最不想聽到的就是「史諾」這個姓氏。針對這點，他的室友全都沒有發表意見，也完全沒提起飢餓遊戲。原來新兵能看到的電視機只有娛樂室的那一部，而訊號實在太差了，所以很少打開。如果「竹竿」曾在都城看過科利奧蘭納斯，他也沒有把那位飢餓遊戲導師和身旁這位新兵聯想在一起。沒有人認出他，也許是因爲沒有人想到他會在這裡。也說不定他的名聲只延伸到中等學院，以及都城一些失業的人，只有他們才有時間關注飢餓遊戲的發展。科利奧蘭納斯放鬆多了，他坦白說自己的軍人父親死於戰爭，家裡有祖母和堂姊，而學校課業在上星期結束了。

出乎他意料之外，他發現史邁利和巴格不是在都城出生，而是在行政區，還有其他很多維安人員也是如此。「喔，當然啊，」史邁利說。「你能成爲維安人員，這是好工作啊。比麵粉廠的工作好。食物充足，錢也夠多，可以寄回去給我家的人。有些人嘲笑這工作，但我說，戰爭已經是過去的歷史，而工作就是工作。」

「所以你們不介意這份管理自己同胞秩序的工作？」科利奧蘭納斯忍不住問道。

「噢，這些不是我們的同胞。我的同胞在第八區。當局不會讓你留在你出生的地方，」史邁利說著聳聳肩。「況且，紳士，你現在是我的家人了。」

那天下午，科利奧蘭納斯認識了更多新的家人，因爲他分配到廚房的差事。負責指導他的庫奇是老兵，在戰爭期間失去左耳。他打著赤膊，站在熱氣蒸騰的水槽旁邊好幾個小時，負責刷洗鍋子和沖洗金屬托盤。接著，他獲准休息十五分鐘，再吃一輪大雜燴，然後又花好幾個小時擦洗食堂和走廊。九點熄燈之前，他大概有半小時能回去待在房間，穿著內褲就倒在床上休息。

隔天早上五點，他著裝完畢後，就到操場上認眞展開訓練。第一個階段預計把新兵的體能拉高到可接受的程度。他蹲下、衝刺、操練，到最後衣服溼透，腳踝也起了水泡。希克教授的指導對他大有幫助：她總是堅持進行嚴格的鍛鍊，而他自從十二歲就參與行軍。另一方面，竹竿則是笨手笨腳、胸腔凹陷，遭到訓練官輪流捉弄和羞辱。那天晚上，科利奧蘭納斯快要睡著時，聽到那個男孩努力用枕頭摀住自己的啜泣聲。

一段段訓練、吃飯、梳洗和睡覺的時間構成他的新生活。他機械化地執行這些事，但有足夠的能力避免被責罵。幸運的話，晚上熄燈之前能爲自己保留半小時的寶貴時間。並不是說能完成什麼事。其實只能淋浴一下、爬上床鋪而已。

想到露西．葛蕾讓他覺得備受折磨，但是很難得到她的消息。如果他在基地到處打聽，可能有人會發現他在飢餓遊戲擔任的工作，而他願意付出一切代價避開這種事。小隊訂定的休假日是星期日，而他們在星期六的下午五點結束勤務。身爲新兵，他們只能在基地內活動，直到下一個週末。接下來，科利奧蘭納斯打算去鎮上，偷偷向本地人打聽露西．葛蕾的事。史邁利說，維安人員經常跑去一間古老的儲煤倉庫，叫做「灶窩」，在那裡可以買到自釀的烈酒，也許還可以幫自己買到一點「樂子」。第十二區也有廣場，就是用來抽籤的地方，有零星的幾間小店和一些小販，不過白天的時候比較熱鬧。

星期六吃完晚餐後，他的室友都前往娛樂室玩撲克牌，只有竹竿除外，他因爲犯的缺失被罰打掃廁所。科利奧蘭納斯待在食堂，慢吞吞吃著麵條和罐頭肉。由於史邁利常常大聊特聊讓他們分心，因此這是他第一次有機會好好打量其他維安人員。他們有各種年齡層，從十七、八歲的青少年到上了年紀的人都有，有個老人家看起來年紀和祖奶奶差不多。有些人彼此交談，但多數人默默坐著，意志消沉，吸著他們的麵條。他不禁心想，眼前所見的，難道就是他的未來？

那天晚上，科利奧蘭納斯選擇待在營房裡。他把所有的錢都留給家人，因此沒有錢去賭博，連零錢都沒有，必須等到第一個月的薪水發下來。更重要的是，他收到提格莉絲寄來的一封信，他想要私下讀信。他沉浸於獨自一人的氛圍，不必在乎夥伴們的目光、聲音和氣味。所有的團體活動淹沒了他，讓他每天結束之時都很想獨處。他爬到床上，小心打開信紙。

我最親愛的科利歐：

現在是星期一晚上，你的缺席迴盪在公寓裡。祖奶奶好像不太知道發生什麼事，她今天問了兩次你什麼時候會回家，我們該不該等你吃晚餐。你的情況開始傳出去了。我跑去找普魯利巴斯，他說他聽過一些傳聞：說你為了愛情，跟著露西．葛蕾跑去第十二區；說你在慶祝會上喝醉酒，受到激將而簽約；說你破壞規定，親自跑去競技場送禮物給露西．葛蕾；說你因為某種原因，跟海咖院長鬧翻了。我告訴大家，你為了你的國家盡自己的本分，就像你父親一樣。

飛斯都、泊瑟芬和麗西斯特拉塔今天晚上過來，全都非常關心你，普林西太太也打電話來問你的地址。我想，她想要寫信給你。

我們的公寓現在正式拿去銷售了，都要感謝多利托家幫了一些忙。普魯利巴斯說啊，如果我們沒辦法立刻找到地方住，夜店樓上有幾間多出來的房間可以給我們用，而如果他讓夜店重新開張，我也許可以幫忙服裝方面的事。他也幫我們好幾件家具找到買家。他一直非常親切，說要向你和露西．葛蕾表達問候之意。你見到她了嗎？有這麼多事情令人抓狂，那是唯一的甜頭。

很抱歉寫得這麼短，不過實在很晚了，而我還有好多事要做。我只是想寫一點話提醒你，好多人很愛你、想念你。我知道情況一定很難熬，但是不要喪失希望。

因爲有希望的支持，我們才能度過戰爭最黑暗的一段時期，現在也一樣。請寫信告訴我們你在第十二區的生活。也許不是很理想，不過誰知道那會把你帶向何方？

史諾至高至尊！

提格莉絲

科利奧蘭納斯把臉埋在雙手裡。都城讓「史諾」這個姓氏變成笑柄？祖奶奶瘋了嗎？他們家位於夜店樓上幾間破舊骯髒的房間，而提格莉絲在那裡縫著綴滿亮片的緊身衣？這就是高貴的史諾家的最終命運？

至於科利奧蘭納斯·史諾，施惠國未來的總統，他會如何呢？他的人生，悲慘不幸且毫無意義，在他面前眞實上演。他看到二十年後的自己，長得矮胖又愚蠢，所受的教養消失殆盡，心智萎縮到只剩最基本的程度，甚至混雜了飢餓和睡覺之類的動物性思考。露西·葛蕾，在戈爾博士的實驗室裡變得了無生氣，很早就死去，他的心也隨她一同死去。浪費二十年光陰，然後呢？如果他的人生一直都在從軍？唉，他只會再次從軍，因爲即使到了那時，羞辱也不會變少。而如果他眞的回到都城，會有什麼樣的狀況等著他呢？祖奶奶過世了。提格莉絲變成中年人，但似乎蒼老了很多，縫縫補補做些苦差事，她的仁慈善意轉變成枯燥乏味，必須討好一些人才能維持生計，而對那些人來說，她的存在是個笑柄。不，他絕不回去。他會留在第十二區，就像食堂裡那個老頭子一樣，因爲這就是他的人生。沒有伴侶，沒有小孩，沒有住址，只有營房。其他的維安人員就是他的家人。史邁利，巴格，竹竿，他的一夥兄弟。而他絕對不會再見到家裡的任何人。絕對，永遠，不會。

當想家和絕望宛如一道有毒的浪濤淹沒了他時，一股可怕的痛楚揪住他的胸口。他很確定自己心臟病發作，但是完全沒有企圖呼救，反倒蜷縮成球狀，把臉緊緊貼著牆壁。也許這是最好的結局。因爲他沒有出路，沒有地方可逃，沒有獲救的希望，沒有避免成爲行屍走肉的未來遠景。他能有什麼樣的期望呢？大雜燴？每週一杯琴酒？從洗盤子晉級到刮盤子？現在就速速死去不會比較好嗎？難道要痛苦拖延好多年？

從某個地方……似乎是非常遠的地方，他聽到一道門猛力關上的聲音。腳步聲沿著走廊傳來，停步了一會兒，然後繼續朝他走來。他咬緊牙關，希望自己的心跳立刻停止，因爲他與這個世界已經斷絕彼此的關係，應該要分道揚鑣。不過腳步聲越來越響亮，走到他的門前停下來。那個人正在看他嗎？這是巡邏嗎？盯著他這種丟臉的姿勢？欣然接受他的悲慘與不幸？他等待著笑聲、嘲弄，以及肯定會隨之而來的打掃廁所懲罰。

然而，他聽到一個平靜的聲音說：「這張床有人用嗎？」平靜且熟悉的聲音……

科利奧蘭納斯在床上扭轉身子，雙眼倏然睜開，想要確認他的耳朵早已確定的事實。有個人站在門口，穿著一身工作服，說也奇怪看起來很自然，只不過衣服剛從袋子裡拿出來而皺皺的。那個人是賽嘉納斯·普林西。

22

科利奧蘭納斯這輩子從來沒有因爲看到哪個人而這麼高興。「賽嘉納斯！」他衝口而出。他跳下床鋪，搖搖晃晃站在油漆過的混凝土地板上，振臂抱住剛到的人。

賽嘉納斯擁抱他。「真沒想到，你竟然熱情歡迎一個差點毀掉你的人！」

科利奧蘭納斯的唇間迸出一陣略帶神經質的笑聲，同時思考這番言論的準確度。沒錯，賽嘉納斯偷偷進入競技場的舉動，曾經危及他的性命，但是後來發生了這麼多事，那件事相較之下實在沒什麼好責怪的。就算賽嘉納斯敗事有餘，但是考慮到海咖院長和他父親的夙怨，或者手帕的大失敗，賽嘉納斯都與那些事無關。「不，不，剛好相反。」他放開賽嘉納斯，好好看著他。他頂著黑眼圈，至少一定瘦了十五磅。不過呢，他整個人的感覺輕鬆許多，彷彿原本在都城肩負的重擔都消失了。「你來這裡幹嘛？」

「嗯，我想想看。公然反抗都城，進入競技場，所以我呢，也一樣，瀕臨退學邊緣。我父親跑去找董事會，說如果讓我畢業，並登記加入維安人員，他會出錢讓學院蓋新的體育館。他們同意了，不過我說，除非也讓你畢業，否則我不會接受這樣的條件。嗯，希克教授眞的很希望有新的體育館，她說那有什麼關係呢，反正我們兩人未來的二十年都綁死了。」

賽嘉納斯把他的圓筒行李袋放在地上，拿出他的個人物品盒。

「我可以畢業？」科利奧蘭納斯說。

賽嘉納斯打開盒子，取出一個附有校徽的小型皮革文件夾，以鄭重的態度遞過來。「恭喜，你再也不是退學生了。」

科利奧蘭納斯打開文件夾，發現一張畢業證書，用花體字寫著他的名字。這一定是事先就寫好，因爲甚至讚揚他的**優異成績**。「謝謝你。我覺得這很蠢，不過對我來說還是很重要。」

「你知道嗎，如果你想要參加預官考試，這就很重要了。你需要有中等學校畢業的資格。海咖院長提起某件事，說什麼應該要剝奪你的資格。他說你爲了幫助露西．葛蕾，破壞飢餓遊戲的某種規則。總之，他的提議遭到否決。」賽嘉納斯笑起來。「他眞的讓大家超火大。」

「所以不是所有人都罵我？」科利奧蘭納斯說。

「罵什麼？墜入愛河？我想，比較多人同情你吧。結果發現我們的老師有一大堆浪漫感性的人，」賽嘉納斯說。「而且露西．葛蕾讓人留下相當好的印象。」

科利奧蘭納斯抓住他的手臂。「她在哪裡？你知道她後來怎麼樣嗎？」

賽嘉納斯搖頭。「他們通常把優勝者送回原本的行政區，對吧？」

「我很怕他們對她做了更糟的事。因爲我們在飢餓遊戲裡作弊，」科利奧蘭納斯坦承說。「我影響那些蛇，所以牠們不會咬她。不過她只用了老鼠藥而已。」

「原來是這樣啊。嗯，我完全沒聽說，也沒聽說她遭到懲罰，」賽嘉納斯要他安心。「事實上，她那麼有才華，他們明年可能會想找她回來。」

「我也那樣想。也許海咖說得對，他們已經把她送回家。」科利奧蘭納斯坐在竹竿的床鋪上，低頭凝視著畢業證書。「你知道嗎，你剛才進來的時候，我正在評估值不值得自殺。」

「什麼？現在？你終於脫離海咖院長和邪惡的戈爾博士魔掌的時候？你的夢中女孩唾手可得的時候？我媽幫你把卡車那麼大的箱子全部塞滿烘焙點心的時候？就是現在喔！」賽嘉納斯大呼小叫。「我的朋友，你的人生才剛開始啊！」

於是，科利奧蘭納斯笑起來；兩人都笑了。「所以，這不是我們的毀滅？」

「我會說我們得救了。至少我是啦。喔，科利歐，你不知道我能逃走有多高興，」賽嘉納斯說著，變得嚴肅起來。「我一直都不喜歡都城，不過歷經了飢餓遊戲之後，歷經了馬可士的事情之後……我不知道你說自殺是不是開玩笑，不過那對我來說不是笑話。我把整件事都想清楚了。」

「不，不，我不會自殺，賽嘉納斯，」科利奧蘭納斯說。「千萬別讓他們稱心如意。」

賽嘉納斯點點頭，若有所思，接著用袖子擦擦臉。「我父親說，這裡不會比較好。對行政區的人來說，我仍然是都城男孩。但是我不在乎，相信一切都會變好。這裡到底怎麼樣？」

「我們不是在行軍就是擦洗，」科利奧蘭納斯說。「實在是煩死了。」

「很好。我可以忍受有點煩的事。我跟我父親一直辯論個不停，好像困在裡面，」賽嘉納斯說。「此時此刻，不管什麼事，我都不想要有嚴肅的討論。」

「那麼你會很愛我們的室友。」科利奧蘭納斯胸口的痛楚消退了，他感受到少許的一絲希望。露西．葛蕾逃過了懲罰，至少公諸於世的說法如此。光是知道在都城還有盟友，科利奧蘭納斯就覺得精神一振，而賽嘉納斯提到成為軍官的事引起他的注意。也許終究有方法可以脫離他的處境？有另一條途徑能發揮影響力和力量？眼前此刻，知道這是海咖院長所恐懼的事，這樣得到夠多的安慰了。

「我打算啊，」賽嘉納斯說。「我打算在這裡建立全新的美好生活。找個地方，以我自己小小的力量，讓這世界變得比較好。」

「那可要費一番功夫喔，」科利奧蘭納斯說。「究竟是什麼因素促使我要求來第十二區，我還不知道呢。」

「完全是隨機挑的，顯然是這樣，」賽嘉納斯搞笑說。

科利奧蘭納斯像笨蛋一樣，覺得自己臉紅了。「我根本不曉得要怎麼找她。也不曉得她對我還有沒有興趣，現在有那麼多事情都改變了。」

「你是開玩笑的，對吧？她徹頭徹尾愛上你了啊！」賽嘉納斯說。「而且別擔心，我們會找到她。」

幫忙賽嘉納斯打開行李並鋪好床鋪時，科利奧蘭納斯補足了都城的消息。他對飢餓遊戲的猜測果然沒錯。

「到了隔天早上，連一個字都沒提起，」賽嘉納斯說。「我走進學院準備接受面談的時候，聽到一些教職員談論，讓學生去參與飢餓遊戲根本是大錯特錯，所以我覺得就這麼一次了。不過呢，如果明年我們看到盧基·富萊克曼再度回鍋，或者開放郵局贈送禮物和參與賭博，我不會感到意外。」

「那是我們的貢獻，」科利奧蘭納斯說。

「所以看起來呢，」賽嘉納斯說，「薩提莉亞對希克教授說，不管怎麼樣，戈爾博士都決定讓飢餓遊戲繼續進行。我想，那是她所謂『無止境戰爭』的一部分。於是我們有了飢餓遊戲，取代了戰鬥。」

「對啊，一方面懲罰行政區，另一方面也提醒我們，自己是什麼樣子的野獸，」科利奧蘭納斯說著，專心把賽嘉納斯摺疊好的襪子整齊放到置物櫃裡。

「什麼樣子呢？」賽嘉納斯問道，對他露出促狹的神情。

「我不知道，」科利奧蘭納斯說。「就像……你也知道啊，她老是用什麼方法折磨兔子，或者讓某種東西的血肉消失之類的？」

「她好像很享受的樣子？」賽嘉納斯問。

「完全正確。我想，她認為我們全都是那樣的人：天生的殺手。內建暴力傾向，」科利奧蘭納斯說。「飢餓遊戲提醒我們自己是什麼樣的怪物，又是多麼需要都城才能避免出亂子。」

「所以，不只這世界是野蠻的地方，大家也很享受這種野蠻行為？就像那份作業，列出我們對戰爭所熱愛的每一件事，」賽嘉納斯說。「活像那是某種盛大的表演。」他搖搖頭。

「實在想不下去。」

「忘掉吧，」科利奧蘭納斯說。「我們就高興一下，她遠離我們的生活了。」

垂頭喪氣的竹竿出現了，渾身散發出濃烈的尿味和漂白水的氣味。科利奧蘭納斯介紹他給賽嘉納斯認識，賽嘉納斯弄懂他的處境後，答應要幫他訓練體能，才讓他高興起來。「以前在學校，我也花了好一段時間才掌握要領。不過呢，如果我能掌握，你也可以。」

不久後，史邁利和巴格也跑進來，熱烈歡迎賽嘉納斯。他們在撲克牌桌上輸個精光，但對於下個週末娛樂活動興奮不已。「灶窩會有樂團演出。」

科利奧蘭納斯幾乎跳到他身上。「樂團？什麼樂團？」

史邁利聳聳肩。「記不得。不過有個女孩會唱歌，好像滿厲害的，露西什麼的。」

露西什麼的。科利奧蘭納斯心臟狂跳，大大的笑容幾乎讓他的臉裂成兩半。

賽嘉納斯也笑著回應他。「眞的嗎？嗯，好期待啊。」

熄燈之後，科利奧蘭納斯躺下，對著天花板眉開眼笑。露西·葛蕾不只活著，而且人在第十二區，下個週末他就會與她團聚。他的女孩，他的愛，他的露西·葛蕾。他們終究挺過了院長、博士和飢餓遊戲而存活下來。經過那麼多星期的恐懼、思念和不確定感，他會擁她入懷，再也不讓她離開。那不就是他來到第十二區的原因？

不過新的消息不是只有關於她。還有一件事同樣出乎意料，那個長久以來的麻煩人物，賽嘉納斯的出現，同樣幫助他回到現實生活。不只帶來他的畢業證書和令人期待的糕點，而且保證都城沒有鄙視他嘲笑他，甚至帶來成爲軍官的生涯期望。科利奧蘭納斯眞是鬆口氣，有人可以聊天了，這個人了解他的世界，而且更重要的是，這個人了解他在那個世界的眞正價值。想到以下的事實也讓他深受鼓舞：史特拉堡．普林西允許賽嘉納斯堅持讓他畢業，以此作爲興建體育館的條件，至少也當作他救了賽嘉納斯一命的些許報答。老普林西沒有忘了他，他很確定這點，而且未來可能運用財富和力量幫助他。此外，老媽當然也很敬重他。或許情況終究沒有那麼悲慘。

有了賽嘉納斯，加上來自各個行政區的另外幾名「脫隊者」，組成二十人的完整小隊，就這樣開始接受訓練。無庸置疑的是，多虧中等學院的教育方針，科利奧蘭納斯和賽嘉納斯在體能和操練方面都有明顯的優勢，只不過以前沒有槍枝課程，而現在有了。標準的維安人員步槍是令人畏懼的武器，能夠射出一百發子彈才需要重新裝塡。剛開始，新兵專心學習武器的各種零件，努力清潔、組裝、拆卸各自的槍枝，直到連在睡夢中都能執行。展開打靶練習的第一天，科利奧蘭納斯覺得有點疑慮，因爲他對戰爭時期的記憶實在太糟，不過他發現擁有武器比較有安全感。感覺自己比較強大。原來賽嘉納斯是天生的神槍手，很快就贏得

「靶心」這個綽號。科利奧蘭納斯看得出來，這個綽號讓他很不自在，但他接受了。

賽嘉納斯到達後的星期一，八月一日，眾人迎接令人失望的消息。新兵發現他們必須服勤整整一個月，才能領到第一份薪水。史邁利的心情特別低落，因爲他盤算著週末要拿薪水去狂歡作樂。科利奧蘭納斯也覺得一顆心往下沉。如果買不起入場券，他怎麼能期待見到露西．葛蕾呢？

經過三天除了訓練以外什麼也沒做的日子後，星期四出現一大亮點。老媽的包裹送到了，塞滿了令人開心的甜食。看到竹竿、史邁利和巴格的表情眞的很有趣，他們望著包裹打開，裡面有櫻桃塔、焦糖爆米花球和糖霜巧克力餅乾。賽嘉納斯和科利奧蘭納斯讓點心成爲房間裡的共同財產，把兄弟情誼凝聚得更緊密。「你知道嗎，」史邁利嚼著滿嘴的塔餅說道，「如果想要的話，我敢打賭，我們在星期六可以用這個做點交易。交換琴酒和其他什麼都可以。」大家同意了，於是把一些禮物收到旁邊，期待星期六晚上的重大時刻。

受到甜食的振奮，科利奧蘭納斯寄了一封感謝的短信給老媽，也寫信給提格莉絲保證他很好。他努力不要計較那些勞累的例行工作，並從成爲軍官的角度思考事情。他找來一本翻爛的手冊，準備預官考試，手冊裡有一些考古題。題目的設計方向是要評估學業方面的資質，包括基本的文句、數學和空間問題，不過有一部分是軍事題，他需要學習一些基本規定和條例。如果通過考試，他不會成爲軍官，但是有機會開始受訓成爲軍官。其他很多新兵幾乎沒有讀寫能力，要是沒有其他因素，他覺得自己很有機會通過考試。他們上了一點講述維安人員的價值和傳統的課程，上述差異就很明顯。他對提格莉絲提起令人遺憾的薪水消息，但向她保證，款項應該會在九月一日準時支付。他用舌頭舔舐齒縫裡的爆米花時，突然想到要提起賽嘉納斯的到來，也勸她如果有任何緊急情況，或許可以仰賴普林西老媽提供協助。

星期五早上，食堂裡瀰漫著緊繃的情緒。史邁利在醫務室遇到一名護士，從她口中聽到消息：大約一個月前，約莫抽籤日前後，礦場發生一場爆炸，有一名維安人員和兩名第十二區的工頭因而身亡。經過刑事偵查後，逮捕了一名男子，已知他的家族在戰爭期間是叛軍領袖。今天下午一點要執行他的絞刑。礦場因而關閉，並要求工人參加那個場合。

科利奧蘭納斯心想自己這麼菜，看不出自己與那件事有什麼關係，於是依循平常的課表。但在體能操練期間，基地指揮官親自過來，短暫觀察了一會兒；他是個討厭的老傢伙，名叫霍夫。準備離開前，他與他們的教育班長交談幾句，班長立刻叫科利奧蘭納斯和賽嘉納斯走上前。「你們兩個，今天下午要去參加絞刑行刑。指揮官下令要增加人去撐場面，而他要找的是可以應付操練的新兵。中午穿好制服，去運輸單位報到。只要遵守命令，你們會表現得很好。」

科利奧蘭納斯和賽嘉納斯匆匆吞完午餐，趕回營房去換裝。「所以，那個殺人犯特別以維安人員爲目標嗎？」科利奧蘭納斯問道，同時第一次穿上乾淨的白襯衫。

「我聽說他是想要破壞煤炭的生產線，結果意外害死三個人，」賽嘉納斯說。

「破壞生產線？爲了什麼目的？」科利奧蘭納斯問。

「我不知道，」賽嘉納斯說。「希望再次推動叛變？」

科利奧蘭納斯只能搖頭。這些人怎麼搞的，爲什麼覺得只需要憤怒就能啓動叛變？他們沒有軍隊、武器，連組織都沒有。在學院裡，他們學到的是：最近的戰爭是因爲第十三區的叛軍起而叛變，他們能夠取得軍火並傳送出去，而且與整個施惠國的志同道合之士取得聯繫。然而，第十三區已經在核子武器的煙雲中消失了，同時消失的還有史諾家的財富。先前叛軍什麼都沒有留下，而認爲叛亂行動有可能重起爐灶，完全是愚蠢的想法。

他們報到準備執勤時，科利奧蘭納斯很驚訝他們配發一把槍給他，畢竟他的訓練還在最初步的階段。「別擔心，市長說，我們只需要立正站好，保持警戒，」另一名新兵對他說。他們擠上一輛卡車的後車斗，只見卡車轟隆開出基地，沿著第十二區的外環道路向前行駛。科利奧蘭納斯覺得很緊張，因爲這是他第一次執行眞正的維安人員任務，但也有點興奮過頭。區區幾個星期前，他還是學生，但現在他身穿制服，手執武器，有男人的樣子了。而就算是最低階的維安人員，他與都城的關係也賦予他一點權力。想到這點，他站得更挺直一點。

隨著卡車繞過行政區的邊緣，途經的建築物從骯髒變得頹傾。在炎熱的天氣裡，那些破舊的房屋全都門窗敞開。神情茫然的婦女坐在門口台階上，看著打赤膊的小孩子，他們肋骨突出，在泥土地上玩耍，顯得無精打采。有些院子設置了抽水機，顯示欠缺自來水，垂掛的電線也表示無法保證有電可用。

這種貧困的程度讓科利奧蘭納斯嚇壞了。他已經毀了自己大半的人生，但史諾家的人向來辛勤工作，以維持舒適的生活。這些人則是放棄了，而他內心有一部分責怪他們讓自己過得這麼困苦。他搖搖頭。「我們撒了那麼多錢給各個行政區耶，」他說。那一定是真的。都城的人民老是抱怨這件事。

「我們撒的錢是給自己在行政區的產業，而不是給行政區本身，」賽嘉納斯說。「這些人得靠他們自己。」

卡車轟隆駛離煤渣路面，開上一條泥土路，繞過一片滿是泥土和雜草的廣大原野，到了路底有一片樹林。都城的一些公園有小片的樹林區，但連那些樹木也修剪得相當整齊。科利奧蘭納斯猜想，眼前就是大家說的森林，或根本是荒野。濃密的樹木、藤蔓和林下灌叢，生長得各異其趣。光是這樣的失序狀態就令人不安，而誰又知道那裡棲息著什麼樣的動物？嘰嘰聲、嗡嗡聲和沙沙聲混合在一起，讓他坐立難安。這裡的鳥叫聲好吵啊！

一棵巨大的樹木屹立在樹林邊緣，樹枝向外延伸，很像巨大又多瘤的手臂。有個套索懸掛在其中一根特別水平的枝條上。它的正下方有個粗陋的平台，豎立著兩個活板門片。「他們一直答應要設置比較恰當的絞刑台，」負責的中年少校說。「還沒等到之前，我們有些人草草搭建出這個。以前只把他們套住，在地上拖行，但那樣好像永遠都不會死，誰有時間搞那個啊？」

有一名女新兵試探地舉起手，科利奧蘭納斯認出抵達十二區時，曾與她一起從火車站走路去基地。「請問，我們要吊死的是誰？」

「某個反抗者，他企圖關閉礦場，」少校說。「他們全都是反抗者，不過這一個是首腦，名字叫阿爾洛還是什麼的。還在追查其他一些人的下落，但是我真不知道他們打算逃到哪裡去，根本無處可逃。好了，所有人下車！」

科利奧蘭納斯和賽嘉納斯扮演的角色主要是裝飾品。他們站在隊伍的後排，總共有兩個二十人小隊護衛著平台，他們屬於其中一個小隊。另外六十名維安人員散布在原野邊緣。科利奧蘭納斯不喜歡背對著一大堆雜亂的動植物，但命令就是命令。他直視前方，視線越過原野，望向行政區，那裡開始聚集一批很有秩序的人群。從他們的外表看來，很多人是直接從礦場來到此地，因為煤灰讓他們的臉黑黑的。原野上另外加入的婦女和孩童只比他們稍微乾淨一點，顯然是家人。等到人數變成好幾百人，科利奧蘭納斯開始覺得焦慮，而且還有更多人抵達，人群向前推擠，感覺很不妙。

有三輛車沿著泥土路慢慢開向絞刑台。第一輛車是一輛老爺車，那在戰前必然屬於豪華車等級，從那輛車走下來的是第十二區的利普市長，後面跟著一名中年婦女，染了一頭金髮，還有梅菲爾，就是在抽籤日那天，露西．葛蕾用蛇攻擊的那個女孩。他們在平台側邊擠成一團。指揮官霍夫和六名軍官從第二輛車下來，車頭的施惠國旗幟飛舞飄動。這時一波悲痛的氣氛傳遍整個人群，因為最後一輛車，那是白色的維安人員廂型車，後座的車門打開了。兩名警衛跳到地上，然後轉身扶著囚犯走下車。那名高大瘦削的男子戴著嚴密的鐐銬，努力挺直身子，在護衛的陪同下走向平台。他拖著身上的鎖鍊，踏著艱難的步伐登上歪七扭八的台階，而警衛帶他在其中一扇活板門上站定位置。

少校大喊立正，科利奧蘭納斯的身子啪的一聲立正站好。嚴格來說，他的視線應該要向前看，但他用眼角餘光觀察周遭動靜，站在後排感覺到一點隱藏效果。他從未在現實生活中看過處決，只在電視上看過，而不知為何，他無法移開目光。

群眾安靜下來，一名維安人員唸出宣判的罪行。阿爾洛・錢斯，已經證明有罪，包括謀殺三個人。雖然他試圖表達看法，但在炎熱潮溼的空氣中，他的聲音顯得好微弱。等他說完，指揮官對平台上的維安人員點個頭。他們要幫死刑犯蒙上眼罩，而他拒絕了，接著把套索繞在他的脖子上。那名男子泰然而立，凝視著遠方，等待自己的生命走到終點。

平台的遠端開始響起一陣鼓聲，激起前排的群眾傳來哭聲。科利奧蘭納斯移動目光，想要確定哭聲的來源。那是一名年輕女子，橄欖膚色，黑色長髮飄揚於人群上方，這時有一名男子試圖把她拖走，但她奮力掙扎想要往前，尖叫著說：「阿爾洛！阿爾洛！」維安人員也已經靠近到她身邊。

那個聲音像是電到阿爾洛，他的神情先是顯現驚訝，接著是驚駭。「快跑！」他尖聲說道。「莉兒，快跑！快跑啊！快……！」活板門啪的一聲打開，繩索隨即發出砰的一聲，硬生生切斷他的話語，群眾跟著倒抽一口氣。阿爾洛墜落十五呎，似乎立刻就死了。

隨後在不詳的靜默中，科利奧蘭納斯等待著結果，感覺到汗水沿著胸口涔涔流下。那些人會發動攻擊嗎？別人會期待他開槍射殺那些人嗎？他記得怎麼用槍嗎？他伸長耳朵等待命令。然而，他聽到的反而是那個死人的聲音，從輕輕搖晃的屍體響起，感覺超詭異。

「快跑！莉兒，快跑啊！快……！」

23

一陣顫慄沿著科利奧蘭納斯的脊椎往下竄，他可以感覺到其他新兵起了騷動。

「快跑！莉兒，快跑啊！快……！」

喊叫聲越來越響亮，接著似乎包圍了他，在樹林間迴盪，更從背後攻擊他。他一度以爲自己瘋了。他違反命令，猛然轉頭，差點以爲會看到一整群阿爾洛從他後方的蓊鬱樹林衝出來。什麼都沒有。一個人都沒有。接著，聲音再次從他上方幾呎處的樹枝上傳來。

「快跑！莉兒，快跑啊！快……！」

一看到那隻黑黑的小鳥，他突然回想起戈爾博士的實驗室，他曾在那裡看過同樣的動物，停棲在籠子頂部。八卦鳥。唉呀，樹林裡一定滿是這種鳥類，如同在實驗室裡學習去聲人的嗚咽哭號般，模仿阿爾洛死前的呼喊。

「快跑！莉兒，快跑啊！快……！快跑！莉兒，快跑啊！快……！快跑！莉兒，快跑啊！快……！」

科利奧蘭納斯轉身查看時，也看到鳥類的干擾引起後排的新兵一陣騷動，然而其他維安人員不受影響，立正站好。**已經習慣了**，科利奧蘭納斯心想。他不確定自己能否習慣某個人死亡之時的陣陣呼喊。即使現在那聲音漸漸改變，從阿爾洛的說話聲轉變成幾乎像是吟唱。一連串的音符呼應著他說話的抑揚頓挫，感覺比話語本身更加令人縈繞心頭，揮之不去。

而在群眾那裡，維安人員抓住那名女子，莉兒，正要把她拖走。她發出最後一陣絕望的哀鳴，而鳥兒也同樣學起來，首先發出一個聲音，接著是一段曲調。人類的說話聲消失了，剩下的是阿爾洛和莉兒彼此的輪唱。

「學舌鳥，」他前面有個士兵咕噥著說。「討厭的變種。」

科利奧蘭納斯回想起專訪之前與露西．葛蕾的對話。

「嗯，你知道他們是怎麼說的。學舌鳥還沒唱歌，表演就不算結束。」

「學舌鳥？真的嗎？我覺得是你自己掰出來的。」

「這個不是。真的有『學舌鳥』這種鳥。」

「而牠會在你的表演上唱歌？」

「親愛的，不是我的表演啦，是你們的，反正是都城的。」

這一定就是她說的意思。絞刑就是都城的表演。眞的有「學舌鳥」這種鳥。不是八卦鳥。反正就是不一樣。地域性的種類，他猜想。不過很奇怪，因為士兵曾經稱牠們是「變種」。他瞪大雙眼，努力想在枝葉間找出一隻。現在他知道自己找的是什麼了，他發現好幾隻八卦鳥。也許學舌鳥長得一樣……但是不對，等一下，在那裡！稍微高一點的地方。有隻黑鳥，比八卦鳥略大一點，突然間撐開翅膀，顯露出兩塊耀眼的白色斑塊；這時，那隻鳥張開嘴喙，唱起歌來。科利奧蘭納斯很確定這是他認出的第一隻學舌鳥，而且一看到就覺得不喜歡。

鳥鳴聲讓觀眾陷入混亂，低聲細語變成咕噥抱怨，然後變成抗議聲浪，同時維安人員推著莉兒進入廂型車，就是剛才載著阿爾洛前來的那一輛。科利奧蘭納斯對這批群眾的潛在威脅感到害怕。他們準備針對士兵嗎？雖然沒有人下令，他感覺到自己的拇指打開槍枝的保險裝置。

一陣掃射害他跳起來，他連忙搜尋有沒有人流血，但只看到其中一名軍官放下他的槍。那名軍官笑起來，對指揮官點點頭，原來是對樹林開火，讓鳥群飛起來。望著那些鳥，科利奧蘭納斯可以認出十多對翅膀，振翅之際閃耀著黑色和白色。槍聲讓群眾不敢動彈，而他看到維安人員揮手要他們離開，嘴裡喊著「回去工作！」和「表演結束了！」。眼看著原野淨空，他繼續立正站好，希望沒有人注意到他剛才提心吊膽。

等到他們全都擠上卡車，準備返回基地，少校說：「我應該要向你們警告有那些鳥。」

「牠們到底是什麼？」科利奧蘭納斯問道。

少校輕蔑地哼了一聲。「一種錯誤，如果你問我的話。」

「變種動物嗎？」科利奧蘭納斯堅持問道。

「算是吧。嗯，牠們是，牠們的後代也是，」少校說。「戰爭之後，都城把所有的變種八卦鳥放出去自生自滅——應該要把牠們放生才對，因爲全部是雄鳥。不過牠們盯上本地的仿聲鳥，而那些鳥似乎也願意。好吧，我們有了這些『學舌鳥』怪胎要對付。過沒幾年，所有的八卦鳥都會消失，大家等著瞧吧，看這些新鳥種可不可以彼此交配。」

科利奧蘭納斯可不想浪費未來的二十年時間，聽牠們在各地的死刑場地大唱小夜曲。說不定如果他眞的成爲軍官，他可以組織一支狩獵隊，把牠們從樹林裡清除掉。可是爲何要等呢？爲何不現在提議。就找新兵吧，當作一種射擊練習？當然啦，沒有人喜歡那種鳥。這個點子讓他覺得心情好一點。他轉身看著賽嘉納斯，把這項計畫告訴他，但賽嘉納斯的神情很憂愁，就像以前在都城一樣。「怎麼了？」

卡車駛離時，賽嘉納斯的目光一直盯著樹林。「我眞的沒有好好想過這點。」

「你指什麼？」科利奧蘭納斯問道。不過賽嘉納斯只是搖搖頭。

回到基地，他們歸還槍枝，而且沒想到之後就無事可做了，只等著五點吃晚餐。他們才剛把服裝換回工作服，賽嘉納斯咕噥著說要寫信給老媽之類的，人就不見了。科利奧蘭納斯發現有一封信，一定是某位室友幫他拿來。字體像蜘蛛一樣細長，他認出那是普魯利巴斯・貝爾的筆跡，於是匆匆跳上床讀信。大部分內容證實了提格莉絲先前告訴他的事：普魯利巴斯出手幫助史諾家，既販賣他們的物品，也提供臨時住所，等他們慢慢釐清自己的處境。不過有一段話特別引起科利奧蘭納斯的注意。

關於這一切對你造成的影響，我感到很遺憾。卡斯卡・海咖的懲罰似乎太過頭了，讓我起了疑心。我想我提過，他和你父親在大學的時候非常要好。不過我確實記得某種爭吵之類的，時間在大學快畢業的時候。對他們來說很不尋常。卡斯卡非常憤怒，說他喝醉了，整件事只是開玩笑。而你父親說，他應該要覺得感激，說那樣做是幫他一個大忙。你父親離開了，但卡斯卡留下來一直喝到我打烊。我詢問發生什麼事，但他只說了「很像飛蛾撲火」。他喝得醉醺醺。我以為他們最後會和好，但也許沒有。那之後不久，他們都去工作了，我不常看到他們。事過境遷，人要往前看。

科利奧蘭納斯一直還不知道海咖院長討厭他的原因，這個故事片段提供了最接近的解釋。一場爭吵，鬧翻了。他知道一直沒有和好，除非又吵一次而講開了，因爲院長提起他父親的語氣都充滿恨意。海咖院長眞是心胸狹窄的人啊，還在爲了學生時代的意氣之爭舔舐傷口。即使到現在，他那位想像中的迫害者都過世那麼久了。**放手吧，不行嗎？**他心想。**怎麼還把那次爭執放在心上呢？**

晚餐時，史邁利、竹竿和巴格想要聽絞刑的整個經過，科利奧蘭納斯盡力滿足他們。他提出想用學舌鳥進行打靶練習的點子，結果迎來熱切的回應，室友們鼓勵他積極向上級提案。唯一潑冷水的人是賽嘉納斯，他默默坐著，一句話都沒說，把他托盤上的麵食推給大家吃。科利奧蘭納斯感到有點擔心。上一次賽嘉納斯失去食慾時，同時也失去理智。

後來他們打掃食堂時，科利奧蘭納斯把他叫到角落。「你在煩惱什麼事？不要一句話都不說啊。」

賽嘉納斯拿著抹布，在一桶灰灰的水裡攪來攪去。「我不知道。我一直在想，如果群眾發生肢體衝突，今天會變成怎樣。我們得對他們開槍嗎？」

「喔，可能不會啦，」科利奧蘭納斯說著，雖然他也想過同一件事。「可能只是對空鳴槍幾次吧。」

「如果我在行政區幫忙殺人，那跟在飢餓遊戲中幫忙殺了他們比起來，有好到哪裡去嗎？」賽嘉納斯問道。

科利奧蘭納斯的直覺很正確。賽嘉納斯又陷入另一個道德方面的泥淖。「你覺得會變成怎樣？我是說，你覺得自己從軍的理由是什麼？」

「我覺得可以當醫護士，」賽嘉納斯坦白說。

「醫護士，」科利奧蘭納斯複述一次。「像醫生嗎？」

「不是，當醫生需要讀大學，」賽嘉納斯解釋說。「是比較基層的人員。我可以幫忙救所有受傷的人，無論都城或行政區，突然發生暴力事件的時候。至少我不會造成任何傷害。科利歐，我實在不知道自己有沒有可能殺人。」

科利奧蘭納斯感到一陣惱怒。難道賽嘉納斯忘記了，他自己的魯莽行爲導致科利奧蘭納斯殺了波賓？他的自私任性剝奪了朋友發表這種言論的餘裕？接著，他想起老史特拉堡．普林西，於是拚命忍住想笑的衝動。軍火大亨的繼承人卻是和平主義者。他可以想像這對父子會出現的對話。**太浪費了**，他心想。**浪費整個王朝**。

「那麼戰爭的時候呢？」他問賽嘉納斯。「你是士兵，你也知道。」

「我知道。戰爭就不一樣了吧，我想，」賽嘉納斯說。「不過，我得爲自己相信的事情奮戰一番。我得相信，那樣會讓世界變成比較好的地方。我還是比較想要擔任醫護士，不過後來發現，沒有戰爭的時候，對這類人的需求不是很多。想要接受訓練去醫務室工作的人很多，等待名單很長。不過除了那樣以外，你還需要推薦信，而班長不肯給我。」

「爲什麼不肯？聽起來超適合的啊，」科利奧蘭納斯說。

「因爲我太擅長用槍，」賽嘉納斯對他說。「確實是。我是一流的槍手。從我很小的時候，父親就教我，每個星期都強迫我做打靶練習。他認爲這是家族事業的一部分。」

科利奧蘭納斯努力思考他的話。「你爲什麼不隱藏這種能力？」

「我以爲有啊。其實呢，我眞正的射擊能力比訓練的時候厲害多了。我努力不要顯得太突出，可是小隊的其他人太遜了。」賽嘉納斯驚覺講錯話。「不包括你。」

「有啦，包括我。」科利奧蘭納斯笑起來。「嘿，我覺得你想太多了，我們又不是每一天都有絞刑。而且如果眞的發生，那就射歪啊。」

但這番話只是更加刺激賽嘉納斯。「萬一那表示你，或者竹竿，或者史邁利，結果死掉呢？因爲我沒有保護你們？」

「噢，賽嘉納斯！」科利奧蘭納斯氣得大叫。「你不能再這樣了，每件事都想太多！想像每一種最糟糕的情境。不會發生那種事。我們全都會死在這裡，到很老的時候，或者用拖把用到過勞，看哪一種原因先害死我們。除此之外，不要射中靶心！不要隨便發明問題！也不要拿拳頭去捶門，找自己麻煩！」

「換句話說，不要太任性，」賽嘉納斯說。

「嗯，反正你太戲劇化了。你去競技場找馬可士，到最後就是這樣，記得吧？」科利奧蘭納斯問道。

賽嘉納斯的反應好像被科利奧蘭納斯打了一巴掌。然而，過了一會兒，他點點頭，承認了。「我差點害我們兩個都死掉。科利歐，你說得對。謝謝。我會好好思考你說的話。」

一場雷陣雨迎來了星期六，留下一層厚厚的泥巴，空氣也變得又溼又悶，科利奧蘭納斯覺得可以像海綿一樣擰出水來。他開始渴望吃到庫奇喜歡煮的鹹食，每一餐都吃個精光。每日體能訓練的成果讓他變強壯了，比較靈活，而且有自信。他與本地人相比毫不遜色，即使他們整天都在挖礦。並不是說眞的有可能來場肉搏戰，不使用維安人員的武器，但萬一眞的發生，他也準備好了。

打靶練習期間，他注意著賽嘉納斯，果然似乎有點失了準頭。很好。技術突然變得太差會引起注意。聽其他男生評估自己的天賦可能要有點保留，但他從沒聽過賽嘉納斯自吹自擂。如果他說自己是神射手，那麼不用懷疑，一定就是。那也表示，如果他說服大家嘗試射殺學舌鳥，賽嘉納斯會是寶貴的人才。練習結束時，科利奧蘭納斯向班長提起這個點子，答案令他滿意：「可能不是壞主意。一石二鳥之計。」

「噢，我希望不只二鳥，」科利奧蘭納斯開玩笑說，而班長哼了一聲以示嘉獎。

在洗衣房度過悶熱的下午，將工作服搬進工業用洗衣機和乾衣機又搬出，接著分類和摺疊之後，科利奧蘭納斯衝去吃晚餐，並跑去淋浴。是他的想像嗎？還是鬍子已經長滿了？他拿剃刀刮著臉，忍不住欣賞起來。這是他即將脫離童年的又一個跡象。他用毛巾擦乾頭髮，覺得興奮感變得比較沒那麼強烈了，不禁鬆口氣。不管在哪裡，他都很能安撫情緒的起伏。

由於期待那天晚上灶窩的樂團演出，浴室裡充滿興奮之情。顯然所有的新兵都沒有追今年的飢餓遊戲。

「有個女孩要在那裡唱歌耶。」

「對啊，從都城來的。」

「不對，不是從都城來的。她去那裡參加飢餓遊戲。」

「噢，那我想她贏了。」

大家的臉龐因爲熱氣和擦洗而發亮；科利奧蘭納斯和室友們走出營房，進入夜色。執勤的守衛告訴他們，離開基地的時候要抬頭挺胸。

「我想，我們五個人可以應付一些礦工吧，」竹竿說著，環顧四周。

「肉搏戰，肯定是，」史邁利說。「不過萬一他們有槍呢？」

「他們在這裡不能有槍，對吧？」竹竿問。

「不合法。不過戰爭之後，肯定有一些槍枝流傳在外。藏在地板底下和樹林裡面之類的。只要你有錢，什麼都可以得到，」史邁利說著，心領神會點個頭。

「他們所有人顯然都沒錢，」賽嘉納斯說。

步行離開基地也讓科利奧蘭納斯覺得緊張不安，但他將之歸咎於目前正在經歷的混亂情緒。這些情緒交替出現：興奮、害怕、過度自信，以及對於見到露西．葛蕾時毫無把握。他有那麼多的事情想要對她訴說，有那麼多的問題想要發問，根本不知從何著手。也許就從這樣開始，來個漫長又緩慢的親吻……

大約二十分鐘後，他們抵達灶窩。在以前日子過得比較好時，這裡是一間儲煤倉庫，而由於生產量降低，它遭到廢棄。擁有者如果不是都城當局，可能也是都城的某個人，但顯然沒有維護或保養。沿著牆壁有幾個臨時攤位，展示一些雜物，多半是二手物品。那些東西應有盡有，科利奧蘭納斯看到燒過的蠟燭殘段、死兔子、手工的編織涼鞋和破裂的太陽眼鏡。

他擔心緊接著絞刑之後，別人會對他們懷抱敵意，但似乎沒人多看他們兩眼，而且大多數的顧客都來自基地。

史邁利以前在家鄉就是經營黑市交易，他很有策略，犧牲一塊餅乾當作樣品，把它剁成十幾個小塊，讓他認爲有可能購買的人試吃看看。老媽的魔法果然強大，於是有些餅乾與私酒販子直接交易，有些則與其他有興趣的人以金錢交易。最後他們得到一夸脫的清澈液體，那瓶東西眞的很濃烈，光是氣味就讓他們眼淚直流。

「那是好東西！」史邁利打包票說。「他們這裡稱之爲『烈酒』，不過這是基本的私釀酒。」他們每個人都喝了一大口，輪流猛烈咳嗽和互相拍背，然後把剩下的留著，等到看演出時再喝。

科利奧蘭納斯還有六顆爆米花球，希望徵求入場券，但大家都向他搖手。

「他們等一下才會收錢，」有個人說。「如果你想要好位置，先占先贏。想必會有很多人，因爲女孩回來了。」

搶占位置包括從角落的一大堆東西抓出老舊的板條箱、電線捲軸或塑膠桶，放在你可以看到舞台的某個地點，而所謂的舞台只是在灶窩的一端堆置木頭棧板而已。科利奧蘭納斯選了靠牆的一個位置，大約在後半部。在昏暗的光線中，露西·葛蕾很難注意到他，而他想要這樣。他需要時間慢慢決定如何接近她。她有沒有聽說他在這裡?可能沒有,畢竟有誰會告訴她呢?在基地附近,他只是「紳士」,而他在飢餓遊戲的功績根本沒人提起。

夜幕降臨,有人扳動開關,點亮了一堆混亂的燈光,由老舊的電纜和好幾條看似不太可靠的延長線串連而成。科利奧蘭納斯尋找最近的出口,免得發生不可避免的火災。由於是老舊的木造建築又有煤灰,零星的火花有可能把這裡變成火光閃耀的煉獄。灶窩開始擠滿了人,維安人員和本地人都有,多數是男人,不過女人也不少。整個地方肯定擠進了將近兩百人,這時有個瘦削的男孩登場,他約莫十二歲,頭上的帽子裝飾著色彩繽紛的羽毛;他在舞台上設置單獨一支麥克風,有條電線連接到側邊的黑色箱子。他拉了一塊木頭板條箱放在麥克風後面,然後退入一個區域,那裡用一塊參差不齊的毯子擋住。他的現身撩動群眾的情緒,大家開始齊聲拍手,某種程度來說,這顯然是會感染的。就連科利奧蘭納斯也發現自己的雙手跟著拍。很多喊聲要求表演趕快開始,就在你覺得好像永遠不會開始的時候,毯子的側邊突然往後拉開,有個小女孩走出來,身穿粉紅色漩渦圖案的洋裝。她行個屈膝禮。

觀眾高聲歡呼,看著女孩開始拍打一面鼓——用一條繩子掛在她的脖子上——然後她跳著舞步前往麥克風。「哎喲,莫黛.艾佛瑞!」科利奧蘭納斯的附近有個維安人員發出不滿的呼喊聲,他知道這是露西.葛蕾提過的表妹,她能記住自己聽過的每一首歌。對這麼年輕的孩子來說，那樣的宣稱眞是好大的口氣；她可能沒有超過八、九歲。

她跳上麥克風後方的箱子，對觀眾揮揮手。「嗨，大家好，感謝今晚的出席！你們熱夠了嗎？」她用甜美又純潔的聲音說話，於是群眾笑起來。「嗯，我們打算把氣氛炒得更熱一點。我的名字是莫黛・艾佛瑞，我很樂意介紹柯維族！」觀眾鼓掌，而她行屈膝禮，直到大家差不多安靜下來，讓她開始進行介紹。「彈奏曼陀林琴，塔姆・安柏！」一名高大瘦削的年輕男子，戴著裝飾羽毛的帽子，從簾幕後面走出來，彈奏著一種樂器，很類似吉他，不過琴身比較像淚滴狀。他直接走到莫黛・艾佛瑞旁邊，完全沒有意識到觀眾的存在，手指在琴弦上從容移動。接著，剛才設置麥克風的男孩拿著小提琴現身。「那是克萊克・卡麥，拉奏小提琴！」莫黛・艾佛瑞朗聲說道，只見男孩一邊拉奏一邊越過舞台。「還有芭兒波・阿祖爾，彈奏低音提琴！」一名婀娜多姿的年輕女子，拖著一把看似巨大提琴的樂器走出來，她穿著長及足踝的格紋藍色洋裝，向群眾羞怯地揮揮手，然後加入其他人的行列。「而現在要登場的是，剛從都城的戰鬥回到此地，獨一無二的露西・葛蕾・貝爾德！」

科利奧蘭納斯屏住呼吸，看著她轉身步上舞台，一隻手拿著吉他，鮮綠色的百褶裙在她周圍飄揚起來，五官因爲化妝而鮮明閃亮。群眾全都站起來了。她輕快地跑過去，塔姆・安柏連忙把莫黛・艾佛瑞的箱子往後推，於是她站定在麥克風前方的舞台中央。「哈囉，第十二區，你們想念我嗎？」她笑靨如花，聽著大家吼叫回應。「我敢打賭，你們從來沒料到會再一次看到我，而這有兩方面的意義。不過，我回來了。我眞的回來了。」

有個維安人員受到同伴的鼓舞，害羞地走近舞台，遞給她一瓶半滿的烈酒。

「嗯，這是什麼？是要給我的嗎？」她問道，伸手接下瓶子。維安人員做個手勢，表示是他們那群人給的。「嗯，你們全都知道，我十二歲就不再喝了！」觀眾爆出誇張的笑聲。「什麼？眞的啊！當然啦，手頭上有一點當作醫療用途沒什麼害處。謝謝你們的好意，我眞的很感激。」她仔細端詳瓶子，然後對觀眾投以會心的目光，喝了一大口。「爲了洗滌我的聲帶！」她以天眞的語氣回應吼叫聲。「你們知道嗎，像你們對我這麼壞，我都不知道自己爲什麼要一直回來。不過我回來了。讓我想起那首好久以前的歌。」

露西．葛蕾撥動吉他一下，環顧其他的柯維族人，他們在麥克風周圍聚集成緊密的半圓形。「好，悅耳的小鳥們。一、二、一、二、三……」音樂開始了，輕快且歡樂。科利奧蘭納斯覺得自己的腳踝跟著打拍子，然後露西．葛蕾靠近麥克風。

我的心眞是蠢，不是也許而已。
不能怪邱比特，他只是小貝比。

射它，踹它，處決它，
依然上演「向你屈服」的戲碼。
心實在很奇妙，它不願聽理由。
你就宛如蜂蜜，引領蜜蜂飛撲。
刺它，扭它，猛甩開，它
依然上演「向你屈服」的戲碼。

我希望它很重要
你選擇讓它破碎。
你怎會粉碎那
我所愛之事？

難道你真覺高興
你大可棄之敝屣？

正因此你粉碎
我所愛之事。

露西．葛蕾讓出麥克風，於是克萊克．卡麥走上前去，以小提琴表演一些很炫的指法，對旋律做些裝飾奏，其他人則幫他伴奏。科利奧蘭納斯的目光無法從露西．葛蕾的臉上移開，那種容光煥發的模樣是他從沒見過的。**那是她開心的模樣**，他心想。**她好漂亮！**那種漂亮的方式是每個人都看得出來的，不是只有他。那可能是問題。嫉妒刺痛他的心。但是不對啊。她是他的女孩，對吧？他還記得她在專訪時唱的歌，唱出有個傢伙讓她心碎，詢問結果顯示，柯維族人有個可能的嫌犯。只有彈奏曼陀林的塔姆．安柏有可能，但他們之間沒有火花。也許是某個本地人？

群眾對克萊克．卡麥歡呼喝采，而露西．葛蕾再度掌握麥克風。

擄獲我心但未曾解放它。
人們笑談你如何對待它。
誘惑它，撕裂它，赤裸剝光，它

依然上演「向你屈服」的戲碼。

心兒蹦跳正如兔子。
血脈賁張但已習慣。
消耗它，苦痛它，我為之瘋狂，它
依然上演「向你屈服」的戲碼。

激怒它，蔑視它，不願回報它，
碎裂它，炙烤它，壓抑它，
挫敗它，裝飾它，到底什麼鬼，它
依然上演「向你屈服」的戲碼。

等到鼓掌聲和不少叫喊聲漸漸停歇，觀眾坐下來聆聽更多表演。

由於曾在都城協助露西・葛蕾彩排，科利奧蘭納斯知道柯維族的各式曲目非常廣泛，也會直接以樂器演奏樂曲。有時候幾名成員離開，消失在毯子後面，把舞台留給一對或單獨一名表演者。塔姆．安柏顯示他彈奏曼陀林非常出色，用他閃電般的快速指法吸引群眾的目光，臉上則維持冷淡的面無表情。莫黛．艾佛瑞，群眾的寵兒，尖聲唱出一首黑色幽默的歌曲，描述一名礦工的女兒溺水而死，然後邀請觀眾加入合唱，而令人意外的是，很多人都加入了。也說不定沒那麼令人意外，畢竟現在大多數人都處於喝醉的友善狀態。

噢，我親愛的，噢，我親愛的，
噢，我親愛的，克萊門婷。
你永遠消失離去。
真是遺憾啊，克萊門婷。

有些曲目簡直晦澀難懂，用了一些不常聽到的字詞，科利奧蘭納斯努力理解歌曲的旨意，也想起露西．葛蕾曾說，那些歌來自以前的時代。

特別是唱那些歌的時候，五名柯維族人似乎沉浸於自己的世界，搖擺身子，以他們的歌喉建構出複雜的合聲。科利奧蘭納斯並不喜歡，那種歌聲讓他心神不寧。他坐著聽了至少三首這樣的歌曲，然後才猛然醒悟，這讓他聯想到學舌鳥。

幸好大多數都是比較近期的歌曲，他也比較喜歡，而結束的歌曲他曾在抽籤日那天聽過——

不，先生，

你能從我身邊帶走的，全都不值得弄髒手。

帶走吧，因為我會無償給予。毫不心疼。

你能從我身邊帶走的，全都不值得留下！

——其中的諷刺意味並沒有引起觀眾的注意。都城曾經試圖奪走露西．葛蕾所擁有的一切，但最終失敗了。

等到掌聲停歇，她對莫黛．艾佛瑞點個頭。小女孩跑到毯子後面，出現時拿著一個籃子，編織著令人愉悅的絲帶。

「謝謝各位的好意，」露西．葛蕾說。「現在呢，你們全都知道這要怎麼進行。我們沒有收取門票，因爲有時候餓肚子的人最需要音樂。不過我們也餓肚子，所以，如果你們樂意捐助，莫黛．艾佛瑞會在附近拿著籃子。我們預先感謝大家。」

四名年紀稍長的柯維族人演奏輕柔的音樂，莫黛．艾佛瑞則在人群四周蹦蹦跳跳，將錢幣收集到她的籃子裡。科利奧蘭納斯和室友總共五人，只有少少幾枚硬幣，感覺實在不太夠，不過莫黛．艾佛瑞以客氣的屈膝禮感謝他們。

「等一下，」科利奧蘭納斯說。「你喜歡甜點嗎？」他舉起一份褐色紙張包住的東西，是僅剩的爆玉米花球，於是莫黛．艾佛瑞探頭看了一眼，只見她瞪大雙眼，滿臉欣喜。科利奧蘭納斯把那包東西全部放進籃子裡，就當作他們付過門票。如果他想得沒錯，老媽已經寄出更多裝著食物的箱子了。

莫黛．艾佛瑞稍微掂起腳尖表達謝意，然後匆匆穿越其他觀眾，接著跑上舞台，拉拉露西．葛蕾的裙子，給她看籃子裡的美食。科利奧蘭納斯看出露西．葛蕾的嘴唇發出「噢」的聲音，詢問那是從哪裡來的。他知道就是這一刻了，也發現自己踏出一步，從陰影裡走出去。看著莫黛．艾佛瑞舉起手，指出他，期待之餘他全身發抖。露西．葛蕾會有什麼反應？她會承認他嗎？還是不理他？甚至她會不會一認出他就變臉，因為他是維安人員？

她的目光順著莫黛．艾佛瑞的手指望去，直到落在他身上。她的臉上閃過困惑的神情，然後認出來了，接著滿臉愉悅。她不可置信地搖搖頭，笑了起來。「好，很好，在場的各位。這是……這也許是我這輩子最棒的一夜。感謝這裡每一個人的出席。這樣如何，再來一首歌，送你們回去睡覺了？你們以前也許聽我唱過這首歌，但是在都城，這首歌呈現出全新的意義。猜想你們會找出原因。」

科利奧蘭納斯移動回到他的座位，現在她知道可以在哪裡找到他了；他聆聽著、品味著他們眞正的重逢，只剩一首歌之遙了。等到她開始唱起動物園的那首歌，他不禁熱淚盈眶。

山谷低處，那麼深邃的山谷，
向晚時分，聽見火車鳴響。
火車，吾愛，聽見火車鳴響。
向晚時分，聽見火車鳴響。

科利奧蘭納斯感覺有手肘頂頂他的後背，轉過頭看見賽嘉納斯對他眉開眼笑。眞好，終於有其他人了解這首歌的重要性。這個人知道他們經歷過什麼樣的事。

為我建造一棟宅邸，建得那麼高聳，
於是能看見我的真愛從旁路過。

看見他路過，吾愛，看見他路過。
於是能看見我的真愛從旁路過。

那是我，科利奧蘭納斯好想對周圍的人這樣說。**我是她的真愛。而且我救了她一命。**

為我寫封信，透過郵遞寄出。
烘乾，貼郵，寄往都城監獄。
都城監獄，吾愛，寄往都城監獄。
烘乾，貼郵，寄往都城監獄。

他應該先打招呼嗎？或者只要親吻她就好？

玫瑰豔紅，吾愛；紫羅蘭沁藍。
天際的鳥兒知道我愛你。

親吻她。絕對是，只要親吻她就好。

知道我愛你，噢，知道我愛你，
天際的鳥兒知道我愛你。

「各位晚安。希望下週能見到你們，而在那之前，繼續唱歌喔，」露西．葛蕾說著，全體柯維族人最後一次鞠躬。隨著觀眾熱烈鼓掌，露西．葛蕾對科利奧蘭納斯微微笑著。他開始往前走向她，繞過人群，這時大家著手收拾他們的臨時座位，堆回到角落處。已經有幾名維安人員聚集在她的周圍，而她對他們說了幾句話，但他看到她的目光射向他這邊。他停下腳步，給她一點時間脫身，同時沐浴在她的目光之中，那眼神閃閃發亮，愛戀著他。

那些維安人員向她道晚安，開始撤退。科利奧蘭納斯撫平自己的頭髮，邁開步伐。他們只相隔十五呎了，這時灶窩起了一陣騷動，有玻璃破碎的聲音和抗議聲，於是他轉過頭。有一名黑髮的年輕男子，與他年紀相仿，穿著無袖上衣，長褲的膝蓋扯破了，只見他在稀落的人群間向前推擠。他的臉流汗發亮，而從動作看來，他不久之前喝了太多烈酒。他的一邊肩膀揹著方方正正的樂器，沿著側邊有一排鋼琴鍵盤。跟在他後面的是市長的女兒，梅菲爾，她小心翼翼避免碰觸到其他客人，緊抿的嘴巴透露出輕蔑與不屑。科利奧蘭納斯抬頭看著舞台，看到冰冷的凝視眼神取代了露西．葛蕾的熱切神情。樂團的其他團員聚在周圍保護她，表演時的輕鬆態度消失無蹤，此刻混合著嚴厲的憤怒和悲傷。

那是他，科利奧蘭納斯心想，絕對確定，他的胃劇烈絞痛。**那是歌曲裡的愛人**。

24

莫黛·艾佛瑞的纖弱身形直挺挺擋在露西·葛蕾的正前方。她蹙額皺眉，兩隻手握緊拳頭。「比利·透普[17]，快離開這裡。我們再也沒有人想要你。」

比利·透普審視著那群人，微微搖晃身子。「莫黛·艾佛瑞，不是想要，而是需要。」

「也不需要你。快走吧。而且把你那個狡猾的女孩一起帶走，」莫黛·艾佛瑞命令道。

露西·葛蕾伸出一隻手環抱她，另一隻手按著小女孩的胸口，不知是要安撫她還是阻止她。

「你們聽起來好單薄，你們全都聽起來好單薄，」比利·透普含糊說著，一隻手拍打自己的樂器。

「比利·透普，我們可以沒有你。你自己做出選擇了。那就離開我們吧，」芭兒波·阿

17 Taupe（透普）這個字的原意灰褐色。

祖爾說，她平靜聲音的背後是鋼鐵般的意志。塔姆．安柏沒說話，不過微微點頭表示同意。

比利．透普的臉上閃過痛苦的神色。「克卡，你也覺得那樣嗎？」

克萊克．卡麥抱著他的小提琴緊貼身體。

柯維族人雖然各有不同的膚色、髮色和相貌，科利奧蘭納斯卻注意到這兩人之間有種獨特的相似之處。也許是兄弟？

「你可以跟我走。我們會合作得很好，我們兩個，」比利．透普懇求說。但克萊克．卡麥堅定不移。「那好吧，不需要你，再也不需要你們任何一個人。永遠不需要，靠我自己永遠更厲害。」

兩名維安人員開始靠近他。剛才把烈酒交給露西．葛蕾的那名維安人員伸出一隻手，放在他的手臂上。「好了，走吧，表演結束了。」

比利．透普甩開手臂不給他碰，然後醉醺醺對他猛力一推。就在那一瞬間，灶窩的友善氣氛改變了。科利奧蘭納斯可以感受到緊張的態勢，宛如刀子一般尖銳。礦工要不是沒理會他，就是在他們的酒瓶上方對他點個頭，變得很好鬥的樣子。維安人員挺直身子，突然開始警戒，而他發現自己的身體幾乎立正站好。隨著六名維安人員向比利．透普移動過去，他覺得在場的礦工也蜂擁向前。他讓自己有所準備，覺得接下來肯定會大打出手，這時有人拉動電燈的開關，讓灶窩陷入一片黑暗。

這一瞬間，所有的一切停住不動，接著爆發大混亂。有個拳頭打中科利奧蘭納斯的嘴巴，這讓他自己的拳頭也展開行動。他胡亂出拳，重點只是確保自己周遭的安全。同樣的動物野性籠罩著他，他曾在競技場裡體驗過，當時一群貢品追趕他。戈爾博士的聲音迴盪在他耳際。「**那是人類最自然的狀態。那是未經修飾的人性。**」而這裡又有赤裸裸的人性，這裡他又再度參與其中。拳打，腳踢，他在黑暗中齜牙咧嘴。

灶窩的外面有刺耳的喇叭聲反覆響起，卡車的車頭燈光從門口湧進來。警笛聲大作，很多人高聲喊叫驅散群眾。人家踏著蹣跚的步伐走向出口。科利奧蘭納斯與人潮搏鬥，努力想找到露西．葛蕾的所在位置，但接著認定若要找到她，最有機會的地方會是門口外面。他在人群之中推擠前進，偶爾仍要揮個幾拳，然後衝出去進入外面的黑夜，那裡有許多本地人逃出來，而維安人員聚集成幾個鬆散的小群體，只是稍微作勢要驅趕。大多數人甚至沒有執行勤務，也沒有組織成小隊去處理突發狀況。在黑暗中，根本沒有人能確定自己遭到誰的攻擊。最好讓情勢自行發展。然而，科利奧蘭納斯還是很緊張；與絞刑那時候不一樣，現在礦工會反擊。

他吸吮著裂開的嘴唇，站定位置，觀望門口，但看著拖到最後才漫步走出的人，竟沒有露西．葛蕾和柯維族人的蹤影，連比利．透普也不知去向。他滿心挫折，都已經這麼接近了，卻無法跟她說話。灶窩還有另一個出口嗎？是的，他想起舞台旁邊有一道門，一定能讓他們溜出去。梅菲爾．利普就沒那麼幸運。她站在那裡，兩側都有維安人員，不是遭到逮捕，但也不能自由離開。

「我又沒做錯什麼事，你們沒有權利抓我，」她氣呼呼對那些士兵說。

「抱歉，小姐，」一名維安人員說。「為了保護你自身的安全，我們不能讓你獨自回家。要不是讓我們護送你，就是我們打電話給你的父親，徵求進一步指示。」

提起她的父親，讓梅菲爾閉上嘴巴，但態度並沒有改善。她情緒激動，緊抿著雙唇，細薄的線條述說著只要給她時間，終會有人付出代價。

對於帶她回家的任務，似乎沒有人很熱中，於是科利奧蘭納斯和賽嘉納斯發現這項工作落到他們頭上，如果不是他們在絞刑那時表現得很好，就是因為兩人的酒醉狀況相對輕微。小隊的其餘成員還有兩名軍官，以及另外三名維安人員。「在這樣的時間，考慮周遭的氣氛，慎重一點可能比較好，」一名軍官說。「沒有很遠。」

他們迂迴穿越街道時，靴子踩著砂礫嘎吱作響，科利奧蘭納斯瞇起眼睛盯著黑暗。在都城有街燈照亮黑暗，但在這裡，他得仰賴從窗戶流瀉而出的零星燈火，以及月亮的黯淡光線。沒有武器，甚至沒有白色制服的保護，他覺得自己好脆弱，於是擠在小隊之中。軍官有槍；希望那能讓準備偷襲的人不敢靠近。他想起祖奶奶說的話。**「你自己的父親以前說，那些人只喝水，因為雨水不含鮮血。科利奧蘭納斯，你忽視那點，就要自己承擔風險。」**難道他們現在躲在某處觀望、等待機會，準備止住他們的口渴？他好想念安全的基地。

幸好只走過短短幾個街區後，街道開展成一個荒涼的廣場，他突然明白這是每年舉辦抽籤的地點。有幾盞彼此距離不一的泛光燈，讓他看清腳下的鵝卵石。

「我從這裡走回家沒問題，」梅菲爾說。

「我們不趕時間，」一名軍官對她說。

「你們就不能不要管我嗎？」梅菲爾氣呼呼地說。

「你就不能不跟那個一無是處的傢伙到處亂跑嗎？」軍官提議說。「相信我，那不會有好結果。」

「喔，管好你自己的事就好了啦，」她回嘴說。

他們沿著對角線穿越廣場，然後離開，沿著一條剛鋪好的道路走向下個街口。小隊人馬走到一棟大房子停下來，這在第十二區可算是豪宅，但在都城可能毫不起眼。在八月的暑熱下，窗戶全部敞開，科利奧蘭納斯由此瞥見屋內燈火通明、裝潢完備的各個房間，發出嗡嗡響的電扇吹動窗簾。他的鼻子聞到一陣晚餐的香氣。是火腿，他心想，讓他忍不住流口水，沖淡了嘴唇的血味。或許他沒見到露西．葛蕾也好；他的嘴唇不適合親吻。

一名軍官正要向大門伸出手，梅菲爾把他推開，衝上步道，一溜煙進了房屋。

「我們該告訴她的父母嗎？」另一名軍官問。

「有必要嗎？」第一位軍官說。「你也知道市長會怎樣。說不定她在晚上到處遊蕩會變成我們的錯。我才不想聽人說教。」

其他人喃喃表示同意，於是小隊往回走，穿越廣場。科利奧蘭納斯跟進時，有個輕柔的機械咻咻聲吸引他的注意，於是他轉過頭，看著房屋側邊成排的陰暗灌叢。他約略看出一個人影，一動也不動站在陰影裡，背靠著牆壁。二樓有一盞燈亮起來，黃色的光線延伸向下，照亮了鼻子流血的比利．透普，怒目直瞪著他。比利．透普握緊手上的樂器緊貼胸口，那正是咻咻聲的來源。

科利奧蘭納斯張開嘴，正打算警告其他人，但有某種因素讓他住嘴。是什麼原因呢？恐懼？漠不關心？不確定露西．葛蕾會有何反應？面對他的競爭對手時，樂團已經清楚表明立場，但如果科利奧蘭納斯告發他，有可能把他送進監獄，但不曉得樂團會怎麼看待這件事。萬一那樣把比利．透普塑造成值得同情的角色，獲得他們的支持和原諒呢？他看得出來，柯維族人的忠誠之心根深柢固。然而，說不定他們也會欣然接受。特別是露西．葛蕾，她可能很有興趣想知道，她的舊情人跑去市長女兒的住家尋求安慰。那人到底做了什麼事，結果遭到柯維族、樂團和家鄉的全面驅逐？他想起露西．葛蕾接受專訪時，她的歌曲，她的敘事歌謠，最後幾行是這樣說的。

可惜我是你在抽籤日輸掉的賭注，
等我踏入墳墓，如今你將如何自處？

答案肯定藏在那裡面。

梅菲爾現身，關上窗戶。接著拉上窗簾，擋住光線，讓比利．透普就此隱身。灌叢沙沙作響，時機就這樣過去了。

「科利歐？」賽嘉納斯轉身看他。「你要來嗎？」

「抱歉，只是在想事情，」科利奧蘭納斯說。

賽嘉納斯對房子點點頭。「那讓我想起都城。」

「你都不說家鄉，」科利奧蘭納斯指出。

「是啊。對我來說，家鄉永遠是第二區，」賽嘉納斯堅定說道。「但是那不重要。我可能再也看不到那兩個地方了。」

他們往回走時，科利奧蘭納斯不禁想知道，自己再次看到都城的機會有多少。賽嘉納斯來此之前，他以爲機會是零。但如果他能以軍官身分回去，也許甚至是戰爭英雄，情況可能就不一樣了。那麼，他當然需要一場戰爭，在其中的表現勝過他人，就像賽嘉納斯也需要一場戰爭才能成爲醫護士。

基地的大門在背後關上時，科利奧蘭納斯的肩膀放鬆下來。他洗把臉，爬上床鋪，下層傳來竹竿喝醉酒的鼾聲。他回顧今晚的遭遇時，脈搏在腫脹的嘴唇裡砰砰跳著。那番遭遇全部消失了，像是一場夢——包括見到露西．葛蕾、聽她唱歌、她看見他的快樂神采——直到比利．透普現身，破壞了那場重逢。那只是討厭比利．透普的又一個原因而已，不過看到柯維族人拒絕他，還是感到深深的滿足。由此可證，露西．葛蕾屬於他。

星期天的早餐帶來壞消息，由於前一晚的喧鬧事件，所有士兵都不得單獨離開基地。高層甚至考慮要下令禁止進入灶窩。史邁利、巴格和竹竿宿醉未退，而且帶著前一晚的瘀青，但仍對事態發展感到哀嘆惋惜，覺得如果星期六的外出機會遭到取消，那就沒什麼好期待的了。而賽嘉納斯感到憂心，只因爲科利奧蘭納斯憂心忡忡，認定這又讓見到露西．葛蕾的機會更添難度。

「也許她會來這裡拜訪你？」他提議說著，同時兩人一起清理餐盤。

「她可以嗎？」科利奧蘭納斯問道，但接著希望就算可以，她也不會來。他很少有時間是沒安排計畫的，而且他們會獲准在哪裡談話呢？在圍籬的兩側？那會受到什麼樣的監視？好不容易有前一晚那種浪漫的場合，他本來打算以親吻向她公開打招呼，但事後看來，那有可能惹得他的室友拋來接二連三的問題，更別提會引來軍官的挑眉質疑。他們所有的過往事蹟，包括他遭到強迫入伍，都會傳出去，加上他在飢餓遊戲作弊。除此之外，考慮到本地人和維安人員之間的紛爭，將這份關係維持私密狀態會是明智之舉。在圍籬兩側竊竊私語可能會激發一些謠言，說他同情叛軍，或甚至更糟，說他是間諜。不行，如果他們要見面，一定是他去找她。祕密進行。要追蹤她的下落，今天會是少有的好機會，但他需要一位夥伴一起離開基地。

「我想，這些事最好是我們兩人之間的祕密。如果她來這裡，可能會惹上麻煩。賽嘉納斯，你今天有沒有計畫要做什麼事，或者……」他開口說。

「她住的地方叫『炭坑』，」賽嘉納斯說。「靠近樹林那邊。」

「什麼？」科利奧蘭納斯說。

「我昨天晚上隨口問一名礦工的啦。」賽嘉納斯笑了笑。「別擔心，他喝得太醉了，不會記得。而且好啊，我很樂意陪你去。」

賽嘉納斯準備對室友說，他們要到鎮上去，看看能不能用一包都城的口香糖交換到信紙，但結果顯示沒必要使出這招，因爲所有夥伴一吃完早餐，就拖著累垮的身子，回到各自的床鋪上。科利奧蘭納斯眞希望自己有錢買個禮物，但他連一分錢也沒有。他們穿過食堂準備外出時，他的目光落在製冰機上，突然冒出一個點子。這麼熱的天氣，士兵獲准自由取用冰塊加入飲料，或者讓自己涼快一點。在廚房的蒸氣浴裡，拿冰塊揉搓身體可以提供一點慰藉。

庫奇給科利奧蘭納斯一個舊塑膠袋；他已經用勤奮的洗碗工夫贏得庫奇的信任。白天這麼熱，庫奇也同意，他們在外出路上帶些冰塊會很好，免得心臟病發。科利奧蘭納斯不知道柯維族人是否有冰箱，不過想起前往絞刑場的路上看到的房屋，他認爲那是奢侈品，很少人負擔得起。無論如何，冰塊是免費的，他也不想空手去。

他們在門口登記外出，那裡的守衛警告他們萬事小心，然後他們走出去，朝著印象中前往鎮上廣場的大致方向前進。科利奧蘭納斯滿心恐懼。這一天礦場關閉，然而靜默籠罩著整個行政區，路上遇到的少數人都沒理會他們。鎮上廣場只有一間小小的麵包店開門營業，它的大門敞開，讓微風吹散烤箱的熱氣。老闆是一名臉色紅潤的女子，遇到沒付錢買東西的顧客不大有興趣幫忙指路，因此賽嘉納斯用他的時髦口香糖交換到一條麵包。老闆大發慈悲，帶他們出去到廣場上，指出一條街道，他們沿著走就能到炭坑。

離開鎮中心後，炭坑延伸了好幾哩遠，普通的街道很快就分散成許多缺乏特色的較小巷弄，構成網狀向上爬升，然後不知什麼原因漸漸消失。有些街道有一排排完全相同的破舊房屋，其他街道則搭建一些臨時建築，講好聽一點是棚架。很多房屋都損壞得厲害，歷經無數的支撐和修補，原本的結構蕩然無存，徒剩回憶。還有更多房屋遭到棄置，有用的部分早已挪用至他處。

由於街道不是網格狀，也沒有地標可供指引，科利奧蘭納斯幾乎立刻就失去方向感，於是心神不寧的感覺又回來了。每隔一陣子，他們會經過某人坐在自家的門廊上或陰影裡。沒有任何人看起來有絲毫友善的感覺。唯一善於社交的生物是蚊蚋，牠們特別迷戀他受傷的嘴唇，需要不時吹氣驅趕。陽光灑落在他們身上，冰袋凝結的水珠弄溼他的褲管。科利奧蘭納斯的熱切之情也開始消散。他前一晚在灶窩體驗到的極度狂喜，混雜著烈酒和思念的頭暈目眩，如今看來似乎都像一場狂熱的夢境。「也許這不是好主意。」

「真的嗎？」賽嘉納斯問。「我還滿確定的喔，我們走的是正確的方向。有沒有看見那邊的樹林？」

科利奧蘭納斯辨認出遠處有團綠色的輪廓。他拖著蹣跚的步伐，心裡想著他心愛的床鋪，然後想起星期天表示會有炸煙燻香腸和馬鈴薯。也許他並不想成爲情人。也許他打從心裡是孤僻的人。科利奧蘭納斯・史諾，比較是孤僻的人，而非情人。說到比利・透普，他渾身散發熱烈的情感。那是露西・葛蕾想要的嗎？熱情，音樂，烈酒，月光，而且有個狂野的男孩擁抱這所有的一切？而不是一個辛苦揮汗的維安人員，星期天早晨出現在她家門前，帶著裂開的嘴唇和一袋垂落的冰塊。

他讓賽嘉納斯在前面帶路，沿著煤渣路爬上爬下，一句話都沒說。到最後，他的夥伴會越來越疲累，於是他們可以往回走，趕上寫信的時間。賽嘉納斯，提格莉絲，他的朋友們，教職員，他們所有人對他的看法都錯得離譜。他從來不曾有過熱愛或野心這類動機，唯一的渴望是得到他的獎學金，以及一份良好又平靜的官僚工作，每天只是發發公文，有很多時間能參加茶會。懦弱，而且……海咖院長是怎麼說她的呢？噢，對了，乏味。乏味，就像他的母親。他對克拉瑟斯・史諾好失望啊。

「你聽，」賽嘉納斯說著，抓住他的手臂。

科利奧蘭納斯停下腳步，抬起頭。有個高亢的聲音劃破早晨的空氣，吟唱著憂鬱的曲調。是莫黛．艾佛瑞嗎？他們往樂音的來處往前走。到了小路的末端，也就是炭坑的邊緣，有一棟木造小屋傾斜成危險的角度，很像狂風中的樹木。前院的泥土地一片荒蕪，於是他們繞過一叢叢野花，花朵各處於不同的開花與凋謝階段，移植的時機似乎沒有特別的步調或理由。他們走到屋子背後時，發現莫黛．艾佛瑞坐在臨時搭建的門廊上，身穿一件舊衣裳，尺寸比她的身材大了兩號有餘。她拿著一塊石頭，在煤磚上面敲打核果，順便幫她的歌曲打拍子。

「噢，我親愛的，」**喀啦**，「噢，我親愛的，」**喀啦**，「噢，我親愛的，克萊門婷！」**喀啦**。她抬起頭看到他們，笑逐顏開。「我知道你！」她把裙襬上的零星核果殼撥掉，跑進屋子裡。

科利奧蘭納斯用袖子抹抹臉，希望露西．葛蕾現身時，他的嘴唇看起來不會太糟。然而莫黛．艾佛瑞出來時，跟的是睡眼惺忪的芭兒波．阿祖爾，她匆匆把頭髮盤成髮髻。她和莫黛．艾佛瑞一樣，身上的服裝換成在第十二區隨處可見的洋裝。「早安，」她說。「你要找露西．葛蕾？」

「他是她的朋友，從都城來的，」莫黛．艾佛瑞提醒她。「在電視上介紹她的那個人，只不過他現在幾乎禿頭。爆米花球是他給我的。」

「嗯，我們眞的吃得很高興，也很感謝你爲露西．葛蕾所做的一切，」芭兒波．阿祖爾說。「我想，你會在下面的草場那邊找到她。她很早就去那裡工作，才不會打擾到鄰居。」

「我會帶你去。讓我來！」莫黛．艾佛瑞從門廊跳下來，抓住科利奧蘭納斯的手，彷彿他們是老朋友。「往這邊走。」

由於沒有弟弟妹妹或其他親戚，科利奧蘭納斯沒什麼與小孩子相處的經驗，不過，她碰觸他的方式，讓他覺得很特別。冰冰涼涼的小手在他手裡，感覺充滿信任。「所以，你在電視上看到我？」

「只有那天晚上。很清楚，塔姆．安柏用了很多鋁箔。通常什麼都看不到，只有靜電雜訊，不過我們有電視是很特別的，」莫黛．艾佛瑞解釋說。「大多數人沒有。其實也沒太多節目可看，反正只有那種無聊的舊聞。」

戈爾博士大可用盡各種手段，讓大家參與飢餓遊戲。但實際上，如果各個行政區根本沒人有電視可以看，影響力其實只局限於抽籤日，因爲那時所有人都聚集在會場上。

他們走向樹林時，莫黛．艾佛瑞吱吱喳喳說著他們前一晚的演出，以及隨之而來的鬥毆。「抱歉你被揍了，」她說，指著他的嘴唇。「不過那是比利．透普。不管他去哪裡，麻煩就跟著來。」

「他是你哥哥嗎？」賽嘉納斯問道。

「喔，不是，他是克萊德家的人。他和克萊克・卡麥是兄弟。我們其他人全是貝爾德家的表親。我的意思是女生。而塔姆・安柏是孤魂，」莫黛・艾佛瑞以就事論事的語氣說話。所以不是只有露西・葛蕾講話怪裡怪氣。這一定是柯維族人的特質。「孤魂？」科利奧蘭納斯問道。

「對啊。柯維族人找到塔姆・安柏的時候，他只是小嬰兒。有人把他放在一個紙板箱裡面，擺在路邊，所以他是我們的家人。不過，老天也對遺棄他的人開了玩笑，因爲他是當今最厲害的撥弦樂手，」莫黛・艾佛瑞宣稱。「但是不太擅長說話。那是冰塊嗎？」

科利奧蘭納斯搖晃那團越來越少的冰塊。「這是剩下的。」

「噢，露西・葛蕾會喜歡。我們有冰箱，但是冷凍庫很久以前就壞了，」莫黛・艾佛瑞說。「夏天有冰塊好像很炫，就像冬天有花朵，很稀有。」

科利奧蘭納斯同意。「我的祖母在冬天種玫瑰，大家對那大驚小怪。」

「露西・葛蕾說，你聞起來像玫瑰的氣味，」莫黛・艾佛瑞說。「你整個家全是玫瑰嗎？」

「祖母把玫瑰種在屋頂上，」科利奧蘭納斯對她說。

「屋頂？」莫黛・艾佛瑞咯咯笑。「在那樣的地方種花很蠢吧。不會滑下去嗎？」

「那是平面的屋頂，位在非常高的地方，陽光充足，」他說。「你可以從那裡看到整個都城。」

「露西・葛蕾不喜歡都城。他們試著要殺掉她，」莫黛・艾佛瑞說。

「對啊，」他承認。「那裡對她來說不是很好。」

「她說，你是那裡唯一的好事，而如今你人在這裡。」莫黛・艾佛瑞拉拉他的手。「你要待在這裡，對吧？」

「計畫是這樣，」科利奧蘭納斯說。

「我好高興。我喜歡你，而這樣會讓她高興，」她說。

到了這時，他們三人已經到達一大片原野的邊緣，斜斜向下通往樹林。這裡不像執行絞刑的吊人樹前方的空地那樣雜草叢生，而是乾淨且清爽，草長得很高，有許多長條的鮮豔野花叢。「她在那裡，跟夏慕斯一起。」莫黛・艾佛瑞指著岩石上的孤單人影。穿著一襲她名字由來的灰色洋裝[18]，露西・葛蕾背對他們坐著，低頭抱住吉他。

夏慕斯？誰是夏慕斯？另一個柯維族人？難道他把比利・透普在她生命中的角色搞錯了？夏慕斯才是情人？科利奧蘭納斯伸出一隻手放在眼睛上方遮擋陽光，但只看到她的身影。「夏慕斯？」

「她是我們的山羊。別被那個男生名字騙了；她狀況好的時候，每天可以生產一加侖的羊奶，」莫黛．艾佛瑞說。「我們試著凝結出夠多的乳脂，想要做成奶油，但好像要花很長很長的時間。」

「噢，我愛奶油，」賽嘉納斯說。「這讓我想到，我忘了把這塊麵包交給你。你吃過早餐了嗎？」

「事實上，沒有，」莫黛．艾佛瑞說著，眼睛盯著麵包，一副很有興趣的樣子。賽嘉納斯遞過去。「我們回去那棟房子，馬上把這個弄來吃，你覺得怎麼樣？」莫黛．艾佛瑞用手臂夾著麵包。「那露西．葛蕾和這一位怎麼辦？」她問，對科利奧蘭納斯點點頭。

「如果他們來得及回來就可以加入我們，」賽嘉納斯說。

「好吧，」她表示同意，把手移去牽住賽嘉納斯的手。「芭兒波．阿祖爾可能會要我們等他們。如果你願意的話，可以先幫我去除核果的外殼。那是去年採收的，不過還沒有人吃

18 葛蕾（Gray）的字意是灰色。

壞肚子。」

「嗯，我很久沒有接到這麼棒的提議了。」賽嘉納斯轉身看著科利奧蘭納斯。「我們稍後再見？」

科利奧蘭納斯覺得好害羞。「我看起來還好嗎？」

「棒極了。相信我，士兵，你那樣的嘴唇會幫上忙，」賽嘉納斯說著，然後跟莫黛・艾佛瑞一起往回走向屋子。

科利奧蘭納斯用力撥一下自己的頭髮，然後跋涉進入草場。他從來不曾踩進這樣的長草叢，指尖的搔癢感讓他更緊張。這實在遠遠超過他的期望，私底下與她會面，在一片滿是花朵的原野上，眼前有一整天的時間。與那晚在骯髒灶窩的匆忙相遇簡直是天差地別。這好浪漫，沒有更恰當的字眼了。他盡可能踩著安靜的步伐往前走。在多數情況下，她讓他大感驚奇，而他很樂意有這樣的機會，觀察她沒有平常防備的時候有何反應。

他逐漸靠近，聽見她靜靜彈撥吉他所唱的歌。

你要，你要來嗎？
到這兒來，到樹下來。

他們在哪裡吊死一名男子，說是有三個人被他殺死？
這裡真的發生很多怪事，
最古怪的卻是
一旦我們子夜相會於吊人樹。

他沒有聽過這首歌，但聯想到兩天前那名叛軍的絞刑。她也在場嗎？那件事激發出這首歌嗎？

你要，你要來嗎？
到這兒來，到樹下來。
吊死的男人在哪裡大聲叫號，要他的愛人快快逃？
這裡真的發生很多怪事，
最古怪的卻是
一旦我們子夜相會於吊人樹。

啊，對了。那確實是阿爾洛的絞刑地點，因爲還有哪個地方會有死人大聲叫喊，要他的愛人快點逃命？**「快跑！莉兒，快跑啊！快……！」**你會需要那些不自然的學舌鳥才辦得到。可是，她要邀請誰在樹下碰面？有可能是他嗎？也許她準備在下個星期六唱這首歌，當作給他的祕密信號，約定午夜時分在吊人樹下與她碰面？他不可能去，因爲絕不可能獲准在那種時間離開基地。但她有可能不知道。

露西．葛蕾這時哼哼唱唱，彈奏不同的和弦，嘗試搭配旋律，而他讚嘆著她的頸部曲線、她的細嫩膚質。他更靠近時，有隻腳踩在一根老枝條上，發出尖銳的「啪」一聲斷裂開來。她從岩石上跳起來，一邊站起一邊轉過身子，嚇得瞪大雙眼，而且拿起吉他往外伸，一副要抵擋攻擊的樣子。他一度以爲她準備逃走，但看出是他後，她的警戒動作鬆懈下來。她搖搖頭，很接近他以前看過的尷尬表情，然後拿著吉他撐在岩石上。「抱歉。感覺好像一隻腳還踩在競技場裡。」

他短暫闖入飢餓遊戲的經歷，如果能讓他留下緊張和作惡夢的後遺症，眞不敢想像她受到什麼樣的傷害。過去的一個月搞亂他們的人生，造成無法恢復的變化。眞是糟透了，他們都是相當特殊的人，而這世界以最嚴酷的方式對待他們。

「對啊，眞是難以抹滅的記憶，」他說。他們站了一會兒，全神貫注凝視對方，然後彼此靠近。她縱臂抱住他時，他手上的冰袋滑掉了，兩人的身子緊貼在一起。他緊緊擁住她，想起爲了她、爲了自己，他曾經多麼害怕，根本不敢幻想會有這樣的時刻，感覺是那麼遙不可及。不過他們身在此處，安全待在一片美麗的草地上。距離競技場足足有兩千哩遠。他們沐浴在日光下，但沒有人阻擋在兩人之間。

「你找到我了，」她說。

在第十二區？在施惠國？在這世上？無所謂，那不重要。「你知道我會找到你。」

「很希望你會。不確定。機會似乎對我不利。」她稍微往後傾，空出一隻手，用手指撫過他的嘴唇。她檢視前一晚的傷勢時，他感覺到她彈吉他琴弦產生的厚繭，以及周圍的柔軟肌膚。接著，幾乎是小心翼翼，她吻了他，送出一道道強烈的波濤傳遍他全身。無視於嘴唇的痛楚，他回應了，飢渴且好奇，全身的每一條神經都覺醒過來。他親吻她，直到嘴唇開始有點滲血，要不是她移開，否則會吻到天長地久。

「這邊，」她說。「到陰影裡。」

剩餘的冰塊在他腳下嘎吱作響，他撿起袋子。「給你。」

「哇謝謝你。」露西·葛蕾拉他過去，坐在岩石底部。她拿著塑膠袋，在角落咬破一個小洞，然後拿高，讓融化的冰水滴進她嘴裡。「啊。在八月的這個地區，這一定是唯一冰涼的東西。」她的手擠著袋子，輕輕灑在自己臉上。「很棒喔！你把頭向後仰。」他的頭往後仰，感覺到冰水涓滴落在唇上，他把水舔掉，然後及時迎接另一個漫長的親吻。接著，她拱起膝蓋，說道：「那麼，科利奧蘭納斯．史諾，你來我的草地做什麼？」

到底要做什麼呢？「只是跟我的女孩共度一段時光，」他回答。

「很難相信啊，」露西．葛蕾檢視著草場。「自從抽籤之後，所有的事情感覺都不真實。而飢餓遊戲只是一場惡夢。」

「我也是，」他說。「不過我想聽你發生了什麼事。我指鏡頭以外的事。」

他們並肩坐著，緊緊靠在一起，十指交握，一邊分享冰水，一邊交換自己的經歷。露西．葛蕾開始描述飢餓遊戲的開戰日，當時她與越來越激動的傑賽普躲在一起。「我們在那些通道裡一直更換地點。下面那裡很像迷宮。而可憐的傑賽普很快就病得更重，越來越瘋狂。第一天晚上，我們夜宿在靠近入口的地方。那是你，對吧？移動馬可士的人？」

「那是我和賽嘉納斯。他偷溜進去……嗯，其實我不太確定，他想要表達某種主張之類的。教授派我進去接他出來，」科利奧蘭納斯解釋說。

「你殺了波賓嗎？」她語氣平靜地問。

他點頭。「沒有選擇的餘地。而且，接下來有其他三人企圖要殺我。」

她的神情變得黯淡。「我知道。他們從十字旋轉門那邊回來時，我聽到他們自吹自擂。我以爲你可能死了。想到要失去你，當時眞是嚇壞我。一直到你送水來，我才終於喘口氣。」

「那麼，你就知道我的每一刻是什麼樣的狀況，」科利奧蘭納斯說。「我滿腦子想的都是你。」

「我也想你。」她的手指握緊。「我把那個粉餅盒握得好緊，你都可以看到我的掌心壓出玫瑰的印子。」

他牽起她的手，親吻掌心。「我超想幫忙，覺得自己好沒用。」

她撫摸他的臉頰。「噢，別這麼說。我感覺得到你一直關注我。包括飲水，還有食物，而且相信我，除掉波賓很重要。你這麼做肯定是爲了我，雖然我知道那對你來說一定糟透了。」露西・葛蕾坦承自己殺了三人。首先是伍薇，但那不是原本的目標。她只是擺了一瓶水，裡面只剩幾口，還有一點粉末，很像不小心擺在通道裡，而伍薇剛好發現它。「我本來是想對付柯蘿。」她宣稱利波也染上狂犬病，因爲傑賽普在動物園對著他的眼睛吐口水，而她在利波的水坑裡下毒。「所以那其實是好心殺了他，我讓他不必忍受傑賽普的痛苦經歷。而用毒蛇除掉崔奇是自衛，但還是不確定那些蛇爲何那麼愛我，不太相信是我唱歌的關係。

蛇類的聽覺不太好啊。」

於是他告訴她了。提到實驗室，還有克萊蒙西亞，以及戈爾博士準備把那些蛇放進競技場，於是他偷偷把自己的手帕，其實是他父親的手帕，丟進裝蛇的水族缸，因此牠們變得習慣她的氣味。「不過他們發現了，上面有我們兩人的DNA。」

「就是因爲那樣，你才會在這裡？不是粉餅盒裝了老鼠藥的關係？」她問。

「對，」他說。「你幫我掩飾得太好了。」

「我全力以赴，」她考慮了一會兒。「嗯，就是這樣。著火的時候我救了你，而那些蛇是你救了我。我們現在爲彼此的生命負起責任了。」

「眞的嗎？」他問。

「當然，」她說。「你是我的，而我是你的。命中註定。」

「逃都逃不掉。」他靠過去親吻她，開心得臉都紅了。因爲雖然他不相信命運，但她相信，而只要能確保她的忠誠就夠了。他自己的忠誠不是問題。假如他不曾在都城愛上任何一個女生，沒道理第十二區就能提供其他更多的誘惑。

他的脖子有種奇怪的感覺要他注意，他發現是夏慕斯正在品嚐他的領子。「噢，哈囉。女士，我可以幫你什麼忙嗎？」

露西・葛蕾笑起來。「剛好可以喔，如果你有心的話。她需要擠奶。」

「擠奶。唔。我不確定該從哪裡著手，」他說。

「首先拿個桶子。放在上面房子那裡。」她對夏慕斯噴了一點冰水，於是山羊放開他的領子。她撕開袋子，取出最後兩顆冰塊，突然把一顆塞進科利奧蘭納斯的嘴裡，另一個扔進自己嘴裡。「一年的這個時候有冰塊果然很棒。它是夏天的奢侈，冬天的詛咒。」

「你就不能睜隻眼閉隻眼嗎？」科利奧蘭納斯問道。

「這附近不行。一月的時候，我們的水管會凍住，得用爐子融掉冰塊才有水可用。六個人加上一隻山羊？你一定想不到那要耗費多大的功夫。一旦下雪還比較好，雪融得比較快。」露西・葛蕾拉住夏慕斯的牽繩，並拿起她的吉他。

「我來拿。」科利奧蘭納斯向樂器伸出手。接著他感到好奇，她是否信任他拿樂器。

露西・葛蕾很大方，把樂器遞過去。「不像普魯利巴斯借我們的吉他那麼好，不過可以讓我們養家活口。只有一個問題，我們很缺琴弦，自製的又不夠好。你覺得，如果我寫信給他，他能不能寄一點給我？我敢打賭，他以前經營夜店的時候剩下一些。我可以付錢。海咖院長給的錢，我還留著大部分。」

科利奧蘭納斯停下腳步。「海咖院長？海咖院長給你錢？」

「對啊，不過算是私下給的。首先，他向我經歷的事情鄭重道歉，然後塞了一疊現金到我的口袋裡。很高興有這筆錢。我不在的期間，柯維族人沒有演出。因爲想到會失去我，他們心情太激動了，」她說。「總之，如果他有意願要幫忙的話，我可以付錢買那些琴弦。」

科利奧蘭納斯答應下一封信會問他，但是聽聞海咖院長暗地裡這麼慷慨，他滿心困惑。那個惡魔的化身，爲何會幫助他的女朋友？尊敬？同情？內疚？麻精引發的古怪舉止？他的腦筋一團混亂，就這樣一路走向她家前廊，她在那裡把夏慕斯套到一根木樁上。

「進來吧，見見家人。」露西．葛蕾牽著他的手，帶他走進大門。「提格莉絲好不好？對於肥皀和我的洋裝，我眞希望能夠親自感謝她。如今我在家裡，我想寄一封信給她，也許寫一首歌，如果我想出夠好的歌。」

「她會很喜歡，」科利奧蘭納斯說。「家裡的狀況不是很好。」

「我敢說，她們很想念你。還有其他事嗎？」她問。

他正準備回答時，兩人已經進入屋子。屋裡有個很大的開放空間，上方的閣樓似乎設置成睡覺的區域。沿著後側有煤炭爐、水槽、擺碗盤的層架，還有一部老式的冰箱，顯示那裡是廚房。沿著右側牆壁有吊掛服裝的掛物架，他們收藏的樂器則放在左側牆壁。有一部老舊電視配備了超大的天線，天線的分支很像鹿角，包裹著歪歪扭扭的鋁箔紙，而整部電視放在一個板條箱上。除了幾張椅子和一張桌子，這地方幾乎沒有家具。塔姆・安柏坐在其中一張椅子上，倚著靠背，手握他的曼陀林放在大腿上，但是沒有彈奏。克萊克・卡麥的頭從閣樓伸出來，眼神很不高興，盯著芭兒波・阿祖爾和莫黛・艾佛瑞，而莫黛・艾佛瑞似乎顯得很憤慨，一看到他們進屋立刻衝過來，把露西・葛蕾拉向窗邊，向外看著後院。「露西・葛蕾，他又惹麻煩了！」

「你讓他進來？」露西・葛蕾問，似乎知道她指的是誰。

「沒有。他說只是想拿他剩下的東西。我們把東西扔出去還給他，」芭兒波・阿祖爾說，她交叉雙臂，面露不悅。

「所以，問題是什麼？」露西・葛蕾冷靜說道，但科利奧蘭納斯感覺到她的手握得更緊。

「那個，」芭兒波・阿祖爾說，對著後窗外面點點頭。

他們依然牽著手，科利奧蘭納斯跟著露西・葛蕾走，望向後院。莫黛・艾佛瑞擠到他們兩人之間。「賽嘉納斯本來要幫我弄那些核果。」

比利・透普跪在地上，旁邊有一堆衣物和幾本書。他講話速度很快，同時在泥土上畫著某種圖畫。每隔一陣子，他會做個手勢，指著這裡那裡。賽嘉納斯與他面對面，單膝跪著，專心聆聽，點頭表示理解，不時丟出一個問題。現在科利奧蘭納斯認為這裡是自己的地盤，看到比利・透普出現在這裡覺得很困擾，但看不出有什麼理由需要擔心。他無法想像那個人和賽嘉納斯有什麼事情需要討論。也許他們發現一些共同的委屈需要發牢騷……例如家人都不了解他們？

「你擔心賽嘉納斯嗎？他沒事。他不管跟誰都能聊。」科利奧蘭納斯想要辨認出比利・透普在泥土上畫的圖形，但是看不出來。「他在畫什麼？」

「看起來好像在指示某種方向，」芭兒波・阿祖爾說著，接過他手上的吉他。「如果我沒弄錯，你的朋友得回家去。」

「我來處理，」露西・葛蕾說著，準備放開科利奧蘭納斯的手，但他繼續牽住。「謝啦，但是你不必處理我所有的包袱。」

「我想，那是命中註定啊，」科利奧蘭納斯笑著說。反正他遲早都要正面遭遇比利・透普，制定一些規則。比利・透普必須接受露西・葛蕾再也不屬於他，而是屬於科利奧蘭納斯，關係堅定穩固，天長地久。

露西・葛蕾沒有回答，但沒有再試著放開手。他們靜靜步出打開的後門時，燦亮的八月太陽，此時高掛天際，讓他瞇起眼睛。院子裡的兩人全神貫注，直到他和露西・葛蕾站到他們的正上方，比利．透普才反應過來，伸手抹掉泥土地上的圖案。

如果沒有芭兒波．阿祖爾的提示，科利奧蘭納斯可能毫無頭緒，但由於先前透露的消息，他幾乎立刻就認出來了。那是基地的平面圖。

25

賽嘉納斯嚇了一跳，科利奧蘭納斯忍不住覺得那是內疚的舉動，只見他匆匆跳起來站好，拍掉制服上的塵土。另一方面，比利·透普則是慢慢站起來，簡直像是懶洋洋的，然後正視著他們。

「喲，瞧瞧誰決定要跟我說話，」他說著，對露西·葛蕾笑了笑，模樣不太自在。自從飢餓遊戲之後，這是他們第一次交談嗎？

「賽嘉納斯，莫黛·艾佛瑞氣炸了喔，你都不顧那些核果，」她說。

「對喔，我一直逃避自己該做的事。」賽嘉納斯向比利·透普伸出手，那人沒有遲疑，伸手握了一下。「很高興認識你。」

「當然，也很高興認識你。有時候你可以在灶窩附近找到我，如果想多聊一點的話，」比利·透普回答。

「我會記住，」賽嘉納斯說，然後走向屋子。

露西・葛蕾放開科利奧蘭納斯的手，側身對著比利・透普。「比利・透普，走開，而且不要回來。」

「露西・葛蕾，否則怎麼樣？你會叫你的維安人員攻擊我嗎？」他笑起來。

「如果需要的話，」她說。

比利・透普對科利奧蘭納斯瞥了一眼。「看起來是相當乏味的一對。」

「你沒聽懂，這裡沒有回頭路可走，」露西・葛蕾說。

比利・透普變得很生氣。「你也知道，我沒有想要殺你啊。」

「我知道，你還跟那個女孩混在一起，」露西・葛蕾吼回去。「聽說你把市長的家當成自己的家。」

「而我很想知道，一開始是誰派我去那裡的啊？看你怎麼玩弄那些孩子，我覺得好噁心。可憐的露西・葛蕾。容易受騙的可憐小羔羊，」他冷笑著說。

「他們才不笨。他們也要你走，」她惡狠狠地說。

比利・透普突然伸手抓住她的手腕，把她拉向自己。「我到底該去哪裡啊？」

科利奧蘭納斯還來不及插手，露西・葛蕾的牙齒就深深咬進比利・透普的手，害他大叫一聲，放開了她。科利奧蘭納斯連忙走到她旁邊提供保護，只見比利・透普瞪著他。「你看起來不像是很孤單的樣子嘛。這是你那個花俏的男孩，從都城來的？一路追你來這裡？有一些意外的驚喜等著他喔。」

「我已經知道你所有的事。」其實呢，科利奧蘭納斯不知道。不過這樣比較覺得沒有屈居劣勢。

比利・透普笑了一聲，顯得很懷疑。「我？我是插在那堆牛糞上的玫瑰花苞。」

「就像她剛才問的，你爲什麼不走？」科利奧蘭納斯冷冷地說。

「好啦。你會學到教訓的。」比利・透普收起他的物品，夾到手臂底下。「你很快就會學到很大的教訓。」他在炎熱的早晨大步走開。

露西・葛蕾看著他離開，揉揉他剛才抓過的手腕。「如果你想逃，現在正是時候。」

「我沒有想要逃啊，」科利奧蘭納斯說著，不過這番交手令人不安。

「他是騙子，也是卑鄙的傢伙。沒錯，任何人我都調情逗弄，那是我工作的一部分。不過他所指的事，根本不是事實。」露西・葛蕾望向窗戶。「而萬一是那樣呢？萬一眞是那樣，或者害莫黛・艾佛瑞挨餓？我們沒有人會讓那種事發生，不管要付出什麼樣的代價。只不過，他對自己有一套標準，對我又有另一套。一直都是這樣，他把自己弄得像被害者，而讓我像垃圾。」

這讓他回想起先前與提格莉絲談話的討厭記憶，於是科利奧蘭納斯趕快改變話題。「他現在去找市長的女兒嗎？」

「大概是吧。我派他去那裡教鋼琴，賺點現金，而我所知道的下一件事呢，就是她爸爸在抽籤日喊出我的名字，」露西．葛蕾說。「不確定她對他說了什麼。如果知道女兒跟比利．透普混在一起，他會瘋掉。嗯，我在都城存活下來，但回來之後再也不是原來那個人了。」

她的某種神態，赤裸裸的憂苦，說服了科利奧蘭納斯。他碰碰她的手臂。「那就創造新的人生啊。」

她與他十指交握。「新的人生，跟你一起。」不過有一團陰影籠罩著她。

科利奧蘭納斯輕推她一下。「我們不是要幫山羊擠奶？」

她的神情放鬆了。「對喔。」她帶他回頭進入屋子，卻發現莫黛．艾佛瑞已經帶賽嘉納斯出去，教他幫夏慕斯擠奶。

「他不能拒絕。因爲他做錯事，跟敵人講話，」芭兒波．阿祖爾說。她從老舊冰箱拿出一鍋冰羊奶，放在桌上，仔細檢視。克萊克．卡麥從架上取了一個玻璃罐，頂部有某種奇怪的玩意兒。蓋子連接著一根曲柄，似乎可推動罐子裡的小攪拌棒。

「那是在做什麼？」科利奧蘭納斯問。

「徒勞無功的事。」芭兒波．阿祖爾笑起來。「努力得到夠多的乳脂，我們才能做奶油。只不過山羊奶不像牛奶一樣會分離開來。」

「也許再給它一天的時間？」克萊克．卡麥說。

「嗯，也許吧。」芭兒波．阿祖爾把鍋子放回冰箱裡。

「我們答應莫黛．艾佛瑞會試試看。她超級熱愛奶油。塔姆．安柏做了攪乳器給她當生日禮物。猜想到時候就知道了，」露西．葛蕾說。

科利奧蘭納斯撥動那根曲柄。「所以你……？」

「理論上，等我們得到夠多的乳脂，就會轉動把手，而攪拌棒把它攪成奶油，」露西．葛蕾解釋說。「嗯，總之，那是別人告訴我們的方法。」

「似乎很費工。」科利奧蘭納斯想到抽籤日那天的自助餐點，他幫自己拿了漂亮又均質的奶油，連一刻都從沒想過奶油從何而來。

「是啊。不過如果行得通，那就值得了。自從他們把我帶走之後，莫黛．艾佛瑞都睡不好。白天看起來還好，然後晚上尖叫醒來，」露西．葛蕾吐露說。「要努力讓她的腦袋想一些快樂的事。」

芭兒波．阿祖爾把賽嘉納斯和莫黛．艾佛瑞帶進來的新鮮羊奶拿去過濾，然後倒進馬克杯，同時露西．葛蕾把麵包切塊。科利奧蘭納斯從來沒喝過山羊奶，但賽嘉納斯喝得津津有味，說這讓他想起以前在第二區的童年時光。

「我有沒有去過第二區？」莫黛．艾佛瑞問。

「沒有，寶貝，那在我們的西邊。柯維族待在比較東邊，」芭兒波．阿祖爾對她說。

「有時候我們往北邊走，」塔姆．安柏說。而科利奧蘭納斯突然發現，這是第一次聽到他說話。

「去哪個行政區？」科利奧蘭納斯問道。

「其實沒有行政區，」芭兒波．阿祖爾說。「北邊是都城不在乎的地方。」

科利奧蘭納斯覺得對他們很不好意思。那種地方不存在。至少再也不存在。都城控制著已知的世界。他一度想像有一群人，披著野生動物的毛皮，在洞穴之類的地方勉力求生。他認為那種事有可能發生，但那樣的生活條件甚至比行政區更加惡劣。只能勉強稱得上人類。

「可能像我們一樣集中居住，」克萊克．卡麥說。

芭兒波．阿祖爾露出悲傷的微笑。「猜想我們永遠不會得知。」

「還有沒有？我沒吃飽，」莫黛．艾佛瑞抱怨說，但麵包吃完了。

「吃點核果，」芭兒波．阿祖爾說。「他們在婚禮會場會給我們吃東西。」

這讓科利奧蘭納斯很沮喪，原來柯維族人今天下午有工作，要爲鎭上的一場婚禮演奏音樂。他本來希望能跟露西．葛蕾再獨處一下，聊得更深入一點，包括比利．透普的事、她和那人的過往，以及那人到底爲什麼在泥土地上畫出基地的平面圖。但這一切都得再等等，畢竟碗盤才剛洗好，柯維族人就開始爲了演出預做準備。

「抱歉這麼快就要請你們離開，但這是我們賺取麵包的方式。」露西．葛蕾送科利奧蘭納斯和賽嘉納斯到門口。「屠夫的女兒要結婚，我們需要讓大家留下很好的印象。有錢雇用我們的人都會在那裡。我想，你們可以等一下，陪我們一起走過去，但那樣可能會……」

「惹得大家講閒話，」他幫她把話說完，很高興先提出建議的人是她。「我們可能最好保密。我什麼時候可以再見到你？」

「你想要的話，隨時都可以，」她說。「我有種預感，你的課程表會比我的表演行程稍微嚴苛一點。」

「你們下個星期六會在灶窩表演嗎？」他問。

「如果經過昨晚的麻煩事件之後，那裡還讓我們繼續表演的話。」他們講好，他會盡可能早一點去，趁她上台表演之前，好好把握極爲珍貴的幾分鐘時間。「我們會用一間小屋當後台，就在灶窩後面。你可以在那裡見到我們。如果沒有表演，就來這間屋子吧。」

走到基地附近荒涼偏僻的街道後，科利奧蘭納斯才向賽嘉納斯提起比利・透普這個話題。「所以，你們兩個有什麼事情非談不可？」

「其實呢，沒什麼，」賽嘉納斯說著，顯得很不自在。「只是聊一些本地的八卦。」

「而那需要基地的平面圖？」科利奧蘭納斯問。

賽嘉納斯突然停下腳步。「你從來不會漏掉任何細節，對吧？我記得在學校就是這樣。看到你觀察其他人。假裝你沒有觀察。然後小心選擇恰當的時機再介入。」

「賽嘉納斯，我現在介入了啊。你爲什麼跟他深入討論基地的平面圖？他是什麼樣的人？同情叛軍的人嗎？」賽嘉納斯避開他的目光，於是科利奧蘭納斯繼續說。「他對基地感興趣的原因是什麼呢？」

賽嘉納斯盯著地上看了一會兒，然後說：「是那個女生。在絞刑場的那個。那天他們逮捕的那一個。莉兒。她被關在那裡。」

「而叛軍想要去救她？」科利奧蘭納斯繼續追問。

「不是。他們只想跟她聯絡。確定她沒事，」賽嘉納斯解釋說。

科利奧蘭納斯努力壓抑自己的怒氣。「而你說你會幫忙。」

「沒有，我沒有做出承諾。不過如果可以，如果我能靠近禁閉室，也許可以找出一些蛛絲馬跡。她的家人非常著急，」賽嘉納斯說。

「喔，太好了。非常著急。所以現在你是叛軍的消息來源。」科利奧蘭納斯沿著道路快步行走。「我以爲你不會管叛軍那所有的事了！」

賽嘉納斯緊跟在他後面。「我沒辦法，好嗎？我這個人就是這樣。而你當時也說，如果我同意離開競技場，就可以幫助行政區的人。」

「我相信我說的是，你可以爲了貢品而奮戰。意思是說，你也許能爲他們爭取到比較人道的條件，」科利奧蘭納斯糾正他說的話。

「人道的條件！」賽嘉納斯激動大喊。「他們被迫彼此屠殺耶！而且，那些貢品也是從各個行政區來的，所以我眞的看不出有什麼區別。科利歐，調查那個女生的狀況是件小事。」

「很顯然的，並不是，」科利奧蘭納斯說。「反正對比利・透普來說並不是。否則他爲何那麼快就抹掉平面圖？因爲他知道自己在問的是什麼。他知道那會讓你變成通敵的人。而你知道通敵的人會怎麼樣嗎？」

「我只是在想……」賽嘉納斯準備開口說。

「不，賽嘉納斯，你根本什麼都沒想！」科利奧蘭納斯氣得七竅生煙。「而且，更糟的是，你支持的人似乎沒什麼思考能力。比利．透普？他跟這件事到底有什麼利害關係？金錢嗎？因為聽露西．葛蕾說起來，柯維族並不是叛軍。也不是都城的人。無論如何，他們還滿堅持保留自己的身分。」

「我不知道。他說他……他要求見個朋友，」賽嘉納斯結結巴巴地說。

「朋友？」科利奧蘭納斯發現自己正在大吼大叫，連忙壓低音量說話。「老阿爾洛的朋友？那人在礦場裡面設置爆裂物耶，那是超厲害的密謀計畫。他希望達到什麼樣的結果？他們沒有資源，根本什麼都沒有，無法重新投入戰爭。而這時候，他們對於給予食物的人反咬一口；在第十二區這裡，如果沒有那些礦場，他們要怎麼得到食物？他們根本沒有太多選擇。那到底是哪門子的策略啊？」

「孤注一擲吧。可是看看四周！」賽嘉納斯捉住他的手臂，迫使他停步。「像這樣繼續過下去，你覺得他們可以撐多久？」

科利奧蘭納斯覺得湧起一股憎恨，因為想起戰爭，想起叛軍把毀滅與破壞帶進他的生活。他用力把手臂甩開。「他們輸掉戰爭。那是他們引起的戰爭。他們冒著那樣的風險。這是他們付出的代價。」

賽嘉納斯四下環顧，彷彿不確定該往哪個方向走，接著倒坐在路邊一道毀壞的牆邊。科利奧蘭納斯心裡很不高興，覺得自己好像接下老史特拉堡．普林西的角色，無止境地討論賽嘉納斯的忠誠度要放在哪裡。他可沒有報名投身於這種事啊。但從另一方面看，如果賽嘉納斯負氣離開這裡，最後會如何就很難說了。

科利奧蘭納斯在他旁邊坐下。「你聽好，我覺得情況會改善，眞的，但不是用這種方法。等到整體都變好，這裡也會變好，但不會是他們一直炸礦場。那樣做只會增加死亡人數。」

賽嘉納斯點點頭，於是他們坐著，有幾名衣衫襤褸的孩子經過，沿路踢著一個舊舊的馬口鐵罐。「你覺得我犯了通敵罪嗎？」

「還不算啦，」科利奧蘭納斯擠出微微一笑。

賽嘉納斯拔起牆邊的幾根野草。「戈爾博士說有。我父親先去見她，然後才去找海咖院長和董事會。每個人都知道她才是眞正掌權的人。他跑去問我能不能得到像你這樣的機會，報名擔任維安人員。」

「我以爲這是必然的結果，」科利奧蘭納斯說。「如果你像我一樣遭到退學的話。」

「我父親也是這樣希望。但她說：『不要把那兩個男孩的行爲搞混了。那是叛軍所支持的叛逆行為，怎麼能跟一點點不完美的策略劃上等號？』」他的聲音帶著痛苦。「於是出現一張支票，幫她的變種動物設立新的實驗室。那一定是有史以來前往第十二區最昂貴的票價。」

科利奧蘭納斯輕輕吹了個口哨。「一棟體育館，外加一間實驗室？」

「隨你怎麼說啦，我促成的都城重建工作遠比總統本人還多，」賽嘉納斯半開玩笑說。「科利奧蘭納斯，你說得對。我一直很笨。再次證明。我未來會比較小心。無論未來會如何。」

「可能會有些酥炸笨香腸吧，」科利奧蘭納斯說。

「嗯，那麼，你帶頭吧，」賽嘉納斯說，於是他們繼續趕路前往基地。

他們回去時，室友們剛從床上一骨碌爬起來。賽嘉納斯帶竹竿出去操練，史邁利和巴格則去看看娛樂室有什麼動靜。科利奧蘭納斯打算利用晚餐前的幾個小時準備預官考試，但剛才與賽嘉納斯的一番對話，已經把一個點子深植於他腦中。它發展得非常快，到最後腦中再也沒有其他思緒。戈爾博士為他辯護耶。嗯，不是為他辯護。而是要讓史特拉堡．普林西徹底理解，科利奧蘭納斯與他行為不良的兒子完全不是同一個層級。科利奧蘭納斯的罪行只是「一點點不完美的策略」，聽起來根本不太像是罪行。也許她還沒有把他徹底劃掉？在飢餓遊戲期間，她似乎特別費心教育他。把他特別挑選出來。現在值不值得寫信給她呢？只是要……只是要……嗯，他不知道自己希望達到什麼目標。不過誰知道呢，等他一路往上爬，有一天成爲某種重要的軍官，誰知道他們未來會不會再度有交集。寫信給她不可能有什麼壞處。他身上有價值的一切事物早已遭到剝奪。最糟的情況只是她不予理會吧。

科利奧蘭納斯咬著筆，想辦法把思緒組織成理。他該用道歉來當開頭嗎？爲什麼？她應該知道，他不會爲了努力爭取勝利而感到抱歉，只會爲了被逮到而抱歉。最好完全省略道歉。他可以把自己在基地這裡的生活狀況告訴她，但好像太乏味了。不說別的，他們以前的對話很有高度，是一堂不斷推展的課程，特別爲了栽培他。然後這件事敲醒了他。該做的事就是讓課程延續下去。他們的課程停在哪裡？他的單頁報告談到混亂、控制，以及……第三項是什麼？他的記憶力老是很差。喔，對了，契約。那要靠都城的力量去執行。於是他開始寫……

親愛的戈爾博士：

自從我們上一次對話之後發生那麼多事，但我每一天都受到那番對話的啓發。第十二區提供了絕佳的舞台，可以看到混亂和控制之間的交戰在此上演，而身爲維安人員，我擁有前排座位得以觀察。

他繼續討論自從到這裡之後，他私下參與的一些事。公民和都城武力之間的關係顯然很緊繃，這種情況在絞刑場上如何差點演變成暴力事件，在灶窩又是如何滿溢而出，爆發一場鬥毆。

> 這讓我想起自己在競技場上的侷限。大談理論上的人類本質是一回事，但是有拳頭痛毆你的嘴巴時，考慮起來又是另一回事。只不過這一次，我比較有心理準備。我不相信您所說的，我們所有人天生都有暴力傾向，不過只要有非常微小的刺激，就能讓內心的野獸浮現出來，至少躲在黑暗的表象之下。我不禁心想，如果都城能夠讓那些礦工露出眞面目，他們究竟有多少人會揮拳呢？絞刑場上烈日當空，他們發著牢騷，但是不敢動手。
>
> 嗯，等待我的嘴唇痊癒時，可以好好思考這問題。

他又補了幾句，說他沒有期待她會回信，但希望她一切都好。兩頁。簡短且愉快。沒有太需要人家注意。沒有要求任何事。沒有道歉。他將信紙摺得乾淨俐落，黏好信封，寫上堡壘的地址寄給她。爲了避免出問題，特別是賽嘉納斯，他直接走出去，將信投入信箱。**豁出去了**，他心想。

晚餐是炸煙燻香腸，配上蘋果醬和油膩膩的馬鈴薯塊，他的托盤堆滿食物，每一口都吃得津津有味。吃完晚餐後，賽嘉納斯幫忙準備預官考試，沒有表現出他自己對測驗有興趣。

「他們一年提供三次機會，而一次是這個星期三下午，」科利奧蘭納斯說。「我們應該兩個人都去考。只當作練習都好。」

「不，我還不太能掌握軍事方面的事情。不過呢，我想你會通過，」賽嘉納斯回答。「就算你有點緊張，也會比其他人突出很多，總成績有可能高到足以過關。去吧，趁你把數學全部忘光之前，趕快去考。」他說到重點了。科利奧蘭納斯的幾何學已經有點生疏了。

「如果你成爲軍官，他們也許會讓你受訓成爲醫生。你的科學成績超棒的，」科利奧蘭納斯這樣說，想要弄清楚他們的那番對話之後，賽嘉納斯的腦袋到底在想什麼。絕對需要專注於新的事情。「而就像你說的，然後就可以去幫助別人。」

「那是眞的。」賽嘉納斯想了一會兒。「也許我會去醫務室找醫生聊聊，弄清楚他們怎麼達到目標。」

歷經一整晚的奇怪夢境，一下子親吻露西．葛蕾、一下子餵食戈爾博士的小蛇之後，隔天早上，科利奧蘭納斯把自己的名字加到參加考試的名單上。負責的軍官對他說，他已經正式獲准不必參與訓練，這似乎在鼓勵他報名考試，因爲這一週肯定熱爆了。事實上不只如此。很熱，沒錯，但也因爲日復一日的生活很無聊，讓他開始覺得疲乏。如果能成爲軍官，科利奧蘭納斯會得到比較有挑戰性的任務。

這一天，有兩件事取代了平常的課表。第一，他們要開始執行警衛勤務，這引發小小的騷動，因爲大家都知道，這項工作以單調乏味而著稱。然而，科利奧蘭納斯心想，他寧可奉派到營房前面的辦公桌那邊，也不想洗刷鍋子。也許他可以偷偷閱讀或寫點東西。

第二項改變讓他很煩惱。他們去射擊課報到時，大家接獲通知，科利奧蘭納斯上次建議去絞刑架附近射擊鳥類，結果獲得批准。然而，堡壘要他們先設陷阱，抓到一百隻左右的八卦鳥和學舌鳥，毫髮無傷送去實驗室，作爲研究之用。那天下午，他的小隊已經接獲召集令，要去樹林裡幫忙設置籠子，這表示他會與戈爾博士實驗室的科學家一起工作。那天早上有個小組搭乘氣墊船抵達此地。他在堡壘只見過少數幾位科學家，不過想到會與實驗室的人見面，而那裡的每個人肯定都知道他用彩蛇作弊的細節和隨之而來的恥辱，光是這點他就快瘋了。接著，他突然浮現一個可怕的念頭：戈爾博士該不會親自來監督這項鳥類圍捕計畫吧？寄出一封信，越過廣闊的施惠國送去給她，幾乎像是鬧著玩；但這是他遭到驅逐之後，第一次有可能與戈爾博士面對面，光是想到這點就令他全身發抖。

科利奧蘭納斯坐在卡車車斗，隨著車子行進間上下晃動，不僅手無寸鐵，而且也許很快就有人會揭開他的眞面目，於是他從週末得到的樂觀心情消失殆盡。其他新兵則很開心，似乎覺得這是一趟郊遊，大家在他身邊吱喳交談，他則陷入沉默。

然而，賽嘉納斯能理解他的驚恐不安。「戈爾博士不會來這裡，你知道吧，」他輕聲說。「如果讓我們參與，表示這完全是聽命行事的工作，」科利奧蘭納斯點點頭，但沒有完全信服。

卡車停在吊人樹下時，他躲在小隊的後排，同時審視著四位都城科學家，他們全都穿著白色實驗衣，看起來好荒謬，彷彿準備要找出永生不死的祕密，而不是在三十八度的炎熱天氣捕捉一群無趣的鳥兒。他檢視著每一張臉孔，但沒有一個人看起來稍微有點熟悉，於是他放鬆了一點。那個又大又深的實驗室容納了數百位科學家，這些人專精的是鳥類，而非爬行類。他們以親切的態度歡迎士兵們，指示每個人去拿一個鐵網陷阱，看起來很像籠子，然後他們解釋如何設置。新兵遵從指令，拿著各自的陷阱，在絞刑架附近的樹林邊緣找到位子坐下。

發現戈爾博士沒出現，賽嘉納斯對他豎起一根大拇指，他正準備回應時，注意到樹林深處的空地裡有個人影。那是一名女子，身穿實驗衣，一動也不動站著，背對著眾人，頭歪向一旁，聆聽著鳥鳴的不和諧噪音。其他科學家在旁邊恭敬等待，直到她聽完，逕自回頭穿越樹林。她把一根樹枝撥到旁邊時，科利奧蘭納斯比較能清楚看到她的臉，要不是她的鼻梁上架著一副巨大的粉紅色眼鏡，那張臉可能看過就忘了。他立刻就認出她。當時看到克萊蒙西亞倒在彩虹色的膿汁裡，他到處亂跑企圖逃離實驗室的時候，就是這名女子嚴厲斥責他。問題是，她記不記得他呢？他更加縮著身子躲在史邁利的背後，假裝以陶醉的眼神看著自己的鳥籠。

那個玫瑰色眼鏡的女子，有位科學家以親暱的語氣介紹她是「我們的凱伊博士」，她以友善的態度歡迎大家，解釋他們要執行的任務，即每人各收集五十隻八卦鳥和學舌鳥，並示範達成目標的方法。他們要幫忙把陷阱設置在森林裡，裡面放的誘餌包括食物、飲水和假鳥，用來吸引獵物。陷阱會打開兩天，讓鳥兒可以自由進出。到了星期三，他們會回來，更新誘餌，然後讓陷阱捕捉那些鳥。

新兵渴望得到讚美，他們分成五組，每組四人，各自跟著一位科學家進入樹林的不同位置。科利奧蘭納斯跟著剛才介紹凱伊博士的男子，突然鑽進一處樹叢，盡可能以最快的速度隱身於枝葉裡。除了陷阱，他們也帶了背包，裡面裝有各種誘餌。他們跋涉了一百碼，最後抵達樹幹上做了紅色標記的地方，表示這裡是他們的「零點」。根據科學家的指示，他們以這個地點爲中心，向外散布開來，兩人一組在陷阱裡面放誘餌，然後設置到樹上高處。

科利奧蘭納斯發現自己與巴格組成搭檔，結果他是一流的攀爬高手，他在第十一區長大，那裡的孩子要幫忙照顧果樹。他們揮汗工作了好幾小時，但是成果很不錯，科利奧蘭納斯放置誘餌，巴格則將陷阱搬運到枝枒間。重新集合時，科利奧蘭納斯躲到卡車的車斗上，檢視身上好幾個蟲咬的痕跡，直到他和凱伊博士之間保持相當的距離。她完全沒有特別注意他。**不要胡思亂想**，他心想。**她不記得你**。

星期二恢復日常職責，不過科利奧蘭納斯趁著吃飯時間和熄燈前的短暫片刻複習考試內容。他好渴望去找露西．葛蕾，而她也不斷飄入他的思緒中，但他盡力將她摒除在外，答應自己等到考試結束就可沉浸於白日夢裡。星期三，他使勁完成晨操，獨自坐著吃午餐，同時帶著手冊臨時抱佛腳，然後走去教室，那裡原本是戰術課程的上課地點。有另外兩名維安人員報名考試，其中一人將近三十歲，他說已經考了五次，另一人則必定快要五十歲了，這時才要改變人生好像有點晚。

考試算是科利奧蘭納斯最拿手的才能，打開小冊子的封面時，他覺得湧現一股熟悉的興奮感。他熱愛挑戰，而且天生容易沉迷，表示他幾乎立刻就沉浸於這場心智的障礙賽。三小時後，汗水溼透、筋疲力竭，而且快樂，他交出小冊子，前往食堂拿冰塊。他坐在營房底下的長條形陰影裡，拿著冰塊搓揉身體，在腦中回顧那些題目。失去大學生涯的心痛感受短暫回來了，但他將之推開，想著自己像父親一樣，成爲著名的軍事領袖。也許他的命運自始至終就是如此。

他小隊的其他人依然與堡壘的科學家待在外面，攀爬樹木並啓動陷阱，因此他閒晃去幫他們這個寢室收取郵件。普林西老媽寄來的兩個巨大箱子迎接他，這保證在灶窩又會有瘋狂的一夜。他把箱子搬回去，但決定等其他人回來再開箱。老媽也另外寄了一封信給他，感謝他爲賽嘉納斯所做的一切，並請他繼續盯著她兒子。

科利奧蘭納斯放下信件，想到擔任賽嘉納斯的保母不禁嘆氣。逃離都城也許暫時減輕賽嘉納斯的折磨與煩憂，但他已讓自己漸漸貼近叛軍，並與比利．透普私下密謀，還對禁閉室裡的女生感到苦惱。就像上次偷溜去競技場，再過多久他又會做出另一次驚人之舉呢？然後，大家會期待科利奧蘭納斯，再一次把他從混亂之中解救出來。

重點是，他不相信賽嘉納斯眞的會有所改變。也許沒有能力改變，但更重要的是，不想改變。賽嘉納斯已經拒絕了維安人員工作所提供的生活方式，包括假裝不會射擊、拒絕參加預官考試，而且很確定自己一點都不想謀取都城的利益。第二區永遠是他的家鄉。行政區的人民永遠是家人。行政區的叛軍永遠有合情合理的理由……而在道義上，幫助他們是賽嘉納斯的職責。

科利奧蘭納斯覺得內心生起一種新的威脅感。賽嘉納斯在都城做了誤入歧途的行爲時，只是聳聳肩，不當一回事。但在這裡就不一樣了。在這裡，大家把賽嘉納斯當作成年人，他所作所爲的後果有可能是生或死的問題。如果幫助叛軍，他有可能發現自己與維安人員站在對立面。賽嘉納斯的腦袋到底在想什麼啊？

出於一時衝動，科利奧蘭納斯打開賽嘉納斯的置物櫃，取出他的盒子，小心翼翼把裡面的東西放到地上。包括一堆紀念品，一包口香糖，還有三瓶藥，是都城的醫師開的處方。兩瓶似乎是安眠藥，第三瓶是麻精，蓋子附有滴管，很像他以前看過海咖院長偶爾用的那種。他知道賽嘉納斯在情緒崩潰期間曾經服藥，「老媽」對他說了不少，但他爲何把這些藥帶來這裡？難道老媽把這些藥塞進來以備不時之需？他翻看裡面裝的其他東西。一塊布，文具，幾支筆，一小塊大理石，雕刻著某種粗糙的圖案，可能是一顆心，還有一疊照片。普林西家每年都拍人像照，於是他能追溯賽嘉納斯的成長軌跡，從嬰兒時期到今年剛過的新年。所有照片都是家庭照，只有一張老照片是一群學校學生。科利奧蘭納斯以爲是他們班的照片，但沒有人看起來是熟悉的臉孔，而且很多孩子都穿著相當不合身的破舊衣服。他看到賽嘉納斯，穿著整齊的西裝，在第二排露出憂愁的微笑。他後面有個高大的男孩，看起來年紀大很多。然而仔細檢視之後，所有的訊息都拼湊在一起了。高大的男孩是馬可士。這是賽嘉納斯在第二區就讀最後一學年拍的照片。完全沒有都城同學的半張照片，連科利奧蘭納斯都沒有。由於某種原因，這似乎是最確切的證明，顯示賽嘉納斯的忠誠度表現在哪裡。

在那堆照片底下，他找到一個粗粗的銀色相框，裡面裝著賽嘉納斯的畢業證書。證書已經從原本的細緻皮套中取出，移到這個相框內，彷彿要展示之用。可是爲什麼要這樣呢？就算有一道牆可以懸掛，賽嘉納斯在一百萬年內都不會把它掛上。科利奧蘭納斯以手指碰觸相框，撫摸著失去光澤的金屬，然後翻到背面。背板似乎有點歪斜，而側邊露出淡綠色紙張的一小角。**那不是普通的紙張**，他嚴肅心想，於是推開固定鈕，鬆開背板。背板一拿開，一疊簇新的鈔票撒到地板上。

錢，而且數量相當多。賽嘉納斯爲何帶這麼多現金奔赴他的維安人員新生活？不，不是老媽。她似乎覺得金錢是他們悲慘人生的根源。那麼是史特拉堡嗎？他覺得無論兒子遭遇什麼事，金錢都會保護他免於受到傷害嗎？可能吧，不過史特拉堡通常親自處理賄賂的事。難道這是賽嘉納斯自己私藏，沒有讓他父母知道？這樣想就更令人擔心了。這是不是終生的零用錢，爲了不時之需而偷藏起來？他在出發的前一天從銀行提領出來，藏在自己的相框內？賽嘉納斯老是抱怨說，他父親習慣用金錢擺平他惹的麻煩，但這種方法會不會自從出生就深植於他心裡？這是普林西家解決問題的方法，從父親遺傳給兒子，令人反感，但是有效。

科利奧蘭納斯拿起那疊現金，輕敲成整齊的一疊，然後快速翻動。這裡有好幾百、好幾千元。但在第十二區有什麼用？這裡沒有東西可以買啊。總之，沒有什麼東西是維安人員的薪水付不起的。大多數的新兵都把薪水的一半寄回家裡，因爲都城幾乎提供他們所需的每一種東西，只有文具，以及在灶窩消磨一夜除外。他猜想灶窩有黑市，不過買了酒之後，他看不出維安人員還想要買其他什麼東西。他們不需要死兔子，或者鞋帶，或者手工肥皀。而就算需要，他們也很容易就負擔得起。當然還有其他東西可買，像是情報，還有門路，以及沉默。有賄賂。有權力。

科利奧蘭納斯聽到他的小隊回來的聲音。他匆匆把現金藏回銀色相框裡，小心留下綠色的一小角可以看到。他把東西裝回盒子裡，放進賽嘉納斯的置物櫃。等到他的室友湧進來時，他站在老媽的箱子前，展開雙臂，臉上露出大大的笑容，問道：「誰星期六有空？」

看著史邁利、竹竿和巴格撕開箱子，把裡面的寶物挖出來，賽嘉納斯坐在床上，興味盎然地看著。

科利奧蘭納斯倚著他上方的床鋪。「感謝普林西夫人的好心。否則我們全都窮到破產。」

「是啊，我們全都一文不名，」賽嘉納斯表示同意。

有一件事是科利奧蘭納斯從來不曾質疑的，那就是賽嘉納斯的誠實坦率。要是賽嘉納斯哪天說謊了，科利奧蘭納斯反而樂觀其成。不過，這句話是毫無掩飾的謊言，講得像事實一樣自然。這就表示從今以後，對賽嘉納斯說的任何事都要存疑。

26

賽嘉納斯猛拍自己的額頭。「對了！考試進行得怎樣？」

「只能等吧，我想，」科利奧蘭納斯說。「他們要送去都城打分數。他們說，可能要花一段時間，我才能拿到結果。」

「你會通過的，」賽嘉納斯向他保證。「這是你應得的。」

這麼支持，這麼雙面人。這麼自我毀滅，很像飛蛾撲火。科利奧蘭納斯有點吃驚，想起普魯利巴斯信上寫的。這豈不是那麼多年前，海咖院長與科利奧蘭納斯的父親大吵一架之後不斷喃喃說的話？「**很像飛蛾撲火**。」好似一整群飛蛾筆直飛進熊熊烈火，一整群下定決心自我毀滅。他指的是誰？喔，有誰在乎那個吸毒成癮、滿腔恨意的老頭子「超茫嗨咖」說的話？。恐怕不要知道比較好。

吃過晚餐後，科利奧蘭納斯執行第一個小時的警衛勤務，位於基地遠端的停機棚。他與一名老前輩搭檔，前輩指示他要隨時提高警覺之後，立刻就睡著了；他則發現自己的思緒糾結於露西．葛蕾，很渴望能見到她，或至少與她聊天。值班站崗似乎很浪費時間，因爲這裡顯然不曾發生什麼狀況，明明這時他大可把她擁入懷中。他覺得自己受困在基地時，她可以在夜間自由晃蕩。就某些方面來說，有人能把她關在都城還比較好，起碼永遠知道她在做什麼。就他所知，此時此刻，比利．透普千方百計想悄悄挽回她的心。他爲何要假裝自己連一點嫉妒心也沒有呢？或許他實在應該讓比利．透普遭到逮捕……

回到營房，他匆匆寫了封短信給老媽，讚美那些好吃的食物；另一封信則寫給普魯利巴斯，謝謝他的幫忙，並詢問他能否幫露西．葛蕾拿到琴弦。科利奧蘭納斯的腦袋因爲考試而疲倦，睡得很沉，在炎熱的八月早晨醒來時已經全身是汗。天氣什麼時候會轉變？九月？還是十月？到了午餐時間，冰塊機的排隊人龍繞過大半個食堂。科利奧蘭納斯奉派去做廚房的差事，他有心理準備要接受最辛苦的雜事，卻發現已經從洗碗盤升級到切菜。這本來是令人愉快的改變，但奉派去切洋蔥就不愉快了。他可以和眼淚共處，但越來越擔心的是雙手散發的氣味。就算擦洗了一晚，還是在營房引來批評連連，再怎麼用力刷都洗不掉。等再次見到露西．葛蕾時，他會不會渾身散發濃烈的氣味？

星期五早上，儘管天氣炎熱，而且待在來自堡壘的科學家周圍感到很不安，但那天下午要處理抓捕鳥類的相關事宜，他還是覺得有點鬆口氣。那些鳥雖然不討人喜歡，但不會留下明顯的氣味。後來竹竿在操練時倒下，隊長請他的室友把他拖去醫務室，於是科利奧蘭納斯趁機在那裡得到金屬罐裝的痱子粉，他的胸口和右手臂下方都長了大片的痱子。「保持乾燥，」醫護士給他建議。他得努力忍住才不至於翻白眼。自從來到熱氣蒸騰的第十二區，他的身子連一時半刻都不曾乾過。

午餐吃過塗抹肉醬的冷三明治之後，他們隨著卡車彈一路顛陂往樹林，科學家在那裡等他們，依然穿著白色的實驗衣。大家組隊時，科利奧蘭納斯才得知，巴格在星期三沒有搭檔，因此與凱伊博士一前一後共同合作。看到他在枝椏間那麼敏捷靈活，博士留下深刻的印象，因此再次請求他幫忙。這時要換搭檔已經太遲了，科利奧蘭納斯只好跟著她的小隊進入樹林，盡可能逗留在隊伍的最後面。

這樣沒有用。他看著巴格攜帶剛放好誘餌的籠子，爬到第一棵樹上，把樹上已經抓到一隻八卦鳥的籠子替換掉，這時凱伊博士來到他背後。「那麼，史諾士兵，你覺得行政區如何？」

他像那些鳥一樣落入陷阱，像動物園裡的貢品一樣陷入牢籠。當下逃進樹林並不可行。他想起露西．葛蕾的建議，當時她的建議在猴子籠舍裡救了他。**掌控情勢**。

他帶著羞怯的微笑轉身面對博士，既足以承認她揭穿他的身分，也足以顯示他並不在乎。「你知道嗎，我想，我身爲維安人員區區一天所學到的施惠國知識，遠比我在學校十三年學到的更多。」

凱伊博士笑了笑。「對啊。在都城之外，整個世界都是教育的場所。戰爭期間，我奉派到第十二區，住在你現在駐紮的基地，在這些樹林裡工作。」

「那麼，你是八卦鳥計畫的成員？」科利奧蘭納斯問。現在知道，至少他們兩人都有公開犯下的錯誤。

「由我領導，」凱伊博士意味深長地說。

重大且公開的錯誤。科利奧蘭納斯覺得更不安了。他曾讓自己顯得很糗，但那只是飢餓遊戲，而不是全國性的戰爭。如果他製造了好印象，等她回去之後，也許會有同情心，對戈爾博士提出一份稱讚他的報告。努力吸引她的注意，或許會帶來好的結果。他想起八卦鳥全是公鳥，彼此無法交配。「所以，你在戰爭期間就是用這些八卦鳥進行監視任務？」

「嗯哼。這些是我的寶貝。從來沒想過我還會再見到牠們。一般的共識是牠們活不過冬天。遺傳工程生物在野外經常活得很掙扎，不過我的這些鳥很強壯，而且大自然自有定見，」她說。

巴格爬到最低的樹枝處，將捕捉到八卦鳥的籠子往下傳遞。「目前我們應該把牠們留在陷阱裡。」這句話不是問句，只是談論事實。

「對。轉換環境會有壓力，這樣有助於減少壓力，」凱伊博士表示同意。

巴格點點頭，滑落到地面上，再從科利奧蘭納斯的手上接過另一個剛設置好的陷阱。他連問都沒問，逕自爬上第二棵樹。凱伊博士的眼神表示贊同。「有些人就是很懂鳥的習性。」

科利奧蘭納斯明確感受到自己絕不會是其中一人，但他絕對可以假裝一下，撐個幾小時沒問題。他在陷阱旁邊蹲下，檢視那隻八卦鳥，牠吱喳個不停。「你知道嗎，我一直搞不太懂這些鳥是怎麼辦到的。」其實他沒有努力去弄懂。「我知道牠們會記下並複述聽到的話，不過你們怎麼控制牠們？」

「牠們接受的訓練是回應聲音的指令。如果運氣好，我可以展示給你看。」凱伊博士從口袋裡拿出一個長方形的小型裝置，上面好幾個有顏色的按鈕，全都沒有標示，但也許是年代久遠和使用頻繁，標示磨損了。她蹲下，與他隔著籠子，充滿情感地端詳那隻鳥，科利奧蘭納斯覺得科學家不適合表露那麼多的情感。「他是不是很漂亮？」

科利奧蘭納斯努力讓自己的語氣聽起來很有說服力。「非常漂亮。」

「那麼，你現在聽到的，這樣的吱吱喳喳，是他自己的叫聲。他可以模仿其他鳥類，或者我們講話，或者說些他喜歡的話。他是中立的，」凱伊博士說。

「中立的？」科利奧蘭納斯問。

「中立的？」他聽到自己的聲音從那隻鳥的嘴喙發出回聲。**「中立的？」**

聽到你自己的聲音就更毛骨悚然了，他心想，但他開懷大笑。「那是我的聲音！」

「那是我的聲音！」八卦鳥用他的聲音說，接著開始模仿附近的一隻鳥。

「確實是，」凱伊博士說。「不過在中立狀態，他很快就會轉向另一種對象，另一種聲音。通常呢，只是一個短句，或一段短短的鳥鳴。總之吸引到他的注意。而爲了監視，我們需要把他設定成錄音模式。希望能成功。」她拿著手上那具遙控器，按下一個按鈕。

科利奧蘭納斯什麼都沒聽見。「喔，不會吧。我猜它太舊了。」

然而，凱伊博士的臉上掛著微笑。「不見得喔。指令的音調是人類聽不見的，不過鳥類很容易聽見。有沒有注意到他有多安靜？」

八卦鳥陷入沉默。牠在陷阱裡面跳來跳去，頭抬得高高的，啄著東西，各方面都一樣，只是沒出聲。

「正在運作嗎？」科利奧蘭納斯問道。

「等著瞧吧。」凱伊博士按下控制器的另一個按鈕，那隻鳥恢復正常的吱喳叫。「再度中立。那麼來看看他保留了什麼。」她按下第三個按鈕。

一陣短暫的停頓後，那隻鳥開始說話。

「喔，不會吧。我猜它太舊了。」

「不見得喔。指令的音調是人類聽不見的，不過鳥類很容易聽見。有沒有注意到他有多安靜？」

「正在運作嗎？」

「等著瞧吧。」

精確複製。但是不對啊。樹林的沙沙聲，昆蟲的嗡嗡聲，其他鳥類，那些全都沒有錄進去。只有純粹的人類說話聲。

「嗯，」科利奧蘭納斯說著，還是覺得很驚豔。「牠們可以錄多久？」

「狀況好的時候，一小時左右，」凱伊博士對他說。「這些鳥主要在森林地帶到處搜尋，然後受到人類聲音的吸引。我們把這些鳥設定成錄音模式，釋放到樹林裡，然後用導引信號把牠們回收到基地，在基地分析錄音成果。不只是這裡，第十一和第九區也有，覺得牠們能發揮價值的地方都使用。」

「不能只在樹林裡設置麥克風嗎？」科利奧蘭納斯問。

「你可以在建築物裡裝設竊聽器，但是森林太大了。叛軍很熟悉這些地帶；而我們不熟悉。他們到處跑來跑去。八卦鳥有生命，是可移動的錄音裝置，叛軍可以偵測到麥克風，但是偵測不到牠們。叛軍可以抓到一隻八卦鳥，殺了牠，甚至吃掉，但他們找到的只是一隻普通的鳥，」凱伊博士解釋說。「牠們很完美，理論上是這樣。」

「不過實際上，叛軍很清楚牠們是什麼，」科利奧蘭納斯說。「他們怎麼應付這種情況？」

「不完全確定。有些人認爲他們看到這些鳥飛回基地，不過我們只在夜深人靜的時候召回八卦鳥，所以叛軍其實不可能察覺，況且一次只召回少數幾隻。比較有可能的是我們沒有將行蹤隱藏好。我們所依據的線索，除了來自樹林裡的錄音，不確定有沒有其他來源。就算這些鳥的黑色羽毛在晚上是絕佳的保護色，還是會讓人起疑，而牠們工作之餘的活動也會透露一些線索。然後，我想，叛軍也開始用這些鳥做實驗，餵一些假情報給我們，看我們有何反應。」她聳聳肩。「或者，說不定他們在基地有間諜。我覺得我們根本就搞不清楚。」

「那麼，你現在爲什麼不用自動導引裝置把牠們召回基地？反而……」科利奧蘭納斯自己住嘴，不想讓自己好像很愛發牢騷。

「反而把你們拖到這麼熱的地方來，活生生讓蚊子叮咬？」她笑起來。「整個發射系統拆解掉了，而現在我們的舊鳥舍似乎存放了很多物資。況且，我還寧可親手處理牠們。我們可不希望牠們飛走，再也不回來，對吧？」

「當然，」科利奧蘭納斯說了謊。「牠們會飛走嗎？」

「我不確定會如何。現在牠們變成本地物種了。到了戰爭末期，我把牠們設定成中立狀態，釋放出去。否則我也可以很殘忍。一隻不會叫的鳥，要面對的生存挑戰太多了。但是牠們不只存活下來，更找仿聲鳥交配成功。所以現在呢，我們有了全新的物種。」凱伊博士向上指著枝葉間的一隻學舌鳥。「學舌鳥，本地人這樣稱呼牠們。」

「而牠們有什麼樣的能耐？」科利奧蘭納斯問。

「不確定。過去幾天以來，我一直觀察牠們。牠們沒有模仿說話的能力。不過呢，牠們複述聲音的能力、吟唱的能力，比仿聲鳥更持久，也更優秀，」她說。

科利奧蘭納斯會唱的歌曲只有一首。

施惠國之珍寶，

偉大之城，

歷經無數歲月，您仍閃耀如新。

學舌鳥抬起頭，然後吟唱回應。沒有歌詞，但是完全複製旋律，發出的聲音似乎一半像人類、一半像鳥類。此地的其他幾隻鳥也跟著唱，交織成和諧的結構，這讓他再度想起柯維族和他們的老歌謠。

「我們應該把牠們全都殺掉。」他還來不及阻止，這些話就從他口中蹦出來。

「把牠們全都殺掉？爲什麼？」凱伊博士驚訝說道。

「牠們不自然。」他努力扭轉這項意見，讓它聽起來像是出自愛鳥人士之口。「也許牠們會傷害其他鳥種。」

「牠們似乎很能與環境和平相處。而且遍布整個施惠國，只要是八卦鳥和仿聲鳥共同棲息的地方都有。我們會帶一些鳥回去，看看牠們能不能繁殖，就是學舌鳥和學舌鳥。如果不行，反正幾年之後全都會消失。如果可以繁殖，說不定會產生更優異的品種？」她說。

科利奧蘭納斯同意牠們可能無害。下午後來的時間，他問了很多問題，並小心處理那些鳥，以便彌補他那冷酷的建議。他不是那麼在乎八卦鳥——從軍事觀點看來，牠們似乎很有趣啦——不過學舌鳥有某方面令他反感。他不信任那種非自主的創造力。大自然環境逐漸崩壞，牠們應該要滅絕，而且要快點滅絕。

那天到了最後，他們發現捕捉到三十多隻八卦鳥，但是陷阱沒有抓到任何學舌鳥。

「也許八卦鳥比較沒有戒心，因爲比較熟悉陷阱。畢竟是在籠子裡長大的，」凱伊博士若有所思地說。「沒關係。多給牠們幾天時間，如果需要的話，我們會搬出網子。」

或者槍枝，科利奧蘭納斯心想。

回到基地，他們挑選他和巴格把籠子搬下車，並協助科學家把鳥兒安放到老舊的機棚裡，當作牠們暫時的家園。「你們願不願意幫我們照顧這些鳥，直到把牠們帶回都城？」凱伊博士問他們。巴格露出罕見的微笑表示答應，科利奧蘭納斯也熱切接受。除了想要留下好印象，機棚裡面也比較涼爽，因爲有工業用的風扇。這樣對他的痱子似乎比較好，在樹林裡的時候，痱子爆發得很嚴重。而且至少工作內容有點變化。

熄燈之前，室友們把老媽的美食擺出來，爲接下來去灶窩的兩個週末規劃一番，以免她沒有固定寄食物來。史邁利的交易技巧很厲害，於是成爲大家的財務主管，他小心撥出夠多的食物，足以購買兩輪烈酒，以及演出後投入柯維族籃子的捐款。剩餘的東西他們分成五份。科利奧蘭納斯的這份又拿到六顆爆米花球，他只允許自己吃一顆，剩下的留給柯維族人。

星期六早上，猛烈的冰雹咚咚敲打營房的屋頂，吵醒了科利奧蘭納斯。去吃早餐的途中，室友們還拿橘子大小的冰球彼此攻擊，但早上過了一半，太陽出來了，熱力比以往更加熾烈。到了下午，他和巴格奉派去照顧那些八卦鳥。他們清理籠子，然後給那些鳥食物和飲水，完全遵照兩位堡壘科學家的指示。雖然有些是成對或三隻一起抓到，但現在每隻鳥都待在自己的籠子裡。到了輪班時間的最後，他們小心搬動那些鳥，一次一隻，前往停機棚的一個區域，那裡設置了臨時的實驗室。他們給每隻八卦鳥一個編號，繫上標記，然後透過遙控器執行一些基本的步驟，看看牠們對聲音指令是否仍然有反應。所有的八卦鳥似乎都保有錄音的能力，也能發出人類的聲音。

走到科學家聽不見的地方，巴格搖搖頭。「那樣對牠們好嗎？」

「我不知道。那就是牠們被設定要做的事，」科利奧蘭納斯說。

「如果我們就讓那些鳥留在樹林裡，牠們會比較快樂，」巴格說。

科利奧蘭納斯不確定巴格說的對不對。就他所知，幾天後牠們會在堡壘的實驗室醒來，心裡感到納悶，過去十年來在第十二區的惡夢究竟是怎麼回事。也許牠們在受到控制的環境裡會比較快樂，因爲很多外來的威脅都移除了。「我很確定那些科學家會好好照顧牠們。」

晚餐過後，他等待室友們把自己打點好，努力不要顯露出不耐煩的樣子。由於決定對自己的戀愛保守祕密，他打算一到灶窩就溜走。剩下的問題是賽嘉納斯。他對錢的事情說了謊，但也許只是想融入其他一文不名的室友。經歷了基地平面圖事件後，他似乎眞的很後悔，因此希望他能夠認清，擔任莉兒的中間人是很危險的事。然而，比利·透普或叛軍會不會再次嘗試與他接觸？畢竟他一開始就表現出願意幫助他們。他眞是容易下手的目標啊。等到從其他人身邊溜開，最簡單的方法就是帶著他一起去見柯維族人。

「想要跟我一起去後台嗎？」到達灶窩時，他輕聲詢問賽嘉納斯。

「他們有邀請我嗎？」賽嘉納斯問。

「當然啦，」科利奧蘭納斯說，但其實只有他受邀。不過這樣也好。如果賽嘉納斯能幫忙招呼莫黛·艾佛瑞，科利奧蘭納斯也許能與露西·葛蕾有些獨處的時光。「不過我們需要甩開其他人。」

這件事顯然很簡單，畢竟人潮比前一週更多，新一批的烈酒又特別烈。他們留下史邁利、巴格和竹竿吵鬧不休，找到舞台附近的門溜出去，再進入一條空無一人的狹窄巷道。

露西·葛蕾說是小屋的地方，原來是某種老舊車庫，大概可以容納八輛車。原本讓車輛進入的大型門口用鎖鍊拴住，但是建築物的角落有一道小門，位於舞台側門的正對面，有一塊空心磚把門頂開。科利奧蘭納斯聽到談話聲和樂器調音的聲音，就知道他們找對地方了。

他們進去，發現柯維族人已經霸占整個空間，在一些舊輪胎和零碎家具上面顯得無拘無束，他們的樂器盒和裝備散落各處。即使後面遠處角落的第二扇門也開著，整個地方還是很像烤箱。傍晚的光線從幾扇破裂的窗戶傾瀉進來，照亮了空氣中濃厚的塵埃。

莫黛．艾佛瑞一看到他們，立刻跑過來，她穿著粉紅色連身裙。「哈囉！」

「晚安。」科利奧蘭納斯鞠個躬，接著把那包爆米花球拿出來給她。「甜點給甜心。」

莫黛．艾佛瑞扯開包裝紙，只見她單腳微微跳起，然後稍微低下身子行個屈膝禮。「謝謝你的好意。今晚我會爲你唱一首特別的歌！」

「我來這裡不是別有所圖喔，」科利奧蘭納斯說。這實在很有趣，對柯維族講些都城的社交辭令，似乎還滿自然的。

「好吧，但是我不能說出你的名字，因爲你是祕密，」她格格笑說。

莫黛．艾佛瑞跑去找露西．葛蕾，她盤腿坐在一張舊書桌上，幫她的吉他調音。她低著頭，對小女孩興奮的臉龐露出微笑，但是說話的語氣很嚴格：「留到之後再吃。」莫黛．艾佛瑞蹦蹦跳跳跑開，向樂團的其他人展示她的寶物。賽嘉納斯也去找他們，科利奧蘭納斯則隨意揮個手，走向露西．葛蕾。「你不需要那樣做，你會寵壞她。」

「只是希望讓她留下一些快樂的回憶，」他說。

「那我呢？」露西．葛蕾調侃說。科利奧蘭納斯靠過去，親吻她。「好啦，剛開始嘛。」她連忙讓開位置，拍拍旁邊的桌面。

科利奧蘭納斯坐上去，查看小屋。「這是什麼地方？」

「目前是我們的休息室。我們在表演之前和之後來這裡，還有在曲目之間離開舞台的時候，」她對他說。

「不過這是誰的地方？」他希望他們不是擅自闖入。

露西．葛蕾似乎不在意。「搞不清楚。我們只是暫時棲息在這裡，除非有人把我們趕走。」

鳥。提到柯維族的時候，她永遠與鳥有關。歌唱，棲息，他們帽子上有羽毛。差不多一切都與鳥有關。他對她述說自己的八卦鳥任務，獲選與那些人一起工作，覺得她可能會刮目相看，但似乎只讓她覺得悲傷。

「我討厭想到牠們關在籠子裡，畢竟牠們嚐過自由的滋味，」露西．葛蕾說。「回到實驗室以後，他們期待能找到什麼呢？」

「我不知道。也許想確認他們的武器是不是還能運作？」他猜測說。

「聽起來像是酷刑，有人像那樣控制你的聲音。」她伸出手，摸摸自己的喉嚨。

科利奧蘭納斯覺得未免有點太誇張，但努力使出安慰的語氣。「我覺得人類沒有同樣的情況。」

「眞的嗎？科利奧蘭納斯．史諾，你永遠都覺得可以隨意說出內心的想法嗎？」她問，對他露出困惑的神情。

隨意說出他的想法？當然可以。嗯，很合情合理啊。他又沒有到處亂吹牛，或者每一件小事都講。她是指什麼？她是指他對都城的看法。還有飢餓遊戲。還有行政區。事實上，都城大部分的所作所爲，他都支持，其他事情也很少影響到他。不過如果眞的有影響，他會說出來。不會嗎？反對都城？就像賽嘉納斯那樣？即使那表示有一些不良的後果？他不知道，但覺得想要辯解。「可以啊。我想，你也應該說出自己的想法。」

「我爸爸也是那樣想。而最後他身上的彈孔，比我的手指頭能夠數的數目還要多，」她說。

她到底要暗示什麼？就算她沒說，他也敢打賭，那些子彈來自某個維安人員的的槍。也許那個人的服裝與科利奧蘭納斯現在穿的一模一樣。「而我的父親死於某個叛軍狙擊手。」

露西．葛蕾嘆口氣。「好啊你生氣了。」

「沒有。」不過他有。他努力嚥下自己的怒氣。「我只是累了。我整個星期都很期待見到你。而你父親的事情我很遺憾……我自己父親的事我也很遺憾……但是我不衝撞施惠國。」

「露西・葛蕾！」莫黛・艾佛瑞在小屋的另一頭大叫。「時間到了！」柯維族人已開始在門邊集合，手上拿著樂器。

「我最好離開。」科利奧蘭納斯從桌面滑下來。「祝你表演順利。」

「結束之後我會見到你嗎？」她問。

他拍拍身上的制服。「我得在宵禁時間之前回去。」

露西・葛蕾站起來，將吉他的揹帶套過頭上。「我知道了。嗯，明天我們計畫要去小湖玩，如果你有空的話。」

「小湖？」在這麼悲慘的地方，眞的有那種令人愉快的地點？

「在樹林裡。要走好一段路，不過湖水很清澈，可以游泳，」她說。「當然很希望你能一起去，也帶賽嘉納斯去。我們會有一整天的時間。」

他想去，想跟她相處一整天。但他還是心煩意亂，不過那樣很蠢。其實呢，她完全沒有指責他的意思。那番對話只是離題了。全都是那些笨鳥害的。她正伸出手提出邀請，他眞的想要把她推開嗎？他們見面的機會如此之少，他承受不起喜怒無常的情緒。「好啊。我們吃了早餐之後會去。」

「那好。」她在他的臉頰吻了一下，然後與其他柯維族人會合，離開小屋。

回到灶窩後，他和賽嘉納斯在昏暗的內部推擠前進，空氣中滿是濃厚的汗味和酒氣，他們在與上週同樣的位置找到自己的室友。巴格幫他們放好板條箱，於是科利奧蘭納斯和賽嘉納斯分別坐在他的兩側，從共享的酒瓶各自牛飲一大口。

莫黛・艾佛瑞蹦蹦跳跳跑出來介紹樂團。柯維族一登上舞台就開始演奏音樂。科利奧蘭納斯倚靠著牆壁，盡情享受烈酒。表演之後他不會去見露西・葛蕾，何不稍微喝得醉一點？他凝視著露西・葛蕾，胸口鬱結的氣憤漸漸紓解。好吸引人，好可愛，好有活力。他開始對自己發脾氣感到後悔，甚至想不起她說了什麼事惹他生氣。也許根本沒說什麼。這個星期既漫長又充滿壓力，包括考試、那些鳥，還有賽嘉納斯的愚蠢行爲。他值得好好享受一下。

他又多灌了好幾口酒，覺得這個世界比較友善了。曲調既熟悉又新穎，他沉浸其中。等到發現自己跟著觀眾一起唱，他害羞地閉嘴，然後才意識到根本沒人在乎，或者醉到不記得自己做過什麼事。

到了一個段落，芭兒波・阿祖爾、塔姆・安柏和克萊克・卡麥離開舞台，顯然是去小屋休息一下，留下莫黛・艾佛瑞站在她的箱子上掌握麥克風，露西・葛蕾則在旁邊隨意彈奏。

「我答應一位朋友，今晚我會唱點特別的歌給他聽，就是這首啦，」莫黛．艾佛瑞吱喳說道。「我們每一個柯維族人的名字都源自一首歌謠，而這首歌謠屬於旁邊這位漂亮女生！」莫黛．艾佛瑞伸出一隻手指向露西．葛蕾，她向零散的掌聲行屈膝禮。「這真的是很古老的歌謠，作者是一位名叫華茲華斯的先生。我們將這首歌稍微重新組合一下，讓意思比較清楚，不過你們還是需要仔細聽喔。」她把指頭壓在嘴唇上，於是觀眾安靜下來。

科利奧蘭納斯甩甩頭，努力讓自己專心。如果這是露西．葛蕾之歌，他想要仔細聆聽，明天才能說些好話。

我常聽人說起露西．葛蕾：
一回我穿越荒野而行，
碰巧在黎明時分遇見
那個形單影隻的孩子。

沒有同伴，沒有露西認識的夥伴；
她棲身於無人居住之處，

——那是成長於山坡之上
最甜美之事！

好吧，所以有個小女孩住在山上。而且顯然不太會交朋友。

你或許窺見玩耍小鹿
草間小兔；
但露西．葛蕾的甜美臉龐
再也無人得見。

而她死了。怎麼死的？他有種預感，沒多久他就會知道。

「今晚會是暴風雨夜——
你前往必經之鎮；
並帶提燈，孩子，照亮

你母親穿越冰雪之路。」

「那麼，父親！我很樂意：
將近午後時分——
村落時鐘甫敲兩下，
而月亮在那彼方！」

對此父親轉動提鉤，
為這一天點亮燈火；
他繼續工作；而露西取了
提燈踏上征途。

如同山鹿一般自在：
她踏破無人走過的新路
她的雙足踏散粉雪，

飛揚如煙。

風暴提早到達：
她曲折上下徘徊；
露西攀爬大段山坡：
但始終未抵城鎮。

啊。好多無意義的字句，不過她在雪中迷路了。嗯，也難怪，如果他們派她出去而遇到暴風雪的話，她有可能凍死。

父母終夜悲痛
奔赴廣大遠處呼喊；
然而無聲也無蹤
無從指引方向。

破曉之際他們站立山巔
俯瞰景致；
而由此他們見到木橋，
跨越一道深壑。

他們哭泣——並且，踏上歸途，哭喊，
「於天國我們終將相遇」；
——在雪中母親窺見
露西雙腳的印記。

噢，很好，他們找到她的腳印了。圓滿的結局，這也是蠢事一件，就像露西・葛蕾唱的那首歌，大家以爲一名男子凍死了，試著用爐灶將他燒成灰，他卻解凍了，人好好的，叫山姆什麼的。

接著從陡坡邊緣往下走，

他們跟著小小足跡；
穿越損壞的山楂樹籬，
再沿著漫長石牆；

接著他們跨越開闊原野：
足跡依舊；
他們繼續跟隨，未曾錯失；
終於來到那橋。

他們從覆雪堤岸一路跟隨
那些足跡，一個接一個，
走進木板中央；
再往前就完全消失！

且慢！什麼？她就這樣完全消失？

——然而點滴留存至今

她是活潑孩子；

你會看見甜美的露西·葛蕾

身處孤寂荒野。

越過險阻，她平順前行，

未曾轉身回望；

唱著唯一歌曲

風中輕柔鳴囀。

噢，是個鬼故事啊。呃。哼。好荒謬。嗯，明天見到柯維族人的時候，他會努力愛上這首歌。可是，說實在的，誰會用鬼女孩幫自己的孩子取名字啊？不過呢，如果女孩是鬼，她的身軀在哪裡？也許她對粗心的父母感到厭倦而跑去住進荒野，因爲他們竟然把她送入暴風雪。然而，她爲何沒有長大？他實在無法理解，而烈酒也沒有幫助。這讓他聯想起以前的修辭課，他不懂那些詩句，於是莉維亞・卡迪歐在大家面前羞辱他。好可怕的一首歌啊。也許沒有人會提起這首歌……不對，他們會。莫黛・艾佛瑞會期待聽到回應。那麼，他會說這首歌很棒，這樣就好了。萬一她想討論一番呢？

科利奧蘭納斯決定請教賽嘉納斯，他在修辭學方面的成績一直很好，只是問問看他有什麼想法。

但是等到他探身靠向巴格的隔壁，卻發現賽嘉納斯的箱子上空無一人。

27

科利奧蘭納斯環顧整個區域，努力隱藏自己逐漸升高的焦慮。賽嘉納斯在哪裡？腎上腺素與烈酒奮力搏鬥，想要掌控他的腦子。他一直沉浸於音樂和酒精，實在不知道賽嘉納斯何時消失。萬一他對救出莉兒的事一直沒有改變心意呢？難道他藏身在人群裡，趁這個時候與叛軍私下密謀？

等到觀眾對莫黛．艾佛瑞和露西．葛蕾的掌聲漸漸停歇，他才站起來，正準備走向門口時，看到賽嘉納斯在朦朧的光線中走回來。

「你剛才在哪裡？」科利奧蘭納斯問。

「外面。那個烈酒讓我渾身無力。」賽嘉納斯坐到他的箱子上，將注意力轉向舞台。

科利奧蘭納斯也坐回自己的座位，雙眼盯著表演，思緒卻到處亂飄。烈酒不會讓人全身無力，且賽嘉納斯喝的量又很少，那他的反應也太強烈了。又一個謊言。那代表什麼意思？表示現在連片刻都不能讓賽嘉納斯離開他的視線？接下來的表演期間，他一直往旁邊瞄，確定賽嘉納斯沒有再度溜出去。莫黛．艾佛瑞用她的緞帶籃子收錢時，他緊緊跟隨，但賽嘉納斯似乎專心幫巴格把喝醉的竹竿送回基地。沒有機會進一步討論。事實上，如果賽嘉納斯曾經溜去找叛軍私下密謀，那麼先前在比利．透普事件之後，科利奧蘭納斯直接找他對質的嘗試顯然失敗了。肯定需要新策略。

對科利奧蘭納斯陣陣刺痛的頭來說，星期天的晨曦太刺亮。他把烈酒吐出來，站在淋浴間裡，直到雙眼又能正確對焦爲止。食堂的油膩雞蛋連想都不用想，於是他細細啃咬吐司，看著賽嘉納斯把他們兩人的食物全部吃光，這只證實了科利奧蘭納斯的猜測，賽嘉納斯前一晚幾乎沒有喝酒，絕對不足以喝到渾身無力。他們的三位室友甚至懶得爬起來吃早餐。除非想到更好的方法，否則他得像鷹隼一般監視著賽嘉納斯，特別是他們離開基地的時候。今天呢，反正他需要同伴一起去小湖。

雖然科利奧蘭納斯自己的態度缺乏熱忱，但賽嘉納斯欣然接受邀請。「當然好，聽起來很像放假。我們帶點冰塊吧！」賽嘉納斯請庫奇拿出另一個塑膠袋時，科利奧蘭納斯跑去醫務室拿一顆阿斯匹靈。他們在禁閉室碰面，然後出發。

由於不知道前往炭坑的捷徑，他們又回到鎮上廣場，沿著上一週的原路往前走。科利奧蘭納斯考慮再跟賽嘉納斯來個交心談話，但如果先前威脅他會被指控叛亂罪，他都無動於衷了，那該怎麼說才好？況且他不確定賽嘉納斯是否曾與叛軍私下密謀。說不定他昨天晚上眞的只需要去尿尿；果眞如此，指控他只會讓他心生反感。他所掌握的唯一眞實證據是偷藏的錢，而說不定是史特拉堡堅持要他帶著，但賽嘉納斯下定決心永不動用。賽嘉納斯不是很看重金錢，而販賣軍火賺到的錢對他可能是沉重的累贅。他可能覺得那是面子問題，需要錢就自己賺。

如果露西．葛蕾對他們的爭執依然不開心，她也沒有表露出來。她在後門以一個吻和一杯冰水迎接他，讓他忘記煩憂，直到抵達小湖。「要花兩到三小時，主要看荊棘的分布狀況，不過很值得喔。」

就這麼一次，柯維族人沒有攜帶樂器。芭兒波．阿祖爾甚至留在家裡，負責看守東西。她拿了一個桶子送他們出門，桶子裡有一罐水、一條麵包和一條舊毯子，。

「她剛和同一條路上的女孩子看對眼，」露西．葛蕾透露說，這時他們走到屋裡的人聽不到的地方。「她們可能很高興一整天擁有這地方吧。」

塔姆．安柏帶他們其他人穿越草場，走進樹林。克萊克．卡麥、莫黛．艾佛瑞和賽嘉納斯在他後面排成一直線，留下科利奧蘭納斯和露西．葛蕾負責殿後。地上沒有路徑。他們排成一條縱隊，跨過傾倒的樹木，推開雜亂的枝條，並嘗試繞過林下灌叢冒出的多刺植物。不到十分鐘就再也看不見第十二區了，只有來自礦場的刺鼻氣味。而不到二十分鐘，連氣味也受到植被的遮擋。樹冠提供了遮蔭，但對於消解暑氣幫助有限。空氣中充滿昆蟲的嗡嗡聲、松鼠的吱喳聲和鳥鳴聲，即使他們出現也沒有停歇。

就算科利奧蘭納斯有兩天處理鳥類的經驗，不過一旦距離還算文明的此地越來越遠，他的內心就越擔心。他好擔心有什麼其他生物，體型更大，力氣更壯，尖牙利齒……可能潛伏在樹林裡。而他什麼武器也沒有。意識到這件事之後，他假裝需要一根手杖，於是停下來一會兒，撿起一根掉落在地的堅固樹枝，剝除多餘的枝葉。

「他怎麼知道要往哪裡走？」他問露西．葛蕾，並對著塔姆．安柏點點頭。

「我們全都知道怎麼走，」她說。「那是我們第二個家。」

眼看其他人都不擔心，他只能跟著列隊前進，簡直走到天荒地老，等到塔姆．安柏讓隊伍停下時，他真是開心極了。不過塔姆．安柏只說：「大約走了一半路。」他們傳遞那袋冰塊，把融化的水喝掉，並吸吮剩下的冰塊。

莫黛．艾佛瑞抱怨腳痛，脫掉一隻裂開的棕色鞋子，露出相當大的水泡。「這雙鞋不好走路。」

「這是克萊克．卡麥的舊鞋。我們努力讓這雙鞋撐過夏天，」露西．葛蕾說著，皺起眉頭檢視那雙小腳。

「鞋子太緊了，」莫黛．艾佛瑞說。「像那首童謠一樣，我想穿鯡魚盒子[20]。」

賽嘉納斯蹲下去，提議她趴到他背上。「改成搭個便車如何？」

莫黛．艾佛瑞蹦蹦跳跳爬上去。「注意我的頭喔！」

一旦開了先例，他們就輪流背小女孩。由於不需要再自己費力，她扯開喉嚨大聲唱歌：

在洞穴裡，在峽谷裡，
挖掘礦場，
身為礦工，四十九歲，
與他女兒，克萊門婷。

她好輕盈宛如仙子，
而她鞋子卻是九號。
鯡魚盒子，去掉頂蓋，
克萊門婷穿成涼鞋。

有一群學舌鳥竟然在枝椏高處跟著旋律一起唱和，害科利奧蘭納斯大吃一驚。他沒想到學舌鳥會出現在這麼偏遠的地方；這些鳥一定大批出沒於樹林。不過莫黛．艾佛瑞非常開心，繼續大聲歌唱。科利奧蘭納斯揹著她走最後一段路，為了讓她分心，於是感謝她前一晚唱了露西．葛蕾之歌。

「你覺得那首歌如何？」她問。

他巧妙迴避這問題。「我很喜歡啊。你超棒的。」

「謝啦，不過我指的是那首歌。你覺得大家有沒有真的看到露西．葛蕾？還是只有夢到她？」她說。「因為我覺得大家真的看到她。只不過現在呢，她像鳥兒一樣展翅高飛。」

「真的嗎？」科利奧蘭納斯覺得好過一點了，那首晦澀的歌曲至少是大家爭議的對象，並不是因為他太過遲鈍，無法掌握那麼博學精妙的詮釋。

「嗯，她有什麼其他方法不產生腳印呢？」她說。「我覺得她飛來飛去，盡量不要遇到

20 出自美國童謠〈噢，我親愛的克萊門婷〉（Oh, My Darling Clementine），克萊門婷的腳太大了，只能把原本裝鯡魚的木盒去掉蓋子，拿來當涼鞋穿。

別人，因爲他們會殺了她，因爲她與眾不同。」

「對啊，她很與眾不同。她是鬼啦，笨蛋，」克萊克．卡麥說。「鬼不會留下腳印，因爲他們像空氣一樣。」

「那麼，她的身軀在哪裡？」科利奧蘭納斯問道，他覺得莫黛．艾佛瑞的說法至少有點道理。

「她從那座橋跌下去，死了，只不過山谷太深，沒有人看得到她。也說不定有一條河把她沖走了，」克萊克．卡麥說。「總之呢，她死了，在那個地方陰魂不散。她沒有翅膀要怎麼飛啊？」

「她才沒有從那座橋跌下去！她站的地方，雪面看起來會不一樣！」莫黛．艾佛瑞堅持說道。「露西．葛蕾，你認爲呢？」

「甜心，那是神祕的謎題。就像我一樣。也因此，那是我的歌，」露西．葛蕾回答。

他們抵達小湖時，科利奧蘭納斯氣喘吁吁、燠熱難當，痱子也因汗水而灼熱。看著柯維族人脫到只剩內衣跳入水中，他也趕緊有樣學樣。他涉水而入，冰冷的湖水環繞著他，讓腦袋瞬間清醒，也舒緩痱子的灼熱感。他很會游泳，小時候剛上學不久就學會了，但除了游泳池以外沒試過其他地方。泥濘的湖底急遽下降，他感覺到湖水很深。他慢慢游出去到達湖心，仰躺漂浮，覽觀四周景致。周圍全都聳立著樹木，雖然似乎沒有道路可到此地，但有幾棟破損的小屋點綴於湖岸邊。大多數缺乏修繕，只有一棟看似堅固的混凝土建築仍有屋頂，有一扇門緊緊關閉，將荒野阻擋在外。有一家子的鴨子從幾呎外游過，他也看見魚兒悠游於自己的腳趾下方。一想到可能有什麼其他東西在身邊游來游去，他連忙游回岸邊，柯維族人在那裡拉著賽嘉納斯玩起某種丟球遊戲，用一顆大型的松果當作球。科利奧蘭納斯也加入遊戲，很高興做點純粹好玩的事。每天當成熟的大人實在壓力很大，已經有點累了。

短暫休息過後，塔姆．安柏修剪樹枝做了幾根釣魚竿，裝上釣魚線和自製的魚鉤。克萊克．卡麥忙著從土裡挖蟲時，莫黛．艾佛瑞找賽嘉納斯去採莓果。

「不要靠近岩石附近那一叢喔，」露西．葛蕾警告說。「蛇很喜歡那裡。」

「她老是知道蛇會出現在哪裡，」莫黛．艾佛瑞對賽嘉納斯說著，同時帶著他走開。

「她用雙手抓蛇，但是我怕死了。」

那就剩下科利奧蘭納斯和露西．葛蕾一起去收集生火用的乾木材。這一切讓他有點興奮，半裸著身子在一些野生動物之間游泳，在戶外生起火堆，與露西．葛蕾共度一段沒有特別安排的時光。她有一盒火柴，不過很珍貴，她說只能用一根火柴就把火點起來。火焰燒起一堆乾樹葉時，他坐到地上，緊貼在她身邊，兩人先拿一些細枝送進火堆，接著放點較大的木頭碎片，感覺過得比先前幾個星期快樂多了。

露西．葛蕾倚著他的肩膀。「你聽好，如果昨天晚上讓你不高興，我很抱歉。我沒有要把我爸爸的死怪罪到你身上。那件事發生的時候，我們都只是小孩子。」

「我知道。如果我反應過度，我道歉。只是呢，我不能假裝自己是另外一個人。都城所做的每一件事，我不是全部都同意，不過我是都城人，而大致上，關於需要秩序這方面，我覺得我們是對的，」科利奧蘭納斯說。

「柯維族人相信，每個人來到世上的目的是減少痛苦與不幸，而不是增加。你覺得飢餓遊戲是對的嗎？」她問。

「老實說，我甚至不確定爲何要做那種事。不過我眞的認爲，大家太快就忘記戰爭。忘記我們對彼此做了什麼樣的事。忘記我們能做什麼事。各個行政區和都城都一樣。我知道從這裡看，都城的態度一定顯得很強硬，不過我們只是努力讓情勢獲得控制。否則會很混亂，大家跑來跑去互相砍殺，像競技場那樣。」這是他第一次嘗試把這些想法說給戈爾博士以外的人聽。他覺得有點發抖，很像小孩子學走路，但也因爲說出內心的想法，有種獨立自主的感覺。

露西．葛蕾稍微往後退開。「你認爲大家會那樣？」

「對啊。除非有法律，有人強制執行，否則我認爲大家會像動物一樣，」他說著，語氣更有把握一點。「無論喜不喜歡，都城是唯一能保護大家安全的地方。」

「唔。所以都城保護我的安全。而爲了那樣，我要放棄什麼？」她問。

科利奧蘭納斯拿一根枝條戳戳火堆。「放棄？嗯，什麼都不要啊。」

「柯維族就要，」她說。「不能旅行。沒有都城的允許就不能表演。只能唱某些類型的歌曲。反抗會遭到圍捕，你會像我爸爸一樣被開槍打死。嘗試讓你的家人相聚，你會像我媽媽一樣腦袋被打破。如果我覺得那種代價太高，根本就付不起呢？也許爲了爭取自由，值得我去冒險。」

「所以，你的家人根本是叛軍。」科利奧蘭納斯其實沒有很驚訝。

「我的家人是柯維族人，徹頭徹尾，」露西．葛蕾堅持說道。「不是行政區，不是都城，不是叛軍，不是維安人員，就是我們。而你像我們一樣。你想要獨立思考。你起身抵抗。我之所以知道，是因爲你在飢餓遊戲爲我做的一切。」

嗯，她在那裡有他相挺。如果都城認爲有必要舉辦飢餓遊戲，而他企圖提出反對意見，難道不是反駁都城的權威？起身抵抗，正如她所說？不像賽嘉納斯那樣公然反抗，而是以他自己的方式，比較祕密，比較難以捉摸？「我相信是這樣啦。如果都城沒有負起責任，我們甚至不會有這樣的對話，這個時候早就打起來毀了彼此。」

「沒有都城之前，人們就在這裡生活了很長的時間。我預期人們以後也會在這裡生活很長的時間，」她下結論說。

科利奧蘭納斯想起之前來到第十二區的途中，曾經路過一些死城。她宣稱柯維族人曾經到處旅行，那麼她一定也看過那些死城。「不是所有地方都可以。施惠國本來是壯盛的國家，看看它現在的樣子。」

克萊克·卡麥拿一株植物給露西·葛蕾看，是從湖裡連根拔起，有尖尖的葉子和白色小花。「嘿，你找到慈菇[21]，克卡，厲害喔。」科利奧蘭納斯很納悶，他的意思是不是用來做裝飾，就像祖奶奶的玫瑰一樣，但她立刻檢視根部，那裡掛著小小的塊莖。「還有點太早。」

「對啊，」克萊克·卡麥附和說。

「什麼太早？」科利奧蘭納斯問道。

「拿來吃。再過幾個星期，這些會長成差不多馬鈴薯的大小，可以烤來吃，」露西·葛蕾說。「有人把它們稱爲『沼澤馬鈴薯』，不過我比較喜歡叫『慈菇』。唸起來比較好聽。」

塔姆．安柏帶著好幾條魚現身，魚都已洗淨、去除內臟，並切成一塊一塊。他用葉子把魚肉包起來，加上他採來的某種香草小枝，而露西．葛蕾把它們安排放在火堆餘燼裡。等到莫黛．艾佛瑞和賽嘉納斯帶著裝滿黑莓的桶子回來，魚已經烤熟了。經過健行和游泳，科利奧蘭納斯的胃口恢復了。他把分得的所有魚肉、麵包和莓果吃個精光。接著，賽嘉納斯拿出一份驚喜禮物：老媽做的六塊糖霜餅乾，他把甜點箱分到的部分留下來。

午餐之後，他們在樹下鋪好毯子，一半的人躺在上面，另一半人倚靠樹幹，抬頭凝視著明亮天空的輕軟雲朵。

「我從來沒看過天空是這種顏色，」賽嘉納斯說。

「這是蔚藍色，」莫黛．艾佛瑞對他說。「就像芭兒波．阿祖爾[22]的姓氏。這是她的顏色。」

「她的顏色？」科利奧蘭納斯問。

「當然。我們每個人的名字都來自一首歌謠，姓氏則是一種顏色。」她突然跳起來說

---

21 慈菇（katniss），即凱妮絲名字的由來。

22 阿祖爾（Azure）的字意是蔚藍色。

明。「芭兒波出自〈芭芭拉．艾倫〉23，阿祖爾是天空的湛藍色。我呢，我是〈莫黛．克萊兒〉24，艾佛瑞是像鋼琴琴鍵的象牙白。而露西．葛蕾很特別，因爲她的全名就源自她的歌謠，〈露西和葛蕾〉。」

「沒錯。葛蕾是像冬天的灰色，」露西．葛蕾面帶微笑說。

科利奧蘭納斯以前沒有眞正注意到這樣的關聯，只覺得柯維族人的名字都很奇怪。艾佛瑞是象牙色，安柏是琥珀色，都讓他聯想到祖奶奶的珠寶盒裡的古老飾品。而阿祖爾的湛藍色、透普的褐灰色和卡麥的洋紅色，則是他不認得的顏色。至於他們的歌謠，誰會知道出自哪裡啊？用這種方式幫你的孩子命名，感覺全都好奇怪。

莫黛．艾佛瑞戳戳他的肚子。「你的名字聽起來很像柯維族。」

「怎麼會？」他笑著說。

「因爲史諾那部分。史諾的字意是雪，像雪一樣白，」莫黛．艾佛瑞咯咯笑。「有沒有什麼歌謠裡面有科利奧蘭納斯？」

「就我所知沒有。你何不幫我寫一首？」他說著，戳戳她的背。「科利奧蘭納斯．史諾之歌。」

莫黛．艾佛瑞坐到他的懷裡。「露西．葛蕾是作家。你何不拜託她呢？」

「你啊，別再煩他了。」露西・葛蕾把莫黛・艾佛瑞拉到她旁邊。「我們回家前，你可能應該要小睡一下。」

「大家會揹我，」莫黛・艾佛瑞說著，扭動身子掙脫開來。「而我會唱歌給他們聽！」

噢，我親愛的，噢，我親愛的——

「噢，閉嘴啦，」克萊克・卡麥說。

「好啦，躺下來試試看，」露西・葛蕾說。

「嗯，如果你唱歌給我聽，我就躺下來。唱我氣喘的時候那首歌。」她平躺下來，頭枕在露西・葛蕾的大腿上。

「好吧，只要你安靜下來。」露西・葛蕾把莫黛・艾佛瑞的頭髮往後撥到耳後，等她平

23〈芭芭拉・艾倫〉（Barbara Allen）是美國歌手瓊・拜雅（Joan Baez）一九六〇年的歌曲。

24〈莫黛・克萊兒〉（Maude Clare）是英國女詩人克莉絲提娜・羅塞提（Christina Rossetti, 1830~1894）的詩作。

靜下來，然後開始唱出安撫人心的歌聲。

青青草地，楊柳樹下
鮮草為枕，綠茵為床
睡下吧，閉上疲倦雙眼，
等明天醒來，迎接耀眼陽光。

這兒安全又溫暖
白色雛菊守護你
你的美夢將成真
這裡有我愛著你[25]

這首歌讓莫黛·艾佛瑞平靜下來，科利奧蘭納斯覺得內心的焦慮消失了。飽食新鮮食物，躲在樹蔭底下，露西·葛蕾在他身邊輕聲歌唱，他開始感謝大自然。這裡眞的很美。透明乾淨的空氣，豐富的色彩。他覺得非常放鬆又自由自在。假如這就是他的人生呢：何時起床皆可，捕獲今日食物，再與露西．葛蕾漫步湖邊？擁有愛情的時候，有誰需要財富、成功和權力呢？愛情不是能征服一切嗎？

青青草地，遠離塵囂
蓋上綠葉，再灑上點月光
睡下吧，放下你的煩惱，
等明天醒來，你就無愁無憂。

這兒安全又溫暖
白色雛菊守護你
你的美夢將成真
這裡有我愛著你。

25 在《飢餓遊戲》第一集，凱妮絲曾在小芸過世之際唱這首歌。

科利奧蘭納斯都快要打起瞌睡，而一些學舌鳥，原本以相當尊敬的態度聆聽露西・葛蕾的表演，這時開始自己唱起來。他感覺到全身緊繃，愉悅睡意全消。不過聽著那些鳥偷走歌曲，柯維族人全都面帶微笑。

「就像砂岩相對於鑽石，我們相對於牠們就是那樣，」塔姆・安柏說。

「嗯……牠們練習得比較勤，」克萊克・卡麥說著，其他人都笑起來。

聽著那些鳥鳴，科利奧蘭納斯注意到沒有八卦鳥。他能想到的唯一解釋，就是學舌鳥已開始自行繁殖，可能彼此繁殖，或者找本地的仿聲鳥。都城的鳥類像這樣破壞平衡狀態，讓他深感不安。牠們在這裡像兔子一樣繁殖，完全未受控制。未經允許。借助都城的科技。他一點都不喜歡這樣。

莫黛・艾佛瑞終於打起盹來，蜷縮在露西・葛蕾身邊，一雙赤腳彎到毯子上。科利奧蘭納斯與她們待在一起，其他人則回到湖裡再泡泡水。過了一會兒，克萊克・卡麥帶來一根亮藍色的羽毛，說是在湖岸邊找到，他放在毯子上要給莫黛・艾佛瑞，並以粗啞的聲音說：「別告訴她是哪裡來的。」

「好。克卡，好貼心，」露西・葛蕾說。「她會很愛。」等他跑回去泡水，她搖搖頭。「我很擔心他。他想念比利・透普。」

「你呢？」科利奧蘭納斯用手肘撐起自己身子，望著她的臉。

她沒有遲疑。「沒有。自從抽籤日之後就沒有。」

抽籤日。他回想起她在專訪時唱的歌謠。「你說你是他在抽籤日輸掉的賭注，那是什麼意思？」

「他打賭可以擁有我和梅菲爾，」她說。「那是一場賭博。梅菲爾發現我的存在，我發現她的存在。她叫她爸在抽籤日喊出我的名字。我不知道她對她爸說了什麼，肯定沒說比利．透普是她的熱戀對象，而是其他事。我們在這裡是外人，所以要對我們的事說點謊話是很簡單的。」

「他們在一起，我很驚訝，」科利奧蘭納斯說。

「嗯，比利．透普老是說他自己一個人最快樂，不過他真正希望的是有某個女孩照顧他。我想，梅菲爾似乎是很適合人選，所以他追求她。沒有人能像比利．透普那樣散發魅力。那個女孩毫無招架之力。況且，她一定很孤單，沒有兄弟姊妹，沒有朋友。礦工痛恨她的家庭。他們開著閃亮的汽車去看絞刑。」莫黛．艾佛瑞移動身子，露西．葛蕾撫平她的頭髮。「十二區的人覺得我們很可疑，但對他們是鄙視。」

他不喜歡她對比利．透普已經不生氣的那種感覺。「他有沒有試著挽回你？」

她撿起那根羽毛，在拇指和食指之間轉動，然後才回答。「噢，當然有。他昨天跑來我的草場，說有很多大計畫，要我跟他在吊人樹那邊碰面，遠走高飛。」

「吊人樹？」科利奧蘭納斯想起阿爾洛搖晃的樣子，以及鳥兒模仿他的遺言。「爲什麼在那裡？」

「那裡是我們以前常去的地方。在第十二區，那裡是保證有點隱私的地方，」她說。「他希望我們一起去北方。認爲有人住在那裡。自由的人。說我們會找到那些人，然後再回來找其他人。他已經囤積一些補給品，我不確定有哪些。不過管它是什麼？我再也無法信任他了。」

科利奧蘭納斯覺得嫉妒心讓喉嚨好緊繃。他以爲她已經甩掉比利．透普，而她在這裡以輕鬆的態度告訴他，他們偶然間在草場碰面。只不過那並非偶然，那個人知道能在哪裡找到她。他們在那裡待了多久，任憑他散發魅力，引誘她遠走高飛？她爲何留在那裡聽他說話？「信任很重要。」

「我覺得那比愛情更重要。我是說，我很愛各式各樣無法信任的事物，暴風雨啦、烈酒、蛇……有時候我想，我愛它們，是因爲我無法信任它們。是不是很混亂？」露西．葛蕾深吸一口氣。「不過呢，我信任你。」

他察覺到對她來說，坦白說出這樣的話是很困難的，也許比告白愛意更困難，但這無法抹滅比利・透普在草場向她求愛的畫面。「爲什麼？」

「爲什麼？嗯，這點我得想一想。」她親吻他時，他也回報一吻，但不是很確信。這些新的發展讓他心煩意亂。也許跟她有這麼多接觸是錯的。還有另一件事也困擾著他。就是第一天她在草場彈唱的歌。提到絞刑，當時他以爲是這樣，但那首歌也提到在吊人樹碰面。如果那是他們的「老地方」，她爲何還唱著那裡呢？也許她只是要利用他讓比利・透普回心轉意。玩弄兩個人，讓他們彼此競爭。

莫黛・艾佛瑞醒來了，讚嘆著克萊克送她的羽毛，露西・葛蕾把羽毛固定在她的頭髮上。他們準備要回去了，收拾毯子、水壺和桶子。科利奧蘭納斯自告奮勇，揹著小女孩走第一段路程。等他們離開小湖，他落到其他人的後面時，詢問她：「那麼，你最近有沒有看到比利・透普？」

「噢，沒有，」她說。「他再也不是我們的一份子了。」這番話讓他開心，但也表示露西・葛蕾沒有對柯維族人透露兩人碰面的事，這讓他再度起疑。莫黛・艾佛瑞彎下身子，附耳對他輕聲說：「別讓他出現在賽嘉納斯身邊。他很親切，但比利・透普會利用別人的親切。」

科利奧蘭納斯打賭他也利用別人的金錢。只不過，他怎麼付錢購買逃跑用的補給品？

塔姆．安柏走了稍微不同的途徑，繞路去莓果叢，於是能夠沿路把桶子裝滿。他們快要到鎮上時，克萊克．卡麥看到一棵樹結滿了蘋果，剛開始要成熟。塔姆．安柏和賽嘉納斯，帶著莫黛．艾佛瑞繼續走。克萊克．卡麥爬上樹，把蘋果往下扔，科利奧蘭納斯則把蘋果堆到露西．葛蕾的裙子上。他們在黃昏時分到達屋子。科利奧蘭納斯覺得累壞了，準備返回基地，但只見芭兒波．阿祖爾獨自一人坐在廚房桌旁，挑選著莓果。「塔姆．安柏帶莫黛．艾佛瑞去灶窩，看能不能用一些莓果交換到鞋子。我叫他們儘管去，找雙溫暖的鞋子，天冷的時候往往措手不及。」

「那賽嘉納斯呢？」科利奧蘭納斯望著後院。

「過一會兒他也離開了。說會在那裡跟你碰面，」她說。

灶窩。科利奧蘭納斯也立刻開口道別。「我得走了。如果他們看到賽嘉納斯在那裡，沒有其他維安人員，他會被登記。就這件事來說，其實我也會。我們必須待在一起，他明明知道，我不知道他在想什麼。」不過事實上，他知道自己完全明白賽嘉納斯在想什麼。沒有科利奧蘭納斯監督他，這眞是造訪灶窩的大好機會。他把露西．葛蕾拉過來親吻一下。「今天棒極了。眞是謝謝你。下個星期六我會在小屋見到你？」但他沒等到她回答就衝出門。

他以兩倍速度走著，直衝灶窩，從打開的門口往裡面看。大約十幾個人晃來晃去，在一個個攤位前面檢視商品。莫黛．艾佛瑞坐在一個桶子上，塔姆．安柏幫她綁鞋帶。在倉庫的遠端，賽嘉納斯站在一處櫃檯前，忙著與一名女子交談。科利奧蘭納斯靠近時，賽嘉納斯正把女子的物品登記下來。礦工用燈、十字鎬、斧頭、刀子。突然間他意識到，賽嘉納斯用他那大把的都城現金可以買什麼——武器，而且不只擺在他面前的這些，他可以購買槍枝。科利奧蘭納斯走進賽嘉納斯和女子聽力所及的範圍內時，女子突然住嘴，此舉簡直就是確定貞的有見不得人的交易。賽嘉納斯直接走過來找他。

「買東西？」科利奧蘭納斯問。

「我考慮要有一把摺疊小刀，」賽嘉納斯說。「不過她現在沒有。」

好極了。一大堆士兵都帶著摺疊小刀。沒有勤務的時候，他們甚至會玩一種遊戲，打賭誰可以射中目標。「等我們拿到薪水，我自己也考慮弄一把。」

「當然，等我們拿到薪水，」賽嘉納斯表示同意，好像本來就是這樣。

科利奧蘭納斯壓抑著想要揍他的衝動，大步走出灶窩，沒有向莫黛．艾佛瑞和塔姆．安柏打招呼。回去的路上，他幾乎沒說話，在心裡修正自己的策略。他必須搞清楚賽嘉納斯到底參與什麼事。講道理已經無法提升信任度。增加親密感有用嗎？試試無妨。距離基地還有幾個街口，他伸出一隻手放在賽嘉納斯的肩膀上，兩個人都停下腳步。「賽嘉納斯，你也知道，我是你的朋友。不只是朋友。我從來沒有兄弟，你是最接近的了。而家人有特別的原則，如果你需要幫忙，我是說，如果你參與某種事，但是應付不來，我在這裡喔。」

賽嘉納斯的眼眶湧出淚水。「科利歐，謝謝你。這番話意義重大。在這個世界上，我真正信任的人可能就只有你。」

啊，又來了。空氣中充滿信任。

「來這裡。」他把賽嘉納斯拉過來擁抱。「拜託答應我，不要做蠢事，好嗎？」科利奧蘭納斯感覺到他點頭表示同意，但也知道他一直保持承諾的可能性幾乎是零。

至少他們的課表很忙碌，讓賽嘉納斯一直處於有人監督的狀態，連他們離開基地的時候也一樣。星期一下午，他們再次前往樹林取回陷阱。雖然整個週末那些陷阱都不受干擾，但沒有一個陷阱抓到學舌鳥。與預期相反的是，凱伊博士似乎對這種結果感到很開心。「看來牠們遺傳到的不只是高等的模仿能力，也演化出自己的生存技巧。不用再替換籠子；我們有很多八卦鳥了。明天我們會試用霧網。」

星期二下午，士兵們步下卡車時，發現科學家選擇的是學舌鳥頻繁出沒的地點。他們分成好幾組，科利奧蘭納斯和巴格又與凱伊博士一起；大家幫忙架起一組組竿子。每一組竿子之間撐起一張編織細密的霧網，設計用來捕捉學舌鳥。很難被察覺的霧網，幾乎立刻產生效果，網子纏住那些鳥，讓牠們掉進與網子表面平行的一排袋子。凱伊博士已經給予指示，這些網子絕對不能放著無人看管，所有的鳥都要立刻取下，以免牠們叫得太淒厲。總之盡可能不要讓鳥產生創傷經驗。她親自從網子取下最初的三隻鳥，小心解下鳥兒，安穩捧在手中。繼續進行時，巴格證明他是天生好手，輕輕解下他的學舌鳥，把牠放進暫時的籠子裡。科利奧蘭納斯一碰到他抓到的那隻鳥，牠就開始發出痛苦的尖叫聲，於是他捏捏那隻鳥，用意是勸阻牠，牠卻將鳥喙刺入他的手掌。他出於本能放開手，說時遲那時快，鳥兒消失於枝葉之間。討厭的生物。凱伊博士消毒他的手並包紮起來，這讓他聯想到抽籤日那天，提格莉絲也做了相同的舉動，當時祖奶奶的玫瑰刺傷他。還不到兩個月前的事啊。那天他懷抱著什麼樣的期望，而如今瞧瞧他的模樣。在行政區圍捕大肆繁衍的變種生物。下午剩餘的時間，他忙著把一籠籠的鳥兒搬到卡車上。他沒有因爲手掌受傷而免除鳥類勤務，回到停機棚後，他也繼續清理籠子。

科利奧蘭納斯漸漸喜歡八卦鳥。牠們真是令人刮目相看的科技產物。實驗室周遭有幾個遙控器，而等到鳥兒都登錄編號之後，科學家也允許他與鳥兒玩。「八卦鳥沒有什麼害處，」有位科學家說。「事實上，牠們似乎很喜歡互動。」巴格沒有參與，不過科利奧蘭納斯沒事做時，會讓那些鳥錄下一些很蠢的句子、唱幾句國歌，想試試按一次遙控鍵能夠操控多少隻鳥，如果牠們的籠子放得很靠近的話，有時候多達四隻。他總是很小心，最後一次快速錄音時保持沉默，以便蓋掉先前的錄音，並確定自己的聲音不會傳回到堡壘的實驗室。等到學舌鳥開始跟著學習，他就完全不再唱歌了，不過聽著牠們尖著嗓子稱讚都城，確實是樂事一樁。他沒有辦法讓學舌鳥安靜不出聲，牠們可以一直唱著某段旋律，不會停下來。

整體來說，他漸漸對於音樂滲入生活感到厭倦。「侵入」可能還算是好聽的說法。這段日子以來，音樂似乎無所不在：鳥鳴，柯維族的歌曲，鳥鳴加上柯維族的歌曲。也許他終究沒有遺傳到母親對音樂的愛好。至少，這麼大量的音樂是不行的，強烈消耗他的注意力，需要凝神諦聽，讓他很難思考。

星期三下午過了一半，他們總共收集到五十隻學舌鳥，足以讓凱伊博士感到滿意。那天的後來，科利奧蘭納斯和巴格忙著處理那些鳥，把剛抓到的學舌鳥來來回回搬運到實驗桌上，進行編號和標記。他們在晚餐前完成工作，吃過晚餐又回去，準備把那些鳥運回都城。科學家示範給科利奧蘭納斯和巴格看，籠子上的蓋布要包得多緊；接著科學家先去氣墊船那邊，信任兩人處理蓋布。科利奧蘭納斯自告奮勇包起蓋布，巴格則把鳥兒搬到氣墊船那邊，協助把牠們安置好，準備上路。

科利奧蘭納斯從學舌鳥著手，很高興看到牠們即將離開。他一次搬一個籠子到工作桌上，包好蓋布，在布上用粉筆寫了「學舌鳥」字樣，以及每隻鳥的編號，再將牠們送出去。巴格才剛搬運第十五個籠子離開，裡面裝的是一隻猛叫個不停的學舌鳥，這時賽嘉納斯突然從門口跑進來，說話的語氣有點亢奮。「好消息！我媽又送貨來了！」

巴格本來因為鳥兒要離開有點難過，這時高興了一點。「她最棒了。」

「我會把你的話轉告我老媽。」賽嘉納斯看著巴格離開，然後轉身面對科利奧蘭納斯，他剛拿起標記為一號的八卦鳥。這隻鳥在籠子裡吱吱喳喳，仍然模仿上一隻學舌鳥。賽嘉納斯的笑容消失了，取而代之的是氣憤的表情。他的目光掃過停機棚，確定他們兩人獨處，然後壓低聲音說話。「聽著，我們只有幾分鐘的時間。我知道你不會贊成我要做的事，不過我需要你至少能夠理解。那天你說了之後……就是你說我們像兄弟一樣，嗯，我覺得我欠你一個解釋。拜託，只要聽我說就好。」

那麼，終究來了。要告解了。科利奧蘭納斯之前懇求他要理智和謹慎，看來做得還不夠。誤入歧途的熱情終究贏得勝利。現在該來把每一件事都解釋清楚了。金錢，槍枝，基地的平面圖，叛軍的整個密謀計畫都會揭露出來。一旦科利奧蘭納斯聽說這件事，他自己就相當於叛軍。都城的叛徒。他應該要驚慌失措，或者拔腿就跑，或至少試著叫賽嘉納斯閉嘴。

但他什麼都沒做。

他反而任憑自己的雙手展開行動。就像上次把手帕扔進彩蛇的水族箱那樣，當時他都還沒意識到自己決定那樣做。現在他的左手調整八卦鳥的籠子蓋布，同時用自己的身體擋住右手，不讓賽嘉納斯看到他的右手往下伸向桌面，那裡有個遙控器。科利奧蘭納斯按下錄音鍵，八卦鳥突然安靜下來。

28

科利奧蘭納斯背對籠子，雙手扶著桌面，靜靜等待。

「事情大概是這樣的，」賽嘉納斯說，聲音因爲激動而高亢。「有些叛軍準備永遠離開第十二區。前往北方，遠離施惠國，展開新生活。他們說，如果我幫他們救出莉兒，我也可以一起去。」

彷彿想質疑這番話，科利奧蘭納斯挑挑眉毛。

賽嘉納斯滔滔不絕說了起來。「我知道，我知道，可是他們需要我。重點是，他們決心要救出莉兒，帶她一起走。如果沒有救她，都城就會讓她和接著送來的很多叛軍一起吊死。計畫很簡單，眞的。牢房的守衛是四小時輪班一次。我打算在我媽的幾塊點心裡面下藥，拿給守衛吃。這種藥是我在都城時拿到的，藥效就像把你打昏……」賽嘉納斯彈彈手指。「我會趁訓練時拿走一把槍。基地內部的守衛沒有武器，所以我可以拿槍指著，逼迫他們進去偵訊室。那裡有隔音設備，所以沒有人聽得見他們的叫聲。接著，我會救出莉兒。她的叛軍兄弟可以帶我們穿過圍籬。我們會立刻往北方走。等關在偵訊室的守衛被發現之前，我們應該有好幾個小時的時間。因爲我們沒有經過大門，基地當局會以爲我們躲在基地裡，所以會把基地封鎖起來，先搜索這裡。等到終於搞清楚，我們早就走遠了。沒有人受傷。也沒有人能搞清楚究竟是怎麼回事。」

科利奧蘭納斯低下頭，用指尖揉揉眉頭，彷彿要整理思緒，不確定可以忍多久不說話而不會令人起疑。

但賽嘉納斯急著繼續講。「我不能自己跑去卻沒有告訴你。你對我那麼好，就像親兄弟一樣。我絕對不會忘記你在競技場爲我做的一切。我會努力想辦法，讓老媽知道我到底怎麼了。大概也要告知我父親吧，讓他知道普林西這個姓氏繼續存在，只不過隱姓埋名。」

就是這樣，普林西這個姓氏，這樣夠了。他的左手摸索到遙控器，用拇指按下「中立」鍵。八卦鳥繼續唱著剛才唱的歌。

有個動靜吸引科利奧蘭納斯的目光。「巴格來了。」

「**巴格來了**，」那隻鳥重複他說的話。

「安靜啦，你這個笨蛋，」他對那隻鳥說，暗自慶幸牠恢復正常的中立模式，沒什麼事讓賽嘉納斯有所警覺。他匆匆把蓋布放回原位，寫上「八卦鳥一號」。

「我們需要多一個水瓶。有一個破掉了，」巴格說著走進停機棚。

有一個破掉了，」那隻鳥以巴格的聲音說，接著開始模仿一隻附近飛過的烏鴉。

「我會找找看。」科利奧蘭納斯把籠子遞給他。巴格離開時，科利奧蘭納斯走向一個箱子，那裡是他們存放補給品的地方，開始翻找。他與賽嘉納斯的對話繼續時，最好距離其他八卦鳥遠一點。如果牠們開始模仿太多話，賽嘉納斯可能會懷疑第一隻鳥爲何一直那麼沉默。其實他不太知道那些鳥如何運作，凱伊博士沒有對小組成員解釋得那麼詳細。

「賽嘉納斯，聽起來很瘋狂耶，有些環節有可能出錯。」科利奧蘭納斯不假思索說出一長串的話。「萬一守衛不想吃你媽的點心呢？或者其中一人吃了，而另一人眼睜睜看著他倒下？萬一你還沒把守衛關進偵訊室裡，他們就大聲呼救？萬一你找不到莉兒牢房的鑰匙呢？而且你指的是什麼意思，她的兄弟會幫你們通過圍籬而沒有人會注意到？嗯，割開圍籬嗎？」

「不是，發電機後面的圍籬有個弱點，已經鬆開了還是什麼的。聽著，我知道有很多事情必須正確執行，不過我認爲他們做得到。」賽嘉納斯的語氣聽起來好像努力說服他自己。「非做到不可。而如果沒成功，他們馬上就會逮捕我，不會等到以後，對吧？如果我捲進某種更糟的狀況？」

科利奧蘭納斯搖搖頭，顯得很不高興。「我不能改變你的想法嗎？」

賽嘉納斯很堅決。「不行，我已經決定了。我不能留在這裡。我們兩人都很了解。我遲早都會爆炸。我不能問心無愧地執行維安工作，也不能讓我的瘋狂計畫繼續害到你。」

「可是你離開這裡要怎麼生活呢？」科利奧蘭納斯找到一個箱子，裡面有新的水瓶。

「我們有一些補給品。我是神射手，」賽嘉納斯說。

他沒提起叛軍擁有槍枝，但顯然有。「而等到子彈用完了呢？」

「我們會想出辦法。釣魚啦，用網子抓鳥啦。他們說北方有人居住，」賽嘉納斯告訴他。

科利奧蘭納斯想起來了，比利．透普也用那種想像中的遙遠荒野引誘露西．葛蕾。他是從叛軍那裡聽說的嗎？或者叛軍根本是聽他說的？

「不過就算無人居住，那裡也不是都城，」賽嘉納斯繼續說。「而那對我來說是最重要的事，對吧？不是這個或那個行政區，我不是學生或維安人員。那表示我住在一個他們不能控制我的地方。我知道，遠走高飛好像很懦弱，不過我希望脫離這裡以後，也許能有更正確的思考，可以想出某種方法，好好幫助各個行政區。」

機會渺茫，科利奧蘭納斯心想。**如果你能挺過冬天而活下來，就很令人吃驚了**。他拆開水瓶的包裝。「嗯，我想，我只能說我會想念你。還有祝你好運。」他覺得賽嘉納斯靠過來想要擁抱一下，而就在這時，巴格從門口進來。他拿起瓶子。「找到一個。」

「我先讓你回去好好工作吧。」賽嘉納斯揮揮手，離開了。

科利奧蘭納斯繼續以機械化的動作覆上蓋布、在籠子上做記號，同時思緒轉個不停。他該做什麼才好？他的內心有點希望跑向氣墊船，清除八卦鳥一號的錄音。按下「播放鍵」，然後「中立鍵」，接著「錄音鍵」，最後再按「中立鍵」，快速完成一連串動作，於是牠不會記得任何事，只錄下士兵在遠處柏油跑道上的喊叫聲。可是，他還有什麼選擇呢？試著勸賽嘉納斯不要進行他的計畫？他沒有信心能夠做到，而就算做了，賽嘉納斯遲早會再想出另一個計畫。要向基地指揮官密告他嗎？指揮官可能會駁回，由於唯一的證據儲存在八卦鳥的記憶體裡，科利奧蘭納斯什麼都沒有，無法支持自己的指控。他甚至不知道那些人突圍的時間，因此無法設置陷阱阻擋。賽嘉納斯與他將何去何從？或者如果消息洩露出去，整個基地又會如何？他變成告密的人，靠不住的人，製造麻煩的人？

八卦鳥錄音時，他一直很小心，沒有說話，因此無論如何沒有讓自己牽連在內。但戈爾博士會發現對話提及競技場，她會了解這是故意錄下來的。只要把那隻鳥送去堡壘，戈爾博士就可以決定這件事最好的做法。她可能會打電話給史特拉堡．普林西，然後開除賽嘉納斯，送他回家，免得他造成任何傷害。沒錯，那樣對每個人都會是最好的做法。他把遙控器扔進鳥類用品的桶子裡。如果一切進行順利，那麼再過幾天，賽嘉納斯．普林西就不會再來煩他了。

結果平靜的時間很短暫。科利奧蘭納斯睡了幾小時，從可怕的夢境醒轉。他身處競技場的看台，看著下方的賽嘉納斯，跪在馬可士的破碎身軀旁邊，正在撒麵包屑，沒發現色彩斑爛的毒蛇大軍從四面八方逼近。科利奧蘭納斯對他一次又一次尖聲喊叫，要他站起來、趕快逃，但賽嘉納斯似乎聽不見。等那些彩蛇碰觸賽嘉納斯，他自己也發出無止境的尖叫聲。

深感內疚又渾身汗溼，科利奧蘭納斯這才意識到，他沒想過送出八卦鳥的後果。賽嘉納斯可能惹上嚴重的麻煩。他傾身到床鋪邊，看到賽嘉納斯安穩睡在營房的另一頭，稍感安心。他反應過度了。那些科學家有可能根本永遠不會聽到錄音，更別說把它交給戈爾博士。他們何必那麼費心，按下那隻鳥的「播放」鍵？實在是沒道理要那樣做啊。八卦鳥已經在停機棚測試過了。賽嘉納斯的舉止很可疑，但那不會導致他死去，不管是透過毒蛇或其他方法都不會。

這樣的想法讓他安心一點，直到他猛然醒悟，如果真是這樣，他就回到原點了；由於得知叛軍的計畫，他陷入很大的險境。莉兒的救援行動，逃跑，甚至發電機後面圍籬的弱點，全都壓在他的心頭。都城防禦措施的漏洞。叛軍的整個構想是祕密接近基地。這樣破壞契約，這樣引發混亂和所有可能隨之而來的結果，讓他既害怕又憤怒。那些人難道不了解，如果沒有都城的控制，整個體系會垮掉？他們大可全部逃去北方，像動物一樣生活，因爲註定會淪落成那樣。

這讓他希望八卦鳥終究能把訊息傳遞出去。但是，萬一都城的官員眞的偶然間聽到賽嘉納斯的供詞，他們會怎麼處置他呢？幫叛軍購買槍枝，用來對付維安人員，這樣會構成死刑嗎？不，且慢，他完全沒有錄到非法槍枝的內容，只錄到賽嘉納斯偷拿維安人員的槍。不過那樣夠糟了。

也許他這樣是幫了賽嘉納斯一個忙。如果趁他有機會採取行動前就逮到他，也許他只會坐牢一段時間，而不會得到更嚴重的刑罰。或者，老普林西可能會出錢解決他所面臨的麻煩事，例如出錢爲第十二區興建一座全新的基地。賽嘉納斯會被踢出維安人員的行列，於是他會很開心。最後可能在他父親的軍火帝國做份文書工作，那樣他不會很開心，雖然很悲慘，但是活得好好的。而且，最重要的是，那是別人家的事。

那一晚的後來，科利奧蘭納斯睡不著，思緒則轉向露西・葛蕾。如果得知他對賽嘉納斯這樣做，她會怎麼想呢？她會恨他，這是當然的。她對自由的熱愛，遍及學舌鳥，遍及八卦鳥，遍及柯維族，遍及每一個人。她可能完全支持賽嘉納斯的逃脫計畫，特別是她自己曾經受困於競技場。他會是都城的怪物，而她跑回比利．透普身邊，帶著他曾留下的小小幸福，遠走高飛。

到了早上，他爬下床鋪，疲累又煩躁。那些科學家已在前一晚返回都城，留下乏味的例行工作給他的小隊去處理。他努力撐過這一天，試著不要想起原本在兩個星期內，他應該要拿著全額獎學金，在大學開始接受教育。選擇自己的學分，參觀校園，購買教科書。至於賽嘉納斯的兩難困境，他已經認定了，沒有人會聽到八卦鳥的錄音，而他實在應該把賽嘉納斯逼到牆角，灌輸他一些道理，威脅要向基地指揮官和他父親告發他，如果他還是很堅持，就繼續一直對他威脅下去。他那所有愚蠢的事情做得夠多了。可惜的是，這一天沒有機會發出那樣的最後通牒。

結果情況更糟糕，科利奧蘭納斯在星期五收到提格莉絲的一封信，信裡塞滿了壞消息。可能的買主和一大堆好管閒事的人一直跑來參觀史諾家的公寓。他們已收到兩份報價，但是價格遠低於他們想要搬去的最適合公寓。格莉絲已經去看過一些。訪客讓祖奶奶很痛苦，他們出現時，祖奶奶便暫時窩在她的玫瑰花叢間，強烈表達她的排斥心情。然而，她偷聽到一對夫婦說的話，他們當時正在檢視屋頂，討論著怎麼樣把她摯愛的花園改造成金魚池塘。那些玫瑰是「史諾王朝」的重要象徵，一想到即將遭到毀棄，祖奶奶原本就持續走下坡的心情突然向下急墜，變得更加焦慮和困惑。現在很不放心讓她獨處。提格莉絲驚慌失措，想要尋求建議，但他又能給予什麼樣的建議呢？他不管在哪一方面都搞砸了，也想不出有什麼途徑能解決他們的絕望。憤怒，無力，恥辱……他能提供的就只有這些了。

到了星期六，他幾乎是渴望面對賽嘉納斯，眞希望能大打一架。史諾家蒙受這樣的羞辱，應該有人要爲此付出代價，有誰會比普林西家的人更適合？

一如往常，史邁利、巴格和竹竿急著趕去灶窩，不過每個星期日都要用來恢復體力，他們覺得越來越厭倦了。到了傍晚，他們更衣準備外出時，室友們決定放棄烈酒，換成某種發酵蘋果酒，效果沒那麼強烈，但仍讓喝酒的人得到不錯的微醺感。對科利奧蘭納斯來說，這純粹是理論上的問題，他完全沒有喝酒的意圖。等到處理賽嘉納斯的問題時，他想要有顆清醒的腦袋。

準備離開營房時，庫奇又把他們拉去解決一件差事，於是花了半小時幫一艘氣墊船卸貨，上面載滿了板條箱。「你們下星期會很開心。指揮官的生日會，」他說著，塞給他們容量一夸脫的瓶子，後來發現是便宜的威士忌。本地的釀酒廠有長足的進步喔。

趕到灶窩後，他們勉強來得及去搬幾個板條箱，緊貼後側牆壁擠進去找個地方，然後莫黛．艾佛瑞就蹦蹦跳跳跑上舞台介紹柯維族。座位不是很好，但有庫奇的威士忌，加上他們沒有把老媽的一些甜點交易出去，拿來自己享用，因此沒人覺得需要抱怨，不過科利奧蘭納斯暗自覺得遺憾，他錯過了跑去小屋與露西．葛蕾相處的機會。他幾乎把自己的板條箱壓在賽嘉納斯的箱子上，如果他又企圖溜走，他會知道。果不其然，表演過了大約一小時，他感覺到賽嘉納斯站起來，眼看他移動走向大門。科利奧蘭納斯在心裡數到十，然後跟上去，盡可能不引起別人注意，不過他們很靠近出口，似乎沒有人發現。

露西．葛蕾開始打拍子，柯維族人在她後面彈奏悲傷的音樂。

你很晚回家，
倒在吊床上。
散發出金錢交易的氣息。
我們無現金，你是這麼說。
你從何得到，又如何支付？
太陽不是為你升落。
你認為如此，但是你錯了。

你對我說謊，我無法忍心——
我會為了一首歌出賣你。

這首歌讓他好難受。聽起來又是受到比利．透普啓發的一首歌。她爲何不寫關於他的歌，而是一直想著那個無名小卒？比利．透普爲她帶來競技場的門票之後，科利奧蘭納斯才是拯救她人生的人啊。

他走到外面，剛好及時看到賽嘉納斯繞過灶窩的轉角。露西．葛蕾的聲音流洩出來，融入夜色，而他跟著繞過建築物的側邊。

你很晚起床，
一字都沒說。
你與她相處，我聽說如此。
我不擁有你，於是被告知。
但夜裡變冷時我如何自處？

月亮不是為你盈虧。
你認為如此，但是你錯了。
你讓我苦痛，你讓我愁憂——
我會為了一首歌出賣你。

科利奧蘭納斯走到灶窩背後的陰影處停下腳步，看到賽嘉納斯匆匆走進小屋打開的門口。柯維族的五個人都在舞台上，那麼他去找誰呢？難道這是與叛軍的行前會議，要敲定他們的逃脫計畫？他一點都不想走進那夥人之中，才剛決定要在外面等待時，之前似乎在灶窩提供摺疊小刀給賽嘉納斯檢視的那名女子，這時從門口走出來，把一疊現金塞進口袋。她消失在小巷裡，把灶窩拋在背後。

原來是這樣。賽嘉納斯跑來付錢給她買武器，可能是打算在北方用來打獵的槍。這似乎是面對他的好時機，違禁品還在他的手裡燒燙燙的。他躡手躡腳走向小屋，不想驚擾到賽嘉納斯，如果他手上有槍的話，而音樂的聲音掩蓋他的腳步聲。

你人在這裡，心思卻不在。

不只是我，
不只是你，更像我們。
他們年輕寬容，他們如此憂慮。
你要來或要走，他們必須知道。

星辰不是為你閃爍。
你認為如此，但是你錯了。
你招惹到我，我也會傷你——
我會為了一首歌出賣你。

伴著隨後的掌聲，科利奧蘭納斯探頭窺伺小屋打開的門口。唯一的光源來自一盞小提燈，他曾在阿爾洛的絞刑現場看到一些煤礦工人拿那種提燈，而提燈放在小屋後側的板條箱上。在燈光下，他認出賽嘉納斯和比利．透普蹲在一個粗麻布袋旁，好幾件武器從那個布袋伸出來。他再走近一步，突然整個人呆住，發現他的胸口旁邊不遠處出現一把獵槍的槍管。

他屏住呼吸，開始慢慢舉起雙手，然後聽見背後傳來鞋子的快速踏步聲，以及露西．葛蕾的笑聲。她的雙手放在他的肩膀上，說著：「嗨！看到你溜出來。芭兒波・阿祖爾說如果你……」接著她全身緊繃，發現槍手的存在。

槍手只說了「到裡面來」。科利奧蘭納斯往提燈走去，露西・葛蕾則緊緊抓著他的手臂。他聽見充當門擋的空心磚刮過水泥地面的聲音，屋門在他們背後關上了。

賽嘉納斯跳起來站著。「不，史普魯斯，沒關係。他是跟我一起來的，他們都跟我一起。」

史普魯斯移動到燈光下。科利奧蘭納斯認出他是在絞刑那天拉住莉兒的那個人。賽嘉納斯提過的兄弟，無疑就是他。

叛軍仔細檢視他們。「以為我們雙方同意，這件事只有你我之間知道。」

「他像是我兄弟，」賽嘉納斯說。「我們逃走時，他會掩護我們，幫我們爭取更多時間。」

科利奧蘭納斯根本沒有做出那種承諾，但他點點頭。

史普魯斯將他的槍管轉而指向露西・葛蕾。「這一個呢？」

「我對你說過她的事，」比利・透普說。「她要跟我們一起去北方。她是我的女孩。」

科利奧蘭納斯可以感覺到露西・葛蕾抓緊他的手臂，然後放開。「如果你會帶我去的話，」她說。

「你們兩個不是一起的？」史普魯斯說，一雙灰眼睛的目光從科利奧蘭納斯移到露西‧葛蕾身上。科利奧蘭納斯同樣感到疑惑。她真的要跟比利‧透普一起走？難道她一直在利用他，正如同他一直以來的猜疑？

「他來見我的表姊，芭兒波‧阿祖爾。表姊派我來告訴他，今天晚上在哪裡碰面等等，」露西‧葛蕾說。

所以，她只是說謊，幫這一刻解圍。真是這樣嗎？科利奧蘭納斯仍然不確定，只能打蛇隨棍上。「沒錯。」

史普魯斯考慮一下，接著聳聳肩，放下獵槍，解除對露西‧葛蕾的控制。「我想，你可以陪莉兒。」

科利奧蘭納斯的目光落在那袋武器上。還有另外兩把獵槍，一把標準的維安人員步槍，很像他們用來練習射擊的那種。某種重型武器，似乎用來發射手榴彈。幾把刀。「那還滿多的耶。」

「不夠五個人用，」史普魯斯回答。「我擔心的是彈藥，如果你能從基地幫我們多弄到一點會很有幫助。」

賽嘉納斯點點頭。「也許吧。我們其實沒有接觸到軍火，不過我可以到處看看。」

「當然好，儲備一下。」

所有人的頭都猛然轉向聲音的來源。一個女性的聲音，從小屋的遠處角落傳來。科利奧蘭納斯忘了還有第二道門，畢竟似乎從來沒人用過那道門。提燈的光圈之外一片漆黑，他說不出那道門究竟是打開還是關上，更別說要認出入侵者。她在那邊的黑暗中躲了多久呢？

「誰在那裡？」史普魯斯說。

「槍枝，彈藥，」那聲音嘲笑著說。「你沒辦法弄到更多，對吧？要去北方？」語氣好惡劣，讓科利奧蘭納斯想起灶窩鬥毆那晚曾經聽過。「那是梅菲爾．利普，市長的女兒。」

「一路跟蹤比利．透普，活像熱得哈哈呼氣的獵犬，」露西．葛蕾壓低聲音說。「永遠要把最後的子彈藏在某個安全的地方喔。於是他們抓到你之前，你才能轟爛自己的腦袋，」梅菲爾說。

「回家去，」比利．透普命令道。「我晚一點會解釋，不像表面上聽起來那樣。」

「不，不。梅菲爾，過來加入我們的行列，」史普魯斯提出邀請。「我們跟你沒有什麼不愉快，你又不能選擇你爸是誰。」

「我們不會傷害你，」賽嘉納斯說。

梅菲爾陰沉一笑。「你們當然不會啦。」

「到底怎麼了？」史普魯斯問比利．透普。

「沒什麼。她只是嘴巴說說，」他說。「不會怎麼樣。」

「我就是那樣。全都是說說而已，沒有行動。露西．葛蕾，對吧？喔對了，你有多喜歡都城啊？」這時門拉開一條縫，科利奧蘭納斯感覺到梅菲爾漸漸往後退，準備逃走。隨著她的離去，他所有的未來可能跟著完蛋。不對，不只是那樣，還有他的整個人生。如果她把自己聽到的事情告發出去，他們所有人等於是死了。

說時遲那時快，史普魯斯舉起他的獵槍，向她開槍，但比利．透普把槍管撞向地面。科利奧蘭納斯反身去拿維安人員的步槍，朝著梅菲爾聲音的來向開槍。她叫了一聲，然後是倒向地面的聲音。

「梅菲爾！」比利．透普拔腿穿越小屋，跑向她在門邊倒下的地方。他跌跌撞撞退回光線下，一隻手閃耀著血光，像一頭兇猛的動物對科利奧蘭納斯大吼大叫。「你做了什麼啊？」

露西．葛蕾開始發抖，就像亞拉契妮．克萊恩的喉嚨被劃開時，她當時在動物園也是如此。

科利奧蘭納斯推她一下，她的雙腳開始朝向門口移動。「回去，去舞台上，那是你的不在場證明。快去！」

「喔，不行。如果我被判處絞刑，她要跟我一起上絞刑台！」比利．透普衝過去追她。史普魯斯毫不遲疑，開槍射中比利．透普的胸口。衝擊力道帶著他往後倒，只見他癱倒在地上。

在隨後的靜默中，科利奧蘭納斯聽見灶窩傳來的樂音，這是自從露西．葛蕾結束演唱之後，他第一次意識到樂聲。莫黛．艾佛瑞讓整個倉庫跟著她吟唱。

維持陽光面，永遠陽光面，

「你最好照他說的做，」史普魯斯對露西．葛蕾說。「趁他們掛念著你，有人跑來查看之前。」

保持人生的陽光面。

露西・葛蕾的視線無法從比利・透普身上移開。科利奧蘭納斯抓住她的肩膀，強迫她看著他。「快去，我會處理這個。」他推著她前往門口。

每天幫助我們，一路照得燦亮，

她打開門，兩人都看著外面。坡道上沒有人。

只要我們保持人生的陽光面。
是的，保持人生的陽光面。

整個灶窩爆出醉醺醺的歡呼聲，表示莫黛・艾佛瑞的歌曲到了尾聲。他們剛好趕上。

「你從沒來過這裡，」科利奧蘭納斯附耳對露西・葛蕾輕聲說著，然後趕她離開。她踏著蹣跚的步伐越過路面，進入灶窩。他用腳踢動門板使門關上。

賽嘉納斯檢查比利・透普的脈搏。

史普魯斯將武器塞回粗麻布袋。「別擔心。他們都死了。我打算絕不說出這件事。你們兩個如何？」

「一樣。顯然如此，」科利奧蘭納斯說。賽嘉納斯凝視著他們，依然震驚不已。「他也是。我會確定是這樣。」

「有人將要爲此付出代價，你們可能要考慮跟我們一起走。」史普魯斯說。他拿起提燈，從後門消失不見，任憑小屋陷入黑暗。

科利奧蘭納斯摸索向前，直到發現賽嘉納斯，然後拉著他跟隨史普魯斯出去。他用腳把梅菲爾的屍體推進小屋內，再用肩膀把兇殺現場的門穩穩關好。好了。他成功處理好，沒有用自己的肌膚碰觸到小屋裡的任何東西。除了用來殺死梅菲爾的槍，那是當然的，無疑留下了他的指紋和ＤＮＡ，但史普魯斯離開第十二區的時候會帶走那把槍，再也不會回來。他最不需要的事情，就是手帕事件再次上演。他依然能聽到海咖院長的聲音辱罵著他……

「科利奧蘭納斯，你有沒有聽到那聲音？那是史諾飄落的聲音。」

他深吸夜晚的空氣。音樂，某種樂器的演奏段落，往他們這裡飄來。他猜想露西．葛蕾已經登上舞台，但還沒有出聲。他抓住賽嘉納斯的手肘，推著他繞過小屋，查看建築物之間的通道。空無一人。他催促兩人沿著灶窩的側邊走，即將繞過轉角的時候停下來。「一個字都別說，」他輕聲說。

賽嘉納斯瞪大雙眼，汗水浸溼他的衣領，複述著那句話：「一個字都別說。」

進入灶窩，他們回到自己座位。在他們旁邊，竹竿坐著倚靠牆壁，顯然睡昏了。而在他的另一邊，史邁利與一個女孩吱喳交談，巴格則猛喝威士忌。似乎沒有人掛念著他們。

樂器演奏結束，露西．葛蕾振作精神，可以再唱歌了，她選的曲子需要全部柯維族人幫她和聲。聰明的女孩。他們可能會是發現屍體的人，畢竟小屋是他們的休息室。她讓大家聚在一起的時間拖得越久，他們的不在場證明就越完備，史普魯斯有更多時間能把那些殺人武器帶出這個地區，觀眾也更難及時判斷任何事。

科利奧蘭納斯的心臟在胸口怦怦跳，試圖評估損害的程度。他心想，沒有人會太在意比利．透普的事，也許只有克萊克．卡麥除外吧。但是梅菲爾呢？市長的獨生女？史普魯斯說得對：有人將要爲她付出代價。

露西．葛蕾開放大家提問，想辦法讓柯維族五個人在節目的最後全都留在舞台上。莫黛．艾佛瑞像平常一樣，向觀眾收費。露西．葛蕾感謝每一個人，柯維族人最後一次鞠躬致謝，然後觀眾開始向門口緩緩移動。

「我們得直接往回走，」科利奧蘭納斯以平靜的語氣對賽嘉納斯說。他們兩人用肩膀各自撐起竹竿的一隻手臂往外走，巴格和史邁利跟在後面。他們沿著馬路走了大約二十碼，然後莫黛·艾佛瑞歇斯底里的尖叫聲劃破了夜空，讓每個人都回過頭。由於繼續走會啓人疑竇，科利奧蘭納斯和賽嘉納斯也撐著竹竿轉一圈回頭看。接著，速度非常快，維安人員的哨音響起，兩名軍官揮手要他們返回基地。他們全神貫注跟著人群走，彼此再也沒有交談，最後到達營房，聽著他們室友的打呼聲，然後溜進浴室。

「我們什麼都不知道。整件事就是這樣，」科利奧蘭納斯輕聲說。「我們短暫離開灶窩去尿尿。晚上的其他時間，我們都在看表演。」

「好吧，」賽嘉納斯說。「其他人呢？」

「史普魯斯早就走了，露西·葛蕾不會告訴別人，連柯維族人都不會。她不會想要置他們於險境，」他說。「明天呢，我們兩人都會宿醉，整天待在基地。」

「好，好，整天在基地。」賽嘉納斯似乎分心而語無倫次。

科利奧蘭納斯用雙手捧著他的臉。「賽嘉納斯，這是攸關生死的問題。你得要保持冷靜。」賽嘉納斯表示同意，但科利奧蘭納斯知道他後來完全沒闔眼。他聽到賽嘉納斯整晚輾轉反側。至於他，他在自己的心裡，一次又一次重播開槍的畫面。他已經是第二次殺人了。如果波賓之死算是自衛，那麼梅菲爾呢？不是預謀殺人。完全不是謀殺，眞的。只是自衛的另一種形式。法律可能不會那樣看，但他會。梅菲爾可能沒有帶著刀子，但她擁有的勢力能把他吊死。更別提她會怎麼對付露西．葛蕾和其他人。也許因爲沒有眞的看見她死掉，甚至沒有好好看著遺體，他感受到的情緒沒有像殺死波賓那麼強烈。也說不定第二次殺人就是比第一次簡單一點。不管怎麼說，他心裡很清楚，如果有機會重來一次，他還是會對她開槍，而這樣想彷彿支持他行動的正當性。

隔天早上，就連宿醉的室友們都去食堂吃早餐。史邁利從護士朋友口中得到最新的內幕消息，那位護士昨晚在醫務室値班，當時他們把遺體搬運過去。「他們都是本地人，但是其中一人是市長的女兒，另一人是音樂家之類的，但我們沒有見過。他們都在灶窩後面的車庫遭人開槍射殺。就在表演過程中喔！只不過因爲音樂的關係，我們沒人聽見。」

「他們有沒有找出是誰做的？」竹竿問。

「還沒。這裡的人甚至不該有槍，但是就像我對你們說過的，槍枝在外面到處流傳，」史邁利說。「不過被自己人殺了。」

「他們怎麼知道？」賽嘉納斯問。

閉嘴啦！科利奧蘭納斯心想。賽嘉納斯好故意，他可能差一步就坦承犯罪，問題是他根本沒參與啊。

「嗯，她說，他們認爲女孩是遭到維安人員的步槍射死，可能是戰爭期間遭竊的舊式步槍。而音樂家遭到本地人用來狩獵的某種獵槍所殺。可能有兩名槍手，」史邁利報告說。「他們搜索周遭地區，找不到武器。早就跟著殺手離開了，如果你問我的話。」

科利奧蘭納斯緊繃的神經稍微放鬆一點，他叉起鬆餅吃了一口。「誰發現那些屍體？」

「那個小女孩歌手……你知道的啊，穿粉紅色洋裝那個，」史邁利說。

「莫黛．艾佛瑞，」賽嘉納斯說。

「我想就是。總之呢，她發瘋了。他們質問樂團，不過他們哪有時間做那種事？他們幾乎沒有離開舞台，反正也找不到槍，」史邁利對他們說。「不過呢，他們相當震驚。我想，他們大概認識那個音樂家之類的。」

科利奧蘭納斯用叉子刺入一根香腸，心情好多了。調查有個好的開始。即使如此，還是有可能對露西．葛蕾很不利，因爲她有雙重的動機，包括比利．透普是她的舊情人，而梅菲爾把她送進競技場。一旦把競技場牽扯進來，他有沒有可能受到牽連？除了柯維族人以外，第十二區沒有人知道他是她的新情人，而露西．葛蕾會叫他們不要說出來。無論如何，如果她有新情人，他們何必要在乎比利．透普呢？不過，他們有可能想殺了梅菲爾，像是一種報復，而比利．透普有可能試著保護她。事實上，這不是絕不可能發生的事。但是有數百名目擊者可以發誓，露西．葛蕾一直在舞台上，表演過程中只有短暫離開。沒有找到槍枝。要證明她有罪會很困難。他得要有耐心，給這些事情一點時間平息下來，而接下來他們又可以在一起了。就很多方面來說，感覺他與露西．葛蕾比以前更加親近，因爲現在他們有了這個牢不可破的新連結。

考慮到前一晚的事件，指揮官一整天封鎖基地。反正科利奧蘭納斯也沒有什麼計畫——他必須避開柯維族一陣子。他和賽嘉納斯到處遊蕩，努力看起來很正常。玩牌，寫信，清理鞋子。他們敲掉鞋底的泥巴時，科利奧蘭納斯輕聲說：「逃脫計畫呢？還在進行嗎？」

「我完全不曉得，」賽嘉納斯說。「指揮官的生日要到下星期。我們原本要在那天晚上離開。科利歐，萬一他們逮捕無辜的人當作兇手該怎麼辦？」

那麼，我們的麻煩就結束了，科利奧蘭納斯心想，但他只說：「我想不太可能啦，因爲沒有找到槍當證物。不過船到橋頭自然直，到時候再看看吧。」

那天晚上，科利奧蘭納斯睡得比較好。星期一解除封鎖，謠言來源宣稱兇殺案一定與叛軍內訌有關。如果他們彼此想要殺了對方，那就請便。市長來到基地，對女兒的事情向指揮官大發雷霆。如果梅菲爾一直與叛軍在一起，他只能怪他自己把女兒寵壞了，任憑她像野貓一樣到處亂跑。

到了星期二下午，眾人對於兇殺案的興趣已經平息到某種程度；科利奧蘭納斯爲隔天早餐的馬鈴薯削皮時，開始對未來制定一些計畫。首要之務是確定賽嘉納斯已經放棄逃脫計畫。看了小屋發生的事件，希望他能相信自己是在玩火。明天晚上，他們會一起組成拖地小隊，到時候會是面對他的最佳時機。如果他不肯同意，執意要突圍，科利奧蘭納斯就沒有選擇的餘地，只能向指揮官告發他。感覺篤定一點後，他熱切削皮，提早完成工作，於是輪班的最後半小時，庫奇讓他去休息。他查看郵件，發現普魯利巴斯寄來一個盒子，裝滿了一包包的琴弦給各式各樣的樂器使用，還有一張體貼的紙條，寫著不收費用。他把東西放進置物櫃，開心想著，等到情況夠安全，能夠再度見到柯維族人，他們會有多高興啊。也許再過一、兩星期就行，如果情況繼續平息的話。

科利奧蘭納斯前往食堂時，開始感受到原本的自我。星期二的主菜是回鍋肉。他今天晚上多了一點空閒時間，跑去醫務室再拿一罐痱子粉，他的痱子終於漸漸痊癒了。不過他從醫務室出來時，一輛救護車停靠過來，後門轟然打開，兩名醫護士用擔架抬出一名男子。他的上衣浸滿鮮血，可能已經死了，但他們把他送進屋內時，他的頭轉過來。一雙灰眼睛的目光落在科利奧蘭納斯身上，讓他無法克制地倒抽一口氣。史普魯斯。房門旋即關上，阻擋了他的視線。

幾小時後，科利奧蘭納斯將消息告訴賽嘉納斯，但兩人都不知道那代表什麼意義。史普魯斯顯然與維安人員發生衝突，但是為什麼呢？當局發現他與兇殺案有關嗎？當局得知逃脫計畫？當局發現購買槍枝的事？如今他遭到逮捕，他會怎麼對他們說呢？

星期三吃早餐時，史邁利熟識的可靠護士讓他得知，史普魯斯在昨晚傷重而死。她沒有很確定，不過大多數人都認為他與灶窩的兇殺案有關。科利奧蘭納斯渾渾噩噩度過整個早上，等待進一步發展。到了午餐，進展來了。一團混亂中，兩名憲兵軍官來到他們桌邊，逮捕了賽嘉納斯，他一言不發跟著走。科利奧蘭納斯努力模仿其他室友的震驚表情。他機械式地喃喃唸著，顯然出了什麼差錯。

由史邁利帶頭，他們在射擊練習面對班長。「我們實在很想說，賽嘉納斯不可能涉及那些兇殺案。他整晚都跟我們在一起。」

「我們從來沒有分開，」竹竿人膽說道，好像他靠著牆壁昏睡，還是有可能知道這點，但他們所有人都支持他的說法。

「我很欣賞他的忠心耿耿，」班長說，「不過我認為，眼前這是另一回事。」

一陣寒意傳遍科利奧蘭納斯全身。另一回事，像是逃脫計畫嗎？史普魯斯似乎不像是會洩密的人，特別是因為那會影響到他的妹妹。不對，科利奧蘭納斯覺得很確定，他的八卦鳥已經送到戈爾博士那邊，而這就是隨之而來的結果。先是史普魯斯遭到逮捕，然後是賽嘉納斯。

接下來的兩天，每一件事似乎都進行得很不順，而他努力向自己再三保證，這樣對賽嘉納斯最有利；室友們懇求見到他們朋友，但是遭到拒絕，拘留時間也延長了。他一直等待史特拉堡．普林西搭乘私人氣墊船到來，協商釋放事宜，提議為整個空軍機隊免費升級，並且趕快把他誤入歧途的兒子帶回家。然而，賽嘉納斯的父親究竟知不知道他的處境？這裡不是中等學院，如果你在學院搞砸了，校方會打電話給你的父母。

科利奧蘭納斯盡可能以若無其事的態度，向一名比較資深的士兵詢問他們能不能打電話回家。可以，每個人一年有兩次機會可以打電話，但六個月內只准打一次。其他所有的通訊必須仰賴郵件。由於不知道賽嘉納斯會被拘留多久，科利奧蘭納斯草草寫了一封短箋給「老媽」，基本上是通知她，賽嘉納斯有了麻煩，暗示史特拉堡可能會想打幾通電話。星期五早上他趕著去寄信，但是受阻於基地有事項宣告，幾乎把所有的基層人員都叫去禮堂。在那裡，指揮官通知大家，那天下午有一名他們自己的成員要因叛亂罪遭到吊死。那名成員是賽嘉納斯．普林西。

這實在很不真實，好像一場清醒的惡夢。進行體能訓練時，他的身體感覺好像牽線木偶，由看不見的繩索扯來扯去。結束時，班長叫他向前，而他的每位同梯，史邁利、巴格和竹竿，在旁看著科利奧蘭納斯接獲命令。他要參加絞刑執行，塡滿隊伍。

回到營房，他的雙手手指好僵硬，幾乎無法扣好制服的鈕扣，而每一顆鈕扣的銀色表面都有都城標誌的圖案。雙腿的動作同樣很不協調，他以爲與炸彈事件有關，但他終究還是搖搖晃晃走向軍械庫去拿步槍。其他的維安人員，他全都不知道名字，他們在卡車的車斗上與他保持距離，留給他寬闊的空間。他很確定，與死刑犯的關聯讓他留下污點。

與阿爾洛的絞刑那天一樣，科利奧蘭納斯奉命站在一個小隊裡，護衛著吊人樹的側邊。群眾的人數和活力令他感到困惑——只有短短幾星期，賽嘉納斯肯定不會得到這樣的支持吧。直到維安人員的廂型車抵達，賽嘉納斯和莉兒都捆著鎖鍊，跌跌撞撞走下車。那個女孩一出現，很多人開始哭喊她的名字。

阿爾洛曾是士兵，礦場的多年歷練讓他意志堅強，到了生命的盡頭努力表現得很克制，至少聽到莉兒置身人群之前是如此。然而，賽嘉納斯和莉兒驚嚇到全身無力，看起來比眞實年齡小好多，只讓人有種很強烈的印象，好像兩個無辜的小孩子被拖向絞刑台。莉兒的雙腿抖個不停，無法撐住身體的重量，由兩名一臉嚴峻的維安人員拖著向前走；接下來的夜晚，那兩人可能得仰賴烈酒，才能努力忘卻這段記憶。

他們走過他身邊時，科利奧蘭納斯定睛看著賽嘉納斯，眼中所見就只有當年操場上的八歲男孩，手裡緊緊握著一袋橡皮軟糖。只不過，眼前這個男孩更加驚恐害怕。賽嘉納斯的唇形唸著他的名字，**「科利歐」**，臉孔因痛苦而扭曲。但那神情究竟是懇求協助，抑或控訴他的背叛，他實在無法分辨。

維安人員讓兩名受刑人並肩而立，在活板門上站定位置。現場高聲宣讀他們遭到指控的罪行，努力壓過群眾的尖叫聲，但科利奧蘭納斯聽入耳裡的就只有「叛亂罪」這個字眼。維安人員拿著繩圈套上去時，他別開視線，然後發現自己看到露西．葛蕾深受打擊的神情。她站在靠近前排的地方，身穿灰色舊洋裝，頭髮隱藏在黑色頭巾裡，眼淚滑落臉頰，凝視著賽嘉納斯。

鼓聲響起時，科利奧蘭納斯用力閉上雙眼，內心期盼也能把聲音阻擋在外。但是辦不到，於是一切盡入他的耳底。賽嘉納斯的尖叫聲，活板門的砰砰聲，還有八卦鳥模仿賽嘉納斯的遺言，在耀眼的陽光裡，一次又一次尖聲吶喊。

「媽！媽！媽！媽！媽！」

29

科利奧蘭納斯堅持撐到絞刑結束，返回基地的路上維持面無表情也不說話，歸還槍枝，走向營房。他知道大家都盯著他；眾所皆知，賽嘉納斯是他的朋友，或至少是他小隊的一員。他們想要看他崩潰，但他拒絕讓大家稱心如意。他獨自一人在房間裡，慢慢脫去制服，精確地把每一件衣物掛好，用手指撫平皺褶。遠離那些窺探的目光，他充分放鬆自己的身體，肩膀因疲勞而下垂。他剛才已經喝了好幾口蘋果汁，彷彿努力把今天吞嚥下去。他覺得自己太衰弱了，沒辦法與他的小隊一起練習射擊，沒辦法面對巴格、竹竿和史邁利。他的雙手抖得太厲害，連步槍都握不住。他在悶熱的房間裡，穿著內衣褲，坐在竹竿的床鋪上，等待接下來發生的任何事。

只是時間早晚的問題。也許他應該趁他們來逮捕他之前，乾脆去自首。因爲史普魯斯已經坦白招供，或者，很有可能，賽嘉納斯已經把兇殺案的細節洩露出去。就算沒有，那把維安人員使用的步槍也還流落在外，留著他的ＤＮＡ。史普魯斯沒能逃向自由，之前可能躲起來，等待能夠救出莉兒的時機，而如果他一直留在第十二區，殺人凶器一定也是。此時此刻，他們很可能正在檢驗他用的那把槍，尋找確切的證據，證明史普魯斯拿它殺了梅菲爾。結果發現槍手是他們自己的史諾士兵。那個人密告自己最好的朋友，把他送上絞刑台。

科利奧蘭納斯把臉埋進自己的雙手。他無疑殺了賽嘉納斯，如同拿棍棒將他活活打死，就像殺了波賓那樣；或者開槍打死他，像殺了梅菲爾一樣。他殺的那個人，把他視為自己的兄弟。然而，就算這種邪惡的行為有可能把他淹沒，仍然有個微小的聲音不斷問著：**「你還有什麼選擇的餘地？」**有什麼選擇？沒得選擇。賽嘉納斯早已下定決心自我毀滅，科利奧蘭納斯一直追在他後面跑，最後只能自己癱倒在吊人樹下。

他嘗試理性思考這件事。如果沒有他，賽嘉納斯可能會死在競技場，成為那群貢品的獵物，那些人曾在他們逃跑時企圖殺了他們。嚴格說來，科利奧蘭納斯已經多給他幾個星期的壽命和第二次機會，讓他修正自己的行為。但他沒有修正。無法修正。根本不在乎。他非常忠於自己。也許荒野會是最適合他的地方。可憐的賽嘉納斯。可憐的，敏感的，愚蠢的，死去的賽嘉納斯。

科利奧蘭納斯走向賽嘉納斯的置物櫃，拿出他的個人物品盒，坐在地上，將裡面的東西攤開放在面前。自從第一次搜索後，只多了幾塊自製餅乾，用幾張衛生紙包起來。科利奧蘭納斯取出一塊，咬了一口。有何不可？甜味在他的舌尖擴散開來，一幕幕影像在腦中閃過：賽嘉納斯在動物園遞出一份三明治，賽嘉納斯挺身面對戈爾博士，賽嘉納斯在基地後面的路上擁抱他，賽嘉納斯吊在繩索上搖來晃去……

「媽！媽！媽！媽！媽！」

餅乾噎住他的喉嚨，接著嘔出一口蘋果汁，伴隨著餅乾屑，又酸又刺激。他全身冒汗，然後哭了起來。向後倚著置物櫃，他屈膝坐著，任憑醜陋又暴烈的啜泣讓他全身抖個不停。他爲了賽嘉納斯而哭，爲了可憐的老媽而哭，爲了甜美、摯愛的提格莉絲而哭，和他那虛弱、妄想的祖奶奶而哭——她很快就會以如此不堪的方式失去他。也爲了他自己而哭，因爲接下來隨時隨地，他都有可能死去。他開始驚慌失措猛吸氣，活像是絞刑繩索已經勒住他，生命從他身上流逝。他不想死！特別是不想死在那片原野上，還有那些變種鳥類一再重複他的遺言。到了那樣的時刻，有誰知道自己會說出什麼瘋狂的話語？然後他死了，而那些鳥一字不漏跟著尖聲叫喊，到最後，學舌鳥又把它變成令人發毛的曲調！

大概五分鐘後，爆哭漸漸平息，他冷靜下來，用拇指輕輕撫摸賽嘉納斯個人物品盒中冰冷的心形大理石。別無他法，只能像男子漢一樣，面對他的死亡。像士兵，像史諾家的人，接受了自己的命運，他覺得需要把自己的事情梳理清楚。爲了所愛的人，只要能力所及，他必須做出小小的改進。他打開銀色相框的背板，發現賽嘉納斯購買槍枝之後，依然留下相當數量的現金。他拿了一個賽嘉納斯從都城帶來的淡黃色雅緻信封，把錢塞進信封裡，密封好，打算寄給提格莉絲。把賽嘉納斯的遺物收拾整齊後，他把盒子放回置物櫃裡。還能做什麼呢？他發現自己想著露西．葛蕾，如今他生活中唯一的摯愛。他很想留下紀念品給她。他翻找自己的盒子，決定了那條橘色頭巾，畢竟柯維族人喜歡色彩，而她又特別熱愛。他不確定要如何交給她，但如果能撐到星期日，也許可以溜出基地，見她最後一面。他把頭巾摺得整整齊齊，與普魯利巴斯寄來的琴弦放在一起。把臉洗乾淨後，他穿上衣服，走到郵局，把錢寄回都城的家。

吃晚餐時，他輕聲描述絞刑的過程給悲傷的室友們聽。盡量輕描淡寫。「我覺得他立刻就死了，感覺不到痛苦。」

「我還是不敢相信他做了那種事，」史邁利說。

竹竿的聲音微微發抖。「我希望他們不會認爲我們全都牽涉其中。」

「只有我和巴格會有同情叛軍的嫌疑，因爲我們來自行政區，」史邁利說。「你有什麼好擔心的？你們是都城人。」

「賽嘉納斯也是啊，」竹竿提醒他。

「但從他談起第二區的口氣聽來，其實不是，對吧？」巴格說。

「對，他其實不算都城人，」科利奧蘭納斯附和說。

那天晚上，科利奧蘭納斯在空無一人的牢房執勤。他睡得像死人一樣，這還滿合理的，畢竟再過幾小時，他就要加入死人的行列了吧。

他完成晨間體能訓練的動作，差點就要鬆懈下來，直到吃完午餐，基地指揮官霍夫的副官冒出來，要求他跟著走。不像憲兵逮人那麼戲劇化，不過由於他們努力讓部隊恢復常態，這樣做是對的。他們肯定會把他從指揮官的辦公室直接帶到牢房，科利奧蘭納斯好後悔沒放點家裡的東西在口袋裡，作爲生命最後幾小時的慰藉。例如他母親的粉餅，在他等待繩索加身的時候能夠帶來安慰。

指揮官的辦公室不是很豪華，但顯然比他在基地看過的其他地方更加舒適，而他陷進霍夫辦公桌對面的皮椅裡，心裡慶幸能在有點格調的地方接下自己的死刑判決。**記住喔，你是史諾家的人**，他對自己說。**出門在外要有點尊嚴**。

指揮官准許副官離開，於是副官離開辦公室並帶上門。霍夫向後靠著椅背，打量科利奧蘭納斯很長一段時間。「對你來說眞是難熬的一週。」

「是的，長官。」他希望這個男人趕快開始審問。他太累了，沒辦法玩什麼貓捉老鼠的遊戲。

「難熬的一週啊，」霍夫又說一次。「我了解，你以前在都城是明星學生。」

科利奧蘭納斯不清楚他是聽誰說的，不禁好奇會不會是賽嘉納斯。反正不重要。「那樣的評價太佛心了。」

指揮官面帶微笑。「也很適當啊。」

噢，快點逮捕我吧，科利奧蘭納斯心想。他不需要什麼很久的準備動作，反正最後的結果都會令人大失所望。

「有人告訴我，你和賽嘉納斯．普林西是很要好的朋友，」霍夫說。

啊，來了，科利奧蘭納斯心想。何不讓事情的進展快一點，不要用否認拖延時間？「我們不只是朋友，我們很像兄弟。」

霍夫對他露出同情的神色。「那麼，針對你的犧牲，我只能代表都城表達最誠摯的謝意。」

等一下，什麼？科利奧蘭納斯以困惑的眼神盯著他。「長官？」

「戈爾博士接到你的八卦鳥訊息，」霍夫告訴他。「她說，把那種訊息送出去，對你來說肯定是很艱難的抉擇。你對都城的忠誠之心，使得個人付出極大的代價。」

那麼，暫時免除刑責。帶有他DNA的槍枝顯然還沒有被找到。他們把他視爲充滿矛盾的都城英雄。他露出痛苦的表情，這種表情很適合哀悼那位難以捉摸的朋友。「賽嘉納斯不是壞人，他只是……很困惑。」

「我同意。不過呢，我恐怕要說，選擇與敵人一起密謀，那跨越了我們不能忽視的一條界線。」霍夫停下來想了一會兒。「你認爲他可能參與兇殺案嗎？」

科利奧蘭納斯瞪大雙眼，彷彿他的腦袋從來不曾出現這樣的念頭。「兇殺案？你是指灶窩那個嗎？」

「市長的女兒，還有……」指揮官翻閱一些文件，接著決定不想那麼麻煩。「另外那個傢伙。」

「喔……我想不會吧。你認爲他們有關連嗎？」科利奧蘭納斯問道，一副大惑不解的樣子。

「我不知道。不是很在乎，」霍夫對他說。「那個年輕人跟著叛軍跑，而她跟著他跑。無論是誰殺了他們，可能都讓我在過程中省了一大堆麻煩吧。」

「聽起來不像賽嘉納斯會做的事，」科利奧蘭納斯說。「他從來不想傷害別人，他想要成爲醫護士。」

「是的，你們班長也是這樣說，」霍夫表示同意。「所以，他沒有提過幫叛軍弄到槍枝？」

「槍枝？就我所知是沒有。他怎麼弄得到槍枝？」科利奧蘭納斯開始有點自得其樂。

「去黑市買？我聽說他來自富裕的家庭，」霍夫說。「嗯，無所謂。除非那些武器出現了，否則可能一直是個謎。接下來幾天，我要維安人員搜索整個炭坑地區。同時呢，爲了你的安全著想，我和戈爾博士決定不要提起你舉報賽嘉納斯的事。不想讓叛軍以你爲目標，對吧？」

「反正我也寧可那樣，」科利奧蘭納斯說。「我私底下消化自己的處境就夠難的了。」

「我了解。不過等到塵埃落定，要記得，你眞的幫助了自己的國家。想辦法把它拋諸腦後。」接著，好像事後才想起似的，他補上一句，「今天是我的生日。」

「是的，我卸貨時搬了一些派對用的威士忌，」科利奧蘭納斯說。

「派對通常很好玩。試著讓自己愉快一點。」霍夫站起來，伸出一隻手。

科利奧蘭納斯起身與他握手。「我會盡力。長官，生日快樂。」

他回去時，室友們開心歡迎他，用一大堆問題襲擊他，詢問指揮官召見他的事。

「他知道我和賽嘉納斯以前有交情，只是想確定我還好，」科利奧蘭納斯對他們說。

這個消息讓大家精神一振，而他們下午的課表做了更動，也讓科利奧蘭納斯高興一點。取代打靶練習的是，他們要出發去吊人樹，把八卦鳥和學舌鳥清除掉。牠們在賽嘉納斯的最終吶喊之後齊聲合唱，是當局下最後通牒的主因。

科利奧蘭納斯把學舌鳥轟下樹枝時，感到一陣暈眩，他努力殺了三隻。**這下子看你們還能有多高明**！他心想。可惜過一陣子之後，大多數的鳥都飛出射擊範圍之外。不過牠們會回來。他也會回來，如果沒有被吊死的話。

爲了祝賀指揮官的生日，他們全都洗澡，穿上乾淨的制服，然後才前往食堂。庫奇已經擺出令人驚訝的精緻餐點，供應了牛排、馬鈴薯泥和肉汁，以及新鮮的豌豆——不是罐頭的。每位士兵都有一大杯啤酒，而霍夫在現場切開巨大的糖霜蛋糕。晚餐後，他們全都在體育館集合，那裡爲慶生派對裝飾了各種橫幅和直幅的旗幟。威士忌大量供應，於是氣氛所至，好多次有人透過麥克風即興敬酒。但是科利奧蘭納斯並不知道會有餘興節目，直到有些士兵開始排列椅子。

「當然啦，」一名軍官對他說。「我們雇來灶窩那個柯維族人樂團，指揮官覺得他們很有意思。」

露西．葛蕾。這是他的機會，可能是唯一的機會，再見她一面。他跑向營房，取出普魯利巴斯寄來的那盒樂器琴弦和他的頭巾，再匆匆回到派對現場。他看到室友們幫他在座位的中段留了位置，但他站在觀眾後方。假如溜去見露西．葛蕾的機會來臨，他不想製造出中途離場的印象。體育館主燈光閃爍幾下熄滅了，只留下麥克風的區域有照明，群眾也漸漸安靜下來。所有的目光都盯著更衣室，那裡掛了一條毯子，正是柯維族在灶窩用的那一條。

莫黛．艾佛瑞蹦跳出場，穿著毛茛黃的洋裝配上寬大的裙子，只見她跳上放在麥克風旁的板條箱。「嗨，大家好！今天晚上是很特別的一晚，你們都知道原因！今天是某個人的生日！」

維安人員爆出喧鬧的掌聲。莫黛．艾佛瑞唱起代替生日快樂歌的老歌，每一個人都跟著唱：

生日快樂
獻給特別的人！
而我們大大祝福你！
一年一度
我們高聲歡呼！

獻給你，霍夫指揮官！

生日快樂！

歌詞只有這樣，不過他們唱了三次，每唱一次就有一名柯維族人登上舞台，站定各自的位置。

等到露西．葛蕾現身，看到她穿著競技場那件彩虹裙，科利奧蘭納斯猛吸一口氣。大多數人會認爲那是爲了指揮官的生日，但他覺得很確定，那是爲了他而穿。一種溝通方式，跨越了外界情勢在他們之間掘出的鴻溝。受到她的提醒，一股洶湧的愛情潮水漫過他全身，他在這場悲劇裡並不孤單。他們回到競技場，爲了生存而努力奮戰，他們兩人孤軍奮戰全世界。想到她要看著他死去，他感受到一陣苦樂參半的痛楚，但很感激她會活下去。能夠指認她身在兇殺案現場的人，就只剩下他了。她不曾碰觸武器。無論他發生什麼事，足堪安慰的是，知道她會代表他們兩人活下去。

前半個小時，他的目光不曾離開她身上，柯維族人則演奏一些平常的曲目。接著，樂團的其他人退場，留下她獨自一人站在燈光下。她穩穩坐在一張高腳凳上，然後……那是他的想像嗎？她拍拍洋裝的口袋，就像之前在競技場那樣。那是她打的暗號，表示她想著他。表示即使他們受到空間的阻隔，時間上仍緊緊相繫。他全身每一條神經都刺痛起來，仔細聆聽她開始唱出一首不熟悉的歌：

人人誕生都是純潔無瑕——
如同雛菊一般清新，
而且一點都不瘋狂。
維持如此實在乏味——
如同荊棘一般嚴苛，
宛如步行穿越火焰。

這個世界，它很黑暗，
而這世界，它很駭人。
我已受些打擊，因此
無怪乎我小心翼翼。
正因此我

好需要你——
你純淨如飄積白雪。

喔，不會吧。絕非他自己的想像。提到白雪這點能夠確認。她爲他寫出這首歌。

人人都想成為英雄——
蛋糕加鮮奶油，或是
執行者而非夢想家。
辛勤工作，
花費力氣改變情勢——
如同山羊奶變奶油，
如同冰塊融化成水。

這個世界變得盲目
許多孩子垂死之時。

我幻化為塵埃，然而
你永遠不停止嘗試。
正因此我
愛戀著你——
你純淨如飄積白雪。

他的雙眼盈滿淚水。他們會吊死他，但她會在場，心裡很明白他仍是眞誠的好人。並非欺騙或背叛朋友的怪物，只是眞的很想成爲高尚的人，雖然身處的環境不可能辦到。是甘冒一切風險在飢餓遊戲裡救她的人。是再一次甘冒所有風險從梅菲爾身邊救她的人。她生命中的英雄。

冰冷純潔，
飛旋於我肌膚之上，
你籠罩我，
浸潤入骨，

直達我心。

直達她心。

人人認為完全懂我。
他們為我貼上標籤。
他們講述編造故事。
你與我同行，你知是謊言。
你看得見完美的我，
是的，那是真正的我

這個世界，它很殘酷，
麻煩之事異常豐富。
你問原因——
我經歷了三和二十

那是我為何
信任著你——
你純淨如飄積白雪。

如果還有任何疑惑，現在都很確定了。三和二十。二十三。在飢餓遊戲裡，她挺過這樣的貢品數目而存活下來。全都是因爲有他。

正因此我
信任著你——
你純淨如飄積白雪。

提到信任。在需要之前，在愛戀之前，最重要是信任。她最重視信任。而他，科利奧蘭納斯·史諾，是她所信任的人。

觀眾鼓掌時，他站著不動，緊緊抓住盒子，太感動而無法加入鼓掌的行列。其他柯維族人跑上舞台，而露西·葛蕾消失在毯子後方。莫黛·艾佛瑞把她的板條箱搬回原位，開始撥弦彈奏。

嗯，人生有黑暗面和麻煩面。

也有光明面和陽光面。

科利奧蘭納斯認得這首曲調。這首歌講的是陽光面。她在兇殺案發生那天唱過這首歌。這是他的好機會。他以靈巧的動作溜出附近的門，盡可能低調。由於所有人都乖乖待在裡面，他衝刺繞過體育館，直奔更衣室，在門外輕輕敲門。門立刻打開，彷彿她一直等待著他，露西．葛蕾撲進他懷裡。

過了好一陣子，他們就只站在原地，緊抱著彼此，但是時間很寶貴。

「關於賽嘉納斯的事，我很遺憾。你還好嗎？」她上氣不接下氣問道。

當然，露西．葛蕾對於他在其中扮演的角色一無所知。「不太好。不過我還在這裡，暫時是這樣。」

她往後退開，看著他的臉。「到底怎麼了？他們怎麼發現他要幫莉兒逃出去？」

「我不知道。我想，有人背叛她，」他說。

露西・葛蕾毫不猶豫。「史普魯斯。」

「可能吧。」科利奧蘭納斯摸摸她的臉頰。「那你呢？你還好嗎？」

「我糟透了。一直都糟透了。看著他像那樣死掉，還有接下來那天晚上之後的每一件事。我知道你殺了梅菲爾是爲了保護我，我和其他柯維族人。」她將額頭頂著他的胸口。「我絕對找不到方法感謝你。」

他撫摸她的頭髮。「嗯，她永遠不在了。你很安全。」

「不見得。不見得啊。」露西・葛蕾心煩意亂，扭動掙脫，開始踱步。「市長，他……他不會放過我。他很確定是我殺了她，殺了他們兩人。他開著那輛超大的車子衝到我們屋子，坐在前面好幾個小時。到目前爲止，維安人員審問過我們所有人三次了。總之，維安人員說，市長日日夜夜叫他們逮捕我。如果他們沒有讓我付出代價，他會。」

那樣好可怕。「他們說要怎麼辦？」

「躲開他。不過我怎麼躲呢？他就坐在我家前面十呎的地方啊。」她哭了。「梅菲爾是他的心頭肉。我認爲除非我死了，否則他不會收手。現在他開始威脅其他柯維族人。我……我打算逃走。」

「什麼？」科利奧蘭納斯問。「逃去哪裡？」

「北方吧，我想。就像比利・透普和其他人說的那樣。如果我待在這裡，我知道他會找到方法殺掉我。我一直在準備一些用品。到了那邊，我也許可以活下來。」露西・葛蕾再度撲向他的懷抱。「我好高興能跟你說再見。」

逃跑。她是真的決定要這樣做。直奔荒野，碰碰運氣。他很清楚，唯有覺得自己留下來肯定會死，才會驅使她逃跑。最近幾天以來，這是他頭一次找到逃離絞刑套索的方法。「不要說再見。我要跟你走。」

「不行。我不會讓你一起行動。你會冒著生命危險，」她警告他。

科利奧蘭納斯笑起來。「我的生命？我的生命包括了不知道能撐多久，直到他們找到那把步槍，把我和梅菲爾的兇殺案串連在一起。他們目前正在搜索炭坑，隨時有可能找到。我們一起走。」

她遲疑地皺起眉頭。「你是說真的嗎？」

「我們明天走，」他說。「比劊子手搶先一步。」

「還有市長，」她補充說。「我們終於可以擺脫他，第十二區，都城，擺脫所有的一切。明天破曉時分。」

「明天破曉時分，」他確認說。他把盒子塞進她手裡。「普魯利巴斯寄的。只有頭巾除外……那是我的。我最好趕快走，趁有人發現我不在而開始起疑之前。」他把她拉近，熱情一吻。「又會只有我們兩人了。」

「只有我們兩人，」她說著，臉上閃耀著喜悅的神色。

科利奧蘭納斯以輕快的腳步溜出更衣室。

讓我們以一首希望之歌迎接每一天，

即使有時風雨有時晴。

他不只會活著；他會跟她一起活著，如同他們在小湖度過的那一天。他想到鮮魚的滋味、香甜的空氣，以及自由自在，想做什麼都可以，依循大自然的變化流轉過日子，不用回應任何人。眞正永遠擺脫這世界加諸的沉重期望。

讓我們永遠相信明天

確保我們，所有人，獲得保護。

他回到體育館，即時溜進自己的座位，加入最後的大合唱。

保持陽光面，永遠陽光面，
保持人生的陽光面。
每天幫助我們，一路照得燦亮，
只要我們保持人生的陽光面。
是的，保持人生的陽光面。

科利奧蘭納斯的思緒一陣昏亂。露西．葛蕾重新加入柯維族人唱著合聲，搭配難以理解的歌詞，他將之拋到腦後，努力想操控剛剛把他拋擲出去的曲線人生。他和露西．葛蕾，奔逃進入荒野。瘋狂。然而再問一次，有何不可？這是他唯一抓得住的救生索，他想要抓住，而且牢牢掌握。明天是星期日，他的休假日。他會盡早離開。趁食堂六點開門，抓了早餐，可能是文明世界的最後一餐，然後上路。他的室友會睡覺，消除威士忌宿醉。他得偷偷溜出基地……圍籬！眞希望史普魯斯對於發電機後方的圍籬破綻提供清楚的資訊。然後，他會直奔露西．葛蕾，盡可能跑得越快越遠越好。

但是且慢。他該去她的房子嗎？柯維族人全都在那裡啊？可能還有市長？或者她的意思是在草場碰面？他仔細推敲，這時曲子唱完了，而她抱著吉他，坐回原本的凳子上。

「我差點忘了。我答應要唱這首歌獻給你們其中一個人，」她說。而又來一次，動作看似隨意，她的手放在口袋上。她開始唱歌，就是在草場上，他站在她後面，當時她創作的那首歌。

你要，你要來嗎？
到這兒來，到樹下來。
他們在那裡吊死一名男子，說是有三個人被他殺死？
這裡真的發生很多怪事，
最古怪的卻是
一旦我們子夜相會於吊人樹。

吊人樹。她和比利·透普以前相約的地點。她要他在那裡與她碰面。

你要，你要來嗎？
到這兒來，到樹下來。
吊死的男人在那裡大聲叫號，要他的愛人快快逃？
這裡真的發生很多怪事，
最古怪的卻是
一旦我們子夜相會於吊人樹。

他寧可不要去她與舊情人的約會地點跟她碰面，不過確實比在她家碰面安全多了。星期日的早晨誰會在那裡呢？無論如何，再也不需要擔心比利·透普了。她又換一口氣。她一定寫了更多歌詞……

你要，你要來嗎？
到這兒來，到樹下來。
在這裡我曾叫你快快走，好讓我們倆都得著自由？
這裡真的發生很多怪事，

最古怪的卻是
一旦我們子夜相會於吊人樹。

她指的是什麼？比利．透普叫她去那裡，於是他們會得到自由？還是她要告訴他，他們今晚會得到自由？

你要，你要來嗎？
到這兒來，到樹下來。
戴上繩索的項鍊，與我在一起肩挨著肩。
這裡真的發生很多怪事，
最古怪的卻是
一旦我們子夜相會於吊人樹。

現在他懂了。這首歌，歌詞的主述者，是比利．透普，是他唱給露西．葛蕾聽。他目睹阿爾洛之死，聽著那些鳥喊出死者的遺言，於是懇求露西．葛蕾與他一起逃走，追求自由；

等到她拒絕，他又寧可與她一起吊死，不讓她沒有他而活著。科利奧蘭納斯希望這是最後一首有關比利．透普的歌。真的，還有什麼其他能說的呢？全都不重要了。這也許是他的歌，不過她是唱給科利奧蘭納斯聽。史諾至高至尊。

柯維族人又多表演了幾首曲子，接著露西．葛蕾說：「嗯，就像我爸爸以前說的，你們得和鳥兒一起去睡了，如果想在清晨迎接牠們的話。感謝今晚邀請我們。那麼，再來一輪祝福，獻給霍夫指揮官，好不好啊！」整個醉醺醺的體育館再次含糊喊出「生日快樂」，眾聲祝福指揮官。

柯維族人最後一次鞠躬致謝，離開舞台。科利奧蘭納斯在後面等待，準備幫巴格扶著竹竿回去營房。沒想到已經熄燈了，他們得在黑暗中爬上床。他的室友們幾乎立刻就失去意識，但他清醒躺著，在腦中反覆演練逃脫計畫。不需要太多東西，只有他，身上的衣物，口袋裡幾樣紀念品，還有很多的運氣。

科利奧蘭納斯清晨即起，穿上乾淨的制服，塞了幾件乾淨的換洗衣物和襪子到口袋裡。他選了三張家人的照片，他母親的粉餅，他父親的指南針，同樣藏在衣物之間。最後，他用枕頭和毯子擺出最像自己的形狀，然後用被單蓋好。聽著室友的鼾聲，他對房間看了最後一眼，心裡好奇以後會不會想念他們。

他與幾位早起的人一起吃早餐，早餐是麵包布丁，似乎是這趟旅程的好兆頭，因爲這是露西．葛蕾最愛的食物。他希望能帶一點給她吃，但口袋滿到快爆炸，食堂又沒有紙巾。他喝光蘋果汁，擦擦嘴，把托盤拿去洗碗機放，然後走到外面，打算直直走向發電機。

他走進陽光下，一對警衛突然堵住他。武裝警衛，不是副官。「史諾士兵，」一名警衛說。「你奉命前往指揮官的辦公室。」

一股腎上腺素猛然傳遍他全身。他的血液在太陽穴怦怦跳動。不可以這樣，他們不能來逮捕他，他就快要獲得自由了，與露西．葛蕾展開新生活。他的目光射向發電機，距離食堂大約一百碼。就算最近受過訓練，他也從來不曾跑那麼快。永遠不可能跑那麼快。**我只需要多個五分鐘啊**，他向宇宙發出懇求。**就算只有兩分鐘也好**。但宇宙沒理會他。

在兩名警衛的護送下，他挺起胸膛，直直走向指揮官的辦公室，準備面對他的命運。他進入時，指揮官霍夫從書桌後起身，啪的一聲立正站好，對他行致敬禮。「史諾士兵，」他說。「讓我成爲第一個恭喜你的人。你明天要離開這裡，前往軍官學校。」

30

科利奧蘭納斯站著，呆若木雞，而兩名警衛猛拍他的背，笑了起來。「我……我……」

「你是史上最年輕就通過考試的人。」指揮官眉開眼笑。「通常呢，我們會在這裡訓練你，不過你的分數讓你被推薦去第二區參加菁英課程。我們很遺憾要送你去。」

噢，他好希望自己能去！去第二區，去軍官學校，距離他在都城的家沒有很遠。菁英軍官學校，他可以在那裡讓自己成爲傑出的人，找出方法回到值得過的生活。要得到權力，這條路甚至可能比較好，比大學能提供的更好。不過，仍然有一把殺人兇器流落在外，留有他的身分。他的ＤＮＡ能宣告他有罪，正如同那條手帕。說來遺憾又悲慘，留下來太危險，繼續裝模作樣好痛苦。

「我什麼時候要離開？」他問。

「明天一大早有一艘氣墊船開往那個方向，你要搭那一班。我想，你今天休息，利用時間打包和道別。」兩天之內，指揮官第二次跟他握手。「我們期待你有傑出的表現。」

科利奧蘭納斯謝過指揮官，走到外面，在那裡站了一會兒，衡量著各種選擇。徒勞無用，沒有選擇的餘地。他痛恨自己，更加痛恨賽嘉納斯．普林西，然後走向設置發電機的地方，幾乎不顧自己是否會遭到逮捕。失望的感受好痛苦啊，有第二次機會能迎向光明的未來，卻這樣遭到剝奪，無可挽回。他必須提醒自己，有繩索、絞刑台，還有八卦鳥模仿他的遺言，藉此重振他的注意力。他正準備拋棄維安人員的生活；他需要迅速擺脫這一切。

等他到達建築物，很快朝背後看了一眼，但整個基地依然沉睡，於是在無人發現的狀況下，偷偷繞到建築物後面。他檢視圍籬，剛開始找不到缺口。他的手指伸進鐵絲的相勾處，失望地搖晃幾下。果不其然，鐵絲網從一根支撐柱脫離，讓圍籬留下一個破口，他剛好可以擠過去。到了外面，他謹慎的天性故態復萌。他繞過基地後方，穿越一片樹林，最後到達通往吊人樹的那條路。到了那裡，他只要跟著先前駛過的卡車車轍就行了。踏著快速的步伐，但不能快到吸引別人注意。無論如何，在破曉之後不久的炎熱星期日，沒什麼人會注意，這段時間很寶貴。大多數的礦工和維安人員再過好幾個小時才會起床。

走了幾哩後，他到達那片荒涼的原野，於是拔腿奔向吊人樹，急著想讓自己隱身在樹林裡。沒有露西．葛蕾的蹤跡，他穿行於枝葉下方時，不禁心想是否根本誤解她的訊息，反倒應該直接去炭坑。接著，他瞥見一抹橘色，於是跟著它前往一塊空地。她站在那裡，從一輛小推車卸下一堆包裹，他的頭巾圍在她的頭上，顯得很迷人。她跑過來，擁抱他，他隨即回應，雖然擁抱的感覺實在太熱了。隨之而來的親吻讓他的心情變得比較好。

他的手伸向她髮際的橘色頭巾。「對逃亡的人來說，這顏色好像太亮了。」

露西．葛蕾笑了笑。「嗯，我不希望你找不到我。你還是決定這樣做？」

「我別無選擇。」他明白自己聽起來不是很眞心，於是補上一句，「對我來說，現在你是最重要的一切。」

「你也是，現在你是我的生命。坐在這裡，等你出現，我才明白，如果沒有你，我眞的不夠勇敢，絕對做不到，」她坦白說。「不只是因爲這會有多困難。實在太孤單了。我可能會撐個幾天，然後就回家去找柯維族夥伴。」

「我懂。要不是你提起，我甚至沒有考慮逃跑。那實在是……令人卻步。」他伸手拂過她的包裹。「很抱歉，我恐怕不能冒險帶那麼多東西。」

「我想也是。我收集了這麼多，也搜刮家裡的儲藏室。沒關係。我把剩下的錢都留給柯維族夥伴。」彷彿要說服自己似的，她說：「他們會很好。」她拿起一包東西，把它拋向背後。

他收攏一些用品。「他們會怎麼樣？我是說沒有你的樂團。」

「他們應付得過去。他們可以全部演奏曲子，反正莫黛．艾佛瑞再過幾年就可以取代我的主唱位置，」露西．葛蕾說。「況且，麻煩的事情好像都會找上我，我在第十二區的受歡迎程度可能會漸漸耗盡。昨天晚上，指揮官叫我不要再唱〈吊人樹之歌〉了。他說，太陰暗。倒不如說是，太煽動。我答應他，永遠不會再從我嘴裡聽到。」

「那是一首奇怪的歌，」科利奧蘭納斯表示。

露西．葛蕾笑起來。「嗯，莫黛．艾佛瑞很喜歡喔。她說那首歌真的很有影響力。」

「就像我的聲音。我在都城唱國歌的時候，」科利奧蘭納斯回憶說。

「就是那樣，」露西．葛蕾說。「你準備好了？」

他們把所有東西分配給兩個人攜帶。他花了一點時間才發現少了什麼東西。「你的吉他。你沒有帶著？」

「我把它留給莫黛．艾佛瑞。除了吉他，還有我媽媽的洋裝。」她努力裝出不在乎的樣子。「我需要那些幹嘛？塔姆．安柏覺得還有人在北方，但是我不相信。我覺得就只有我們兩個。」

這一刻他意識到，不是只有他把自己的夢想拋諸腦後。「我們會在那裡找到新的夢想，」科利奧蘭納斯打包票說，他表達了滿滿的信念，實際上卻沒有感受到那麼多。他拿出父親的指南針，研究一會兒，然後指出，「北方是往這邊。」

「我想，我們先去小湖。大致是北邊。我有點想要再看它一眼，」她說。

似乎是個好計畫，於是他沒有反對。再過不久，他們就會在荒野裡遊蕩，再也不回頭。何不讓她高興一下？他把稍微鬆開的頭巾重新塞好。「就去小湖。」

露西．葛蕾回頭凝視城鎮，不過科利奧蘭納斯唯一能夠辨認的只有吊人樹。「第十二區，再見了。吊人樹、飢餓遊戲和利普市長，再見了。總有一天，總有什麼事會殺了我，但不會是你們。」她轉過身，朝向樹林深處走去。

「沒什麼可以留戀，」科利奧蘭納斯附和說。

「我會想念音樂，還有我那群可愛的夥伴，」露西．葛蕾的聲音有點哽咽。「不過呢，希望有一天他們可以跟著我。」

「你知道我不會想念什麼事嗎？人們，」科利奧蘭納斯回答。「除了幾個人以外。如果你仔細想的話，大多數人都很可怕。」

「其實呢，人們沒有那麼壞，」她說。「那是這個世界對人造成的影響。就像我們在競技場裡面。我們從來沒想過，他們把我們孤零零留在那裡面，而我們竟然會做出那些事。」

「我不知道。我殺了梅菲爾，而放眼所及並沒有競技場，」他說。

「那只是為了救我。」她想了想。「我想，人性本善。如果你跨過那條線而變得邪惡，你自己會知道。努力待在那條線的正確一側，就是你的人生挑戰。」

「有時候做決定是很困難的。」他整個夏天都是如此。

「我知道啊。我當然懂。我是勝利者耶，」她的語氣很悲傷。「我的新生活，以後會很好，不必殺死別人。」

「我會跟你在一起。一輩子殺三個似乎夠多了，而一個夏天之內就殺了三個肯定夠多。」附近傳來動物的叫聲，讓他想起自己沒有武器。「我要來做一根步行杖。你想要嗎？」

她停下腳步。「當然好。有很多方法可以方便取得，而且不只一根喔。」

他們找到幾段粗壯的樹枝，她扶著，由他把分岔的細枝一一折斷。「第三個是誰？」

「什麼？」他問。而她對他露出促狹的神情。他手一滑，結果一片樹皮戳進指甲底下。

「哎喲。」

她沒理會他的手傷。「你殺的人啊。你說今年夏天你殺了三個人。」

科利奧蘭納斯咬住碎片的末端，想用牙齒把它拔出來，爭取一點時間。到底是誰呢？答案當然是賽嘉納斯，但他不能承認。

「你可以把這個弄出來嗎？」他伸出手，搖一搖受傷的指甲，希望分散她的注意力。

「我看看。」她檢視那塊碎片。「所以，波賓，梅菲爾……誰是第三個人？」

他的腦筋轉個不停，尋找貌似合理的解釋。他有可能捲入一場怪異的意外事件嗎？訓練致死？他正在清理武器，結果犯了錯而槍枝走火？他下定決心，最好打哈哈帶過。「我自己。我殺了舊的我，所以我才能跟你一起走。」

她把碎片拔出來。「嗯，希望舊的你不會糾纏新的你。我們之間已經有夠多鬼魂了。」

這個關鍵時刻過去了，但是扼殺了對話。兩人接下來都沒再說話，直到約莫半路上，他們停下來喘口氣。

露西．葛蕾扭開塑膠水壺，遞給他。「基地還是會發現你不見了吧？」

「可能要到晚餐時才會。你呢？」他猛喝一大口水。

「我離開的時候，只有塔姆．安柏起床了。我告訴他我要去觀察山羊。我們一直討論要養一整群。賣羊奶當作副業，」她說。「我可能多爭取到幾小時，然後他們才會開始找我。可能到了晚上，他們會想到吊人樹，然後找到手推車。他們會把兩條線索拼湊在一起。」

他把水壺遞給她。「他們會試著跟蹤你嗎？」

「也許會。不過我們那時已經走很遠了。」她喝了一大口，用手背抹過嘴巴。「他們會追捕你嗎？」

他猜想，基地方面不會太快起疑。他怎麼會拋棄菁英軍官學校的入學資格呢？假如真的有人注意到他不見了，可能也認為他與其他維安人員一起去鎮上。當然，除非他們找到那把殺人的槍。由於手指才剛受傷，使他暫時不想提起學校之類的所有麻煩事。「我不知道。就算發現我跑掉了，他們也不會知道要去哪裡找人。」

他們步行走向小湖，兩人都沉緬於自己的思緒。這一切對他來說似乎好不真實，彷彿只是一趟愉快的郊遊，就像兩週前的星期日那樣。彷彿他們要去野餐，而他必須確定能夠及時趕回去吃炸煙燻香腸和迎接宵禁。但不是。抵達小湖後，他們會繼續前進，深入荒野，那裡的生活要用到最基本的生存方法。他們要如何吃東西？他們要住在哪裡？而且等到碰上各種挑戰，像是獲取食物和搭建安身之處等等時，他們到底能不能自行完成呢？她沒有音樂。他沒有學校，或者軍隊，或者所有一切。擁有家庭？似乎連生存都太過嚴峻，根本不適合小孩。任何小孩都一樣，遑論他自己的小孩。一旦把財富、名聲和權力都排除掉，在那裡能夠嚮往什麼呢？難道生存的目標就是進一步生存，再無其他？

他專心思考這些問題，於是前往小湖的第二段路程很快就過去了。他們把背負的東西放在岸邊，露西．葛蕾直接跑去找樹枝做成釣竿。「我們不曉得前方會碰到什麼狀況，所以最好在這裡塡飽肚子，」她說。她教他把粗線和魚鉤裝到竿子上。在爛泥巴裡扒抓找蟲讓他覺得好噁心，他不禁心想這會不會是每日活動。會的，如果肚子很餓就會。他們把釣餌裝到魚鉤上，靜靜坐在岸邊，等待向下一扯，而鳥兒在周圍吱喳鳴叫。她釣到兩條。他沒有收穫。

厚重漆黑的烏雲滾滾而來，讓躍動的陽光稍微舒緩，但增添他的壓抑。現在這就是他的生活。挖掘蠕蟲，看天吃飯；原始狀態，宛如動物。他知道，如果他不是這麼特殊的人——最優秀最聰穎的人，最年輕通過預官考試的人——做這些事會容易多了。如果他是沒用又愚蠢的人，失去文明生活就不會覺得內心這麼空虛。他可以從容應對。粗大冰冷的雨滴開始咚咚落在身上，在他的制服留下溼溼的印記。

「這種雨勢絕對沒辦法烹煮，」露西・葛蕾說。「最好去小屋裡。我們可以用那裡面的壁爐。」

她所指的，只有可能是湖邊唯一還有屋頂的那間房子。可能是他最後的屋頂，直到他自己建造出來爲止。到底要怎麼建造屋頂啊？預官考試並沒有考這種問題。

她快速清除魚的內臟，並用葉子包起來，然後他們收拾一大堆東西，匆匆前往那間屋子，這時雨水傾瀉在他們身上。這本來會很好玩，如果不是他的眞實生活的話。只是幾小時的冒險經歷，伴著迷人的女孩，以及在他方實現抱負的未來前景。門卡住了，但露西・葛蕾側身把它猛力撞開。他們連忙進去躲雨，把物品全部放下。只有一個空間，混凝土的牆壁、天花板和地板。顯然沒有電力，但光線從四面牆壁的窗戶和單獨的那扇門照進來。他的目光偶然看到壁爐，裡面滿是過去累積的灰燼，有一堆整齊的乾木柴堆在旁邊。至少他們不必去苦苦搜尋。

露西．葛蕾走向壁爐，把魚放在小小的混凝土爐床上，著手在老舊的金屬格柵上方排列一層層木柴和細枝。「我們存放一些木頭在這裡，所以永遠是乾的。」

科利奧蘭納斯考慮只待在這間堅固小屋的可能性，周圍有充足的木材，也有小湖可以釣魚。但是不行，在這麼靠近第十二區的地方落地生根實在太危險。如果柯維族人知道這個地點，肯定也有其他人知道。就連最後這少許的保護，他也必須拋棄。到最後，他會不會住在洞穴裡？他想起漂亮的史諾家頂樓公寓，有大理石地板和水晶吊燈。他的家，他那理所當然的家。這時，風勢吹動，潑進一點雨水，冰冷雨滴灑在他的褲子上。他猛然關上門，然後呆住不動。原來門後藏了某種東西。長條形的粗麻布袋。從袋口伸出一把獵槍的槍管。

不可能吧。他無法呼吸，用鞋子輕推袋口，顯露出獵槍，還有一把維安人員的步槍。再打開一點，他認出榴彈發射器。毫無疑問，這些是賽嘉納斯在灶窩小屋買的黑市槍枝。那把殺人凶器就在其中。

露西・葛蕾點燃爐火。「我帶了一個舊的金屬罐，想說可以帶著燃燒的煤炭到處跑。我沒有很多火柴，而用打火石點火實在很困難。」

「嗯哼，」科利奧蘭納斯說。「好主意。」這些武器是怎麼運到這裡的？其實說得通。比利・透普可能曾經帶史普魯斯去小湖，也說不定史普魯斯本來就知道那個地方。戰爭期間，那裡可能對叛軍很有用，可作爲藏匿的處所。而史普魯斯一定很聰明，知道他不能冒著風險，把證據藏在第十二區。

「喂，你在那裡找到什麼？」露西・葛蕾跑來他這裡，俯身蹲下，把裝著武器的麻布袋拉開。「喔。他們在灶窩小屋得到的就是這些嗎？」

「我想一定是，」他說。「我們該帶著這些槍嗎？」

露西・葛蕾向後退，站起來，考慮了很長一段時間。「最好不要。我不信任這些東西，但這遲早會有用。」她拿出一把長刀，在手中轉動刀刃。「我想，我會去挖點慈菇，畢竟我們終於有火了。湖邊有很棒的一叢。」

「我以爲還沒成熟，」他說。

「兩星期可以發生很大的變化喔，」她說。

「還在下雨耶，」他持反對態度。「你會全身溼透。」

她笑起來。「嗯，我又不是糖粉做的。」

說老實話，他很高興有點時間獨自思考。她離開後，他拿起麻布袋的底部，武器全部滑落到地板上。他蹲在那堆東西旁邊，撿起他用來殺死梅菲爾的那把維安人員步槍，捧在自己懷裡。它在這裡——殺人兇器——不是在都城的法醫實驗室，而是在這裡，在他的手裡，在荒野中央，完全不造成威脅。他得做的就是摧毀它，然後他就自由了，遠離絞刑的套索。自由回到基地，前往第二區。自由重返人群，無所恐懼。他鬆了一口氣，眼眶盈滿淚水，開始大笑起來，內心充滿喜悅。他要怎麼處置這把槍？在火堆裡燒掉？拆解開來，將零件分開丟棄？扔進湖裡？一旦這把槍徹底消失，他與兇殺案之間就沒有關聯了。完全沒有關聯。

不，且慢。還有一件事。露西．葛蕾。

嗯，沒關係。她絕對不會說出去。等到他告訴她，計畫已經有了變化，她絕對不會很興奮。就是他要回去基地，明天清晨前往第二區，必須留下她面對自己的命運。她從來不曾背叛他，那不是她的作風。如果背叛他，也會害她牽扯到兇殺案，那表示她最終可能難逃一死。如同飢餓遊戲所顯示，露西．葛蕾擁有很特殊的自衛本能。況且，她愛他。她昨天晚上在歌聲中這麼說。更重要的是，她信任他。然而，如果他在樹林裡丟下她，讓她獨自摸索生存之道，她一定會認爲那樣是破壞信任。要透露這項消息，他必須想個適當的方法。不過要用什麼方法呢？「我深愛著你，不過我更愛軍官學校？」這種說法不太可能被接受吧。

而且他真的愛她啊！是真的！只是呢，進入荒野新生活才不過短短幾小時，他就知道自己痛恨這種生活。炎熱，還有蟲子，以及那些鳥喋喋叫著，永不休止……

她肯定要花很長的時間採收那些慈菇。

科利奧蘭納斯向窗外瞥了一眼。雨勢減弱成小雨。

她一定不想自己去。太孤單。她的歌曲述說著她需要他、愛戀他且信任他，但她會原諒他嗎？就算他拋棄她？比利·透普曾經辜負她，而他最後死了。他彷彿能聽見他的聲音——

「看你怎麼玩弄那些孩子，我覺得好噁心。可憐的露西·葛蕾。容易受騙的可憐小羔羊。」

——以及看著她的牙齒咬入他的手。他想起她在競技場上殺人的模樣多麼冷酷。首先是身體虛弱的伍薇；他從沒見過這麼冷血的舉動。接著，她以充滿算計的方式除掉崔奇，引誘他攻擊她，絕對沒錯，於是她能從口袋裡突然甩出那尾蛇。而她宣稱利波得了狂犬病，那是出於好心而殺了他，但誰知道實情是怎樣呢？

不，露西·葛蕾不是容易受騙的小羔羊。她不是用糖粉做的。她是飢餓遊戲的勝利者。

他檢查一番，確定步槍裝滿子彈，接著把門完全打開。放眼望去沒看到她。他走向小湖，努力回想克萊克．卡麥上次在哪裡挖到慈菇拿來給他們。其實不重要。湖邊的沼澤區一片荒涼，毫無人跡。

「露西．葛蕾？」唯一的回應是附近樹枝上一隻孤零零的學舌鳥，牠努力模仿他的聲音但失敗，因爲他說的話並沒有特別悅耳動聽。「放棄吧，」他對那隻鳥喃喃說著。「你又不是八卦鳥。」

毫無疑問，她正在躲他。可是爲什麼呢？可能的答案只有一個。因爲她弄懂了。全部弄懂了。弄懂只要摧毀槍枝，就會把他與兇殺案有關的實體證據全部洗刷掉。弄懂他再也不想逃跑了。弄懂她是把他與罪行連結在一起的最後目擊者。但他們永遠全力支持對方，那麼她爲何突然認爲他會傷害她？昨天他還是她眼中純潔如飄飛的白雪？

賽嘉納斯。她一定弄懂了，賽嘉納斯是科利奧蘭納斯殺死的第三個人。她不需要得知八卦鳥的任何驚人絕技，只要知道他曾是賽嘉納斯的摯友，而賽嘉納斯是叛軍，同時科利奧蘭納斯是都城的擁護者。然而，認爲他會殺了她？他低頭看著自己手上裝滿子彈的槍。也許他應該將這把槍留在小屋裡。畢竟以武裝姿態追著她跑，看起來確實很糟糕，活像是他在追殺她。但他不是眞的想要殺掉她。只是想找她談談，確定她明白道理。

把槍放下，他對自己說，但他的雙手拒絕合作。**她只有一把刀**。一把很大的刀子。他最好的解套方案是把槍藏到背後。「露西．葛蕾！你還好嗎？你嚇到我了！你在哪裡？」

她只要這樣回答就好：「我明白，我會自己一個人上路，我一直以來也是這樣打算。」可是就在剛剛的早晨，她坦白說，她認為光靠自己根本辦不到，過個幾天就會回到柯維族人身邊。她知道他不會相信她的回答。

「露西．葛蕾，拜託，我只是想跟你聊聊！」他大喊。她在這裡到底有什麼盤算？一直躲到他累了跑回基地？然後今晚自己偷溜回家？這樣對他沒用。就算把殺人凶器解決掉，她依然很危險。萬一她現在跑回第十二區，而市長成功逮捕她呢？萬一他們審問她，甚至對她刑求？實情會洩露出去。她沒有殺死任何人。他有。他們的證詞彼此矛盾。就算那些人不相信她說的話，他也會名譽掃地。他們的戀情，與他在飢餓遊戲作弊的細節，一併曝光。海咖院長有可能介入，見證他的人品。他不能冒這樣的風險。

仍然沒有半點她的蹤跡。她讓他別無選擇，只能追著她進入樹林。現在雨停了，空氣很潮溼，地面泥濘。他回到那間房子，環顧四周，最後發現她非常模糊的鞋印，於是跟著她的足跡，抵達樹林邊緣的灌木叢，安靜走進溼漉漉的樹林。

他的耳裡滿是鳥兒的啁啾聲，烏雲未散的天空讓視線不太好。樹林下的灌木叢遮蔽了她的足印，但不知為何，他覺得自己走上正確的途徑。腎上腺素讓他的感官非常敏銳，他注意到這裡有根折斷的樹枝，那裡的苔蘚有鞋子踩過的痕跡。他覺得有點內疚，讓她驚嚇到這種程度。她在做什麼呢？在灌叢裡瑟瑟發抖，努力壓抑啜泣聲？想到未來的生活沒有他，一定讓她心都碎了。

一小塊橘色吸引他的目光，他微笑起來。「我不希望你失去我，」她會這樣說。而他不會。他推開一些枝葉，走進一小片空地，上方覆蓋著樹冠。橘色頭巾掛在一些荊棘上，顯然是她奔逃時隨風吹落而勾住。噢，這樣啊。他確認自己走在正確的路徑上。他走過去撿起頭巾，也許最終還是由他留著……這時樹葉間出現微弱的沙沙聲，他猛然停步。一尾蛇發動攻擊時，他才剛注意到牠，只見牠像彈簧一樣伸展開來，將尖牙深深咬進他伸向頭巾的前臂。

「哎喲！」他痛得尖聲大叫。那尾蛇立刻放開他，溜進灌木叢裡，根本沒讓他有機會好好看個清楚。看著前臂那個紅色彎曲的咬痕，他開始驚慌起來。驚慌失措且不敢置信。露西·葛蕾企圖殺死他！這並非巧合。飄動的頭巾。從容不迫的蛇。莫黛·艾佛瑞曾說，她永遠知道要去哪裡找蛇。這是很蠢的陷阱，而他居然直直闖進去！容易受騙的可憐小羔羊，說得眞對！他漸漸開始同情比利·透普了。

科利奧蘭納斯對蛇一無所知，更遑論競技場裡的彩虹蛇。他的雙腳像是在地上生了根，心臟狂跳，預期自己會當場死亡，但是傷口疼痛的同時，他依然站著。他不知道自己能撐多久，但主宰萬物的史諾啊，她要爲此付出代價。他該用止血帶綁緊手臂嗎？把毒液吸出來？他們還沒有上過求生訓練課程。他擔心自己的急救處置只會讓毒液在體內傳播得更快，於是使勁拉下袖子蓋住前臂，將步槍從肩膀取下，開始跟蹤她。如果狀況好一點，他可能會嘲笑這種出乎意料的結果，他們的關係這麼快就惡化，轉變成兩人自己私底下的飢餓遊戲。

現在要追蹤她不是很容易，他意識到早先的線索都是故意留下，引導他直直朝向那尾蛇而去。但她不可能距離很遠。她會想知道那尾蛇是否殺了他，或者是否該要擬定另一個攻擊計畫。也許她希望他昏過去，於是能用那把長刀割斷他的喉嚨。他努力壓抑喘氣聲，更加深入樹林，用步槍的槍管輕輕推開樹枝，但這樣不可能察覺到她的行蹤。

動腦筋，他對自己說。**她會去哪裡？**答案像一噸重的磚塊擊中他。她不會想要與他搏鬥，因爲他帶著步槍，而她只有一把刀。她會回到湖邊的房子，幫自己拿一把槍。也許她繞過他附近，此刻正往那裡挺進。他豎起耳朵，有耶。眞的有！他覺得聽見某人往他的右邊移動，撤退到小湖。他開始朝那聲音跑去，接著猛然停步。果不其然，因爲聽見他的動靜，她飛也似地穿越樹林下的灌木叢，明白他已經發現了，再也不顧他是否聽見她的聲音。他評估她大約在十碼外，連忙舉起步槍架在肩膀上，朝她的方向射出一連串的子彈。一群鳥呱呱叫飛上天，而他聽見微弱的叫聲。**逮到你了**，他心想。他衝過樹林追趕她，樹枝和棘刺勾住他的衣服，刮過他的臉龐，他無視這一切，直直跑到猜測她應該出現的地點。沒有她的蹤跡。沒關係，她一定得繼續往前移動，等到她移動，他就會找到她。

「露西．葛蕾，」他以正常的聲音說道。「露西．葛蕾。現在解決事情還不太遲。」當然，太遲了，但他什麼都沒欠她。這當然不是實話。「露西．葛蕾，你不想跟我講話嗎？」

她的聲音嚇了他一跳，甜美的聲音突然在空中飄盪。

你要，你要來嗎？
到這兒來，到樹下來。
戴上繩索的項鍊，與我在一起肩挨著肩。
這裡真的發生很多怪事，
最古怪的卻是
一旦我們子夜相會於吊人樹。

是的，我懂，他心想。**你知道賽嘉納斯的事了。「繩索的項鍊」等等一切。**

他朝她的方向踏出一步，就在這時，有一隻學舌鳥學唱她的歌。接著第二隻。然後第三隻。十多隻鳥加入合唱，牠們的悅耳聲音讓樹林活躍起來。他潛行穿越樹林，然後對著傳出聲音的地點開火。他有沒有打中她？無法判斷，因爲他耳中充斥著鳥鳴聲，讓他失去方向感。他的視野飄過一些小小的黑點，手臂開始陣陣抽痛。「露西．葛蕾！」他挫折大吼。聰明、狡詐、狠毒的女孩。她知道他們把她塑造成這個形象。他舉起步槍，掃射樹木，企圖徹底消滅那些鳥。很多鳥振翅起飛，但歌曲已經傳播出去，樹林裡喧鬧不已。「露西．葛蕾！露西．葛蕾！」他氣得團團轉，最後朝樹林轟擊一整圈，然後轉了一圈又一圈，直到子彈全部射光。他倒在地上，暈眩想吐，而樹林爆炸燃燒，每一種、每一隻鳥全都尖叫著四散奔逃，只剩學舌鳥繼續高唱〈吊人樹之歌〉。大自然變得瘋狂。基因變得糟糕。世界一團混亂。

他必須離開這裡。他的手臂開始腫脹起來。他必須回到基地。他逼迫自己站起來，踏著沉重的步伐回到小湖。屋子裡的一切都與他離開時一模一樣。至少他阻止她回到這裡。他用一雙襪子當作手套，擦拭殺人武器，將所有武器塞回麻布袋，抬到肩膀上，然後跑向小湖。他判斷這一袋夠重，不必用岩石增添重量就能沉下去，於是他跳進湖裡，把袋子拉到深水處。他讓袋子沒入水中，看著它慢慢旋轉向下，沉入黑暗。

一陣刺痛感包圍他的手臂，令人擔憂。他以笨拙的狗爬式回到岸邊，跌跌撞撞走回屋子。帶來的用品怎麼辦？也該要淹掉嗎？沒有意義。有一種可能性是她死了，而柯維族人找到這些東西；不然就是她活著，希望用這些東西逃走。他把魚扔進火堆裡焚燒，然後用力關上門，離開。

又開始下雨，真正的傾盆大雨。希望這會把他的所有痕跡清除殆盡。槍枝沒了。補給用品是露西．葛蕾的。唯一留下的是他的足印，如今在他的眼前糊成一團。烏雲似乎滲入他的腦袋。他費力思考。**回去。你必須回去基地**。不過基地在哪裡？他從口袋拿出父親的指南針，很驚訝還能動，剛才曾經泡在湖裡啊。克拉瑟斯．史諾依然在遙遠的某處保護著他。

科利奧蘭納斯緊抓著指南針，那是暴風雨裡的一條救生索，然後朝向南方前進。他跌跌撞撞穿越樹林，害怕又孤單，但覺得父親出現在他身邊。克拉瑟斯可能很少想到他，但肯定希望自己的精神能夠傳承下去，也許科利奧蘭納斯今天能夠將功贖罪？但如果蛇毒害他沒命，一切都是枉然。他停下來嘔吐，好希望帶了水壺。他模模糊糊想起，他的DNA也會留在那上面，但有誰在乎呢？水壺不是殺人武器。那不重要，他很安全。如果柯維族人發現露西．葛蕾的屍體，他們不會告發。他們不會想要引來注意，那可能會讓他們與叛軍扯上關係，或洩露他們的藏身處——如果真有屍體的話。但他甚至無法確認是否射中她。

科利奧蘭納斯往回走。不是去吊人樹，絕對不是，而是去第十二區，漫步走出一片樹林，穿越一群礦工住的小屋，不知怎的終於找到道路。雷聲搖撼地面，閃電劃破天空，他終於抵達鎮上廣場。走向某地時，一路上都沒有看到半個人，然後從圍籬的破口爬回去。他直接前往醫務室，宣稱要去體育館的半路上停下來綁鞋帶，這時有一尾蛇不知從何處冒出來，咬了他一口。

醫師點點頭。「下雨會讓牠們跑出來。」

「真的嗎？」科利奧蘭納斯以爲這番說詞會遭到挑戰，或至少會面臨質疑。

醫師似乎並不覺得可疑。「你有沒有看到牠？」

「不是很清楚。正在下雨，牠又跑得很快，」他回答。「我會死掉嗎？」

「很難，」醫師笑起來。「牠不是毒蛇。看見齒痕沒？沒有毒牙。不過會痛個幾天。」

「你確定嗎？我吐了，而且沒辦法清楚思考，」他說。

「嗯，恐慌也會導致這種反應。」她清理傷口。「可能會留下疤痕。」

很好，科利奧蘭納斯心想。**它會提醒我，萬事要更小心**。

醫師打了幾針並給他一瓶藥丸。「明天過來，我們再檢查看看。」

「明天我要奉派去第二區，」科利奧蘭納斯回答。

「那麼去那裡的醫務室，」她說。「士兵，祝好運。」

科利奧蘭納斯回到他的寢室，很震驚地發現這時只是下午。在昨晚生日派對狂飲和今天的下雨之間，他的室友根本沒起床。他走去浴室，清空口袋。湖水讓他母親的玫瑰香味粉餅縮減成糊糊的一團，他把整團東西扔進垃圾桶。照片黏在一起，他企圖分開時撕破了，於是步上粉餅的後塵。只有指南針歷經這一切還倖存下來。他脫掉身上的衣物，把小湖留下的最後一點髒污刷洗乾淨。要穿衣服時，他把圓筒行李袋拿下來，開始打包，將指南針放回個人物品盒，收進袋子深處。再三考慮，他打開賽嘉納斯的置物櫃，同樣取出他的盒子。等他到了第二區，他會把盒子寄去普林西家，附上一封弔唁的短信。身爲賽嘉納斯最要好的朋友，那樣會很得體。而且誰知道呢？也許餅乾會繼續寄來。

隔天早晨，與室友們淚眼婆娑道別後，他登上氣墊船，開往第二區。處境立刻改善了。絨布座椅。有服務員。飲料自選。絕非豪華，但與新兵列車的差異實在太大。舒適很有撫慰效果，他讓太陽穴貼著玻璃窗，希望能打個盹。整個晚上，雨水咚咚敲打營房的屋頂，他好想知道露西．葛蕾身在何方。死在雨中？蜷縮在湖邊房子的爐火旁邊？如果她活下來，肯定會把回到第十二區的想法拋棄掉吧。他打起瞌睡，腦中嗡嗡響著〈吊人樹之歌〉的旋律，幾個小時之後氣墊船著陸，他終於醒來。

「歡迎來到都城，」服務員說。

科利奧蘭納斯猛然睜開眼睛。「不會吧。我錯過了停靠站？我得去第二區報到。」

「這艘氣墊船要繼續前往第二區，不過我們接到命令，要在這裡把你放下來，」服務員說著，查看一份表格。「恐怕你需要下船。我們要遵循工作表。」

他發現自己站在柏油跑道上，身處於不熟悉的小機場。一輛維安人員的卡車停靠在旁，他奉命坐進後座。隨著車子隆隆行駛，他無法從司機那裡得到任何消息，恐懼漸漸滲入他內心。一定出了錯。難道沒有？萬一他們不知爲何認定他與凶殺案有關呢？也許露西．葛蕾已經回去指控他，於是需要審問他？他們會打撈小湖尋找凶器嗎？車子轉進學者路，開過中等學院前面時，他的心臟微微跳了一下；暑假午後的學院很安靜。那裡的公園，放學之後他們有時會在那裡閒晃；還有麵包店，他很愛那裡的杯子蛋糕。至少他獲准對自己的家鄉窺探最後一眼。隨著卡車猛然轉彎，鄉愁漸漸淡去，他發現車子正要開向堡壘。

到了裡面，警衛揮揮手，要他直接前往電梯。「她在實驗室等著見你。」

儘管希望渺茫，他期盼那個「她」指的是凱伊博士，而不是戈爾博士，然而步出電梯時，他的宿敵從實驗室的另一端對他揮手。他爲何被送來這裡？他最終要進入她的其中一個籠子嗎？他走向戈爾博士時，看到她把一隻活生生的幼鼠扔進一個水族缸，裡面滿是金色的蛇。

「所以勝利者回來了。來這裡，拿著。」戈爾博士把一個金屬碗塞進他手裡，碗裡裝滿了扭動不停的粉紅色齧齒類。

科利奧蘭納斯努力忍住不吐出來。「哈囉，戈爾博士。」

「我收到你的信，」她說。「還有你的八卦鳥。小普林西眞是太糟糕了。不過呢，那是眞的吧？無論如何，我很高興看到你在第十二區持續學習，發展你的世界觀。」

他覺得自己又變回以前她的個別指導學生，彷彿什麼事都不曾發生。「是的，眞是眼界大開。我思考我們討論過的所有事情。混亂，控制，契約。三大關鍵。」

「你有沒有思考過飢餓遊戲？」她問。「我們認識那天，院長問你，飢餓遊戲目的是什麼，而你給的答案很老套：要懲罰各個行政區。你現在會改變答案嗎？」

科利奧蘭納斯回想起他與賽嘉納斯的對話，當時他們把他行李袋的東西拿出來。「我會詳細說明。那不只是要懲罰各個行政區，而是無止境戰爭的一部分。每一場飢餓遊戲都是它自己的戰鬥。我們能把飢餓遊戲掌控於自己手中，以免戰爭眞的開打，那有可能失控。」

「唔。」她讓一隻小鼠在張大的嘴巴前面一甩而過。「你啊，別貪吃。」

「而且飢餓遊戲提醒我們，以前對彼此做了什麼樣的事，我們又有什麼樣的潛力再做一次，因爲我們就是那樣的人，」他繼續說。

「而我們是怎樣的人，你有定見了嗎？」她問。

「需要都城才能生存的人啦。」他忍不住嘲諷一番。「不過呢，飢餓遊戲，您也知道，那完全沒有意義。在第十二區根本沒人看，只有抽籤日除外。我們在基地連可以播放實況的電視機都沒有。」

「那在未來可能是問題，所以今年很幸運，因爲我得把整團混亂全部抹除掉，」戈爾博士說。「讓學生參與其中是錯的。特別是一開始時有很多人死了，讓都城顯得太過脆弱。」

「您把它抹除掉？」他問。

「每一份報章雜誌都清除掉，再也不會傳播。」她笑起來。「當然，我是躲在地窖裡的藏鏡人。不過呢，這只是爲了我自己的消遣。」

他很樂意聽到抹除的事。又多了一方勢力把露西．葛蕾從這世上排除掉。都城會遺忘她，各個行政區幾乎不認識她，而第十二區永遠不會接納她成爲他們的一份子。過不了幾年，有個女孩曾在競技場吟唱的記憶會變得很模糊。隨後也會遭到遺忘。再見了，露西．葛蕾，我們幾乎不認識你。

「不完全是損失。我想，明年我們會請富萊克曼回鍋。而你提議的投注點子也會保留，」她說。

「你需要想辦法強制觀看。在第十二區，如果可以選擇，沒有人會收看那麼令人沮喪的節目，」他告訴她。「僅有的一點點閒暇時間，他們都拿來喝酒，忘卻生活的其餘部分。」

戈爾博士笑了笑。「史諾先生，看來你在暑假學到很多事。」

「暑假？」他說著，滿心困惑。

「嗯，你在這裡打算做什麼？在都城到處懶散閒晃，把你的鬈髮梳理整齊？我想，暑假與維安人員在一起，實在太有教育意義了。」她打量他的困惑神情。「你不認爲我會投資這麼多時間在你身上，還送你去行政區見識那些蠢事，對吧？」

「我不懂，我聽說的是……」他開口說。

她打斷他的話。「我已經下令讓你光榮退伍，立刻生效。你要在大學跟著我學習。」

「大學？在都城這裡？」他驚訝說道。

她把最後一隻小鼠扔進水族缸。「課程從星期四開始。」

尾聲

陽光明媚的十月下午，秋季學期過了一半，科利奧蘭納斯走下「大學科學中心」的大理石階梯，態度謙虛，沒理會那些對他側目的人。他穿著新制服，看起來棒極了，尤其是髮長回來了，而當過維安人員的經歷，賦予他一種不凡的氣質，讓他的對手氣炸了。

他跟隨戈爾博士研習軍事策略，早上剛在堡壘上完一堂特殊的資優課程。他在課堂上報告飢餓遊戲設計師的實習經驗——如果你想稱他為實習生的話，其實別人都認為他是受過充分訓練的團隊成員。他們已經開始討論明年的飢餓遊戲，擬定一些吸引各個行政區的點子，也包括都城。科利奧蘭納斯特別指出，行政區的居民不只連兩名貢品的人生經歷都不了解，也沒有對飢餓遊戲下賭注。貢品的勝利必須也是整個行政區的勝利。他們想出點子，如果某個行政區的貢品奪得桂冠，區內的每個人都會收到一包食物。而為了吸引志願者組成比較優秀的貢品陣容，科利奧蘭納斯建議應該提供一棟房子給獲勝者，位於鎮上的特別地區，暫時命名為「勝利者之村」，那會成為眾人羨慕的對象，因為大家都住在簡陋的小屋裡。再加上象徵性的獎金，應該有助於吸引一群不錯的表演者。

他的手指輕敲著極其柔軟的皮革背包，是普林西家送的開學禮物。他躊躇著該怎麼稱呼他們。「老媽」很容易，但不適合稱呼史特拉堡爲父親，於是他通常叫他「長官」。彼此的關係其實不太像是他們收養他；他十八歲，年紀太大了。反正指定他爲繼承人，對他來說比較適合。他始終沒有放棄「史諾」這個姓氏，甚至沒有爲了軍火帝國而改變。

這一切發生的非常自然。他的返家探親與他們的喪子悲痛，將兩個家庭結合起來。賽嘉納斯之死摧毀了普林西家。史特拉堡簡單表達：「我妻子需要一些事才能活下去。就這方面來說，我也是。你失去了父母，我們失去兒子。我想，也許我們可以想出什麼方法來幫助彼此。」他買下史諾家的公寓，於是他們不必搬家；他也買了樓下多利托家的公寓，給他自己和老媽住。他們討論到重新裝修，多加一道旋轉樓梯，也許加裝一部私人電梯連接上下兩層樓，但是不急。老媽已經每天過來幫忙照顧祖奶奶，祖奶奶也甘心接受自己有了新的「女僕」，而且老媽和提格莉絲相處得很融洽。現在普林西家負擔一切費用：公寓的稅金，他的學費，還有廚師。他們給他的零用錢也很慷慨。這樣幫助很大，因爲他雖然攔截了原本從第十二區寄給提格莉絲的現金袋，塞進自己口袋，但大學生活如果要過得好，其實是很花錢的。史特拉堡從來沒有質疑他的花費，也沒有挑剔他衣櫥裡多出來的新裝，而且科利奧蘭納斯向他尋求建議時，他似乎很高興。他們兩人意外合拍。有好幾次，科利奧蘭納斯差點忘了老普林西是從行政區來的。差一點。

今天是賽嘉納斯的十九歲生日，他們要聚在一起安靜吃晚餐來懷念他。科利奧蘭納斯邀請了飛斯都和麗西斯特拉塔參加聚會，因爲他們喜歡賽嘉納斯遠超過大多數同學，而且這兩人比較可靠，會說些好話。他打算拿賽嘉納斯置物櫃裡的盒子給普林西家的人，但首先他還有另一件事要做。

走向中等學院的路上，新鮮空氣讓他的思緒清晰。他沒有費心先約時間，寧可意外到訪。學生一個小時前就放學了，他的腳步聲在走廊上十分響亮。海咖院長的祕書辦公桌空無一人，於是他直接走向院長的辦公室，輕輕敲門。海咖院長請他進去。體重減輕加上身體顫抖，他看來比以前更糟，正趴在他的辦公桌上。

「嗯，我欠這位大紅人什麼東西啊？」他問。

「我只希望能拿回粉餅盒，畢竟你以後應該不會用到，」科利奧蘭納斯回答。

海咖院長伸手到抽屜裡，將粉餅盒啪的一聲放在桌上。「就這樣嗎？」

「不。」他從背包裡拿出賽嘉納斯的盒子。「我今天晚上要把賽嘉納斯的個人物品還給他父母。我不確定該拿這個怎麼辦。」他把裡面的東西全部倒到桌上，拿起裝框的畢業證書。「我認為，你不會想要讓這東西流落在外。一張中等學院的畢業證書，獎勵一名叛亂犯。」

「你真是非常謹慎啊，」海咖院長說。

「這是我接受的維安人員訓練。」科利奧蘭納斯打開相框的背板，把畢業證書拿出來。接著，似乎是一時衝動，他把證書替換成普林西家的一張家庭照。「我想，他的父母會比較喜歡這樣。」他們兩人一同盯著賽嘉納斯人生僅存的部分。接著，他把三瓶藥扔進海咖院長的垃圾桶。「不好的記憶越少越好。」

海咖院長瞅著他。「那麼，你在行政區有沒有得到啓發？」

「不是在行政區，是在飢餓遊戲裡，」科利奧蘭納斯糾正他。「關於這點，我要向你道謝。畢竟，你要為飢餓遊戲負起責任。」

「喔，我以為有一半要歸功於你的父親，」院長說。

科利奧蘭納斯皺起眉頭。「你是什麼意思？我以為飢餓遊戲是你的主意。是你在大學時代想出來的點子吧？」

「那是戈爾博士開的課。那門課我不及格，畢竟我對她有強烈的反感，不可能去上課。依規定兩人一組做期末報告，所以我跟最要好的朋友一組——當然是克拉瑟斯。作業題目是對你的敵人設計一種很極端的懲罰方式，讓他們絕對不會遺忘自己對你做了什麼錯事。那像是益智題目，是我最擅長的，而就像所有好的創作一樣，核心都極度簡單。飢餓遊戲是最邪惡的念頭，用巧妙的手法包裝成一場運動賽事，一場娛樂活動。我喝醉了，而你父親把我灌得更醉，玩弄我的虛榮與自負，於是我增添更多細節，他還向我保證，這只是私底下開的玩笑。隔天早上，我清醒了，對於自己做出的事情簡直嚇壞了，想要把作業撕成碎片，但是太遲了。沒有我的允許，你父親把作業交給戈爾博士。他想要成績，你懂吧。我永遠不會原諒他。」

「他死了，」科利奧蘭納斯說。

「但是她沒死，」海咖院長突然往後靠在椅背上。「那本來永遠不會促成什麼事，只不過是理論而已。而誰是最邪惡卑鄙的怪物，把它搬上舞台，付諸實行呢？戰爭之後，她把我的提案拿出來，還把我牽扯進去，向整個施惠國介紹我是飢餓遊戲的創造者。那天晚上，我第一次嘗試服用麻精。我以爲那件事會無疾而終，實在太可怕了啊。但是沒有。過去十年來，戈爾博士努力推動，還把我抓過去一起進行。」

「那確實支持她對人性的觀點，」科利奧蘭納斯說。「特別是利用小孩子。」

「爲什麼會那樣？」海咖院長問。

「因為我們相信小孩子天真無辜。而在飢餓遊戲裡，即使是最天真的人，都會變成殺人兇手，那表示什麼呢？表示我們天生的本性充滿暴力，」科利奧蘭納斯解釋說。

「自我毀滅，」海咖院長喃喃說著。

科利奧蘭納斯想起普魯利巴斯上次的描述，說他父親和海咖院長大吵一架，信裡引述當時的話。「很像飛蛾撲火。」院長瞇起眼睛，但科利奧蘭納斯只是笑了笑，說：「不過，當然啦，你是在測試我。你對她的了解比我深入太多了。」

「我沒有那麼確定。」海咖院長用一根手指撫摸著粉餅盒上的銀色玫瑰。「那麼，你對她說你要離開的時候，她怎麼說？」

「戈爾博士？」科利奧蘭納斯問道。

「你的唱歌小鳥，」院長說。「你離開第十二區的時候，看到你離開，她很傷心吧？」

「我認為，那讓我們都有點傷心。」科利奧蘭納斯把粉餅盒放進口袋，並收拾賽嘉納斯的東西。「我該走了。我們有一組新的客廳沙發組要送來，我答應堂姊會在現場監督搬運工人。」

「那麼你走吧，」海咖院長說。「回去頂樓公寓。」

要與別人談論露西．葛蕾，科利奧蘭納斯並不在意，特別是海咖院長。史邁利曾寄一封信到普林西家的舊地址給他，提到她失蹤了。每個人都認爲市長殺了她，但無法證實。至於柯維族人，新任的指揮官到任後的第一項措施是宣布灶窩的表演不合法，因爲音樂會製造麻煩。

是的，科利奧蘭納斯心想。**確實是**。

於是，露西．葛蕾的命運是個謎，就像那首令人惱怒的歌曲，與她同名的那個小女孩。她究竟是活著、死去，還是化身縈繞荒野不去的鬼魂？也許永遠不會有人知道眞正的答案。無所謂，白雪早已湮滅他們兩人。可憐的露西．葛蕾。可憐的鬼魅女孩與她的鳥兒，歌唱到天荒地老。

你要，你要來嗎？

到這兒來，到樹下來。

在這裡我曾叫你快快走，好讓我們倆都得著自由？

她可以在第十二區飛遍她喜歡的所有地方，但她和她的學舌鳥再也無法傷害他。

有時候他會回想起某個甜美的時刻，幾乎要期盼最後得到不同的結局。然而，他們之間永遠不可能修成正果，即使他留下也一樣。他們實在天差地別，而且他不喜歡愛情，那讓他覺得自己愚蠢又脆弱。如果他有機會結婚，選擇的對象不能動搖他的心，甚至選擇他痛恨的人，這樣她們就永遠無法像露西．葛蕾一樣操控他。永遠不會讓他感覺到嫉妒，或者脆弱。莉維亞．卡迪歐會非常適合。他想像著他們倆，總統和他的第一夫人，在幾年之後掌管飢餓遊戲。他當然會繼續舉辦飢餓遊戲，等到他統治施惠國的時候。人民會稱他為「暴君」，鐵腕且殘酷。不過，至少他會看在倖存者的份上，確保他們活著，給他們成長的機會。不然，人性還能有什麼其他的期望呢？真的，那應該要感謝他。

他路過普魯利巴斯的夜店，允許自己露出微微一笑。很多地方都可以取得老鼠藥，但他上週從後巷偷偷摸摸撈起一點點帶回家。要把老鼠藥放進麻精瓶有點棘手，特別是戴著手套的時候，但他最終還是從瓶口塞了進去，判斷有足夠的劑量。他預先確認過，已將瓶身擦拭乾淨。他從海咖院長的垃圾桶裡拿出瓶子並塞進口袋時，海咖院長完全沒有起疑。等到院長拔出滴管、將麻精滴在舌頭上也不會起疑。但是他忍不住暗暗期盼，院長嚥下最後一口氣時，將會意識到一件事；其他很多人質疑科利奧蘭納斯的時候也都會意識到一件事；總有一天，整個施惠國都會知道這件事，無可避免的事。

史諾至高至尊。

致謝

我想要感謝我父母的愛，感謝他們永遠支持我的寫作事業：我爸爸，他教我認識啓蒙運動的思想家，而且在我年紀很小時就開始跟我討論自然界的事物；還有我媽媽，她主修英文，感謝她培養我的閱讀靈魂，與所有圍繞著鋼琴度過的快樂時光。

我的丈夫，卡普．普瑞爾（Cap Pryor），以及我的文學經紀人，蘿絲瑪麗．史提摩拉（Rosemary Stimola），長久以來都是我最早的讀者。他們對這部小說早期初稿所投注的心力是無價之寶，發展出年輕的科利歐蘭納斯．史諾和他的戰後世界，無疑讓我的編輯免於歷經各式各樣的頭痛時刻。而說到編輯，從來沒有一位作者擁有這麼才華洋溢的板凳深度。這一次，他們一波波接手，從令人驚嘆的凱特．伊根（Kate Egan）開始，她很熟練地引導我完成十本書，並搭配大衛．列維森（David Levithan），我最優秀的編輯主任，他隨時隨地都在：打造書名，刪掉冗長的段落，並安排在紐約「莎士比亞戲劇節」製作的《科利歐蘭納斯》演出現場（不是這裡還能選哪裡？）偷偷摸摸傳遞手稿。再來是很有才華和見解深刻的雙人組，簡恩・里斯（Jen Rees）和艾蜜莉・賽菲（Emily Seife），緊接著是目光銳利的文稿編輯，瑞秋・史塔克（Rachel Stark）和喬伊・辛普金斯（Joy Simpkins），他們竭盡全力。我深深感激你們全體編輯，以你們出色又美好的頭腦和心腸，協助我塑造出這個故事。

這樣的樂事，幸而有學者出版公司（Scholastic Press）團隊組成最優秀的後盾。瑞秋・庫恩（Rachel Coun）、莉莎特・塞拉諾（Lizette Serrano）、崔西・范史拉登（Tracy van Straaten）、艾莉・伯格（Ellie Berger）、迪克・羅賓森（Dick Robinson）、馬克・賽登菲爾德（Mark Seidenfeld）、萊絲莉・蓋瑞區（Leslie Garych）、喬許・伯洛維茲（Josh Berlowitz）、埃琳・歐康諾（Erin O'Connor）、梅芙・諾頓（Maeve Norton）、史蒂芬妮・瓊斯（Stephanie Jones）、喬安尼・莫吉卡（JoAnne Mojica）、安德莉亞・戴維斯・品克尼（Andrea Davis Pinkney）、比利・狄米歇爾（Billy DiMichele），以及學者公司的整個行銷部隊，大大感謝你們。

還要大聲感謝伊莉莎白・帕利希（Elizabeth B. Parisi）和提姆・歐布萊恩（Tim O'Brien），他們再一次做出超棒的封面讓我大爲驚嘆，很符合他們《飢餓遊戲三部曲》的風格，但作爲新書同樣獨特。

許多的讚嘆和感激要傳達給所有的作曲家，他們創作了出現在施惠國世界的歌曲。有三首歌是大眾熟知的經典歌曲：〈深邃山谷〉（Down in the Valley）、〈噢，我親愛的克萊門婷〉（Oh, My Darling Clementine），以及〈保持人生的陽光面〉（Keep on the Sunny Side），這是由艾達・布蘭克霍恩（Ada Blenkhorn）和霍華德・安特韋索（J. Howard Entwisle）所寫。詩作〈露西・葛蕾〉是威廉・華茲華斯（William Wordsworth）於一七九九年所寫，出現在他的作品《抒情歌謠集》（Lyrical Ballard）。上述幾首歌的歌詞經過改動，以符合柯維族的設定。歌詞的其他部分則是原作。〈露西・葛蕾・貝爾德的歌謠〉有意唱成一首傳統歌謠的變奏，那首歌謠搭配的是久遠以前的傳說，講述一些浪子、吟遊詩人、士兵和牛仔之類人物的不幸結局。另外兩首歌曲最初是出現在《飢餓遊戲三部曲》裡。在電影版裡，〈青青草地〉（Deep in the Meadow）的音樂是由提彭・柏奈特（T-Bone Burnett）和西蒙娜・柏奈特（Simone Burnett）作曲，〈吊人樹〉（The Hanging Tree）的音樂是由魯米尼爾樂團（The Lumineers）的傑瑞米亞・卡勒布・佛萊提斯（Jeremiah Caleb Fraites）和衛斯理・凱西・舒茲（Wesley Keith Schultz）作曲，並由詹姆斯・紐頓（James Newton）編曲。

要向我很棒的經紀人不斷致謝，包括前面提及的羅絲瑪麗・史提摩拉，以及我的娛樂圈代理人，傑森・戴維斯（Jason Dravis），我完全信賴他幫忙處理出版和電影界的事，並有許多律師的協助，包括珍妮絲・尼爾森（Janis C. Nelson）、伊蓮娜・拉克曼（Eleanor

Lackman）和黛安・戈登（Diane Golden）。

我想對我的朋友和家人傳達愛意，特別是理查・萊吉斯特（Richard Register），他永遠隨傳隨到，以及我的丈夫和兒女，卡普（Cap）、查理（Charlie）、伊莎貝爾（Isabel），在這趟旅程中充滿遠見、耐心和幽默感。

而最後，要向一開始參與凱妮絲的故事，現在參與科利歐蘭納斯故事的所有讀者致上謝意：我衷心感謝你們陪我一路同行。

國家圖書館出版品預行編目（CIP）資料

鳴鳥與游蛇之歌 (飢餓遊戲前傳) / 蘇珊．柯林斯 (Suzanne Collins) 著 ; 王心瑩譯 . -- 初版 . -- 臺北市 : 大塊文化 , 2020.09
面 ;　公分 . -- (R ; 98)
譯自 : The ballad of songbirds and snakes
ISBN 978-986-5549-00-8(平裝)

874.57　　109009754

LOCUS

LOCUS